범우비평판세계문학선 26-❸

에덴의 동쪽 (상)

존 스타인벡 지음
이성호 옮김

범우사

차 례

▨ 이 책을 읽는 분에게 · 5

제1부 · 11
  제1장~제11장

제2부 · 178
  제12장~제22장

이 책을 읽는 분에게

작가 존 스타인벡은 캘리포니아 주의 샐리너스 계곡에서 태어났다. 그는 스탠퍼드 대학을 중퇴하고 뉴욕으로 가서 신문기자, 벽돌공, 페인트공, 도로공사 인부 등 닥치는 대로 중노동생활을 하면서 소설을 쓸 꿈을 가지고 경험의 폭을 넓혔다. 그는 고향으로 돌아가 노동자 계급에 깊은 동정을 품고 《생쥐와 인간》을 발표하여 명성을 얻은 이래 대공황기의 미국의 불우한 소작농의 생활을 그린 《분노의 포도》로 1949년 퓰리처 문학상을 받아 작가로서의 위치를 확고히 다졌다.

작가의 나이 쉰 살에 쓰여진 이 작품은 그의 원숙(圓熟)하고도 포용적인, 인생에 대한 폭넓고 깊이 있는 이해의 결실로서, 인간 회복의 가능성을 추구한 20세기 미국 문학의 걸작이다.

이 작품에서는 작가의 고향인 샐리너스 계곡을 무대로 하여 인간의 선악 투쟁이 구약성서의 카인과 아벨의 주제에 의해 상징적이고도 사실적으로 다루어지고 있다. 선과 악의 투쟁 속에서 인간애라는 미(美)를 추구하고 있는 것이다.

이 작품은 구약성서의 20세기 판이라고 불릴 정도로 스케일이 웅대하고, 주제면에 있어서도 관용과 인간애로 감싸여진 대작이다. 작가 자신도 이 작품을 가리켜 자신의 최대작, 대표작이며, 이 작품 이전에 쓰여진 다른 작품은 이 작품을 쓰기 위한 습작에 불과하다고까지 말하고 있다.

이 작품에는 캘리포니아 주의 샐리너스 계곡에 사는 새뮤얼 해밀튼 일가족과 이 작품의 주인공이라 할 수 있는 아담 트래스크와 그의 가족이 등장한다.

아담 트래스크는——구약성서에 나오는 아담처럼——냉혹하고 사악한 여자 캐시에게 말려들어 그 여자를 사랑하게 됨으로써 비로소 생의 보람, 생의 환희를 느낀다.

아담은 캐시와 함께 새로운 인생을 시작하기 위해 부친에게서 물려받은 재산을 정리하고 고향을 떠나 새로운 땅을 물색하다가 샐리너스 계곡에 자리를 잡는다. 그는 샐리너스에서도 가장 비옥한 땅을 입수하여 거기에다 아내 캐시를 위해 이상적인 낙원을 건설할 꿈에 가슴이 부풀어 있다.

그러나 아름다운 외모 속에 동물의 잔혹성을 감추고 있는, 괴물인 그의 아내 캐시는 이러한 그의 꿈을 여지없이 짓밟아버리고 만다. 그녀는 쌍둥이를 낳은 후 몸이 회복되자마자 갓난 쌍둥이 아들들을 내팽개치고 아담의 곁을 떠나 직업적인 창녀의 길을 택한다. 그녀는 창녀로서의 자질을 유감없이 발휘하여 명성과 돈을 얻는다. 그러나 아내의 배반으로 깊은 충격을 받은 아담은 생의 보람과 기쁨을 송두리째 잃고 암담한 좌절에서 헤어날 줄을 모른다.

그러는 동안에 10여 년의 세월이 흐르고, 쌍둥이 형제 아론과 카알은 마치 구약성서의 아벨과 카인 형제처럼 한 사람은 선(善)을 한 사람은 악(惡)을 품고 자라고 있다. 카알은 자기 안에 도사리고 있는 악에 대한 갈등 때문에 괴로워한다. 그리고 아담은 자연히 천사 같은 외모에다 선(善)의 쪽에 서 있는 아들 아론을 사랑하게 된다. 카알은 아버지의 사랑을 얻기 위해서, 그리고 아버지의 사랑을 받고 있는 아론에 대한 질투 때문에 마음 속에서 끝없는 투쟁을 벌이며 몸부림친다. 이브가 낳은 카인과 아벨이 질투 때문에 형제 살상(殺傷)을 벌이듯이 사악한 여자 캐시가 낳은 쌍둥이 아들 카알과 아론 역시 서로 반목하다가 마침내 카알은 아론을 전쟁터로 가게 하여 전사하게 한다. 아버지의 사랑을 받고 있는 아론에 대한 질투를 견디지 못한 카알은 자기들의 어머니가 창녀라는 사실을 밝힘으로써 아론에게 복수하고, 아론은 그 충격을 견디지 못하여 대학을 팽개친 채 군대에 자원 입대했다가 전사하고 마는 것이다.

  이상이 이 작품의 대강의 줄거리를 요약한 것인데, 이처럼 이 작품에는 원죄(原罪)를 짊어진 인간의 선악, 애증(愛憎)의 운명이 농도 짙게 나타나 있다. 따라서 이 작품이 원죄를 주제로 하여 20세기의 신화를 창조하려고 한 소설이라는 평을 받고 있는 것도 당연하다 하겠다.

옮긴이

에덴의 동쪽 (상)

East of Eden

친애하는 친구 파스칼 코비치에게

　내가 나무로 어떤 작은 모양을 조각하고 있을 때, 당신은 내게 다가와서 "왜 나에게는 무엇인가를 만들어 주지 않소?" 하고 투덜거렸지요?
　그래서 내가 무엇을 원하느냐고 물었더니 당신은 '상자'라고 대답했소.
　"무엇에 쓰려고?"
　"물건을 넣으려고."
　"무슨 물건인데?"
　"당신이 갖고 있는 것이면 무엇이든."
　당신은 이렇게 대답했소.
　자, 당신의 상자가 여기 있소. 그 속에는 내가 갖고 있는 것은 거의 다 들어 있지만 가득 차지는 않았소. 고뇌와 흥분이 그 속에 있고 호감과 악감, 그리고 악의와 선의──고안의 기쁨과 절망과 형언할 수 없는 창조의 환희가 그 속에 있소.
　그리고 그것들 위에는 내가 당신에게 품고 있는 모든 감사와 애정이 깃들어 있소.
　그런데도 그 상자는 아직 가득 차 있지는 못하오.

존으로부터

제 1 부

제 1 장

1 샐리너스 계곡은 캘리포니아 북부에 위치하고 있다. 이 계곡은 험준한 두 산맥 사이에 끼어 있는 길고 좁다란 초원 습지(濕地)다. 그 가운데를 샐리너스 강이 구불구불 흐르다가 마침내 몬터레이 만(灣)으로 떨어져 들어가고 있다.

나는 내가 어렸을 때 부르던 풀의 이름과 남몰래 피는 꽃들의 이름을 지금도 기억하고 있다. 나는 두꺼비가 살 만한 곳과 여름이면 새들이 잠 깨는 시간을, 나무와 계절의 향내가 어떠한가를, 그리고 사람들의 얼굴 표정과 걸음걸이와 체취까지도 생생하게 기억한다. 향기의 추억은 정말로 아릿하다.

기억에도 새롭지만, 계곡의 동쪽에 있는 개빌런 산맥은 햇빛과 매혹으로 가득 찬 맑고 상쾌한 산이어서 누구나 인자한 어머니의 무릎 속으로 기어들고 싶은 마음을 갖는 것처럼 그 따스한 기슭으로 올라가고 싶은 충동을 갖게 마련이었다. 갈색 풀잎의 사랑으로 손짓하는 그런 산이었다. 서쪽 하늘을 등지고 광활한 바다로부터 계곡을 가로막고 서 있는 산타루치아 산맥은 꺼멓고 생각에 잠긴 듯 매정하고 무서운 존재였다. 나는 늘 마음 속으로 서쪽을 두려워하고 동쪽을 좋아했다. 어떻게 내가 그런 생각을 갖게 되었는지는 모르겠지만, 아침이 가빌리안 산마루 위에서 열리고 이 산타루치아 산맥에서 밀려왔기 때문인지도 모른다. 어쩌면 하루의 탄생과 죽음이 두 산맥에 대한 나의 감정에 어떤 영향을 미쳤을지도 모른다.

계곡 양쪽에 있는 협곡으로부터 작은 개울이 흘러나와 샐리너스 강반(江畔)으로 떨어져 들었다. 비가 많이 오는 겨울이면 냇물은 넘쳐 흘러 강을 범람하게 했다. 어떤 때는 강은 미친 듯이 넘쳐 올라 강둑을 넘어서 주위를 마구 파괴했다. 강물은 농지변(邊)을 무너뜨리고 전 농지를 씻어 내렸다. 헛간이며 농가를 집어 삼켜 떠내려가게 만들었다. 그런가 하면 소, 돼지, 양 등을 진흙 물 속에 빠져 죽게 하여 바다로 떠내려가게 했다. 그러다가 늦봄이 되면, 강물은 그 폭이 줄어들고 양쪽에 모래둑이 나타났다. 여름이 되면 강물은 아예 땅 위로 흐르지 않고 단지 높은 둑 밑에서 소용돌이치던 곳에 몇 개의 물웅덩이가 되어 남곤 했다. 그러면 다시 목초가 자라고 윗가지에 홍수 찌꺼기가 그대로 남은 버드나무는 기지개를 켜기 시작했다. 샐리너스 강은 이처럼 계절에 따라 생기는 강이었다. 여름의 뙤약볕은 물을 땅 속으로 몰아버렸다. 그러기에 그 강은 좋은 강이라고는 할 수 없었지만 우리에겐 하나뿐인 강이었다. 그래서 비가 많이 오는 겨울이면 아주 위험하고, 가문 여름이면 아무리 말라붙는다고 하더라도, 우리는 그 강을 자랑으로 여겼다. 누구나 단 하나 가지고 있는 것에 대해서는 자랑으로 여기게 마련이다. 아마도 사람이란 가진 것이 적으면 적을수록 더욱더 뽐내게 되어 있는 모양이다.

산맥 사이에 끼어 있고 산기슭 밑에 있는 샐리너스 계곡의 밑바닥은 평평하다. 이 계곡은 옛날에 바다에서 100마일 들어와 있던 만상(灣床)이었기 때문이다. 모스 랜딩에 있는 하구(河口)는 여러 세기 전엔 이 기다란 내해(內海)의 입구였다. 언젠가 나의 아버지는 이 계곡의 50마일 밑에 우물을 판 적이 있었다. 처음에는 드릴〔穿孔機〕에 달려 표토(表土)가 올라오더니 자갈이 올라오고, 다음에는 조개껍데기와 심지어는 고래의 뼈 조각이 가득한 하얀 바닷모래가 올라왔다. 20피트의 모래가 있더니 다시 흑토가 있었고, 다음에는 심지어 썩지 않는 불멸의 나무, 산나무까지 있었다. 예전엔 이 계곡이 내해이기 전에 산림지대였음이 틀림없었다. 그러므로 이러한 일들이 바로 우리들의 발밑에서 일어났다. 나는 밤이면 가끔씩 바다와 그 전에 있었던 삼나무숲을 느끼는 듯했다.

 넓고 평평한 계곡 위에는 비옥한 표토가 깊게 깔려 있었다. 겨울에 비가 많이 오는 해이면 봄에 풀과 꽃들이 이 표토를 뚫고 무성히 자랐다. 비가 많은 해의 봄꽃은 장관을 이루었다. 온 계곡의 바닥은 말할 것도 없고 산기슭마저도 루핀꽃과 양귀비꽃으로 뒤덮이곤 했다. 언젠가 어떤 여자에게서 들은 이야기인데 색깔이 있는 꽃에 하얀꽃 몇 송이를 섞으면 그 색깔이 선명하게 되어 더욱더 아름답게 보이게 된다. 파란 루핀꽃은 꽃잎 하나하나에 하얀 테가 둘러 있어서 루핀이 만개한 들은 상상할 수 없을 정도로 푸르다. 게다가 이 꽃 속에 캘리포니아 양귀비꽃이 점점이 섞여 피어 있었다. 이 꽃 역시 불타는 듯한 색깔, 오렌지색도 아니고 금색도 아닌 그런 색깔을 띠고 있었다. 만일 액체로 된 순금이 있어서 담황색을 짙게 할 수만 있다면 그 황금빛 크림색이 양귀비꽃 색과 비슷할지도 모르겠다. 이러한 꽃들의 계절이 지나면 겨자풀이 돋아나서 우거진다. 나의 할아버지가 이 계곡으로 들어올 때에는 겨자풀이 하도 높이 자라서 노란 꽃 위로 말탄 사람의 머리만이 보였다. 고지(高地)에는 애기미나리아재비과 다두상 국화와 가운데 검은 점이 박힌 노란 바이올렛과 함께 풀이 뒤덮여 있었다. 그리고 얼마 있으면 빨갛고 노란 카스틸레야 꽃이 피어났다. 이것은 햇볕이 잘 쬐는 공지(空地)에 피는 꽃이었다.

 생기에 찬 참나무 밑, 어둠침침하게 그늘진 곳에는 고사리들이 무성히 자라나 좋은 냄새를 풍기고 있었다. 냇물가의 이끼 낀 양둑 밑에는 다섯 손가락 모양의 고비와 양치류 식물이 덤불을 이루며 매달려 있었다. 그리고 유백색(乳白色)에 죄 많은 인생처럼 보이는 잔대와 조그마한 등꽃이 있었는데, 이 꽃들은 하도 희귀하고 매혹적이라 어린아이가 이 꽃을 발견하게 되는 날이면 하루 종일 특별히 선택된 느낌으로 즐거워했다.

6월이 다가오면 풀잎들은 결구(結球)하면서 갈색 옷으로 바꾸어 입는다. 언덕들도 갈색, 아니 황금색과 사프론색과 주홍색이 하나로 된 갈색——무엇이라고 표현할 수 없는 색으로 변했다. 그때부터 다음 우기(雨期)까지 땅이 말라가면서 냇물은 흐르기를 멈췄다. 평평한 땅에는 균열이 생기고 샐리너스 강은 그 모래 밑으로 숨어 버렸다. 바람은 계곡 밑으로 몰아치면서 먼지와 지푸라기를 흩날리다가 남쪽으로 돌면서 더욱 세차지고 거칠어졌다. 바람은 저녁이 되어서야 잤다. 신경을 곤두세우게 하는 바람이었다. 미세한 흙먼지는 사람의 살갗을 파고 들어오고 눈을 따끔따끔하게 만들었다. 밭에서 일하는 남자들은 흙먼지를 막기 위해 방진 안경을 쓰고 손수건으로 코를 두르기도 했다.

계곡은 깊고 기름진 흙으로 되어 있었으나 산기슭은 풀뿌리 두께의 표피로 덮여 있었다. 언덕 위로 올라가면 올라갈수록 흙의 두께는 더욱 얇아져서 차돌이 삐죽삐죽 보였다. 그 위쪽에 있는 관목 지대를 지나면 뜨거운 햇볕이 눈부시게 반사되는, 건조한 차돌밭이 펼쳐져 있다. 지금까지 얘기한 것은 강우량이 많은 해의 풍년에 대한 이야기였으나 물론 가뭄이 드는 해도 있었다. 그럴 때면 계곡은 공포에 휩싸였다. 30년을 주기로 홍수가 찾아왔다. 19 내지 25인치의 비가 내리는 풍요의 우기(雨期)가 5 내지 6년 만에 찾아오면 대지에는 즐거운 비명을 지르듯 풀이 돋아났다. 그러고 나면 12 내지 16인치의 비가 내리는, 6 내지 7년의 평년이 왔다. 그 후에는 단지 7 내지 8인치의 비만

이 내리는 건조한 해가 여러 해 계속되었다. 대지는 말라붙고, 풀들은 비실비실 몇 인치 자라다 말고, 불모의 벌거숭이 땅이 계곡 여기저기에 나타났다. 살아 있는 떡갈나무는 껍질만 앙상하게 되고 산쑥은 잿빛으로 변했다. 땅은 금이 가고 샘물은 말라붙고 가축들은 기진맥진하여 마른 나뭇가지를 뜯었다. 그럴 때면 농부들과 목장인들은 샐리너스 계곡에 대하여 커다란 혐오감을 갖게 된다. 소들은 점점 야위어가고 가끔씩 굶어 죽기도 했다. 사람들은 식수를 통에 넣어 농장으로 날라야만 했다. 몇몇 가족들은 버리다시피 가산을 정리하고 떠나버렸다. 그런데 어김없이 사람들은 흉년 동안에는 풍년에 관한 것을 잊어버리고, 풍년 동안에는 흉년에 관한 기억을 까맣게 잊어버리곤 했다. 늘 이런 식이었다.

2 길다란 샐리너스 계곡이란 그런 곳이었다. 그리고 그 계곡의 역사도 다른 주(州)와 비슷했다.

처음에 그곳에는 인디언들이 살고 있었다. 그들은 정력도 창의력도 문화도 없는 열등 종족으로 너무 게을러서 사냥도 고기잡이도 못하고 번데기와 메뚜기를 잡아먹고 살았다. 그들은 딸 수 있는 것만 따 먹었을 뿐 아무것도 심지 않았다. 그들은 쓴 도토리를 빻아 가루를 만들었다. 그들의 전투마저도 무기력한 무언극(無言劇)이었다.

그러다가 강인하고 탐험적인 스페인 사람들이 탐사를 하며 이곳으로 들어왔다. 그들은 탐욕적이고 현실적이었다. 그들은 황금이나 신(神)을 탐냈다. 그들은 보석을 수집하면서 영혼도 수집했다. 오늘날 대지권(垈地權)을 얻는 방식으로 그들은 산과 계곡과 강과 눈에 보이는 토지를 모두 손아귀에 넣었다. 거칠고 억센 이들은 쉴새없이 해변을 오르내렸다. 그들 중의 몇몇 사람들은 선물이라는 것을 전혀 모르던 스페인 왕으로부터 영지(領地)만큼의 땅을 하사받아 그곳에 영주했다. 먼저 땅을 소유하게 된 이들은 가난한 봉건적 정지(定地)에서 살았다. 이들의 가축들은 자유스럽게 방목되어 번식해 나갔다. 이 소유주들은 가죽과 수지(獸脂)를 얻기 위해 가축을 주기적으로 잡았으며, 그 고기는 내버려서 매와 늑대들의 밥이 되었다. 스페인 사람들은 이곳에 들어오면서 눈에 띄는 모든 것에 이름을 붙여 주어야만 했다. 이런 일은 어떤 탐험가든 먼저 해야 할 의무였다. 아니 의무이자 특권이었다. 손으로 그린 지도 위에 이름을 적어 넣기에 앞서 사물의 이름을 붙여 주어야 했다. 물론 그들은 종교적이었다. 읽고 쓸 줄 아는가 하면 기록을 하고 지도를 그려야 하는 그들은 지칠 줄 모르는 강인한 성직자들로서 군인들과 함께 여행을 했다. 따라서 그들은 성자의 이름이나 정박지에서 거행한 종교 축제일을 따서 지역의 첫 이름을 붙였다. 성직자의 이름은 많았지만 그렇다고 무진장하지는 않았기 때문에 앞 이름에서 중복되는 것이 많았다. 산 미규얼, 세인트 마이크, 산 아도, 산 버나도, 산 베니토, 산 로렌조, 산 칼로스, 산 프란시스쿠토 등이 그렇다. 그리고 축제일로 말하면, 강탄제(降誕祭)를 뜻하는 나티비다드, 예수의 탄생을 뜻하는 나시미엔테, 고독을 뜻하는 솔레다드 등이 그렇다. 그런가 하면 탐험대가 그 당시에 느낀 기분에 따라 명명(命名)된 곳도 있었다. 밝은 희망을 나타내는 부에나 에스페란자, 전망이 아름답다는 뜻의 부에나 비스타, 예쁘다는 뜻의 추얼러. 서술적인 이름으로는, 떡갈나무가 있다고 하여 파소 드 로스 로블즈, 월계수가 있다고 하여 로스 로럴즈, 습지에 갈대가 있다고 하여 튜라시토스, 소금같이 흰 알칼리를 뜻하는 샐리너스.

그리고 눈에 띄는 동물이나 새의 이름을 딴 지명으로는, 산 속을 날아다니는 매의 이름을 따서 가빌란스 산맥, 두더지가 있다고 하여 토포, 들고양이가 있기 때문에 로스 가토소. 종종 지형 자체에서 암시를 받아 붙인 지명이 있었는데, 컵과 접시 모양을 따서 타사자라, 물이 말라붙은 호수라는 의미의 라구나 세카, 흙담을 뜻하는 코럴 드 티에라, 천국(天國) 같다고 해서 파라이소. 얼마 후에 미국 사람들이 왔다. 그들의 수가 더 많았기 때문에 더욱 탐욕스러웠다. 그들은 토지를 몰수하고 나서는 소유권을 유효하게 하는 법률을 다시 만들었다. 그리고 농가들은 처음엔 계곡에 서더니 다음엔 산기슭 경사지를 따라 들어서면서 온 땅에 퍼졌다. 감나무 널빤지로 지붕을 엮은 이 작은 목조집들은 통나무를 쪼갠 막대기 울타리로 둘러싸여 있었다. 땅에서 물이 조금이라도 솟아나오는 곳이면 어디고 집이 들어서고 가족이 생기고 그 가족은 점점 커갔다. 빨간 제라늄과 장미덩굴이 잘리어 현관 앞마당에 심어졌다. 판자로 만든 마차 바퀴 자국이 사람 발자국 대신 생겼고 옥수수, 밀, 보리밭이 각을 이루며 노란 겨자나무 밭 가운데 생겨났다. 사람의 왕래가 빈번한 길을 따라 10마일마다 잡화상과 대장간이 생겼으며, 이것들이 브랜들리니, 킹 시티니, 그린 필드니 하는 작은 마을의 중심이 되었다.

 미국 사람들은 스페인 사람들보다도 사람의 이름을 따서 지명(地名)을 붙이는 경향이 있었다. 계곡들이 정지(整地)되고 난 후, 지명은 그곳에서 일어나는 일들과 관련을 지어 만들어졌다. 이렇게 지어진 이름은 잊혀진 옛 이야기를 상기시켜 주기 때문에 어떤 이름들보다도 나에게는 가장 매혹적이었다.

 나는 볼사 누네바를 생각하면 새 지갑이 떠오르고, 모로코조를 생각하면 절름발이 무어 인(그는 누구이며 어떻게 그곳에 왔을까?)이 떠오른다. 와일드호스 캐년, 무스탕 그레이드, 그리고 셔트 테일 캐년 등도 마찬가지다. 지명이 경건하든, 경건하지 않든, 서술적이든, 또는 시적이든, 가치를 깎아내리는 표현이든, 그 이름을 지어 준 사람들에게 지명의 책임이 있다.

어디에나 산 로렌조라는 이름은 붙일 수 있으나 셔트 테일 캐넌이나 절름발이 무어인이란 이름은 사정이 전혀 다르다.

오후가 되면 개척지 위로 바람이 몰아쳤다. 농부들은 경작한 표토가 바람에 날려가지 않도록 여러 마일 길이의 유커립터스를 심어 방풍림(防風林)을 만들기 시작했다. 나의 할아버지가 할머니를 데리고 와서 킹 시티 동쪽에 있는 산기슭에 정주했을 무렵, 샐리너스 계곡은 대략 이런 사정이었다.

제 2 장

1 나는 풍문과 오래 된 사진과 들은 이야기와 전설이 뒤섞인 희미한 기억 등에 따라 해밀튼 일가(一家)에 대한 이야기를 할 수밖에 없다. 그들은 명문가의 사람들이 아니었기 때문에 출생, 결혼, 토지 소유권, 사망 등에 관한 보통 있는 문서 이외에는 그들에 관한 기록이란 거의 없었다.

젊은 새뮤얼 해밀튼은 북부 아일랜드 출신이었고, 그의 아내 역시 그러했다. 그는 소농가의 아들로 태어났다. 그런데 그 소농인들이란 물론 부유하지는 못했지만 그렇다고 그렇게 가난하지도 않았던 사람들로, 수백 년 동안 똑같은 땅을 경작하면서 똑같은 돌집에서 살아왔었다. 해밀튼 일가의 사람들은 애써서 교육을 많이 받았기 때문에 박식했다. 그러한 시골에서는 흔히 있는 일이지만, 그들은 대단히 훌륭한 사람들뿐만 아니라 극히 미천한 사람들과도 친척 관계가 되어, 어떤 사촌은 준남작인가 하면 다른 사촌은 거렁뱅이였다. 그러면서도 그들은 두말 할 것도 없이 모든 아일랜드 사람들이 그렇듯이 아일랜드의 옛 왕의 후손들이었다.

　무슨 이유로 새뮤얼이 그 돌집과 조상 대대로 물려내려 오던 농토를 등지고 떠났는지 나는 모른다. 그는 절대로 정치적인 사람이 아니었다. 따라서 반역죄를 저질러 쫓겨났을 리는 없다. 그리고 그는 세심할 정도로 정직한 것으로 보아, 어떤 사건의 주모자로서 경찰에 의심을 받았을 리도 없다. 우리 집안에서는 소문까지는 아니라 하더라도 무언의 전심(傳心)이 있었는데 사랑, 다시 말해 결혼한 부인과의 사랑이 아니라 어떤 다른 사랑 때문에 그가 추방을 당했다는 속말이 돌고 있었다. 그러나 그것이 대단히 성공적인 사랑이었는지 또는 성공을 못 이루고 홧김에 고향을 떠날 수밖에 없었던 사랑이었는지는 나도 모른다. 우리들은 항상 전자의 경우였기를 바랐다. 새뮤얼은 훌륭한 외모에 매력 있고 쾌활했다. 어떤 아일랜드의 시골 처녀건 그를 거절했으리라고 생각하기란 힘들었다.

　그는 한창 나이에 건장한 몸으로 샐리너스 계곡으로 왔다. 그는 창의력과 정력에 넘쳐 있었으며 눈은 파랬다. 피곤할 때면 한쪽 눈이 약간 바깥쪽으로 움직였다. 체구는 컸지만 어떤 면에서는 아주 섬세했다. 먼지 투성이가 되는 농장 일을 할 때에도, 그는 항상 말끔히 일을 해내는 것처럼 보였다. 그는 손재주가 있었다. 그는 솜씨 있는 대장장이와 목수와 목각장이 노릇을 할 수 있어서 나무와 쇳조각만 있으면 무엇이든 만들 수 있었다. 그는 늘 전해 오는 일을 새롭게 하는 방법과 더 잘, 그리고 더욱 빨리 하는 방법을 고안해 냈는데 일생을 통해서 돈 버는 재주는 없었다. 그런 재주를 갖고 있던 다른 사람들은 새뮤얼의 재능을 이용하여 부자가 된 일도 있었지만 새뮤얼 자신은 평생을 두고 거의 돈을 벌지 못했다. 그가 어떻게 하여 샐리너스 계곡으로 발길을 돌리게 되었는지 나는 모른다. 이곳은 푸른 초원 출신이 올 만한 곳이 아니었지만 그는 세기(世紀)가 바뀌기 약 30여 년 전에 작달막한 아일랜드 부인을 데리고 이곳으로 왔다. 그녀는 유머가 없고 엄격하고 단단한 작은 사람이었다. 그녀는 융통성이 없는 신교도적인 성격과 즐거운 일이면 거의 다 억압하여 마음을 죄어놓는 도덕률을 갖고 있었다. 새뮤얼이 어디서 그녀를 만나 어떻게 구혼을 하고 결혼을 했는지 나는 모른다. 내 생각에, 그의 마음 한 구석에는 어떤 다른 소녀의 형상이 새겨져 있음이 틀림없었다. 그는 사랑을 할 줄 아는 남자인 데 반하여, 그의 부인은 자기의 감정을 나타내지 않는 여인이었기 때문이다. 그런데도 불구하고 그는 젊었을 때부터 죽을 때까지 샐리너스 계곡에 사는 동안 여자와 사귄 흔적은 조금도 없다.

새뮤얼과 라이저가 샐리너스 계곡으로 왔을 때 평지는 물론 비옥한 저지(低地)와 언덕의 좁은 옥토와 임지(林地) 등이 모두 점령되어 있었지만 그래도 주위에는 농지가 다소 남아 있었다. 그래서 새뮤얼 해밀튼은 지금의 킹 시티 동쪽에 있는 불모의 언덕에 농장을 차렸다.

그는 보통 있는 관례를 따랐다. 그는 자신의 몫으로 4분의 1평방 마일을, 그리고 아내의 몫으로 4분의 1평방 마일을, 그리고 아내가 임신했기 때문에 아이를 위하여 같은 땅을 차지했다. 해를 거듭하면서 아들 넷과 딸 다섯, 도합 아홉 명의 자녀가 태어났다. 어린아이가 태어날 때마다 4분의 1평방 마일씩이 농장에 첨가되었다. 그러니까 4분의 1평방 마일의 땅이 열하나 곧 1,760에이커 약718정보가 되는 땅을 차지하게 되었다.

땅이 좋았더라면 해밀튼 가족은 부자가 되었을 것이다. 그러나 땅은 거칠고 건조했다. 샘에서는 조금도 물이 나오지 않았고 표토는 얇아서 곳곳에 차돌이 삐죽 나와 있었다. 들쑥마저도 살아 남기 힘들었으며, 떡갈나무는 습기 부족으로 난쟁이처럼 쪼그라들었다. 비교적 비가 많이 오는 해에도 먹이가 없어서 가축들은 비쩍 말라서 먹이를 찾아 쏘다녔다. 해밀튼 가족들이 그들의 불모의 언덕에서 서쪽을 향해 내려다보면, 풍요한 저지대의 샐리너스 강 주위의 녹지가 보였다.

새뮤얼은 손수 자기 집과 헛간과 대장간을 지었다. 그는 비록 1만

에이커에 달하는 언덕 땅을 갖고 있다 하더라도 물이 없는 무초(無草) 지에서는 생계를 유지할 수 없다는 것을 곧 알게 되었다. 그는 손재주를 발휘하여 우물을 파는 기구를 만들어 운 좋은 사람들의 땅에 우물을 파 주었다. 그는 탈곡기를 고안해 만들어 가지고 추수기가 되면 저지대의 농장을 돌면서 자신의 농장에서는 거둘 수 없는 곡물을 털어 주었다. 그리고 대장간에서 그는 쟁기를 갈아주고 써레를 고쳐주고 부러진 굴대를 땜질해 주고 말굽에 편자를 달아 주었다. 사방팔방에서 사람들은 기구를 들고 와서 고치거나 개량해 달라고 그에게 부탁했다. 뿐만 아니라 그들은 새뮤얼이 세상 만사와 세상 만인의 사고(思考), 그리고 샐리너스 계곡 밖에서 일어나고 있는 시어(詩語)와 사상에 대하여 이야기하는 것을 듣기 좋아했다. 그는 노래를 할 때나 말을 할 때 정갈스러운 목소리를 지니고 있었다. 그는 아일랜드 사투리를 쓰지 않았기 때문에, 그의 어조에는 억양과 리듬이 있어서 계곡 저지대에서 온 과묵한 농부들의 귀에는 달콤하게 들렸다. 그들은 위스키도 들고 와서 부엌 창이 보이지 않는 곳에서, 해밀튼 부인의 싫어하는 눈초리를 피해 병째로 독한 술을 조금씩 마시고는, 술 냄새를 풍기지 않기 위해 파란 야생 아니스를 반추하듯 질겅질겅 씹었다. 날씨가 나쁜 날이 아니면 늘 서넛의 남자들이 대장간 주위에 둘러서서 새뮤얼이 망치를 휘두르며 하는 이야기에 귀를 기울였다. 그들은 그를 희극적 천재라고 불렀다. 그리고 그들은 그에게서 들은 이야기를 조심스럽게 자기 집으로 가지고 가려고 했으나 집으로 돌아가서는 그 이야기가 도중에 어떻게 새어 나갔는지 의아스럽게 생각했다. 그들이 그에게서 들은 이야기를 자기 집 부엌에서 되풀이한들 결코 똑같이 들리지 않았기 때문이다.

  새뮤얼은 그의 우물 파는 기계와 탈곡기와 대장간으로 부자가 될 수 있었지만 사업을 벌이는 재주는 없었다. 그의 고객들은 늘 돈 독촉을 받고도 추수를 끝낸 후에 지불하겠노라고 약속하고는 크리스마스

후로 미루고, 또 그 다음으로 미루다가 결국 잊어버리고 말았다. 새뮤얼에게는 그들에게 돈 재촉을 하는 재주는 없었다. 따라서 해밀튼 가족은 가난하게 살아갔다.

해(年)가 어김없이 바뀌듯 어린아이들은 새로이 태어났다. 그 지방의 몇 안 되는 의사들은 너무나 바빠서 기쁨이 악몽을 몰아내고 며칠 동안 계속되지 않는 한 아이를 받으러 농장에 오지 않는 일이 종종 있었다. 그럴 때면 새뮤얼 해밀튼 자신이 아이를 받은 후 태를 단정하게 매고 엉덩이를 찰싹 때리고 나서 뒷일을 깨끗이 치웠다. 막내아이가 태어날 때는 다소 난산이어서 아이가 파랗게 질리자, 새뮤얼이 자기 입을 어린아이의 입에 대고 산소를 불어 넣고 공기를 빨아내어 아기가 소생했던 일도 있었다. 새뮤얼의 솜씨는 아주 훌륭하고 부드러워서 20마일 밖에서도 사람들이 찾아와 출산을 도와달라고 부탁하기도 했다. 그는 암말이나 암소가 새끼를 낳을 때든 부인네가 출산할 때든 한결같이 솜씨가 훌륭했다.

새뮤얼은 손이 닿는 책장 위에 커다란 검정색 책 한 권을 갖고 있었다. 그 표지에는 금박으로 《건 박사의 가정 의학》이라고 적혀 있었다. 사용하여 구겨지고 찢어진 페이지들이 있는가 하면 한 번도 햇볕을 보지 못한 장들도 있었다. 《건 박사》라는 이 책을 훑어보면 해밀튼 일가의 병력(病歷)을 알 수 있다. 많이 사용한 페이지에는 절골, 상처, 타박상, 이염(耳炎), 홍역, 성홍열, 디프테리아, 류머티즘, 월경통, 탈장, 그리고 임산과 출산에 관계 되는 모든 것이 있었다. 해밀튼 가족들은 운이 좋았거나 아니면 도덕적이었음이 틀림없다. 임질이나 매독이 적혀 있는 부분은 한 번도 열어본 흔적이 없기 때문이다.

히스테리를 가라앉히고 겁에 질린 아이를 달래는 데에는 해밀튼만 한 사람이 없었다. 그것은 말이 달콤하고 마음이 부드러웠기 때문이다. 그의 몸이 정결했던 것처럼 그의 사고에도 청순함이 있었다. 이야기를 나누거나 이야기를 들으러 그의 대장간을 찾아오는 사람들은 잠시 동안 욕설을 멈추게 되는데, 그것은 누가 어떻게 하도록 억제하기 때문이 아니라 마치 이곳은 그런 장소가 아니라는 듯 자발적으로 그렇게 되었다.

새뮤얼에게서는 늘 이국풍(異國風)이 감돌았다. 어쩌면 그의 언어의 억양에서 그런 분위기가 풍겼는지도 모르겠다. 어찌 되었든 이것 때문에 남자들은 물론 여자들도 친척이나 가까운 친구들에게 털어놓을 수 없는 일들을 그에게는 털어놓았다. 그에게는 어딘지 이국적인 점이 있었기 때문에 그는 다른 사람들과는 달리 무엇이든 이야기할 수 있는 안전한 사람으로 여겨졌던 것이다.

라이저 해밀튼은 아일랜드 사람치고도 매우 특이한 사람이었다. 그녀의 머리는 자그마하고 둥그랬지만 그 속에는 둥글게 뭉친 신념이 들어 있었다. 그녀는 납작코에다 약간 짧은 턱을 하고 있었으나, 그녀에겐 잘 어울리는 아주 귀엽게 보이는 턱이었다.

라이저는 근사한 요리솜씨를 갖고 있었다. 그녀는 집을——그녀가 좌지우지하는——항상 비질하고 씻고 닦고 했다. 아이를 낳을 때도 방 안에 오랫동안 드러누워 있지 않고 기껏해야 2주 동안 몸조리를 했을 뿐이다. 그녀는 고래 뼈만한 골반을 가지고 있음이 틀림없었다. 커다란 아이를 언제나 순산할 수 있었으니 말이다.

라이저는 죄의식에 대한 예민한 견해를 갖고 있었다. 그녀에게 있어서 게으름은 일종의 죄였으며 카드 놀이도 게으름의 일종으로 생각되었다. 춤이나 노래, 심지어는 웃음을 포함하는 오락까지 그녀는 의심쩍게 생각했다. 그녀의 생각엔 사람들이 재미있는 시간을 보낸다는 것은 악으로 통하는 문을 활짝 열어 놓는 격이었다. 그러나 새뮤얼이 항상 잘 웃는 사람이었으니 난처한 일이었다. 그렇게 생각하면 새뮤얼은 악마하고도 통할 수 있는 사람이었다. 또한 그의 부인은 가능한 때면 언제고 그를 감싸 주었다.

그녀는 항상 머리를 뒤로 당겨 빗어 단단하게 잡아 맸다. 옷을 어떻게 입었었는지는 기억나지 않지만, 자기에게 꼭 어울리는 옷을 입고 다녔음이 틀림없다. 유머가 번뜩이지는 않았지만 가끔씩 날카로운 재치는 보였다. 그녀는 허점을 드러내는 일이 없었기 때문에 손자들은 그녀를 무서워했다. 그녀는 신(神)이 누구에게나 바라는 생활 양식이라는 신념에서 일생을 통하여 단호하지만 불평 한 마디 없이 어려움을 참아가며 살았다.

2 사람들이 서부에 처음 왔을 때, 특히 다른 사람들이 소유했거나 싸워서 얻은 유럽의 작은 농장에서 온 사람들이 계약을 맺거나 기초 작업만 해놓고 자기 소유로 만들 수 있는 광활한 땅을 보게 되었을 때 어쩔 수 없는 토지 소유욕이 일어났던 것 같다. 그들은 좀 더 많은 땅, 가능하면 좋은 땅을 원했다. 어쨌든 땅을 탐냈다. 그들에게는 땅을 가짐으로써 대가(大家)가 되고 또 대가로서 남을 수 있었던 봉건적인 유럽에 대한 갖가지의 기억이 있었는지도 모르겠다. 초기 정착자들은 사용할 수도 없는 필요 이상의 땅을 차지했다. 쓸모없는 땅을 단지 소유하기 위해 소유했다. 모든 사정이 일변했다. 유럽에서라면 10 에이커를 가지고도 잘 살 수 있었던 사람이 캘리포니아에서는 200 에이커를 가지고도 목구멍에 풀칠하기도 힘들었다.

얼마 후에는 킹 시티와 산 아도 근처에 있는 불모의 언덕 땅들이 모두 점유되고, 가난에 찌든 가족들이 언덕에 흩어져 차돌 투성이의 메마른 땅에서 생계를 이어가느라고 안간힘을 썼다. 그들은 늑대들에게 시달림을 받으며 꾀로써 절망적이고 윤기없는 생활을 이어갔다. 그들은 돈, 장비, 도구, 신념, 특히 새로운 고장에 대한 지식, 그리고 그것을 사용할 기술, 그 무엇 하나 갖지 않고 이 지역으로 들어왔다. 단순한 우둔 때문인지 또는 커다란 신념 때문이었는지 그것은 알 길이 없다. 그러나 이제 이러한 모험은 세상에서 거의 사라졌다. 가족들은 목숨을 유지하면서 커갔다. 그들이 갖고 있던 도구나 무기들도 거의 사라졌다. 어쩌면 잠시 동안 다만 유보상태에 있는지도 모르겠다.

그들은 공정하고 착한 일을 권장하는 신(神)을 철두철미하게 신봉하고 있었기 때문에 그곳에서 신념을 가질 수 있었고 조금이라도 안전하게 지낼 수 있었다고 하지만 내 생각엔 그들이 개체로서 신념을 갖고 자존(自尊)했기 때문에, 그리고 자기들이 가치있고 잠재적으로 도덕적인 단위체라는 것을 철저하게 알고 있었기 때문에, 자신들의 용기와 위엄을 신에게 돌리고 그것을 되받을 수 있었다. 어쩌면 사람들이 자기 자신을 더 이상 믿지 않게 되었기 때문에 이제 이러한 일들은 사라졌다. 그리고 그런 일이 일어날진대 혹시 옳지 못한 사람일지라도 강력하고 자신감만 있으면 그를 찾아 코트 자락에나 매달리는 일 외에는 남은 것이란 아무것도 없게 될 것이다.

많은 사람들이 무일푼으로 샐리너스 계곡엘 왔는가 하면 다른 곳에 있던 재산을 다 정리하고 새생활을 시작하기 위해 돈을 들고 찾아온 사람들도 있었다. 이들은 일반적으로 옥토를 사서 대패질을 한 널빤지로 집을 짓고, 양탄자를 깔고, 창문에는 다이아몬드형의 색유리를 끼었다. 이러한 가족들의 수가 많았는데 그들은 계곡의 좋은 땅을 사서 노란색 겨자나무들을 베어내고 대신 보리를 심었다. 이러한 사람 중의 하나가 아담 트래스크였다.

제 3 장

1 아담 트래스크는 코네티컷의 큰 도시에서 멀지 아니한 한 소읍의 변두리에 있는 농장에서 태어났다. 그러니까 그의 아버지가

1862년 코네티컷 연대에 입대한 후 6개월 만에 외아들로 태어났던 것이다. 아담의 어머니는 그를 임신하고도 농장을 경영했으며 그러고도 시간이 있어서 원시적인 접신론(接神論)을 믿었다. 그녀는 남편이 야만적인 반도(叛徒)들의 손에 죽게 되리라고 생각했기 때문에 그녀의 말을 빌리면 저승에서 그를 만날 준비를 했다. 그런데 아담이 세상에 태어난 지 6주만에 그는 집으로 돌아왔다. 그의 오른발은 무릎 밑에서 절단되어 있었다. 그는 자기가 직접 비취나무로 만든 의족에 의지하여 터벅터벅 걸어 들어왔다. 의족은 이미 금이 가 있었다. 그는 다리를 절단할 때 깨물라고 받았던 납탄알을 그의 주머니에서 꺼내 안방 테이블 위에 놓았다.

아담의 아버지 사이러스는 악마와 같은 기질을 갖고 있었다. 항상 거칠어서 이륜마차를 지나치게 빨리 몰면서 그의 나무다리가 경쾌하고 쓸 만한 것처럼 보이게 하려고 애를 썼다. 그는 군대 생활을 있는 그대로 즐겼다. 천성이 거친 그는 짧은 기간의 훈련과 음주와 도박을 즐기고 거기에 따르는 계집질을 했다. 그리고 그는 보충 부대의 일원으로 남진하면서 그것 또한 즐겼다. 남쪽 시골 구경을 하고 병아리를 훔치고 반란 처녀들을 건초더미까지 추격하곤 했다. 질질 끄는 부대 이동과 전투의 지루하고 절망적인 권태도 그에겐 상관이 없었다. 그가 적을 처음 만나게 된 것은 어느 봄날 아침 8시였다. 그는 8시 30분에 중탄(重彈)에 맞아 오른쪽 다리뼈가 형편없이 박살이 나 버렸다. 그때에도 그는 운이 좋았다. 반도들은 퇴각하고 야전 군의관들이 즉시 달려왔기 때문이다. 그들이 박살난 다리 부분을 도려내고 톱으로 뼈를 말끔히 잘라내고 벌어진 살을 깁는 5분 동안 사이러스 트래스크는 공포에 떨었다. 입에 물고 있던 탄환의 이빨자국이 그것을 증명했다. 유달리 화농하기 쉬웠던 그 당시의 병원의 환경 속에서 상처가 아무는 동안의 고통도 대단했었다. 그러나 사이러스에게는 활력과 자만이 있었다. 그는 비취나무 목발을 깎으면서 절름거리며 돌아다니는 동안 재목 더미 밑에서 휘파람을 불어 유혹하여, 10센트를 요구했던 흑인 여자로부터 악성 임질이 옮은 적도 있었다. 그가 새 목발을 완성하고 괴롭게도 자기의 병상을 알게 되자, 그는 그 여자를 찾아 여러 날 동안 쏘다녔다. 그는 여자를 찾기만 하면 어떻게 보복하겠다는 것을 그의 동료들에게 말했다. 그는 주머니칼로 그 여자의 귀와 코를 잘라내고 돈을 되받을 작정이었다. 그는 나무다리를 깎으면서 그녀를 어떻게 자를 것인가 하는 방법을 해보이기도 했다. "그렇게 해 놓으면 그 계집은 우스운 꼴이 될 거야." 그는 말을 이었다. "술이 곤드레가 된 인디언이라도 그 계집을 가까이 하고 싶지 않도록 만들어 줘야지." 그의 사랑의 빛이 그의 의도를 감지했었음이 틀림 없었다. 그는 끝내 그 여자를 찾지 못했기 때문이다. 사이러스가 퇴원을 하고 제대가 될 무렵, 그의 임질도 말라 버렸다. 다만 그가 코네티컷에 있는 집으로 돌아왔을 때 아내에게 병을 옮겨 줄 정도의 증상이 남아 있었다.

트래스크 부인은 창백하고 내성적인 여자였다. 태양열이 아무리 뜨거워도 그녀의 뺨이 빨개지는 일이 없고 웃음 소리가 아무리 커도 그녀의 입가가 치켜올라가는 일이 없었다. 그녀는 종교를 세상과 자신의 만병을 고치는 치료법으로 삼았다. 따라서 질병을 고치는 데 적합하도록 종교를 변형시켰다. 죽은 남편과 접촉하기 위하여 그녀 나름대로 발전시켰던 접신론이 필요없게 되었음을 알자, 그녀는 새로운 불행을 찾아 헤매었다. 그녀의 이러한 추구는 사이러스가 전쟁에서 집으로 가지고 온 병으로 곧 보답되었다. 새로운 상황을 알아차리자 그녀는 새로운 신학을 고안해 냈다. 그녀의 영교(靈交)의 신은 복수의 신이 되었다. 그녀가 지금까지 고안해 낸 것 중에서 가장 만족스러운 신이었다. 그러니까 최후의 신이 된 것이다. 남편이 없는 동안 꾸었던 방탕한 꿈에 그녀의 현재 상황을 귀착시키기란 아주 용이한 일이었다. 그러나 이 병은 그녀가 꿈 속에서 저지른 방탕한 짓에 대하여 충분한 벌이 못 되었다. 그녀의 새 신(神)은 처벌의 명수였다. 신은 그녀에게 희생을 요구했다. 그녀는 적당하고 자기 중심적인 겸허한 태도를 마음 속으로 찾았기 때문에 희생하여야 하겠다는 결론에 기꺼이 도달했다. 그녀가 유서를 고쳐 쓰고 절차를 다듬는 데는 2주일이나 걸렸다. 마지막 편지에서 그녀는 자기가 도저히 범할 수 없었던 죄목을 (고백) 하고 또한 자기의 능력으로는 어쩔 수 없었던 과오를 자인했다. 그러고 나서 그녀는 몰래 만든 수의(壽衣)를 입고 달빛이 교교한 밤을 빠져나가 연못 속으로 몸을 던졌다. 그 연못은 하도 얕아서 진흙 속에 무릎을 꿇고 앉아서 머리를 물 속에 파묻어야만 했다. 이런 짓은 강력한 의지력을 요구했다. 드디어 몽롱한 무의식 상태에 빠지게 되자, 그녀는 조바심을 하면서 아침이 되어 사람들이 자기를 물 밖으로 끌어낼 때 그녀의 하얀 무명수의가 앞자락까지 흙투성이가 되겠지, 하는 생각을 하고 있었다. 그리고 사실 그렇게 돼 있었다.

사이러스 트래스크는 메인 주(州)에 있는 고향으로 가던 길에 들른 세 명의 옛 전우들과 함께 위스키 병을 놓고 아내의 죽음을 애도했다. 갓난 아담은 장례가 시작될 때 심하게 울어댔다. 문상객들은 어린아이에게 신경 쓸 틈이 없어 젖 먹이는 일을 잊고 있었던 것이다. 사이러스는 그 문제를 곧 해결했다. 그가 헝겊을 위스키에 담아 어린아이에게 주어 빨도록 했더니 서너 번 빨고 나서 곧 잠들어 버렸다. 초상을 치르는 동안 어린 아담은 여러 번 깨어나서 칭얼대었으나 위스키가 밴 헝겊을 빨고는 다시 잠들었다. 어린아이는 이틀하고도 반나절 동안 술에 취해 있었다. 성장하는 두뇌에 어떤 변화가 일어났는지는 모르지만 그의 신진대사에는 유익했던 것으로 판명되었다. 이틀 반 동안 그 아이는 강철과 같이 건강했었기 때문이다. 3일이 지나고 나서야 그의 아버지는 드디어 밖으로 나가 염소 한 마리를 사가지고 왔다. 아담은 게걸스럽게 염소 젖을 마시더니 토하고 그러다가는 또 마시고 하며 지냈다. 그의 아버지는 이것을 보고도 놀라지 않았다. 그 자신도 마찬가지였기 때문이다.

한 달도 못 되어 사이러스 트래스크는 이웃 농부의 열일곱 살난 딸을 후취로 맞이했다. 구혼은 전격적이고 실제적이었다. 어느 누구도 그의 의도에 대해서 의심쩍게 생각하지 않았다. 의도는 명예롭고 합리적이었다. 그녀의 아버지는 구혼을 종용했다. 그는 딸 둘을 갖고 있었는데 맏딸인 앨리스는 열일곱 살이었다. 이것이 그녀가 받은 첫 구혼이었다.

사이러스는 아담을 돌봐줄 여자를 원했다. 집을 돌봐주고 요리를 할 사람을 필요로 했다. 하녀를 두면 돈이 들었다. 그는 건강한 남자라 여자의 육체가 필요했다. 그러자니 결혼을 하지 않고는 역시 돈이 들었다. 두 주일도 미처 못되는 사이에 사이러스가 구혼을 하고 결혼을 하고 잠자리를 같이 하게 되자 그녀는, 임신하게 되었다. 이웃 사람들은 그의 행동이 조급하다고 생각지는 않았다. 그 당시만 해도 한 남자가 일생 동안 서너 명의 부인과 재혼하는 것은 보통 있는 일이었기 때문이다.

앨리스 트래스크에게는 장점이 많았다. 그녀는 힘들여 걸레질을 하고 집 구석구석까지 말끔히 치우는 여자였다. 그녀는 그리 예쁘지는 않았으니 눈여겨 볼 필요는 없었다. 눈빛은 창백하고 안색은 누렇고 이빨은 굽어져 있었다. 그러나 몸은 건강했으며 임신중에도 불평 한 마디 하지 않았다. 그녀가 어린아이들을 좋아하는지 또는 싫어하는지는 아무도 몰랐다. 누가 그녀에게 물어본 일도 없고 묻지 않으면 도무지 말이 없었다. 사이러스의 생각으로는 이것이 그녀의 가장 큰 미덕 중의 하나였다. 의견을 제시하거나 말을 하지는 않았지만, 다른 사람이 말을 하면 그녀는 집안 일을 분주히 하면서 막연히나마 그 이야기를 귀담아 듣는 듯했다.

앨리스 트래스크의 젊음, 무경험, 과묵, 이런 모든 것들이 사이러스에게는 보물처럼 생각되었다. 그는 이웃 농장들이 경영되는 방식으로 그의 농장을 계속 경영함으로써 재향군인으로서의 새로운 경륜에 들어섰다. 그를 난폭하게 만들었던 정력은 이제 그를 사려깊게 만들었다. 병무청 사람을 제외하고는 그의 군복무 상황이나 기간을 아는 사람은 아무도 없었다. 그의 의족은 종군을 증명하는 확인서가 되는 동시에 재복무를 할 필요가 없다는 보증서가 되기도 했다. 그는 조심스럽게 종군에 대한 이야기를 앨리스에게 하기 시작했다. 그러나 화술이 늘어감에 따라 이야기는 전투로 발전했다. 처음에는 자기가 거짓말을 하고 있다는 생각이 들었지만 그는 얼마 안 있어서 자기의 이야기가 모두 사실이라는 것을 확신하게 되었다. 군복무를 시작하기 전만 해도 전쟁에 대해서는 전혀 관심을 갖고 있지 않았었으나 이제는 전쟁에 관한 책이면 모두 사들이고 보고서를 모두 읽고 뉴욕 신문들을 구독하고 지도를 연구했다. 지형에 관한 그의 지식은 모호했고 전쟁에 관한 정보는 가공적이었으나 이제 그는 권위자가 되었다. 그는 전투와 부대 이동과 작전뿐만 아니라 참전한 부대를 연대에 이르기까지 알고 있었으며 심지어는 연대장들과 부대의 창설지까지도 알고 있었다. 이야기를 하다 보니 자기도 거기에 있었다는 것을 재확인하게 되었다.

이 모든 것들은 서서히 발전되어 갔다. 아담과 그의 뒤를 이어 태어난 이복(異腹) 동생이 자라서 소년이 되는 동안에도 이런 일이 계속되었다. 장군들의 사고방식과 계획, 그리고 그들이 어디서 실수를 저질렀던가 또는 그들이 수행했어야만 했던 일 등을 아버지가 설명하는 동안 아담과 어린 찰스는 묵묵히 앉아서 존경하는 눈초리로 그 설명을 들었다. 그리고 나서──그 당시에 그는 이것을 알고 있었는데──그는 그랜트 장군과 맥크렐런 장군에게 그들이 어디서 과오를 범했는가를 알려 주고 자기의 상황 분석을 채택해 달라고 진언했으나 한결같이 이를 거절당했으며 후에야 그가 옳았다는 것이 증명되었다.

사이러스가 하지 아니한 일이 하나 있었는데 아마도 그가 현명했었는지도 모른다. 그는 하사관으로 진급하지 아니하고 사병으로 시작해서 사병으로 남아 있었다. 종합적으로 이야기해서, 사병으로 남아 있음으로써 전사(戰史) 가운데에서 가장 이동성이 빠르고 신출귀몰(神出鬼沒)하는 군인이 될 수 있었다. 그러자니 동시에 네 개나 되는 전장에 나타나야만 했다. 그러나 어쩌면 본능적으로 그는 서로 밀접하게 관계된 이야기는 하지 않았다. 앨리스와 아들들은 사병으로서의 그의 모습을 마음 속에 뚜렷이 그리고 있었다. 그리고 굉장하고 중요한 전투가 벌어질 때마다 참전하고 참모회의에도 자유스럽게 드나들고 또한 장군들의 결정에도 동의하지 않는 그러한 군인의 모습을 자랑스럽게 생각했다.

링컨의 사망은 사이러스를 비통에 빠지게 만들었다. 비보를 처음 들었을 때, 느낌이 어떠했는가를 그는 늘 기억하고 있었다. 그는 슬픔을 입 밖에 내거나 이야기를 들을 때면 눈물이 비오듯 쏟아졌다. 그가 실제로 말은 안 했지만 사이러스 트래스크 사병이야말로 링컨의 가장 가깝고 가장 따뜻하고 가장 신임이 두터운 전우 중의 한 사람이었다는 인상을 누구나 받게 되었다. 링컨이 금박 술을 달고 뽐내는 꼭두각시가 아니라 실제적인 군대에 대해서 알고 싶을 때면 트래스크 병사에게 상의하곤 했다. 사이러스가 이것을 직접 말하지는 않았지만 간접적으로 이해시키려고 한 방법이야말로 암시의 승리라고 할 수 있었다. 누구도 그를 거짓말쟁이라고 부를 수 없었다. 거짓을 생각하고도 입에서 흘러나오는 진실이 거짓을 채색했기 때문이다.

꽤 일찍부터 그는 전쟁 수행에 관한 단상(斷想)과 논문을 쓰기 시작했다. 그의 결론은 지적이고 신뢰성이 있었다. 사실이지 사이러스는 훌륭한 군인정신을 계발했다. 과거에 있었던 전쟁과 지속되는 군대조직 양자에 관한 그의 비평에는 정말로 날카로운 데가 있었다. 여러 잡지에 실린 그의 논문은 뭇 사람들의 관심을 끌었다. 국방 당국에 제출한 보고서는 동시에 신문에도 게재되었지만, 군대에 대한 여러 가지 결심에 커다란 영향을 미치기 시작했다. 만일 북군 재향군인회가 정치적인 세력과 영향을 행사할 수 없었더라면 그의 주장도 워싱턴까지 그렇게 명료하게 들리지 않았을 테지만, 근 백만이나 되는 집단의 대변인이 무시될 수는 없었다. 사이러스 트래스크는 군사적인 문제에 있어서 이러한 대변의 목소리가 되었다. 그는 군대조직과 장교, 인과 관계와 인사와 장비 문제에 대하여 상담을 받게 되었다. 그의 말을 들어 본 사람이면 누구에게나 그의 전문성이 명확해졌다. 그는 군사면에 있어서 천재성을 갖고 있었다. 그뿐만 아니라 그는 국민 생활에 있어서 하나의 핵심적 잠재력이 된 재향군인회의 한 책임자가 되었다. 그 기관에서 여러 개의 무보수직을 맡고 있다가 만년에는 유급 간사직을 맡았다. 그는 대회와 회합과 야영에 참석하면서 전국의 방방곡곡을 여행했다. 그의 공적 생활은 이러하였다.

  그의 사생활은 역시 새로운 직업에 따라 장식되었다. 그는 헌신적인 사람이었다. 그는 군대식 원칙에 따라 집과 농장을 운영했다. 그는 개인 경제를 운영하는 데도 보고서를 요구하여 보고를 받았다. 그리고 앨리스도 이런 방식을 좋아했다. 그녀는 말을 좋아하지 않았다. 요령있는 보고가 그녀에게도 쉬웠다. 그녀는 아들들을 키우고, 언제나 집안을 깨끗이 청소하고 빨래하느라고 바빴다. 비록 어떤 보고에서도 언급은 하지 않았지만 그녀는 힘을 모아 두어야만 했다. 그녀 자신도 모르게 힘이 빠져버려 그자리에 주저 물러앉아 회복되기를 기다려야만 하는 때도 있었기 때문이다. 밤이 되면 그녀는 땀에 흠뻑 젖곤 했다. 소위 폐병에 걸려 있다는 것을 그녀는 너무나도 잘 알고 있었다. 힘이 빠질 정도의 심한 기침은 하지 않았지만 이것을 잘 알고 있었을 것이다. 얼마나 더 살 수 있을지 그녀는 몰랐다. 차츰 쇠약해지면서 몇 년 동안 끌어가는 사람들도 있었다. 그 병에는 어떤 법칙이 없었다. 그녀는 감히 남편에게 말을 꺼낼 수 없었는지도 모른다. 남편은 병을 치료하는 데 벌과 비슷한 방법을 고안해 낸 적이 있었다. 그는 배 아픈 것을 죽지 않는 것이 기적일 정도로 강력한 설사약으로 치료했다. 만일 그녀가 자기의 병상을 이야기했었다면, 사이러스는 병으로 죽기 전에 죽을 치료를 시작했었을 것이다. 게다가 사이러스는 점점 군대식이 되었기 때문에, 그녀도 군인이 살아 남을 수 있는 유일한 기술을 습득했다. 그녀는 다른 사람의 눈에 띄게 행동하는 일이 결코 없었으며, 말을 건네오지 않으면 절대로 말을 하지 않았으며, 예상되는 일만 수행했지 그 이상은 하지 않았으며, 앞서 가려고도 하지 않았다. 말하자면 후미 병사가 되었던 것이다. 그런 생활방식이 훨씬 쉬웠다. 그러니까 앨리스는 뒷전으로 물러앉아 거의 눈에 띄지 않았다.

실제로 엄격하게 규율 있는 생활을 하게 된 것은 어린 아들들이었다. 비록 군대라는 것이 완전한 것은 아닐지라도 남아에게는 명예스러운 유일한 직업이라고 사이러스는 단정하고 있었다. 자신은 의족 때문에 직업군인이 될 수 없는 것을 안타깝게 생각했지만, 그는 아들들의 경력으로 군인 이외의 것은 상상할 수도 없었다. 남자라면 자신처럼 사병으로부터 군대생활을 배워야 한다고 그는 생각했다. 그렇게 돼야 그는 차트나 교본에서가 아니라 경험에 의해 그런 생활이 어떠한 것인가를 배우게 될 것이기 때문이다. 아이들이 걸음도 제대로 걷지 못할 때부터 집총교육을 했다. 그들이 초등학교에 다닐 무렵에는 분대 훈련이 호흡처럼 자연스럽고 지옥처럼 넌더리나게 되었다. 그는 막대기로 의족을 쳐서 리듬을 맞추면서 그들에게 맹훈련을 시켰다. 어깨를 튼튼히 하기 위하여 돌을 가득 넣은 배낭을 짊어지고 수 마일씩 걷도록 했다. 그는 집 뒤에 있는 숲속에서 사격술도 계속 익히게 했다.

2 어린아이가 어른의 정체를 처음으로 알게 될 때——어른들의 지혜가 성스럽지 못하고, 판단이 항상 현명하지는 않으며, 사고가 항상 진실되지는 않으며, 의견이 항상 공정하지는 않다는 생각

이 어린이의 진지하고 작은 머리 속에 처음으로 떠오를 때에 —— 그의 세계는 당황하여 고독해 하고 만다. 신은 타락하고 모든 안도감은 사라지고 만다. 그런데 신들의 전락에 관하여 한 가지 확실한 것이 있다. 신들이 조금 전락하고 머무는 것이 아니라 산산 조각으로 부서지든지 아니면 푸르뎅뎅한 오물 속으로 깊숙이 빠져든다는 것이다. 신들을 재건(再建)하는 일은 지루한 일이다. 그들은 전혀 빛을 발하지 못한다. 따라서 어린이의 세계는 다시는 완전해지지 못한다. 그것은 고통스러운 성장의 일종이다.

 아담은 아버지의 마음을 속속들이 알게 되었다. 아버지가 변모했다는 것이 아니라 어떤 새로운 자질이 아담에게 나타났던 것이다. 정상적인 모든 동물이 그러하듯이 그는 훈련을 항상 저주했었다. 그러나 그것은 마치 홍역처럼 정당하고 진실되고 불가피한 것이었다. 거부되거나 저주될 수는 없고 오직 증오의 대상이 되었을 뿐이다. 그러다가 ——그의 머리 속에 거의 순간적으로—— 적어도 그에게는 아버지의 방법이 아버지 자신 이외에는 그 어떤 것과도 아무런 관계가 없다는 것을 아담은 알았다. 기술과 훈련은 아들들을 위한 것이 전혀 아니고 오직 사이러스를 위대한 인물로 만들기 위해 만들어졌던 것이다. 아버지는 위인이 아니고, 사실은 의지가 강하고 집중력이 대단한 소인이면서 운두가 높은 정모를 쓴 사람에 불과하다는 생각이 동시에 섬광같이 지나갔다. 무엇이 이런 생각을 갖게 했을까…… 눈빛일까, 거짓이 발견된 것일까, 순간적인 망설임일까? 아는 사람은 아무도 없다. 어찌 되었든 신은 어린이의 머리 속에서 산산이 부서졌다.

 아담은 항상 복종하는 어린이였다. 그의 마음 속에는 폭력과 언쟁과 한 집안을 찢어놓을 만한 무언의 절박한 긴장을 두려워하는 무엇인가가 있었다. 그는 폭력이나 언쟁을 회피함으로써 그가 바라는 평온을 유지했다. 그렇게 하기 위해서 그는 남의 눈에 띄지 않는 뒷전으로 물러앉아야만 했다. 누구에게나 다소의 폭력은 있게 마련이기 때문이다. 그는 자기의 생활을 모호한 베일로 감싸고 있었지만 그의 평온한 눈빛 속에는 풍요한 생명이 계속 흐르고 있었다. 그렇다고 해서 그가 공격으로부터 보호될 수는 없었지만 그래도 자력에 의한 면역은 가능했다.

이복 동생인 찰스는 겨우 한 살 남짓 아래였지만 아버지의 독단적인 성격에 영향을 받으며 자랐다. 찰스는 본능적으로 시간 조정과 협조력, 그리고 세상에서 성공의 원동력이 되는 강한 경쟁심을 갖추고 태어난 운동선수였다.

어린 찰스는 형과 기술이건 힘이건 아니면 재기를 다투든지 간에 어떤 시합에서고 승리를 거두었다. 그것도 아주 쉽게 이겨서 초반에서 흥미를 잃고 다른 아이들과 경쟁을 해야만 했다. 물론 그러는 사이에 형제간에 일종의 우애가 생기게 되었지만 이것은 형제간의 우애라기부다는 오누이간의 관계와 흡사했다. 아담에게 덤벼들거나 험담을 하는 아이가 있으면 으레 찰스가 대들어 이기곤 했다. 그는 아버지가 야단을 치는 경우 거짓말을 하거나 심지어는 야단을 떠맡아 가면서까지 아담을 감싸주었다. 찰스는 눈먼 강아지가 갓난아기와 같은 무력한 것에 대하여 느끼는 애정을 그의 형에게 느꼈다.

아담은 차단된 머리 속에서⋯⋯터널과 같은 눈 속에서 세상 사람들을 바라보았다. 그의 아버지는 처음엔 외다리를 한 자연력의 화신이었으며 어린 소녀들로 하여금 더욱 왜소하게 느끼게 하고 우둔한 소년들로 하여금 자신들의 우둔함을 인식하게 만들었던 존재였었음은 당연했다고 하더라도, 그 후에는, 그러니까 신이 산산이 부서지고 나서는, 그에게는 아버지가 타고 난 경찰관으로, 계략에 넘어가거나 속아 넘어갈 수는 있을지 몰라도 결코 도전을 받을 수는 없는 순경으로 보였다. 기다란 터널과 같은 아담의 눈에는 이복 동생인 찰스야말로 근육과 골격, 속력과 민첩 면에서 뛰어난 천부의 재질을 갖춘 별세계의 빛나는 존재로 보였다. 슬금슬금 천천히 다가오는 가공할 흑표범을 찬양하듯이 찬양은 받을 수 있으나 누구와도 비교가 안 되는 사람이었다. 아담은 마치 자기의 생각을 사랑스런 나무나 하늘을 나는 꿩에게 털어놓을 수 없듯이 허기와 허전한 꿈과 터널 같은 눈 속의 아련한 기쁨을 동생에게 털어놓을 수는 없었다. 아담은 여자가 두툼한 다이아몬드를 좋아하듯이 찰스를 좋아했다. 여자가 다이아몬드의 광휘에 의존하고 그 가치에 자기 보증을 연결시키는 것과 같이 그는 동생에게 의존했다. 그렇다고 사랑·애정·감정 이입과 같은 것은 생각도 할 수 없었다.

앨리스 트래스크에 대해서 아담은 격한 수치감 같은 것을 갖고 있었으나 그것을 나타내지는 않았다. 그녀가 자기의 친어머니가 아니라는 것을 그는 알고 있었다. 여러 번 들었기 때문이다. 직접 들은 것은 아니지만 사람들이 하는 말투로 보아, 그에게도 친어머니가 있었는데 그 어머니가 가령 닭 돌보기를 잊었다든가 숲속에 있는 사격장의 표적을 잊어버린 그런 창피한 일을 저질렀으리라는 것을 그는 알고 있었다. 잘못을 저지른 결과 어머니는 여기에 있을 수가 없었던 것이라고 그는 생각했다. 만일 어머니가 저지른 죄목이 무엇이었던가를 알 수 있다면 자기도 그와 같은 죄를 저질러 여기서 쫓겨나고 싶다고 아담은 가끔 생각했다.

앨리스는 두 소년을 동등하게 대했다. 그녀는 씻기고 밥을 먹이고 할 뿐 다른 일은 그들의 아버지에게 맡겼다. 하기야 자식들을 육체적으로 정신적으로 훈련시키는 일은 자기의 고유한 임무라고 그들의 아버지는 명확하고 단호하게 말한 적이 있었다. 칭찬하고 야단치는 일까지도 그가 맡았다. 앨리스는 결코 불평도, 언쟁도, 웃음도 웃는 일도 없었고 울지도 않았다. 그녀는 입을 일자로 다물고 무엇 하나 숨기는 일도 없었으며 제안하는 일도 없었다. 그러나 아담이 아주 어렸을 때 몰래 부엌으로 들어간 일이 있었다. 앨리스는 그를 보지 못했다. 그녀는 웃음 띤 얼굴로 양말을 꿰매고 있었다. 아담은 살금살금 부엌에서 나와 집을 빠져나가 그가 잘 알고 있는 숲속의 나무그루터기 뒤 은신처로 갔다. 그리고 아늑한 나무 뿌리 사이에 깊숙이 자리를 잡았다. 아담은 그녀의 알몸뚱이에나 부딪힌 듯한 충격을 받았다. 숨이 넘어갈 듯이 흥분으로 숨이 가빴다. 왜냐하면 앨리스는 나체가 되어……미소를 짓고 있는 듯했기 때문이다. 앨리스가 어떻게 이런 음탕한 모습을 감히 할 수 있을까, 하고 그는 의아스럽게 생각했다. 그는 정열적이고 뜨거운 그리움을 안고 그녀를 향해 몸을 굽혔다. 그것이 무엇인지 몰랐지만, 포옹과 달램과 애무를 오랫동안 맛보지 못했던 정에의 굶주림, 젖가슴과 젖꼭지에 대한 그리움, 보드라운 무릎, 사랑과 동정이 깃든 음성, 근심스러운 정감 등에 대한 갈구……이런 모든 것들이 그의 격정 속에 있었다. 그는 이런 것들이 존재하고 있는지조차 알지 못했기 때문에 그것을 알지 못했다. 그러니 그가 어떻게 그것들을 그리워할 수 있었겠는가?

잘못된 그림자가 얼굴을 뒤덮어 자기의 시야를 비틀리게 하여 착각을 일으켰을지도 모른다는 생각이 떠올랐다. 그래서 그는 머리 속에 떠오른 영롱한 모습을 되돌아보았으나 두 눈마저 미소짓고 있다는 것을 알았다. 비틀어진 빛이라면 어느 한쪽 눈에만 작용을 할 수 있는 것이지 양쪽에 작용을 할 수는 없다.

그는 매일같이 언덕 위에 올라가, 돌처럼 힘없이 누웠다가 늙고 외로운 어미 마못이 새끼들을 양지로 몰고 오는 것을 바라보면서 그 쪽으로 다가갔듯이 장난스럽게 그녀에게로 살금살금 다가갔다. 그는 눈에 띄지 않도록 숨어서 곁눈으로 앨리스를 훔쳐보았다. 그것은 역시 사실이었다. 혼자 있을 때나 혼자 있다고 생각될 때 그녀는 종종 마음은 정원에서 뛰놀게 해놓고 미소를 짓곤 했다. 마못이 새끼들을 굴 속으로 몰아넣듯이 그녀가 재빨리 미소를 속으로 몰아넣는 것을 보는 일은 참으로 재미있었다.

아담은 이러한 그의 기쁨을 터널 같은 눈 속에 감추고 있었다. 그러나 이러한 기쁨을 무엇으로든 보답하고 싶었다. 그래서 앨리스는 바느질 그릇 속에서, 또는 다 떨어진 지갑 속에서, 또는 베개 밑에서 육계빛의 패랭이꽃 두 송이, 파랑새의 꽁지깃, 녹색 봉랍 토막, 그리고 훔친 손수건 같은 선물을 계속 발견하게 되었다. 처음에 앨리스는 깜짝 놀랐다. 그러나 이내 그 놀라움도 사라졌다. 예기치 않았던 선물을 발견할 때면 정원을 보는 미소가 번뜩 빛났다가는 마치 송어가 연못 속에 비친 날카로운 햇빛을 가로지르듯이 사라졌다. 그녀는 이에 대해 물어 보는 일도 없었고 설명을 붙이는 일도 없었다.

그녀의 기침은 밤이면 더욱 악화되어 소리가 높아지고 마음을 혼란시켰기 때문에 사이러스는 드디어 그녀를 다른 방에서 자도록 했다. 그렇지 않고는 그는 잠을 못 잤다. 그러나 그는 넘어지지 않도록 벽을 잡고 한쪽 맨발로 껑충껑충 뛰어 그녀를 가끔 찾았다. 그가 앨리스의 침실로 뛰어갔다 올 때면 아이들은 집안을 따라 그의 체구가 움직이는 소리를 듣고 느낄 수 있었다.

아담은 커가면서 두렵게 생각되는 것이 하나 있었다. 입대하게 되는 날이었다. 그의 아버지는 그로 하여금 그런 날이 오리라는 것을 잊지 않게 했다. 그는 그것에 대하여 자주 말했다. 사나이가 되기 위해서 군대가 필요한 것은 아담이었다. 찰스는 이미 성인에 가까워 있었다. 찰스는 열다섯 살밖에 안 되었지만 한 사나이, 다시 말하면 위풍이 있는 사나이가 되어 있었다. 그때 아담은 열여섯 살이었다.

3 해를 거듭하면서 두 소년 사이의 형제애는 점점 두터워졌다. 찰스의 감정은 경멸에 가까운 것이었는지도 모르지만 어쨌든 일종의 보호감이었다고 할 수 있었다. 어느 날 저녁, 두 소년은 뜰 안에서 처음 해보는 게임인 자치기를 하고 있었다. 끝이 뾰족한 작은 막대기를 땅에 놓고 한쪽 끝을 긴 막대기로 쳐서 이것이 공중으로 튀어

오르면 긴 막대기로 가능한 한 멀리 쳐내는 놀이였다.

 아담은 게임을 잘하지 못했다. 그러나 우연히도 초점과 타이밍을 잘 맞추어 그는 이 게임에서 동생을 이겼다. 네 번씩이나 찰스보다도 피위라는 작은 막대기를 멀리 쳐냈다. 정말로 처음 겪는 일이었기 때문에 가눌 수 없는 흥분에 싸여 전처럼 동생의 기분을 살필 겨를이 없었다. 다섯 번째에도 자를 쳐서 마치 벌처럼 소리를 윙윙 내고 들판 끝까지 가게 날렸다. 그가 행복감에 싸여 찰스를 향해 몸을 돌렸을 때 갑작스럽게 가슴이 얼어붙는 듯한 감정을 느꼈다. 찰스의 얼굴에 나타난 증오의 표정이 그를 놀라게 했기 때문이다. "아마 우연일 거야." 그는 더듬더듬 말했다. "맹세코 다시는 널 이길 수 없을 거야."

 찰스는 피위를 땅에 놓고 다시 쳐보았지만 공중에 떠오르는 것을 헛치고 말았다. 찰스는 아담을 향해 천천히 다가왔다. 그의 눈초리는 씨늘하고 모호했다. 아담은 두려워서 주춤주춤 뒤로 물러섰다. 그는 감히 돌아서서 도망치지 못했다. 동생이 자기보다 더 빨리 뛸 수 있기 때문이다. 그는 슬슬 뒷걸음을 쳤다. 그의 눈빛은 겁에 질려 있었고 목구멍은 바싹 타올랐다. 찰스는 바싹 다가와서 긴 막대기로 그의 얼굴을 갈겼다. 아담은 피가 줄줄 흐르는 코를 감쌌다. 찰스는 막대기를 휘둘러 갈비뼈를 내리쳤다. 아담은 숨이 막혔다. 그러나 찰스는 다시 머리를 쳐서 그를 실신하게 만들었다. 아담이 정신을 잃고 땅에 나자빠지자 찰스는 배를 세게 내차고 그냥 가버렸다.

 얼마가 지난 다음에야 아담은 정신을 차렸다. 가슴이 아파서 숨을 가쁘게 쉬었다. 일어나 앉으려고 애를 썼으나 배 위의 찢어진 근육이 뒤틀리는 바람에 다시 넘어졌다. 앨리스가 내다보는 것이 눈에 띄었다. 그녀의 얼굴 표정에는 전에 보지 못했던 무엇인가가 있었다. 그는 그것이 무엇인지 알지 못했지만 그것은 부드럽거나 연약한 표정은 아니었다. 어쩌면 증오였었는지도 모른다. 그가 바라보는 것을 안 그녀는 커튼을 다시 내리고 사라졌다. 아담이 애써 땅에서 일어나 허리를 굽히고 엉금엉금 기어서 부엌으로 들어갔을 때, 따뜻한 물 대야가 준비되어 있고 그 옆에는 깨끗한 수건이 걸려 있었다. 계모가 자기 방에서 심하게 기침하는 소리가 들렸다.

 찰스는 한 가지 특질을 갖고 있었는데 그것은 한 번도 미안한 생각을 가져본 적이 없다는 것이다. 그는 구타에 대하여 말을 꺼낸 적이 없었음은 물론 다시는 그것에 대하여 생각지도 않았다. 그러나 아담은 어떤 일에서든 다시는 이기지 않겠다고 다짐했다. 그는 항상 동생에게서 위험감을 느꼈다. 이제 그는 찰스를 죽일 준비가 되어 있지 않은 한, 그를 이겨서는 안 된다는 것을 알고 있었다. 찰스는 미안하게 생각지 않았다. 그는 단지 자기의 특질을 발휘했을 따름이다.

 찰스도 아버지에게 그 구타에 관한 이야기를 하지 않았고 아담도 하지 않았고 틀림없이 앨리스도 하지 않았다. 그러나 아버지는 그 일을 알고 있는 것 같았다. 그 후 몇 달 동안 그는 아담에게 부드럽게 대해 주었다. 그의 어투도 훨씬 부드러워졌다. 그는 더 이상 벌을 주는 일도 없었다. 거의 매일밤 그는 아담에게 설교를 했지만 거칠지 않았다. 그러나 아담은 광포에 대하여 느꼈던 것보다도 부드러움에 대하여 더 두려움을 느꼈다. 왜냐하면 제물들이 불행하게도 신들을 화나게 만들지 않고 행복하게 제단으로 갈 수 있도록 그들의 마음을 달래주는 방식으로, 마치 그도 죽기 전에 친절한 대접을 받고 있는 것처럼 제물로서 훈련을 받고 있다는 생각이 떠올랐기 때문이다.

 사이러스는 군인의 본질에 대하여 아담에게 조용히 설명했다. 비록 경험에서보다는 조사를 통하여 얻었지만 그의 지식은 정확했다. 그는 군인에게 따르게 마련인 슬픈 위엄에 대하여 아들에게 말해 주었다. 연약성의 옹보이기는 하지만, 인간의 약점에 비추어 볼 때 군인이 얼마나 필요한가를 설명했다. 어쩌면 사이러스도 이야기하는 도중에 이러한 것들을 자신에게서 발견했었는지도 모르겠다. 그것은 그가 젊었을 때 깃발을 휘두르고 함성을 치던 호전성과는 꽤 거리가 먼 것이었다. 때가 와서 마지막 겸손을 겪게 될 때, 다시 말하면 무의미한 개죽음을 당하게 될 때 지나치게 분통을 터뜨리지 않게 하기 위하여 군인에게는 겸손에 겸손이 필요하다는 것이었다. 사이러스는 아담에게만 이야기를 하고 찰스는 듣지 못하게 했다.

사이러스는 어느 날 오후 늦게 아담을 데리고 산책을 나갔다. 그가 지금까지 해온 그의 연구와 사색의 엄청난 결론을 털어놓자 그의 아들은 무서운 공포에 휩싸였다. "군인이란 모든 사람 중에서 가장 신성한 존재다. 그는 가장 심한 시련을 겪기 때문이다. 이것 봐라. 모든 역사에서 살인하는 것이 죄악이라고 사람들은 교육을 받아 왔다. 살인을 한 사람은 누구를 막론하고 파멸되어야 한다. 커다란 죄, 아니 우리가 알고 있는 가장 큰 죄악이기 때문이다. 그런데도 우리는 군인에게 살인 무기를 건네주고는 '잘 사용해라, 재주껏 사용해라.' 이렇게 말한다. 군인에게는 제재를 가하지 않는다. 나가서 가능한 대로 어떤 종류의, 아니면 어떤 부류의 형제들을 죽여라. 그러면 그에 대한 보상을 하리라. 어렸을 때 받은 교육을 깨뜨렸기 때문이다." 아버지가 말했다.

아담은 마른 입술에 침을 바르고 물어보려다 실패하고 나서 다시 힘을 내어 물었다. "왜 그렇게 해야만 하는가요?" 그는 물었다. "그 이유는 무엇인가요?" 사이러스는 이 질문에 크게 감동을 받고 여태까지 없었던 어조로 대답했다. "모르겠다. 일들이 돌아가는 방법은 내가 연구를 하여 다소 알고 있지만 일의 동기는 알 수 없다. 사람들은 자신들이 하는 일을 이해하고 있다고 생각해서는 안 된다. 많은 일들이 본능적으로 되어지는 것이다. 마치 벌이 꿀을 만들고 여우가 개를 속이기 위해 개울에다 발톱을 담그는 것과 같다. 여우가 자기의 행동하는 이유를 이해하고 벌이 겨울을 기억하고 또 겨울이 다시 찾아오리라는 것을 알고 있더냐? 네가 입대를 해야 한다는 것을 알았을 때, 나는 장래의 일은 내버려 두고 네가 네 자신의 일을 찾아내어 처리할 수 있도록 해야 되겠다고 생각했다. 따라서 내가 알고 있는 보잘것 없는 지식으로 너를 보호할 수 있다면 다행이리라 생각했다. 너도 이제 나이가 찼으니 곧 입대해야 될 거야."

"싫습니다." 아담이 재빨리 대답했다.

"곧 입대하게 될 거다." 그의 아버지는 아들이 하는 말을 듣지도 않고 말을 이었다. "따라서 네가 놀라지 않도록 너에게 얘기를 해두고 싶다. 입대하면 먼저 네 옷을 모두 벗길 것이다. 아니 그 이상일 것이다. 그들은 네가 갖고 있는 조그마한 위신마저도 벗길 것이다. 그렇게 되면 네가 생존권이라고 생각하는 것, 그리고 살기 위해 혼자 있겠다는 보잘것 없는 권리도 잃게 될 거다. 다른 사람들과 똑같이 먹고 자고 똥을 누게 만들 것이다. 그 다음에 너에게 다시 옷을 입혀 놓으면, 너는 자신을 다른 사람과 구별할 수 없게 될 것이다. 너는 '이것이 나다. 다른 사람과는 다른 나다' 하는 것을 알리기 위해 종이 쪽지를 꽂는다든가 가슴팍에 표지물을 핀으로 꽂을 수도 없게 될 거다."

"그렇게 하고 싶지 않습니다." 아담이 말했다.

"얼마 후에는." 사이러스가 말을 계속했다. "다른 사람들이 생각하지 않는 생각을 너는 하지 않을 것이며 다른 사람들이 하지 않는 말을 너는 모르게 될 거야. 그리고 다른 사람들이 한다는 이유 때문에 너도 그 일을 할 거야. 너는 무엇이든 그 차이점에서 위협을 느낄 거야. 똑같이 생각하고 똑같이 행동하는 사람들의 집단에 대하여 일종의 두려움을 느낄 거야."

"만일 그렇지 않으면 어떻게 되죠?" 아담이 물었다.

"그렇지." 사이러스가 말했다. "가끔씩 그럴 수도 있지. 어쩌다 요구되는 일을 하지 않으려는 사람이 있지. 그러면 어떤 일이 생기는지 알아? 그의 별스러운 점을 때려부수기 위해 전체 조직을 냉정하게 움직이지. 그들은 너의 정신과 신경, 그리고 육체와 마음을 쇠몽둥이로 두들겨 위험스러운 차이점이 너에게서 없어지도록 만들 거야. 그리고도 네가 끝끝내 항복하지 않으면 그들은 너를 음식물을 토해내 악취가 풍기도록 밖에 내버려 둘 거야. 그들의 일원이 된 것도 아니고 그렇다고 자유스럽게 두는 것도 아니고. 그들과 어울리는 것이 좋을 거야. 그들은 자신들을 보호하기 위하여 이런 짓을 할 뿐이야. 의기 양양할 정도로 비논리적이고 아름다우리 만큼 무감각한 군대는 자체를 약화시키는 문제를 내버려 두지 않아. 만일 군대를 다른 것에 드러내어 비교한다거나 조롱하지 않으면, 너는 그 자체 내에서 합리성과 논리성과 일종의 가공할 아름다움을 서서히 그리고 확실히 발견하게 될 거야. 그것을 받아들이는 사람이라고 항상 나쁜 사람은 아니고 때에 따라서는 훨씬 선량한 사람일 수도 있다. 이 문제에 대하여 나는 오랫동안 생각을 해보았으니 내 말을 잘 들어라. 우울한 군대 생활을 이겨내지 못하고 자신을 포기하게 되어 면목을 잃게 된 사람들도 있다. 그렇다고 이런 사람들에서 처음부터 이렇다 할 면목이 있었던 것도 아니야. 어쩌면 내가 그 꼴이 될지 모르겠다. 그런가 하면 어려운 일을 이겨내지 못하고 똑같은 구렁텅이 속에 빠졌다가, 전보다도 더 훌륭히 자신을 되찾고 일어선 사람들도 있다. 그들은 조그마한 자만심을 잃은 대신 중대와 연대의 핵심을 모두 얻었기 때문이야. 만일 네가 밑바닥까지 빠질 수 있다면 너는 생각할 수 있는 것보다 더 높이 올라가서 성스러운 기쁨, 천사들과 같은 우정을 알게 될 거야. 그렇게 되면 인간이란 모호하지만 그래도 인간의 본질을 알게 될 거야. 그러나 네가 아주 깊숙이 빠져보지 않고는 이것을 결코 알지 못하게 된다.

그들이 집을 향해 돌아오다가 사이러스는 왼쪽으로 돌아 숲속으로 들어갔다. 어둠침침했다. 갑자기 아담이 말했다. "아버지, 저기 나무 그루터기가 보이지요? 나는 저쪽으로 나무뿌리 사이에 몸을 숨기곤 했어요. 아버지가 벌을 주신 후에는 늘 거기에 숨어 있었지요. 그리고 기분이 우울할 때면 가끔씩 거기에 있었지요."

"그곳에 가보자." 아버지가 말했다. 아담이 앞서서 그곳으로 갔다.

사이러스는 나무뿌리 사이의 둥지같이 생긴 구멍을 내려다보았다. "오래 전부터 이곳을 알고 있었다." 아버지가 말을 이었다. "언젠가 네가 오랫동안 집을 비웠길래 네가 틀림없이 이런 장소에 있으리라고 생각했다. 너에게는 이런 곳이 필요했으리라고 느꼈기 때문에 이곳을 내가 찾아낸 것이다. 땅이 굳어 있고 잔풀이 밟혀 있구나? 그 속에 앉아 있는 동안 나무 껍질을 갈기갈기 찢어놓았구나. 내가 우연히 이곳을 발견했을 때 바로 여기라고 생각했다."

아담은 의심쩍다는 듯이 아버지를 빤히 쳐다보았다. "아버지는 나를 찾으러 여기에 한 번도 오시지 않았어요." 그가 말했다.

"안 왔지." 사이러스가 대답했다. "그러고 싶지 않았다. 사람을 궁지에까지 몰아넣을 수도 있지만, 나는 그렇게 하고 싶지 않았다. 사람은 항상 죽기 전에 빠져나갈 구멍을 남겨두어야 하는 법이야. 잊지 말아라! 내 생각에 내가 너를 심하게 몰아세웠다. 그러나 낭떠러지까지 너를 밀어제치고 싶지는 않았다."

부자는 나무숲 사이로 초조하게 걸었다. 사이러스가 말했다.

"여러 가지를 너에게 말하고 싶다. 그러나 거의 다 잊어버릴 것 같구나. 군인이란, 무엇인가를 되받기 위해 많은 것을 포기한다는 것을 말하고 싶다. 어린아이는 세상에 나올 때부터 그때 그때의 사정에 의해서 또는 법률이나 규칙이나 권리에 의해서 자신의 생명을 보호하는 것을 배운다. 어린아이는 그 위대한 본능을 갖고 출발하는 것이고 또 주위의 모든 것이 그 본능을 재확인해주지. 그러다가 군인이 되면 그는 이 모든 것을 깨뜨리는 법을 배워야 해. 미쳐버리지 않고 냉정하게 자신을 초개같이 버리는 것을 배워야 해. 네가 그렇게 할 수 있다면…… 그렇게 못하는 사람도 있긴 하지만…… 너는 무엇보다도 위대한 선물을 갖게 되는 거야. 이놈아, 알겠느냐?"

사이러스는 진지하게 말을 이었다.

"대개의 사람들은 겁을 먹지. 그들은 무엇이 공포의 원인이 되고 있는지조차도 몰라…… 환영(幻影)인지 당혹인지, 이름도 번호도 없는 위험인지, 얼굴도 없는 죽음의 공포인지 몰라요. 그러나 만일 네가 환영이 아니라 탄환이나 군도(軍刀)나 화살이나 창에 의한, 묘사할 수도 있고 인식이 가능한 진짜 죽음에 직면할 수만 있다면, 그러면 너는 다시는 겁을 먹을 필요가 없다. 적어도 전에 느꼈던 그런 방식으로는. 그러면 너는 다른 사람이 되어, 그들이 공포에 떨며 울부짖는 곳에서도 안전하게 될 수 있다. 이것이야말로 커다란 보답이다. 어쩌면 이것이 유일한 보답인지도 모르겠다. 이것이 오물 가운데서 찾아볼 수 있는 최후의 숨결인지도 모른다. 날이 저물었다. 내가 한 말을 우리 둘이서 깊이 생각해 보고 내일 밤 다시 너에게 이야기하겠다."

그러나 아담이 물었다. "왜 동생한테 이야길 안 하시죠? 찰스도 곧 입대할 텐데요. 그 애는 나보다도 훨씬 잘할 거예요."

"찰스는 가지 않을 거다." 사이러스가 대답했다. "그 애는 군대에 가도 가망이 없어."

"하지만 나보다 훌륭한 군인이 될 걸요."

"겉으로만 그렇다." 사이러스가 말했다. "속으론 안 그래. 찰스는 두려워하는 것이 없기 때문에 용기에 대해서 아무것도 배울 수 없을 거야. 그 애는 자기밖에 모르기 때문에 내가 너에게 설명한 것을 전혀 깨닫지 못할 거야. 그 애를 군대에 보내는 것은 묶어 놓아야 할 것을 풀어 놓아 주는 격이야. 그 애를 입대시키지는 않겠다."

아담이 불평을 털어놓았다. "아버지는 그 애에게 벌 준 일도 없고, 제멋대로 놀게 내버려 두고, 칭찬만 하고 괴롭히지도 않았고, 그리고 이제는 군대에도 안 보내시고." 그는 자기가 한 말에 겁이 나서 말을 멈췄다. 자기가 한 말이 아버지의 분통을 터뜨리거나 멸시나 폭력을 유발할지도 몰라서였다.

아버지는 아무 대답도 하지 않았다. 그는 숲속을 빠져나왔다. 턱이 가슴에 닿을 정도로 고개를 떨구고 있었다. 나무다리가 땅에 닿을 때마다 엉덩이가 단조롭게 위아래로 움직였다. 의족을 짚을 때면 앞으로 내밀기 위해 옆으로 반원형을 그렸다.

이제 날이 완전히 어두워졌다. 열려진 부엌문에서 램프의 환한 불빛이 흘러나왔다. 앨리스가 문 입구 쪽으로 나와 그들이 오는가를 알아보려고 빠끔히 내다보았다. 고르지 않은 발자국 소리가 다가오는 것을 듣고, 그녀는 부엌으로 되돌아갔다.

사이러스는 부엌문 있는 데로 걸어가더니 발걸음을 멈추고 고개를 들면서 "어디 있니?" 하고 물었다.

"여기요, 아버지 바로 뒤에, 바로 여기요."

"넌 나한테 질문을 했다. 대답을 해주어야 되려나보다. 대답하는 것이 좋을 수도 있고 나쁠 수도 있다. 너는 똑똑치가 못하구나. 너는 네가 바라는 것이 무엇인지를 모르고 있구나. 네게는 적당한 난폭성이 없어, 다른 사람이 너를 짓밟도록 내버려 두고 있어. 너는 개똥만도 못한 겁쟁이라고 나는 가끔씩 생각했다. 네 질문에 대답이 됐니? 나는 너를 더 사랑한다. 늘 그랬다. 이렇게 말하는 것이 좋지 못할지도 모르지만 그것이 사실이다. 너를 더 사랑하고 있다. 그렇지 않다면 내가 너의 마음을 상하게 하는 괴로움을 왜 겪었겠느냐? 자, 입을 다물고 저녁이나 먹으러 가자. 내일 밤에 얘기해 주마. 다리가 쑤시는구나."

4 저녁 식사때엔 아무 대화도 없었다. 수프 마시는 소리와 음식을 씹는 소리만이 고요를 깨뜨렸을 뿐이다. 아버지는 석유 램프 등피에서 모기를 내쫓으려고 손을 내저었다. 동생이 자기를 엿보았으리라고 아담은 생각했다. 아담이 고개를 갑자기 쳐들었을 때, 앨리스의 눈빛이 빛나는 것을 보았다. 아담은 식사를 마치자 의자를 뒤로 밀어내고 "산책 좀 다녀오겠어요"라고 말했다.

찰스도 일어섰다. "함께 가겠어."

앨리스와 사이러스는 그들이 문 밖으로 나가는 것을 지켜보았다. 그녀는 좀체로 없었던 질문을 했다. "무엇을 했어요?" 그녀는 신경질적으로 남편에게 물었다.

"아무것도 안 했어." 그가 대답했다.

"그 애를 입대시키려고 그래요?"

"그렇지."

"그 애도 알고 있어요?"

사이러스는 열린 문을 통해 어둠 속을 멍하니 쳐다보고 있었다.

"그럼, 알고 있지."

"가려고 하지 않을 걸요. 그 애에겐 적절한 일이 못 돼요."

"상관없소." 사이러스가 말했다. 그러고 나서 그는 똑같은 소리를 크게 소리쳤다. "상관없대두." 그의 어조로 보아, '입 다물어요. 당신이 일 바가 아니야'라고 말하는 듯했다. 그들은 잠시 동안 아무 말도 하지 않았다. 그러다가 그는 거의 사과하는 어투로 말을 꺼냈다. "그 애는 당신의 친자식으로는 보이지 않소." 앨리스는 대꾸하지 않았다.

두 형제는 바퀴 자국이 난 어두운 길을 걸어 내려갔다. 앞쪽 마을에서 비치는 불빛 몇 개가 희미하게 빛나고 있었다.

"주막에서 무슨 재미있는 일이라도 벌어지는가 보러 가는 거야?" 찰스가 물었다.

"그런 건 생각도 해본 적이 없어." 아담이 대답했다.

"그렇다면 한밤중에 무엇하러 나온 거야?"

"넌 올 필요가 없었어." 아담이 말했다.

찰스가 그에게 바싹 다가왔다. "오늘 오후에 아버지가 뭐라고 하셨지? 같이 걸어가는 것을 내가 봤는데. 뭐라고 하셨지?"

"군대에 대해서 말씀해주셨어 …… 늘 하시던 것처럼."

"나한텐 그렇게 보이지 않던데." 찰스는 의심쩍다는 듯이 말했다. "아버지가 형한테 바싹 다가가서 어른들에게 말하는 것처럼 말하던데. 지시가 아니라 말을 하던데."

"얘기를 해 주셨어." 아담은 참을성 있게 말했다. 두려움이 다소 그를 짓누르기 시작했기 때문에 호흡을 억제해야만 했다. 그는 가능한 한 숨을 깊이 들이쉬었다가 두려움을 몰아내기나 하듯이 숨을 죽였다.

"아버지가 뭐라고 말했어?" 찰스가 다그쳐 물었다.

"군대에 대해서 말씀하시고, 군인이란 어떠한 것인가를 얘기하셨다니까."

"믿을 수 없는데." 찰스가 말했다. "빌어먹을, 입만 깐 거짓말쟁이 같으니. 무얼 갖고 도망치려고 하는 거야?"

"아무것도 아니야." 아담이 말했다.

찰스는 불쾌하게 말했다. "형의 미친 엄마는 물에 빠져 죽었어. 아마 형의 엄마는 형을 보았을 거야. 그러니 그렇게 하는 것이 상책일 테지."

아담은 불길한 공포를 억누르며 가만히 숨을 내쉬었다. 그리고 아무 말도 하지 않았다. 찰스가 소리쳤다. "아버지를 데리고 갈 작정이지? 어떻게 할 셈이야? 어떻게 할 작정이야?" "아무것도 아니야." 아담이 말했다.

찰스는 아담의 앞을 막았다. 가슴과 가슴이 거의 닿았다. 아담은 뱀에게서나 물러나듯이 조심스럽게 뒷걸음질쳤다.

찰스가 소리쳤다. "이것 봐, 아버지 생일날 말야, 나는 아버지께 75센트나 주고 칼날 세 개와 코르크 따개와 진주 손잡이가 달린 독일제 손칼을 사드렸어. 그런데 그 칼이 온 데 간 데 없어졌어. 아버지가 그 칼 쓰는 것을 본 일이 있어? 아버지가 형에게 주었지? 칼 가는 것도 본 일이 없어. 형의 주머니 속에 들어 있지? 아버지가 어떻게 하셨는지 알지? '고맙다.' 그저 이렇게만 말했을 뿐이야. 75센트나 주고 산 진주 손잡이 독일제 칼을 드리고 들은 마지막 말이 그거야."

그의 목소리에는 분노가 서려 있었다. 아담은 두려움을 느꼈다. 그러나 시간적인 여유가 있다고 생각했다. 방해가 되는 것이면 무엇이고 잘라버리는 파괴력을 그는 너무나도 여러 번 보아왔다. 처음에는 분노가 나타나고 다음엔 냉정, 착란이 나타났다. 무표정한 눈빛, 만족한 미소, 무서운 침묵, 그리고 낮은 목소리. 그리고 나면 쳐죽일 것 같은 폭행이 뒤따랐다. 냉엄하고 교묘한 폭행이었다. 손은 정확하고 교묘하게 움직였다. 아담은 바싹 마른 목구멍을 적시기 위해 침을 꿀꺽 삼켰다. 동생에게 할 말을 생각할 수도 없었다. 일단 분노가 터지면 동생은 들으려고도 하지 않고 들리지도 않기 때문이다. 아담 앞에 검게 버티고 선 그는 몸을 낮게 하고 어깨를 벌리고 퉁퉁하게 되었지만 아직 움츠리지는 않았다. 그의 입술은 달빛을 받아 침으로 빛나고 있었으나 아직 미소를 띠고 있지 않았다. 노기에 차 있었다.

"형은 아버지 생일날 무슨 선물을 했어? 내가 못 본 줄 알고? 형은 75센트를 썼어? 하다 못 해 형은 50센트라도 썼어? 숲속에서 주운 잡종개 한 마리를 갖다 드리지 않았어. 형은 바보같이 웃으면서 이놈이 좋은 새 사냥개가 될 거라고 말했어. 그런데 그 개는 아버지 방에서 자는가 하면 아버지는 독서를 할 때에도 그 개를 데리고 놀잖아, 훈련도 잘 시켜 놓고. 그런데 내가 사드린 칼은 어디 갔지? 아버지는 '고맙다'라는 말만 했을 뿐이야." 찰스는 낮은 소리로 말했다. 그리고 양어깨를 내려뜨렸다.

아담은 결사적으로 한 발 뒤로 물러서서 두 손으로 얼굴을 가렸다. 동생은 한 발 한 발 단단히 내디디며 정확하게 다가왔다. 교묘하게 주먹이 닿는 거리에 접근하자 몸이 얼어붙는 듯한 일격이 배에 닿았다. 아담의 두 손이 맥없이 떨어졌다. 그러자 머리에 네 번의 주먹 세례를 받았다. 아담은 코뼈와 연골이 부서지는 것을 느꼈다. 그는 두 손을 다시 쳐들자, 이번에는 가슴을 쳤다. 그러는 동안에 아담은 저주받은 자가 절망에 싸여 혼미한 눈초리로 처형자를 바라보듯이 동생을 쳐다보고 있었다.

　그 자신에게도 놀라웁게, 아담은 갑자기 손을 휘둘렀다. 그러나 힘도 없고 방향도 맞지 않는 헛손질이 되고 말았다. 찰스가 살짝 허리를 굽혀 그 밑으로 들어오자, 아담의 힘없는 팔은 동생의 목을 감게 되었다. 아담은 팔로 동생을 감싸고 바싹 매달리면서 흐느껴 울었다. 그는 억센 주먹이 배를 갈기는 바람에 메스꺼움을 느꼈지만 그래도 계속 매달렸다. 그에게는 시간이 늦게 가는 것처럼 생각되었다. 동생이 몸을 옆으로 돌려 양다리를 벌려 놓으려고 애쓰는 것을 아담은 몸으로 느꼈다. 동생의 무릎이 무릎을 지나 허벅다리를 지나 올라오더니 불알을 걷어찼다. 별이 번쩍하는 아픔이 몸을 찢는 듯하더니 온 몸으로 번졌다. 팔이 맥없이 떨어졌다. 아담은 허리를 굽히고 토했다. 그 동안에도 인정사정 없는 살인 같은 구타가 계속되었다.

　아담은 관자놀이와 뺨과 눈에 계속 구타를 당했다. 입술이 갈기갈기 찢어져 누더기처럼 되어 있는 것을 느꼈다. 피부는 마치 두꺼운 고무에 싸인 것처럼 두껍고 무디게 된 것 같았다. 다리는 왜 굽혀지지 않았을까, 왜 넘어지지 않았을까, 왜 정신을 잃지 않았을까, 하고 그는 멍하니 생각하고 있었다. 구타는 한없이 계속되었다. 큰 망치를 휘두르는 사람처럼 동생이 급하게 몰아쉬는 숨소리가 들리고 희미한 별빛 속에서 눈에서 흘러나오는 피눈물 사이로 동생의 모습이 보였다. 허탈하고 무표정한 눈초리와 침에 젖은 입술에 희미한 미소. 이런 것들이 눈에 들어오더니 밝음과 어두움이 하나가 되어 번득였다.

　찰스는 그의 위에 버티고 서더니 지친 개처럼 헐떡였다. 그러다가 돌아서서 멍든 손가락 마디를 주무르면서 재빨리 집을 향해 걸어갔다.

　아담은 곧 의식이 돌아왔으나 겁이 났다. 마음은 몽롱한 고통 속에서 갈피를 못 잡았다. 몸은 상처투성이가 되어 무겁고 둔했다. 그러나 거의 순간적으로 상처를 잊어버렸다. 재빠른 발소리가 길에서 들렸기 때문이다. 쥐가 느끼는 본능적인 두려움과 걱정 같은 것이 그를 엄습했다. 그는 두 무릎을 디디고 일어서서 길을 피해 방수(放水)해 놓은 도랑으로 몸을 질질 끌고갔다. 도랑에는 물이 약간 있었으며 양쪽으로 풀이 무성했다. 아담은 조심하여 물소리를 내지 않고 물 속으로 기어들었다.

발자국 소리가 다가오더니 걸음을 늦추었다. 조금 지나치다가는 다시 되돌아왔다. 숨어 있는 아담에게는 칠흑 같은 어두움 속에 검은 그림자만이 눈에 띄었다. 성냥이 그어지더니 작은 녹색 불이 일고 곧 성냥개비에 불이 붙었다. 성냥불은 밑에서부터 괴상하게 동생의 얼굴을 비추었다. 찰스는 성냥불을 치켜들고 주위를 살폈다. 그의 오른손에 들고 있는 손도끼가 아담의 눈에 보였다.

불이 꺼지자 밤은 앞서보다 더욱 어두워졌다. 찰스는 천천히 움직이면서 다시 성냥불을 켰다. 그리고 또 켰다. 그는 흔적을 찾기 위해 길을 조사했다. 결국 그는 포기하고 말았다. 그는 오른손을 치켜들더니 도끼를 들녘 멀리 내던졌다. 그러고 나서 마을의 희미한 불빛 쪽으로 서둘러 걸어갔다.

아담은 오랫동안 차가운 물 속에 있었다. 동생이 어떻게 느끼고 있을까, 하고 그는 곰곰히 생각해 보았다. 지금쯤 그의 감정은 식었을 텐데 두려움을, 아니면 슬픔을, 아니면 양심의 가책을, 그것도 아니면 무감각하게 되었을까 하고 생각했다. 아담은 그에 대해서 이런 것들을 느꼈다. 그의 양심은 그와 동생간의 가교(架橋)가 되어 언젠가 동생의 숙제를 해주었듯이 동생 대신 그의 고통을 감수했다.

아담은 물에서 기어나와 몸을 일으켰다. 상처가 뻐근했으며 얼굴에 흐르던 피는 말라 피껍질이 되어 있었다. 그는 아버지와 앨리스가 잠자리에 들 때까지 어두운 밖에 있으리라고 생각했다. 그는 어떤 질문에도 대답할 수 없다고 느꼈다. 어떤 대답을 해야 할지 몰랐고, 대답을 생각해 내자니 얻어맞은 그의 마음이 고통스러웠기 때문이다. 파란 빛이 번쩍이는 현기증이 이마에 띵 하고 느껴졌다. 그는 곧 기절할 것만 같았다.

그는 두 다리를 넓게 벌리고 길을 따라 천천히 걸어갔다. 현관 앞에서 발을 멈추고 집 안을 들여다보았다. 천장에 쇠줄로 매달린 램프는 원형으로 노란 불빛을 비춰 앨리스와 그녀 앞에 있는 테이블 위의 반짇고리를 밝혀 주고 있었다. 맞은편엔 아버지가 나무 펜을 입에 물었다간 잉크를 찍어 까만 대장에 무엇인가 기입하고 있었다.

앨리스는 힐끗 고개를 쳐들자 아담의 피문은 얼굴을 보았다. 그녀는 놀라서 손을 입가에 대고 손가락을 꾸부려 아랫입술에 얹었다.

아담은 발을 질질 끌면서 한 발 한 발 옮기다가 문 입구에 몸을 기댔다.

그때 사이러스가 고개를 쳐들었다. 그는 아주 의아한 표정으로 아담을 보았다. 찌그러진 얼굴의 정체가 그의 눈에 서서히 들어왔다. 그는 당황하면서 의아한 듯이 일어섰다. 그는 나무 펜을 잉크병에 꽂고 손가락을 바지에 문질렀다. "그 놈이 왜 이런 짓을 했지?" 사이러스가 부드럽게 물었다.

아담은 대답하려고 애를 썼으나 그의 입은 굳어지고 입 안은 바싹 말라 있었다. 입술을 빨자, 피가 다시 흐르기 시작했다. "모르겠어요." 그가 대답했다.

사이러스가 의족을 짚고 쿵쿵 걸어오더니 그의 팔을 거칠게 꽉 잡았기 때문에 그는 움찔하면서 빼내려고 했다. "거짓말하지 말아! 왜 그 애가 이런 짓을 했지? 말다툼했니?"

"아뇨."

사이러스가 그의 팔을 비틀었다. "말해봐! 알아야겠다. 말해! 말해야 돼. 말을 하도록 만들겠다! 빌어먹을, 빌어먹을, 너는 언제나 그 애를 두둔하고 있어! 내가 모를 줄 아니? 나를 속일 수 있다고 생각하니? 자, 말해. 안 하면 밤새도록 거기에 세워 놓겠다."

아담은 대답을 궁리하던 끝에 "그 애는 아버지가 자기를 사랑하고 있지 않다고 생각해요"라고 말했다.
사이러스는 팔을 풀어 주고 껑충껑충 뛰어 다시 의자로 가서 앉았다. 그는 펜을 잉크병 속에서 덜거덕거리며 흔들고 나서 장부를 멍하니 바라보았다. "앨리스." 그가 입을 열었다. "아담을 자게 해요. 셔츠를 찢어내야 할 거요. 도와줘요." 그는 다시 일어서서, 옷이 걸려 있는 방 구석으로 가 옷 뒤에서 산탄총을 꺼내 총신을 꺾어 장탄되어 있는지를 확인하고 나서 밖으로 나갔다.
앨리스는 마치 공기줄로 그를 잡아 놓기나 하려는 듯이 손을 들었다. 그러나 줄은 끊어지고 마음먹은 생각은 그녀의 얼굴에 나타나지 않았다. "네 방으로 들어가거라." 그녀가 말했다. "대야에 물을 떠가지고 들어갈게."
아담은 이불을 허리까지 끌어올리고 누워 있었다. 앨리스는 수건을 따뜻한 물에 적셔 상처를 씻어 주었다. 그녀는 오랫동안 말이 없다가 불쑥 아담이 한 말을 되뇌었다. "그 애는 아버지가 자기를 사랑한다고 생각지 않아요. 하지만 너는 그 애를 좋아하지…… 너는 항상 그랬지."
아담은 그녀에게 대답하지 않았다.
그녀는 조용히 말을 이었다. "그 애는 이상해. 너는 그 애를 알아야 해. 네가 그앨 알기까지는 겉으로 거치니까 늘 골난 것 같이 보이는 거야." 그녀는 말을 못 잇고 기침을 했다. 몸을 굽히고 다시 기침을 했다. 한동안 기침을 하고 나자 뺨이 붉게 상기되었고 몸은 지쳤다. "너는 그 애를 알야야 해." 그녀는 되풀이했다. "오랫동안 그 애는 나에게 조그마한 선물을 계속 주었어. 그 애도 알아차리지 못했을 예쁜 선물이지. 그러나 떳떳하게 주지 않았어. 내가 발견할 만한 곳에 감춰 놓는 거야. 몇 시간을 두고 쳐다본다고 해도 그 애는 자기가 그랬다는 표정을 절대로 짓지 않을 거야. 너는 그 애를 알아야 해."
그녀는 아담에게 미소를 지었다. 그러자 그는 눈을 감고 잠들었다.

제 4 장

1 찰스는 마을 주막에 있는 술집에 서서 밤을 새우는 행상꾼들의 우스갯소리를 들으며 즐거운 듯이 웃고 있었다. 그는 시시한 은방울이 달린 담배 쌈지를 꺼내 그들에게 술 한잔을 사며 이야기를 계속하도록 했다. 그는 이를 드러내며 찢어진 손가락 마디를 비비며 서 있었다. 행상꾼들이 그의 술잔을 받아 들고 "건배합시다"라고 말할 때, 찰스는 아주 기뻤다. 그는 새로 온 패거리들에게 술 한잔을 다시 사고 나서 그들과 어울려 아주 못된 짓을 하러 다른 곳으로 가버렸다.

사이러스는 어두운 밤 속으로 절름거리며 나가면서 찰스에 대해 절망에 가까운 분노에 차 있었다. 그는 아들을 찾아 길을 헤매다가 주막까지 갔으나 찰스는 이미 그곳을 떠나고 없었다. 아마도 그날 밤 그가 아들을 찾아내었으면 죽였든지 아니면 적어도 죽이려고 했었을 것이다. 큰 사건의 방향이 역사를 움직이는 것은 당연하겠지만, 아마도 길에서 뛰어넘은 돌 하나, 미녀를 보고 숨을 죽이는 일, 또는 정원에 난 손톱자국에 이르는 모든 행위도 마찬가지일 것이다. 찰스는 아버지가 산탄총을 들고 자기를 찾고 있다는 이야기를 자연히 듣게 되었다. 그가 2주 동안이나 숨어 있다가 결국 집에 돌아왔을 때에는 죽여버리겠다던 아버지의 노기도 평범한 분노로 가라앉아 있었기 때문에 그는 일도 열심히 하고 거짓 겸손도 극적으로 부려 벌을 때웠다.

아담은 나흘 동안이나 누워 있었다. 온몸이 쑤시고 아파서 움직일 때마다 신음 소리가 나왔다. 사흘째 되던 날, 아버지는 군대에 대한 그의 위력을 증거로 보여 주었다. 그는 그 일을 자신의 프라이드를 키우는 습포(濕布)로서 하기도 했지만 아담을 위한 일종의 포상으로도 했다. 푸른 제복을 입은 대위 한 사람과 하사관 두 사람이 아담의 방으로 들어왔다. 뜰에는 두 사병이 말 고삐를 잡고 있었다.

아담은 침대에 누워서 기병대 사병으로 입대했다. 그는 부모가 지켜보는 가운데 군법에 서명하고 선서했다. 아버지의 두 눈에는 눈물이 반짝였다.

군인들이 가고 난 후 아버지는 그와 오랫동안 함께 앉아 있었다.

"너를 기병에 입대하게 한 데에는 이유가 있다." 아버지가 말했다. "병영 생활이란 오랫동안 할 것이 못 된다. 그러나 기병은 할 일이 많다. 나는 그걸 알고 있었다. 너는 인디언 지방으로 떠나게 될 것이다. 곧 작전이 있을 거다. 그걸 어떻게 알게 되었는지는 말할 수 없지만 곧 전투가 벌어질 기야.

"알겠어요, 아버지." 아담이 말했다.

2 일반적으로 아담과 같은 사람들이 군대 생활을 하여야만 하는 것이 나에게는 늘 이상하게 보인다. 그는 처음부터 전투를 싫어했지만, 그것을 좋아하게 되기는커녕, 그런 사람도 꽤 있긴 하지만, 폭력에 대한 반발을 점점 더 느끼게 됐다. 그가 꾀병이나 부리지 않는가 해서 여러 번 장교들의 주목의 대상이 되기도 했지만 징계를 받은 적은 없었다. 5년 동안의 군대 생활을 하는 동안 아담은 대대의 어떤 사람보다도 더 많은 특수 임무를 수행했지만, 그가 적을 사살했다면 그것은 전혀 우연의 결과였다. 명사수에다 저격병이었지만 그는 빗나가게 총을 쏠 수밖에 없었다. 이 무렵만 해도 인디언 토벌의 위험도란 소멸이 정도였다. 인디언 족들은 참을 수 없어 반란을 일으켰다가는 몰려서 대량 학살을 당했다. 살아 남은 사람들은 슬픔과 실망에

싸여 불모지에 정착했다. 물론 이 임무가 좋은 일은 아니었지만 국가 발전의 계획으로 주어진 이상 임무를 완수해야만 했다.

임무 수행의 한 도구로서 미래의 농장이 아니라, 훌륭한 인간이었던 사람들의 터진 배만을 보게 된 아담에게는 전투란 반발만을 일으키게 하고 전혀 소용없는 일로 보였다. 빗나가도록 발포하는 경우, 그는 자기 부대에 대한 반역을 저지르고 있는 셈이었지만 상관하지 않았다. 폭력에 반대하는 감정은 그의 마음 속에 싹터서 마침내는 다른 사고(思考)를 무력하게 만드는 편견이 되었다. 무슨 목적을 위해 어떤 것을 해친다는 것은 그에게 있어서는 적대행위처럼 보였다. 이런 감정은 사람을 사로잡아 놓고 결국 그 범위 내에서의 가능한 어떤 사고도 무력하게 만들기 때문이다. 그러나 아담의 군적부에는 비겁했음을 나타내는 흔적이 하나도 없었다. 사실이지 그는 세 번이나 용맹하다는 격찬을 받고 무공훈장까지 받았다. 그가 폭력에 대하여 반발하면 할수록 그의 충동은 반대 방향으로 치달았다. 그는 여러 번 생명을 걸고 부상병을 구출했다. 그는 정규 업무로 지쳐 있을 때마저도 자원하여 야전병원에서 일했다. 그의 전우들은 그를 멸시가 뒤섞인 애정으로 받아들였으며 그들이 이해하지 못하는 충동에 대해서 말로 표현하지 못하는 두려움을 느꼈다.

찰스는 농장과 마을에 대한 소식, 그리고 병든 소와 새끼 밴 암말에 대하여, 사들인 목장과 벼락을 맞은 헛간에 대하여, 그리고 폐병으로 질식해서 죽은 앨리스와 워싱턴에 있는 군인회에 영구 유급직으로 옮긴 아버지에 대하여 그의 형에게 규칙적으로 편지를 썼다. 많은 사람들이 그러하듯이 말을 잘하지 못하는 찰스도 자기 뜻을 잘 적어 보냈다. 자기의 고독과 당혹했던 일을 썼으며 자신에 대해서 알지 못했던 많은 일들을 편지에 써 보냈다.

아담이 집을 떠나 있는 동안, 찰스는 형에 대하여 그전이나 그 이후보다도 더 잘 알게 되었다. 편지가 왕래하는 동안 그들은 상상도 못했던 친근감이 커졌다.
 아담은 동생에게서 받은 편지 한 장을 소중히 간직하고 있었는데, 그것은 그가 그 내용을 완전히 이해했기 때문이 아니라 자기가 이해할 수 없는 내면의 뜻이 있는 성싶었기 때문이다. '그리운 아담 형에게' 그 편지는 이렇게 시작되어 있었다. "건강하기를 비는 마음에서 펜을 들었어요 —— 마음을 가라앉히고 글을 쓰기 위해 그는 늘 이렇게 시작했다. "지난번에 보낸 편지의 회답을 받지 못했어요. 다른 일에 바쁜 줄로 생각돼요 —— 하! 하! 때에 맞지 않는 비가 와서 사과꽃이 엉망이 됐어요. 이번 겨울엔 수확이 많지 않겠지만 힘되는 대로 저장을 해두려고 해요. 오늘 밤에는 대청소를 했는데 비눗물로 범벅을 해놨지만 더 깨끗해진 것 같진 않아요. 어머니는 어떻게 그렇게 잘도 청소를 했었는지 모르겠어요. 그때 같지 않아요. 무엇인가가 끼어 있어요. 무엇인진 모르지만, 닦아지지 않아요. 어찌 되었든 온통 먼지를 벌려 논 꼴이에요, 하! 하!"
 "아버지께서 여행에 대하여 소식을 전하셨던가요? 아버지는 군인회 야영에 참가하기 위해 캘리포니아의 샌프란시스코로 떠나셨어요. 육군 장관도 참석한대요. 아버지께서 그를 소개하기로 되어 있대요. 그렇다고 이것이 아버지에겐 큰 일은 아니에요. 대통령을 서너 번 만난 일도 있고 저도 백악관으로 초대를 받은 일도 있으니까요. 백악관을 보고 싶어요. 형이 집에 오면 나와 형이 함께 잘 수도 있겠죠. 아버지는 우리가 며칠 동안 묵게 해줄 수 있을 거예요. 어찌 되었든 형을 만나보고 싶을 거예요."
 "내 생각엔 나도 이젠 장가를 드는 것이 좋지 않을까 합니다. 여기는 좋은 농장이에요. 내가 쓸모 없는 사람인지 모르지만 이 농장보다도 나를 더 필요로 하는 처녀가 여럿 있을 거예요. 형은 어떻게 생각해요? 형은 제대하고 나서 집에 와 살겠다는 말을 하지 않았지만 그러기를 바라요. 형이 보고 싶어요."

여기서 글이 끊겼다. 편지에는 펜 자국과 잉크가 튄 곳이 있었다. 그 다음엔 연필로 계속 썼는데 글투가 달랐다.

연필로 쓴 글이다. "후에 쓰죠. 펜이 못쓰게 됐어요. 한쪽 펜끝이 부러졌어요. 다른 펜촉을 마을에 나가 사와야겠어요. 녹이 다 슬었군요."

글귀가 더욱 부드럽게 흘러내렸다. "연필로는 쓸 수 없으니 새 펜촉을 살 때까지 기다려야 할까봐요. 나는 부엌에서 램프를 켜놓고 우두커니 앉아서 공상에 빠져 있어요. 밤이 깊은 모양이군요. 자정이 지난 것 같지만 시간은 보지 않았어요. 닭장에서 올드 블랙 조가 꼬꼬 하고 울기 시작했습니다. 그런데 어찌 된 일인지 어머니의 흔들의자가 어머니가 앉아 계실 때처럼 삐걱거렸어요. 형도 알다시피 나는 그것과 상관이 없지만 그 소리는 과거를 회상하게 만드는군요. 형도 가끔씩 그러지 않소, 암만해도 이 편지는 찢어버려야 되겠소. 이런 글은 아무 소용이 없으니 말이오."

여기서부터 글은 내닫기 시작했다. 마치 말을 아무리 빨리 해도 지나치지 않는 것처럼. "찢어버리는 한이 있다 하더라도 적어두는 것이 좋을 듯하군요." 편지는 계속되었다. "온 집안이 살아 있는 것 같고 도처에 눈이 있는 것 같아요. 문 뒤에는 사람들이 있어 한눈만 팔면 들어올 것만 같고요. 몸이 근질근질할 정도로 알고 싶은 것은…… 왜 아버지가 그렇게 행동하셨는지 이해할 수 없다는 겁니다. 생신날 사드린 칼을 왜 싫어하셨는지. 왜 싫어하셨을까? 그건 좋은 칼이었어요. 아버지는 좋은 칼을 필요로 하셨어요. 아버지가 그것을 사용만 하셨더라도, 아니 숫돌에 갈기만 하셨더라도, 호주머니에서 꺼내 바라보기만 하셨더라도 나는 그것으로 좋았어요. 아버지가 그 칼을 좋아만 하셨더라도 나는 형의 뒤를 따라나서지는 않았을 겁니다. 나는 형의 뒤를 따라나설 수밖에 없었어요. 어머니의 의자가 약간 흔들리는 것 같군요. 불빛 때문이겠죠. 나는 그것과 아무 상관도 없어요. 마치지 못한 무엇이 남아 있는 것 같아요. 어떤 일을 반쯤 마치고 나머지가 무엇인지 생각이 나지 않을 때와 같아요. 무엇인가 아직 마치지 못한 것이 있는 것 같습니다. 나는 여기 있어서는 안 돼요. 이 좋은 농장에 앉아서 장가 들 생각이나 할 것이 아니라 나는 세상을 두루 돌아다녀야 해요. 무엇인가 다 끝내지 못한 것 같고, 이런 일이 너무 일찍 일어나서 무엇인가를 빠뜨린 것 같은 기분입니다. 무엇인가 잘못된 것이 있어요. 내가 형의 입장에 있어야 하고 형이 여기 있어야 해요. 전에는 이런 생각을 한번도 해본 일이 없어요. 너무 늦은 때문인지도 모르죠…… 생각보다 늦었어요. 밖을 내다보니 날이 밝아 오는군요. 잠을 잘 수 있을 것 같지 않아요. 밤이 어찌 그렇게 빨리 지났을까요? 지금 잠자리에 들 수는 없습니다. 어쨌든 잠을 못 잘 테니까요."

편지엔 서명이 빠져 있었다. 어쩌면 찰스는 편지를 찢어 버리려고 하다 잊어버리고 그냥 묻었는지도 모르겠다. 어쨌든 아담은 그 편지를 얼마 동안 보관하고 있었다. 다시 읽을 적마다 싸늘한 기분을 느꼈으나 그는 그 이유를 알지 못했다.

제 5 장

1 농장에서는 해일튼 가(家)의 어린아이들이 무럭무럭 자라기 시작했고 매년 새 아이가 태어났다. 조지는 키가 크고 잘생긴 소년으로 얌전하고 상냥했다. 어렸을 때부터 얌전하여 사람들은 '얌전이'라고 불렀다. 그는 아버지로부터 옷과 몸과 머리를 단정히 하는 성격을 이어받았다. 허름한 옷을 입었을 때마저도 그는 결코 그렇게 보이지 않았다.

조지는 어렸을 때도 그랬지만 커서도 결백한 사람이 되었다. 죄를 저지르는 일이란 그에겐 있을 수도 없었고 죄가 있다는 비행(非行)을 하지 않는다는 그것이 죄였다. 그가 중년 때, 이러한 일들이 자주 일어날 무렵이긴 했지만, 그가 악성 빈혈증에 걸려 있다는 것이 발견됐다. 이와 같은 그의 덕성은 정력의 부족에서 연유되었을 가능성도 있다.

조지의 뒤를 이어 윌이 땅딸막하고 건장하게 자랐다. 윌은 상상력이라고는 없었지만 힘이 장사였다. 그는 어렸을 때부터 일을 시키면 지칠 줄 모르고 일을 했다. 그는 정치 문제만이 아니라 모든 일에서 보수적이었다. 사상이라면 혁명적인 것이라고 생각하고 그는 의심과 혐오에 가득 차 이를 피했다. 그는 남에게 책잡히지 않도록 살고 싶어 했다. 그러기 위해서는 가능한 한 다른 사람들과 비슷하게 살아야 했다.

윌이 변화와 변동에 대하여 혐오를 느끼는 것은 그의 아버지와 관계가 있는지도 모르겠다. 윌이 한창 자랄 때만 해도 그의 아버지가 샐리너스 계곡에 온 지 그렇게 오래 되지 않아서 '장기 거주자'로 생각되지 않던 무렵이었다. 사실, 그는 외국인이라고 할 수 있는 아일랜드 사람이었다. 그 무렵 미국에서는 아일랜드 사람은 그다지 환영받지 못했다. 그들은 특히 동해안 지방에서 멸시를 받고 있었지만 그런 풍조는 서부에까지 다소 번졌음이 틀림없다. 그런데 새뮤얼은 변화의 가능성을 지녔을 뿐만 아니라 사상과 혁신의 사나이였다. 외떨어진 소 사회에서 이러한 사람은 자기가 다른 사람들에게 위험한 존재가 아니라는 것을 스스로 증명할 때까지는 늘 의혹의 대상이 되게 마련이다. 새뮤얼과 같이 뛰어난 사람은 예나 지금이나 많은 문제를 야기할 수도 있다. 예를 들면 자신들이 멍청하다고 생각하는 남자들의 부인들에게 지나친 관심의 대상자가 될 수도 있는 것이다. 그 다음으로는 그의 교육과 폭넓은 독서를 들 수 있다. 그는 책을 사기도 하고 빌리기도 했으며 먹는 것이나 입는 것 또는 실제 생활과 관련이 없는 것에도 지식을 갖고 있었으며 시(詩)를 좋아하고 명문(名文)을 존경했다. 만일 새뮤얼이 도언 가(家)나 델마 가와 같이 부자여서 커다란 집과 대지를 갖고 있었다면, 그는 커다란 서재를 갖추었을 것이다.

델마 가는 서재를 갖고 있었다. 그 안에는 책만 있었고 주위는 참나무 널 벽으로 되어 있었다. 새뮤얼은 그 델마 가가 소유하고 있는 책을 빌려다가 그들이 읽은 것보다도 더 많은 독서를 했다. 그 당시 돈이 있으면서 교육을 받은 사람은 환영을 받았다. 그런 사람은 자식들을 대학에 이렇다 저렇다 말하지 않고 보내고 주일이 아닌 날에도 조끼와 흰 와이셔츠와 넥타이를 맬 수 있고, 장갑을 끼고, 손톱을 말끔히 다듬을 수도 있었다. 부자들의 생활 방식과 관습은 신비에 싸여 있었기 때문에 그들이 무엇을 사용하고 사용하지 않는가를 누가 알겠는가. 그러나 가난한 사람들에게는 시나 그림이나 또는 가무(歌舞)에 맞지 않는 고전 음악이 무슨 소용이 있었겠는가? 이런 것들은 곡식을 거둬들이고 어린애들이 걸칠 헝겊 조각을 마련하는 데 아무 도움도 되지 못했다. 이러함에도 불구하고 가난한 사람이 이러한 일들에 열중하는 데는 우리들이 알 수 없는 몇 가지 이유가 있었을지도 모른다.

새뮤얼을 예로 들어보자. 그는 쇠나 나무로 만들려고 하는 작품의 도안을 떴다. 그 도안은 훌륭하고 이해할 만했을 뿐만 아니라 부러울 정도였다. 또한 그 도안 가장자리에다 다른 그림을 그렸는데 그것은 나무일 때도 있고 사람의 얼굴이나 동물이나 곤충일 때도 있고 또는 전혀 이해할 수 없는 모양일 때도 있었다. 이러한 것들은 보는 이로 하여금 당혹한 웃음을 자아내게 했다. 그런가 하면 새뮤얼이 무엇을 생각할지, 말할지 또는 행동할지를 미리 알 수는 도저히 없었다—— 불가사의한 것일 수도 있었다.

새뮤얼이 샐리너스 계곡으로 온 후 첫 몇 해 동안은 그에 대하여 막연한 불신감이 있었다. 윌은 어렸을 때, 사람들이 샌 루커스 상점에서 하는 이야기를 들었을 것이다. 어린 소년들은 그들의 아버지들이 다른 사람과 별나지 않기를 바란다. 윌은 그 당시에 이미 보수주의가 몸에 배었었는지도 모른다. 후에 다른 아이들이 태어나 자라남에 따라 새뮤얼도 이 계곡의 토박이가 되었다. 사람들은 마치 공작을 갖고 있는 사람이 뽐낼 수 있는 것처럼 그를 자랑으로 여겼다. 이제 사람들은 그를 두려워하지 않았다. 그들의 아내들을 타락시키거나 단란한 가정 생활에서 그들을 꾀어내지 않았기 때문이다. 샐리너스 계곡 사람들은 새뮤얼을 좋아하게 되었고 그때에는 윌도 자기 형성이 이루어져 있었다.

반드시 그만한 자격을 갖고 있지 않으면서도 진실한 의미의 신의 가호를 받은 사람들이 있다. 별다른 노력을 경주하거나 계획을 세우지도 않은 이들에게 여러 가지 행운이 찾아온다. 윌 해밀튼은 이런 사람들 중 한 사람이었다. 그가 받은 선물은 그가 감사할 수밖에 없는 것이었다. 한창 자라고 있는 윌에게 행운이 찾아왔다. 그의 아버지가 돈을 벌 수 없었을 때 윌이 돈을 벌게 된 것이다. 윌 해밀튼이 키운 병아리가 커서 알을 낳기 시작했을 때 계란값이 껑충 뛰었다. 그가 젊었을 때 조그마한 가게를 경영하던 두 친구가 파산 지경에 이르자 빚을 갚을 수 있도록 돈을 꾸어 주면 배당으로서 이익의 3분의 1을 주겠다고 청해 왔다. 인색하지 않았던 그는, 그들이 청하는 돈을 꾸어 주었다. 그 가게는 1년도 못 되어 자립하게 되었고, 2년 만에 확장을 하고, 3년 만에 지점을 여러 개 개설했으며, 그 후도 발전에 발전을 거듭하여 이제는 거대한 무역 업체가 되어 그 일대를 독점하게 되었다.

또한 윌은 부채의 대가로 자전거 공구점을 인수했다. 그 계곡의 몇몇 부자들이 자동차를 들여와서, 그의 직공들이 거기에도 손을 댔다. 놋쇠와 주철과 고무가 그의 꿈이었던 과감한 시인(詩人)이 그에게 압력을 가해 왔다. 헨리 포드라는 사람의 계획은 불법적인 것은 아니라 하더라도 터무니없는 것이었다. 윌은 그의 독점 지역으로 계곡의 남쪽 반을 투덜대면서 받아들였다. 그런데 이곳은 15년도 못 되어 포드 자동차로 파묻히게 되었고 윌은 고급 마온차를 몰고 다니는 부자가 되었다.

셋째아들 톰은 그의 아버지를 가장 많이 닮았다. 그는 격정 속에서 태어나 번갯불 같은 생애를 살았다. 그는 앞뒤를 가리지 않고 세상에 뛰어들었다. 그는 기쁨과 열정 속에 사는 거인이었다. 세상과 그 속의 사람들을 발견해 내는 것이 아니라 그들을 창조해 내는 사람이었다. 그는 아버지의 책을 제일 먼저 읽었다. 그는 빛나고 신선하며 6일째의 에덴 동산처럼 남의 눈에 띄지 않는 세상에서 살았다. 그의 마음은 망아지처럼 행복한 목장 속에서 뛰어놀았다. 후에 세상이 그 주위에 쇠사슬 울타리를 치자, 그는 울타리를 뚫고 들어갔다. 그리고 마지막 울타리가 그를 조이자 그는 그것을 뚫고 지나갔다. 그는 거대한 기쁨을 맛보는 능력을 갖고 있듯이 커나란 슬픔을 느낄 줄도 알았다. 따라서 키우던 개가 죽어도 세상이 끝나는 것 같은 슬픔을 느꼈다.

톰은 그의 아버지처럼 고안의 명수였다. 그러나 더 대담했다. 아버지가 엄두도 못 내는 일을 그는 시도했다. 그는 아버지와는 반대로 걷잡을 수 없는 욕정을 느끼고 있었다. 그가 총각으로 지내게 된 것도 그의 격렬한 성적 욕구 때문이었는지도 모른다. 그는 대단히 도덕적인 가문에서 태어났던 것이다. 그의 꿈과 동경, 그리고 그것을 위한 탈출구 같은 것 때문에 그는 자신이 무가치한 것으로 느끼게 되고 또 그것 때문에 눈물을 흘리면서 산 속으로 들어가게 되었는지도 모른다. 톰이야말로 야성과 온순성의 훌륭한 조화체라고 할 수 있었다. 그는 초인간적으로 일했다. 그는 일 속에서 그의 어쩔 수 없는 충동을 해소할 수 있었다.

아일랜드 사람들에게는 대단히 쾌활한 자질이 있는가 하면, 그들의 어깨를 타고 마음 속까지 뚫어보는 시무룩하고 명상적인 환영(幻影)이 있다. 그들에게 지나친 폭소를 터뜨리게 해놓으면 환영은 기다란 손가락을 그들의 목구멍 속으로 집어넣는다. 그들은 비난을 받기 전에 자신들을 책한다. 이런 특질이 항상 그들을 수비에 서게 한다.

톰이 아홉 살이었을 때, 그의 귀여운 여동생 몰리가 말을 더듬기 때문에 그는 걱정에 싸여 있었다. 그는 동생의 입을 크게 벌리게 하고는, 혀 밑에 있는 얇은 막이 장애를 일으키고 있다는 것을 알았다. "내가 고칠 수 있어." 그는 이렇게 말하고 집에서 멀리 떨어진 으슥한 곳으로 동생을 데리고 가서 호주머니칼을 돌에 갈아 그 장애물을 도려냈다. 그런 다음 그는 도망치고 나서도 마음 아파했다.

해밀튼 가의 집은 가족이 불어나면서 커졌다. 원래 완성된 집이 아니었기 때문에 필요에 따라 본채에 잇대어 집을 늘릴 수 있었다. 원래의 방과 부엌은 되는 대로 잇대어 지은 건물에 파묻혀 버렸다.

그 동안에 새뮤얼은 부자가 되지 못했다. 많은 사람들이 고생하는 병이기는 하지만, 그는 악성 특허법이라는 병으로 고생을 하고 있었다. 그는 현존하는 어떤 것보다도 좋을 뿐 아니라 싸고 효율적인 탈곡기 부분품을 발명했다. 그런데 특허 대리인이 얼마 안 되는 그의 이윤을 1년 동안 삼켜버렸다. 새뮤얼은 모형을 제조업자에게 보냈지만, 그는 그의 도면을 즉시 거절하고 나서 그 방법을 도용했다. 다음 몇 해 동안은 소송 때문에 어렵게 되었다. 결국 그는 패소하여 재산을 탕진하였다. 돈 없이는 돈과 싸울 수 없다는 철칙을 그는 처음으로 뼈저리게 느꼈다. 그러나 그는 이미 특허병에 걸려 있었다. 해를 거듭할수록 탈곡이나 대장일로 번 돈은 특허를 얻기 위해 다 나갔다. 해밀튼 집안의 어린애들은 맨발로 다니고 옷은 누더기가 되고 때로는 먹을 것마저도 떨어졌다. 톱니바퀴와 평면도와 입면도를 담은 청사진 값으로 돈이 다 나갔기 때문이다.

사람 중에는 생각을 많이 하는 사람이 있는가 하면 생각을 거의 하지 않는 사람도 있다. 새뮤얼과 그의 아들 톰과 조는 생각을 많이 하는 사람이었고, 조지와 월은 거의 생각을 하지 않는 편이었다. 넷째아들인 조는 빈둥빈둥 시간을 보내는 아이였지만 전 가족이 그를 귀여워하고 아껴주었다. 그는 힘없이 미소짓는 것이 일을 피하는 최선책이라는 것을 일찍부터 터득하고 있었다. 그의 형제들은 모두가 황소 같은 일꾼들이었다. 조에게 일을 시키느니보다는 그의 일을 대신 해주는 것이 더 쉬웠다. 그의 부모들은 그가 다른 것엔 전혀 재질이 없기 때문에 그를 시인(詩人)이라고 생각했다. 그는 부모들로부터 이러한 인상을 강력히 받았기 때문에 그것을 증명하기 위해 훌륭한 운문을 썼다. 조는 육체적으로 게을렀다. 아마도 정신 역시 게을렀을 것이다. 그는 일생 동안 백일몽을 꾸며 살았다. 그의 어머니는 다른 아이들보다 그를 더 사랑했다. 그가 무력하다고 생각했기 때문이다. 실제적으로는 그가 조금도 무능하지 않았다. 최소한도의 노력으로 소기의 목적을 정확히 달성했기 때문이다. 조는 온 집안의 총아였다.

봉건시대만 해도 칭김에 익숙하지 못한 아이는 교회로 발걸음을 돌렸다. 해밀튼 집안에서는 조가 농장이나 대장간에서 일을 제대로 해내지 못했기 때문에 고등 교육을 받게 되었다. 그는 병약하지 않았지만 물건을 잘 들어올리지 못했다. 뿐만 아니라 말도 서투르게 탔으며 또 싫어했다. 조가 밭갈이하는 것을 배우려고 애쓰는 것을 생각하고는 온 가족이 애정이 넘치는 웃음을 웃었다. 그가 애써 갈아 놓은 첫 고랑은 평지의 냇물처럼 꼬부랑꼬부랑 했으며 두 번째 고랑은 첫 고랑을 한 번 스치더니 이를 가로질러 엉뚱하게 빗나갔다.

차차 그는 일상의 농사일에서 제외되게 되었다. 그의 어머니는 마치 그것이 독특한 덕목이나 되는 듯이 그의 마음은 하늘을 날고 있다고 설명했다.

조가 번번이 일에 실수를 하자, 실망한 그의 아버지는 그에게 60마리의 양을 키우도록 했다. 이것은 기술이라고는 하나도 필요치 않는 가장 쉬운 일이었다. 그런데 조는 이 양을 전부 잃어버렸다. 60마리의 양을 잃고 그것들이 메마른 협곡의 그늘에서 떼지어 놀던 곳을 아무리 찾아도 헛일이었다. 그의 가족의 말에 따르면, 새뮤얼은 아들 딸들을 모아 놓고, 조는 그들이 돌봐 주지 않으면 굶어죽을 것이니 자기가 죽은 뒤에도 그를 돌봐 주도록 약속시켰다는 것이다.

해밀튼 집안에는 아들들과 함께 딸이 다섯 있었다. 장녀 우나는 사려깊고 근면하며 살갗이 검은 소녀였다. 리지──내 추측엔 리지가 그녀의 어머니의 이름을 딴 것으로 보아 장녀임에 틀림없지만──에 대해선 아는 바가 없다. 그녀는 일찍부터 자기 집안에 대해 수치감을 갖고 있었던 것 같다. 젊어서 결혼하여 집을 떠난 후 한 번도 보이지 않다가 장례식 때에만 얼굴을 내밀었다. 리지는 해밀튼 집안에서 특유한 증오와 신랄성을 표시할 수 있는 능력을 갖고 있었다. 그녀는 외아들을 두었었는데 그가 자라 그녀가 싫어하는 처녀와 결혼하자 여러 해 동안 아들과 말을 하지 않고 지냈다.

그리고 데시가 있었는데, 그녀는 항상 웃음을 잃지 않아, 사람들은 다른 사람보다도 그녀와 함께 있는 것이 재미있어서 함께 있고 싶어했다.

그 다음 동생이 나의 어머니인 올리브였다. 막내는 몰리였는데 그녀는 사랑스런 금발에 보랏빛 눈을 한 작은 체구의 미인이었다.

이것이 해밀튼 가족이었다. 피골이 상접했던 라이저 할머니가 어떻게 이들을 해마다 출산하고 키우고 빵을 구워 먹이고 옷을 해 입히고 훌륭한 태도로 기르며 강철 같은 도덕심을 심어 주었는지 실로 기적에 가까운 일이었다.

라이저가 아이들 마음 속에 얼마나 깊은 영향을 안겨 주었는지 놀라움을 금치 못한다. 그녀는 무식하고, 세상사의 경험이 전혀 없었으며 아일랜드로부터의 긴 여행을 제외하고는 밖에 나가 본 적이 없었다. 남편 이외의 외간 남자와 사귄 적이 전혀 없었으며 부부 생활을 지루하고 때로는 고통스러운 의무라고 생각했다. 그녀는 대부분의 생애를 출산과 육아에 보냈다. 그녀의 지적 교섭이란 새뮤얼과 아이들과의 대화를 제외하면 성경뿐이었다. 하기야 그녀는 그들의 이야기에도 귀를 기울이지 않았다. 그 유일한 성경 속에서 그녀는 그녀의 역사, 시, 민족과 사물에 대한 지식, 윤리, 도덕, 그리고 구원을 구했다. 그녀는 성경을 연구하거나 조사한 일이 없었다. 그냥 읽었다. 성경에는 스스로를 논박하는 듯한 구절이 많이 있으나 그렇다고 그녀는 조금도 혼란을 일으키지 않았다. 드디어 그녀는 성경을 잘 알게 되어 듣지 않고도 옳게 읽어 나갈 수 있게 되었다.

라이저는 훌륭한 아내로서 훌륭한 자식들을 키웠기 때문에 뭇 사람들의 존경을 받게 되었다. 그녀는 어디를 가나 고개를 들고 떳떳이 다닐 수 있게 되었다. 남편과 자식들, 그리고 손자들까지도 그녀를 존경했다. 그녀에게는 강철 같은 힘이 있었으며, 그녀는 어떠한 타협도 거부했으며, 자기 의견과 반대되는 부정 앞에서는 정의를 내세웠기 때문에 사람들은 그녀에 대해 온정이 아니라 일종의 외경을 갖고 있었다.

라이저는 술을 철저하게 싫어했다. 그녀는 어떤 형태로든 술 마시는 것을 하나님이 노할 정도의 죄악으로 생각했다. 그녀 자신이 술을 입에 대지도 않는 것은 물론이고 다른 사람이 술 마시는 것도 말렸다. 당연한 일이지만 새뮤얼과 자식들은 모두 그녀 앞에서 조심하게 되었다.

언젠가 새뮤얼이 큰 병에 걸렸을 때 라이저에게 물었다. "마음을 가라앉혀야 되겠는데 위스키 한 잔 들어도 되겠수?"

그녀는 조그마하고 단단한 턱을 꼿꼿이 하면서 대답했다. "당신은 술 냄새를 풍기면서 하나님 앞에 나가려고 해요? 그렇진 않겠죠!"

새뮤얼은 돌아누워 마음을 달래지도 못하고 병을 치렀다.

라이저가 칠순이 가까워졌을 때, 배설이 곤란해지자 의사가 그녀에게 약으로 포도주를 한 숟가락씩 먹으라고 충고했다. 그녀는 얼굴을 찡그리면서 첫 숟가락을 억지로 삼켰다. 그러나 그리 나쁘지도 않았다. 그때부터 그녀의 입에서 술 냄새가 나지 않은 때가 없었다. 그녀는 언제나 숟가락으로 포도주를 마셨다. 언제나 약이었다. 그러나 얼마 지나서부터는 하루에 두 파인트 이상을 마셨다. 따라서 더욱 여유 있고 행복한 여인이 되었다.

세기가 바뀌기 전에 새뮤얼과 라이저 해밀튼은 아이들을 모두 키워서 그들은 성인이 되었다. 이렇게 해밀튼 일가는 킹 시티 동쪽에 있는 농장에서 자라났다. 그들은 미국의 어린이였으며 미국의 젊은 남녀들이었다. 새뮤얼은 아일랜드로 돌아가지 않았으며, 점점 아일랜드를 잊어 갔다. 그는 너무 바빠서 향수에 젖을 시간적 여유가 없었다. 샐리너스 계곡이 그의 세계였다. 16마일 북쪽 계곡의 정상에 있는 샐리너스까지의 여행은 1년 중 커다란 행사였다. 농장에서의 끊임없는 일, 많은 가족의 의식(衣食)과 뒷바라지 등등에 그의 대부분의 시간을 보냈다. 그러나 그것이 전부는 아니었다. 그의 정력은 대단했다.

그의 딸 우나는 긴장하고 내성적인 학생이 되어 사색을 즐겼다. 그는 그녀의 지칠 줄 모르는 탐구심을 자랑스럽게 생각했다. 올리브는 샐리너스에서 중학교 과정을 마치고 국가 시험에 응시할 준비를 하고 있었다. 올리브는 교사가 되려고 했다. 교사가 되는 일은 아일랜드의 한 가정에서 목사가 되는 것처럼 명예스러운 것이었다. 조는 다른 일에서는 전혀 재능을 발휘하지 못하기 때문에 대학에 진학할 예정이었다. 윌은 횡재를 하고 있었다. 톰은 세상살이에서 부상을 입고 그 상처를 치유하고 있었다. 데시는 양재공부를 하고 있었으며 미녀인 몰리는 어떤 부자와 결혼할 것이 확실시되고 있었다.

상속에 대한 문제는 없었다. 언덕의 농장은 크기만 했지 별로 쓸모가 없었다. 새뮤얼은 우물을 계속 파보았지만 그의 토지에서 물을 찾아내지 못했다. 찾아냈다면 사정은 달랐을 것이다. 그랬었다면 그들은 비교적 부유해졌을 것이다. 집 근처의 땅 속 깊은 곳에서 퍼올리는 보잘것 없는 수도가 그 집의 유일한 수원(水源)이었다. 그것은 위험할 정도로 물이 적게 나올 때가 가끔 있었으며 두 번이나 고갈되었다.

가축들도 농장 끝에서 여기까지 와서 물을 마시고 풀을 뜯기 위해 되돌아가야만 했다.

요컨대 가족이야말로 샐리너스 계곡에 성공적으로 정착하여 근거가 단단하고 영원하게 되어 남보다 가난하지도 않고 부자도 아닌 집안이 된 것이다. 보수주의자와 혁신주의자가 있는가 하면 몽상가가 있고 현실주의자가 있는 잘 조화된 가족이었다. 새뮤얼은 자기가 뿌린 씨앗의 열매에 대하여 참으로 만족하고 있었다.

제 6 장

1 아담이 입대하고 사이러스가 워싱턴으로 옮긴 후, 찰스는 농장에서 혼자 살았다. 그는 결혼을 하겠다고 뽐냈지만 실은 여자를 만나 춤도 함께 추고 품행이 좋은지 나쁜지 조사도 해보다가 드디어 슬그머니 결혼하는 평상의 과정을 밟지 않았다. 사실 찰스는 여자에 대하여 대단히 수줍었다. 대부분의 수줍은 남자들처럼 그는 이름도 모르는 매춘부에게서 그의 정상적인 욕구를 만족시켰다. 수줍은 남자는 갈보와 안전하게 관계를 맺을 수 있었다. 매춘부는 선금을 받고 하나의 상품이 되며, 수줍은 남자는 그 여자와 재미도 볼 수 있고 학대까지 할 수 있다. 그리고 수줍은 사나이들의 간담을 서늘하게 하는 두려운 거절이란 있을 수도 없다.

매춘 행위의 주선 방법은 간단하고 적당한 비밀이 보장되어 있다. 주막 주인은 단기 체류자에게 빌려 줄 방을 위층에 세 개 갖고 있었는데, 2주 기간으로 여자들에게 세를 주었다. 2주가 끝나면 새로운 여자 패거리가 세를 들어왔다. 주막 주인인 헬럼은 그 일에 끼여들지 않았다. 그는 그 일에 대하여 전혀 아는 바가 없다고 해도 과언은 아니었다. 그는 방 셋에 대하여 보통보다 다섯 배나 되는 방세를 징수할 뿐이다. 보스턴에 살고 있는 에드워즈라는 포주가 그 여자들을 배치하고 주선하고 이동시키고 훈련시키고 돈을 갈취했다. 그런 여자들은 2주 이상 머무는 일이 없이 소도시들을 서서히 전전했다. 대단히 실용적인 제도였다. 여자들은 시민이나 순경의 눈에 띌 정도로 오랫동안 마을에 머물지 않았다. 방에서 대부분의 시간을 보내면서 대중들이 모이는 장소를 피했다. 그들은 술을 마시거나 소란을 피우거나 또는 연애하는 것 등이 철저하게 금지되어 있었다. 식사는 방으로 운반되었고 고객들은 세심하게 외부와 차단되었다. 술 취한 남자는 위층에 있는 그녀들에게 올라가지 못하게 되어 있었다. 그녀들은 6개월마다 1개월씩 술을 마시고 실컷 떠들고 놀 수 있는 휴가가 주어졌다. 그러나 그녀들이 일을 할 때 규칙에 따르지 않는 경우, 에드워즈는 개인적으로 옷을 벗긴 후 입을 틀어막고 말채찍으로 거의 죽을 지경으로 때렸다. 만일 두 번 다시 규칙을 어기는 경우엔 방랑과 매춘 행위의 죄목으로 그녀들은 고발되어 감옥에 갇히는 신세가 되었다.

그녀들이 2주 동안 체류하는 데에는 또 다른 이점이 있었다. 대부분의 여자들이 병에 걸려 있었는데, 병균이 고객의 체내에서 배양되었을 때에는 그 여자들은 이미 떠나고 없었다. 남자가 화낼 상대가 없었다. 헬럼은 그런 일에 대하여 전혀 아는 바가 없었으며, 에드워즈는 그의 사업에 공식적으로 나타나지 않았다. 그는 이곳 저곳을 돌아다니면서 굉장히 재미를 보고 있었다.

이런 여자들은 모두 비슷비슷했다. 몸집이 크고 건강하고 게으르고 우둔했다. 차이점이란 거의 없었다. 찰스 트래스크는 적어도 2주일에 한 번씩 주막을 찾아가서 2층으로 기어올라가 재빨리 용무를 마치고 술집에 가서 거나하게 술 마시는 일이 습관처럼 되었다.

트래스크의 집은 한 번도 화기에 넘친 적이 없었다. 찰스 혼자 살고 있었기 때문에 을씨년스러웠고 바스락거리는 소리가 나듯이 퇴락해 있었다. 창에 걸린 커튼은 회색으로 바랬고 마룻바닥은 쓸었어도 끈적끈적하고 너저분했다. 부엌은 벽이며 창이며 천장이 프라이팬에서 나는 기름으로 그을려서 켜가 앉았다.

전에는 이곳에 살던 부인네들이 계속 닦고 1년에 두 번씩 대청소를 했었기 때문에 먼지가 일지 않았었다. 그러나 찰스는 겨우 비질만 했다. 그는 침대에 시트 까는 것도 집어치우고 담요를 깔고 덮고 잤다. 보는 사람이 아무도 없는데 집은 청결히 해야 무슨 소용이 있는가? 단지 주막으로 나들이 가는 저녁에만 그는 몸을 닦고 깨끗한 옷을 입었다.

찰스는 일종의 불안감에 싸여 동이 트기가 무섭게 농장으로 나갔다. 그는 외로움을 잊기 위해 있는 힘을 다해 농장일을 했다. 그는 일을 끝내고 돌아와서는 튀긴 음식으로 허기를 채우고 일에 지쳐 곯아떨어졌다.

거무스름한 그의 얼굴에는 거의 언제나 외로운 사람이 짓는 무표정한 빛이 심각하게 어려 있었다. 그는 부모보다 형을 더 그리워했다. 그는 아담이 입대하기 전에 같이 있었던 때가 정말로 행복했던 때라고 어렴풋이 생각하면서 그런 때가 다시 오기를 바랐다.

지금도 그렇겠지만 혼자 살면서 자취를 하는 사람들에게 흔히 있는 만성 소화불량을 제외하고는 그는 여러 해 동안 앓은 일이 없었다. 그는 이것을 치료하기 위하여 조지 신부의 영약이라는 강력한 하제를 먹었다.

그는 혼자 살기 3년 만에 사고를 냈다. 그는 바위들을 캐내어 돌담까지 운반하고 있었다. 그런데 커다란 바위 하나를 도저히 움직일 수가 없었다. 그는 기다란 철봉을 이용하여 그 돌을 옮기려고 했으나 쳐들어도 다시 굴러내리곤 했다. 갑자기 그는 화가 났다. 그는 얼굴에 미소를 띠면서 마치 사람을 대하듯 울화를 가라앉혀가며 돌과 싸웠다. 그는 철봉을 돌 밑에 깊숙이 집어넣고 나서 온 힘을 기울여 들어올렸다. 철봉이 미끄러지면서 그 끝이 그의 이마를 내리쳤다. 그는 얼마 동안 의식을 잃은 채 드러누워 있다가 몸을 굴려 일어서서는 반 소경이 되어 비틀비틀 집으로 돌아왔다. 머리와 미간 사이에 기다란 상처가 생겨 있었다. 몇 주일 동안 그는 곪은 상처 위에 붕대를 감고 있어야 했지만 개의치 않았다. 고름이 나오는 것은 좋은 일로써 상처가 적당히 치유되고 있다는 증거로 생각되었다. 상처가 아물자 흉터 자국이 길게 남았다. 대부분의 상처 부위는 주위의 살갗보다는 연한 것이 보통이나 그의 흉터는 짙은 갈색으로 변했다. 어쩌면 철봉의 녹이 피부 밑으로 스며들어 일종의 문신이 남게 되었는지도 모르겠다.

상처를 입고도 걱정을 하지 않던 찰스도 흉터에 대해서는 걱정이 되었다. 그것은 마치 이마 위에 기다랗게 남은 손가락 자국같이 보였다. 그는 자주 스토브 옆에 있는 작은 거울에 이 흉터를 비추어 보았다. 그는 이마 위까지 머리카락을 빗어 내려 가능한 한 흉터를 가리려고 했다. 그는 흉터에 대하여 일종의 수치감을 갖게 되었다. 증오까지 했다. 사람들이 흉터를 쳐다볼 때에는 불안을 느꼈으며 질문을 할 때에는 화까지 치밀어올랐다. 그는 형에게 보낸 편지에다 흉터에 대한 자기의 느낌을 적어 보냈다.

그는 이렇게 적었다.

"소에게 표를 해 놓듯이 누군가가 나에게도 표지를 해놓은 것같이 보여요. 빌어먹을 놈의 흉터가 점점 까맣게 되어 가요. 형이 집에 돌아올 때에는 아마도 새까매질 것 같아요. 반대편에 하나만 더 있다면 나는 성회수요일(聖灰水曜日)을 맞은 신도처럼 보일 겁니다. 이놈이 날 왜 괴롭히는지 알 수 없군요. 나에게는 또 다른 흉터가 많이 있지만 이놈은 나에게 표지라도 해놓은 것처럼 보여요. 내가 마을의 주막 같은 데라도 가면 사람들은 늘 그 흉터를 쳐다봅니다. 내가 못 듣는 듯할 때면 사람들은 그것에 대하여 이러쿵저러쿵 떠들지요. 사람들이 그것에 대하여 왜 그리 관심이 많은지 알 수 없어요. 그래서 마을에 들어가기가 싫어졌어요."

2 아담은 1885년에 제대를 하고 귀가 길에 올랐다. 그는 겉으로 보기에는 별로 변한 것 같지 않았다. 그에게는 군대식 태도가 전혀 없었다. 기병대는 그렇게 행동하지 않았다. 사실이지 몇몇 부대들은 단정치 못한 태도를 자랑으로 여겼다.

아담은 몽유병자가 된 느낌이었다. 아무리 싫었던 생활이었다고 하더라도 자기에게 일상화된 생활을 떠난다는 것은 어려운 일이다. 아침에 잠을 깨면 그는 잠시 동안 기상나팔 소리를 기다렸다. 장딴지에 꼭 끼는 각반이 없으면 허전했고 목에 꼭 끼는 칼라가 없으면 벌거벗은 느낌이었다. 그는 시카고에 도착하자 아무 이유도 없이 가구가 딸린 방을 2주일간 빌려 놓고 이틀을 묵다가 버팔로로 가서는 마음을 바꾸어 나이아가라 폭포로 옮겼다. 그는 집으로 돌아가기가 싫어서 될 수 있는 대로 늦게 가기로 마음먹었다. 그의 마음에는 집이 즐거운 곳이 아니었다. 전에 집에서 느꼈던 그의 감정은 이제 생기를 잃었고, 그는 그 감정을 다시 되새기고 싶지 않았다. 그는 몇 시간이고 폭포를 바라보았다. 포효하는 폭포는 그를 멍청히 넋을 잃게 만들었다.

어느 저녁엔가 그는 막사에서 가까이 지낸 전우들에 대한 그리움이 밀려오는 것을 느꼈다. 그는 따뜻한 정을 찾아 사람들 틈에 끼여들고 싶은 충동을 느꼈다. 그가 처음으로 많은 사람들을 대하게 된 곳은 담배 연기가 자욱한 조그마한 술집이었다. 그는 즐거워서 숨을 몰아 쉬면서 마치 고양이가 나무 숲속에 자리잡듯이 사람 속에 끼여들었다. 그는 위스키를 시켜 마시자 몸이 훈훈해지고 기분이 좋았다. 그에게는 보이는 것도 들리는 것도 없었다. 오직 사람들과의 접촉에 몰두하고 있었다. 시간이 늦어지면서 사람들이 흩어지자 집으로 돌아가야 하는 시간이 두려워졌다. 곧 그와 바텐더만이 남게 되었다. 바텐더는 바의 마호가니 주대를 연신 문지르면서 아담이 돌아갔으면 하는 눈짓과 몸짓을 했다.

"한 잔 더 하고 싶소." 아담이 말했다.

바텐더는 술병을 내놓았다. 아담은 처음으로 그를 눈여겨보았다. 그의 이마에는 딸기 같은 흉터가 있었다.

"나는 이곳에 초행이오." 아담이 말했다.

"폭포 구경을 오는 분들은 대개 초행이죠." 바텐더가 말했다.

"나는 군대에 있었소, 기병에."

"그러세요!" 바텐더가 받았다.

이 남자에게 깊은 인상을 남겨 주어야 겠다고 그는 갑자기 생각했다. "인디언과 전투를 했소." 그가 말했다. "대단했었지."

그 남자는 대꾸를 하지 않았다.

"내 동생도 이마에 흉터가 있지."

바텐더는 손가락으로 딸기 흉터를 만졌다.

"생문(生紋)이죠." 그가 말했다. "해마다 커가네요. 동생 되시는 분도 그런가요?"

"그 애는 상처 때문에 생겼지. 편지로 안 것이지만."

"내 흉터가 고양이처럼 보이지 않아요?"

"꼭 그렇구먼."

"그것이 내 별명이죠. 고양이 말이에요. 일생 동안 그 별명이 따라다녔죠. 사람들이 말하기는 저의 노모가 나를 낳을 때 고양이한테 놀랐음이 틀림없다는 거예요."

"나는 집으로 가는 중이오. 오랫동안 집을 나와 있었지. 술 한잔 하겠소?"

"고맙습니다. 어디에 묵고 계십니까?"

"메이 부인의 하숙집."

"그 여자라면 내가 알지요. 사람들의 말에 따르면 그 여자는 수프를 많이 주어서 고기를 많이 먹을 수 없게 한다고 하죠."

"무슨 장사고 재주는 피우게 마련이오." 아담이 말했다.

"맞습니다. 내 장사에도 많이 있으니 말입니다."

"틀림없이 그럴거요." 아담이 말했다.

"그런데 필요하지만 내가 갖지 못한 술책이 하나 있어요. 그것을 알고 싶지만."

"무엇인데?"

"어떻게 하면 선생님을 집에 돌아가게 해놓고 문을 닫는가 하는 겁니다."

아담은 그를 빤히 쳐다볼 뿐 말을 하지 않았다.

"농담입니다." 바텐더는 불안한 듯이 말했다.

"아침에 집으로 가겠소." 아담이 말했다. "내가 말하는 것은 진짜 집이오."

"안녕히 가십시오." 바텐더가 말했다.

아담은 그의 고독이 냄새를 맡으며 뒤를 따라 오는 것처럼 걸음을 재촉하여 어두운 거리를 지나 걸었다. 하숙집의 처진 계단을 올라서자 그의 귀가를 알리기나 하듯이 삐걱 소리가 났다. 심지를 낮추어 꺼질 듯이 깜박이는 기름 램프의 노란 불빛이 비치는 홀은 어둠침침했다. 여주인은 방 문턱에 문을 열고 서 있었다. 코 끝의 그림자가 턱 밑까지 비치고 있었다. 현관에 있는 초상화처럼 그녀는 싸늘한 눈초리로 아담을 뒤따르고 코 끝으로는 그가 먹은 위스키 냄새를 맡고 있었다.

"안녕히 주무십쇼." 아담이 말했다.

그녀는 대답하지 않았다.

그는 첫 층계 위에 올라서서 뒤를 돌아보았다. 고개를 들고 있어서 이젠 턱이 그녀의 목덜미에 그림자를 비치고 있었으며 눈동자는 보이지 않았다.
  그의 방에서는 여러 번 젖었다가 마른 먼지 냄새가 났다. 그는 성냥개비를 꺼내어 성냥갑 옆에 그었다. 바니시칠이 된 촛동강에 불을 붙이고 침대를 보았다. 그물 침대처럼 흔들흔들 하는 침대는 더러운 천조각으로 기운 이불이 깔려 있었다. 이불 끝에는 솜이 삐죽이 나와 있었다.
  현관 계단이 다시 삐걱거렸다. 안주인이 방문을 열고 서서 다시 나타난 하숙인을 싸늘히 바라보고 있는 모습이 아담의 눈에 선했다.
  아담은 의자에 앉아 팔꿈치를 무릎 위에 얹고 두 손으로 턱을 괴었다. 아래층의 한 하숙인이 조용한 밤을 깨고 끈덕지게도 계속 기침을 했다.
  아담은 집으로 돌아갈 수 없다는 것을 알고 있었다. 그는 언젠가 자기가 지금 하려고 하는 것을 고참 전우들이 하던 이야기를 들은 적이 있었다.
  "나는 견딜 수 없었어. 갈 곳도 없고 아는 사람도 없고. 이리저리 헤매다가 어린애들처럼 공포에 사로잡혔지. 그러다 보니 난 상사에게 재입대시켜 달라고 간청하게 되었단 말야…… 그는 나에게 무슨 자선이나 베풀어 주는 것 같았지."
  아담은 시카고로 돌아와서 재입대하고 나서 옛날에 있던 연대에 배속시켜 달라고 간청했다. 서부로 가는 기차에 탄 아담과 같은 대대의 전우들은 친근하고 바람직하게 보였다.
  캔자스 시티에서 기차를 바꿔 타려고 기다리고 있을 때 아담은 호명되어 전보 한 장을 받았다. 워싱턴의 국방부에 출두하라는 명령이었다. 아담은 군대생활 5년에 명령에 대해선 추호의 의심도 품어서는 안 된다는 것을 배웠다기보다는 체득했다. 사병들에게 있어서 워싱턴에 있는 높은 분들이란 넋빠진 사람들처럼 보였다. 사병들은 제정신을 잃지 않기 위해서 가능한 한 장군들에 대해서 생각을 하지 않았다.

적절한 경로를 거쳐 아담은 담당자에게 자기 이름을 대고 대기실에 가서 기다렸다. 그곳에서 그는 아버지를 만났다. 아담은 사이러스를 곧 알아보지 못했다. 더구나 그에게 익숙해지는 데에는 다소 시간이 걸렸다. 사이러스는 위대한 인물이 되어 있었다. 검은 고급 나사지 코트에다 바지를 입었고 넓고 까만 모자와 벨벳 칼라가 달린 외투에다 칼처럼 보이는 흑단 지팡이를 짚고 있었다. 그런가 하면 사이러스는 위인처럼 거동했다. 신중하고 침착한 그의 말은 부드럽게 천천히 흘러나왔다. 몸짓은 크게 했다. 새로 해넣은 이빨이 그의 감정과는 어울리지 않게 간교한 미소를 지을 때마다 드러났다.

그 사람이 자기 아버지라는 것을 알아차린 후에도 아담은 여전히 어리둥절했다. 갑자기 그는 아래를 보았다. 그에게는 의족이 없었다. 다리는 곧았고 무릎에서 굽어져 있었으며 국회의원이 신는 번들번들한 염소가죽 구두를 신고 있었다. 그가 움직일 때면 절름거리기는 했지만 덜커덕거리는 나무 의족으로 걷는 절름거림은 아니었다.

사이러스는 그의 표정을 보자 말했다. "자동의족이야. 경첩에 따라 움직이지. 스프링이 달려 있고. 마음만 먹으면 절름대지 않아. 벗을 때 보여 주마. 같이 가자."

아담이 말했다. "명령을 받고 왔습니다. 웰스 대령님께 출두하여야 합니다."

"알고 있다. 내가 명령을 내리도록 웰스에게 말했다. 가자."

아담은 불안한 듯이 말했다. "괜찮으시다면 제 생각엔 웰스 대령님에게 보고하는 것이 좋을 듯합니다."

그의 아버지는 마음을 바꾸었다. "나는 너를 시험하고 있었다." 그는 근엄하게 말했다. "요새 군대 훈련이 제대로 되고 있는지를 알고 싶었다. 훌륭한 녀석이야. 군대 생활이 너에게 좋을 것이라는 것을 나는 알고 있었지. 너는 이제 한 어른이자 군인이야."

"나는 명령을 받고 왔습니다." 아담이 말했다. 아담에겐 그가 낯선 사람처럼 보였다. 그리고 옅은 혐오감이 솟아올랐다. 어딘지 사실과 달랐다. 대령 방의 문이 재빨리 열린 것이라든지 대령의 굽실대는 태도라든지, 또는 "장관께서 지금 뵙자고 합니다"라는 말이라든지, 그 어느 것 하나도 아담의 기분을 풀지 못했다.

"장관, 이 애가 내 아들입니다. 나처럼 미 육군의 일등병입니다."

"저는 하사로 제대했어요." 아담이 말했다. 그는 그들이 인사말을 교환하는 것을 거의 듣지 못했다. '이분이 국방장관이구나. 나의 아버지라는 사람은 이런 분이 아니라는 것을 그는 알지 못하고 있는가? 그는 지금 연극을 하고 있어요. 그에게 무슨 일이 있었는가? 장관이라는 분이 그런 것도 모르다니 참으로 이상한 일이지.' 그는 이렇게 생각하고 있었다.

부자(父子)는 사이러스가 살고 있는 조그마한 호텔로 함께 걸어갔다. 도중에 사이러스는 명소와 빌딩과 고적지를 강의하는 투로 일일이 지적해 주었다. "나는 호텔에 살고 있다." 그가 설명했다. "나는 집을 장만할까 하고도 생각해 보았지만 하도 돌아다니니까 돈을 그런 데 쓸 필요가 없을 것 같애. 1년 내내 전국을 돌아다녀야 해."

호텔 직원은 두 사람 다 쳐다보질 못했다. 그는 사이러스에게 인사를 하면서 "상원 의원님"하고 불렀다. 그리고 다른 사람을 내보내는 한이 있어도 아담에게는 방을 마련해 주겠다는 표시를 했다.

"내 방으로 위스키 한 병을 보내 주게."

"얼음을 좀 넣어서 보내 드릴까요?"

"얼음!" 사이러스가 말했다. "내 아들은 군인이야." 그가 지팡이로 다리를 툭툭 치자 빈 소리가 났다. "나도 군인이었지…… 사병이었어. 얼음이 무엇에 필요해?"

아담은 사이러스의 내실을 보고 깜짝 놀랐다. 방에는 침대는 물론이고 그 옆에 거실이 있었으며 침실 바로 오른쪽에 화장실이 있었다.

사이러스는 안락의자에 앉더니 한숨을 내쉬었다. 그가 바지를 걷어올리자 쇠와 가죽과 단단한 나무로 된 접착기구가 아담의 눈에 띄었다. 사이러스는 다리의 절단된 부분에서 기구를 붙들어 매고 있는 가죽 덮개의 끈을 풀어서 의족을 의자 옆에 세워 놓았다. "너무 조였구먼." 그가 말했다.

의족을 벗어 놓자, 그는 아담이 기억하고 있는 아버지가 되었다. 아담은 조금 전만 해도 멸시가 솟구치는 것을 느꼈지만, 지금은 어려서의 두려움과 존경과 적의가 되살아나서 문제를 피하기 위해 아버지의 기분을 엿보는 어린아이같이 보였다.

사이러스는 술 마실 준비를 하고 나서 위스키를 마시며 칼라를 늦췄다. 그는 아담을 마주 쳐다보았다.

"얘야?"

"네?"

"왜 재입대를 했지?"

"저도…… 저도 모르겠어요. 그렇게 하고 싶었을 뿐이에요."

"아담아, 너는 군대를 싫어하지 않니?"

"싫어하죠."

"왜 집으로 돌아가지 않았니?"

"돌아가고 싶지 않았어요."

사이러스는 한숨을 쉬면서 의자 팔걸이에 손가락 끝을 문질렀다. "군대에 남아 있을 작정이냐?" 그가 물었다.

"모르겠어요."

"너를 사관학교에 입학시킬 수도 있다. 내가 영향력을 발휘할 수 있지. 사관학교에 입학하도록 너를 제대시킬 수도 있어."

"입학하고 싶지 않아요."

"내 말을 거역하려는 거냐?" 사이러스는 조용히 물었다.

아담은 한참 있다가 대답했다. 아담은 대답하기에 앞서 도피구를 찾았다. 결국 "네"하고 대답했다.

사이러스가 말했다. "얘야, 위스키 좀 따라라." 그는 술잔을 들면서 말을 이었다. "내가 얼마만한 영향력을 갖고 있는지 네가 아는지 모르겠다. 나는 재향군인회를 어느 후보에게나 양말처럼 마음대로 넘겨줄 수 있다. 대통령마저도 내가 정치 문제에 대하여 어떻게 생각하는지를 알고 싶어한다. 상원의원을 낙선시킬 수도 있고 사과를 따듯이 관직을 얻을 수도 있다. 나는 사람을 만들 수도 있고 파멸시킬 수도 있다. 넌 그런 걸 아니?"

아담은 그 이상의 것을 알고 있었다. 사이러스가 위협으로 자신을 방어하고 있다는 것을 그는 알고 있었다. "알고 있습니다. 이야기를 들었습니다."

"나는 너를 워싱턴에 배속시킬 수도 있고——내 전속으로도——네 처신법을 가르치기 위해서도."

"전 제 연대로 돌아가는 것이 낫겠습니다."

그는 낙담의 그림자가 아버지의 얼굴에 드리워지는 것을 보았다.

"내가 잘못했는가보다. 너는 군인 특유의 멍청한 저항을 배웠어." 그는 한숨을 내쉬었다.

"너를 네 연대로 보내라는 명령을 내리도록 하겠다. 그러면 너는 막사에서 썩게 될 거다."

"고맙습니다, 아버지."

얼마 후 아담이 물었다. "왜 찰스를 이곳으로 데려오지 않으세요?"

"왜냐하면 나는⋯⋯ 안 되지, 찰스에겐 지금 있는 데가 더 좋아. 그곳이 더 나아."

아담은 아버지의 어조와 표정을 기억하고 있었다. 그것을 생각할 시간도 많았다. 그는 막사에서 썩었기 때문이다. 사이러스는 외롭고 고독하였다——그리고 이러한 사실을 그도 알고 있었다는 것을 아담은 기억하고 있었다.

3

찰스는 5년 후면 아담이 귀가하리라고 기다리고 있었다. 그는 집과 헛간을 페인트로 칠했다. 형이 귀가할 때가 다가오자 그는 여자를 고용하여 집안을 철저하게 청소했다.

그 여자는 깔끔하지만 이기적인 노파였다. 낡아빠진 먼지 투성이가 된 회색빛의 커튼을 보자 떼어내고 새것으로 바꾸었다. 그녀는 찰스의 어머니가 죽은 후 한번도 닦아낸 일이 없는 스토브의 누더기 기름을 파냈다. 요리 기름과 석유 램프로 더러워진 시커먼 벽을 닦아냈다. 마루를 잿물로 닦고 모포를 세탁용 소다로 빨면서 그녀는 연신 중얼거렸다. "남자들은 더러운 동물야. 돼지가 더 깨끗하지. 제 즙 속에서 썩기나 하지. 그런 남자들과 결혼을 하는 여자들 속을 알고도 모르겠단 말야. 홍역 같은 냄새가 나는군, 솥 좀 봐. 천 년을 산 메두셀라 때부터의 파이즙이 괴었구먼."

깨끗하기는 하지만 참을 수 없는 냄새가 코를 찌르는 잿물과 소다와 암모니아와 노란 비누를 피해 찰스는 헛간으로 옮겼다. 그는 자기의 살림을 노파가 못마땅하게 생각하고 있다는 인상을 받았다. 마침내 노파가 투덜대면서 번들번들 윤이 나는 집을 떠나갔을 때에도 그는 헛간에 그냥 남아 있었다. 그는 아담을 맞기 위해 집을 깨끗이 보존하고 싶었기 때문이다. 농구와 보수기들이 있는 헛간에서 그는 잠을 잤다.

찰스는 집의 스토브보다도 헛간의 대장 난로에 음식을 볶거나 끓이는 것이 더 빠르고 효과적이라는 것을 알았다. 풀무는 꼭지에서 활활 타오르는 불길을 재빨리 뿜어냈다. 스토브가 달아오르기를 기다릴 필요가 없었다. 전에는 왜 이렇게 손쉽다는 것을 생각하지 못했었는지 이상하기까지 했다.

찰스는 아담을 기다렸으나 아담은 돌아오지 않았다. 아담이 편지 쓰기를 부끄럽게 생각했는지도 모른다. 사이러스는 자기의 뜻을 거역하고 아담이 재입대하였다는 사실을 화가 난 투로 찰스에게 알렸다.

그리고 사이러스는 찰스에게 언제 워싱턴으로 자기를 찾아오라고 적었으나 두 번 다시 그 말을 하지는 않았다.

찰스는 다시 집으로 돌아와 투덜거리며, 노파가 말끔히 청소해 둔 집을 더럽히는 데 만족하면서 돼지우리 속 같은 집에서 생활했다.

그로부터 1년이 훨씬 넘어서 아담한테서 편지가 왔다. 당혹한 소식을 용기를 내서 적은 편지였다. "내가 왜 재입대를 했는지 모르겠다. 남의 일 같다. 네 소식을 곧 전해라."

찰스는 회답을 않고 있다가 걱정스러워하는 네 번째 편지를 받고 냉랭하게 답장을 썼다. "어차피 형이 돌아오기를 기대하진 않았소." 이에 덧붙여 그는 농장과 가축에 대하여 자세히 적었다. 시간은 유수처럼 흘렀다. 찰스는 새해에 들어 편지를 냈고 아담에게서 편지를 받았다. 그들은 서로 떨어져서 자랐기 때문에 서로 알아볼 일도 또 의문점도 없었다.

찰스는 너절한 여자를 차례로 들이기 시작했다. 비위에 거슬리면 그는 마치 돼지를 팔아 버리듯이 그녀들을 내버렸다. 그는 여자들을 좋아하지 않았다. 그리고 그들이 자기를 좋아하든 안 하든 개의치 않았다. 그는 점점 마을에서 동떨어져 살게 되었다. 그가 접촉하는 것이라고는 주막과 우체국장뿐이었다.

마을 사람들은 그의 생활 태도를 규탄했을지도 모르지만 그들의 눈에도 그의 흉한 생활을 보상하는 한 가지 미덕이 그에게 있었다. 일찍이 농장이 그렇게 잘 운영된 일은 전연 없었다. 찰스는 농지를 개간하고 담을 쌓고 배수 시설을 개선하여 수백 에이커의 땅을 사들였다. 그뿐이랴. 연초를 심고 집 뒤에다가는 기다란 새 연초 헛간을 인상적으로 세웠다. 그는 이런 것들로 해서 이웃 사람들의 칭송을 받았다. 농부치고 훌륭한 농부를 그리 나쁘게 생각하진 않는 법이다. 찰스는 대부분의 돈과 정력을 농장에 쏟았다.

제 7 장

1 아담은 군인들이 미쳐버리지 않게 하기 위해 고안해 낸 일들을 하면서 그 다음 5년을 보냈다…… 금속과 가죽을 끝없이 닦는다든지, 열병과 훈련과 경호를 한다든지, 나팔과 군기를 들고 행렬을 벌인다든지 하는 무위도식하는 사람들의 연극과 같은 짓을 하면서. 1886년 포장 회사의 파업이 시카고에서 발발하여 아담의 연대가 출동 준비를 했었으나 그들이 개입하기도 전에 파업이 수습되었다. 1888년에는 평화협정에 주인한 일이 없는 세미놀 족이 심상치 않게 요동하여 기병대가 다시 출동 준비를 했으나 그들은 그들의 습지로 퇴거하고 잠잠했다. 꿈과 같은 일상생활이 그 부대에 다시 계속되었다.

　시간의 간격이란 마음가짐에 따라 이상하고 모순된 것이다. 변화없는 시간이나 무고한 때는 지루하게 생각된다. 그럴 수도 있지만 실제로는 그렇지 않다. 아무 일 없이 멍청하게 보낸 시간은 전혀 지속성이 없지만, 흥미로운 일로 점철되고 비극으로 창이 되고 환희로 뒤얽힌 시기는 기억 속에 오랜 세월로 보인다. 잘 생각해보면 이것은 옳은 얘기다. 평온무사에는 지속이란 천을 드리울 막대기가 없기 때문이다. 무(無)에서 무까지에는 전혀 시간이 존재하지 않는다.

　아담은 두 번째 5년 간의 병영 생활은 인식하기도 전에 끝나 버렸다. 1890년도 저물어 갈 무렵, 아담은 샌프란시스코의 프레지디오에서 상사 계급장을 달고 제대했다. 찰스와 아담 사이의 교신은 아주 드물어졌지만 아담이 제대하기 바로 전에 그는 동생에게 편지를 썼다. "이번엔 집으로 돌아가겠다." 이 편지를 마지막으로 찰스는 3년 이상이나 그에 대한 소식을 듣지 못했다.
  아담은 강을 따라 새크라멘토까지 방황하고 샌 조킨 계곡을 헤매면서 겨울이 지나기를 기다렸다. 그러다가 봄이 되자 그는 무일푼이 되었다. 그는 모포를 몸에 둘둘 말고 서서히 동쪽을 향해 출발했다. 때로는 걷기도 하고 때로는 다른 사람들과 함께 서행 화물열차에 매달려 가기도 했다. 밤에는 마을 변두리에 있는 캠핑 장소에서 방랑인들과 어울렸다. 그는 돈이 아니라 음식을 구걸하는 방법을 배웠다. 자기도 모르는 사이에 그 자신이 방랑인이 되어 있었다.
  이러한 사람들이 지금은 희귀하지만 90년대만 해도 그런 생활을 원하는 방랑인, 고독인들이 많았다. 책임을 벗어나기 위해 도망친 사람들이 있는가 하면 불공평하기 때문에 사회에서 몰려났다고 생각하는 사람도 있었다. 그들은 얼마간 일은 했지만 오래 하지는 않았다. 그들은 도둑질을 하기도 했지만, 그건 음식과 경우에 따라서는 필요한 옷가지를 빨랫줄에서 훔칠 정도였다. 그들의 계층도 가지가지였다. 배운 사람이 있는가 하면 일자 무식이 있고 청결한 사람이 있는가 하면 지저분한 인간도 있었다. 그러나 공통점이 있었는데 그것은 불안성이었다. 그들은 폭서와 혹한을 피해 온후한 기후를 따라다녔다. 봄이 다가오면 그들은 동쪽을 향해 나섰고 첫서리가 내리면 서쪽으로 남쪽으로 향했다. 그들은 야생이기는 하지만 사람과 닭장 가까이에 사는 늑대와 형제간 같았다. 그들은 마을 안으로는 들어가지 않아도 그 근처에 살았다. 다른 사람들과의 교제는 잘 가야 1주일, 그렇지 않으면 하루쯤 지속되다가 서로 뿔뿔이 헤어졌다.
  공동의 음식이 끓고 있는 모닥불 가에는 갖가지의 이야기가 오가지만 개인 신상에 관한 이야기는 언급되지 않았다. 아담은 세계 산업노동 조합의 발전과 선량한 조합원들의 분노에 관한 이야기를 들었다. 뿐만 아니라 철학적인 논의와 형이상학과 미학과 객관적 경험 등에 관해서도 귀를 기울였다. 하룻밤을 함께 지새우는 사람들 중에는 살인자도 있을지 모르는 일이며 법의를 박탈당한 성직자도, 헌신짝처럼 법의를 벗어버린 성직자도, 멍청하여 따뜻한 연구실에서 쫓겨난 교수도, 기억에서 사라져 가는 외로운 인간도, 타락한 대천사도, 어쩌면 수련중인 악마도 있을지 모르지만 그들은 마치 밥통에 무와 감자와 파와 고기를 넣듯이 갖가지 사상을 모닥불에 바치고 있었다. 그는 깨진 유리 조각으로 면도하는 기술을 익혔고 구걸하기 위해 문을 두드리기 전에 집안을 판단하는 기술도 배웠다. 그는 적의에 찬 순경을 피하거나 어울리는 법과 여인의 온정을 측정하는 법도 배웠다.

아담은 이 새로운 생활이 즐거웠다. 가을빛이 나무에 완연할 때 그는 오마하까지 갔다. 그러다가 아무 생각도 없이 서둘러서 서쪽으로 그리고 남쪽으로 향하여 산 속을 빠져나와 캘리포니아의 남부에 도착하자 안도감을 느꼈다. 해안선을 따라 국경에서 북쪽 샌 루이스 어비스포까지 방황했으며, 해수 양어장에서 전복과 장어와 조개와 송어 등을 훔치는 법도 배우고, 모래톱을 파서 대합을 잡기도 하고, 낚싯줄로 만든 올가미로 사구의 토끼를 잡는 법도 배웠다. 그리고 태양볕이 따가운 모래사장에 누워 파도를 세어보기도 했다. 봄이 되자 다시 동쪽으로 밀려갔다. 그러나 이번에는 전보다 천천히 갔다. 여름에는 산 속이 시원했다. 산간 사람들은 외로운 사람만큼이나 친절했다. 아담은 덴버 근처에 있는 한 과부 집에서 일자리를 얻어 서리가 내려 다시 남쪽으로 밀려 날 때까지 식사와 잠자리를 겸손하게 함께 했다. 그는 리오 그란데를 따라 앨부커크와 엔파소를 지나 빅 벤드와 라레도를 거쳐 브라운빌까지 내려왔다. 그는 음식과 기쁨을 나타내는 스페인어를 배웠다. 그리고 사람들이 가난할 때에도 적선할 것과 또 주고 싶은 충동을 갖고 있다는 사실을 알았다. 그 자신이 헐벗지 않았다면 생각지도 못했을 가난한 자에 대한 사랑을 갖게 되었다. 그리고 이제 그는 겸손을 일의 원칙으로 삼는 방랑의 전문가가 되었다. 몸은 여위고 얼굴은 햇빛으로 검게 탄 아담은 자신의 개성을 억누르고 분노와 질투를 감출 수 있게 되었다. 그의 목소리는 차분하게 되었고 그의 말에는 많은 억양과 방언이 깃들어 어디를 가나 그의 말은 낯설지 않게 되었다. 이것은 방랑신의 안전책이자 보호색이 되었다. 그는 기차를 타는 일이 거의 없었다. 세계 산업 노동조합의 격심한 폭력과 그들에 대한 맹렬한 보복 때문에 방랑자에 대한 분노가 점점 더 커졌기 때문이다. 아담은 방랑죄로 체포된 일이 있었다. 그러나 경찰과 피체인들의 난폭성이 하도 극심하여 그는 질겁을 하고 방랑자의 떼거리를 떠나 혼자서 여행하면서 반드시 면도를 하고 몸을 말끔히 하는 것을 잊지 않았다.

봄이 다시 찾아오자 그는 북으로 향했다. 이제 안이와 화평의 때는 지났다고 그는 생각했다. 그는 찰스를 향해 북쪽으로 발길을 돌리면서 어린 시절의 희미한 기억을 더듬었다.

아담은 발길을 재촉하여 끝없는 동부 텍사스를 가로지르고 루이지애나를 지나고 미시시피와 알라바마 변두리를 거쳐 플로리다로 들어갔다. 그는 빨리 서둘러야 되겠다고 생각했다. 흑인들은 아무리 가난해도 친절했으며 백인을 불신했다. 한편 가난한 백인들은 낯선 사람들을 두려워했다.

탈라하시 근처에서 그는 경찰에 체포되어 방랑인으로 판결을 받고 도로 인부가 되었다. 도로가 건설된 것은 이렇게 해서 되었다. 그의 형기는 6개월이었다. 그 후 석방되자 곧바로 다시 체포되어 두 번째로 6개월 형을 받았다. 이제 그는 사람이 다른 사람을 동물로 생각할 수 있다는 것과 또 이런 사람들과 어울릴수 있는 가장 쉬운 방법은 하나의 짐승이 되는 것이라는 것을 그는 터득했다. 청결한 얼굴, 맑은 얼굴, 눈을 마주 쳐다보기 위해 쳐든 눈…… 이런 것들은 사람의 관심을 끌게 되고 관심은 처벌을 낳게 했다. 치사하고 잔인하게 행동하는 사람은 자신을 해치게 되고 그 상처를 보상하기 위해 다른 사람을 처벌할 수밖에 없다고 아담은 생각했다. 작업중에 총을 든 사람이 보초를 서고 밤이면 발목을 쇠사슬로 묶어 놓는 일은 단지 사고 예방을 위한 것이라고 하더라도, 조그마한 의사 표시나 보잘것 없는 위엄이나 저항을 나타냈다고 해서 야만스럽게 매질을 한다는 것은 간수들이 피체인들을 두려워하고 있다는 것을 나타내는 것이었다. 아담은 오랜 군대 생활의 경험에 비추어 보아 두려워하는 인간은 위험한 동물이라는 것을 알았다. 세상의 다른 사람과 마찬가지로 아담은 매질이 자기의 영육(靈肉)에 어떠한 영향을 미칠까봐 두려워했다. 그는 자신의 주위에 커튼을 쳤다. 그는 얼굴에서 표정을, 그리고 눈에서 눈빛을 감추고 말도 하지 않았다. 후에 그도 채찍을 받게 되었지만 자기가 받게 되었다는 것에 놀란 것이 아니라 최소의 고통으로 그것을 감당해낼 수 있었다는 데 대해 그는 놀랐다. 매를 맞을 때보다도 그 후가 더 무서웠다. 잔등의 살이 찢어져 그 틈으로 보이는 근육이 하얘지며 번들번들하게 될 때까지 매를 맞는 사람을 보고도 일말의 연민이나 분노나 관심을 보이지 않을 수 있다는 것은 일종의 자제력의 승리다. 아담도 이것을 배웠다.

처음 만난 사람이라도 잠시 동안만 지나면 눈으로 본다기보다는 피부로 느끼게 된다. 플로리다 노상에서 두 번째 형기를 치르는 동안 아담은 자신의 존재를 영점 이하로 축소시켰다. 그는 선동도 하지 않았고 움직이지도 않았고 가능한 한 남의 눈에 띄지 않게 되었다. 간수들이 그의 존재를 느낄 수 없게 되자, 그를 두려워하지 않았다. 그들은 그에게 막사를 청소한다든가 죄수들에게 밥을 나눠주게 한다든가 양동이로 물을 길어오게 하는 일을 맡겼다.

아담은 두 번째로 석방되기 전 3일까지 기다렸다. 그날 정오가 막 지나서 그는 양동이로 물을 긷게 되었다. 물을 더 길으러 작은 강으로 갔다. 그곳에서 그는 양동이를 돌려 가득 채워 물 속에 가라앉히고는 자신도 물 속으로 뛰어들어 물결을 따라 오랫동안 헤엄을 쳐 내려갔다. 그리고 쉬었다가는 또 헤엄을 쳤다. 그는 계속 헤엄쳐 내려가다가 날이 어두워질 무렵 강둑 밑에 숲으로 덮여 있는 곳을 발견했다. 그는 물에서 나오지 않았다.

밤늦게 그는 개들이 양쪽 강둑을 샅샅이 뒤지며 지나가는 소리를 들었다. 그는 사람 냄새가 나지 않도록 파란 나뭇잎새로 머리를 세게 문질렀다. 그는 코와 눈만 내놓고 물 속에 앉아 있었다. 아침이 되자 개들이 다시 나타났으나 무관심했고 수색대원들도 너무 지쳐서 강둑을 적절하게 뒤지지 못했다. 그들이 가고 난 후에 아담은 호주머니에서 물이 밴 튀김 정어리를 꺼내 먹었다.

그는 서두르지 않는 훈련을 쌓았었다. 대부분의 사람들은 서두르다가 잡혔다. 아담이 얼마 되지 않는 거리를 가로질러 조지아까지 가는데 닷새가 걸렸다. 그는 모험을 하지 않았다. 강철 같은 자제력으로 조바심을 억제했다. 자신도 자기의 능력에 놀랐다.

조지아 주의 발도스타 변두리에서 그는 자정이 훨씬 넘도록 숨어 있다가 그림자처럼 마을로 들어가 싸구려 가게의 뒤로 기어들어 천천히 창문을 벗겼다. 그러자 햇볕에 썩은 나무에서 자물쇠 나사못이 빠졌다. 자물쇠는 제자리에 놓고 창문은 열어놓았다. 그는 지저분한 창문을 통해 들어오는 달빛을 받아가며 일을 해야 했다. 싸구려 바지, 흰 셔츠, 검은 구두, 검은 모자, 그리고 방수 우비를 훔치고 나서 맞는가를 보기 위해 하나하나 입어 보았다. 그는 흩어진 것이 없는 것을 확인하고 나서 창 밖으로 기어 나왔다. 재고가 많지 않은 것은 하나도 가지고 나오지 않았다. 현금 서랍은 찾아보지도 않았다. 조심스럽게 창문을 닫고 나서 달빛 속의 그림자를 따라 슬쩍 빠져나갔다.

그는 낮에는 숨어 있다가 밤이면 먹을 것을 찾아나갔다. 무, 여물통에서 옥수수 몇 개, 바람에 떨어진 사과 몇 개. 이런 것을 잃어도 섭섭해 할 것은 아무것도 없었다. 그는 구두를 모래에 비벼 헌 구두처럼 만들었고 우비를 주물러 헌 것처럼 보이게 만들었다. 그리고 나서 사흘 있다가 그가 필요로 했던, 아니 극도로 조심한 나머지 필요한 것처럼 느꼈던 비가 내렸다.

  비는 오후 늦게 내리기 시작했다. 아담은 어두워지기를 기다리면서 우비를 쓰고 웅크리고 앉아 있었다. 어두워지자 그는 보슬비가 내리는 밤을 뚫고 발도스타 읍내로 들어갔다. 그는 검은 모자를 눈까지 내려쓰고 노란 우비를 목까지 꼭 추켜올렸다. 그는 역으로 가서 비가 튄 유리창을 통해 안을 들여다보았다. 녹색 보안 청모자를 쓰고 검정색 알파카 작업복을 입은 역원이 매표구로 몸을 내밀고 한 친구와 이야기를 나누고 있었다. 20분이나 족히 되어서 그 친구는 가버렸다. 아담은 그가 플랫폼을 떠나가는 것을 보았다. 그는 마음을 가라앉히기 위해 심호흡을 하고 나서 안으로 들어갔다.

2 찰스는 거의 편지를 받지 못했다. 몇 주일 동안이나 우체국에 문의하지 않는 때도 가끔 있었다. 1894년 2월, 두툼한 편지가 워싱턴에 있는 한 변호사 사무실에서 왔을 때 우체국장은 아마 이것은 중요한 것일 거라고 생각했다. 그는 트래스크 농장으로 나가 찰스가 나무를 베고 있는 것을 발견하고 편지를 넘겨 주었다. 그는 애써 그곳까지 왔으므로 편지 내용에 대해서 들어 보려고 이내 떠나지 않았다. 찰스도 그를 기다리게 했다. 그는 아주 천천히 다섯 장이나 되는 편지를 읽고 나서 글자마다 입을 놀려가며 다시 읽어 내려갔다. 그러고 나서 그는 편지를 접어들고 집으로 향했다.

  우체국장이 그의 뒤에서 소리쳤다. "좋지 않은 일이 있어요, 트래스크 씨?"

  "아버지가 돌아가셨어요." 찰스는 이렇게 대답하고 집으로 들어가서 문을 닫았다.

  "괴로워하더군." 우체국장은 마을로 돌아가 이렇게 전했다. "정말 괴로워하더군. 말이 없는 사람이었지만 함구무언이더구먼."

집에 들어서자 아직 날이 어두워지지도 않았지만 찰스는 램프 불을 켰다. 그는 편지를 테이블 위에 놓았다. 그리고 손을 씻고 나서 의자에 앉아 다시 읽기 시작했다.

그에게 전보를 칠 사람은 아무도 없었다. 다만 변호사가 그의 부친의 서류 속에서 그의 주소를 발견했던 것이다. 변호사는 안됐다고 애도를 표시했다. 그리고 꽤 흥분해 있었다. 그가 트래스크 씨의 유언을 작성할 때 아들들에게 남겨줄 유산이래야 많으면 몇백 달러 정도일 것이라고 생각했다. 그는 그 정도의 유산을 갖고 있을 성싶었다. 그러나 저금 통장을 조사해 본 결과 9만 3,000 달러 이상이 은행에 저금되어 있었고, 좋은 보험회사에 1만 달러가 있었다. 그러자 트래스크 씨에 대한 그의 생각이 전혀 달라졌다. 그 정도의 돈을 갖고 있는 사람이면 부자였다. 그런 사람이면 걱정할 필요가 없을 것이다. 왕국이라도 차릴 만했다. 변호사는 찰스와 그의 형 아담에게 축하전문을 보냈다. 유언에 따라 균등하게 분배될 것이라고 했다. 돈에 대해서 이야기한 다음 변호사는 고인이 남긴 개인 소유물을 열거했다── 갖가지 군인회에서 사이러스에게 증정한 다섯 개의 예도(禮刀), 금패가 달린 올리브나무 의사봉, 바늘에 다이아몬드를 박은 메이스 식 시계 메달, 의치를 넣을 때 떼어낸 이빨의 금봉, 은시계, 금손잡이가 있는 단장 등등. 찰스는 편지를 두 번 더 읽고 나서 두 손에 이마를 파묻었다. 그는 아담이 궁금했다. 아담이 집에 있었으면 했다.

찰스는 어리둥절하고 멍했다. 그는 불을 피우고 프라이팬을 얹어놓고 소금에 절인 돼지고기 조각을 잘라 넣었다. 그리고 나서 다시 돌아가 편지를 빤히 들여다보았다. 그러다가 갑자기 편지를 들어 부엌 테이블 서랍에 넣었다. 얼마 동안 이 문제에 대해선 전혀 생각하지 않기로 마음먹었던 것이다.

물론 그는 다른 것에 대해선 거의 생각하지 않았다. 그러나 쳇바퀴를 돌듯 멍청한 생각이 자꾸자꾸 시발점으로 되돌아갔다.

두 가지 사건이 본질면에서나 시공(時空)면에서 어떤 공통점을 갖고 있을 때 두 사건은 비슷하다는 결론을 얻게 된다. 그리고 이러한 유사성에서 우리는 마술 같은 불가사의를 만들어 내고 후의 이야기 거리로 보존하게 된다. 찰스는 지금까지 농장에서 편지를 받아 본 적이 없었다. 몇 주일 후에 한 소년이 편지를 들고 농장으로 달려왔다. 우리가 두 죽음을 연결시켜 또 다른 세 번째 죽음을 연상하듯이 찰스는 편지와 전보를 연결시켜 생각했다. 그는 전보를 손에 들고 마을 정거장으로 서둘러 갔다.

"이것 좀 보세요." 그는 전신원에게 말했다.

"나는 벌써 그것을 읽었어요."

"읽었어요?"

"전신으로 왔어요." 전신원이 말했다. "바로 내가 받아 썼어요."

"아, 그래요! '전신으로 100달러를 급히 보내라. 집으로 돌아감. 아담.'"

"합해서 60센트를 나에게 주어야 해요." 전신원이 말했다.

"발도스타, 조지아라…… 초문인데."

"나도 못 들었는데, 하지만 그렇게 왔어요."

"그런데 어떻게 돈을 전신으로 보내죠, 칼튼?"

"나한테 100달러하고 60센트를 가져와요. 그러면 내가 발도스타 전신원에게 전보를 쳐서 아담에게 100달러를 지불하도록 하죠. 당신은 나에게 60센트를 또 줘야 해요."

"지불하죠, 그런데 그 사람이 아담인지 어떻게 알죠? 다른 사람이 받지 못하도록 하려면 어떻게 하죠?"

전신원은 세상을 잘 안다는 듯한 미소를 띠면서, "방법은 말이에요, 아담 말고 다른 사람은 대답할 수 없는 문제를 나한테 일러 주면, 나는 문제와 답을 함께 보내지요. 그곳 전신원이 수령인에게 이 질문을 하여 답이 틀리면 돈을 주지 않는 거요."

"재치 있는 일이구먼. 좋은 문제를 생각해 내야지."

"브린 영감이 문을 열어 놓고 있는 동안 100달러를 구해 오는 것이 좋을걸."

찰스는 그 게임이 재미있었다. 그는 돈을 들고 왔다. "문제를 생각해 냈어요." 그가 말했다.

"당신 모친의 가운데 이름자가 아니기를 바라오. 기억하는 사람들이 많지 않소."

"그런 게 아니오. '입대하기 직전에 부친 생일날 무엇을 드렸는가?' 하는 거예요."

"문제는 좋지만 너무 긴데요. 열 단어쯤으로 줄일 수는 없어요?"

"돈은 누가 내는데요? 어쨌든 답은 '강아지'요."

"아무도 짐작하지 못하겠는데." 칼튼이 말했다. "돈은 당신이 내는 거요, 내가 아니오."

"그가 잊어버렸다면 재미있겠는데." 찰스가 말했다. "그러면 그는 집을 못 올 거요."

3 아담은 마을로부터 걸어들어왔다. 그의 셔츠는 더러워져 있었고 훔친 옷은 1주일이나 입은 채로 잠을 잤기 때문에 구겨지고 흙이 묻어 있었다. 집과 헛간 중간쯤에서 그는 발걸음을 멈추고 동생을 찾아 귀를 기울였다. 곧 그가 새로 지은 커다란 연초간에서 무엇엔가 망치질하는 소리를 듣고, 아담이 "찰스야!" 하고 소리쳤다.

망치소리가 멎고 조용해졌다. 아담은 마치 동생이 헛간 틈으로 자기를 살피고 있기나 한 듯이 느껴졌다. 곧 찰스가 나타나더니 아담에게 달려와 악수를 나누었다.

"어때?"

"괜찮아." 아담이 대답했다.

"그럴 거야. 늙기도 했고."

찰스는 아담의 위아래를 훑어보았다. "형은 여유가 있어 보이지 않는군."

"그래."

"가방은 어디 있죠?"

"없어."

"저런! 어디 있었수?"

"온 세상을 돌아다녔지."

"방랑인처럼?"

"방랑인처럼."

여러 해가 지나면서 찰스의 살갗에 주름살이 지고 검은 눈에는 빨간 핏기가 생겼지만, 아담은 옛 기억으로 찰스가 두 가지——의문과 또 다른 것을 생각하고 있다는 것을 알았다.

"왜 집으로 돌아오지 않았수?"

"나는 방랑을 할 수밖에 없었어. 어쩔 수가 없었어. 그러다가 네게 돌아왔지. 그런데 네 흉터는 정말 지독하구나."

"내가 왜 편지로 썼지 않아. 점점 악화돼가요. 왜 편지 안 했어? 배가 고파?" 찰스는 근질근질하여 손을 호주머니에 넣었다가 다시 꺼내 턱을 만지고 나서 머리를 긁었다.

"없어질지도 몰라. 언젠가 바텐더를 만났는데 그는 고양이 같은 흉터가 있었어. 생문(生紋)이었어. 그의 별명은 고양이었지."

"배고파요?"

"배가 좀 고픈데."

"집에 머물 작정이유?"

"그럴 생각이야. 지금 그 이야기를 하고 싶냐?"

"그러고 싶어요." 찰스는 그의 말을 되받았다.

"아버지가 돌아가셨어요."

"알고 있어."
"도대체 어떻게 알았지?"
"역원이 말해 주었지. 돌아가신 지 얼마나 되지?"
"한 달쯤 돼."
"무슨 병으로?"
"폐렴으로."
"여기에 묻어 드렸니?"
"아니 워싱턴에. 내가 편지와 신문을 갖고 있는데, 국기가 휘날리는 군용차로 운구되었어. 부통령이 직접 장례식에 참석하고 대통령이 조화를 보냈어. 모든 것이 신문에 났어. 사진도 있고. 보여 주지. 전부 갖고 있으니까."

아담은 찰스가 고개를 돌릴 때까지 그의 얼굴을 빤히 쳐다보았다.
"너 무엇에 화났니?" 아담이 물었다.
"화낼 일이 뭐가 있어?"
"꼭 화난 목소리 같은데."
"화낼 것 없어. 갑시다. 요기를 해야지."
"그러지. 아버지는 오랫동안 앓으셨대?"
"아니야. 급성 폐렴이었어. 곧 돌아가셨어."

찰스는 무엇인가 숨기고 있었다. 그는 무엇인가 말하고 싶었지만 어떻게 시작해야 할지 몰랐다. 그는 계속 말 속에 그 말을 숨기고 있었다. 아담이 침묵을 지켰다. 입을 다묾으로써 찰스가 눈치를 채고 드디어 말을 꺼내게 될 테니 그것이 상책일지도 몰랐다.

"나는 저 세상에서 온다는 전언을 별로 믿지 않아." 찰스가 말했다. "그런데 형은 어떻게 알아? 어떤 사람들은 전언을 받았다고 주장하지…… 사라 휘트번 같은 노파 말야. 그 여자는 아주 단언하지. 형은 어떻게 생각하는지 모르겠어. 형은 전언을 받지 않았지, 그렇지? 말해 봐. 도대체 형은 왜 입을 꼭 다물고 있어?"

아담이 말했다. "생각 중이야." 그는 자기도 놀라면서 생각을 하고 있었다. 이젠 동생이 무섭지 않다! 전에는 죽도록 무서웠지만 이제는 무섭지 않다. 왜 무섭지 않을까? 군대에 있었기 때문일까? 아니면 도로 공사 때문일까? 아버지의 사망 때문일까? 어쩌면……그러나 알 수 없었다. 두려움이 없어졌으니 이제는 하고 싶은 말은 무엇이고 할 수 있다는 것을 그는 알았다. 하기야 전에는 문제를 만들지 않기 위해 말을 조심했어야 했지만 마치 죽었다가 부활한 것처럼 그는 기분이 좋았다.

그들은 그가 기억할 것도 같고 그렇지 못할 것도 같은 부엌으로 걸어 들어갔다. 부엌은 더 작고 더 그을은 것같이 보였다. 아담은 꽤 유쾌한 듯이 말했다. "찰스야, 나는 이야기를 귀담아 들었다. 너는 나에게 무엇인가 말하려고 하면서도 마치 숲가의 공포처럼 그 주위만을 빙빙 돌고 있구나. 그놈이 너를 물어뜯기 전에 말하는 것이 좋을 거야."

찰스의 눈은 노여움으로 번쩍였다. 그는 고개를 들었다. 그러나 힘은 없었다. '이제는 형을 이길 수 없구먼, 이길 수 없어.' 그는 힘없이 이렇게 생각했다.

아담이 낄낄 웃었다. "아버지가 막 돌아가신 이 마당에 기분이 좋다는 것은 잘못인지 모르지만, 찰스야, 나는 내 일생 일대에 가장 기분이 좋다. 이렇게 기분 좋은 적이 없었어. 말하렴, 찰스야, 그런 것 가지고 속 썩여서는 안 돼."

찰스가 물었다. "형은 아버지를 사랑했수?"

"알아서 무엇하려고 하는지, 네가 먼저 말할 때까지 나는 대답하지 않겠다."

"사랑했수? 아니면 사랑하지 않았수?"

"그게 너하고 무슨 상관이 있지?"

"말해 봐요."

창조적이고 분방한 용기가 아담의 육체와 정신을 꿰뚫고 지나갔다. "좋다, 말해주지. 아니, 사랑하지 않았다. 어떤 때에는 겁을 먹었고, 어떤 때에는……그렇지, 어떤 때에는 나는 아버지를 존경했다. 자, 이제 왜 알고 싶었는지 나에게 말해라."

찰스는 그의 손을 내려다보고 있었다. "나는 이해할 수 없어." 그가 말했다. "내 머리로는 이해할 수 없어. 아버지는 이 세상의 누구보다도 형을 사랑했어."

"나는 그걸 믿을 수 없어."

"형은 믿을 필요가 없어. 아버지는 형이 갖다 드린 것이면 무엇이고 좋아하셨어. 반대로 나는 미워하셨지. 내가 드린 것은 무엇이고 싫어하셨어. 내가 드린 주머니칼만 해도 그래. 난 나무 한 짐을 해서 팔아가지고 그 칼을 샀었어. 그런데도 아버지는 그것을 워싱턴에도 가지고 가지 않았어. 그것은 지금도 아버지의 서랍 속에 있어. 그런데 형은 강아지를 드렸지. 비용도 들이지 않았었지. 그 강아지 사진을 보여 주지. 장례식에 찍은 거야. 한 대령이 그놈을 안고 있었어. 강아지는 보지도 못하고 걷지도 못했어. 장례식이 끝난 뒤 쏘아 죽였지."

동생의 어조가 격렬하여 아담은 어리둥절했다. "나는 모르겠다." 아담이 말했다. "네가 무엇 때문에 그러는지 나는 모르겠다." "나는 아버지를 사랑했어요." 찰스가 말했다. 아담이 기억하기로는 처음으로 찰스는 울기 시작했다. 그는 머리를 팔에 묻고 울었다. 아담은 그에게 다가가려고 했으나 그때 옛날의 두려움이 약간 되살아났다. 건드리지 말자. 만일 건드리면 나를 죽이려고 할지도 모른다고 그는 생각했다. 그는 열린 문 입구로 가서 밖을 내다보며 서 있었다. 등 뒤에서 동생이 훌쩍거리는 소리가 들렸다. 집 근처의 농장은 아담하지 못했다…… 전에도 그랬었다.

주위는 난잡하고 흐트러져 있고 황폐해 있어서 계획성이 없어 보였다. 꽃도 없었고 땅위에는 종잇조각이며 나뭇조각들이 흩어져 있었다. 집도 조촐하지 못했다. 단지 주거와 취사를 위해선 잘 세워진 집이었다. 사랑을 받지도, 사랑을 베풀지도 않는 침울한 농장이며 집이었다. 그것은 아늑한 집이 아니었다. 그리워하고 돌아오고 싶은 곳이 아니었다. 아담은 갑자기 그의 계모를 생각했다. 농장처럼 사랑을 받지 못한 여인이었다. 그녀 나름대로는 적절하고 청결했었지만 농장은 가정이 아닌 것처럼 그녀도 아내는 아니었다.

　동생의 흐느낌이 멎었다. 아담은 몸을 돌렸다. 찰스는 멍하니 앞을 내다보고 있었다. 아담이 말했다. "어머니에 대하여 이야기해다오."

　"편지에 썼듯이 돌아가셨어요."

　"어머니에 대하여 이야기해 줘."

　"말했지 않아. 돌아가셨다니까. 아주 오래 됐어요. 형의 엄마는 아니지 않았어?"

　언젠가 그 어머니 얼굴에서 보았던 미소가 아담의 마음 속에 번뜩 떠올랐다. 그 여자의 얼굴이 그의 앞에 떠올랐다.

　찰스의 목소리가 그 영상을 통해 들려오더니 영상이 없어졌다.

　"한 가지만 말해 줘요…… 급하진 않아. 깊이 생각하고 말해 줘요." 진실이 아닌 질문을 하기 위해 미리 입술을 움직였다. "아버지가 그렇게…… 정직하지 못할 수가 있다고 생각하우?"

　"무슨 뜻이지?"

　"쉬운 이야기가 아니오? 쉽게 말했는데. 부정직이란 말에는 한 가지 뜻밖에 없는데."

　"나도 모르겠다." 아담이 말했다. "나는 모르겠어. 아무도 그렇게 말한 사람은 없다. 아버지가 어쨌었는가를 봐라. 백악관에서 하룻밤을 지내고 돌아가시자 장례식에 부통령이 참석했고 그런 것들이 부정직한 사람같이 보이느냐? 이것 봐요 찰스." 그는 애원하듯 말했다. "내가 여기 도착할 때부터 네가 나에게 하고 싶었던 것을 말해봐."

　찰스는 입술에 침을 묻혔다. 피가 모두 말라버린 듯했다. 피와 함께 모든 힘과 잔인성도 말라버린 듯했다. 목소리마저 단조롭게 되었다. "아버지가 유서를 남겼어요. 모든 재산을 형과 내가 균배하도록 했어요."

아담이 웃었다. "그래, 우리는 이 농장에서 평생 먹고 살 수 있지 않니? 내 생각엔 우리는 굶어죽지는 않을 거야."

"10만 달러가 넘어요."

"돌았구먼. 100달러 좀 넘겠지. 아버지가 어디서 그런 돈을 벌 수 있었겠니?"

"틀림없어요. 군인회의 봉급이 월 125달러였어. 그는 방값과 식비를 내야 했어. 여행할 때에는 1마일에 5센트의 여비와 호텔비를 받았을 뿐이야."

"아버지가 처음부터 갖고 계셨던 것을 우리가 몰랐을 거야."

"아니야. 처음엔 없었어."

"그러면 우리는 군인회에 편지를 써서 질의해 볼 수도 있지 않아? 거기에 있는 누군가가 알지도 모르지 않아."

"감히 그럴 순 없지." 찰스가 말했다.

"자, 이것봐! 성급하게 생각하지 말아. 투기 같은 것이 있어. 많은 사람들이 그렇게 하여 부자가 됐어. 아버지는 거물들을 알고 있었지. 횡재하는 일에 끼여들었는지도 모르지. 캘리포니아의 노다지판으로 달려가서 부자가 되어 돌아온 사람을 생각해봐."

찰스의 얼굴은 시무룩해졌다. 목소리마저 작아져 아담이 그의 말을 듣기 위해선 몸까지 구부려야만 했다. 그의 목소리는 보고나 하듯이 음색이 없었다. "우리 부친은 1862년 6월에 북군에 입대했어. 이 주에서 3개월 간의 훈련을 받았어. 그러니까 9월이 되어 남쪽으로 행군했어. 10월 12일, 그는 다리에 부상에 입고 병원으로 후송되었어. 그는 1월에 귀사했던 거야."

"그래서 어떻게 하겠다는 것인지 난 모르겠다."

찰스의 말소리는 가늘고 힘이 없었다. "아버지는 남북 전쟁의 격전지였던 챈스러스빌, 게티스버그, 윌더네스, 리치먼드에도 있지 않았으며 리 장군이 항복한 애포매톡스에도 있지 않았어."

"어떻게 아니?"

"제대 증명서에 있던걸. 다른 서류와 함께 왔어."

아담은 깊은 한숨을 쉬었다. 그의 가슴 속에서는 주먹으로 내려치듯 기쁨의 파도가 밀려왔다. 그는 거의 믿지 못하겠다는 듯이 고개를 저었다. 찰스가 말했다. "그런데 아버지는 어떻게 그리도 세상을 잘 살아나갔을까? 도대체 어떻게 그렇게 살으셨을까? 의심하는 사람은 아무도 없었어, 형은 했어? 나는? 엄마는? 아무도 의심하지 않았어. 워싱턴에서마저도 의심하지 않았어."

아담이 일어섰다. "집에 뭐 먹을 것 있니? 내가 데워 먹겠다."

"어젯밤에 닭을 잡았어. 기다릴 수 있다면 내가 볶아 주지."

"빨리 되는 것 없니?"

"소금에 절인 돼지고기와 계란이 있어."

"그걸 먹겠다." 아담이 말했다.

그들은 그 문제를 그 정도로 남겨 놓고, 마음 속으로는 그 주위를 빙빙 돌기도 하고 뛰어넘기도 했다. 말은 꺼내지 않았지만 그들의 마음은 그 문제를 떠나지 않았다. 그 문제에 대하여 말은 하고 싶었지만 할 수가 없었다. 찰스는 절인 돼지고기를 볶고 콩을 가득히 데우고 계란 프라이를 했다. "목초지를 갈고 호밀을 심었지." 찰스가 말했다.

"어떻게 됐어?"

"잘됐지. 여러 개의 바위를 들어내고 나서는," 찰스는 그의 이마를 만져 보았다. "바위 하나를 지렛대로 들어올리다가 이 빌어먹을 놈의 흉이 생겼지."

"편지에도 썼지 않니." 아담이 말했다. "네 편지가 나에겐 아주 뜻 있는 것이었다는 것을 적어 보내지 않았던가?"

"형이 하고 있는 일을 자세히 적어 보낸 일은 한 번도 없었어." 찰스가 말했다.
"난 그것에 대해서 생각하고 싶지 않았었단다. 대체로 형편이 좋지 않았었어."
"신문에서 토벌에 관한 기사를 읽었는데 형도 참가했었어?"
"그럼, 그런 것에 대하여 생각하고 싶지 않아. 지금도 마찬가지야."
"인디언들을 죽여 봤어?"
"인디언들을 사살했지."
"그들은 정말 형편없는가 봐."
"그렇다고 생각해."
"말하고 싶지 않으면 그것에 대하여 말할 필요 없어요."
"하고 싶지 않아."
그들은 석유 램프 밑에서 저녁식사를 했다.
"저 램프 갓을 닦아내면 불이 더 밝을 텐데."
"내가 하지." 아담이 말했다. "만사를 생각하기란 힘들어."
"형이 돌아왔으니 모든 일이 잘 될거요. 식사를 하고 주막에 갈려우?"
"보자, 좀 쉬는 게 좋을 듯한데."
"편지엔 쓰지 않았지만 주막엔 여자들이 많아요. 전연 몰랐겠지만 나와 함께 가고 싶을 거요. 여자들은 2주일마다 바뀌어요. 전엔 몰랐지만 형은 한번 가보고 싶을 거요."
"여자들?"
"응, 2층에 있어. 꽤 손쉽지. 형도 집에 돌아왔으니……."
"오늘 밤엔 그만두자. 다음에 가지. 돈은 얼마나 드니?"
"1달러. 대개의 여자가 꽤 예쁘다우."
"봐서 다음에 가자." 아담이 말했다. "그런데 그런 여자들을 들어오게 하다니 놀라운 일이구먼.”

"처음엔 나도 놀랐어요. 그러나 하나의 사업으로 운영하고 있어요."

"자주 가니?"

"2, 3주에 한 번씩, 여기서 혼자 사는 남자는 꽤 외로우니까."

"결혼할 생각이 있다고 언젠가 편지한 적이 있지 않아?"

"그런 생각을 했었지. 제대로 생긴 여자를 찾지 못한 거야."

형제들은 중요한 화제의 주위만을 빙빙 돌고 있었다. 가끔씩 중요한 화제를 건드렸다가는 발을 빼고는 농사니, 세상 이야기니, 정치니, 건강문제니 하는 이야기를 나누었을 뿐이다. 그러나 조만간 주화제로 돌아올 것을 그들은 알고 있었다. 찰스는 아담보다도 그 문제에 깊이 끼여들고 싶었지만 그렇지 못하여, 대신 그 문제를 깊이 생각할 시간 여유를 갖게 되었다. 아담의 입장에서는 그 문제는 생각하고 느껴야 하는 새로운 것이었다. 그는 그 문제를 다른 날로 미루고 싶었지만 동생이 그렇게 하지 않으리라는 것을 그는 알고 있었다.

아담이 터놓고 말했다. "다른 이야기나 하면서 자자."

"그러고 싶으면 그럽시다." 찰스가 말했다.

그들 사이에는 점점 주제를 피하여 지껄일 이야깃거리도 없어져갔다. 아는 사람이나 지방 소식이 다 화제에 올랐었다. 대화는 질질 끌려가면서 시간만 흘러갔다.

"졸립지 않니?" 아담이 물었다.

"조금 있다가."

침묵이 흘렀다. 밤이 그들을 스치면서 집 주위를 불안하게 움직였다.

"나는 정말 그 장례식을 보고 싶었어." 찰스가 말했다.

"아주 멋있었을 거야."

"신문에서 오려낸 스크랩을 보고 싶수? 방 안에 전부 있어."

"아니야. 오늘 밤엔 그만두자."

찰스는 의자를 돌려서 팔꿈치를 테이블 위에 괴었다. "언젠가는 그 문제를 생각해봐야 해요." 그는 초조한 듯이 말했다. "우리는 언제까지 연기할 수 있지만 우리가 어떻게 할까 정말 잘 생각해봐야 해요."

"알고 있다." 아담이 말했다. "생각할 시간적 여유를 갖고 싶었을 뿐이야."

"그러면 무슨 좋은 수가 있어? 나에겐 시간적 여유가 많았었어. 그러나 쳇바퀴 도는 식이었어. 생각하지 않으려고도 해봤지만 허사였구. 시간적인 여유가 있다고 무슨 도움이 될 것 같아?"

"그렇게 생각하지는 않아. 먼저 무슨 이야기를 하고 싶으냐? 그 문제를 생각하는 것이 좋을 것 같애. 우리는 다른 것을 생각하고 있지는 않잖니?"

"돈 이야기야." 찰스가 말했다. "10만 달러 이상의 거금 말이야."

"돈이 어쨌단 말이냐?"

"어디서 났을까?"

"내가 어떻게 아니? 아버지가 투기를 했을지도 모른다고 말했지 않아. 어떤 사람이 워싱턴에서 좋은 일에 한몫 끼워 주었는지도 모르지."

"그걸 믿어?"

"나는 아무것도 믿지 않아." 아담이 말했다. "내가 아는 것이 없는데 무엇을 믿을 수 있겠니?"

"거금이란 말이오." 찰스가 말했다. "거금을 우리에게 남겨 놓은 거예요. 우리는 그걸로 여생을 편히 살 수도 있고, 땅을 살 수도 있어요. 형은 생각을 안 해봤을 지도 모르지만 우리는 부자예요. 이 근처의 누구보다도 우리는 부자예요."

아담이 웃었다. "너는 마치 복역 선고를 내리듯 말하는구나."

"그 돈이 어디서 났을까?"

"무슨 걱정을 하니?" 아담이 물었다. "우리는 자리를 잡고 편안히 살 수도 있지 않아." "아버지는 게티스버그에 있었던 일도 없고, 전쟁 동안에 빌어먹을 전투에 참가한 일도 없고, 다만 소전투에서 얻어맞았을 뿐이에요. 그의 말은 모두가 거짓말이에요."

"그래서 어쨌다는 거냐?" 아담이 물었다.

"내 생각엔 아버지가 돈을 훔친 거예요." 찰스가 음울하게 말했다. "형이 나에게 물었으니 말이지 그것이 바로 내가 생각한 것이에요."

"어디서 훔쳤는지 아니?"

"몰라."

"그러면 아버지가 돈을 훔쳤다고 어떻게 생각하게 됐니?"

"아버지는 전쟁에 대해서 거짓말을 하셨어요."

"무어라고?"

"전쟁에 대해서 거짓말을 할 수 있었다면 훔칠 수도 있다는 거야."

"어떻게?"

"아버지는 군인회에서 근무했어요 …… 그것도 높은 자리에서. 재정에 참여해서 장부를 속일 수도 있는 거요."

아담이 한숨을 쉬었다. "네가 그렇게 생각한다면 왜 그들에게 사실을 알리지 않니? 장부 검사를 하도록 하지. 부정이 드러나면 우리는 돈을 반납할 수도 있어."

찰스의 얼굴이 비틀리고 이마의 흉터가 까맣게 빛났다. "부통령이 장례식에 참석했고, 대통령이 조화를 보내고, 마차의 행렬이 반 마일이나 뻗쳤고, 수백 명이 도보로 뒤를 따랐어요. 운구자가 누구였었는지 알아요?"

"그럼 넌 무엇을 알아내자는 거냐?"

"아버지가 도둑이라는 것이 판명되었다고 생각해 봐요. 그러면 아버지가 게티스버그에도 또 다른 곳에도 있었던 일이 없었다는 것이 판명될 거고, 모든 사람들이 그가 거짓말쟁이라는 것을 알게 될 거고,

젠장, 그의 전생애도 거짓이었다는 것이 만천하에 밝혀질 거요. 비록 아버지가 진실을 말했다 하더라도 그것을 믿을 사람은 아무도 없을 거란 말예요."

아담은 꼼짝 않고 앉아 있었다. 그의 눈은 초점을 잃지 않고 앞을 응시하고 있었다.

"나는 네가 아버지를 사랑했다고 생각했다." 그는 조용히 말했다. 그는 속박에서 풀려 자유롭게 된 것처럼 느꼈다.

"과거에도 사랑했고 지금도 그래요. 내가 그 점을 미워하는 것도 그 때문이에요. 그의 무덤마저도…… 사람들은 그의 시체를 파헤쳐 내동댕이칠지도 몰라요." 찰스의 말은 감정에 복받쳐 있었다. "형은 아버지를 전혀 사랑하지 않았수?" 찰스가 소리쳤다.

"나는 지금도 단언할 수 없다." 아담이 말했다. "감정이 뒤범벅이 되어 있어서. 아니야, 아버지를 사랑하지 않았어."

"그렇다면 아버지의 생애가 망쳐지고 불쌍한 시체를 파내더라도 형은 상관하지 않겠지…… 맙소사!"

아담의 마음은 자기 감정을 표현할 말을 찾아 분주하게 움직였다.

"나는 상관할 필요가 없어."

"그렇지, 상관할 필요가 없어."

찰스가 진지하게 말했다. "사랑하지 않았다면 그렇겠지. 아버지 얼굴을 발길로 차는데 거들 수도 있어."

아담은 동생이 이젠 위험한 사람이 아니라는 것을 알았다. 그를 몰아세울 시기심도 없었으며, 아버지의 모든 것이 그와 함께 있었지만, 그에게서 아버지를 떼어 낼 사람은 아무도 없었기 때문이다.

"그 사실이 만천하에 드러난 후 우리가 마을을 걷는다면 어떤 기분이겠수?" 찰스가 다그쳤다. "어떻게 사람을 대하겠수?"

"상관하지 않을 것이라고 말하지 않니? 나는 믿지 않기 때문에 상관할 필요가 없어."

"무엇을 믿지 않는단 말요?"

"아버지가 돈을 훔쳤다는 것을 믿지 않는다. 아버지가 참전했다고 말한 전쟁을 믿고, 아버지가 있었다고 말한 곳에 아버지가 있었다고 나는 믿는다."

"그러면 증거는…… 제대 증명서는 어떻게 하고요?"

"아버지가 돈을 훔쳤다는 증거도 없다. 돈의 출처를 모른다고 해서 네가 그렇게 생각해낸 거다."

"군 관계 서류……."

"그것이 틀렸을 수도 있다." 아담이 말했다. "난 서류가 틀렸다고 생각한다. 나는 아버지를 믿는다."

"어떻게 형이 믿을 수 있는지 나는 모르겠어."

아담이 말했다. "내 얘길 좀 들어봐라. 하나님이 존재하지 않는다는 증거는 대단히 뚜렷하지만, 많은 사람들에게 있어서 이 증서는 하나님이 존재한다는 감정만큼 효력을 내지 못해."

"그러나 형은 아버지를 사랑하지 않았다고 말했어. 아버지를 사랑하지 않았는데 그를 어떻게 믿어?"

"아마도 그것이 논리일 수도 있을지 모르지." 아담은 자기 나름대로 생각을 정리하면서 천천히 말했다. "만일 내가 아버지를 사랑했었다면, 아버지를 질시했었을 것이다. 사실 너는 그랬지. 사랑은 의혹을 낳는가 봐. 사랑하는 여인이 있다면 누구나 그녀에 대하여 결코 자신을 가질 수 없는 것이 진리가 아닐까?…… 왜냐하면 사람이란 자신에 대하여 자신감을 가질 수 없기 때문이야. 나는 명확하게 알 수 있어. 네가 아버지를 얼마나 사랑했으며 그것이 너에게 어떤 영향을 미쳤는가를 나는 안다. 나는 아버지를 사랑하지 않았다. 어쩌면 아버지는 나를 사랑했을지도 모르지. 아버지는 나를 시험해 보고 마음에 상처도 주고 벌도 주고 드디어는 무엇인가를 보상하기 위하여 나를 희생물처럼 내보내셨다. 그러나 아버지는 너를 사랑하지 않으셨다. 따라서 너를 믿지 않으셨다. 어쩌면 이것이 일종의 역(逆)현상인지도 모르지"
　찰스는 그를 빤히 쳐다보았다. "나는 이해 못 하겠어요." 그가 말했다.
　"나도 이해하려고 노력하는 중이야." 아담이 말했다. "나도 처음 느낀 생각이야. 나는 지금 기분이 좋아. 나의 전 생애를 통틀어 어쩌면 가장 기분이 좋은지도 몰라. 나는 무엇인가를 제거했어. 어쩌면 언젠가 네가 갖고 있는 것을 나도 갖게 될 거야. 그러나 지금은 갖고 있지 않아."
　"나는 모르겠어." 찰스가 다시 말했다.
　"우리 아버지가 도둑이 아니라고 하는 나의 생각을 이해할 수 있니? 나는 아버지가 거짓말쟁이라고는 생각지 않아."
　"그러나 서류가……"
　"나는 서류를 보지 않으련다. 아버지에 대한 나의 신뢰감과 비교하면 서류는 아무것도 아니야."
　찰스는 무겁게 숨을 쉬고 있었다. "그러면 형은 돈을 받을 생각이우?"
　"물론이야."
　"아버지가 그걸 훔쳤다 하더라도?"
　"아버지는 훔치지 않았어. 그걸 훔쳤을 리가 없어."
　"난 모르겠어." 찰스가 말했다.
　"모르겠니? 이것이 전체의 실마리가 될 듯도 하구나. 이것 봐요. 나는 입 밖에 한 번도 내본 일이 없지만, 내가 집을 떠나기 바로 전에 네가 나를 때린 일을 기억하니?"
　"기억하지."
　"그 다음의 일도 기억하니? 너는 나를 죽이려고 손도끼를 들고 다시 왔었지?"
　"잘 기억이 안 나요. 나는 그때 미쳤었으니까."

"그 당시에는 나도 몰랐어. 그러나 이제는 알겠다…… 너는 너의 사랑을 독차지하기 위해 싸우고 있었어."

"사랑이라니?"

"그렇지." 아담이 말했다. "우리는 돈을 잘 쓸 수도 있어. 여기에서 살 수도 있고, 캘리포니아 같은 데로 떠나갈 수도 있고. 우리가 무엇을 하게 될까를 생각해 봐야 해. 물론 아버지의 커다란 기념비도 세워야 해."

"난 여기를 떠날 수는 없을 것 같은데." 찰스가 말했다.

"어떻게 되어가는지 두고 보자. 서두를 것 없다. 잘 생각해 보자."

제 8 장

1 세상에는 인간인 부모에게서 태어난 괴물들이 있다고 나는 믿는다. 어떤 것은 머리가 크고 몸이 작아 보기 흉한 기형아이기도 하고, 어떤 것은 수족이 없기도 하고, 어떤 것은 팔이 셋일 수도 있고, 어떤 것은 꼬리가 달렸거나 엉뚱한 데 입이 달린 기형아일 수도 있다. 일반적으로 생각되듯이 이것은 우연한 일이지 누구의 잘못도 아니다. 한때는 이런 것들이 보이지 않는 죄에 대한 가시적 벌이라고 생각되었다.

육체적 괴물이 있듯이, 정신적 내지, 지적 괴물이 태어날 수는 없는 것일까? 얼굴과 몸은 완전하다 하더라도, 비틀린 정자나 기형적인 난자가 신체적 괴물을 낳는다면 똑같은 과정을 거쳐 정신적인 기형아가 나올 수도 있지 않은가?

괴물이라는 것은 정도의 차이는 있다 하더라도 정상적인 것으로 받아들일 수 없는 변종이다. 팔 없는 어린아기가 태어날 수도 있는 것처럼, 친절성이라든가 양심을 갖지 않고 태어난 어린아이도 있을 수 있는 것이다. 사고로 팔을 잃은 사람은 자기 적응을 위해 크게 노력하지만 팔 없이 태어난 사람은 이상한 눈초리로 보는 사람 때문에 고통을 겪는다. 팔을 가져본 적이 없기 때문에 팔을 아쉬워 할 수 없다. 어렸을 때 우리는 종종 날개가 있었으면 하고 상상도 해 봤지만, 날개가 있는 새와 똑같은 감정이라고 생각할 수도 없다. 아니다. 괴물에게는 정상인 것이 괴상하게 보일 것임이 틀림없다. 그에게는 괴물이 정상이기 때문이다. 내적인 괴물에게는 이것이 더욱 모호할 것임이 틀림없다. 그에게는 다른 것과 비교할 만한 가시적인 것이 없기 때문이다. 양심을 갖지 못하고 태어난 사람에게는 정신적인 고통을 겪는 사람이 우습게 보일 것임이 틀림없다. 죄인에게는 정직이 우스운 것이다. 괴물은 단지 변종에 불과하며 괴물에게는 정상적인 것이 괴상하게 보인다는 것을 잊어서는 안 된다.

캐시 에임즈는 일생 동안 자기를 분명하게 몰아치는 성향 내지는 성향의 결함을 갖고 태어났다는 것이 나의 생각이다. 어떤 저울대가 잘못 측정하였든지, 어떤 기계의 비율이 맞지 않고 있었다. 그녀는 날 때부터 다른 사람 같지 않았다. 마치 절름발이가 자기의 결함을 십분 활용하여 제한된 범위 내에서는 정상적인 사람보다 더 뛰어나게 되는 것처럼, 캐시는 자기의 차이점을 활용하여 자기의 세계에서 고통스럽고 당혹스러운 소동을 벌였다.

캐시 같은 여자는 귀신들린 여자일 것이라고 생각되던 때가 있었다. 그 여자는 귀신을 쫓아내기 위해 푸닥거리도 받았을 것이다. 여러 번 푸닥거리를 받고도 효험이 없으면 공익을 위해 마녀로 단정되어 화형을 받게 되었을 것이다. 마녀로서 용서받을 수 없는 것은 그녀가 사람을 괴롭히고 초조와 불안에 싸이게 하고 시기심을 불러일으키게 하는 힘을 갖고 있다는 것이다.

자연이 함정을 드러내지 않듯이, 캐시도 처음부터 순진한 얼굴을 갖고 있었다. 그녀는 금발에 미모를 갖추고 있었다. 개암빛 눈 사이가 넓은데다가 윗 눈꺼풀이 처져 있어서 그녀의 모습은 신비스럽게도 졸리운 듯 보였다. 코는 섬세하고 얄팍하며, 높고 넓은 광대뼈는 작은 턱 밑까지 흘러내려서 그녀의 얼굴은 심장 모양을 이루고 있었다. 입은 잘 생기고 도톰하였지만 비정상적일 정도로 작았다——따라서 사람들은 장미의 입술이라고들 불렀다. 귀는 아주 작으며 귓밥이 없었다. 그리고 그 귀가 너무 머리쪽에 붙어 있어서 그 위로 머리칼을 빗어내리면 귀 옆이 보이지 않았다. 머리 옆에 찰싹 붙은 살 정도의 모양이었다.

캐시는 커서도 늘 어린애의 모습을 지니고 있었다. 가냘프고 섬세한 손과 팔, 특히 손이 작았다. 젖가슴도 그리 발달하지 못했다. 사춘기 전에는 젖꼭지가 안으로 들어가 있었다. 그녀가 열 살이 되었을 때 젖꼭지가 아파지자 그녀의 어머니가 애써 끄집어내야만 했다. 그녀의 몸은 소년의 몸처럼 엉덩이가 좁고 다리가 곧았다. 발목은 날씬하지 않았지만 가늘고 곧았다. 발은 작고 둥글고 자그마했으며 발등은 작은 발굽처럼 통통했다. 그녀는 예쁜 어린아이에서 예쁜 여인으로 컸다. 목소리는 쉰 듯하면서도 부드러웠고 감당할 수 없을 정도로 달콤했다. 그러나 목구멍에는 강철줄이라도 있었는지 하고 싶을 때에는 줄처럼 굵은 소리를 낼 수 있었다. 어렸을 때에도 그녀는 사람들로 하여금 이상한 것을 느끼게 하여 자꾸 되돌아보게 만드는 힘을 갖고 있었다. 무엇인가 눈에 나타내게 해 놓고는 사람들이 다시 쳐다보면 온데간데 없게 만들었다.

그녀는 소리 없이 움직이고 말수가 적었지만 방에 들어갈 적마다 사람들로 하여금 자기를 쳐다보게 만들었다. 그녀는 사람들을 피하고 싶을 정도는 아니지만, 불안하게 만들었다. 그토록 정묘하게 불안을 조성하는 원인이 무엇인가를 사람들은 가까이서 찾아내고 싶어했다.

늘 이러했기 때문에 오히려 캐시는 그것을 이상하게 생각하지 않았다.

여러 면에서 캐시는 다른 아이들과 달랐다. 특히 한 가지가 그녀를 다른 아이들과 유별나게 만들었다. 대개의 어린이들은 서로 다른 것을 싫어한다. 다른 아이들과 똑같이 보이고, 말하고, 옷입고, 행동하고 싶어한다. 만일 옷 모양이 이상하다 하더라도 다른 아이가 입은 옷을 입지 않으면 오히려 고통과 슬픔이 되는 것이다. 만일 돼지고기 조각으로 만든 목걸이가 환영받는다면 그 목걸이를 못 거는 어린아이는 슬픔에 싸일 것이다. 이러한 군중에로의 예속감은 사회적인 것이건, 다른 것이건 모든 게임과 관습에까지 퍼지게 마련이다. 이것은 어린 아이들이 자기보호를 위해 활용하는 보호색이다.

캐시는 이런 속성을 전혀 갖고 있지 않았다. 그녀는 옷이나 행동에서 다른 아이들을 따르지 않았다. 그녀는 자기가 입고 싶은 대로 입었다. 그 결과, 아주 드물기는 했지만 다른 아이들이 그녀를 모방하는 경우가 생겼다.

그녀가 커감에 따라 어린아이들도 어른들이 느낀 것을 느끼기 시작했다. 캐시에게는 이상한 점이 있다는 것이다. 얼마 후에는 한 번에 한 아이만이 사귀게 되었다. 그녀가 뭐라고 이름 붙일 수 없는 위험을 안고 있기나 한 것처럼 소년 소녀들은 그녀를 피했다.

캐시는 거짓말쟁이였지만, 대부분의 어린애들이 하는 방식으로 하지는 않았다. 그녀의 거짓말은, 상상한 것을 말할 때 상상을 더 사실적인 것처럼 만들기 위해 사실처럼 말하는 그런 백일몽 같은 거짓말이 아니었다. 그렇다면 그것은 외적인 사실에서의 평범한 탈선에 불과하다. 내 생각엔, 거짓말과 스토리 사이의 차이점은 스토리가 듣는 사람뿐만 아니라 말하는 사람의 흥미를 위하여 진실의 장식물과 외형을 활용하고 있다는 것이다. 스토리는 그 자체에 손익을 갖고 있지 않다. 그러나 거짓말은 이익 내지는 도피를 위한 일종의 고안이다. 이

정의를 엄격히 고수하는 경우, 스토리 작가는 거짓말쟁이이다 —— 단, 금전적으로 돈을 벌었을 때 말이다.

 캐시의 거짓말은 결코 순진하지 않았다. 그녀가 거짓말하는 목적은 벌이나 일이나 책임을 회피하는 것이었고, 이익을 위해 사용되었다. 대부분의 거짓말쟁이들은 자기들이 한 말을 잊어버리거나 아니면 거짓말이 변명할 수 없는 진실에 갑자기 부딪치기 때문에 들통이 나게 마련이다. 그러나 캐시는 자기의 거짓말을 잊어버리지 않았을 뿐만 아니라 거짓말하는 효과적인 방법을 발전시켰다. 그녀는 늘 진실 주위를 가까이 맴돌기 때문에 사람들로 하여금 그녀의 말을 거짓말이라고 단정할 수 없게 만들었다. 그녀는 또 다른 두 가지 방법을 알고 있었다 —— 그 하나는 거짓말을 진실과 뒤섞는 방법이고 다른 하나는 진실을 거짓말인 양 말하는 방법이다. 그녀의 말이 거짓말인 것으로 비난을 받다가도 나중에 진실인 것으로 나타나는 경우, 오랫동안 신실이 아닌 것이 보호를 받게 마련이다.

 캐시는 무남독녀 외딸이었기 때문에 그녀의 어머니에게는 그녀를 가족 중에서 가까이 비교해 볼 만한 대상이 없었다. 따라서 어머니는 모든 아이들이 자기 딸과 같으려니 생각했다. 그리고 모든 부모들이 걱정에 싸여 산다는 것을 알고 있기에, 그녀의 친구들도 똑같은 문제를 갖고 있다고 생각했다.

 캐시의 아버지는 자신감이 없는 사람이었다. 그는 메사추세츠의 어느 마을에서 조그마한 무두질 공장을 경영하고 있었는데, 열심히 일만 하면 안락한 생활을 유지할 수 있었다. 에임즈 씨는 집 밖에서 다른 아이들과 접촉하는 기회가 있었기 때문에 캐시가 다른 아이들과 다르다고 느꼈다. 그런 사실을 인식했다기보다는 느꼈다. 그는 딸아이에 대해 불안했지만 이유를 말할 수는 없었다.

 세상의 거의 모든 사람은 내면에 욕망과 충동, 폭발적인 격정과 이기주의의 덩어리, 그리고 육욕을 갖고 있다. 그리고 대부분의 사람들은 이러한 것들을 억제하거나 남몰래 탐닉한다. 캐시는 다른 사람들에게 있는 이런 충동을 알고 있을 뿐만 아니라 이것들을 자신의 이익이 되도록 활용하는 방법도 알고 있었다. 그녀가 인간의 다른 성향은 믿지 않고 있는 것이 거의 틀림 없었다. 몇몇 것에 있어서는 특출하게 민감하면서도 다른 몇몇 것에 있어서는 우습도록 우둔했기 때문이다.

동경과 고통, 질투와 금기를 부수적으로 달고 다니는 성(性)이란, 인간이 갖고 있는 가장 혼란스러운 충동이라는 것을 캐시는 어렸을 때 깨달았다. 그 당시만 해도 성이란 지금보다도 더 혼란스러운 것이었다. 사람들이 그것에 대하여 입 밖에 낼 수도 없고 또 입 밖에 낸 일도 없었기 때문이다. 모든 사람들이 그 작은 마귀를 속에 감추고 있으면서도 대중 앞에서는 존재도 하지 않는 것처럼 가장한다. 그러나 일단 그 마귀에 사로잡히기만 하면 사족을 못 쓴다. 캐시는 이것을 조종하고 이용함으로써 이득을 얻고 거의 모든 사람을 지배할 수 있다는 것을 알고 있었다. 그것은 일종의 무기이자 위협이 되었다. 거역할 수 없는 것이었다. 사실이지 그 맹목적인 무력함이 캐시에게 나타난 것처럼 보이지 않았기 때문에 그녀는 그런 충동을 느끼고 있는 사람들을 경멸했다. 일방적으로 생각해보면 그녀가 옳았다.

남자나 여자나 성욕에 의해 계속 희롱당하고 곤경에 빠지고 노예가 되고 고통을 받지 않는다면, 인간이 어떤 자유를 누릴 수 있단 말인가! 성욕을 느끼지 못하는 인간은 인간이 될 수 없다는 것이 그 자유의 유일한 허점이다. 그런 사람은 괴물일 것이다.

캐시는 열 살 때 성적 충동의 힘을 얼마간 알게 되고부터 그것을 냉혹하게 실험해 보기 시작했다. 그녀는 여러 가지 어려움을 예견하고 그 대책을 냉엄하게 강구하기 시작했다.

어린아이들의 성희는 옛부터 계속되었다. 정상적인 아이들은 어둠침침한 나무 그늘 밑이나 여물통 밑이나 버드나무 아래나 도로 밑 배수통 속에서 여자애들과 모여 장난을 해왔다…… 그렇지 않으면 적어도 그런 장난을 꿈꾸어 왔다. 대개의 부모들은 조만간 이런 문제에 봉착하게 된다. 자신의 유년기를 잘 기억하는 부모를 가진 아이들은 그래도 다행스럽다. 그러나 캐시의 어린 시절에는 사정이 더욱 어려웠다. 부모들은 자신들에게는 그런 일이 없었던 것처럼 부정하다가 어린아이들에게서 그런 일을 발견하고는 질겁을 했기 때문이다.

2 어느 봄날 아침, 늦이슬을 안고 새싹이 햇빛을 받아 기지개를 켜고, 땅 속으로 스며든 훈기에 노란 민들레가 돋아날 즈음, 캐시의 어머니는 빨랫줄에 빨래를 다 널었다.

  에임즈 가족은 마을 변두리에 살고 있었다. 집 뒤에는 헛간과 마차고가 있고 채소밭과 두 마리의 말을 키우는 울타리 친 잔디밭이 있었다. 에임즈 부인은 캐시가 헛간 쪽으로 슬슬 걸어간 것 같아 불러보았으나 아무 대답이 없어서 잘못 본 것이라고 생각했다. 그녀가 집 안으로 들어가려고 할 때 마차고에서 낄낄대는 소리가 들렸다. 다시 캐시를 불렀으나 대답이 없었다. 불안한 생각이 들었다. 그녀는 속으로 낄낄대던 소리를 되새겨 보았다. 캐시의 목소리가 아니었다. 캐시는 낄낄대는 애가 아니었다.

  어떻게 또는 어찌하여 부모가 두려움을 느끼게 되는지 알 도리가 없다. 물론 전혀 이유가 없는데도 불안감이 일어나는 경우는 허다하다. 독자(獨子)를 가진 부모, 자식을 잃는 악몽을 꾼 일이 있는 부모에게 종종 이런 불안감이 일어난다.

  에임즈 부인은 가만히 서서 귀를 기울였다. 그녀는 은밀히 소곤거리는 소리를 듣고 마차고 쪽으로 가만히 발을 옮겼다. 이중문이 닫혀 있었다. 중얼대는 여러 소리가 안에서 흘러나왔다. 캐시의 목소리를 구별할 수 없었다. 부인은 재빨리 뛰어들면서 문을 열어젖혔다. 밝은 햇빛이 밀려 들었다. 방 안의 광경을 보자 입은 열린 채 몸은 얼어붙었다. 캐시는 바닥에 누워 있었고 치마는 걷어 올려져 있었다. 허리까지 알몸이었다. 옆에는 열네 살쯤 된 두 사내아이가 무릎을 꿇고 있었다. 갑작스럽게 몰려오는 햇빛에 충격을 받아 그들도 얼어붙은 듯이 움직이지 않았다. 캐시의 눈은 공포로 멍해 있었다. 에임즈 부인은 그 사내아이들뿐만 아니라 그 애의 부모들도 알고 있었다.

갑작스럽게 한 놈이 뛰어 일어나더니 에임즈 부인 곁을 쏜살같이 지나 집모퉁이를 돌아 달아났다. 다른 놈은 어쩔 수 없이 부인으로부터 주춤주춤 물러나더니 소리를 지르며 문으로 달려나갔다. 에임즈 부인은 그놈을 붙들었으나 놓치고 말았다. 도망치는 발소리가 밖에서 들렸다.

에임즈 부인은 소리를 지르려고 해봤으나 목쉰 듯한 소리가 조그맣게 나왔을 뿐이다.

"일어나!"

캐시는 멍하니 쳐다만 볼 뿐 움직이지 않았다. 에임즈 부인은 캐시의 손목이 굵다란 줄로 묶여 있는 것을 발견했다. 그녀는 소리치며 달려들어 매듭을 끌렀다. 캐시를 집으로 안고 와 침대에 누였다.

단골 의사는 검진을 하고 난 후 잘못된 흔적이 없다고 말했다. "그때 그곳을 가보게 된 것이 천만다행입니다"하고 그는 부인에게 여러 번 말했다.

캐시는 오랫동안 아무 말도 하지 않았다. 의사는 충격을 받은 것뿐이라고 말했다. 캐시는 정신이 들고도 말하기를 거절했다. 다그쳐 물으면 두 눈이 커지면서 눈동자 주위의 흰자위가 드러나고 숨이 끊어지면서 몸이 빳빳해지고 뺨이 빨개졌다.

사내아이들과 담판을 지을 때 의사 윌리엄즈도 참석했다. 에임즈 씨는 시종 침묵을 지켰다. 그는 캐시의 팔목을 잡아맸던 줄을 갖고 있었다. 그의 눈초리는 난처한 듯했다. 그가 이해할 수 없는 일이 몇 가지 있었으나 꺼내지는 않았다.

에임즈 부인은 계속 흥분해 있었다. 그녀는 현장에서 모든 사실을 목격했었기 때문에 최종의 심판자였다. 그녀의 흥분 속에 자학적인 악마가 고개를 내밀고 있었다. 그녀는 피를 원했다. 그녀는 일종의 기쁨을 가지고 처벌을 요구했다. 마을은 보호되어야 했다. 이것이 그녀의 논거였다. 천만 다행으로 그녀는 그때 그 장소에 가보게 되었었다. 그러나 다음 번에는 그렇지 못할지도 모른다. 다른 어머니들은 어떻게 느낄 것인가? 게다가 캐시는 열 살밖에 되지 않았다.

그 당시의 처벌은 지금보다도 더 가혹했다. 매질은 덕을 키우는 도구라고 믿는 사람이 있었다. 처음에는 한 놈, 다음에는 두 놈이 함께 생살이 보일 지경으로 매를 맞았다. 그들의 죄도 나빴지만, 거짓말은 매로도 어쩔 수 없었다.

그들의 변명은 처음부터 우스운 것이었다. 캐시가 일을 꾸몄고, 그들은 캐시에게 5센트씩 주었다는 것이다. 손도 그들이 묶은 것이 아니라 캐시가 줄장난하는 것을 보았다는 것이다. 이 말을 에임즈 부인이 먼저 꺼내자 온 마을에 퍼졌다. "그러면 자기 손을 자기가 맸단 말이오? 열 살 먹은 계집애가?"

사내아이들이 죄를 자백했다면 부분적으로나마 죄를 면했을지도 모른다. 그놈들이 죄를 완강히 거절했었기 때문에 아버지들의 노여움을 사서 매를 맞게 되었고, 또한 마을 사람들의 노여움을 샀던 것이다. 두 사내애들은 부모들의 동의를 얻어 교도소로 보내졌다.

"우리 애는 그 일로 충격을 받았나 봐요." 에임즈 부인은 이웃 사람들에게 말했다. "입을 열면 나아질지도 몰라요. 그러나 묻기만하면 충격이 되살아나 다시 정신을 잃고 마는군요." 에임즈 가족은 두 번 다시 그 일을 캐시에게 말하지 않았다. 그 일은 이제 끝났다. 에임즈 씨는 되살아나는 의혹을 잊어버렸다. 그는 두 사내아이들이 그들이 저지르지 아니한 일 때문에 교도소에 끌려간 것을 알았다면 마음이 편하지 않았을 것이다.

캐시가 충격에서 완전히 회복된 후 사내아이들도, 계집아이들도 그녀를 멀리서만 보고 있다가 어느 사이에 가까이하게 되고 그녀에게 매혹되었다. 열서너 살 때에는 보통 그렇듯이 그녀에게는 여자 친구가 없었다. 남자아이들도 그녀와 함께 어울림으로써 친구들의 의혹을 사고 싶지 않았다. 그러나 그녀는 사내아이들이나 계집아이들에게 강력한 영향력을 발휘했다. 만일 어떤 아이든 혼자 있는 그녀와 우연히 마주치기라도 하면, 자기도 알 수 없는, 그리고 억제할 수 없는 힘에 의하여 그녀에게 끌려가는 자신을 느꼈다.

그녀는 우아하고 사랑스러웠다. 목소리는 나지막했다. 그녀는 혼자서 오래 산책했다. 그럴 때 어떤 사내아이가 숲속에서 머뭇머뭇 나오다가 그녀와 우연히 마주치는 일이 종종 있었다. 그리고 급히 속삭임이 오고가는 동안 캐시가 무슨 짓을 했는지 알 도리가 없었다. 만일 어떤 일이 일어났다 해도 단지 희미한 속삭임만이 뒤따랐을 뿐이다. 그러나 많은 비밀들이 어느 것 하나 비밀로 남지 못하는 그 당시에, 그 자체가 평범한 일은 아니었다.

캐시는 귀여운 미소, 살짝 웃는 미소를 지었다. 캐시는 혼자 있는 소년에게 비밀을 함께 나누자는 것을 암시하는 곁눈질하는 방법을 알고 있었다. 그녀의 아버지의 마음에는 또 다른 의혹이 떠올랐지만 마음 구석에 깊이 감추고 오히려 그렇게 생각하는 자신을 옳지 않다고 생각했다. 캐시는 운 좋게도 여러 가지 물건을 주워 왔다……금장식이니 돈이니 작은 명주 지갑이니 빨간 루비가 달린 은제 십자가 등등. 그녀의 아버지가 《끄리어》라는 주간지에 그 십자가를 찾아가라는 광고를 냈으나 자기 것이라고 나서는 주인은 한 사람도 없었다.

캐시의 아버지인 윌리엄 에임즈 씨는 모든 것을 감추는 사람이었다. 내심을 거의 털어놓지 않았다. 이웃 사람들에게 자신을 드러내는 일을 감히 하지 않았다. 그는 그 작은 의혹을 혼자만이 갖고 있었다. 알지 못했다면 그것이 더 좋았다. 그것이 더 안전하고 현명하고 편안했다. 캐시의 어머니로 말할 것 같으면, 캐시가 한 거짓말이나 왜곡된 사실에 마치 누에의 고치처럼 어쩔 수 없이 꿰어 있어서 사실에 부딪쳐도 그것을 알지 못했을 것이다.

3 캐시는 더욱 사랑스럽게 자랐다. 섬세하고 터질 듯한 살결, 금발, 미간이 넓고 얌전하고 매력적인 두 눈, 그리고 붉은 입술이 뭇 사람들의 눈길을 끌었다. 그녀는 8년간의 초등학교를 훌륭한 성적으로 끝마쳤기 때문에, 그 당시만 해도 여자를 진학시키는 것이 흔하지 않았지만 부모들은 그녀를 작은 고등학교에 입학시켰다. 캐시는 교사가 되고 싶다고 해서 부모들은 즐거워했다. 부유하지는 못하지만 양갓집의 딸자식에게는 교사란 훌륭한 직업이었기 때문이다. 교사가 된 딸자식을 가진 부모들은 자랑으로 여겼다. 캐시가 고등학교에 입학했을 때는 열네 살이었다. 그때까지만 해도 부모에게는 귀염둥이였으나 그녀가 대수니 라틴어니 하는 희귀한 과목을 공부하고 나서는 부모들이 따라갈 수 없는 높은 존재가 되었다. 그들은 딸을 잊어버렸다. 딸자식이 높은 지위로 올라간 것처럼 생각되었다.

라틴어 선생은 신학교 입학에 실패하긴 했지만 필수과목인 문법, 시저, 키케로를 가르치기에는 충분한 교양을 갖춘 청년으로, 얼굴은 창백하나 정열적인 사람이었다. 그는 실패감을 마음 속에 간직한 과묵한 사람이었다. 마음 속 깊이 자기는 하느님에게 버림을 받았으나 어쩔 수 없다고 생각하고 있었다.

얼마 동안 제임스 그루의 마음 속에는 불꽃이 타오르고 눈 속에는 커다란 힘이 빛나고 있음이 다른 사람의 눈에 띄었다. 그는 캐시와 함께 있는 것이 눈에 띈 일도 없고 그들의 관계가 의심쩍게 생각된 일도 없었다.

제임스 그루는 어른이 되었다. 발끝으로 걸으면서 콧노래를 불렀다. 그는 아주 설득력이 있는 탄원서를 제출했기 때문에 신학교 이사들은 그의 재입학을 호의적으로 고려하고 있었다.

 그러다가 그 불꽃이 꺼졌다. 펴고 다니던 어깨는 기가 죽어 처졌다. 눈은 충혈되고 손은 실룩거렸다. 밤이면 교회에서 무릎을 꿇고 입술을 움직이면서 기도하는 것이 눈에 띄었다. 그는 아프다고 휴직을 했으나 마을 뒤의 언덕을 혼자서 산책한다는 것이 알려졌다.

 어느 날 밤 늦게, 그는 에임즈네 집 문을 두드리고 있었다. 에임즈 씨는 투덜대면서 잠자리에서 일어나 촛불을 켜고 잠옷 위에 외투를 걸치고 문으로 나갔다. 문에 서 있는 사람은 미친 사람처럼 보이는 제임스 그루였다. 그의 눈은 빛나고 있었으나 몸은 후들후들 떨고 있었다.

 "만나뵈어야 되겠습니다." 그는 목쉰 소리로 말했다.
 "자정이 지났어요." 에임즈 씨가 엄숙하게 말했다.
 "단둘이 만나뵈어야겠습니다. 옷을 걸치고 밖으로 나오시죠."
 "젊은 양반, 술에 취했던지 아픈 모양이구먼. 돌아가서 잠이나 자요. 자정이 넘었다니까요."
 "기다릴 수 없어요. 말씀을 드려야겠어요."
 "아침에 무두질 공장으로 와요." 에임즈 씨는 비틀거리는 방문객 앞에서 문을 단단히 닫고 안에 서서 귀를 기울였다. "기다릴 수가 없어요. 기다릴 수가 없어요"하고 울부짖는 소리가 들리더니 계단 밑으로 서서히 내려가는 발소리가 들렸다.

 에임즈 씨는 손을 컵 모양으로 하여 등불 빛을 눈에서 막으며 침대로 돌아갔다. 캐시의 방문이 조용히 닫히는 것을 본 듯도 했으나 흔들리는 불빛으로 잘못 보았을지도 모른다고 생각했다. 문간의 휘장 역시 움직인 것같이 보였기 때문이다.

 "무엇이에요?" 침실로 돌아왔을 때 아내가 물었다.
 에임즈 씨는 왜 그렇게 대답했는지 몰랐다…… 어쩌면 언쟁을 피해서인지도 모른다. "주정뱅이야. 집을 잘못 찾았소."

"세상이 어떻게 돌아가는지 모르겠네요."

불을 끄고 어둠 속에 누운 후에도 촛불로 인해 자기 눈 속에 남아 있는 녹색 원형이 보였다. 그리고 빙빙 돌면서 맥박치는 원형 속에 미친 듯이 애원하는 제임스 그루의 눈이 보였다. 그는 얼마 동안 잠을 이루지 못했다.

아침이 되자 풍문이 퍼졌다. 여기저기서 왜곡되고 와전된 풍문이 들리더니 오후에 가서야 전모가 밝혀졌다. 제임스 그루가 제단 앞 마룻바닥에 쓰러져 있는 것을 교회의 머슴이 발견했다는 것이다. 머리가 총탄에 맞아 날아갔고 옆에는 엽총이 있었고 방아쇠를 미는 데 사용한 막대기가 그 옆에 있었다. 마룻바닥에 나자빠진 그의 곁에는 제단에서 들고 온 촛대가 있었다. 세 촛불 중에 하나는 아직도 타고 있었다. 다른 두 개는 촛불이 켜져 있지 않았다. 마룻바닥에는 두 권의 책이 포개져 있었는데 하나는 성가집이고 다른 하나는 기도서였다. 머슴의 이야기에 따르면 제임스 그루는 자기 관자놀이 높이로 총신을 책 위에 받쳐 놓았으며 발사의 반동으로 총신은 책 위에서 떨어져 내려 있었다.

많은 사람들이 동이 트기 전에 총소리를 들었다. 제임스 그루는 유서를 남기지 않아 왜 그런 짓을 했는지 추측할 수 있는 사람은 아무도 없었다.

에임즈 씨는 지난 밤에 방문을 받았었다는 이야기를 검시관에게 해 주고 싶은 충동을 느꼈다. 그러나 '그게 무슨 소용이 있나? 무엇을 알면 사정은 달라지겠지만 아는 것이라곤 하나도 없지 않은가' 하는 생각이 들었다. 그는 기분이 좋지 않았다. 자신의 잘못은 하나도 없다고 그는 여러 번 뇌까렸다. 내가 어떻게 도움이 될 수 있었겠어? 그가 무엇을 원했는지조차 모르지 않는가. 그러나 그는 죄를 지은 듯하여 기분이 나빴다.

저녁 식사때 아내가 그 자살에 대한 이야기를 꺼내자 그는 밥을 한 술도 뜨지 못했다. 캐시는 보통 때와 마찬가지로 말이 없었다. 그녀는 얌전하게 조금씩 씹어 먹으면서 자주 냅킨으로 입을 닦았다.

부인은 시체와 총에 대하여 자세하게 떠들어댔다. "할 말이 하나 있어요. 어젯밤에 찾아왔던 술주정꾼이 그루였지 않을까요?"

"아니야." 그는 재빨리 대답했다.

"확실해요? 어두운데 알아볼 수 있었어요?"

"촛불을 들고 있었소." 그는 날카롭게 말했다. "비슷도 하지 않았소. 턱수염을 길게 길렀던데."

"나한테 소리칠 필요 없어요. 그랬지 않을까 했을 뿐이에요."

캐시는 입을 닦고 냅킨을 무릎 위에 놓으면서 미소를 짓고 있었다.

에임즈 부인이 딸에게 몸을 돌렸다. "너는 학교에서 매일 그를 보았지. 최근에 시무룩해 보이든? 그럴 만한 것이라도 눈치챈 일이 있었니?"

캐시는 접시를 내려다보다가는 고개를 쳐들었다. "아픈 것 같았어요. 안색이 좋지 않았어. 오늘 학교에서 애들이 이야기하던데. 누군가가 말하기를 그루 선생님은 보스턴에 무슨 문제가 있다나봐. 무슨 문제지는 못 들었어. 우리들은 모두 그루 선생님을 좋아했어." 그녀는 얌전하게 입을 닦았다.

이것이 캐시의 수법이었다. 그날로 마을 사람들은 제임스 그루가 보스턴에 어떤 문제가 있었다고 생각했다. 이것이 캐시가 꾸며낸 이야기라고 생각하는 사람은 거의 없었다.

에임즈 부인마저도 어디서 들은 이야기인지 잊고 있었다.

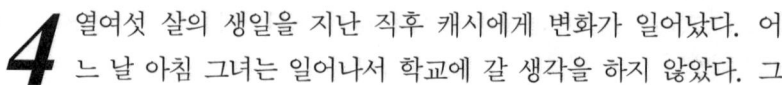열여섯 살의 생일을 지난 직후 캐시에게 변화가 일어났다. 어느 날 아침 그녀는 일어나서 학교에 갈 생각을 하지 않았다. 그

녀의 어머니가 방에 들어가 보니 침대에 누워서 천장만 쳐다보고 있었다. "서둘러라, 늦겠다. 아홉 시가 다 됐어."

"안 갈래요." 그녀의 목소리에 특히 강조하는 점이 없었다.

"아프냐?"

"아뇨."

"그러면 어서 일어나거라."

"안 간대두요."

"아픈 게 틀림없구나. 학교에 빠진 일이 없는데."

"학교에 가지 않을래요." 캐시가 침착하게 말했다. "학교에 다시는 다니지 않겠어요."

어머니의 입이 딱 벌어졌다. "무슨 뜻이냐?"

"절대로 안 가겠어요." 캐시는 계속 천장을 쳐다보고 있었다.

"아버지가 뭐라고 하시나 두고 보자. 일을 해서 학비를 대주고 2년만 있으면 자격증이 나올 텐데!"

어머니는 다가와서는 조용히 말했다. "결혼할 생각을 하고 있는 것은 아니겠지?"

"아니에요."

"감추고 있는 것은 무슨 책이냐?"

"감추긴 뭘 감춰요."

"아!《이상한 나라의 앨리스》아니냐, 네 나이에 그런 책을 읽니?"

"어머니가 보기조차 할 수 없도록 나는 아주 조그맣게 될 수 있어요."

"도대체 너는 무슨 이야길 하고 있는 거냐?"

"나를 찾을 수 있는 사람은 아무도 없어요."

어머니는 화가 나서 말했다. "농담 말아. 무슨 생각을 하고 있는지 모르겠다. 무슨 짓을 하려고 이 몽상가가 생각하는 거야?"

"나도 아직 모르겠어요. 떠나 버릴려고 해요."

"거짓말도 작작해라. 이 몽상가야. 아버지가 돌아오시면 너에게 한 두 마디 하실 거다."

캐시는 천천히 고개를 돌려 어머니를 쳐다보았다. 그녀의 눈은 무표정하고 냉정했다. 에임즈 부인은 갑자기 딸이 무서워졌다. 그녀는 조용히 나와서 문을 닫았다. 부엌으로 와서 무릎 위에 두 손을 포개고 앉아 창문을 통해 비바람에 시달리는 마차고를 내다보았다.

딸은 이제 그녀에게 낯선 사람이 되었다. 대부분의 부모들이 언제고 느낀 듯이 그녀는 딸이 자기 손 안에서 빠져나가고 있다고 생각했다. 자기가 캐시를 한 번도 좌지우지해보지 못했었다는 것을 모르고 있었다. 그녀는 항상 캐시의 목적을 위해 이용되고 있었던 것이다. 얼마 후에 에임즈 부인은 모자를 쓰고 무두질 공장으로 갔다. 집 밖에서 남편과 이야기를 하고 싶었다.

오후가 되자 캐시는 귀찮은 듯이 자리에서 일어나 오랫동안 경대 앞에 앉아 있었다. 저녁때 에임즈 씨는 마지못해 딸에게 일장 연설을 했다. 의무와 책임, 그리고 효도에 대한 이야기를 했다. 이야기를 끝낼 무렵 그는 딸이 자기 이야기를 듣고 있지 않다는 것을 알았다. 그는 이 방심 때문에 화가 치밀어 위협을 하기 시작했다. 그는 하느님이 자기에게 부여한 자식에 대한 권위에 대해서, 그리고 이 자연권이 정부의 뒷받침으로 얼마나 강화되었는가 하는 것에 대해 말했다. 이제 그녀는 관심을 기울였다. 그녀는 눈 속을 빤히 들여다보고 있었다. 입은 다소의 미소를 띠고 있었고 두 눈은 깜박이지도 않는 듯했다. 결국은 아버지가 눈을 돌려야만 했기 때문에 더욱 화가 났다. 그는 바보같은 짓을 멈추도록 지시했다. 말을 듣지 않는 경우 매질도 불사하겠노라고 은근히 위협했다.

그는 약한 어조로 끝맺음을 했다. "내일 아침에는 학교에 가고 또 어리석은 짓은 하지 않겠다고 약속하기 바란다."

그녀의 얼굴은 무표정했다. 작은 입을 한일자로 다물고 있었다.

"알았어요."

그날 밤 늦게 에임즈 씨는 전에 느끼지 못했던 확신을 갖고 아내에게 말했다. "다소의 억압은 필요하오. 우리는 지금까지 너무 몰랐었는지도 모르오. 그러나 역시 그 애는 착한 애요. 다만 누가 웃사람인지를 잊고 있었소. 다소 엄격하다고 해도 사람의 마음을 상하게 하는 법은 없소." 그는 자신도 그 말처럼 흔들리지 않기를 바랐다.

아침에 캐시는 없어졌다. 여행용 밀짚 가방도, 제일 좋은 옷도 없어졌다. 침대는 말끔히 정돈되어 있었다. 방은 냉랭했다. 이 방에서 여학생이 자라났다는 흔적은 아무것도 없었다. 사진도 기념품도 없다. 흩어져 있는 것도 없었다. 캐시는 인형을 가지고 논 적이 없었다. 방 안에도 캐시의 흔적이 아무것도 없었다.

에임즈 씨는 그 나름대로 재치 있는 사람이었다. 중절모자를 되는 대로 쓰고 역으로 달려갔다. 역원이 확인했다. 캐시는 이른 아침에 기차를 탔다. 보스턴 행 기차표를 샀던 것이다. 그 역원은 에임즈 씨를 도와 보스턴 경찰 전보를 쳤다. 에임즈 씨는 왕복 기차표를 사서 보스턴 행 9시 50분 차를 탔다. 그는 급할 때 일을 잘 처리하는 사람이었다.

그날 밤 에임즈 부인은 문을 잠그고 부엌에 앉아 있었다. 얼굴은 창백했고 떨리는 몸을 가누기 위해 두 손으로 테이블을 잡고 있었다.

처음에는 매질을 하더니 다음에는 비명을 지르는 소리가 문틈으로 명료하게 들려왔다.

에임즈 씨는 매질을 해본 적이 없었기 때문에 서툴렀다. 그는 경마차 채찍으로 캐시의 두 다리를 때리다가, 캐시가 잔잔하고 냉혹한 눈초리로 자기 얼굴을 빤히 쳐다보며 아무 말 없이 서 있는 것을 보자 더욱 화가 치밀었다. 처음에는 시험적으로 살살 때렸으나 딸이 울지 않자 옆구리며 어깨를 마구 때렸다. 채찍은 살에 붙으면서 살을 찢었다. 그는 화를 못이겨 몇 번이고 헛때리기도 하고 너무 가까이 다가갔기 때문에 채찍이 몸에 감기기도 했다.

 캐시는 재빨리 알아차렸다. 아버지의 의도를 알아차리자 그녀는 소리치고 몸을 꼬고, 울고, 애원하기 시작했다. 그녀는 매질이 금방 약해지는 것을 느끼고 만족해 했다.

 에임즈 씨는 자기가 낸 소리와 상처를 보고 놀랐다. 그는 매질을 멈췄다. 캐시는 침대 위에 넘어지면서 흐느끼기 시작했다. 만일 그가 들여다보았었다면, 눈에는 눈물이 없고 목덜미의 근육이 딴딴해지고 턱근육이 달린 관자놀이 바로 밑에 살덩이가 있는 것이 보였을 것이다.

 "그런 짓을 또 하겠니?"

 "다시는 안 해요. 용서해 주세요!" 캐시는 냉정한 얼굴 표정이 아버지 눈에 띌까봐 침대 위에서 몸을 돌려 누웠다.

 "네가 누구인가를 알고, 내가 누구인가를 잊지 않도록 해라."

 캐시의 목소리가 목에서 걸려, 윤기 없이 흐느끼는 소리를 냈다.

 "잊지 않겠어요."

 부엌에서는 에임즈 부인이 두 손을 억지로 버티고 있었다. 남편이 그녀의 어깨 위에 손을 얹었다.

 "그렇게 하기 싫었소." 그가 말했다. "그러나 할 수밖에 없었소. 효력이 있었소. 내 눈에는 그 애는 아주 딴 애같이 보이오. 우리는 그동안 회초리를 너무 아꼈소. 어쩌면 우리의 잘못이었소." 비록 아내가 매질을 주장했고 캐시를 때리도록 강요했지만 매질하는 일을 싫어하고 있다는 것을 그 자신 알았다. 절망감이 그를 짓눌렀다.

5 캐시에게 필요했던 것이 매질이었음은 의심할 바가 없는 성싶었다. 에임즈 부인이 말했듯이 그 때문에 그 애는 꽤 명랑해졌다. 그녀는 항상 다루기 쉬운 사람이었으나 이제는 사색적으로까지

되었다. 그 뒤 몇 주일 만에 어머니의 부엌일을 돕기도 하고 필요 이상의 것을 돕겠다고 제안도 했다. 그녀는 어머니에게 줄 이불을 뜨기 시작했다. 수 개월이 걸릴 큰일이었다. 에임즈 부인은 이것을 이웃사람들에게 말했다. "우리집 딸은 색채감이 대단해요. 녹색과 황색에 대해서. 이미 세 쪽을 끝냈어요."

아버지에 대해서 캐시는 늘 웃음을 잃지 않았다. 아버지가 돌아오면 모자를 받아 걸고 책을 읽기 쉽도록 의자를 불빛에 맞추어 돌려 놓았다.

학교에서마저도 그녀는 변했다. 항상 훌륭한 학생이었지만 이제는 장래의 설계를 세우기 시작했다. 아직 1년이나 남았는데도 교원자격증 시험에 관해서도 교장과 상담했다. 교장은 성적을 검토하고 나서 그 정도면 해볼 만하다고 생각했다. 교장이 그 문제를 의논하기 위해 무두질 공장으로 에임즈를 찾았다.

"그런 말을 하지 않던데요." 그는 자랑스럽게 말했다.

"그렇다면 말씀드리지 않았어야 했을 걸 그랬나 봅니다. 깜짝 놀랄 소식을 미리 망쳐 버리지나 않았는지 모르겠습니다."

에임즈 부부는 그들의 온갖 문제를 해결해 주는 무슨 마법이라도 발견한 것처럼 생각했다. 그들은 부모들에게만 찾아드는 무의식적인 예지라고 그것을 생각했다. "내 평생 사람의 마음 속에 이런 변화가 일어나는 것은 본 적이 없소." 에임즈 씨가 말했다.

"그러나 그 애는 항상 좋은 애였어요. 그 애가 점점 예뻐지는 것을 보지 못했수? 아주 예뻐졌어요. 뺨은 점점 발그레해지고."

"그러니 그 얼굴을 가지고 선생 노릇을 오래 할 수 있을지 걱정이요"하고 에임즈 씨가 말했다.

캐시의 얼굴이 발그레해지는 것은 사실이었다. 시험 준비를 하고 있는 동안 어린애 같은 미소가 그녀의 입가를 떠나지 않았다. 그녀는 항상 일을 했다. 지하실을 소제하기도 하고 바람이 새어들지 않도록 문틈을 종이로 틀어막기도 하고 부엌문이 삐걱거리면 경첩에도 기름을 쳤다. 램프에 기름을 채우고 등피 닦는 일을 자기의 의무로 삼았다. 지하실에 있는 커다란 기름통에 등피를 담그는 법을 고안해 내기도 했다.

"봐야만 믿을 수 있을 거야." 아버지가 말했다.

집에서 뿐만 아니었다. 그녀는 무두질 공장의 냄새도 무릅쓰고 아버지를 찾아갔다. 이제는 열여섯 살이 넘었지만 그는 자기 딸을 어린 애로 생각했다. 그러나 그녀가 사업에 대하여 갖가지 질문을 하는 데 대해서 놀랐다.

"그 애는 내가 알고 있는 어떤 사내들보다도 머리가 명석하단 말야." 그는 감독에게 말했다. "언젠가는 사업도 할 수 있을 거야."

그녀는 제혁하는 과정뿐만 아니라 사업 목적에 대해서도 흥미를 갖고 있었다. 아버지는 대부와 지불과 계산서와 봉급대장에 대해서도 설명해 주었다. 딸에게 금고 여는 방법을 설명해 주자 한 번 해보고 그 자물쇠 조합을 기억하고 있다고 기뻐했다.

"내가 보기에는 이렇소." 그는 아내에게 말했다. "우리들에게는 다소의 악의가 있어요. 나는 얼마간의 재간을 갖고 있지 않은 아이를 좋아하지 않아요. 내가 보기엔 그것이 일종의 에너지요. 그것을 잘 조정하기만 하면 옳은 방향으로 가게 마련이야."

캐시는 자기 옷을 모두 고치고는 잘 정돈해 놓았다.

5월 어느 날 그녀는 학교에서 돌아오자 곧바로 뜨개질을 하기 시작했다. 어머니는 외출할 준비를 하면서 말했다.

"나는 제단조합(祭壇組合)엘 가야겠다. 다음 주에 있을 과자 판매 때문이야. 내가 의장이니까. 아버지께서 너보고 은행에 가서 봉급 줄 돈을 찾아 공장으로 가지고 오라고 하셨다. 과자 판매일 때문에 나는 할 수 없다고 말씀드렸다."

"제가 하죠." 캐시가 말했다.

"가방에 돈을 넣어 놓고 너를 기다리고 있을 거야." 에임즈 부인은 이렇게 말하고 서둘러 나갔다.

캐시는 서두르지 않으면서도 재빨리 준비했다. 옷을 감싸기 위해 앞치마를 둘렀다. 뚜껑이 달린 젤리 항아리를 지하실에서 찾아 여러 가지 기구가 있는 마차고로 들고 갔다. 닭장에서 조그마한 암탉 한 마리를 잡아 나무토막 위에 놓고 모가지를 탁 잘랐다. 꿈틀거리는 닭모가지를 항아리 주둥이에 대고 닭피가 항아리에 가득 찰 때까지 잡고 있었다. 몸을 뒤트는 암탉을 거름더미가 있는 데까지 가지고 가서 깊이 파묻었다. 부엌으로 돌아와 앞치마를 풀어 난로 속에 넣고 석탄을 쑤시니 불꽃이 붙었다. 손을 닦고 구두와 양말을 살피고 나서 오른쪽 구두코에 붙은 까만 흙을 닦아냈다. 거울 앞에 와서 얼굴을 비춰 보았다. 두 뺨은 홍조를 띠고 있었고 눈은 반짝반짝 빛나며 입은 어린애 같은 옅은 미소를 머금고 있었다. 나오는 길에 젤리 항아리를 부엌 맨 밑에 감추어 두었다. 어머니가 나간 지 10분도 채 못 되었다.

캐시는 발걸음도 가볍게 거의 춤추듯이 집을 돌아 거리로 나섰다. 나무엔 새싹이 돋아나고 성급한 노란 민들레 몇 송이가 잔디 위에 피어 있었다. 캐시는 은행이 있는 중심가로 유쾌하게 걸어갔다. 하도 참신하고 예뻐서 길을 걷던 사람들이 고개를 돌려 뒷모습을 물끄러미 바라보고 있었다.

6 새벽 세 시경에 화재가 일어났다. 불길이 일고 으르렁 소리를 내며 타오르더니 눈깜짝할 사이에 집이 무너지고 말았다. 소방수들이 소방차를 끌고 달려왔을 때에는 불이 번지지 못하도록 이웃지붕에 물을 퍼붓는 일 이외엔 달리는 손 쓸 수가 없었다.

에임즈의 집은 로켓처럼 순식간에 날아갔다. 소방대원과 불구경꾼들은 에임즈 부부와 딸을 찾아 불빛에 비친 얼굴들을 두리번거렸다.

그들이 거기 없다는 것이 곧 알려졌다. 사람들은 여진 속을 응시하면서 자신들과 자식들이 그 속에서 타죽은 것 같은 환상에 심장이 목구멍까지 치오르는 공포를 느꼈다. 소방대원들은 시기가 너무 늦었지만 가족의 일부를 구해내려는 듯이 여진에 계속 물을 퍼붓고 있었다. 에임즈 가족이 몰살했다는 놀라운 소식이 온 마을에 퍼졌다.

  동틀녘에는 온 마을 사람들이 아직도 연기를 뿜고 있는 잿더미 주위에 빽빽이 몰려 있었다. 앞에 있는 사람들은 열기를 막기 위해 얼굴을 가려야만 했다. 소방대원들은 숯더미를 식히기 위해 계속 물을 퍼부었다. 정오에는 검시관이 젖은 판자를 젖히면서 지렛대로 물에 젖은 숯더미 사이를 뒤적일 수 있었다. 에임즈 부부의 시체를 확인할 수 있는 잔재가 남아 있었다. 가까운 이웃 사람들이 캐시의 방이 있었던 곳을 어림잡아 지적해서 검시관과 조수들이 갈퀴로 뒤져 보았으나 이빨 하나 뼈 하나 발견되지 않았다.

  그 동안 소방대장은 부엌문의 손잡이와 자물쇠를 발견했다. 그는 까맣게 된 쇠붙이를 어리둥절해 하면서 쳐다보고 있었으나 무엇이 자기를 미심쩍게 만들었는지 전혀 몰랐다. 그는 검시관의 갈퀴를 빌려 열심히 뒤지고 있었다. 그는 앞문이 있었던 곳으로 가서 갈퀴질을 하여 구부러지고 반쯤 녹아 있는 자물쇠를 발견했다. 그때에 주위에 모여든 사람들이 물었다. "조지, 무얼 찾고 있어요? 무얼 찾았어요?"

  마침내 검시관이 그에게 다가왔다. "무슨 생각을 하고 있어요, 조지?"

  "자물쇠에 열쇠가 없어요." "아마 떨어졌나 보지."

  "어떻게?"

  "녹았는지도 모르지."

  "자물쇠는 녹지 않았어요."

  "빌 에임즈가 빼놓았을지도 모르지."

  "안에서요?" 그는 자물쇠를 치켜들었다. 볼트가 둘 다 튀어나와 있었다.

 주인집은 타버리고 주인은 타죽었기 때문에 공장 종업원들은 표면상 조의를 표하기 위해 일을 하지 않았다. 그들은 타버린 집 주위를 서성거리면서 자기들의 직무라고 생각하고 어떤 일이고 도와주겠다고 했으나 오히려 방해가 되었다.

 오후가 돼서야 감독인 조얼 로빈슨이 무두질 공장에 갔다. 금고의 문이 열리고 서류가 마룻바닥에 흩어져 있는 것을 발견했다. 창문을 깨뜨리고 도둑이 들어온 것이다.

 이제 형세가 완전히 바뀌었다. 그러니 이것은 단순한 사고가 아니었다. 흥분과 슬픔 대신에 두려움이 생겼다. 분노와 두려움 같은 것이 감돌았다. 군중들이 흩어지기 시작했다.

 그들은 멀리 가지 않았다. 마차고에는 소위 격투의 흔적이 있었다…… 상자가 깨지고 마차 램프가 흩어져 있고 흙에는 힐퀸 자국이 있고 바닥에는 밀짚이 흩어져 있었다. 바닥에 핏자국이 없었다면 보는 사람들은 이것을 격투의 흔적으로 생각지 않았을 것이다. 경찰이 통제를 했다. 경관의 관할지역이었다. 그는 모든 사람을 마차고 밖으로 밀어냈다. "단서를 모두 없애버릴 작정이오?" 경찰이 소리쳤다. "모두 문 밖으로 나가시오."

 그는 마차고를 조사하더니 무엇인가 집어들었다. 모퉁이에서 또 다른 것을 찾아냈다. 찾아낸 것을 손에 들고 문 쪽으로 와서 "이걸 아는 사람 있소?" 하고 소리쳤다. 피가 묻은 파란색 머리 리본과 빨간 보석이 달린 십자가였다.

 서로를 잘 알고 있는 작은 마을에서 지인이 지인을 살해했다고 믿기는 거의 불가능했다. 그런 이유에서 특정인에 대한 강력한 증거가 뒷받침되지 않는 한, 외지의 방랑자의 소행임이 틀림없었다. 그래서 부랑자 숙소를 덮치고 방랑자들을 조사하고 호텔 숙박계를 면밀히 조사했다. 알지 못하는 사람들은 자동적으로 의심을 받았다. 때는 5월이라 방랑자들이 가두로 나왔다. 따뜻한 날이 여러 달 계속되므로 물가에 모포를 펼 수 있었기 때문이다. 집시들의 모습도 보였다. 5마일도 안 되는 곳에 포장마차를 타고 있었다. 이 불쌍한 집시들은 고초를 겪어야 했다.

주위 수 마일 내의 파헤친 땅이 조사되었으며 의심이 가는 연못은 캐시의 시체를 찾아 수색되었다. 사람들이 입을 모아 "예쁜 처녀였었는데" 하고 말하는 데는 캐시가 유괴된 이유를 알고 있다는 의미가 포함되어 있었다. 말도 제대로 하지 못하는 장발의 얼간이가 심문을 받았다. 그는 알리바이를 성립시킬 수 없을 뿐만 아니라 언제 어디서 무엇을 했는지조차 기억하지 못하기 때문에 교수형 후보로 안성맞춤이었다. 마음이 약한 그는 심문자들이 자기에게서 무엇인가를 원하고 있다고 생각하고는, 순진한 친구라, 원하는 대로 주려고 애를 썼다. 미끼를 던진 유도 심문을 받을 때 기꺼이 함정에 빠져들고는 순경이 기뻐하는 것을 보고 자신도 기뻐했다. 사나이답게 자기보다 우수한 사람들을 만족시키려고 했다. 그에게는 매우 훌륭한 점이 있었다. 유일한 난점은 너무 많은 방향에서 너무 많은 것을 자백하는 것이었다. 그러므로 저질렀다고 생각되는 점을 계속해서 상기시켜 주어야 했다. 엄격하고도 두려움에 싸인 배심원에 의해 고발되었을 때, 그는 정말로 기뻐했다. 적어도 자신이 무엇이나 된 듯 생각했다.

옛날이나 지금이나 판사들 중에는 법과 정의를 앙양시키려는 법의(法意)에 대하여 이성애(異性愛)와 같은 애정을 갖고 있는 사람이 있다. 이런 판사가 예심에 앞서 심문을 주재했다. 아주 순수하고 선량하여 여러 가지 오판을 취소해 버린 그런 사람이었다. 피고가 교사받은 증언을 제거해 버리자 그의 자백은 허무맹랑한 것이었다. 판사는 그를 심문해 보자, 피고인이 아무리 지시대로 따르려 해도 자기가 한 일이나 누구를 죽였는지, 또는 어떻게, 왜 죽였는지를 전혀 기억하고 있지 않다는 것을 알아냈다.

판사는 지친 듯이 한숨을 내쉬고 몸짓으로 그를 법정 밖으로 내보내고 나서 손짓으로 경찰을 불렀다.
"이것 봐요, 마이크. 이런 일을 해서는 안 돼요. 저 불쌍한 친구가 조금만 더 영리했었다면 당신 때문에 교수형을 받았을 거요."
"자기가 했다고 자백했습니다." 양심적인 사람이었기 때문에 경찰은 감정이 상했다.
"그 자는 황금 계단을 올라가 성 베드로의 목을 볼링 공으로 잘랐다고도 한 놈이야." 판사가 말했다. "좀더 조심해요, 마이크. 법은 사람을 구하기 위해서 만들어진 것이지 파멸시키기 위해 만들어진 것이 아니야."
지방의 이러한 모든 비극들은 마치 물 묻은 화필이 수채화에 작용하듯 시간이 흐름에 따라 잊혀진다. 날카로운 칼날은 무뎌지고 아픔은 사라지고 색소는 한데 얼려 별개의 여러 선에서 하나의 단단한 색, 회색이 나타난다.
한 달이 못되어 누구를 교수형에 처할 필요가 없게 되었고, 두 달이 못 되어 누구에게서도 확실한 증거를 잡을 수 없다고 거의 모든 사람이 생각하게 되었다. 만일 캐시의 피살이 없었다면 화재와 도난은 우연의 일치였을 것이다.
캐시의 시체가 발견되지 않은 한, 그녀가 죽었다고 생각은 할 수 있을지언정, 무엇이고 입증될 수 없다고 사람들은 생각했다.
캐시는 감미로운 향기를 뒤에 두고 떠났다.

제 9 장

1 에드워즈는 창녀들의 포주로서 사업을 질서정연하고 감정적이 아닌 방법으로 운영하고 있었다. 그는 보스턴 주택가에 있는 좋은 집에서 부인과 예의바른 두 아들을 키우고 있었다. 두 아들은 어렸을 때 그로턴에서 호적에 입적되었다.

에드워즈 부인은 먼지 하나 없이 집안을 꾸려나갔으며 하인을 잘 다루었다. 물론 에드워즈는 사업으로 집을 비우는 때가 많았지만 놀랄 정도로 가정적이었으며 상상 외로 집에서 많은 시간을 보냈다. 그는 공인회계사처럼 말끔하고 정확하게 사업을 운영했다. 체격이 크고 힘이 센 그는 40대 후반에는 다소 비대해졌지만 자기가 성공했다는 것을 입증하기 위해서도 비대해지고 싶은 때 치고는 꽤 좋은 상태였다.

그는 자신의 사업을 창안했다…… 소도시의 순회 경로, 여자들의 단기 체재, 훈련, 이익 분배율 등을 창안했던 것이다. 자신의 의도를 조심스럽게 펴나갔으나 거의 과오를 범하지 않았다. 그는 여자들을 대도시로 보내지 않았다. 소도시의 게걸스러운 순경들은 마음대로 요리할 수 있었으나 경험이 많고 탐욕스러운 대도시 순경들에게는 경의를 표할 정도였다. 그의 이상적인 장소는 저당된 호텔이 있되 오락시설이 없는 소도시였다. 이런 곳에서의 경쟁은 부인네들이나 이따금씩 나타나는 바람둥이에게서 받았을 뿐이다. 이때에 그는 10개의 조(組)를 갖고 있었다. 그가 닭뼈에 걸려 67세로 세상을 떠났을 때, 뉴잉글랜드의 작은 도시에는 4명의 여자로 된 조가 33개나 있었다. 그는 부유했다기보다는 부호였다. 죽음의 방식 자체가 성공과 부유의 상징이었다.

　현재에는 창녀 제도가 어느 정도 사라지고 있는 듯싶다. 학자들은 여러 가지 이유를 제시한다. 어떤 학자들은 여자들 사이의 도덕감이 줄어들어 이 제도가 치명타를 당했다고도 하고, 더 그럴 듯한 말이기는 하지만 어떤 학자들은 경찰의 감독이 강화되어 이 제도가 없어지고 있다고 한다. 지난 세기 후반과 금세기 초에만 해도 홍등가가 공공연하게 입에 오르내리지는 않았지만 묵인되었다. 홍등가가 있었기 때문에 품행이 방정한 여인들이 보호될 수 있었다고도 한다. 미혼 남자는 이 홍등가에 드나들므로써 불안의 원인이 되었던 성욕을 해소시킬 수 있었고 동시에 순결하고 사랑스러운 여인에 대해서 인기 있는 태도를 유지할 수 있었다. 불가사의한 일이나 사회적인 사고방식에는 알고도 모를 일이 허다하다.

　이런 집들은 금과 비단이 차 있는 궁궐 같은 집에서부터 악취 때문에 돼지도 피할 만한 빈가에 이르기까지 천차만별이었다. 이따금 포주들이 젊은 여자들을 꾀어내어 혹사를 시킨 이야기가 있는데, 이것은 직업으로 흘러 들어왔다. 홍등가에서 여자들은 아무 책임도 없었다. 그들은 늙을 때까지 의식주를 해결받고 보호를 받았다. 그러다가 추방되었다. 종말이 이렇더라도 중도에 집어치우는 여자는 없다. 젊은 여자들은 늙어간다고 생각하지 않기 때문이다.

　가끔씩 멋있는 여자가 이 직업에 들어오기도 하지만 보통 더 나은 곳으로 옮겨갔다. 자기 집을 장만하기도 하고 공갈을 쳐서 한몫 보기도 하고 돈 많은 남자와 결혼하기도 한다. 멋있는 여자들에게는 별명이 붙어 있는데 이름도 위엄 있게 고급 마담이다.

　에드워즈는 여자를 보충하거나 다루는 데 별 문제가 없었다. 여자가 적당히 우둔하지 않으면 쫓아버렸다. 그리고 대단한 미인은 필요로 하지 않았다. 촌놈이 이런 여자와 사랑에 빠지기 때문에 보상이 힘들었다. 임신을 하는 경우 직업을 그만 두든지 낙태 수술을 받아야만 했다. 낙태수술이란 아주 야만적이었기 때문에 많은 여자가 죽었다. 그럼에도 불구하고 여자들은 보통 후자를 택했다.

에드워즈의 사업도 늘 순풍에 돛단 듯하지는 않았다. 여러 가지 문제가 있었다. 일련의 불운에 부딪친 적이 있었다. 열차 사고로 4명으로 된 두 조가 몰살했다. 한 목사가 열띤 설교로 마을 사람들의 마음에 갑자기 불을 붙이기 시작하자 한 조가 변심해 버렸다. 회중이 점점 불어나자 교회에서 들로 나갔다. 이런 일이 종종 있듯이 목사는 구멍이 뚫린 카드, 불을 붙인 카드를 내보이면서 세계의 종말을 예언했다. 온 마을 사람들이 양처럼 그의 뒤를 따랐다. 에드워즈는 마을로 내려가 가방 속에서 굵은 승마용 채찍을 꺼내 사정없이 여자들을 내리쳤다. 그의 말을 듣기는커녕 여자들은 죄를 씻어내려 하니 더 때려 달라고 간청했다. 그는 넌더리가 나서 모든 일을 포기하고 그들의 옷을 챙겨 보스턴으로 되돌아왔다. 여자들은 고해하고 참회하기 위해 알몸으로 야외 집회에 나가 유명해지기도 했다. 에드워즈는 여기저기서 한 사람씩 모으는 대신 집단 면담을 하고 보충했다. 그는 처음부터 세 조를 재건해야만 했다.

캐시 에임즈가 어떻게 해서 에드워즈 씨에 대해 듣게 되었는지 모른다. 어쩌면 택시 운전수가 말해 주었는지도 모른다. 어느 여자고 정말로 알고 싶을 때에는 소식을 듣게 마련이다. 캐시가 사무실에 들어섰을 때에 에드워즈 씨는 기분이 좋지 않았다. 배가 아팠다. 전날 밤에 부인이 저녁식사로 해준 넙치 잡탕 때문이라 생각했다. 밤새도록 잠을 자지 못했다. 잡탕을 위아래로 토했었는데 지금도 기운이 없고 경련이 일어날 것만 같았다.

이렇게 몸이 불편했기 때문에 그는 자칭 캐더린 에임즈버리라고 하는 처녀를 즉각 이해할 수가 없었다. 그녀는 자기 사업에 맞지 않게 너무나 예뻤다. 목소리는 저음에다 탁했고 몸매는 날씬하고 섬세했고 피부는 보드라웠다. 한마디로, 홍등가에 맞지 않는 여자였다. 만일 그가 기운을 차릴 수 있었다면 즉석에 퇴짜를 놓았었을 것이다. 그러나 자세히 쳐다보지도 않고 틀에 박힌 질문을 하는 동안, 예를 들면 문제를 일으킬 친척은 없는가 하는 질문을 하고 있는 동안 그의 몸 속에 무엇인가가 그녀를 감촉하기 시작했다. 호색가가 아닌 에드워즈 씨는 직업과 개인적 쾌락을 결코 혼동하지 않았다. 그의 반응은 자신도 놀랄 지경이었다. 그 여자를 쳐다보자 당혹했다. 눈꺼풀은 사랑스럽고 신비롭게 내리깔고 있었고 알맞게 살찐 엉덩이는 흔들리는 듯 아련했다. 작은 입가에는 고양이 같은 미소가 맴돌았다. 에드워즈 씨는 책상 위로 몸을 굽히고 숨을 몰아쉬었다. 이 여자를 자기 것으로 삼고 싶었다. "이해할 수가 없는데. 당신 같은 여자가 왜──." 그는 말문을 열고, 사랑을 받는 여자는 진실되고 정직할 수밖에 없다는 옛 말을 믿게 되었다.

"아버지가 돌아가셨어요." 캐더린이 얌전하게 말했다. "돌이기시기 전에 일을 엉망으로 해 놓으셨어요. 농장을 잡히고 돈을 빌려쓰신 것을 우리는 몰랐어요. 은행이 어머니에게서 농장을 차압하게 할 수는 없어요. 충격을 받아 돌아가실 거예요." 캐더린의 눈에는 눈물이 어렸다. "이자는 갚아 나갈 수 있으리라고 생각했어요."

그는 이때야말로 기회라고 생각했다. 사실이지 작은 경고 소리가 머리 속에 울리기는 했으나 그리 큰 소리가 아니었다. 여기를 찾아오는 여자의 약 80퍼센트는 저당물을 갚기 위해 돈이 필요하다는 것이다. 아침에 무엇을 먹었느냐는 질문에도 거짓 대답하긴 했지만 그래도 그런 대답을 제외하고는 무슨 말을 하든지 믿지 않을 것을 그는 철칙으로 삼고 있었다. 그런데 여기 앉은 이 비대한 포주는 책상에 배를 기대고 있는 동안, 양 뺨엔 피가 끓어오르고 흥분된 전율이 다리를 거쳐 허벅지까지 기어올랐다.

그는 얼떨결에 말했다. "그래요. 그러면 그 얘기를 해봅시다. 이자 돈을 버는 방법을 생각해낼 수 있을지도 모르지." 이 말은 단순히 창부로서의 직업을 얻기 위해 온 처녀에게나 하는 것이었다. 그렇다면 이 여자도 그랬나?

2 에드워즈 부인은 신앙심이 깊다고는 할 수 없지만 끈덕졌다. 그녀는 대부분의 시간을 기계적인 교회의 일에 보냈기 때문에 교회의 배경이니 그 영향이니 하는 것을 생각할 여유가 없었다. 그녀는 에드워즈 씨가 수입업에 종사하는 것으로 알고 있었다. 설혹 남편이 하는 일을 알고 있었다고 하더라도—— 어쩌면 알고 있었는지도 모르지만——그녀는 믿지 않았을 것이다. 이것은 불가사의한 일이었다. 늘 냉정하고 사려깊게 동거하는 남편은 거의 드문 일이지만 의무적인 육체적 요구를 할 뿐이었다. 따뜻하게 대해 준 적도 없지만 난폭한 적도 없었다. 그녀는 모든 생활과 감정을 두 아들과 교구회와 식사에 바쳤다. 그녀는 자기 생활에 만족하고 늘 감사한 마음을 가졌다. 남편 성질이 거칠어지고 초조해 하고 심술궂게 되고 어떤 때는 멍하니 허공을 쳐다보고 앉았다가는 화를 내며 뛰쳐나가기 시작하자, 그녀는 처음엔 위통 때문이라고 생각하다가는 나중엔 사업 부진의 탓으로 돌렸다. 남편이 화장실에서 혼자 흐느껴 우는 것을 우연히 보았을 때, 그가 아픈가보다고 생각했다. 그는 급히 부인의 눈길을 피해 눈물이 고인 충혈된 눈을 돌렸다. 약초로도 의약으로도 치료가 되지 않자, 그녀는 어찌할 바를 몰랐다. 만일 전에 자기처럼 처신한 사람의 이야기를 들었었다면 에드워즈 씨는 폭소를 터뜨렸을 것이다. 누구보다도 차가운 냉혈 인간인 포주 에드워즈는 무력하고 비참하게도 캐더린 에임즈버리와 사랑에 빠지고 말았으니 말이다. 그는 그녀에게 아담한 벽돌집을 빌려서 살게 하다가 나중엔 아예 넘겨 주었다. 호화로운 사치품을 사주고 집은 지나칠 정도로 장식해 주고 더울 정도로 난방 장치를 해주었다. 발이 빠지는 카펫을 깔아 주고 묵직한 틀 속에 넣은

그림들로 벽을 채워 주었다.
 에드워즈는 이러한 고뇌를 겪은 적이 없었다. 사업관계로 그는 여자들을 너무나 잘 알고 있었기 때문에 잠시도 여자를 믿지 않았다. 그는 캐더린을 깊이 사랑하고 있고 사랑은 신뢰를 요구하기 때문에 감정에 휩싸여 몸이 갈기갈기 찢어지는 듯했다. 그는 그녀를 믿어야만 했고 동시에 믿지 않고 있었다. 그녀를 떠나 있을 때는 다른 남자가 그녀의 집으로 살짝 들어가는 것 같은 환상에 괴로워했다. 캐더린을 혼자 두고 떠나야 하기 때문에 고용한 여자들을 감시하러 보스턴을 떠나고 싶지 않았다. 그는 사업을 게을리하기 시작했다. 이런 사랑에 빠지기는 처음 있는 일이며 이것 때문에 그는 죽을 지경이었다.
 에드워즈가 알지 못하고 또 캐더린이 알도록 하지 않기 때문에 알 수 없는 일이 하나 있었는데, 그것은 그녀가 다른 남자를 받지도 않고 찾아가지도 않는다는 의미에서 자기에게 충실하다는 것이다. 고용된 여자들이 에드워즈에겐 일종의 상품인 것처럼 그도 캐더린에겐 일종의 상품이었다. 그가 그 자신의 기술을 갖고 있는 것처럼 그녀도 그 자신의 기술을 갖고 있었다. 곧 이루어진 일이지만 그녀가 그를 일단 손아귀에 넣자, 그녀는 다소 불만에 찬 듯 보이게 했다. 언제라도 도망칠 것처럼 그에게 불안감을 주었다. 그가 자기를 찾아올 것이라고 생각될 때에는, 그녀는 외출했다가 믿을 수 없는 경험이라도 하고 온 것처럼 얼굴을 빨갛게 붉히고 돌아왔다. 떨어버릴 수 없는 남자들이 길에서 치근덕거리는 것을 피해 오기란 정말로 힘들다고 불평이 대단했다. 꽁무니를 쫓아오는 남자를 간신히 피하고 놀란 토끼처럼 집 안으로 뛰어들어온 때도 여러 번 있었다. 오후 늦게 귀가하여 그가 눈이 빠지게 기다리는 것을 보았을 때에는 거짓말처럼 들리게 설명했다.
 "시장엘 갔었어요. 나도 시장을 봐야 하지 않아요."
 성 관계에 있어서 그녀는 아직 만족하지 않았다는 표정을 지어, 그가 좀더 잘 했으면 자신에게서 대단한 반응을 받을 수도 있었다는 것을 그에게 확인시켰다. 그녀의 수법은 그로 하여금 늘 균형을 잃게 하는 것이었다. 그의 신경이 곤두서고 손이 떨리고 체중이 줄고 눈이 충혈되는 것을 보고 그녀는 기뻐했다. 야단을 치려는 듯 미친 듯한 분노가 폭발할라치면 그녀는 무릎 위에 앉아 아양을 떨면서 잠시 동안 자기의 결백을 믿도록 만들었다.

캐더린은 돈이 탐났다. 그녀는 가능한 한, 빨리 그리고 쉽게 돈을 거둬들이기 시작했다. 그를 성공적으로 녹초로 만들고 때가 왔다고 생각하자, 그녀는 그에게서 돈을 훔치기 시작했다. 그의 호주머니를 뒤져서 많은 돈을 꺼냈다. 그녀가 도망이라도 칠까봐 그는 야단도 치지 못했다. 선물로 준 보석이 사라졌다. 잊어버렸다고 변명은 했지만 그는 그녀가 팔아 버렸다는 것을 알고 있었다. 잡비를 늘리기도 하고 옷값을 더 붙이기도 했다. 그는 이런 짓을 제지할 수 없었다. 그녀는 집을 팔지는 않았지만 저당에 잡혔다.

어느 날 저녁 그가 갖고 있던 현관문 열쇠가 듣지 않았다. 그가 오랫동안 문을 두드리고 나서야 그녀가 문을 열어 주었다. 그녀가 열쇠를 잊어버리고 자물쇠를 바꾸었던 것이다. 그녀는 혼자 살기가 두려웠다. 누구이건 들어올 수 있었다. 그에게 다른 열쇠를 주겠다고 해놓고 주지 않았다. 그 후로 그는 항상 초인종을 눌러야 했다. 어떤 때는 한참 걸려서야 문을 열어주었고 어떤 때는 전혀 대답이 없었다. 집에 있는지 외출했는지 전혀 알 길이 없었다. 에드워즈는 그녀를 미행시켰다. 얼마나 자주 시켰는지 그녀는 몰랐다.

에드워즈는 원래 단순한 사람이었지만 단순한 사람에게도 어둡고 뒤틀린 복잡성은 있는 것이다. 캐더린은 재치가 있었지만, 재치 있는 여자라도 남자의 마음 속에 있는 미로를 놓치기도 한다.

그녀는 한 가지 실수를 저질렀다. 그녀는 그런 실수를 저지르지 않으려고 노력했었다. 당연한 일이지만 에드워즈는 아담한 집에 삼페인을 저장해 두었다. 캐더린은 처음부터 거기에 손을 대지 않았다.

"먹으면 골치가 아파요. 먹어 보려고 했지만 못 마시겠어요."
"바보 같은 소리 하고 있네. 한 잔만 들어봐, 괜찮을 거야."
"안 들겠어요. 마실 수가 없어요."
에드워즈는 그녀의 거절을 고상하고 숙녀다운 사양이라고 생각했다. 그는 고집을 부리지 않다가 그녀에 대해서 아는 것이 하나도 없다는 생각이 어느 날 저녁 문득 들었다. 포도주가 그녀의 입을 열게 할지도 모른다. 이런 생각을 하면 할수록 술먹이는 일이 훌륭한 아이디어인 것처럼 생각되었다.
"술 한잔 함께 들지 않는 것은 무정한 일인데."
"나는 그렇게 생각지 않아요."
"바보 같은 소릴 하는구먼."
"들고 싶지 않아요."
"바보 같으니라구. 학를 돋울 작정이오?"
"천만에요."
"그러면 한 잔 들어."
"싫다니까요."
"마셔요." 그는 술잔을 들어 주었다. 그녀는 뒤로 물러 앉았다.
"내게 좋지 않다는 것을 모르시는군요."
"마셔요."
그녀는 술잔을 들어 한숨에 마시고는 무슨 소리를 들으려는 듯이 떨면서 가만히 서 있었다. 뺨이 빨개졌다. 그녀는 한 잔, 두 잔 들이켰다. 눈동자가 고정되고 싸늘해졌다. 에드워즈는 그녀가 두려워졌다. 그녀도, 그도 억제할 수 없는 일이 그녀에게 일어나고 있었다.
"이러고 싶지 않았어요. 잘 기억해 두세요." 그녀가 차분히 말했다.
"더 들지 않는 게 좋겠구먼."
그녀는 낄낄대면서 또 한 잔을 자작했다. "이젠 괜찮아요. 더 먹어도 마찬가질 거예요."

"한두 잔 마시는 게 좋아." 그는 불안한 듯이 말했다. 그녀는 부드럽게 입을 열었다. "뚱보 양반. 나에 대해서 아는 게 뭐예요. 당신의 그 썩어빠진 생각을 내가 모를 줄 알고요? 말을 시키고 싶죠? 나같이 얌전한 처녀가 어디서 술수를 배웠는지 모르죠. 이야기하죠. 여물통에서 배웠어요——들어요?——여물통. 듣도 보도 못한 곳에서 4년 동안 일했어요. 선원들이 포트 세드에서 그 잔재주를 나에게 가져다 주었어요. 당신의 그 더러운 몸 속의 신경이란 신경을 내가 다 알고 있어요. 이용할 줄도 알고."

"캐더린." 그는 항의하듯이 말했다. "당신은 당신이 무슨 이야길 하는지도 모르고 있소."

"알고 있어요. 내가 지껄일 것이라고 생각했지 않아요. 그러니 나는 지껄이고 있는 거예요."

그녀는 서서히 그에게로 다가갔다. 에드워즈는 물러서고 싶은 충동을 억제했다. 그녀가 두려웠지만 가만히 앉아 있었다. 바로 그의 앞에서 그녀는 자기의 나머지 술을 마저 들이켜고서 잔 언저리를 테이블에 내리쳤다. 그리고 뾰족한 끝을 그의 뺨 쪽으로 내밀었었다. 그제서야 그는 집을 빠져 도망갔다. 등뒤에서는 그녀의 웃음소리가 들렸다.

3 에드워즈와 같은 사람에겐 사랑이란 사람을 절름발이로 만드는 일종의 감정이다. 사랑이 그의 판단을 흐리게 했고 지식을 빼앗아 갔고 힘을 약하게 했다. 그녀가 히스테리를 일으켰다고 중얼대면서 그렇게 믿으려고 노력했다. 캐더린도 그가 그렇게 믿도록 만들었다. 그녀의 폭발은 그녀 자신에게도 무서운 일이었다. 당분간 그녀 자신도 온갖 노력을 기울여 달콤했던 옛모습을 되찾으려고 했다.

그토록 마음 아프게 사랑에 빠졌던 사람은 믿을 수 없을 정도의 자학을 할 수 있다. 에드워즈는 진심으로 그녀의 선량함을 믿고 싶었다.

그러나 그녀의 난동뿐만 아니라 자신의 독특한 악의에 의하여 그렇게 믿을 수가 없었다. 그는 거의 본능적으로 진상을 알아보려고 했지만 동시에 그것을 믿지 않았다. 예를 들면 그녀가 돈을 은행에 맡겨 놓지 않았으리라는 것을 그는 알고 있었다. 그의 고용인 한 사람이 여러 개의 거울을 복잡하게 맞추어 그녀가 돈을 감추고 있는 장소를 지하실에서 발견했다.

어느 날 그가 운영하고 있는 한 출장소에서 신문 쪽지를 보내왔다. 그것은 한 작은 마을의 오래 묵은 주간지에서 오려낸 것인데 화재를 다루고 있었다. 에드워즈는 그것을 열심히 들여다보았다. 가슴과 위가 쇠붙이를 삼킨 것 같고 눈에서는 빨간 불이 타오르는 것 같았다. 사랑에 뒤섞인 커다란 두려움이 있었다. 이 두 감정이 뒤얽힌 밑바닥에는 잔인성이 있었다. 그는 현기증이 나서 비틀비틀 사무실 의자로 걸어가 차고의 까만 가죽에 앞 이마를 대고 누웠다. 그는 얼마 동안 거의 숨도 못 쉬고 현기증에 얽매여 있었다. 차차 정신이 맑아졌다. 입맛이 짭짤했다. 화가 치밀어 어깨까지 아팠다. 그러나 마음은 평온했다. 마치 어두운 방을 뚫는 날카로운 탐색 등불처럼, 마음 속에서 시간을 뚫고 생각이 번뜩 떠올랐다. 그는 고용인을 조사하러 나갈 때처럼 천천히 옷가방을 챙겼다. 새 셔츠와 잠옷과 슬리퍼, 그리고 가방 둘레에는 굵은 말채찍을 감아 넣었다.

그는 벽돌집 앞에 있는 작은 뜰을 무거운 발걸음으로 올라가 초인종을 눌렀다.

캐더린이 기다렸다는 듯이 문을 열었다. 그녀는 코트와 모자를 걸치고 있었다.

"아! 어떻게 하죠! 잠깐 나갔다 와야겠는데!"

에드워즈는 가방을 내려 놓았다. "안 돼."

그녀는 그를 살펴 보았다. 무엇인가 달라졌다. 그는 천천히 그녀 곁을 지나 지하실로 내려갔다.

"어딜 가세요?" 그녀가 비명을 질렀다.

그는 대답하지 않았다. 그는 잠시 후에 조그마한 참나무 상자를 들고 다시 올라왔다. 그는 가방을 열고 그 상자를 넣었다.

"그건 내 것이에요." 그녀가 부드럽게 말했다.

"알아."

"당신은 어딜 가는데요?"

"함께 여행을 가려고."

"어딜요? 갈 수 없어요."

"코네티컷 주의 작은 마을. 거기에 볼 일이 있어, 언젠가 일을 하고 싶다고 했지 않아. 너는 일하러 가는 거야."

"지금은 하고 싶지 않아요. 나에게 일을 시킬 순 없어요. 경찰을 부르겠어요."

그는 미소를 지었다. 그 미소가 하도 무서워서 그녀는 뒤로 물러섰다. 그의 관자놀이가 고동을 치고 있었다. "고향으로 돌아가는 것이 차라리 낫지 않겠어? 몇 해 전에 큰 화재가 있었다는데, 화재를 기억하나?"

그에게 부드러운 데라도 있나 하고 그녀는 그를 살폈다. 그러나 그의 눈은 냉혹하고 무서웠다. "나더러 어떻게 하란 말이에요?" 그녀는 조용히 물었다.

"나와 함께 여행 좀 하자는 거야. 일하고 싶다고 했지 않아."

그녀는 한 가지 방법밖에 생각나지 않았다. 같이 따라가서 기회를 엿보아야만 했다. 사람이 항상 경계를 할 수는 없는 법이다. 지금 그를 거역하면 위험할 것이다. 같이 가서 기다리는 것이 상책일 것이다. 항상 그랬었다. 그러나 그의 말은 캐더린을 정말 무섭게 만들었다. 땅거미가 질 무렵 작은 마을에서 그들은 기차에서 내려 어두운 길을 지나 변두리로 나갔다. 캐더린은 경계를 게을리하지 않았다. 그의 계획을 알 수 없었다. 지갑에다 날카로운 칼을 숨기고는 있었다.

에드워즈는 자기의 계획을 생각했다. 채찍질을 하여 여관에 있는 방에 처넣고, 또 채찍질을 하여 다른 마을로 이동시키고, 그러다가 쓸 모없게 되면 차버리려는 계산이었다. 시골 순경은 그녀가 도망치지 못하도록 감시할 것이다. 칼쯤은 문제가 아니었다. 그는 그것을 알고 있었다.

돌담과 삼나무 사이 외딴 곳에 왔을 때 그는 무엇보다도 먼저 그녀의 손에서 지갑을 나꿔채어 담너머로 던져 버렸다. 칼 문제는 해결되었다. 그러나 그는 자기 자신에 대해서 알지 못했다. 일생 동안 여자에 빠져본 적이 없었기 때문이다. 단지 그녀에게 벌을 줄 작정이었다. 채찍으로 두 번 휘갈겼으나 그것으로 만족치 않았다. 채찍은 땅에 내 던지고 주먹을 휘두르기 시작했다. 숨소리는 비명에 가깝게 높았다.

캐더린은 당황하지 않으려고 전력을 다했다. 그녀는 때리는 주먹을 피하거나 적어도 무력하게 만들려고 애를 썼다. 그러나 나중에는 겁이 덜컥 나서 도망치기 시작했다. 그는 그녀를 덮쳐 잡아 넘겼다. 이번엔 주먹으로도 충분치 못했다. 미친 듯이 땅에 있는 돌멩이를 집어들자, 그의 냉정한 자제력은 빨갛게 끓어오르는 격정에 의하여 터져 버렸다.

얼마 후에 그는 그녀의 얻어맞은 얼굴을 내려다보았다. 심장 소리를 들으려 했으나 자신의 두근거리는 맥박 소리밖에 안 들렸다. 명확하지만 서로 다른 두 가지의 생각이 머리를 스쳤다. 하나는 '구멍을 파서 매장해야 한다'는 것이고, 다른 하나는 '그런 짓은 할 수 없다. 그 여자에겐 손도 댈 수 없다'고 어린아이처럼 울부짖었다. 분노에 뒤따라 현기증이 그를 엄습했다. 그는 가방도 채찍도 돈 가방도 남겨 두고 도망쳤다. 그는 잠시 동안이라도 괴로움을 감출 수 있는 곳을 찾아 땅거미 속을 헤맸다.

그는 아무 질문도 받지 않았다. 그의 아내가 부드럽게 가라앉혀 주긴 했지만 그 고통스러운 시간을 보낸 후 그는 다시 사업으로 되돌아가 다시는 미친 사랑 같은 것이 그에게 얼씬대지 못하게 했다. 그는 경험을 활용할 줄 모르는 사람은 바보라고 말했다. 그런 일이 있은 후 그는 자신에 대해서 일종의 무서운 존경심을 가졌다. 자기에게 살인까지 하는 충동심이 있는 줄은 미처 몰랐었다.

우연히도 그는 캐더린을 죽이지 않았다. 그녀를 으스러뜨리려고 주먹다짐을 했던 것이다. 그녀는 오랫동안 의식을 잃고 있다가 또 얼마 동안 반의식 상태로 있었다. 팔이 부러진 것을 알았다. 살기 위해선 도움을 청해야 한다고 생각했다. 살려는 일념에서 도움을 얻기 위해 어두운 길을 따라 몸을 질질 끌고 갔다. 어느 집 문 앞에 들어서서 계단을 거의 다 올라가다 그만 기절했다. 닭장에선 수탉이 울어댔고 회색빛이 동녘에 어렸다.

제 10 장

1 두 남자가 함께 사는 경우, 서로 화나는 일을 초기에 벗어나기 때문에 대개 초라하지만 그럴싸한 관계를 유지하게 마련이다. 단둘이 사는 남자들은 늘 싸울 경향을 갖고 있고, 또 서로 그것을 알고 있다.

아담 트래스크가 집에 돌아온 지 얼마 안 되어 긴장이 고조되기 시작했다. 두 형제는 다른 사람은 별로 대하지 못하고 서로 너무 얼굴을 맞대고 있었다.

몇 달 동안은, 사이러스의 돈을 정리하고 이자놀이를 하느라고 바빴다. 그들은 함께 워싱턴에 가서 무덤을 보았다. 좋은 묘석에, 꼭대기에 문장(紋章)이 새겨진 별이 달려 있고, 그 꼭대기에는 구멍이 있어서 현충일에는 작은 기를 꽂을 수 있었다. 형제들은 무덤 앞에 오랫동안 서 있다가 물러났다. 사이러스에 대해선 한 마디도 하지 않았다.

만약 사이러스가 정직하지 못했었다면 그는 그것을 잘했을 것이다. 돈에 대해서 묻는 사람은 아무도 없었다. 그러나 문제는 찰스의 마음에 있었다.

농장으로 돌아오자 아담이 물었다. "왜 새옷을 좀 사지 않았니? 너는 부자 아냐. 돈 쓰기가 두려운 것처럼 행동하더라."

"두려워요."

"왜?"

"돌려주었어야 좋을 걸 그랬나 봐요."

"아직도 그러는구나? 잘못이 있었다면 지금쯤은 무슨 얘기가 들렸을 것 아니냐?"

"모르겠어요. 얘기하고 싶지 않아요."

그러나 그날 밤 그는 그 이야기를 다시 꺼냈다.

"나를 괴롭히는 게 하나 있어요."

"돈 말이야?"

"맞아요. 그만한 돈을 벌려면 틀림없이 서류가 있을 거예요."

"무슨 뜻이야?"

"서류, 회계장부, 매도증서, 각서와 계산서 등이 있어야 되지 않느냐는 거죠. 그러나 아버지 물건을 조사해 보았으나 그런 건 하나도 없었어요."

"태워버렸을지도 모르지."

"그랬을지도 모르죠."

형제는 찰스가 세운 일과에 따라 생활했다. 그는 일과를 변경시키지 않았다. 찰스는 시계가 4시 30분을 치면 마치 시계추에나 찔린 듯이 눈을 떴다. 사실은 4시 30분 조금 전에 그는 눈을 떴다. 시계의 벨이 크게 울리기 전에 그는 눈을 뜨고 한 번 껌벅였다. 그는 어둠 속을 쳐다보고 배를 긁적이면서 잠시 동안 누워 있었다. 침대 옆 테이블로 손을 뻗어 성냥곽을 정확히 잡았다. 성냥개비를 하나 꺼내 성냥을 그었다. 성냥개비에 불이 붙기 전에 파란 유황이 탔다. 찰스는 침대 옆에 있는 초에 불을 당겼다. 그러고는 이불을 걷어차고 일어났다. 무릎이 툭 나오고 발목이 느슨한 기다란 회색 내의를 입었다. 하품을 하면서 문을 열고, "형, 네 시 반이야. 일어날 시간이야, 일어나요" 하고 소리쳤다.

아담은 목쉰 소리를 냈다. "한번쯤 잊어버리지도 않니?"

"일어날 시간이야." 찰스는 바지에 다리를 넣고 허리까지 추켜올렸다. "형은 부자니 일어날 필요가 없지. 하루 종일 자도 돼."

"너도 그래. 그러나 해뜨기 전엔 일어나야 해."

"일어날 필요 없어." 찰스가 되뇌었다. "그러나 밭일을 할 생각이면 일어나는 게 좋을걸."

아담이 우울하게 말했다. "일을 더 하기 위해 땅을 더 사겠다는 건가?"

"그만 둬요. 자고 싶으면 더 자요."

"너는 이불 속에서도 잠을 잘 수 없을 걸. 무슨 뜻인지 알겠니? 너는 일어나고 싶으니까 일어나는 게 아니냐. 그러고도 자랑으로 여기니…… 마치 6개의 손가락을 자랑이나 하듯이."

찰스는 부엌으로 가서 램프를 켰다. "잠만 자고는 농장을 경영 못 해요." 그는 스토브의 재를 털어낸 다음 석탄 위에 종이를 넣고 불이 붙을 때까지 불었다.

아담은 문 틈으로 그를 응시하고 있었다. "성냥도 쓰지 않으려는군."

찰스는 화를 발끈 내며 몸을 돌렸다. "빌어먹을, 자기 일이나 해요. 잔소리 그만 하고."

"그러마. 내일은 여기 있지 않을 거야."

"형 마음대로. 나가고 싶을 때 언제고 나가구려."

어리석은 논쟁이었으나 아담은 그만둘 수가 없었다. 그만두려고 해도 소리가 튀어나와 화가 난 말이 되었다. "네가 더럽게 옳다. 나가고 싶을 때 나가마. 여기는 네 것도 되지만 내 것도 돼."

"그러면 왜 여기서 일을 하지 않지?"

"아이고 맙소사! 대체 우리가 무엇 때문에 떠들어대고 있는 거야? 떠들지 말자."

"나도 문제를 일으키고 싶지 않아요." 찰스는 따뜻한 죽을 두 그릇 퍼서 테이블 위에 놓았다.

형제는 식탁에 앉았다. 찰스는 빵에 버터를 바르고 칼로 잼을 떠서 그 위에 얹었다. 그리고 다시 버터를 자를 때 잼이 버터 위에 묻었다.

"빌어먹을, 나이프 좀 닦을 수 없니? 저 버터 좀 봐라."

찰스는 나이프와 빵을 테이블 위에 내려놓고 그 양쪽에 팔을 짚고서 말했다. "나가는 게 좋겠수."

아담은 일어서서 "차라리 돼지우리에서 사는 게 낫겠다." 이렇게 말하고 집 밖으로 걸어나갔다.

2 이로부터 8개월이 지나서야 찰스는 그를 다시 보게 되었다. 찰스가 일을 끝내고 돌아와 보니 아담이 부엌 물동이의 물을 떠서 머리와 얼굴을 씻고 있었다.

"형, 별일 없었수?"

"응, 별일 없었어."

"어디 갔었수?"

"보스턴에."

"다른 곳은 안 가고?"

"안 갔어. 그 도시를 구경했을 뿐이야."

형제는 옛 생활로 되돌아갔으나, 서로 화를 내지 않도록 조심했다. 어떤 의미에서는 서로를 보호하는 것이기도 했지만 자신을 보호하는 것도 되었다. 늘 일찍 일어나는 찰스는 형이 깨기 전에 아침 준비를 했다. 그리고 아담은 집 안을 청소하고 농장에 관한 장부를 쓰기 시작했다. 이런 보호책으로 그들은 2년간을 살다가 다시 어찌할 수 없을 정도로 불화가 커갔다.

어느 겨울 저녁, 아담은 장부를 뒤지다가 고개를 들고 말했다. "캘리포니아는 기후가 좋아. 겨울이면 참 좋지. 그곳에 무엇이든지 키울 수 있어."

"키울 수 있지. 그건 그렇고 땅이 있다면 무엇을 하고 싶어 그러우?"

"보리는 어떨까? 캘리포니아에선 보리를 많이 심지."

"보리 병이 생길 걸." 찰스가 말했다.

"어떻게 장담하지? 이것 봐, 찰스. 캘리포니아에선 보리가 얼마나 빨리 자라는지, 심고는 재빨리 뒤로 물러서야지 그렇지 않으면 치어 죽는다던데."

"그럼 왜 그곳으로 가지 않우? 언제고 말만 하면 그곳에 땅을 사주겠소."

아담이 그땐 가만히 있었으나 다음날 아침 거울을 보며 머리를 빗고 있다가 다시 말을 꺼냈다.

"캘리포니아엔 겨울이 없어. 사철이 꼭 봄같지."

"나는 겨울이 좋아."

아담이 스토브 쪽으로 걸어가면서 말했다. "짓궂게 굴지 말아라."

"그러면 나를 괴롭히지 말아요, 계란 몇 개?"

"4개."

찰스는 오븐 위에 계란 7개를 깨어 얹고 조심스럽게 불을 붙여서 활활 타오르도록 프라이 팬을 불 위에 얹었다. 찰스는 베이컨을 굽는 동안 시무룩했던 기분이 풀렸다.
"형, 알고 그러는지 모르겠지만 말끝마다 캘리포니안데, 정말로 가고 싶수?"
아담이 낄낄댔다.
"생각 중이야. 아침 기상(起床)과 같애. 일어나기도 싫고 그렇다고 누워 있기도 싫고."
"갈팡질팡이구먼."
아담이 말을 이었다. "군대에 있을 땐 매일 아침 빌어먹을 놈의 나팔소리가 울렸지. 하늘에 맹세코, 제대만 하면 매일 아침 12시까지 자겠노라고 했더니 여기선 오히려 30분이나 더 일찍 일어난단 말야. 찰스, 우리는 도대체 무엇 때문에 일을 하는 거지?"
"침대에 누워서는 농장을 경영할 수 없어요." 찰스는 소리나는 베이컨을 포크로 뒤집었다.
"이것 봐." 아담이 진지하게 말했다. "우리는 마누라는 물론이고 자식 하나 없지 않아. 우리의 생활 양식은 우리가 뜻하는 대로가 아닌 것 같애. 마누라를 찾아 볼 시간도 없지. 값만 맞으면 클라크의 땅을 사서 우리 땅에 보탤 생각 아냐. 무엇 때문에 그러는 거야?"
"그건 옥토니까 그렇지. 마음을 합치면 이 지역에선 제일 좋은 농장을 만들 수도 있어. 이것 봐! 결혼할 생각이우?"
"생각 없어. 내가 이야기하는 게 그거야. 몇 해가 지나면 우리는 이 지역에서 제일 좋은 농장을 갖게 된다. 외로운 두 총각이 허리가 휘도록 일을 한다. 그러다가 누구 하나가 죽으면 한 총각이 제일 좋은 농장을 독차지한다. 그러고는 그도 죽는다……."
"무슨 소릴 하고 있는 거예요?" 찰스가 다그쳤다. "편안하게 살 수는 없구먼. 안달복달하게 만드는구먼. 말해봐요…… 마음에 있는 것이 무엇인지?"
"재미가 하나도 없어. 어쨌든 흡족하지 않아. 열심히 일해도 항상

이 타령이야. 전혀 일할 필요가 없어."
　"그럼 집어치우지." 찰스가 소리쳤다. "빌어먹을, 나가버리지 그래? 붙들지 않겠어. 원하면 남해라도 가서 그물 침대에나 누워 있지?"
　"화나게 만들지 말아." 아담이 조용하게 말했다. "아침에 기상하는 것 말야. 일어나고 싶지도 않고, 누워 있고 싶지도 않고, 여기 있고 싶지도 않고, 나가고 싶지도 않고."
　"안달나게 만드는군."
　"생각해봐, 찰스. 여기가 좋으냐?"
　"좋아."
　"아이구야. 나도 그렇게 느긋해 봤으면. 나는 어떻게 된 거야."
　"아랫도리가 근질근질한 모양이구먼. 오늘 밤에 주막으로 가서 치료해요."
　"그런지도 몰라. 그런데 화류계 여자와 만족할 수 있어야지."
　"마찬가지야. 눈을 감으면 똑같아요."
　"몇몇 군인놈들은 늘 인디언 여자들을 달고 다니지. 나도 얼마동안 그랬다만."
　찰스는 흥미가 동하여 몸을 돌렸다. "형이 인디언 여자를 데리고 있었다는 것을 아버지가 아시면 무덤 속에서도 돌아누우실 거요. 어땠어요?"
　"재미 좋았지. 옷도 빨아 주고 간단한 요리도 해주었지."
　"누가 그런 걸 물었나?…… 그거 말야, 그거."
　"좋았지. 암, 좋았지. 달콤하고…… 부드러우면서도 달콤하고, 상냥하면서도 부드럽고."
　"잠든 사이에 그 여자가 칼이라도 들이대지 않았으니 형은 운이 좋았구려."
　"그럴 여자가 아니야. 달콤한 여자야."
　"형 눈빛이 우스워지네. 그 여자한테 반했었던 모양이구먼."

"그랬었지."
"그 여잔 어떻게 됐어요?"
"천연두에 걸렸어."
"다른 여잘 얻지 않았어요?"
아담의 눈이 고통스럽게 되었다. "나무토막처럼 그들을 200명이 넘게 쌓아 올리고, 그러니까 팔 다리가 빠져나오고 엉망이었지. 나무를 위에 얹고 석유를 끼얹었어."
"그들은 천연두엔 견디지 못한다는 말을 들었어요."
"걸리면 죽지." 아담이 말했다. "베이컨 탄다."
찰스는 재빨리 스토브로 갔다. "파삭파삭하게 되어가고 있어. 나는 이런 것을 좋아해." 그는 베이컨을 접시에 건져내고 끓는 기름 속에 계란을 깨넣자 계란은 펄떡펄떡 뛰면서 가장자리가 갈색으로 변하고 튀는 소리가 났다.
"선생이 하나 있었어요." 찰스가 말을 꺼냈다. "정말 예쁜 여자였어요. 발이 작은 여잔데 뉴욕에서 옷을 사다 입었어요. 금발이었는데, 형도 그런 작은 발은 못 봤을 거요. 합창대에서 노래도 했어요. 모든 사람이 교회로 줄을 이었지요. 꽤 오래 전 이야기죠."
"결혼할 생각이 있다고 편지에 썼던 때쯤이었니?"
찰스는 빙그레 웃었다. "그럴 거예요. 젊은 총각치고 결혼병에 걸리지 않은 사람이 없었어요."
"그 여잔 어떻게 되었어?"
"짐작이 갈 거예요. 여기의 여자들이 그 여자 때문에 불안하게 되었어요. 여자들이 단결하여 그 여자를 추방했지요. 비단 내의를 입었다고 들었어요. 지나치게 뽐냈죠. 학교 이사회에서 학기 도중에 그녀를 쫓아냈어요. 발이 저 정도예요. 우연인 것처럼 발목을 보였지. 늘 발목을 내놓았어요."
"그 여자와 친하게 지냈니?"

"아니, 교회엘 가봤을 뿐이야. 거의 들어갈 수도 없었어. 예쁜 여자는 작은 마을에 있을 권리도 없는 모양이야. 사람들을 불안하게 만들 뿐이야. 문제만 일으키고."

"새뮤얼 집안의 처녀를 기억하니? 그 여자도 참 예뻤지. 그 여자는 어떻게 됐니?"

"마찬가지였어. 문제만 일으켰어. 외지로 가버렸지. 필라델피아에 살고 있다는 말을 들었어. 의장업을 한대. 한 벌 만드는데 10달러를 받는대."

"나는 여기를 떠나야 할까 봐." 아담이 말했다.

"캘리포니아로 갈 생각이우?"

"그럴 거야."

찰스는 성질이 났다. "당장 나가버려!"하고 소리쳤다. "나가란 말야. 무엇이고 사주든지 팔아주든지 할게. 나가, 개새끼 같으니." 찰스는 주춤 말을 멈추었다. "끝의 말은 잘못했어. 그러나. 빌어먹을, 형은 내 신경을 돋우고 있어."

"나가마." 아담이 말했다.

3 석 달 만에 찰스는 리오 만의 칼라 그림엽서를 받았다. 아담은 엽서 뒷면에 촉이 상한 펜으로 글을 썼다. '거기는 겨울이지만 여기는 여름이다. 이리 오지 않겠느냐?'

찰스는 6개월 후에 부에노스아이레스에서 보낸 카드를 또 받았다.

'찰스에게——여기는 큰 도시다. 프랑스어와 스페인어가 혼용되는 곳이다. 책 한 권을 보내마.'

그러나 책은 오지 않았다. 겨울 내내 책을 기다렸으나 오지 않고 새봄이 되었다. 책 대신에 아담이 나타났다. 얼굴은 갈색이 되어 있었고 옷차림은 외국풍이었다.

"잘 있었수?"
"그럼, 책 받았지?"
"아니."
"어떻게 된 거야? 그림책이었는데."
"집에 있을 생각이우?"
"그래, 그곳 이야기를 해주지."
"듣고 싶지 않아."
"저런, 넌 왜 그 모양이냐?"
"난 모든 것을 알아요. 형은 1년 남짓 집에 있게 되면 불안해 하고 또 나도 불안하게 만들어요. 우리는 서로 화를 내다가는 얌전해지고…… 또 악화되고, 그러면 싸움을 할 것이고, 형은 집을 나갔다가 또 돌아와서는 같은 일을 반복할 거요."
"내가 집에 있는 것이 싫으니?"
"천만에." 찰스가 대답했다. "형이 집에 없으면 그리워지지만 똑같은 일이 반복되리라는 것을 나는 알아요."
 사실 그대로였다. 얼마 동안은 옛날을 회상하기도 하고 얼마 동안은 헤어져 있던 때를 이야기했다. 그러다가는 불유쾌한 침묵, 여러 시간 동안의 무언의 작업, 충돌을 피하기 위한 친절, 그러다가는 분노의 폭발 속으로 흘러들었다. 시간에 한계가 없었기 때문에 시간이 무한정하게 흐르는 듯이 보였다.
 어느날 저녁 아담이 말을 꺼냈다. "알다시피 나는 서른일곱 살이 되어간다. 인생의 중반이야."
"또 시작하구먼. 형은 인생을 낭비하고 있어. 이봐요, 이번엔 싸우지 않을 수 없어요?"
"무슨 뜻이냐?"
"공식대로 하면 우리가 3·4주 동안 싸움을 하다보면 형은 나갈 채비를 하는 거야. 불안해지거든 싸움을 하지 않고 나갈 수는 없수?"

아담은 웃었다. 방 안의 긴장이 풀렸다. "영리한 동생을 두었군. 맞았어. 좀이 쑤시거든 싸우지 않고 나가겠다. 나도 그게 좋아. 너는 부자가 돼가고 있지, 잘 되어가지."

"부자라고 할 수 없지만, 잘 되어가지."

"마을에 있는 빌딩 4개와 주막을 샀다고는 말하고 싶지 않겠지?"

"그러고 싶진 않아요."

"그러나 산 것이나 다름없어. 너는 훌륭한 농장으로 해서 그 정도는 만들었어. 왜 새집을 짓지 않니? 욕탕이 있고 상수도도 있고 수세식 변소가 있는? 우리는 이제 가난한 사람이 아니야. 이 지역에선 네가 제일가는 부자가 되었다고 하더라."

"새 집은 필요 없어." 찰스가 무뚝뚝하게 말했다. "엉뚱한 생각 버려요."

"집 안에 변소가 있으면 좋을 거야."

"엉뚱한 생각, 집어치우라니까."

아담은 재미있었다. "숲 옆에다 아담한 집을 지을까 하는데, 어떨까? 서로 신경을 건드리지 않아도 될 거야."

"거기에 집 짓고 싶지 않아요."

"반은 내 땅이야."

"내가 사겠어."

"팔 필요가 없는데."

찰스의 눈에 심지가 돋았다. "빌어먹을 놈의 집에 불을 질러버리겠소."

"너는 할 수 있을 거다." 아담은 이렇게 말하고 갑자기 흐느껴 울기 시작했다. "너 같으면 정말 할 수 있을 거야. 무엇 때문에 그런 표정을 짓고 있어?"

찰스가 천천히 입을 열었다. "이것에 대해 많이 생각했소. 형이 먼저 꺼내기를 바랐지만 그럴 것 같지 않아 꺼내는 거요."

"무언데?"
"100달러를 보내달라고 전보친 일을 기억하지?"
"물론이지. 내 생명을 구했지. 왜?"
"갚지 않았어요."
"갚아야지."
"갚지 않았어."

찰스는 사이러스가 의족을 지팡이로 두들기면서 앉아 있던 오래 된 테이블을 내려다보았다. 테이블 가운데 놓여 있는 오래 된 기름 램프가 둥근 로체스터 심지에서 불안한 노란색 불빛을 비추고 있었다.

아담이 천천히 말했다. "내일 아침에 갚으마."
"갚을 시간적 여유는 충분히 주었소."
"물론 그랬지. 잊지 않았어야 했을걸." 그는 말을 멈추고 생각에 잠겼다가 다시 말을 이었다. "그 돈이 왜 필요했었는지 너는 모를 거다."
"한 번도 묻지 않았지."
"나도 얘기를 안 했고. 어쩌면 창피했었는지도 모른다. 찰스, 나는 포로였어. 탈옥했지. 도망쳤던 거야."
찰스의 입이 벌어졌다. "무슨 얘길 하고 있는 거야?"
"이야기하지. 나는 방랑인이었어. 방랑죄로 체포되어 도로 공사에 투입되었어. 밤이면 발에 쇠고랑을 차고. 6개월 만에 풀려났지만 바로 또다시 체포되었지. 그렇게 해서 도로가 건설된 거야. 6개월의 2차 복역 만기일을 3일 앞두고 나는 도망쳤지. 조지아 계곡을 넘다가 가게에서 옷을 훔치고 너에게 전보를 쳤던 거야."
"믿지 못하겠는데." 찰스가 말했다. "아니, 믿어. 형은 거짓말을 하지 않지. 물론 믿어. 왜 말을 하지 않았수?"
"창피해서 그랬겠지. 그러나 돈을 갚지 않은 게 더 창피하구나."
"잊어버려요. 왜 그런 얘길 꺼냈는지 모르겠네."

"아니야. 아침에 갚아 주지."
"빌어먹을, 형이 탈옥수라!"
"그렇게 즐거운 표정을 지을 필요는 없어."
"이유를 모르겠어. 그러나 자랑스럽게 생각되네. 형이 탈옥수라! 그런데 왜 석방되기 3일 전에 탈옥했는지 말해 줘요."

아담이 미소를 지었다. "두서너 가지의 이유가 있지. 형기를 채운다 하더라도 다시 체포될까봐 두려웠어. 끝까지 복역하는 경우 그놈들이 내가 도망치리라고 생각하지 않을 것이라고 생각했어."

"그럴 듯한데. 또 다른 이유란 뭐요?"

"그게 가장 중요한 건데. 설명하기가 힘들어. 나는 국가에 대해서 6개월의 책임을 지고 있다고 생각했어. 그건 형기였으니까. 속이는 것은 옳지 못하다고 생각했어. 그래서 나는 3일밖에 속이지 않았던 거야."

찰스는 웃음을 터뜨렸다. "형은 미친 개자식이구먼." 그는 애정이 넘치는 소리로 말했다. "그런데 가게를 털었다고 했지?"

"가게에는 10퍼센트의 이자를 붙여 송금했지."

찰스는 몸을 앞으로 굽혔다. "도로 인부에 대해서 이야기 해 줘요."

"물론 해주지. 찰스, 해줄게."

제 *11* 장

1 찰스는 감옥에 대한 이야기를 듣고나서부터 아담을 더욱 존경하게 됐다. 불완전하지만 증오할 수 없는 사람에 대하여 느끼는 훈훈함을 형에게서 느꼈다. 아담은 이것을 이용했다.

그는 찰스를 유혹했다.
"찰스, 우리는 하고 싶은 대로 할 수 있을 만큼 부자가 되었다는 것을 생각해 봤니?"
"좋아, 무엇을 할까?"
"우리는 유럽엘 가서 파리를 산책할 수도 있지."
"저게 무슨 소리지?"
"무슨 소리?"
"현관에서 사람 소리가 났어."
"고양인가보지."
"그런가봐, 잡아 죽여야지."
"찰스, 우린 이집트에 가서 스핑크스를 구경할 수도 있다."
"우리는 여기서 돈을 이용할 수도 있지. 들에 나가 일을 하면서 하루를 유용하게 보낼 수도 있단 말이야. 빌어먹을 고양이 새끼들이!" 찰스는 문으로 뛰어가 문을 열면서 "저리 가!"하고 소리쳤다. 그리고는 아무 말도 하지 않았다. 아담은 그가 계단을 노려보고 있는 것을 보았다. 동생 곁으로 갔다. 더럽게 진흙투성이가 된 여자가 구더기처럼 계단을 기어오르려고 바둥대고 있었다. 한 손은 무력하게 질질 끌면서, 뼈만 앙상한 다른 한 손으로는 천천히 계단을 잡으려 애쓰고 있었다. 얼굴은 반죽음이 되고 입술은 깨지고 까맣게 부어오른 눈꺼풀 틈으로 눈이 빼끔했다. 이마는 찢어졌고 흘러나오는 뒤엉킨 머리칼 속으로 흐르고 있었다.
아담이 계단으로 걸어 내려가 그 옆에 무릎을 꿇었다.
"부축해라, 이 여자를 안으로 데리고 가자, 저 팔을 봐, 부러진 것 같네."
안으로 부축해 들일 때 그 여자는 기절했다.
"내 침대에 누여라." 아담이 말했다. "의사를 불러오는 게 좋겠다."
"마차에 태워 데리고 가는 것이 낫지 않을까?"

"이런 여자를 옮기다니, 미쳤니?"
"형만큼 미치지는 않았을 거요. 잠깐 생각해 봅시다."
"아니, 무엇을 생각한단 말이야?"
"노총각 둘이 사는 집에 이런 여자를 들게 한다는 것을."
아담은 깜짝 놀랐다.
"그런 뜻이 아니겠지."
"내 생각이 옳아요. 태워 가지고 가는 것이 나을 거요. 두 시간만 되면 온 마을에 이야기가 퍼질 텐데. 그 여자가 어떤 여잔지 어떻게 알아요? 어떻게 여기까지 왔는지도? 그 여자에게 무슨 일이 있었는지 알게 뭐람. 형은 어려운 모험을 하고 있는 거요."
아담은 냉정하게 말했다. "네가 안 가면 내가 가지. 너는 여기 있거라."
"형은 지금 잘못을 저지르고 있는 거야. 내가 가죠. 그러나 이 일 때문에 고통을 당하게 될 거요."
"고통은 내가 맡지." 아담이 말했다. "갔다 와."
찰스가 떠난 후 아담은 부엌으로 가서 주전자의 따뜻한 물을 대야에 따랐다. 그는 자기 방에 가서 물에 손수건을 적셔 얼굴에 엉겨붙은 피와 흙을 닦아냈다. 그녀는 몸을 비틀면서 의식을 회복했다. 파란 눈이 그를 흘낏 쳐다보았다. 그의 마음은 옛날로 돌아갔다. 이 방의 침대였다. 계모가 젖은 수건을 손에 들고 그를 굽어보고 있었다. 물이 스며들자 온몸에 고통이 퍼졌다. 계모가 무엇인가를 반복해서 말했다. 그는 소리는 들었으나 무슨 말인지 알아들을 수 없었다.
"괜찮을 겁니다." 아담은 그녀에게 말했다. "의사가 곧 올 겁니다."
입술이 조금 움직였다.
"말하려고 애쓰지 말아요." 수건으로 조심스럽게 닦아주며 따뜻한 마음이 그에게 떠올랐다. "여기 있어도 좋아요. 있고 싶을 때까지 여기 있어도 돼요. 내가 간호해 드리죠." 그는 수건을 짜서 헝클어진 머리칼을 적셔 주고 상처에 박힌 머리칼을 빼주었다.
 자기 자신이 귀담아 듣고 있는 낯선 사람이라도 된 듯이, 그는 일을 하면서 자기가 중얼대는 소리를 들었다. "다쳤군요. 불쌍하게도 눈을 다쳤군요. 갈색 종이로 눈을 가려 주지요. 곧 나을 거예요. 이마가 형편없이 되었네요. 흉터가 남을 까봐 걱정입니다. 이름이 무엇이에요? 아니, 아니 그만두세요. 앞으로도 시간이 많은데요. 들려요? 의사가 오는 마차 소리입니다. 빠르죠?" 그는 부엌문으로 가서 소리쳤다. "여깁니다. 의사 선생님. 그 여자가 여기 있어요."
 그녀는 심하게 다쳐 있었다. 그 당시에 X레이라도 있었으면 의사는 더 많은 상처를 발견했었겠지만 그가 발견한 상처도 꽤 많았다. 왼쪽 팔과 갈비뼈 3개가 부러졌고 턱이 갈라져 있었다. 두개골도 금이 가 있었고 왼쪽 이가 몇 개 빠져 있었다. 의사는 이런 것들을 눈으로 보고 확인할 수 있었다. 그는 뼈를 맞추고 갈비뼈를 붕대로 감고 상처를 꿰매었다. 피펫과 알코올 불로 유리 튜브를 구부려 이가 빠진 틈으로 금이 간 턱을 움직이지 않고도 물과 죽을 먹을 수 있도록 했다. 의사는 모르핀 주사를 놓고 아편 정제 병을 꺼내놓고는 손을 씻고 코트를 입었다. 환자가 잠들자 그는 방을 나왔다. 그는 부엌 테이블에 앉아 찰스가 갖다 주는 뜨거운 커피를 마셨다.
 "그런데 그 여잔 어떻게 된 거야?"
 "우리도 모르겠어요." 찰스는 토해내듯이 말했다. "현관에서 발견했어요. 알고 싶으시면 그 여자가 몸을 질질 끌고 온 흔적이 길에 있으니 가보세요."
 "이름을 알아?"
 "아무도 모르죠."
 "주막엘 가끔 가지? 거기 있는 여자가 아닐까?"
 "요샌 가지 않았아요. 어쨌든 저런 상태에선 알아볼 수 없어요."
 의사가 아담에게 고개를 돌렸다. "그 여자를 본 일이 있어?"

아담이 고개를 서서히 옆으로 저었다.
찰스가 거칠게 말했다. "무슨 기미라도 잡고 계세요?"
"흥미가 있는 듯하니 말하지. 저 여자가 저 꼴이라도 마차에 깔리지는 않았어. 그 여자에게 앙심이 있는 남자가 행패를 부렸어. 누가 죽이려고 한 거야."
"왜 그 여자에게 물어보지 그랬어요?" 찰스가 물었다.
"당분간 말하게 해선 안 돼. 게다가 두개골에 금이 갔으니 그 여자가 어떻게 될진 아무도 몰라. 내 생각엔 경찰에 알릴까 하는데?"
"안 돼요!" 아담이 하도 강경하게 나오는 바람에 두 사람이 그를 쳐다보았다. "혼자 있게 둬요. 쉬도록 해둬요."
"누가 간호를 하지요?"
"내가 할 거요." 아담이 말했다.
"이것 봐요……." 찰스가 입을 열었다.
"참견 마!"
"여기는 형의 집도 되지만 내 집도 돼요."
"나가라는 거냐?"
"그런 뜻이 아니에요."
"그 여자를 내보내면 나도 나가겠다."
의사가 말했다. "고정해. 왜 그리 관심이 커?"
"저는 개라도 다친 개는 쫓아 보내고 싶지 않아요."
"그렇게 화낼 필요 없어. 무엇을 감추고 있나보군? 어젯밤에 외출을 했던가? 자네가 저질렀나?"
"형은 어젯밤에 집에 있었어요. 기차처럼 코를 골면서."
아담이 말했다. "왜 그 여자를 이대로 둘 수 없어요? 낫도록."
의사는 일어서서 손을 비볐다. "아담, 자네의 부친은 나의 가장 오랜 친구였어. 나는 자네 가족을 잘 알아요. 자네는 바보가 아니야. 뻔한 사실을 왜 모르지? 아는 것 같지 않군. 어린애에게 하듯이 말해야 하나? 저 여자는 습격을 당했어. 죽이려고 했던 거야. 경찰에 신고하지 않는 경우, 나는 법을 범하는 것이 되지. 그런 일도 몇 번 있었지만 이번은 안 돼.”
 “신고하세요. 그러나 회복될 때까지는 괴롭히지 않도록 하세요.”
 “환자들을 괴롭히지 않는 것이 나의 관례일세. 아직도 그 여자를 여기에 두고 싶은가?”
 “네.”
 “모르겠네. 내일 옴세. 저 여자는 잠을 잘 걸세. 무얼 달라고 하거든 튜브로 따뜻한 물과 수프를 주게.”
 의사는 밖으로 나갔다.
 찰스는 형에게로 몸을 돌렸다. “도대체 어떻게 된 거요?”
 “혼자 있게 해줘.”
 “어떻게 할 생각이야?”
 “혼자 있게 해줘. 들리지 않아? 혼자 있게 해달란 말야.”
 찰스는 “제기랄!”하고 소리치며 침을 뱉고 불안한 듯이 일을 하러 나갔다.
 동생이 나가자 아담은 마음이 편했다. 부엌을 서성거리면서 식기를 닦고 청소를 했다. 부엌을 치우고 방으로 들어가 의자를 침대 옆으로 끌고 갔다. 그 여자는 모르핀 때문에 코를 크게 골고 있었다. 얼굴의 부기는 내리고 있었으나 눈은 그대로 꺼멓게 부어 있었다. 아담은 그녀를 바라보면서 꼼짝 않고 앉아 있었다. 부목을 댄 팔은 배 위에 얹고 있었으며 오른팔은 이불 위에 얹고 있었는데 이불 위에 얹은 오른팔은 손가락을 둥지처럼 오무리고 있었다. 손은 아이들 손, 아니 아기의 손 같았다. 아담이 손가락을 손목에 대자 반사적으로 손가락을 조금 움직였다. 그녀의 손목은 따뜻했다. 그러고 나서 마치 붙잡힐까봐 두렵기나 한 듯이 그는 그녀의 손가락을 펴고 보드라운 손끝을 만졌다. 분홍빛 손가락은 보드라웠으나 손등의 살갗은 그 밑에 진주빛을 띠고 있는 듯했다. 아담은 기뻐서 낄낄 웃었다. 여자의 숨소리가 멎었다. 그는 후다닥 소리를 멈추고 귀를 기울였다. 그러자 목 속에서 딸꾹질 소리가 나더니 다시 규칙적으로 코를 골았다. 그는 조심스럽게 손과 팔을 이불 속에 넣고 발돋움으로 방을 나왔다.

캐시는 며칠 동안 충격과 아편의 동굴 속에 잠겨 있었다. 피부는 납덩이 같았고 통증 때문에 거의 움직이지 못했다. 그녀는 자기 주위에서 움직이는 것을 인식할 수 있게 되었다. 차차 머리와 눈이 맑아졌다. 두 남자가 주위에 있었는데 한 사람은 가끔 나타났고, 다른 한 사람은 자주 옆에 나타났다. 의사가 찾아오고 키가 크고 마른 사람이 있다는 것도 알게 되었다. 누구보다도 그 키 큰 사람이 그녀의 관심을 끌었는데 그것은 두려움 때문이었다. 아마도 약물에 의해 잠들어 있는 동안에도 그녀는 무엇인가를 인식하고 두려워하고 있었는지도 모른다.

아주 서서히 그녀의 마음은 지난 며칠 동안의 단편적인 기억을 한데 모아 재정리하고 있었다. 에드워즈의 얼굴이 나타났다. 평온하고 자족하던 모습을 잃고 살인마 같은 모습으로 변한 그의 얼굴에서 그녀는 지금까지 그렇게 무서운 공포를 느낀 적이 없었다. 그러나 이젠 공포를 알게 되었다. 그녀의 마음은 마치 쥐새끼처럼 빠져나갈 구멍을 찾고 있었다. 에드워즈는 그 화재에 대하여 알고 있었다. 아는 사람이 또 있을까? 어떻게 알았을까? 이렇게 생각하자 맹목적이고 구역질나는 공포가 엄습했다.

주위에서 들리는 얘기로 보아, 키 큰 사람은 보안관인데 자기를 심문하려 하고, 아담이라는 젊은 사람은 이를 제지하고 있다는 것을 알았다. 보안관도 화재에 대해서 알고 있을지도 모른다.

격앙된 목소리를 듣고 그녀는 자신의 방법과 실마리를 잡았다. 보안관이 말했다. "이름이 있을 겁니다. 그리고 누구든 그 여자를 알고 있는 사람이 있을 것이고."

"어떻게 대답합니까? 턱이 부었는데." 아담의 목소리였다.
"왼손잡이가 아니라면 글씨를 쓸 수 있지 않아요. 이것 봐요, 아담. 그 여자를 죽이려는 사람이 있으면 늦기 전에 체포해야 해요. 연필만 줘요. 내가 물어 볼게."
"두개골이 깨졌다고 의사가 말하는 것을 들었죠? 그 여자가 기억할 수 있다는 것을 어떻게 알아요?"
"종이와 연필을 주면 알 게 아니오?"
"그 여자를 괴롭히지 않았으면 해요."
"빌어먹을, 당신이 생각하는 것은 아무것도 아니야. 종이와 연필을 달라고 하지 않소?"
그러자 다른 청년의 목소리가 들렸다. "형하고 무슨 상관이 있어요? 형이 저지른 일같이 들리지 않아요? 연필을 줘요."
세 사람이 조용히 방 안으로 들어왔을 때 그 여자는 눈을 감았다.
"잠들었군요." 아담이 조용히 말했다. 그녀는 눈을 뜨고 그들을 쳐다보았다.
키 큰 남자가 침대 곁으로 왔다. "괴롭히려고 하는 것은 아니오, 아가씨. 나는 보안관이오. 아가씨가 말을 할 수 없다는 것은 알고 있으나 여기에 글은 쓸 수 있죠?"
그녀는 고개를 끄덕이다가 통증 때문에 움찔했다. 동의한다는 표시로 눈을 재빨리 깜박였다.
"잘 됐어. 보았죠? 대답을 하고 싶어하오." 보안관이 그녀 곁에 종이를 갖다 놓고 연필을 쥐어 주었다. "자, 이름이 무엇이오?"
세 사람은 그녀의 얼굴을 응시하고 있었다. 그녀의 입은 가늘게 되고 눈은 곁눈질을 하고 있었다. 눈을 감고 쓰기 시작했다.
"모르겠어요." 커다란 글자로 갈겨 썼다.
"새 종이가 여기 있소. 무엇을 기억하오?"
"새까매요. 생각할 수 없어요." 이렇게 쓰고는 종이 가장자리 밖으로 연필을 놓았다.

　"이름은 무엇이며 어디서 왔는지 기억할 수 없소? 생각해 봐요!"

　그 여자는 애를 쓰는 것처럼 보이더니 곧 포기하고 표정이 일그러졌다. "못하겠어요. 뒤죽박죽이에요. 미안합니다."

　"불쌍하구먼." 보안관이 말했다. "협조하려고 해주셔서 고맙소. 나아지면 다시 해보죠. 그땐 쓸 필요 없어요."

　그녀는 "고맙습니다"라고 쓰고는 손에서 연필을 떨어뜨렸다.

　그녀는 보안관의 호의를 얻게 되었다. 그는 아담 편을 들었다. 단지 찰스만이 그 여자에 대해 반대했다. 두 형제가 그녀를 부축하여 요강에 앉힐 때 그녀는 찰스가 시무룩해 하는 것을 보고 이리저리 궁리했다. 그녀는 그의 얼굴에서 무엇인지를 읽고 그것이 그녀를 불안하게 만들었다. 그가 이마에 있는 흉터를 자주 만지기도 하고 비비기도 하고 손가락으로 그 주위를 더듬는 것을 그녀는 보았다. 한번은 그녀가 응시하고 그것을 그가 보았다. 그는 죄나 지은 듯이 손가락을 내려다보았다. 찰스는 잔인하게 말했다. "염려 말아요. 당신 이마에도 이런 것이 생길 거요. 아마 더 심한 것이."

　그녀가 그를 보고 미소를 짓자 그는 고개를 돌렸다. 아담이 따뜻한 수프를 들고 들어오자 찰스가 말했다. "마을로 나가 맥주나 들겠어요."

2 아담은 지금까지 이처럼 행복했던 기억이 없었다. 이름을 모른다고 해서 거북할 것이 하나도 없었다. 그녀는 자기를 캐시라고 불러달라고 말했는데 그것으로 충분했다. 아담은 어머니와 계모의 요리법을 되새겨 가면서 캐시에게 음식을 해주었다.

　캐시의 활력은 대단했다. 그녀는 급속도로 회복하기 시작했다. 뺨의 부기도 가라앉고 회복기의 아름다움이 얼굴에 보였다. 얼마 후엔 부축을 받아 앉아 있을 수도 있었다. 조심스럽게 입을 열고 다물기도 했다. 조금씩 씹어야 하는 연한 음식을 먹기 시작했다. 이마에는 아직도 붕대를 감고 있었으나 나머지 얼굴에는 이가 빠져 쑥 들어간 뺨을 제외하고는 이렇다 할 흔적이 없었다. 캐시는 고민에 싸여 있었다. 그 고민에서 빠져 나가려고 애를 썼다. 말하기가 그렇게 어렵지 않게 되었을 때에도 그녀는 거의 말을 하지 않았다.

어느 날 오후 누군가 부엌에서 서성대는 소리가 들렸다. "아담이에요?" 그녀가 불렀다.

"아니오, 나요." 찰스의 대답이 들렸다.

"잠깐 들어오실 수 있어요?"

그가 문가에 와섰다. 눈은 시무룩해 있었다.

"자주 들어오지 않으시는군요."

"그저 그렇지."

"나를 좋아하지 않죠?"

"그것도 그저 그래."

"이유를 말해 줄래요?"

그는 애써 대답을 찾았다. "당신을 믿지 못하기 때문이오."

"왜요?"

"모르겠소. 당신이 기억을 상실했다는 것을 못 믿겠소."

"그러나 무엇 때문에 내가 거짓말을 해요?"

"모르겠소. 그것이 내가 당신을 믿지 못하는 이유요. 무엇인가 알 것 같은 것이 있는데."

"초면인데요."

"아닌 것 같아. 마음에 걸리는 무엇인가가 있어. 난 그것을 알아야겠소. 초면이라는 것은 어떻게 알아요?"

그녀는 말이 없었다. 그가 나오려고 하자 그녀가 말했다. "가지 마세요. 어떻게 할 작정이에요?"

"무엇을?"
"나를."
그는 새로운 흥미를 갖고 그녀를 보았다. "사실을 알고 싶어요?"
"그렇지 않으면 왜 묻겠어요?"
"나도 모르겠지만 말하지. 가능한 한 빨리 당신을 이 집에서 쫓아낼 작정이오. 형은 바보가 되겠지만, 때리기라도 해서 정신차리게 하겠소."
"그렇게 할 수 있어요? 큰 사람을?"
"할 수 있지."
그녀는 그를 똑바로 보았다.
"아담은 어디 있나요?"
"빌어먹을 약을 가지러 마을에 갔소."
"당신은 심술궂은 사람이군요."
"당신이 내 생각을 알겠소? 보드라운 살결의 탈을 쓴 당신보다는 반도 못 할 거요. 당신은 악마요."
그녀는 부드럽게 웃었다. "그런 면에서는 우리 둘이 같죠. 나는 얼마 동안 있게 되죠?"
"무엇이?"
"얼마 후에 내쫓을 작정이냐구요? 사실대로 말해 줘요."
"좋아, 1주일이나 열흘 후에. 걸어다닐 수 있자 마자."
"아마 난 가지 않을 걸요."
그는 싸우기라도 할 생각으로 거의 기쁨을 느끼며 그녀를 노려 보았다. "좋아. 말해 주지. 약을 먹었을 때 꿈이나 꾸듯이 말을 많이도 하더구먼."
"그랬다고는 생각지 않아요."
그는 웃었다. 그녀의 입이 재빨리 굳어지는 것을 보았기 때문이다. "좋아, 내 말 믿지 말아요. 될 수 있는 한 빨리 당신 일을 되찾아 가면 내가 말 안 하지. 그러나 돌아가지 않으면 말해 주지. 그리고 보안관에게도 말할 거구."

"내가 뭐 나쁜 걸 말하진 않았을 거예요. 내가 그랬던가요?"

"당신하고 입씨름하고 싶지 않아요. 일을 나가야겠어. 물어서 말했을 뿐이오."

그는 밖으로 나갔다. 그는 닭장 뒤에 기대어 서서 웃으면서 자기 다리를 때렸다. "좀더 영리한 여잔 줄 알았더니." 그는 혼자 중얼거렸다. 그리고 요 며칠 내의 어떤 때보다도 기분이 좋았다.

3 찰스는 그녀를 대단히 놀라게 했다. 그가 그녀의 정체를 알아냈다면 마찬가지로 그녀도 그가 어떤 사람인가를 알았을 것이다. 그녀가 만난 사람들 중에서 찰스만이 자기와 같은 수법을 구사하고 있었다. 캐시는 그의 생각을 더듬어 보고 불안해졌다. 자기의 수법이 그와 맞먹을 수 없다는 것을 그녀는 알았다. 그녀는 보호와 휴식이 필요했다. 돈 한 푼 없었다. 그녀는 오랫동안 보호를 받아야 했다. 몸은 지치고 병들어 있었으나 그녀의 마음은 여러 가지 가능성을 엿보고 있었다.

아담은 진통제 한 병을 들고 마을에서 돌아왔다. 그는 그 약을 한 숟갈 가득히 따르면서 말했다. "맛은 고약하겠지만 좋은 약이오."

그녀는 아무 소리 하지 않고 그 약을 받아먹었다. 얼굴을 찡그리지도 않았다. "당신은 친절히 대해주시는군요. 너무 폐를 끼치지나 않는지 걱정이에요."

"천만에, 온 집안을 밝게 해주는데. 심하게 다쳤는데도 불평 한 마디 하지 않고."

"당신은 훌륭하시고 친절해요."

"그랬으면 하지."

"나가셔야 하나요? 같이 이야길 하실 수 있으세요?"

"물론이지. 그보다도 중요한 일이 또 어디 있겠소."
"의자를 갖고 오셔서 앉으세요."
그가 옆에 와서 앉자 그녀는 오른손을 그에게 내밀었다. 그는 두 손으로 그녀의 손을 잡았다. "훌륭하고 친절하신 분." 그녀는 계속 말했다. "아담, 약속을 지켜 주시겠죠?"
"지키지. 무슨 생각을 하고 있소?"
"나는 외롭고 무서워요." 그녀는 울면서 말했다. "나는 무서워요."
"도와줄 수 없을까?"
"누구도 도와줄 수 없을 거예요."
"얘기해 봐요. 내가 해보지."
"정말 곤란한 거예요. 당신에게조차도 말할 수 없죠."
"왜 못 해? 비밀이라면 비밀을 지켜주지."
"내 비밀이 아니에요. 모르시겠어요?"
"모르겠는데."
그녀의 손가락이 그의 손을 더욱 단단히 잡았다.
"아담, 나는 기억을 상실해 본 적이 없어요."
"그러면 왜 그렇게 말했어요?"
"그것을 이야기하려고 하는 거예요. 아담, 아버지를 사랑하셨어요?"
"사랑했다기보다는 존경했지."
"만일 존경하는 사람이 곤경에 빠져 있다면 그를 파멸에서 구하기 위해 최선을 다하겠죠?"
"물론이지. 그랬겠지."
"그것이 제 입장이에요."
"그런데 어떻게 해서 다쳤어?"
"그것과 관계가 있어요. 내가 말하지 못하는 이유가 그거예요."
"아버지가 그랬어?"

"아니에요. 서로 얽혀 있어요."
"가해자를 말하면 아버지가 곤란하게 되나?"
그녀는 한숨을 쉬었다. 아담이 멋대로 이야길 만들지도 모른다.
"아담, 절 믿으시겠어요?"
"물론."
"물어보기가 무섭지 않으세요?"
"무섭긴, 아버지만 괜찮다면."
"내 비밀이 아니에요. 내 비밀이라면 당장 말씀드릴 수 있어요."
"물론, 이해하지. 나도 그랬을 거요."
"그렇게까지 이해를 해주시니……." 그녀의 눈에 눈물이 고였다.
그가 그녀에게 몸을 굽혔다. 그녀가 그의 뺨에 키스했다.
"걱정하지 말아요. 내가 돌봐 주지."
그녀는 베개에 기대고 누웠다. "그러실 것 같지 않아요."
"무슨 소리야?"
"동생이 나를 좋아하지 않아요. 동생이 나를 쫓아내려고 해요."
"그렇게 말했수?"
"아니에요. 그런 생각이 들었을 뿐이에요. 그는 당신처럼 절 이해하고 있지 않아요."
"그 애도 마음은 착해요."
"알고 있어요. 그러나 당신 만큼 친절하진 않아요. 내가 여기서 나가야 하게 되면 보안관이 심문할 거예요. 그럼 난 의지할 데가 없게 될 거예요."

그는 허공을 응시했다. "동생이 내쫓을 수는 없어요. 이 농장의 반은 내 것이오. 그리고 나 역시 돈을 갖고 있소."
"나가라면 나갈 수밖에요. 당신의 생활을 망칠 수는 없으니까요."
아담은 일어서서 방을 나왔다. 뒷문으로 가서 오후의 바깥 광경을 바라보았다. 들판 저쪽에서 찰스가 수레에서 돌을 들어올려 돌담 위에 쌓고 있었다. 아담은 하늘을 쳐다보았다. 청어를 닮은 구름이 동쪽에서 밀려오고 있었다. 그는 땅이 꺼질 듯이 한숨을 쉬었다. 간지럽고 흥분시키는 감정이 가슴 속에서 일었다. 귀가 밝아져 삐약삐약거리는 병아리 소리며 대지 위로 불고 가는 바람 소리가 들렸다. 길 위의 맑굽 소리와 이웃사람이 헛간에 이엉 잇는 소리도 들렸다. 이 모든 소리는 서로 얽혀 일종의 음악이 되었다. 눈 역시 맑아졌다. 울타리와 벽과 오두막이 노란 오후 속에 굳게 솟아나 서로 얽혀 있었다. 모든 것이 변했다. 참새떼가 앉아 먹이를 찾아 다니다가 빛 속에 나부끼는 회색 스카프처럼 날아갔다. 아담은 동생을 되돌아 보았다. 시간 관념을 잃고 자기가 얼마 동안 문 앞에 서 있었는지 짐작할 수가 없었다.

시간은 조금도 흐르지 않았다. 찰스는 커다란 그 돌과 아직껏 씨름을 하고 있었다. 아담은 시간이 정지했을 때 들이쉰 숨을 아직껏 내뿜지 않고 있었다.

갑자기 그는 희비(喜悲)가 하나로 모이는 것을 느꼈다. 용기와 두려움도 역시 하나였다. 아담은 자신도 모르게 콧노래를 부르고 있었다. 그는 돌아가서 부엌을 통해 문 입구에 서서 캐시를 쳐다보았다. 그녀는 옅은 미소를 지었다. 어린애 같구나, 얼마나 가련한 어린애인지! 하고 생각하자 그의 가슴에는 애정이 파도처럼 밀려왔다.

"나하고 결혼하겠어요?" 그가 물었다.

그녀의 얼굴은 굳어지고 손은 경련을 일으키며 움켜쥐고 있었다.

"지금 대답할 필요는 없어요." 아담이 말했다. "그 문제에 대하여 생각하기를 바라오. 나와 결혼한다면 당신을 보호할 수 있을 거요. 누구도 당신을 다시는 해치지 못할 거요."

캐시는 곧 회복되었다. "아담, 이리 와서 앉으세요. 손을 주세요. 네, 됐어요." 그녀는 그의 손을 들어 손등을 뺨에 대었다. "오, 당신." 그 여자는 간신히 말했다. "당신, 나를 믿어 주셔서 고마워요. 약속해 주시겠어요? 제게 청혼한 것을 동생에게 말하지 않겠다고?"

"청혼한 것을? 왜 말해선 안 되죠?"

"그게 아니구요. 오늘 밤에 생각해 보고 싶어요. 좀더 생각해 봐야 겠어요. 그렇게 해주시겠어요?" 그녀는 손을 들어 이마에 얹었다. "곧 바로 대답할 수 있다고는 생각지 않으실 거예요. 좀 생각해 보겠어요."

"나와 결혼할 생각이오?"

"제발, 아담. 그 문제는 혼자 생각하게 해주세요. 네?"

그는 미소를 지으면서 불안한 듯이 말했다. "오래 끌지 말아요. 나는 나무 꼭대기까지 올라갔으나 혼자 내려오지 못하는 고양이와 같아요."

"좀 생각하게 해주세요. 아담, 당신은 친절하신 분이에요."

그는 밖으로 나와 동생이 돌을 쌓고 있는 곳을 향해 걸어갔다.

그가 나가자 캐시는 침대에서 일어나 비틀거리며 거울이 있는 옷상으로 갔다. 몸을 굽히고 얼굴을 들여다보았다. 이마에는 아직도 붕대가 감겨 있었다. 그녀는 붕대 끝을 쳐들고 빨갛게 성난 흉터를 보았다. 그녀는 아담과 결혼하기로 마음먹고 있었는데, 그것은 구혼을 받기 전에 이미 결정해 놓은 것이었다. 그녀는 두려웠다. 그녀는 보호와 돈이 필요했다. 아담은 이 두 가지를 다 해 줄 수 있었다. 그리고 그를 마음대로 할 수 있었다. 그녀는 그것을 알고 있었다. 그녀는 결혼을 원하지는 않았지만 결혼하면 당분간 그것은 은신처가 된다. 한가지 그녀의 마음에 걸리는 것이 있었다. 그녀에겐 없는 것이었기 때문에 이해할 수 없는 온정을 아담은 그녀에게 베풀고 있었다. 그녀는 그런 온정을 누구에게도 베풀어 본 적이 없었다. 에드워즈는 정말로 그녀를 겁나게 했었다. 그녀가 상황을 처리할 수 없었던 때는 그때뿐이었다. 다시는 그런 일이 일어나지 않도록 하겠다고 그녀는 다짐했다. 그녀는 찰스가 무엇이라고 할까 하는 것을 생각하고 혼자 미소를 지었다. 그녀는 찰스에겐 친근감을 느꼈다. 자기에 대한 찰스의 의심 같은 것은 개의치 않았다.

4 아담이 다가오자 찰스는 허리를 폈다. 그리고 허리에 손바닥을 대고 혹사당한 근육을 문질렀다.

"아이구, 돌이 어찌 많은지." 그가 말했다.

"군대에 있던 친구가 그러던데, 캘리포니아에는 수 마일씩 계속되는 계곡이 많대. 그런데도 거기엔 잔돌 하나 없대."

"다른 것이 있겠죠." 찰스가 말했다. "방해가 되는 것이 없는 농장은 없을 거요. 중서 지방에는 메뚜기가 그렇고, 어딘가에는 회오리바람이 그렇지. 돌 좀 있다고 해서 그게 어쨌다는 거요?"

"네가 옳아. 좀 도와줄까 생각했지."

"잘 생각했구먼. 나는 형이 여생을 저기 집에 있는 사람과 함께 보내지나 않을까 생각했죠. 그 여자, 언제까지 두어둘 거요?"

아담은 구혼에 관한 이야기를 하려고 했으나 찰스의 어조 때문에 마음을 바꾸었다.

"조금 전에 알렉스 플래트가 지나갔어요. 그에게 무슨 일이 있었는지 모르죠? 큰 돈을 발견했어요."

"무슨 소리야?"

"삼나무가 있는 그의 땅을 알죠, 왜 길 옆에 말야."

"알지, 그것이 어떻게 됐다는 거야?"

"알렉스가 나무와 돌담 사이에서 토끼를 쫓고 있었대. 그곳에서 잘 싼 가방과 남자 옷을 발견했대요. 비가 흠뻑 젖어 있는 것으로 보아 얼마 안 된 것 같더래요. 그리고 잠그어 놓은 나무상자가 하나 있었는데, 부숴보니까 1000달러 가량이 그 속에 있더래요. 지갑도 하나 발견했는데 그 속엔 아무것도 없더래요."

"이름도 없고?"

"이상한 일이지. 이름이 없더래요. 옷에도 이름이 없고, 가방에도 꼬리표 하나 없더래요. 흔적을 남기기 싫었던 사람이었던 것 같애."

"그건 알렉스가 갖게 됐나."

"보안관에게 신고를 했는데, 보안관이 공고를 해서 주인이 나타나지 않으면 알렉스가 갖게 되나 봐요."

"누가 나타나겠지."

"나도 그렇게 생각해. 하나 알렉스에겐 그렇게 말하지 않았지. 그는 기분이 좋더군. 꼬리표가 없는 것이 이상해. 잘라 버린 것이 아니라 처음부터 없었대."

"큰 돈인데." 아담이 말했다. "틀림없이 누가 나타날 거야."

"알렉스가 얼마 동안 서성거리다 갔죠. 부인도 잘 돌아다니죠." 찰스는 입을 다물고 있다가 다시 말을 꺼냈다. "형, 우리 이야기 좀 해야겠어요. 온 동네 사람들이 말이 많대요."

"무엇에 대해서? 무슨 뜻이야?"

"빌어먹을 그 여자에 대해서지 무슨 말이겠소? 두 남자가 한 여자와 살 수 없다는 거예요. 알렉스 말은 여자들이 쩧고 까분대요. 형, 그 여자를 그냥 둘 수는 없어요. 우린 여기서 살고 있지 않소? 훌륭한 가문을 갖고."

"회복되기도 전에 그 여자를 쫓아 버리라는 거냐?"

"형이 그 여자를 쫓아 버렸으면 해요. 나는 그 여자가 싫어요."

"넌 처음부터 그랬지."

"나는 그 여자를 믿지 않아요. 뭐라고 꼭 집어 말할 수는 없어도 무엇인가가 있어요. 나는 그것이 싫어요. 언제 내쫓을 작정이우?"

아담이 천천히 말했다. "1주일만 더 두었다가 어떤 단안을 내리기로 하지."

"약속해요?"

"약속하지."

"됐어요. 알렉스 부인에게 이 말을 알려야지. 그때부터는 그 여자가 뉴스를 적당히 요리할 테니. 집에 우리 둘만이 다시 있게 될 테니 기뻐요. 그 여자의 기억이 되살아나지는 않겠죠?"
"그야." 아담이 말했다.

5 그로부터 닷새 후, 찰스가 송아지 사료를 사러 나가자, 아담은 마차를 부엌 계단에 대놓고 캐시를 태웠다. 그는 그녀의 무릎 위에 담요를 덮어 주고 또 다른 담요로 어깨를 감싸 주었다. 그는 군청 소재지까지 마차를 몰고 가서 치안판사의 주재로 그녀와 결혼했다.

그들이 집에 돌아왔을 때는 찰스도 집에 와 있었다. 그들이 부엌으로 들어서자 그는 불쾌한 표정을 지었다.
"그 여자를 기차에 태워 주러 나갔나 했지."
"우리는 결혼했다." 아담이 간단히 말했다.
캐시가 찰스에게 미소지었다.
"왜? 왜 결혼을 했어?"
"왜 못 하니? 남자가 결혼을 못 하니?"
캐시는 재빨리 방으로 들어가 문을 닫았다.
찰스가 화를 내기 시작했다. "저 여자는 나쁜 여자야, 창녀란 말이야."
"찰스!"
"저 여잔 틀림없이 갈보야. 나는 저 여자를 조금도 믿지 못하겠어. 개년, 갈보!"
"찰스 입 닥쳐! 더러운 입 좀 닥치지 못하겠니? 저 여잔 내 아내야!"
"들고양이나 마찬가지로 저 여자는 형의 부인이 아니야."

아담이 천천히 말했다. "질투를 하는구나, 찰스. 네가 결혼을 하고 싶었던 모양이구나."

"뭐라구, 이 빌어먹을 바보야! 내가 질투를 한다구? 저 여자하군 한 집에 살 수 없어!"

아담이 담담하게 말했다. "같이 살 필요 없다. 내가 나갈 테니, 원하거든 내 땅을 사려무나. 네가 그 농장을 다 가지렴. 네가 항상 바라던 거 아니냐? 너는 여기서 썩는 것이 낫겠다."

찰스의 목소리가 낮아졌다. "저 여자를 내보내지 않겠수? 제발 저 여자를 내보내요. 저 여자는 형을 산산이 부수고 말 거요. 형을 망치고야 말 거야. 형, 저 여자는 형을 망칠 거야!"

"그 여자에 대하여 어떻게 그렇게 많이 아니?"

찰스의 눈은 쌀쌀하게 되었다. "몰라." 그는 말을 하고 입을 꽉 다물었다.

아담은 그녀에게 식사를 하러 나오겠느냐고 묻지도 못했다. 그는 접시 2개를 들고 방으로 들어가 그녀 곁에 앉았다.

"함께 이 집을 나갑시다." 그가 말했다.

"내가 나가겠어요. 제발 나가게 해주세요. 당신이 동생을 미워하도록 하고 싶지 않아요. 그가 왜 나를 미워하는지 모르겠어요."

"질투를 하는가봐."

그녀는 눈을 가늘게 떴다.

"질투를?"

"내가 보기엔 그렇단 말이야. 걱정할 필요 없어. 우리가 나가면 돼. 캘리포니아로 가는 거야."

그녀가 조용히 말했다. "나는 캘리포니아로 가고 싶지 않아요."

"무슨 소리야? 거긴 좋은 곳이오. 언제나 햇빛이 비치고 경치는 아름답고."

"나는 캘리포니아로 가고 싶지 않아요."

"당신은 내 아내요." 그가 부드럽게 말했다. "당신과 함께 가고 싶소."

그녀는 입을 다물고 다시는 거기에 대하여 말하지 않았다. 찰스가 문을 쾅 닫고 나가는 소리가 들렸다. 아담이 말했다. "그것이 좋을 거야. 술이 좀 취하면 기분이 나아지겠지."

캐시는 얌전하게 자기 손가락을 내려다보고 있었다. "아담, 완쾌될 때까지는 아내 노릇을 할 수 없겠어요."

"알고 있소. 기다리지."

"그러나 내 곁에 있어 줘요. 찰스가 무서워요. 그는 나를 미워해요."

"내 침대를 이리로 가져오지. 무서울 땐 부르든지 손을 뻗어 나를 잡을 수도 있지."

"당신은 참 착한 분이에요. 차 좀 주실래요?"

"물론이지. 나도 마시고 싶은데."

그는 김이 나는 컵을 들고 왔다가 설탕 단지를 가지러 다시 나갔다. 그는 설탕을 가지고 와서는 침대 옆에 있는 의자에 앉았다.

"꽤 진한데, 너무 진하오?"

"진한 것이 좋아요."

그는 자기 잔의 차를 다 마셨다.

"맛이 이상하지? 맛이 이상한데."

그녀는 얼른 손을 입에 댔다. "어디, 맛좀 봐요." 그녀는 찌꺼기를 조금 마셨다. 그러한 그녀가 소리쳤다. "아담, 잔이 바뀌었어요. 내 약이 그 잔에 들어 있었어요."

그는 입술을 핥았다. "해야 없겠지."

"그럼요. 해야 없죠." 그녀는 상냥하게 웃었다. "밤에 당신을 부를 필요가 없으면 좋겠어요."

"무슨 뜻이오?"

"당신이 내 수면제를 먹었으니 쉽게 잠을 깨지 않을 거 아니에요?"
아담은 버티려고 애를 썼으나 깊은 아편 잠에 빠지고 말았다.
"의사가 그만큼 먹으라 말했던가?" 그는 흐리멍텅하게 말했다.
"당신은 그 약에 익숙해 있지 않아요."
찰스는 11시에 돌아왔다. 캐시는 그의 비틀거리는 발소리를 들었다. 그는 자기 방으로 들어가 옷을 벗어 던지고는 잠자리에 들었다. 그는 코를 골면서 편히 자려고 몸을 뒤척이다가 눈을 떴다. 캐시는 침대 옆에 서 있었다.
"무슨 일이오?"
"어떻게 생각하세요? 조금 비켜 주세요."
"형은 어디 있소?"
"그는 내 수면제를 잘못 먹었어요. 좀 비켜 주세요."
그의 숨소리가 거칠어졌다. "나는 이미 창녀한테 갔다 왔소."
"당신은 억센 남자예요. 조금 비켜 주세요."
"부러진 팔은 어떻게 됐소?"
"내가 알아서 할께요. 걱정 마세요."
갑자기 찰스가 웃음을 터뜨렸다. "불쌍한 자식." 그는 이렇게 말하고 나서 이불을 젖히고 그녀를 받아들였다.

제 2 부

제 12 장

 이제 1900년이라는 커다란 분계선에 도달했다. 100년이라는 세월이 가루처럼 빻아지고 휘저어졌다. 그리고 사건들은 사람들이 원하는 대로 불명료하게 되었다. 더 거슬러 올라가면 더욱 풍요하고 의미심장했겠지만, 기억을 더듬는 데는 이 100년이야말로 세상에 더 없었던 시기였다. 발랄하고 두려울 것이 없었던 때였거나 한 것처럼, 달콤하고 단순했던 옛날이었다.
 세기의 분기점을 비틀거리며 넘게 되리라는 것을 알지 못했던 옛 사람들은 혐오의 눈으로 그 분기점을 예기하고 있었다. 세상은 변하여 아름다움이 사라지고 미덕도 사라졌기 때문이다. 썩어가는 세상에 근심이 기어들었다.
 사라진 것은 훌륭한 태도와 안락과 아름다움뿐이던가? 숙녀들은 이제 숙녀가 아니고, 신사들의 말은 믿지 못하게 되었다.
 사람들이 옷깃을 여미고 살던 때가 있었다. 그러다가 인간의 자유는 증발되어 가고 있었다. 어린 시절도 이제는 좋은 것이 아니었다. 과거와는 달라졌다. 그때엔 내버린 구두에서 잘라낸 가죽에 쓸 돌, 둥글지는 않지만 평평하고 물에 씻긴 좋은 돌을 어떻게 찾아내느냐 하는 것 이외에는 걱정이라곤 없었다. 그 좋은 돌은 다 어디로 가고 소박함은 다 어디로 사라졌는가?

사람의 마음은 다소 모호해졌다. 기쁨이나 고통이나 목이 메는 감정을 이제는 느낄 수 없기 때문이다. 단지 그런 것들이 있었다는 것만을 기억할 수 있을 뿐이다. 나이든 사람이면 소녀들의 아기자기한 의사놀이를 아련히 기억할지도 모르지만, 지금은 이런 사람도 돋아나는 호밀밭 위에 소년이 얼굴을 파묻고 땅을 치며 "빌어먹을, 어쩌면 좋아!" 소리치고 흐느낄 수밖에 없었던 간장을 에는 듯한 격한 감정을 잊고 있다. 아니, 잊고 싶어한다. 어떤 사람은 이렇게 말할지 모른다. 아니 말했다. "빌어먹을 놈의 새끼가 왜 호밀밭에 자빠져 있어? 감기에나 걸리려고."

아, 딸기맛도 옛과 다르고 부인네의 허벅지도 죄는 맛을 잃었구나!

그리고 어떤 남자들은 죽음의 둥우리로 밀려가는 암탉처럼 안락만을 찾았다.

역사는 수많은 역사가들의 선(腺) 속에서 분비되었다.

혹자는 말하기를 이 뒤죽박죽이 된 세기에서, 폭동과 비밀의 죽음이 난무하고 수단 방법을 가리지 않고 공유지를 뒤져서 포탈하는 기만적이고 살인적인 세기에서 벗어나야 한다고 주장했다.

바다에 연하여 분산되어 있던 우리의 작은 나라가 감당할 수 없는 갈등으로 분열되었던 때를 회상해 보라. 간신히 지탱하여 나아갈 때 영국이 우리를 다시 휘어 잡았다. 우리는 그들을 타도했지만 좋은 결과를 가져오지 못했다. 백악관은 불타고 연금을 받으려고 수천 명의 미망인이 줄을 짓게 되었다.

그 후에 군인들은 멕시코로 향했다. 일종의 고통스러운 행군이었다. 집에서 안이하게 살 수 있을 때 사람들이 왜 불안하게도 행군 대열에 끼어야만 하는지 아는 사람은 아무도 없었다.

그러나 멕시코 전쟁으로 말미암아 두 가지의 좋은 결과가 생겼다. 서부 지역을 확보해서 국토를 두 배나 늘렸다. 게다가 이 지역은 장군들의 연병장이 되어서 슬픈 자살행위가 주위에 만연하자 지도자들은 그 행위를 두려운 것으로 인식시키는 기술을 알게 되었다.

그러자 토론이 벌어졌다.

노예를 유지할 수 있을까?

그거야 신의 있는 놈을 샀다면 왜 안 돼?

다음엔 인간은 말(馬)을 가질 수 없다고 말할 거야. 내 재산을 뺏으려는 자 누구냐?

그때의 우리들은 자신의 얼굴을 할퀴어 턱수염으로 피가 흐르게 하는 그런 사람들이었다. 그러다가 그런 일도 끝났다.

우리들은 피어린 땅을 서서히 떠나 서부로 향하기 시작했다.

호경기와 파탄, 파산과 불경기가 찾아왔다.

대규모 도둑놈들이 따라와서 주머니라는 주머니는 모두 털었다.

그 썩어빠진 세기여, 지옥으로나 사라져라!

그것을 극복하고 그 위에 문을 꽉 닫아 버리자! 책처럼 그것을 덮어 버리고 앞으로 계속 나아가자! 새 장과 새 생활. 악취 나는 세기의 뚜껑을 쾅 닫아 버리면 인간의 손은 깨끗해질 것이다. 앞에는 깨끗한 것이 있다. 이 청결하고 새로운 100년에는 부패라는 것이 없다. 부정이 없다. 이 새로운 세기의 노름에서 부정을 저지르는 놈이 있으면, 우리들은 그 자를 똥통 위에 거꾸로 매달아 처형을 하리라.

아, 그러나 딸기 맛이 다시는 그렇게 좋지 못할 것이며, 여자들의 허벅다리는 죄는 맛을 잃고 말았도다!

제 13 장

1 때로는 일종의 영광이 사람의 마음을 밝혀 준다. 거의 모든 사람에게 이런 일이 일어난다. 마치 다이너마이트를 향해 타들어 가는 퓨즈처럼 이런 일이 커가는 것을 느낄 수 있다. 이것은 위 속에서의 감촉이며 신경과 손목의 기쁨이다. 살갗은 대기를 맛보고 심호흡은 달콤하다. 그 시작에는 크게 하품할 때의 기쁨이 있고 그 빛은 머리 속에서 빛나며 모든 세계가 눈앞에서 빛난다. 전 생애를 회색 속에서 보낸 사람도 있을지 모르고, 그의 땅과 나무는 어둡고 침울했을지도 모른다. 사건들, 중요한 사건들이 무표정하고 창백하게 지나갔을지도 모른다. 그러다가 영광이 찾아든다. 귀뚜라미 소리가 그의 귀를 감미롭게 하고, 대지의 향기가 그의 코를 향기롭게 하고, 나무 밑의 얼룩진 햇빛이 그의 눈을 축복한다. 그리고 인간이 하나의 급류가 되어 앞으로 쏟아져 나아간다. 그러나 위축되지 아니한다. 세상에 있어서의 인간의 중요성은 그의 갖가지 영광의 질과 수에 의하여 측정될 수 있다고 생각한다. 인간의 중요성은 모든 창조의 어머니이고 인간을 다른 사람들과 분리시켜 놓는다. 앞으로 다가올 세월 속에서 이 중요성이 어떻게 나타날지 모른다. 세상엔 괴물스러운 변화가 일어나고 있으며 갖가지의 힘이 그 면모를 우리가 알지 못하는 미래를 형성하고 있다. 이 힘든 중의 몇 가지는 우리에게 사악하게 보인다. 그 자체는 사악하지 않을지도 모르지만 우리가 선한 것으로 믿고 있는 것들을 배제하는 경향이 있기 때문이다. 혼자보다는 두 사람이 더 큰 바위를 들어올릴 수 있다는 것은 사실이다. 혼자보다는 집단이 자동차

를 더 빨리, 그리고 더 좋게 만들 수 있다. 큰 공장에서 만드는 빵은 값이 싸고 일정하다. 우리의 의식주가 복잡한 대량생산에서 이루어질 때, 생산 방법은 우리의 사고(思考)에까지 파고들어 다른 사고를 마비시키게 되어 있다. 근래에, 대량생산은 경제, 정치, 심지어는 종교에까지 끼어들어 몇몇 국가들은 신(神)의 개념을 대량생산 개념으로 바꾸었다. 이것이 위험하다. 커다란 긴장이 폭발점까지 이르고 있어서 인간은 불행하고 혼란되어 있다.

  이런 시대에 다음과 같은 의문을 자문하게 되는 것은 자연스럽고 유익한 것처럼 보인다. 나는 무엇을 믿어야 하는가? 무엇을 위하여 싸우고 무엇을 반대하여 싸워야 하는가?

  인간은 유일한 창조적 생물이며, 독창적인 마음과 정신이라는 유일한 창조적 도구를 갖고 있다. 지금까지 두 사람이 창조해 낸 것은 아무것도 없다. 음악, 예술, 시, 수학, 철학, 어느 분야에서고 훌륭한 공동 연구란 없다. 일단 기계적인 창조가 이루어지면 집단이 그것을 만들고 확장할 수는 있어도 집단이 발명해 낸 것은 없다. 귀중한 것은 인간의 외로운 마음 속에 있다.

  그런데 이제 집단개념 주위에 주둔한 군력은 귀중한 인간의 마음을 섬멸시키겠다는 선전포고를 했다. 비방과 기아와 억압과 강제 지령과 조건 제약이라는 기절할 것 같은 해머의 타격에 의하여 자유분방한 인간의 마음은 추정을 당하고 로프로 얽매이고 둔해지고 질질 끌려가고 있는 것이다. 이것이 바로 인류가 택한 것처럼 보이는 슬픈 자살 과정이다.

  인간 개개인의 자유분방하고 탐구적인 마음이야말로 세상에서 가장 귀한 것이라고 확신한다. 그리고 인간의 마음이 누구의 지시도 받지 않고 원하는 방향을 취할 수 있는 자유를 위하여 나는 투쟁할 것이다. 그리고 개인을 제한 내지는 파괴하는 어떤 개념, 종교, 정부에 대항해서 싸울 것이다. 이것이 현재의 나이며, 나의 관심사이다.

고정형태 위에 세워진 조직이 왜 자유로운 인간의 마음을 파괴하려 드는지를 이해할 수는 있다. 왜냐하면 이 조직은 과학적인 검사에 의하여 인간의 마음을 파괴할 수 있는 것이기 때문이다. 확실히 나는 이것을 이해할 수 있다. 그러나 미워한다. 그러기 때문에 인간을 비창조적인 동물과 구별짓는 것을 보존하기 위하여 나는 이것에 대항해 싸울 것이다. 영광이 말살되는 경우 우리는 파멸한다.

2 아담 트래스크는 회색 속에서 성장했다. 인생의 커튼은 먼지 낀 거미줄과 같았으며 그의 인생은 슬픔과 병적인 불만이 반반씩 서서히 뒤얽힌 것이었다. 그러다가 캐시를 통하여 영광이 그에게 찾아왔다.

캐시가 소위 괴물이었다는 것은 문제가 되지 않았다. 아마 우리는 캐시를 이해할 수 없겠지만, 한편 우리들은 여러 방면에 걸쳐 많은 것, 커다란 덕망과 커다란 죄악을 다룰 능력을 갖고 있다. 마음 속에서 시꺼먼 물을 더듬어 찾지 않았던 사람이 누가 있겠는가?

우리는 마음 속에 사악과 추악함이 싹트고 커가는 비밀 연못을 갖고 있는지도 모르겠다. 그러나 이 연못은 울타리로 둘러쳐져 있기 때문에 악의 씨앗은 헤엄쳐 오르다가 다시 떨어지고 만다. 몇몇 인간의 어두운 연못 속에서 사악함이 강하게 자라나 울타리를 넘어 자유롭게 쏘다니는 경우도 있지 않은가? 이러한 인간이 괴물이라는 것인데 우리는 숨어 있는 물 속에서 이 괴물과 관계를 맺고 있는 것이 아닐까? 우리가 천사와 악마를 창조한 이상 이 둘을 이해하지 못한다면 그것은 불합리한 일일 것이다.

캐시가 어떤 사람이었든 그녀는 아담에게 영광을 일깨워 주었다. 그의 정신은 하늘로 솟아올라 자신을 공포와 비통과 역한 추억에서 해방시켰다. 영광이 세상을 비추고 조명탄이 전쟁터를 바꾸어 놓듯 세상을 바꾸어 놓았다. 아담은 캐시를 전혀 보지 못했을지도 모르지만 그녀는 그의 눈빛으로 밝아졌다. 그의 마음 속에서는 아름답고 부드러운 영상, 생각할 수 없을 정도로 귀중하고, 사랑스럽고 달콤하고 신성한 여인, 그런 여인의 영상이 불타고 있었으니, 이 영상이야말로 남편의 눈에 비친 캐시였다. 캐시가 행동하거나 말한 것은 무엇 하나도 아담의 눈에 뒤틀려 보이게 하지 못했다.

그녀는 캘리포니아로 가고 싶지 않다고 말했지만 그는 귀담아 듣지 않았다. 그의 마음 속의 캐시가 그의 팔을 잡고 앞장섰기 때문이다. 그의 영광은 하도 빛나는 것이었기에 동생이 시무룩해 하는 것을 거들떠보지도 않고 반짝이는 동생의 눈을 보지도 않았다. 그는 헐값으로 자기 몫의 농장을 찰스에게 팔았다. 그 돈과 부친이 남겨 놓은 돈의 반인 자기 몫으로 그는 이제 자유로운 부자가 되었다.

형제는 이제 남남이 되었다. 형제들은 정거장에서 악수를 나누었다. 찰스는 멀어져 가는 기차를 바라보며 이마의 흉터를 비볐다. 그는 주막으로 가서 위스키 넉 잔을 단숨에 들이켜고 위층 계단을 올라갔다. 그는 여자에게 돈은 지불했으나 일을 치를 수 없었다. 그는 여자 팔에 누워서 울다가 쫓겨났다. 그는 농장에서 미친 듯이 일을 하고 곡식을 심고 가꾸며 땅을 사들여 농장을 점점 넓혀 갔다. 그는 휴식도 오락도 몰랐다. 즐거움도 모르는 부자가 되었고 친구도 없이 존경을 받게 되었다.

아담은 자기와 캐시의 옷을 사기 위해 뉴욕에 잠시 머물렀다가 기차를 타고 대륙을 횡단했다. 그들이 어떻게 샐리너스 계곡까지 가게 되었는지 이해하기 쉽다.

그 당시 개발되면서 경쟁을 벌이게 되고 증설과 독점에 안간힘을 쓰고 있던 철로는 모든 수단을 동원하여 수송량을 증가시키고 있었다. 회사들은 신문에 광고를 내는 것은 물론이고 서부의 아름다움과 풍요를 글이나 그림으로 나타낸 책자와 포스터를 발행했다.

요구사항은 그리 무모하지 않았으며 제공하는 것은 무진장이었다. 정력적인 리랜드 스탠포드가 이끄는 남태평양 철도회사는 운수업에서 뿐만 아니라 정치에서도 태평양 연안을 지배하기 시작했다. 그 철로가 계곡 속까지 확장되었다. 새 마을이 생기고 새 지역이 개발되고 사람이 붐비었다. 회사는 고객을 얻기 위해 단골 손님을 만들어야 했기 때문이다.

기다란 샐리너스 계곡은 개척지의 일부였다. 아담은 천국도 제대로 모방하지 못한 지역이 바로 이 계곡이라고 선전을 해놓은 컬러 포스터를 보고 자세히 조사했다. 이 문구를 보고 샐리너스 계곡에 정주하고 싶은 충동을 느끼지 않는 사람은 아무도 없을 것이다.

아담은 서둘러서 땅을 사지 않았다. 마차 한 대를 사서 몰고 다니며 토질과 물 사정과 곡물과 가격과 시설에 대하여 먼저 온 사람들과 이야기를 나누었다. 투기를 하려는 것이 아니었다. 안착하여 가정을 꾸미고 어쩌면 소 왕국을 만들려고 했다.

아담은 마차로 이 농장에서 저 농장으로 돌아다니면서 흙을 집어 손가락으로 부숴 보기도 하고 이야기를 나누기도 하고 계획을 세우고 꿈을 키웠다. 계곡의 사람들은 그를 좋아하게 되고 그가 정착하러 온 것을 기뻐했다. 그를 자산가로 인정했기 때문이다.

그에게 한 가지 걱정이 있었다면 그것은 캐시에 대한 걱정이었다. 그녀는 건강이 좋지 못했다. 그녀는 시골을 돌아다니기는 했지만 기력이 없었다. 어느 날 아침 그녀는 몸이 아프다고 킹 시티 호텔에 머물렀다. 그 사이에 시골로 갔다가 오후 다섯 시 경에 돌아와보니 그녀는 출혈로 거의 빈사상태가 되어 있었다. 운좋게도 틸튼 의사가 식사하는 것을 보고 그 자리에서 그를 끌고 왔다. 의사는 응급치료를 하고 나서 아담에게 몸을 돌려 말했다.

"아래층에서 기다리시겠어요?" 그가 말했다.

"괜찮습니까?"

아담이 캐시의 등을 가볍게 두드리자, 그녀는 그에게 미소를 지었다.
틸튼 의사는 들어와서 문을 닫고 그녀의 침대로 왔다.
얼굴은 화가 나서 상기되어 있었다.
"왜 그런 짓을 했어요?"
캐시는 입을 한일자로 다물고 있었다.
"임신했다는 것을 남편이 알아요?"
그녀는 머리를 좌우로 서서히 저었다.
"무엇으로 그런 짓을 했어요?"
그녀는 그를 빤히 쳐다보았다.
그는 방을 둘러보더니 책상으로 가서 뜨개질 바늘을 집어 들었다. 그는 그것을 그녀 얼굴 앞에 들이대었다. "상습범이오…… 상습범이 하는 짓이오. 당신은 바보요. 유산되지도 않고 당신만 죽을 뻔했소. 다른 짓도 했을 거요. 독을 마셨든지 장뇌나 석유나 빨간 후추를 집어 넣었을 것이오. 맙소사! 여자들이 하는 짓들이란!"
그녀의 눈은 유리알같이 차가웠다.
그는 침대 옆으로 의자를 끌고 왔다. "왜 아기를 낳지 않으려고 해요?" 그가 부드럽게 물었다. "훌륭한 남편을 갖고 있겠다, 왜 사랑하지 않소? 나한테 전혀 말하지 않을 작정이오? 말해요, 고집부리지 말고."
그녀는 입술도 움직이지 않고 눈 하나 깜박이지 않았다.
"여보세요." 그가 말했다. "모르겠어요? 생명을 파괴해서는 안 돼요. 내가 제일 싫어하는 것이에요. 내가 아는 것이 많지 않아 환자를 잃는 수도 있겠지만, 나는 노력해요…… 늘 노력해요. 그러다가도 고의의 살인을 보게 되죠." 그는 재빨리 말을 이어 나갔다. 그는 어간(語間)의 병적인 침묵을 두려워했다. 그 여자는 그를 당혹하게 했다. 그녀에게는 비인간적인 것이 있었다. "로럴 부인을 만난 적이 있어요? 어린아이를 낳고 싶어 야단이죠. 모든 재산을 바꾸어서라도 어린아이를 갖고 싶어하는데, 당신은 뜨개질 바늘로 자기 아기를 찌르려고 했죠. 됐어요." 그가 소리쳤다. "말하고 싶지 않죠? 할 필요 없어요. 말하죠. 어린아이는 안전합니다. 목적이 틀려먹었어요. 이야길 하죠. 당신은 어린아이를 낳게 됩니다. 낙태에 관한 이 주의 법률을 알죠? 대답할 필요는 없지만 내 이야기를 귀담아 들어요! 다시 이런 일이 있어서 유산되고 그리고 의심받을 만한 충분한 근거가 있을 경우, 나는 당신을 고발하여 반론을 제기하고 처벌되도록 하겠소. 이건 진정으로 말하는 것이니 내 말을 믿는 분별력을 갖기 바라오."

캐시는 뾰족한 혀로 입술을 적셨다. 냉정하던 눈빛이 사라지고 나약한 슬픔이 나타났다.

"미안해요. 하지만 선생님은 이해를 못하세요."

"그러면 왜 나에게 말을 안 해요?" 그의 분노는 안개처럼 사라졌다. "나한테 말해 보세요."

"말씀드리기가 힘들어요. 아담은 선량하고 건강하죠. 나는…… 글쎄, 나는 병에 걸려 있어요. 간질병이에요."

"아니오!"

"나는 아니죠. 그러나 조부와 아버지가 그랬고…… 오빠가 그랬어요." 그녀는 두 손으로 눈을 감쌌다. "남편에게 그 말을 할 수 없었어요."

"안됐구먼, 불쌍한 사람이구먼. 당신도 그렇다고는 할 수 없어요. 십중 팔구, 당신의 아기는 훌륭하고 건강할 거요. 그런 짓을 다시는 하지 않겠다고 나에게 약속하세요."

"약속하죠."

"그러면 됐어요. 당신이 한 짓을 남편에겐 말하지 않으리다. 자, 누우시오. 피가 멎었는지 좀 봅시다."

의사는 잠시 후에 가방을 닫고 뜨개질 바늘을 호주머니에 넣었다. "내일 아침에 다시 봅시다."

그가 좁은 계단을 내려와 로비로 들어서자 아담이 그에게 달려왔다.
"어때요? 괜찮아요? 왜 그랬어요? 올라가도 돼요?"하고 연거푸 묻는 말을 틸튼 의사가 받아넘겼다.
"아, 잠깐만——잠깐만." 그는 그의 특유한 농담을 했다. "부인은 아파요."
"선생님······."
"임신을 했어요."
그는 멍하니 쳐다보는 아담을 뒤에 두고 지나갔다. 난롯가에 앉아 있던 세 사람이 그를 보고 싱긋 웃었다. 그 중의 한 사람이 말했다. "나 같으면 사람들에게, 두세 친구라도 좋아요. 한잔 낼 거요." 그의 말도 허사였다. 아담은 허둥지둥 좁은 계단을 뛰어 올라갔다.
아담은 킹 시티 남쪽 몇 마일 떨어져 있는, 자세히 말하면 샌루커스와 킹 시티 중간 쯤에 있는 보르도니 목장에 관심을 집중시키고 있었다.
보르도니 집안은 스페인 왕이 보르도니 부인의 조부에게 하사한 1만 에이커의 커다란 땅 중에서 남은 900에이커를 소유하고 있었다. 보르도니 집안은 스위스 계통이지만 보르도니 부인은 초기에 샐리너스 계곡에 정착한 스페인 가족의 딸이자 상속인이었다. 대부분의 오래된 집안에서 볼 수 있는 일이지만, 토지는 슬슬 없어져 갔다. 얼마간은 노름으로 없어지고 얼마간은 세금으로 뜯기고 또 얼마간은 말[馬]이나 다이아몬드나 예쁜 여자와 같은 사치품을 사기 위해 쿠폰처럼 찢겨 나갔다. 이 나머지 900에이커의 땅은 원래 산체스 대지의 중심가로 가장 좋은 땅이었다. 그 땅은 강에 접해 있고 양쪽은 산기슭으로 빠져들었다. 그 지점에서 계곡이 좁아졌다가 다시 확 트여 있기 때문이다. 원래의 산체스 집은 아직도 쓸 만했다. 아도브 벽돌로 지어진 그 집은 산기슭의 작은 공터 위에 서 있었는데, 그 작은 산기슭에는 귀중한 감수(甘水)가 계속 솟아오르고 있었다. 그런 이유로 산체스 집안은 처음에 이곳에 자리잡았다. 커다란 떡갈나무가 계곡에 그림자를 드리우고 대지는 이 지역에서 드물게 풍요하고 푸르렀다. 나지막한 그 집의 벽은 두께가 4피트나 되었고 둥근 서까래는 습기가 밴 생가죽으로 묶여 있었다. 생가죽이 말라 줄어들면서 대들보와 서까래를 함께 단단히 죄고 생가죽 줄은 강철처럼 단단해서 거의 영구적이다. 이런 건축법에 한 가지 단점이 있다면 그것은 쥐가 들어올 경우 가죽을 쏠는지도 모른다는 것이다. 그 오래 된 집 대지에서 자라난 듯했으며 아름다웠다.

보르도니는 그것을 외양간으로 사용했다. 스위스인으로 이주해온 그는 청결에 대해선 스위스인 특유의 정열을 갖고 있었다. 그는 두꺼운 흙벽을 불신하고 조금 떨어진 곳에 목조 가옥을 지었다. 그 집 소들이 산체스 고옥의 쑥 들어간 창문으로 고개를 내밀고 있었다.

보르도니는 거액을 요구하면서 팔리든지 안 팔리든지 개의치 않는 듯 꾸미는 매매 방법을 사용하고 있었다. 보르도니는 아담이 자기 땅을 사려고 한다는 것을 아담 자신보다도 먼저 알고 있었다.

아담은 어디에 정착하든지 그곳에 머물면서 앞으로 태어날 자녀들이 살 수 있도록 할 작정이었다. 그는 어떤 곳을 샀다가 더 좋은 곳이 나타날까봐 걱정이었다. 산체스가 늘 마음을 끌었다. 캐시의 출혈과 함께 그의 인생은 미래를 향하여 길게, 그리고 상쾌하게 뻗어 있었다. 그러나 그는 조심성 있게 행동했다. 그는 그 땅을 마차로도 달려보고, 말을 타고도 가보고, 걸어서도 돌아보았다. 하층토에 구멍을 파서 검사도 하고 흙 냄새도 맡아보고 만져도 보았다. 들과 강가와 언덕에 자라는 야생동물에 대해서도 문의했다. 습지에서 무릎을 꿇고 진흙 속에 있는 동물의 자국을 조사했다. 메추라기의 발자국과 함께 있는 사자, 사슴, 코요테, 들고양이, 스컹크, 너구리, 족제비와 토끼의 발자국을 조사했다. 그리고 강바닥에 자라는 버드나무, 단풍나무, 딸기덩

굴 사이를 돌아다니기도 하고 떡갈나무와 잣나무와 마드릴렌나무와 월계수와 토욘나무〔상록관목〕 등의 둥치를 쳐다보기도 했다.

보르도니는 그를 곁눈질로 보면서 자기가 재배한 포도에서 짠 포도주를 컵에 따랐다. 오후면 조금씩 취하는 것이 보르도니의 즐거움이었다. 포도주맛을 보지 못했던 아담은 포도주를 좋아하기 시작했다.

그는 캐시의 의견을 여러 번 물었다. 그녀가 그 땅을 좋아하는가? 거기에 살면 행복해 할까? 그는 그녀의 애매한 대답에 귀를 기울이지 않았다. 자기의 의욕에 합심한다고 생각했다. 킹시티 로비에서 스토브 주위에 모여 앉은 사람들에게 말을 붙이기도 하고 샌프란시스코에서 온 신문을 읽기도 했다.

"내 관심사는 물이오." 그는 어느 날 저녁 말했다. "우물을 얼마나 깊이 파야 물이 나오는지 모르겠어."

어느 목장 경영자가 데님 바지를 입은 무릎을 포개었다. "샘 해밀튼을 만나는 것이 좋을 거요. 그는 누구보다도 물에 대해서 잘 알고 있지요. 그는 물에 대해선 귀신이죠. 우물 파는 사람이오. 그가 말해 줄 거요. 그가 이 계곡 우물의 반은 팠어요."

친구들이 낄낄댔다. "샘이 물에 흥미를 갖고 있는 데에는 그럴 듯한 이유가 있어요. 자기 땅에는 물 한 방울 나오지 않으니까."

"어떻게 만나죠?" 아담이 물었다.

"이렇게 하죠. 내가 그에게 앵글쇠를 만들어 달라고 부탁할 참이오. 괜찮으면 함께 가시죠. 당신도 해밀튼 씨를 좋아하게 될 거요. 훌륭한 사람이죠."

"희극적인 천재라고나 할까." 친구가 말했다.

3 루이스와 아담 트래스크는 루이스 리포트의 사륜마차를 타고 해밀튼 농장으로 향했다. 쇠막대기가 상자 속에서 덜커덩거리

고, 차갑게 하기 위해 축축한 푸대에 싼 사슴 다리가 쇠뭉치 꼭대기에서 춤을 추었다. 사람을 방문할 때에는 선물로 실용적인 음식 덩어리를 가지고 가는 것이 그 당시의 관례였다. 저녁 식사를 하지 않고 오면 그 집에 실례가 되었기 때문이다. 자기가 먹을 것을 자기가 가지고 가지 않으면 몇 명 안 되는 손님이라도 그 집의 식량 계획에 차질을 가져올 수도 있었다. 돼지 다리나 소 엉덩이라도 좋았다. 루이스는 사슴 고기를 자르고 아담은 위스키 한 병을 들고 나섰다.

"그런데 할 말이 있어요." 루이스가 말했다. "해밀튼 씨는 그것을 좋아하겠지만, 부인은 싫어해요. 나 같으면 그것을 의자 밑에 숨겨 두었다가 작업장으로 갈 때 내놓겠소. 우리가 늘 하는 방식이오."

"부인은 남편이 술을 못 들게 하나보죠?"

"체격은 새만하지만 고집이 대단해요. 술병을 의자 밑에 감춰 둬요."

그들은 계곡 길을 떠나 겨울비로 패인 마차바퀴 자국을 따라 황량한 언덕으로 들어섰다. 말들이 멍에를 힘있게 끌자 사륜마차는 위아래 좌우로 흔들렸다. 그 해는 이 언덕에서는 무정했다. 이미 6월이 되었어도 언덕은 건조하고, 짧게 자라다 말라죽은 목초 사이로 돌부리들이 보였다. 야생밀은 재빨리 결실하지 않으면 열매를 맺지 못하게 된다는 사실을 알고나 있듯이 땅 위로 거의 6인치나 머리를 내밀고 있었다.

"여기는 됨직한 땅이 못 되는 것 같군요." 아담이 말했다.

"됨직하다뇨? 트래스크 씨, 인간의 의지를 꺾고 잡아먹는 땅이에요. 될 것 같다니요! 해밀튼 씨는 넓은 땅을 갖고 있지만 이 땅에서 그 많은 애들과 굶어죽을 뻔했어요. 이 목장에서는 그들이 먹고 살 수 없어요. 그는 온갖 일을 다 하죠. 아들들은 이제 보탬이 되고 있죠. 좋은 가정이에요."

아담은 낮은 계곡에서 삐죽이 내밀고 일렬로 늘어선 거무스름한 메스쿼트 나무를 바라보았다. "그는 왜 이런 곳에 자리를 잡았을까요?"

누구나 그러하듯이 루이스 리포트는 특히 낯선 사람에게 설명하기를 좋아했다. 논의를 일으킬 토박이가 없는 경우는 더 그랬다. "얘길 하죠. 내 얘기를 들어 보세요. 나의 부친은 이태리 사람이었어요. 어떤 문제가 있은 후 이곳으로 왔죠. 얼마 안 되는 돈을 가지고. 우리 땅은 크진 않지만 비옥하죠. 아버지가 그 땅을 샀어요. 그 땅을 골랐어요. 이번엔 당신 얘기를 들어 봅시다…… 나는 당신이 어떻게 지내는지 몰라요. 묻고 싶지도 않지만, 사람들이 말하기를 당신은 오래 된 산체스 땅을 사려고 하나 보르도니가 양보를 안 했어요. 당신은 꽤 잘 사는 모양이지요? 그렇지 않으면 그런 땅을 묻지도 않았을 테니까요."

"나는 그저 편안하게 살죠." 아담이 겸손하게 말했다.

"이야기가 많이 빗나갔구먼요." 루이스가 말했다. "해밀튼 부부가 이곳에 왔을 때에는 요강 단지 하나 없었어요. 그들은 나머지 땅을 갖는 수밖에 없었어요…… 아무도 가지려고 하지 않던 국유지를, 풍년일 때에도 25에이커의 땅에는 소 한 마리 살지 못해요. 흉년일 때에는 코요테마저도 달아난다고 해요. 해밀튼 가족이 어떻게 그곳에서 연명했는지 모르겠다는 사람들도 있어요. 어쨌든 해밀튼은 곧 일을 시작했어요…… 그래서 연명하게 됐죠. 고용인처럼 일하다가 탈곡기를 만들게 됐죠."

"잘 해 나갔음이 틀림없어요. 어디를 가나 그분 얘기를 들었죠."

"잘 해 나갔어요. 자녀를 9명이나 키웠어요. 틀림없이 저축 한 푼 못했을 겁니다. 어떻게 할 수 있었겠어요?"

사륜마차 한쪽이 튀어오르더니 둥그런 큰 돌을 굴러넘어 다시 내려갔다. 말들은 땀에 뒤범벅이 되고 멍에와 밀치 밑은 땀에 흠뻑 젖어 있었다.

"그분과 이야기를 할 수 있게 되어 기쁩니다."

"물론입죠. 그는 좋은 수확을 얻었어요…… 좋은 자녀들을 잘 키웠어요. 다들 잘하고 있어요. 조는 어떨지 모르지만, 조는 막내예요. 그는 대학에 보낼 예정이래요. 나머지들은 모두 잘하고 있어요. 해밀튼 씨는 자랑할 수 있죠. 집은 다음 고개를 넘으면 바로 있어요. 잊지 말고 술병 간수 잘해요. 부인이 당신을 땅에 얼어붙게 만들 테니."
 건조한 땅이 태양빛을 받아 바삭거리고 귀뚜라미가 울어댔다.
 "정말 하느님의 버림을 받은 땅이에요." 루이스가 말했다.
 "초라하게 느끼도록 만드는군요." 아담이 말했다.
 "왜요?"
 "나는 그런 대로 살 만하니까 이런 땅에 살 필요는 없어요."
 "나도 그래요. 그렇지만 초라하게 느끼기보다는 아주 기뻐요."
 마차가 언덕배기에 올라서자 해밀튼 가의 총총히 늘어선 집들이 내려다보였다. 잇대어 지은 집이 많이 있는 본채와 외양간, 작업장과 마차고가 있었다. 메마르고 햇볕에 타버린 광경이었다. 큰 나무라고는 하나도 없고 손으로 가꾸는 작은 정원이 있었다.
 루이스가 아담에게 몸을 돌렸다. 어조로 보아 일말의 위협이 있었다. "트래스크 씨, 한두 가지 명확하게 할 것이 있어요. 새뮤얼 해밀튼 씨를 처음 만나면 매우 우스운 사람이라고 생각하는 사람이 있어요. 그는 다른 사람처럼 말하지 않아요. 그는 아일랜드 사람이에요. 그는 많은 계획을 갖고 있죠…… 하루에도 100가지 계획을 갖고 있어요. 그리고 희망에 부풀어 있어요. 틀림없이 그런 사람이니까 이런 땅에 살 수 있죠! 그러나 이것을 기억하세요. 그는 훌륭한 일꾼이고 훌륭한 대장장이에요. 그리고 몇몇 그의 계획은 실현되었지요. 그가 예언하는 말을 들은 적이 있는데 그것이 사실로 나타났어요."
 아담은 이와 같은 위협에 깜짝 놀랐다. "나는 다른 사람을 깎아내리는 사람이 아닙니다." 그는 이렇게 말했다. 그는 루이스가 자기를 갑자기 낯선 사람으로, 적으로 생각하고 있다고 느꼈다.
 "나는 당신이 그것을 정확히 이해하도록 하기 위해 말했을 뿐이오.

동부에서 온 사람들 중에는 돈이 없는 사람을 좋지 않게 생각하는 사람들이 있어요."

"나는 그렇게 생각하지 않아요……."

"해밀튼 씨는 아마도 50센트의 저축도 없을 거요. 그러나 그는 우리들의 동료며 훌륭한 분이에요. 보게 되겠지만, 훌륭하게 가정을 키웠어요. 이 점을 기억하기 바라오."

아담은 자기 변호를 하려고 했었으나 "잊지 않죠. 말씀해 주셔서 고맙습니다." 이렇게 말했다.

루이스는 고개를 돌려서 앞을 보았다. "저기 계시는구먼. 작업장 옆에 계시죠? 우리가 오는 소리를 들은 모양이구먼."

"턱수염을 기르고 계신 분 말이죠?" 아담이 똑바로 앞을 보며 말했다.

"그래요. 멋있는 수염이죠. 별안간에 반백이 되더니 이젠 아주 허옇게 되기 시작했죠."

그들은 목조 건물을 지나다가 해밀튼 부인이 창 밖으로 그들을 내다보고 있는 것을 보았다. 새뮤얼이 기다리고 있는 작업장 앞으로 갔다.

아담은 몸집이 크고 추장처럼 턱수염을 기른 사람을 보았다. 그의 허연 머리칼은 엉겅퀴의 관모처럼 바람에 나부끼고 있었다. 수염 위의 양 뺨은 햇빛이 아일랜드의 피부를 태워 핑크색이 되어 있었다. 청결한 청색 셔츠와 작업복에 가죽 에이프런을 두르고 있었다. 소매는 걷어올렸고 근육이 튀어나온 팔은 역시 깨끗했다. 그러나 손은 대장간 일로 시꺼멓게 되어 있었다. 아담은 그를 힐끗 쳐다보고 나서 눈을 자세히 보았다. 연푸른 색에 젊은 환희로 가득 차 있었다. 웃음을 띠어서 눈가에는 방사선을 이루며 안쪽으로 주름이 생겼다.

"루이스." 새뮤얼이 말했다. "만나게 되어 기쁘오. 나는 이 소천국에서 잘 지내지만 친구들이 보고 싶단 말야." 그는 아담에게 미소지었다. 루이스가 말했다. "당신을 만나 뵈러 아담 트래스크를 데리고 왔어요. 이분은 동부에서 처음 온 분인데 이곳에서 살려고 왔어요."

"반갑습니다." 새뮤얼이 말했다. "악수는 다음에 합시다. 대장간의 갈쿠리 같은 손을 가지고 악수를 할 수는 없으니 말이오."

"해밀튼 씨, 쇠막대기를 가져왔어요. 앵글을 좀 만들어 주세요. 이삭 베는 기계들이 못 쓰게 가라앉았어요."

"해 주지. 내려와요. 말을 그늘에 매어야지."

"사슴고기 좀 가져왔어요. 그리고 트래스크 씨가 무엇을 좀 가져왔구."

새뮤얼은 집 쪽을 흘낏 보았다. "마차를 집 뒤에 매고 난 후에 '무엇인가' 하는 것을 꺼냅시다."

아담은 그의 말이 노래하듯 경쾌하다고 생각은 했으나 혀 위에서 날카롭게 반음되는 'T'와 'L'을 제외하고는 이상하게 하는 말을 찾을 수 없었다.

"루이스, 말을 마차에서 빼내 주겠어? 나는 사슴고기를 가지고 들어가겠네. 라이저가 좋아 할걸세. 사슴 스튜를 좋아하니까."

"젊은 사람들이 집에 있나요?"

"없어. 조지와 윌이 주말이라 집에 왔지만, 어젯밤에 와일드 호스 계곡에 있는 피치트리 학교로 댄스하러 갔어. 해질녘이면 떼지어 돌아올 거야. 애들 때문에 소파가 하나 모자라요. 다음에 이야기하지…… 아내가 그들에게 복수를 할 거야, 톰이 그랬어. 다음에 이야길 하지." 그는 웃으면서 사슴고기를 들고 집으로 향했다. "햇빛을 받지 않게 '그것'을 작업장에 갖다 놔도 좋아요."

집 가까이서 그가 소리치는 소리가 들렸다. "여보 라이저, 생각도 못했을 거요. 루이스 리포트가 당신보다 더 큰 사슴고기를 가져왔어요."

루이스는 마차를 집 뒤로 몰고 갔다. 아담의 도움을 받으면서 그는 말을 빼내고 가죽끈으로 묶고 그늘에 굴레로 매어 놓았다.
 "햇빛이 비칠 거라는 것, 이 술병 말이겠죠?" 루이스가 말했다.
 "부인이 무서운 모양이죠."
 "체격은 새만하지만 다부지죠."
 아담이 말했다. "'빼낸다'고 말했지요? 어디선가 그런 말을 들은 것 같아요. 아니면 책에서 읽었는지."
 새뮤얼은 작업장에서 그들과 어울렸다. "저녁식사를 함께 해주시면 기쁘겠노라고 아내가 말합디다."
 "우리가 오는 건 모르셨을 거 아닙니까?" 아담이 항의조로 말했다.
 "가만히 계십시오. 스튜에 넣을 경단을 넉넉히 만들 겁니다. 두 분이 찾아 주셔서 반갑습니다. 쇠뭉치 좀 봅시다, 루이스. 어떻게 해주었으면 좋을지 봅시다."
 그는 시꺼먼 난로 속에 나뭇조각으로 불을 붙이고 풀무질을 한 다음 젖은 코크스를 집어 얹었다. "여보게, 루이스. 불을 향해 손을 천천히 흔들게. 천천히 그리고 고르게." 새뮤얼은 벌겋게 단 코크스 위에 쇠막대기를 얹었다. "트래스크 씨, 우리 집 사람은 식욕이 좋은 9명의 자식들에게 식사 준비를 하는데 아주 익숙해 있어요. 무슨 일이고 겁내는 일이 없어요." 그는 부젓가락으로 쇠를 불이 센 쪽으로 옮기면서 웃었다. "마지막 말은 새빨간 거짓말이오. 집사람은 파도 속에 뒹구는 둥근 돌처럼 큰소릴 치고 있어요. 두 분한테 말씀드리지만 집사람 앞에서는 소파라는 말을 꺼내지도 마세요. 집사람에게 분노와 슬픔을 함께 일으키는 말이니까요."
 "거기에 대해 무어라고 말씀하셨었지요?" 아담이 말했다.
 "톰이라는 녀석을 아시면 이해가 빠르실 텐데. 루이스는 잘 알고 있지요."
 "물론 알죠." 루이스가 말을 받았다.
 새뮤얼이 말을 이었다. "톰은 맹랑한 놈이죠. 항상 자기가 먹을 수 있는 것보다도 더 많은 것을 갖지요. 거둬들일 수 있는 것 이상의 것을 심구요. 기쁨도 지나치고 슬픔도 지나치지요. 그런 사람도 있기는 하죠. 집사람은 내가 그렇다고 생각하죠. 톰이 어떤 사람이 될지 모르겠어요. 위대한 인물이 될지 목이나 매서 죽을 놈이 될지. 해밀튼 가에는 목매 죽은 사람이 있었지요. 다음에 이야기하지요."

"소파는요?" 아담이 정중하게 앞 말을 이었다.

"맞았어요. 우리 집사람도 말하지만 나는 고집 센 양처럼 꺼낸 말은 지키는 사람이죠. 그런데 피치트리 학교에 댄스라도 벌어지면 우리 아이들은 조지, 톰, 월, 조 할 것 없이 모두들 가기로 했어요. 물론 여자들도 초대되었지요. 마음이 단순한 조지와 월, 그리고 조는 여자 친구를 한 사람씩 초대했지만 톰은 보통 때처럼 너무 많이 욕심을 내서 윌리엄 집안의 두 처녀, 제니와 벨을 초대했지요. 못구멍을 몇 개나 낼까, 루이스?"

"5개요." 루이스가 대답했다.

"됐어. 트래스크 씨, 이야기하지요. 톰은 자기 얼굴이 못 생겼다고 생각하는 그런 소년이 갖는 이기심과 자애심을 갖고 있어요. 대개는 빈둥거리지만 축제가 벌어지면 그 애는 5월제의 기둥처럼 치장을 하고 봄꽃처럼 득의에 차지요. 이렇게 하자면 시간이 꽤 걸려요. 마차고가 비어 있는 것을 보셨죠? 톰처럼 치장을 하지 않았지만 조지와 월 그리고 조는 일찍 출발했어요. 조지는 사륜마차를 타고, 월은 일륜마차를 타고, 조는 작은 이륜마차를 타고 갔지요."

새뮤얼의 파란 눈이 기쁨으로 빛났다.

"그런데 톰은 로마 황제처럼 수줍은 듯하면서도 요란하게 차리고 나타났는데, 바퀴 달린 것이라곤 남은 것이 건초기뿐이었어요. 거기엔 여자를 하나밖에 태울 수가 없지요. 다행인지 불행인지, 안사람은 낮잠을 자고 있었어요. 톰은 계단에 앉아서 생각에 잠겨 있더니 헛간으로 가서 말 두 마리를 끌고 나왔어요. 그러고는 건초기에서 횡목을 떼어냈어요. 그러고 나서 집으로 들어가 소파를 낑낑대고 끌고 나오더니 쇠사슬을 의자 다리 밑에 감더군요. 집사람이 제일 좋아하는 거위 목 모양의 말털 소파인데, 조지가 태어나기 전에 쉬라고 내가 만들어준 것이죠. 내가 마지막 본 것은, 톰이 윌리엄 가의 두 처녀를 데리러 편안히 의자에 기대어 의자를 질질 끌면서 언덕 위로 올라가는 모습이었죠. 이것 보세요. 그 애가 돌아올 때는 소파가 다 닳아 없어질 거예요."

새뮤얼은 부젓가락을 내려놓고 허리에 손을 얹으면서 크게 웃었다. "그런데 안사람은 콧구멍에서 유황연기를 뿜고 있으니, 불쌍한 놈!"

아담이 웃으며 말했다. "그것 좀 드시겠습니까?"

"좋습니다." 그는 술병을 받아 위스키 한 모금을 재빨리 마시고는 돌려주었다.

"위스케보…… 이것은 아일랜드 말인데 위스키, 즉 생명의 물이란 말이지요. 사실이 그래요."

그는 빨갛게 단 쇠를 모루에 올려놓고 나사 못구멍을 뚫고 해머로 모서리를 쳤다. 불꽃이 사방으로 튀었다. 까만 물이 반쯤 든 물통에 쇠를 넣자 식사 소리가 났다. "됐어요." 그는 말하면서 땅바닥에 내던졌다.

"고맙습니다. 얼마요?"

"같이 어울린 것이 그 값이오."

"항상 그래요?" 루이스는 할 수 없다는 듯이 말했다.

"아니지. 우물을 파 주었을 때에는 값을 받았소."

"참, 생각나는데 여기 트래스크 씨가 보르도니의 땅을 사려고 그래요. 옛 산체스의 하사물 말이오. 기억나요?"

"잘 알지. 좋은 땅이지."

"이분이 물에 대해서 문의하고 싶어해요. 누구보다도 당신이 거기에 대해선 잘 알고 있다고 했어요."

아담이 술병을 돌렸다. 새뮤얼이 가만히 한 모금 마시고는 검댕이가 묻지 않은 손목 위에다 입을 닦았다.

"결정하지는 않았지만 몇 말씀 묻고 싶어서요." 아담이 말했다.

"아, 그렇다면 당신은 이미 발을 내디딘 것 아닙니까. 아일랜드 사람은 사실을 사실대로 말을 하니까 아일랜드 사람에게 의논하는 것은 위험한 일이라고들 하죠. 나에게 말을 시킬 때에는 이점 알아주기 바라오. 두 가지 보는 방식이 있다고 들었어요. 침묵을 지키는 사람은 현명한 사람이라고 말하는 사람도 있어요. 나는 후자가 옳다고 생각해요. 우리 집사람은 말이 많지요. 무엇을 알고 싶으십니까?"

"보르도니의 땅을 얼마나 깊이 파야 물이 나올까요?"

"장소를 봐야 알죠. 어떤 곳은 30피트를 파야 하고, 어떤 장소는 150피트를 파야 하고, 어떤 곳은 지구 가운데까지 파야 하지요."

"물을 나오게 할 수 있으셨죠?"

"내 땅을 제외하고는 거의 모든 곳에."

"여긴 물이 없다는 얘길 들었어요."

"들으셨다구요? 하늘에 계신 신도 그 이야긴 들었음이 틀림없어요! 내가 크게 외쳤으니까요."

"강 옆에 400에이커의 땅이 있어요. 거기선 물이 나올까요?"

"봐야 알죠. 거긴 좀 이상한 계곡처럼 보여요. 잠깐 참으시면 거기에 대해서 좀 말씀해 드리지요. 직접 보기도 했고 속까지 파 보기도 했으니까요. 배고픈 사람은 마음이 급하죠…… 사실 그렇다니까요."

"루이스 리포트가 말했다. "트래스크 씨는 뉴잉글랜드에서 왔어요. 그런데 여기 서부에 와본 일이 있다나 봐요…… 군대에서 인디언과 싸우면서."

"그랬어요? 그러면 당신이 이야길 해야 되겠구먼. 내가 좀 배우게."

"그 이야기는 하고 싶지 않아요."

"왜요? 만일 내가 인디언들과 싸웠었다면 가족과 이웃들이 도움을 받았었을 텐데."

"나는 그들과 싸우고 싶지 않았었습니다." '습니다' 하는 말이 자기도 모르는 사이에 튀어나왔다.

"이해할 수 있군요. 알지도 못하고 미워하지도 않는 사람을 죽이기란 정말 어려운 일이었겠죠."

"그러니까 더 쉬울지도 몰라요." 루이스가 말했다.

"루이스, 일리 있는 말이오. 그러나 마음 속으로 인류를 친구로 생각하는 사람이 있는가 하면 자신을 미워하고, 그 미움을 빵에다 버터를 바르듯이 주위에 번지게 하는 사람들도 있지."

"토지에 대해서 말씀해 주셨으면 좋겠어요." 아담이 불안한 듯이 말했다. 산더미같이 쌓인 시체의 구역질나는 광경이 마음에 떠올랐기 때문이다.

"몇 시요?"

루이스가 밖으로 나가 해를 쳐다보았다.

"10시가 안 됐겠는데요."

"난 이야기를 시작했다 하면 자제를 못 해요. 내 아들 윌이 말하기를 인간 식물을 찾지 못하면 나는 나무에 대고 이야길 할 사람이라고 합니다." 그는 한숨을 쉬고 못통 위에 앉았다. "조금 전에 이상한 계곡이라고 말했지만, 그것은 내가 푸른 지대에서 태어났기 때문인지 모르오. 이상한 땅이라고 생각지 않소, 루이스?"

"아니오. 나는 여기 밖을 나가본 적이 없어요."

"나는 땅을 많이 파보았어요." 새뮤얼이 말했다. "밑에서 무엇인가 있었어요. 어쩌면 지금도 파고 있을 거요. 밑에는 해반이 있고 그 밑에는 다른 세계가 있어요. 그러나 그것은 농부들이 걱정할 바가 아니고. 이제 지표는 좋지요, 특히 평지는 좋지요. 위쪽 계곡에는 흙이 가볍고 모래가 많지요. 그러나 언덕 위에서 좋은 것들이 겨울이면 씻겨 내려와 이 흙에 섞이지요. 북쪽으로 따라가면 계곡은 넓어지고, 흙은 더욱 까매지고, 무거워지고 어쩌면 더 비옥한지도 모르지. 내 생각엔 한때 그곳에 늪이 있었소. 그리고 여러 세기에 걸쳐 나무뿌리가 썩어 흙이 되고 흙은 까맣게 되면서 비옥하게 된 것이오. 흙을 파헤쳐 보면 다소 기름기가 있는 진흙이 나오는데 이것이 한데 엉켜 있어요. 대략 곤잘레스서부터 북쪽 하구(河口)까지가 그렇죠. 양쪽으로 퍼져서는 샐리너스와 블랑코와 캐스트로빌과 모스 랜딩 주위에 아직도 늪들이 있지요. 언젠가 이 늪들이 말라붙으면 이 붉은 지역에선 가장 비옥한 땅이 될 거요."

"이분은 항상 앞으로 있음직한 일을 말하지요." 루이스가 끼어들었다.

"하기야 사람의 마음은 육체처럼 시간적으로 머물러 있을 수는 없어요."

"여기에 정착하려면 세상이 어떻게 될지 알 필요가 있지요." 아담이 말했다. "자식들이 태어나면 여기서 살게 될 테니까요."

새뮤얼은 친구들의 머리 위를 거쳐 시꺼먼 연로(燃爐) 밖으로 누런 햇빛을 보았다. "표토가 좋은 계곡 밑이라도 어떤 곳에는 깊게, 또 어떤 곳에는 얕게, 경반(硬盤)이라고 하는 지층이 있다는 것을 알아야 해요. 진흙이 단단히 뭉쳐져서 된 것인데 기름기가 있지. 이 지층은 어떤 곳에는 두께가 1피트밖에 안 되지만 어떤 곳은 두껍지요. 이 경반층은 물을 받아들이지 않아요. 만일 이층이 없다면 겨울비가 땅 밑으로 스며들었다가 여름이 되면 뿌리를 통해 다시 올라오겠지요. 그러나 경반층이 있으면 그 위의 흙에 물이 차는 경우, 나머지 물은 흘러내리든지 그 위에 썩으면서 괴어 있겠어요. 이 계곡이 받은 가장 나쁜 저주 중 하나가 그것이죠."

"그러나 여기는 살기 좋은 곳이죠, 그렇지 않아요?"

"좋은 곳이죠. 그러나 여기 땅이 더욱 풍요한 땅이 될 수도 있다는 것을 사람들이 알면 가만히만 있을 수 없을 거요. 경반에 수천 개의 구멍을 뚫어 물이 흘러 들어가게 한다면 문제는 해결될 것이라고 생각했지요. 그래서 다이너마이트 몇 개를 가지고 시험을 했지요. 경반에 구멍을 뚫고 폭파를 했어요. 그렇게 했더니 경반이 깨지고 물이 밑으로 스며들 수 있었어요. 그러나 다이너마이트가 얼마나 필요한가를 생각해 보세요! 다이너마이트를 발명한 그 스웨덴 사람이 더 강력도 하지만 더욱 안전한 폭발물을 만들었다는 것을 읽은 적이 있어요. 어쩌면 그것이 해답이 될지도 모르죠."

루이스는 반은 농삼아, 그리고 반은 칭찬삼아 말했다. "이분은 항상 사물을 변화시키는 방법에 대해서 생각하고 있죠. 현재의 상태로는 전혀 만족하지 않아요."

새뮤얼이 그에게 미소지었다. "한때 인간은 나무에서 살았다. 그러나 누군가가 높이 기어올라가는 데 불만을 품었었으니까망정이지 그렇지 않았었다면 사람들은 지금 평지에 발을 붙이지 못했을 거요." 그는 다시 웃음을 지었다. "하느님이 이 세상을 만들 때처럼 나는 이 먼지 구덩이에 앉아 마음 속으로 하나의 세상을 만들고 있는 거요. 그러나 하느님은 그가 만든 세상을 보았지만 나는 이런 방법으로밖에 나의 세상을 보지 못할 거요. 이 계곡은 언제든 대단히 비옥하게 될 거요. 세상에 식량을 공급할 거요. 여기서 수많은 사람들이 행복하게 살 거요." 그의 눈에는 구름이 스쳐가는 듯하더니 얼굴엔 수심이 싸이고 침묵을 지켰다.

"말씀을 들어보니 안주하기에 좋은 곳인 것 같군요. 장래성이 있는데 어느 곳에 가서 자식들을 키우겠어요?"

새뮤얼이 말을 이었다. "내가 이해하지 못하는 것이 하나 있어요. 이 계곡에는 검은 그림자가 있어요. 이것이 무엇인지 모르지만 느낄 수 있어요. 눈이 부신 대낮에도 그것이 햇빛을 가로막고 마치 해면(海綿)처럼 태양에서 빛을 짜내는 것을 나는 가끔씩 느낄 수 있어요." 그의 목소리가 고조되었다. "이 계곡에는 시꺼먼 폭력이 있어요. 나는 몰라요, 마치 늙은 망령이 사해(死海) 밑에서 나타나 주위의 공기를 불행하게 괴롭히고 있는 것 같아요. 숨겨진 슬픔만큼이나 비밀스럽죠. 그것이 무엇인지 나는 모르지만 여기에 사는 사람들에게서 그것을 보고 느껴요."

아담이 몸서리를 쳤다. "일찍 돌아오겠다고 약속했습니다. 집사람이 출산을 하려고 해서요."

"안에서 식사 준비를 하고 있는데요."

"출산 말씀을 해주시면 부인께서도 이해하시겠죠. 집사람은 몸도 좋지 않아요. 물에 대해서 말씀해 주셔서 감사합니다."

"쓸데없는 말을 해서 기분이나 상하시지 않았는지 모르겠습니다."

"천만에요⋯⋯ 아닙니다. 집사람은 초산인데다 몸이 형편없어요."

아담은 밤새도록 생각이 많아서 잠을 이루지 못했다. 다음날 그는 마차를 몰고 보르도니 씨에게도 가서 인사를 했다. 산체스 땅은 그의 것이 되었다.

제 14 장

1 그 당시의 서부에 대해선 할 이야기가 하도 많아서 어디서부터 시작해야 될지 모르겠다. 한 가지 얘기를 꺼내면 여러 가지 이야기가 거미줄처럼 뒤따른다. 문제는 어떤 것을 먼저 시작하느냐 하는 것이다.

새뮤얼의 자녀들이 피치트리 학교로 춤을 추러 갔다는 이야기를 그가 했었다. 그 당시엔 시골 학교들이 문화의 중심지였다.

마을의 신교 교회들은 처음 발을 들여놓은 지방에서 단단히 발판을 굳히려고 애를 쓰고 있었다. 앞서 와서 뿌리를 깊이 박고 있던 카톨릭 성당은 안이한 전통 속에 안주하고 있었지만 차차 선교 사업을 포기하게 되자 성당 지붕은 무너지고 벌거벗은 제단에는 비둘기들이 보금자리를 꾸몄다. 샌 안토니오 전도 성당의 라틴어와 스페인어 도서실은 곡물 창고로 바뀌어 새앙쥐들이 양피지 책들을 갉아먹고 있었다. 이 학교 선생님은 학문과 예술을 지키며 전수하고 있었다. 학교 건물은 음악과 토론을 위한 집회 장소가 되었다. 선거를 위한 투표장도 학교에 설치되었다. 5월 여왕의 대관식이나 작고한 대통령의 추모나 철야 댄스 파티 같은 행사도 여기에서 거행되었다. 학교 선생님은 지성의 화신이며 사회적 지도자였을 뿐만 아니라 그 지방의 결혼 상대자로서도 인기가 대단했다. 아들이 학교 선생님과 결혼을 하는 경우, 그 가족은 의기양양해졌다. 선생님의 자녀들은 선천적으로든 후천적으로든 지적 특성을 갖고 있다고 생각되었다.

　새뮤얼 해밀튼 가의 딸들은 일에 짓눌려 사는 농부의 아내가 되도록 되어 있지 않았다. 미모를 갖추고 태어난 그들은 아일랜드 왕의 후손으로서의 후광을 지니고 있었다. 그리고 가난을 초월한 자부심을 갖고 있었다. 동정의 대상으로 그들을 생각하는 사람은 아무도 없었다. 새뮤얼은 누구보다도 뛰어나게 자녀들을 길렀다. 같은 또래들보다 책도 많이 읽히고 행실도 좋게 키웠다. 새뮤얼은 자식들이 학문을 숭상하도록 지도했다. 그리고 그 당시의 오만한 무지를 멀리하도록 가르쳤다. 올리브 해밀튼은 선생님이 되었다. 그녀는 열다섯 살 때 집을 떠나 샐리너스로 가서 중학교에 다녔다. 열일곱 살 때 피치트리 학교의 선생님으로 부임했다.

　학교에는 그녀보다도 나이가 더 많고 체격도 큰 학생들이 있었다. 학교 선생 노릇을 하기 위해서는 커다란 기술이 필요했다. 피스톨이나 채찍을 갖지 아니하고 커다란 망나니 학생을 지도하기란 어렵고도 위험한 일이었다. 산간벽지의 어느 학교에서는 선생이 학생에게 강간을 당한 일도 있었다.

올리브 해밀튼은 모든 과목을 가르쳐야 했을 뿐만 아니라 모든 연령층의 학생도 가르쳐야 했다. 그 당시에는 8년 과정을 끝마치는 학생이 드물었다. 게다가 농사 일 때문에 과정을 끝마치는 데 14년 내지는 15년이 걸리는 학생들도 있었다. 뿐만 아니라 간단한 의술도 가지고 있어야 했다. 사고가 빈발했기 때문이다. 그녀는 학생들이 운동장에서 싸움을 벌이다 칼로 찢긴 곳을 꿰매기도 했다. 맨발의 학생이 방울뱀에 물렸을 때 발끝을 빨아 해독을 시키는 것도 그녀의 의무였다.

1학년 학생에게는 독본을 가르치고, 8학년 학생에게는 대수를 가르쳤다. 음악도 가르치고, 문학 비평가로서도 행세를 해야 했고, 매주일 《샐리너스 저널》에 기고도 해야 했다. 그 지방의 사회 생활치고 그녀의 손을 거치지 않는 것이 없었다. 졸업식, 무도회, 집회, 토론회, 합창, 크리스마스와 메이데이 축제, 현충일과 녹립 기념일의 애국적 행사, 또한 그녀는 선거 위원회의 일원이 되어 이를 주관하고 자선회를 이끌어갔다. 그것은 쉬운 일이 아니었다. 상상할 수 없을 정도로 힘든 의무와 책임이 뒤따랐다. 개인 생활은 없었다. 주위의 시기심 때문에 성격상의 약점이라도 있는가 감시를 받아야 했다. 한 학기 이상 한 가정에 머물 수 없었다. 시기심을 유발하기 때문이다. 선생님을 하숙시킴으로써 어떤 가족은 사회적 지위를 얻었다. 적령기의 총각이 있는 집에 하숙을 하는 경우, 자동적으로 청혼이 이루어졌다. 청혼자가 여럿 생기면 암투가 벌어졌다. 아기타의 아들 셋은 올리브 때문에 아귀다툼이 벌어졌었다. 시골 학교에 오랫동안 근무하는 선생이 드물었다. 일이 고된 데다가 청혼이 끊이지 않아 이내 결혼하고 만다.

올리브 해밀튼은 이런 과정을 택하지 않겠다고 결심했다. 부친의 지적인 정열을 갖고 있지는 않았지만, 앞서 샐리너스에서 생활을 하는 동안, 목장의 아내는 되지 않겠다고 결심했다. 그녀는 도시에서 살고 싶었다. 샐리너스만큼 크지 않다고 하더라도 네 거리가 있는 곳에서는 살고 싶지 않았다. 샐리너스에 있는 동안, 그녀는 멋있는 생활을 경험했다. 성가대, 제단(祭壇)조합, 교회의 콩 파티 등에 참가했었다. 예술 행사에도 참가했었다. 감미로운 외계(外界)의 마력과 전망이 있는 노상(路上) 연극과 오페라, 파티에 참가했고, 몸짓으로 말뜻을 맞추는 쉬라드 게임도 했고, 시 낭송 경연대회에도 참가했고, 합창과 오케스트라에도 참가했다. 샐리너스야말로 그녀를 매혹시켰다. 그곳에서는 야회복을 입고 파티에 참석했다가 그 옷을 그대로 입고 돌아올 수도 있었다. 그러니 옷을 안장주머니에 둘둘 말아넣고 10마일이나 달려와 다시 꺼내 다리미질을 할 필요도 없었다.

교편생활로 분주한 가운데에서도 올리브는 도시생활을 그리워했다. 킹 시티에 제분 공장을 세운 한 청년이 청혼을 하자, 그녀는 오랫동안 비밀로 한다는 조건으로 약혼을 했다. 만일 이 사실이 알려지는 경우 이웃 청년들 사이에 문제가 일어날지도 모르기 때문에 비밀이 필요했다.

올리브는 부친의 총명을 지니고 있지는 않았지만 모친의 강인한 의지와 함께 해학의 감각을 지니고 있었다. 학생들이 싫어하더라도 어떤 빛이고, 어떤 미(美)고 그들의 목구멍에 강제라도 밀어 넣어야 한다면 그녀는 밀어 넣고야 말았다.

수업에는 하나의 장벽이 있었다. 어떤 사람은 자식들이 읽고 셈할 수 있을 정도만 되기를 바랐다. 그것이면 충분했다. 더 많이 배우면 불만을 갖고 마음이 들뜰 수도 있었다. 많은 것을 배우면 자기가 부모네보다도 더 낫다고 뽐내면서 농장을 등지고 도회지로 나가는 예가 많았다. 토지를 측량하고, 목재를 세고, 장부를 정리할 수 있을 정도의 산수, 물건을 주문하고 친척들에게 편지를 쓸 수 있을 정도의 작문력, 신문과 달력과 농지(農誌)를 읽을 수 있을 정도의 독해력, 종교적 애국적 의식에 필요한 정도의 음악이면 학생이 나쁜 길로 빠지지 않고 도움이 되는 데 충분했다. 학문이란 일반 사람들과 대조적이고 별

관계가 없는 계급, 의사니, 변호사니, 선생이니 하는 사람들이 하는 것이다. 물론 새뮤얼 해밀튼과 같이 별난 사람들도 있다. 그는 사람들에 의하여 관대하게 대접을 받고 존경을 받았지만, 우물을 파고 말에 편자를 달고 탈곡기를 쓸지 몰랐었다면 그 가족들이 어떻게 취급을 받았었을지 아는 사람은 아무도 없다.

올리브는 그 청년과 결혼을 하고 나서 처음에는 패소 로블즈로, 다음에는 킹 시티로, 나중에는 샐리너스로 옮겨 살았다. 그녀는 고양이처럼 직관적이었다. 그녀의 행동은 사고(思考)보다는 감정에 따라 움직였다. 그녀는 어머니를 닮아 단단한 턱에 납작한 코를 갖고 있었으며, 아버지를 닮아 아름다운 눈을 갖고 있었다. 그녀는 어머니를 제외하고는 해밀튼 가족 중에서 가장 확고한 신념을 갖고 있었다. 그녀의 종교는 아일랜드의 요정과 만년에 부친과 혼동을 한 《구약성서》의 여호와가 기묘하게 혼합된 것이었다. 천국은 놀아간 진척들이 사는 멋진 농장으로 생각되었다. 그녀는 불신했기 때문에 인간을 좌절하게 하는 자연의 외적 실체를 배제했다. 그녀는 사람들이 자기의 신앙 거부를 힐난할 때면 벌컥 화를 내곤 했다. 들리는 말에 의하면 그녀는 어느 토요일 밤, 두 군데에서 있었던 댄스 파티에 갈 수 없다고 해서 심하게 울었다. 하나는 그린필드에서 있었고 다른 하나는 20마일이나 떨어져 있는 샌 루커스에서 있었다. 두 곳을 다 다녀서 집에 돌아오자면 말을 타고 60마일이나 달려야 했다. 이것이야말로 그녀가 신앙 거부로서도 어쩔 수 없는 엄연한 사실이었다. 그래서 그녀는 격분하여 울고 어느 쪽 무도회에도 가지 않았다.

나이를 먹어가면서 그녀는 불쾌한 일을 처리하는 데 산발총 방법을 발전시켰다. 그녀의 단 하나 외아들인 내가 열여섯 살이 되었을 때 그 당시만 해도 치명적인 병인 늑막성 폐렴에 걸렸었다. 나는 병이 점점 악화되어 천사들의 날개 끝이 내 눈을 스칠 지경이 되었다. 나의 어머니 올리브는 늑막성 폐렴을 치료하는 데 산발총 방법을 써서 효험을 보았다. 목사가 나와 함께 있으면서 기도를 해주었고 우리 집 옆 수녀원의 원장과 수녀들이 하루에 두 번씩 나를 치켜들고 구원을 청했으며 크리스천 사이언스 신도였던 먼 친척 한 분이 나를 위해 명상해주셨다. 그 당시 알려진 온갖 주문(呪文)과 마법과 약초가 동원됐으며 두 간호사와 마을에서 제일 유명한 의사를 불러댔다. 그녀의 방법은 효험이 있어서 나는 회복되었다. 어머니는 세 딸과 나를 사랑으로 대했고, 또 엄격했다. 어머니는 접시닦기와 세탁과 예의 범절과 같은 일상적인 가사를 훈련시켰다. 화가 났을 때에는, 아이가 끓인 복숭아이기나 한 것처럼 말썽꾸러기의 껍질이라도 벗길 듯이 무서운 눈으로 노려보았다.

　폐렴에서 회복되었을 때 나는 다시 걷기를 배워야만 했다. 9주 동안이나 병석에 있었기 때문에 근육은 축 늘어지고 회복기의 나태함이 몸에 배어 있었다. 부축을 받으며 일어설 때엔 모든 신경이 아프고 늑막 공동에서 고름을 빼내기 위해 절개했던 옆구리 상처가 몹시 아팠다. 나는 침대에 넘어지면서 울었다. "못하겠어요! 못 일어나겠어요!"

　어머니는 무서운 눈을 부릅떴다. "일어나! 네 아버지는 하루 종일 일하고도 밤새도록 일어나 앉아 계시지 않으냐. 아버지는 너 때문에 빚을 졌어. 자, 일어나거라!"

　나는 일어섰다.

　올리브에게 있어서 빚이란 말은 추악한 말이며 추악한 개념이었다. 보름이 넘도록 지불하지 못한 계산서는 빚이었다. 빚이란 말에는 더럽고, 단정하지 못하고, 불명예스럽다는 의미가 내포되어 있었다. 자기 가정이 세상에서 제일 좋은 집안이라고 확신하고 있었던 올리브는 빚지는 일을 절대로 허용하지 않았다. 어머니는 빚이 무섭다는 생각을 자식들 마음 속에 깊이 심어 놓았기 때문에 부채가 생활의 일부가 되고 있는 지금의 변화된 경제 양식에 있어서도, 계산서 기한이 이틀만 지나도 나는 불안해진다. 분납제가 유행했을 때에도 올리브는 이를 받아들이지 않았다. 분납으로 산 물건은 자기 물건이 아니며 빚을 진 물건이었다. 필요한 물건을 사기 위해 어머니는 저축을 했다. 이것은 이웃 사람들이 우리보다 2년 정도 앞서서 새로운 주거시설을 갖추게 되었다는 것을 뜻했다.

2 올리브의 용기는 대단했다. 자식을 키우기 위해선 용기가 필요한지도 모르겠다. 그녀가 제2차 세계대전에 대하여 어떠한 태도를 취했는지 이야기해야 되겠다. 그녀의 생각은 국제적이 아니었다. 그녀의 첫 경계선은 가정 주위였고, 둘째 경계선은 그녀의 마을 샐리너스 주위였고, 마지막 것은 명확하지는 않지만 점선으로 그어진 군 경계선이었다. 육군 기병대인 C중대가 소집되어 기차에 말을 싣고 넓은 세계로 출발했을 때에도 그녀는 전혀 믿지 않았다.

마틴 호프스는 우리 집에서 모퉁이로 꼬부라지는 곳에 살았다. 그는 다부진 몸집에 작달막하고 빨간 머리칼을 하고 있었다. 입은 크고 눈은 빨갰다. 그는 샐리너스에서 가장 수줍어하는 청년이었다. 그에게 인사를 하면 그는 자의식으로 몸이 근질근질해졌다. 무기고에는 농구 코트가 딸려 있었기 때문에 그는 C기병 중대에 속해 있었다.

독일 병정들이 올리브의 성격을 알았거나 눈치 빠른 사람들이었다면, 방법을 달리하여 그녀를 노하게 만들지는 않았을 것이다. 그러나 그들은 알지도 못했고 멍청했다. 그들이 마틴 호프스를 죽였을 때 그들은 전쟁에 진 것이나 다름없었다. 그를 살상했기 때문에 어머니는 화가 나 있었고, 그들을 증오하기 시작했기 때문이다. 그녀는 그를 좋아했었다. 그는 누구도 마음 상하게 한 적이 없었다. 그들이 그를 죽이자 올리브는 독일제국에 대해 선전포고를 했다.

그녀는 무기를 구하러 다녔다. 헬멧이나 양말 정도를 짜는 것 가지고는 전혀 충족하지 못했다. 잠시 동안 그녀는 적십자복을 입고 무기고에서 비슷한 옷을 입고 일하는 여자들을 만났다. 그들은 붕대를 감아 평판이 좋았다. 이것도 좋은 일이었으나 독일 황제의 심장을 쑤셔 내는 데는 충분치 못했다. 올리브는 마틴 호프스의 생명을 보상하는 피를 원했다. 그녀는 '자유 채권'에서 무기를 발견했다. 어머니는 에피스코펄 교회 지하실에서 제단 조합을 위한 케이크 판매를 가끔 해 본 것을 제외하고는 일생 동안 물건을 팔아본 적이 없었다. 그러나 그녀는 공채를 다발로 팔기 시작했다. 어머니는 정말 무섭게 일했다. 사람들로 하여금 사지 않고는 두려움을 느끼게 만들었다. 사람들이 올리브에게서 채권을 살 때에는 독일 병정의 배에 총검을 찌르는 듯한 실감을 받았다.

 그녀의 매출액이 올라가자 재무성은 이 용맹스러운 여인, 새로운 아마존을 인정하기 시작했다. 처음에는 등사판에 민 감사장이 왔으며 다음에는 고무인도 없이 재무장관이 직접 사인한 편지가 왔다. 우리들은 자랑스럽게 생각했다. 그러나 이보다도 더 자랑스러웠던 때는 헬멧(우리들은 너무 어려 쓸 수 없는)이며 총검, 혹 단대에 박힌 유산탄 파편 같은 전리품이 도착했던 때였다. 우리들은 목총을 메는 것 이외엔 직접 전투에 참가할 자격이 없었으므로, 어머니의 전투 양식은 타당한 것으로 보였다. 그녀는 자신의 예상보다도 더, 그리고 그 지역의 누구보다도 앞질러 성과를 올렸다. 그녀는 자기가 이미 기록한 전설적인 매출고를 네 배로 늘려 최고의 포상인 육군 항공기를 탑승하게 되었다.

 오, 우리는 얼마나 큰 자랑으로 여겼던가! 우리와 직접 관련된 일은 아니었지만 우리가 거의 감당할 수 없었던 영광이었다. 그러나 반증을 아무리 내세워도 어머니가 믿지 않는 것이 있었다. 그 하나는 비행기의 존재를 믿지 않는 것이었다. 직접 목격하더라도 그녀는 전혀 그 존재를 믿지 않았다.

 그녀가 한 일에 비추어 보아 그녀가 어떻게 느꼈는가를 나는 상상해 보았다. 그녀의 정신이 두려움에 떨고 있었음이 틀림없었다. 왜냐

하면 존재하지 않는 것을 어떻게 탈 수 있었겠는가? 탑승이 처벌이라 하더라도 잔인하고 비범한 것이겠는데 하물며 상으로, 선물로, 명예로, 경축으로 탑승을 해야 했다. 그녀는 우리들의 눈이 숭배로 빛나는 것을 보고 자기가 덫에 걸린 것으로 이해하고 있었음이 틀림없다. 탑승을 하러 가지 않는다면 그녀의 가족은 웃음거리가 되었을 것이다. 그녀는 사면초가였다. 죽음 이외에는 명예로운 탈출구가 없었다. 그녀는 일단 존재하지 않는 것을 타기로 결심하자 자기가 살아남게 되리라는 생각을 갖고 있지 않는 듯싶었다.

　올리브는 유서를 썼다. 많은 시간을 걸려 쓰고는 그것이 합법적인가를 검토했다. 그리고 자단 상자를 열었다. 그 속에는 남편이 구혼 때, 그리고 그 후에 보낸 편지가 들어 있었다. 그가 시를 써서 보냈었다는 것을 모르고 있었으나 사실은 그랬다. 그녀는 난로에 불을 피우고 편지를 하나하나 태웠다. 자기 편지이기 때문에 남른 사람이 보는 것을 바라지 않았다. 그녀는 새 속옷을 샀다. 꿰맸거나 찢어진 속옷 차림의 시체로 발견되고 싶지 않았다. 마틴 호프스가 비뚤어진 입을 하고 멍한 눈초리로 자기를 쳐다보고 있는 것을 보고, 그녀는 어떤 의미에서 그의 빼앗긴 생명을 보상하고 있다는 생각을 했을 것이다. 그녀는 우리에게 아주 관대했다. 우리가 기름기를 그대로 남게 닦은 접시도 보지 못했다.

　이 영광된 행사는 샐리너스 로디오 운동장에서 거행되게 되어 있었다. 우리들은 장례식 때보다도 더욱 장엄하고 화려한 기분으로 육군 자동차를 타고 운동장으로 갔다. 마을에서 5마일 떨어져 있는 스프레클즈 제당공장에서 일을 하고 있던 우리 아버지는 일터를 떠날 수가 없었다. 아니 긴장을 참아낼 수 없을까봐 두려워 떠나려고도 하지 않았다. 그러나 올리브는 조건을 들어 주지 않으면 타지 않겠다고 말하여, 추락하기 전에 제당공장이 있는 데까지 비행하도록 약속을 받아 놓았다.

그날 수백 명이 운집했었는데 그 당시는 어머니를 축하하기 위한 것으로 생각했었으나 지금 생각하니 비행기 구경을 나온 것이었다. 올리브는 키가 크지 않았지만 그 나이에 몸이 붇기 시작했었다. 우리들은 그녀를 부축하며 차에서 내려야 했다. 아마도 놀라서 몸이 꼿꼿했었겠지만 그녀의 작은 턱은 워낙 다부졌다.

비행기는 경기 트랙이 둘려진 운동장 안에 서 있었다. 그것은 아주 작고 부서질 듯했다…… 나무 몸통에 피아노 줄로 맨 무개 조정석이 달린 쌍엽 비행기였다. 양쪽 날개는 캔버스로 덮여 있었다. 그녀는 기절할 지경이었다. 황소가 도끼 있는 곳으로 끌려가듯 그녀는 비행기 옆으로 갔다. 그녀 자신은 수의(壽衣)라고 생각했던 옷 위에 두 하사관이 코트 하나를 입히고, 다음에 솜이 든 코트를 또 하나 입히고, 그 위에 비행복을 입히자 그녀는 점점 동그래졌다. 게다가 가죽 헬멧과 보호용 안경을 쓰자 그녀의 납작코와 핑크색 뺨과 어울려 가관이 되었다. 그녀는 마치 보호용 안경을 쓴 공처럼 보였다. 두 하사관은 그녀를 번쩍 들어 조종석에 앉혔다. 그녀의 몸체가 좌석을 꽉 채웠다. 그들이 안전 벨트를 채워주자 그녀는 갑자기 정신을 차리더니 미친 듯이 손을 흔들었다. 군인 한 사람이 기어올라가 그녀의 이야기를 듣고 내려오더니 나의 누이 메리를 데리고 비행기 옆으로 갔다. 올리브는 왼쪽 비행 장갑을 벗더니 작은 다이아몬드가 박힌 약혼 반지를 빼서 누이에게 주었다. 그러고 나서 결혼 금반지를 꼭 끼고 장갑을 다시 낀 다음 정면을 바라보았다. 조종사가 앞 조종석에 탔다. 한 군인이 나무 프로펠러에 몸무게를 싣고 돌렸다. 작은 비행기는 활주로를 달리다가 방향을 바꾸더니 폭음을 내고 이륙했다. 올리브는 정면을 바라보고 있었다. 아마도 눈은 감겨 있었을 것이다.

우리는 외로운 침묵을 뒤에 남기고 멀리 사라져 가는 비행기를 눈으로 좇았다. 공채 위원들, 친구들, 친척들, 관객들, 누구 하나 자리를 뜰 생각을 하지 않았다. 비행기는 스프레클즈 쪽 하늘 위에서 하나의 점이 되더니 곧 사라졌다. 5분쯤 지나자 비행기가 파란 하늘 높이 나타나더니 놀라웁게도 비틀비틀하다가 밑으로 떨어지는 것같이 보였다. 끝없이 떨어지더니 균형을 잡고 다시 올라가면서 곡예를 했다. 하사관 한 사람이 웃었다. 얼마 동안 비행기는 수평 비행을 하더니 또다시 미쳐버리는 듯싶었다. 비행기는 몸체를 회전하고 임멜만식 회전을 하고 내외의 곡예를 하고 거꾸로 돌더니 그대로 들판 위를 날아갔다. 어머니의 까만 헬멧이 보였다. 군인 한 사람이 조용히 말했다. "저 양반 미쳤구먼, 그분은 젊은 여자가 아닌데."

비행기는 흔들리지 않게 착륙하고 나서 사람들이 있는 곳으로 왔다. 엔진이 멈췄다. 조종사가 당황한 듯이 머리를 저으면서 기어 나왔다. "내, 이런 굉장한 사람은 생전 처음이야." 그는 맥빠진 올리브의 손을 잡아 흔들고는 총총히 사라져 갔다.

네 사람이 올리브를 조종석에서 끌고 나오는 데 오랜 시간이 걸렸다. 그녀의 몸이 너무 빳빳하여 굽힐 수가 없었던 것이다. 우리들은 그녀를 집으로 데리고 가 침대에 눕혔다. 그녀는 이틀 동안이나 일어나지 못했다.

어떤 일이 있었는지 천천히 밝혀졌다. 조종사가 한 말과 어머니가 한 말을 한데 모아서야 뜻이 통하게 되었다. 그들은 계획대로 스프레클즈 제당공장 위로 날아가 우리 아버지가 볼 수 있도록 세 바퀴 선회를 하고 나자, 조종사는 농담이 생각났다. 해칠 뜻은 전혀 없었다. 그가 뭐라고 소리쳤다. 그의 얼굴이 일그러지는 것같이 보였다. 엔진 소리 때문에 올리브는 그의 말을 들을 수 없었다. 그는 엔진을 줄이고 "스턴트(곡예비행)?"하고 소리쳤다. 그건 일종의 농담이었다. 어머니는 안경 쓴 그 얼굴을 쳐다보았으나 바람이 그의 말을 방해했다. 어머니가 들은 말은 "스터크(고장)"였다.

'생각한 대로구나' 하고 그녀는 생각했다. '죽음이 찾아오는구나' 하고. 잊어버리고 온 것이 없는가 하는 생각이 번뜩 떠올랐다. 유서는 써놓았고 편지는 태웠고 속옷은 갈아입었고 저녁식사에 먹을 것은 넉넉하고, 뒤방의 불은 껐는지 명확치 않았다. 순간적인 생각이었다. 그러자 혹시 살아남을 기회가 있을지도 모른다는 생각이 들었다. 젊은 조종사가 겁에 질려 있을 것이 확실했다. 이 위기를 극복하는 데 가장 장애가 되는 것은 바로 겁에 질리는 것일 거라고 생각했다. 만일 자기 가슴을 짓누르고 있는 공포에 자기가 진다면, 그를 더욱 놀라게 만들지도 모른다. 그녀는 젊은 조종사에게 용기를 불어넣어 주기로 했다. 용기를 주기 위해 밝게 미소를 짓기도 하고 고개를 끄덕이기도 했다. 밑바닥이 지구에서 떨어져 나갔다. 조종사가 곡예를 마치고 수평비행을 하면서 뒤를 돌아보고 "더 할까요?" 하고 소리쳤다.

올리브에게는 아무것도 들리지 않았다. 그러나 그녀의 턱은 확고했다. 그리고 땅을 들이받기 전에 조종사가 겁을 먹지 않도록 도와 주기로 결심하고 있었다. 그녀는 미소를 짓고 다시 끄덕였다. 곡예를 끝내고 나서 그는 매번 뒤돌아 보았다. 그때마다 그녀는 그에게 용기를 북돋워 주었다. 나중에 그 조종사는 거듭 말하는 것이었다. "그분은 내가 만나본 분 중에서 제일 대단한 분이야. 나는 책에 씌어 있는 곡예를 다했지만, 자꾸 더 하라는 거야. 하느님 맙소사, 그분이 조종사나 되었더라면!"

제 *15* 장

1 아담은 만족한 고양이처럼 그의 땅에 안주했다. 지하수에 그 뿌리를 박고 있는 커다란 떡갈나무 밑 작은 골짜기로 들어가는 입구에서 보면 저쪽 강까지 펼쳐 있는 땅과 평평한 충적지와 그리고

서쪽으로 둥근 산등성이까지 보였다. 햇빛이 내려쪼이는 여름에도 아름다운 곳이었다. 한 줄로 늘어선 버드나무와 플라타너스가 가운데 줄무늬를 이루고 있었다. 서쪽 언덕은 목초가 자라 황갈색이 되어 있었다. 어떤 이유에서인지 샐리너스 계곡의 서쪽 산은 동쪽 언덕보다는 두꺼운 지표로 덮여 있기 때문에 초목이 더욱 무성했다. 어쩌면 산봉우리들이 빗물을 저장했다가 골고루 분배하기 때문인지도 모르고, 아니면 나무가 더 우거져 더 많은 빗물을 끌어올리기 때문인지도 모르겠다.

이젠 트래스크의 땅이 거의 경작되고 있지 않았지만, 아담은 마음속으로 보리가 크게 자라고 강가의 녹색 초지가 넓어져 가는 것을 그려 보았다. 뒤에서는 산체스 고옥을 재건하기 위해 샐리너스에서 데려온 목수들이 망치소리가 들려왔다.

아담은 그 고옥에서 살기로 결심했다. 여기야말로 그의 왕조를 세울 장소였다. 거름을 치워내고 낡은 마루을 뜯어 내고 소들의 목때가 묻은 창틀도 뜯어 냈다. 새 향나무, 송진 냄새가 나는 소나무, 벨벳처럼 보드라운 삼나무, 그리고 긴 판자로 만든 새 지붕이 들어왔다. 오래된 두꺼운 벽에는 염수에 석회를 섞은 백토를 여러 두께로 발랐다. 이것이 마르자 윤이 저절로 나는 듯싶었다.

그는 영구적인 거주를 계획했다. 정원사를 시켜 오래 된 장미를 가꾸고 제라늄을 심고 야채밭을 정리하고 정원 사이로 작은 수로를 왔다갔다 하게 만들어 샘물을 끌어들였다. 아담은 자신과 후손들이 맛볼 기쁨을 미리 맛보고 있었다. 샌프란시스코와 킹 시티에서 사온 묵직한 가구들이 방수천으로 싸여진 채 헛간에 있었다.

그는 훌륭한 생활을 하고 싶었다. 변발을 한 중국인 요리사 리를 판자로에 특별히 보내 부엌에서 쓸 단지와 주전자와 냄비, 통, 항아리, 철그릇, 그리고 유리컵을 사왔다. 집에서 떨어져 바람부는 곳에 돼지우리를 새로 짓고 집 가까이에 닭장과 오리장을 짓고 코요테를 쫓아낼 개집을 지었다. 이런 것들은 서둘러 끝낼 일이 아니라고 아담은 생각했다. 일꾼들은 정성껏 서서히 일했다. 오래 가는 일이었다. 아담은 모든 것이 잘됐으면 했다. 모든 나무의 이음매를 살폈고 지붕 널빤지에 칠한 칠 견본을 멀리서 살펴보기도 했다. 방구석에는 카탈로그가 쌓여 있었다……기계류, 가구류, 씨앗, 과일 나무 등 각종 카탈로그였다. 그는 부친이 거액을 남겨서 자기가 부자가 된 것이 기뻤다. 마음 한구석에서는 코네티컷의 추억 위에 검은 그림자가 드리우고 있었다. 어쩌면 서부의 강한 직사광선이 고향에 대한 생각을 지워 버렸는지도 모른다. 부친의 집, 농장, 마을, 동생의 얼굴 등의 회상 위에는 역시 검은 그림자가 드리워져 있었다. 그는 머리를 저어 회상을 지워 버렸다.

하얀 페인트를 말끔히 칠한 보르도니의 집으로 임시로 캐시를 옮겼다. 거기서 아담한 가정이 이루어지고 어린아이가 태어나기를 기다려야 했다. 집이 완성되기 전에 아기를 낳게 되리라는 것은 확실했다. 그러나 아담은 서두르지 않았다.

"나는 든든하게 짓고 싶소." 그리고 그는 몇 번이고 지시했다. "오래 가도록 지어요. 구리못과 단단한 목재로, 녹이 슬거나 썩을 것은 안 돼요."

그만이 미래에 대한 집념을 갖고 있었던 것은 아니다. 모든 계곡, 모든 서부가 그러했다. 과거의 감미로움과 생기가 사라졌던 때였다. 아주 오랜 길을 걸어야 찬란했던 과거를 회상하고 싶어하는 사람을 만나게 되는데 그런 사람은 아주 나이 든 사람이었다. 그러나 사람들은 비록 어렵고 결실이 없지만 황홀한 미래의 입구로서의 현재 속에 편안히 안주하고 있었다. 두 사람이 만나거나, 세 사람이 술을 마시거나 여러 사람이 캠프에서 사슴고기를 뜯을 때, 계곡의 장래가 그 장대함에 마비되면서 상상으로써가 아니라 확실성 있게 화제로 등장하지 않았던 때가 거의 없었다.

"그럴 거야…… 누가 알아? 우리 생애에 이루어질지." 사람들의 말이었다.

사람들은 현재에 부족함이 있었기에 미래에서 행복을 찾았다. 그래서 어떤 사람은 가족을 마차에 태워 언덕 위의 목장에서 산기슭으로 데리고 내려오기도 했다. 마차라야 상자를 참나무 대에 못박아 만든 것으로 울퉁불퉁한 길을 덜커덕거리며 내려왔다. 상자 안의 짚깔이에서 부인은 참나무 대가 돌이나 땅에 부딪칠 때마다 어린아이들이 이를 부딪치거나 혀를 깨물지 않도록 꼭 껴안고 있었다. 아버지는 발을 버티고 서서 생각했다. 길이 여기까지 뚫리면——그러면 그때는, 그때에는 4인승 마차에 도도히 올라타고 킹 시티까지 세 시간이면 갈 수 있겠지. 그보다 더 바랄 것이 무엇이겠는가 하고.

또는 그의 참나무 숲을 누구에게든지 조사시켜 보자. 그것은 석탄처럼 단단하고 열량이 있기 때문에 세계에서 가장 좋은 땔감이 될 것이다. 주머니 속에 '길이 8피트, 넓이 4피트, 높이 4피트의 참나무 한 코드가 로스앤젤레스에선 10달러에 판매되다'라고 적힌 신문이 들어올지도 모른다. 철도의 지선이 여기까지 들어오면 1달러 50센트의 비용으로 나무를 벌채하고 건조시켜 철도 옆에 가지런히 정렬시킬 수 있다. 최악의 경우, 남태평양 회사가 3달러 30센트의 운임을 요구한다고 하더라도 한 코드에 5달러가 먹히며, 저 작은 숲에도 5,000코드는 있으니 거기서만도 1만 5,000달러나 나올 것이다.

그리고 우리 생존시에 이루어질지도 모르는 일이지만, 도랑을 파서 계곡 일대에 물을 공급하게 될지도 모르며, 혹은 땅 깊숙이에서 양수기로 물을 퍼올릴 깊은 우물이 생길지도 모른다고 예언하는 사람들도 있었다. 그것을 상상할 수 있을까? 물이 풍부하게 되는 경우, 이 고장에서 무엇이 자라게 될지 상상해 보라. 훌륭한 낙원이 될 것이다.

다소 머리가 돌긴 했지만 또 다른 사람은 지금 우리가 갖고 있는 복숭아를 필라델피아로 보내는 방법, 얼음이나 다른 것을 사용하는 방법이 생길 것이라고 말했다.

　마을 사람들은 하수도와 옥내 변소에 대해서 이야기했으며 몇몇 사람들은 이미 그것을 갖추고 있었다. 그리고 길모퉁이의 아크등이니——샐리너스엔 이미 있었다——전화 이야기가 오갔다. 미래에는 한계도, 경계도 전혀 없었다. 인간이 행복을 저장할 여유를 가질 수 없을 정도였다. 30인치의 우량이 내리는 3월의 샐리너스 강처럼, 만족감이 광란하면서 계곡을 홍수같이 흘러내렸다.

　사람들은 메말라서 먼지투성이가 된 평평한 계곡과 우후죽순처럼 보기 흉하게 생긴 마을들을 내려다보면서 그래도 그 속에서 아름다움을 느끼고 있었다. 누가 아냐? 생시에 볼 수 있을지. 누구하나 새뮤얼 해밀튼을 보고 비웃지 못하는 이유가 그것이었다. 그 누구보다도 그의 마음은 더욱 즐겁게 펼쳐가고 있었다. 샌 조우스에서 되어가는 일을 들으면 그의 생각은 그리 어리석게 들리지 않았다. 그러나 이 모든 것들이 실현될 때 사람들이 행복해질 것인가 하고 주저될 때에는 새뮤얼의 마음도 혼란되었다.

　행복? 그는 지금 마음이 혼란되어 있다. 우선 행복을 손에 넣고 그것을 보여 주자. 새뮤얼은 아일랜드에서 어머니의 사촌에 대한 이야기를 들은 기억이 되살아났다. 나이트의 작위를 갖고 있고 돈도 많았던 미남자였지만 자기를 사랑하던 절세의 미녀와 비단 의자에 앉아서 자살을 했던 것이다.

　"천상천하의 케이크를 갖고도 만족하지 못하는 욕망이 있어요." 새뮤얼이 말했다.

　아담 트래스크도 미래에서 행복을 감지하고 있었지만 역시 현재에도 만족하고 있었다. 뱃속에 어린아이를 키우고 있는 캐시가 조용히 햇볕을 받으며 앉아 있고 주일학교 카드의 천사를 연상시키는 투명한 그녀의 살갗을 볼 때 그는 가슴이 뭉클해 오는 것을 느꼈다. 그리고 산들바람이 그녀의 밝은 머리카락을 한들거리게 한다든지, 그녀가 눈을 치켜뜨기라도 할라치면, 아담은 슬픔을 닮은 황홀감으로 한껏 마음이 부풀었다.

만일 아담이 매끄럽게 살찐 고양이처럼 자기의 토지 위에 안주했다면 캐시 역시 고양이처럼 되었었다. 취할 수 없는 것은 포기하고 취할 수 있는 것은 기다리는 비인간적인 특성을 그녀는 갖고 있었다. 이러한 두 가지의 특성은 그녀에게 커다란 이점이 되었다. 임신도 우연히 된 것이었다. 낙태하려다 실패하고 의사로부터 위협적인 말을 들었을 때, 그녀는 그 방법을 포기했다. 이것은 임신을 그대로 받아들인 것이 아니다. 마치 병을 시들어 버리게나 하듯이 그녀는 그것을 그대로 내버려 두었던 것이다. 아담과의 결혼도 그러했었다. 덫에 걸리자 최선의 탈출구를 찾았던 것이다. 캘리포니아로의 이주도 그녀에겐 달가운 게 아니있지만 당분간 다른 계획을 포기했던 것이다. 그녀는 아주 어렸을 때 반대자의 관성을 이용하여 승리를 얻는 방법을 배웠었다. 거역할 수 없을 때 남자의 힘을 유도하기란 쉬운 일이었다. 캐시가 현재 있는 곳에 머물고 싶지 않고 현재의 조건에 만족하고 있지 않다는 사실을 눈치챌 사람은 이 세상에 아무도 없었다. 그녀는 마음을 푹 놓고 언젠가 틀림없이 일어날 변화를 기다리고 있었다. 그녀는 위대한 성공을 거둘 범죄자의 필수불가결한 자질을 갖고 있었다. 누구도 믿지 않았으며 누구에게도 마음을 터놓지 않았다. 그녀 자신은 하나의 섬이었다. 어쩌면 그녀는 아담의 새 땅이나 집을 거들떠보지도 않았다. 그의 부풀은 계획이 실현되는 것을 마음으로도 생각지 않았다. 병이 완쾌된 후, 그러니까 덫에서 빠져나갈 수 있을 때에는 이곳에서 살 생각이 없었기 때문이다. 그러나 그의 여러 가지 의논에는 적절히 대답했다. 그렇게 하지 않으면 운동의 낭비가 될 뿐만 아니라 정력의 소모와 훌륭한 고양이에 걸맞지 않는 일이기 때문이었다.

"여보, 이것 봐요. 집의 위치가 어때? 창문이 계곡을 내려다보고 있지 않아?"

"아름다워요."

"우습게 들릴지 모르지만 옛날의 산체스가 100년 전에 사용했던 방법을 생각해 내고 있는 거야. 그때의 계곡은 어땠을까? 그는 아주 조심스럽게 계획을 짰던 것이 틀림없어. 파이프를 사용했어요. 우물에서 물을 끌어올리기 위해 삼나무에 구멍을 뚫었든지, 또는 불로 지져 구멍을 뚫었어요. 삼나무 조각을 몇 개 파냈다오."

"대단한데요." 그녀가 말했다. "그 사람은 현명했었음이 틀림없어요."

"그에 관하여 더 알고 싶소. 집을 세운 방법으로 보나, 그가 심은 나무로 보나, 집의 모양과 비율로 보나, 그는 예술가였음이 틀림없소."

"그는 스페인 사람이 아니었어요? 예술가적 기질이 있는 민족이죠. 학교에서 어느 화가에 대하여 들은 기억이 있어요. 아니지, 그분은 그리스 사람이었지."

"어디에서 옛 산체스에 관하여 알 수 있을지 모르겠는데."

"틀림없이 아는 사람이 있을 거예요."

"그의 작업과 계획에 대한 모든 것을 알고 있는 사람 말이오. 그런데 보르도니는 그 집에다 소를 키웠단 말이야. 내가 제일 알고 싶어하는 것이 무엇인지 알아요?"

"무엇인데요, 아담?"

"그에게도 캐시 같은 사람이 있었는지, 그리고 그 여자의 이름은 무엇이었는지 알고 싶은 거요."

그녀는 미소를 지으면서 눈을 아래로 깔더니 그에게서 눈을 돌렸다.

"별 말씀을 다 하시는군요."

"그에게는 틀림없이 있었어! 있었구 말구! 난 당신을 알기 전에는 정력도 방향 감각도 살고 싶은 의욕마저도 없었거든."

"아담, 몸둘 바를 모르겠어요. 조심하세요. 놀리지 마세요. 가슴이 아파요."

"미안해, 눈치가 없어서."

"아니에요. 그렇지 않아요. 생각을 안 했을 뿐이지요. 당신은 내가 뜨개질이나 바느질을 해야 한다고 생각하세요? 저는 앉아 있으면 아주 편안해요."

"우리가 필요한 것은 모두 사들이겠소. 앉아서 편안히 있어요. 어떤 의미에선 여기 누구보다도 당신이 열심히 일하고 있다고 생각해요. 그러나 대가는 …… 대가는 굉장하지."

"아담, 이마에 있는 흉터가 없어지지 않을까봐 걱정이네요."

"의사가 말하기를 서서히 없어진다고 했어."

"어떤 때는 없어지는 듯하다가도 다시 나타나곤 해요. 오늘 더 까맣게 되었다고 생각지 않아요?"

"아니야, 그렇지 않은데."

그러나 사실은 더 검게 되어 있었다. 그것은 주름살이 있는데까지 마치 커다란 엄지손가락 자국처럼 보였다. 그가 손가락을 가까이 대자 그녀는 머리를 돌렸다.

"손대지 마세요. 아파요. 빨개져요."

"없어져요. 시간이 걸릴 뿐이지."

그가 돌아서자 그녀는 미소를 지었다. 그러나 그가 나가자 그녀의 눈은 활기를 잃고 멍청하게 되었다. 그녀는 불안하게 몸을 움직였다. 태아가 움직였다. 그녀가 몸을 편안히 하자, 근육이 나른하게 되었다. 그녀는 기다렸다.

제일 큰 참나무 밑에 앉아 있는 그녀에게 리가 다가와서 "차 드시겠습니까?" 하고 물었다.

"아니오…… 응, 그래요. 줘요."

그녀는 그를 훑어보았으나 암갈색의 그의 눈 속을 꿰뚫을 수는 없었다. 그는 그녀를 불안하게 만들었다. 캐시는 언제고 어떤 남자의 마음 속이고 파고 들어가 충동이고, 욕망이고, 파헤칠 수 있었으나 리의 두뇌는 마치 고무처럼 늘어났다가 오므라들었다. 얼굴은 야위었고 유쾌한 표정을 지었으며, 앞이마는 넓고 단단하고 민감했고 두 입술은 늘 웃음을 띠어 비틀려 있었다. 검고 윤기 있는 머리칼은 변발로 땋아 끝에 까만 명주 끈에 묶여 어깨 위에 매달려 있었는데 그것은 율동적으로 가슴에서 움직였다. 심한 일을 할 때에는 그는 변발을 머리 위에 감아올렸다. 그는 통이 좁은 무명 바지를 입고 뒤꿈치가 없는 흑색 슬리퍼를 신고 단추장식이 달린 중국식 웃옷을 입고 있었다. 그 당시 대부분의 중국인들이 그러했듯이 두려워하거나 하는 것처럼 그는 두 손을 소매 속에 감추고 있었다.

"작은 테이블을 가져 오겠습니다." 그는 가볍게 허리를 굽히더니 발을 끌며 나갔다.

캐시는 그의 뒷모습을 보았다. 얼굴을 찌푸리며 눈썹을 아래로 깔았다. 그녀는 리를 두려워하지는 않았지만 그와 같이 있으면 마음이 편안하지 않았다. 그러나 그는 가장 충복한 하인이었다. 그가 그녀에게 무슨 해를 입힐 수 있었겠는가?

2 여름이 제철을 맞으면서 샐리너스 강은 땅 밑으로 스며들거나 높은 둑 밑의 녹색 웅덩이에 고이게 되었다. 소들은 온종일 버드나무 밑에서 졸며 누워 있다가 밤이면 걸어나와 풀을 뜯었다. 풀에는 암갈색 빛이 짙어졌다. 오후에는 계곡 아래로 불어내리는 바람이 안개 같은 먼지를 일으켜 거의 산꼭대기까지 휘날렸다. 바람이 흙을 불어낸 곳에는 야생 규리 뿌리가 흑인의 머리처럼 삐죽 나와 있었다. 말끔히 쓸린 땅 위에는 지푸라기와 나뭇가지들이 뒹굴다가 나무 뿌리에 걸려 있었다. 작은 돌들이 바람에 뒹굴고 있었다.

옛 산체스가 왜 집을 이 작은 골짜기에 지었었는지 명확해졌다. 바람과 먼지가 불어닥치지 않을 뿐 아니라, 샘이 줄어들 때에도 차고 맑은 물을 뿜어대고 있었기 때문이다. 그러나 건조하면서도 먼지로 뿌옇게 된 땅을 내려다보고 있던 아담은 캘리포니아에 처음 온 동부 사람들이 늘 그러하듯이 공포감을 느꼈다. 코네티컷에서는 여름에 2주일간 비가 오지 않으면 건조기이며, 4주간 비가 오지 않으면 가뭄이다. 주위가 파랗게 보이지 않으면 풀은 질식하고 있는 것이다. 그러나 캘리포니아에서는 보통 5월 말부터 2월 초까지는 전혀 비가 오지 않는다. 동부 사람들은 비록 이야기는 많이 들었다 하더라도 비가 오지 않는 달에는 대지가 병들어 있다고 생각한다. 아담은 리를 해밀튼 집으로 보내 새뮤얼에게 자기를 찾아와 우물 몇 개를 파는 문제를 의논하자는 전갈을 보냈다.

리가 트래스크의 마차를 타고 그곳에 도착했을 때, 새뮤얼은 나무 그늘 밑에 앉아 아들 톰이 혁신적인 너구리 덫을 설계하고 만드는 것을 지켜보고 있었다. 리는 두 손을 소매 속에 넣은 채 기다렸다. 새뮤얼이 전갈을 읽어 내렸다. 얼마 후에 그가 말했다.

"톰, 내가 아랫동네로 내려가 물을 필요로 하는 사람과 이야기를 나누고 올 테니 그동안 집안 일을 보도록 해라."

"나는 가면 안 돼요? 도움이 필요하실지도 모를 텐데요."

"내 생각엔 필요 없을 것 같다. 한참 있어야 우물을 파게 될 텐데. 이야기가 많이 오고간 후에야 우물을 파게 될 거야. 한번 삽질을 하려면 5,600번은 얘기가 오가야 할 거야?"

"나도 가고 싶어요. 트래스크 씨 아니에요? 그분이 여기 오셨을 때 만나 뵙지 못했거든요."

"우물을 파기 시작하면 만나게 되겠지. 나는 너보다 나이도 많고 하니 먼저 이야기할 권리도 있는 거야. 얘야, 너구리가 그 조그마하고 예쁜 손을 이곳으로 넣었다가 빠져 나가겠다. 너구리라는 놈들이 얼마나 잽싸다구."

"이걸 보세요. 여기에 나사못을 박아 가지고 아래로 꾸부릴 거예요. 아버지도 빠져나가지 못할 걸요."

"나는 너구리만큼 영리하지 못하지. 어쨌든 잘 만들었다. 어머니에게 내가 가는 곳을 알리고 오는 길에 독솔로지 말에 안장을 달아 주겠니?"

"마차를 가지고 왔어요." 리가 말했다.

"그러나 집에 돌아와야 할 것 아닌가."

"모셔다 드리지요."

"안 될 말이오." 새뮤얼이 말했다. "내 말을 몰고 갔다가 타고 오지."

새뮤얼은 리 마차의 옆에 앉았다. 그의 말은 마차 뒤에서 어색하게 따라왔다.

"이름이 뭐요?" 새뮤얼이 유쾌하게 물었다.

"리입니다. 이름이 더 있지요. 리는 성이죠. 리라고 불러 주세요."

"나는 중국에 대하여 많은 책을 읽었는데, 중국에서 태어났었소?"

"아닙니다. 여기서 낳았어요."

마차가 마차길을 따라 먼지투성이의 계곡을 내려가는 동안, 새뮤얼은 꽤 오랫동안 아무 말도 하지 않았다. 마침내 그가 입을 열었다. "리, 실례를 할 생각은 없소만 겔리 어(語)밖엔 모르고 혓바닥이 고구마 같던 아일랜드 늪지의 일자 무식쟁이도 10년 지나면 서투른 영어지만 말을 배우는데 중국 사람들은 왜 말을 못 배우는지 나는 이해할 수 없단 말이오."

리는 히죽 웃었다. "나는 중국말을 합니다."

"당신 나름대로의 이유가 있겠지. 내가 상관할 바는 아니야. 내가 그렇게 생각지 않는다 하더라도 용서하기 바라네."

리는 그를 쳐다보았다. 둥근 윗눈꺼풀 밑의 갈색 눈이 커지다가 깊어지는 듯했다. 그러자 그 눈은 더 이상 낯설지 않게 되었다. 오히려 이해심으로 온후하게 된 눈이었다. 리는 낄낄댔다. "더 이상 편리할 수가 없죠. 자기 방어 이상이구요. 무엇보다도 우리는 자신을 이해시키는 데 그것을 이용해야 합니다."

새뮤얼은 어떤 변화를 발견했다는 표시를 하지 않았다. "앞의 두 가지는 이해할 수 있지만 세 번째 것은 모르겠는데." 그는 생각에 잠겨 말했다.

"믿으시기 힘들 것입니다. 하지만 이런 일이 나뿐만 아니라 친구들에게도 자주 일어나기 때문에 당연한 것으로 받아들이죠. 예를 들어 만일 내가 어느 신사나 숙녀에게 다가서서 지금처럼 이야길 하면 그들은 나를 이해하지 못하죠."

"왜 못해?"

"그들은 엉터리 중국식 영어를 예견하고 그런 영어에만 귀를 기울이죠. 그러나 내가 영어를 하면 귀담아듣지도 않고 따라서 이해를 못하게 되죠."

"그럴 수 있을까? 그러면 나는 어떻게 당신 말을 알아듣소?"

"그래서 내가 선생님하고 이야기를 나누고 있는 것 아닙니까? 선생님이야말로 관찰과 선입견을 구별 지을 수 있는 드문 사람 중의 한 분입니다. 선생님께서는 현재의 것을 보고 계시나 대부분의 사람들은 그들이 기대하는 것을 보고 있죠."

"나는 그런 것에 대하여 생각해 본 일이 없고, 당신처럼 시험을 받아본 적도 없지만, 당신의 말에는 진실의 빛이 있소. 같이 이야기를 나누게 되어 기쁘오. 묻고 싶은 것이 많소."

"기꺼이 대답해 드리지요."

"물어볼 것이 많지. 예를 들면 당신은 변발을 하지 않소? 그것은 만주인들이 중국을 정복할 때 강제로 만든 노예의 표지라고 책에서 읽은 적이 있지요."

"맞습니다."

"그렇다면 당신은 왜 만주인들의 손길이 닿지 않는 여기서도 변발을 하는 거요?"

"나는 중국말을 합니다. 변발은 중국의 습관이지요. 아시죠?"

새뮤얼은 크게 웃었다. "아주 편리한데. 나에게도 그런 숨을 구멍이 있었으면 좋겠군."

"설명할 수 있을지 모르겠군요." 리가 말했다. "비슷한 경험이 없으면 설명하기가 아주 힘들죠. 선생님은 미국에서 태어나시지 않으셨죠?"

"아일랜드에서 태어났소."

"몇 해 지나면 아일랜드인으로서의 선생님은 거의 사라질 겁니다. 반면, 그래스 계곡에서 태어난 나는 학교도 다니고 몇 해 동안 캘리포니아의 대학에도 다녔습니다만 어울릴 기회가 없었죠."

"변발을 끊고 다른 사람처럼 옷을 입고 말을 해도?"

"안 됩니다. 해봤어요. 소위 백인들에게는 나는 여전히 중국인이었고 그것도 믿을 수 없는 중국인이었죠. 그런가 하면 나의 중국인 친구들은 나에게 멀어져 갔죠. 난 결국 포기하고 말았습니다."

리는 나무 밑에 말을 세우고 내려서 고삐를 풀었다. "점심시간이에요. 도시락을 준비했습니다. 좀 드시겠어요?" "들지. 저기 나무 그늘 밑에 앉겠소. 나는 가끔 점심식사를 잊어요. 늘 배가 고픈데도, 이상한 일이야. 당신 얘기 재미있소. 권위 있게도 들리고. 그런데 당신은 중국으로 돌아가야 할 것 같은 생각이 드는군."

리는 그에게 비꼬는 듯한 미소를 지었다. "내가 일생 동안 찾다가 놓쳐 버린 헐거운 빗장을 선생님이 몇 분 만에 찾을 수 있다고는 생각지 않아요. 중국으로 돌아갔었죠. 아버지께서는 꽤 성공했었구요. 그러나 그것은 아무 소용이 없었어요. 그들은 내가 외국 귀신처럼 보인다고들 했어요. 나더러 외국 귀신처럼 말을 한다고도 했구요. 예의 범절에 어긋난 행동을 했지요. 내 아버지가 떠나오신 후 생겨난 미묘한 예법을 몰랐던 것이죠. 그들은 나를 받아들이려고 하지 않았어요. 믿으실지 안 믿으실지 모르겠지만…… 나는 중국에서보다는 여기에서 덜 외국적이 되었답니다."

"논리가 정연하니 믿을 수밖에 없지. 당신은 적어도 2월 27일까지 내가 생각할 자료를 주었소. 질문을 해도 괜찮소?"

"물론 괜찮습니다. 중국식 영어가 문제가 되는 것은 중국식 영어로 생각하게 되는 것입니다. 나는 영어를 익히기 위하여 글을 많이 쓰죠. 듣기와 읽기는 말하기와 쓰는 것과 같지 않아요."

"실수를 한 적이 한 번도 없소? 내 말은, 느닷없이 영어를 하고 틀린 적이 있는가 말이오?"

"없습니다. 내 생각엔 무엇이 기대되고 있는가가 문제 같아요. 사람의 눈을 보면 그 사람은 중국식 영어와 발을 질질 끌고 걷기를 기대한다는 것을 알 수 있지요. 그러면 중국식 영어를 말하고 발을 질질 끌게 됩니다."

"옳은 얘기 같소." 새뮤얼이 말했다. "내 경우만 해도 사람들이 내 곁으로 와서 웃고 싶어하기 때문에 나는 농담을 하게 되지. 비록 슬플 때에도 나는 그들을 위하여 농담을 지껄이지."

"그러나 아일랜드 사람들은 농담을 잘하는 행복한 민족이라고들 하던데요."

"그건 당신들의 중국식 영어와 변발식 사고야. 그들은 그렇지 않아요. 아일랜드 사람들은 그들이 받을 만한 괴로움보다 더 큰 괴로움을 참아낼 수 있는 천성을 지닌 어두운 민족이오. 세파를 적시고 부드럽게 하는 위스키가 없다면 자살을 하고 말 그런 민족이라고들 하더군. 사람들이 농담을 기대하기 때문에 그들은 농담을 하는 거요."

리는 작은 술병을 풀었다. "조금 드시겠어요? 중국술인 오가피죠."

"무엇이라고?"

"중국 브랜디예요. 독한 술이죠. 쑥을 조금 섞은 브랜디예요. 아주 독해요. 세상을 부드럽게 만들죠."

새뮤얼은 병에서 조금 마셨다. "맛이 썩은 사과 같구먼."

"그렇죠. 잘 썩은 사과죠. 혀 뒤쪽으로 맛을 보세요."

새뮤얼은 크게 한 모금 마시고 고개를 뒤로 젖혔다.

"당신의 말을 알겠구먼. 맛이 좋은데."

"여기 샌드위치하고 피클하고 버터밀크 통이 있어요."

"준비를 잘했구먼."

"네, 주의를 하니까요."

새뮤얼은 샌드위치를 먹었다. "나는 50개나 되는 문제들을 생각하고 있었소. 당신 이야기를 들으니 제일 좋은 문제 하나가 생각나는구먼. 물어도 괜찮겠소?"

"그럼은요. 말씀드리고 싶은 것이 하나 있는데, 다른 사람이 듣고 있을 땐 그런 식으로 말하지 마십사 하는 것입니다. 그렇게 말하면 그들을 혼동하게 만들고 또 그들은 전혀 그것을 믿지 않게 되죠."

"노력함세. 실수인지 모르겠지만 내가 희극적 천재라는 것을 기억하게. 사람을 두 동강으로 잘라서 언제나 똑같은 반쪽을 붙잡아 두기란 어려운 일이니."

"선생님의 다음 질문이 무엇인지 짐작할 만합니다."

"무엇인데?"

"내가 왜 하인으로서 만족하느냐 하는 것이죠?"

"대체 어떻게 알았소?"

"그럴 것 같았어요."

"그 질문이 기분 나쁘오?"

"선생님의 질문이라면 기분 나쁘지 않습니다. 겸손으로 가식된 질문만큼 추악한 건 없지요. 하인이라는 것이 천대를 받게 된 연유를 나는 모르겠어요. 그것은 철학자의 피신처고 게으른 자의 창고이고, 잘

만 하면 권력과 심지어는 사랑마저 다룰 수 있는 지위이죠. 왜 보다 현명한 사람들이 그것을 경력으로 삼지 않는지…… 잘하여 그 좋은 수확을 거둬들이지 않는지 나는 이해할 수 없군요. 좋은 하인만 되면 주인의 호의 때문이 아니라 관습과 나태 때문에 절대적인 안전을 얻을 수 있죠. 사람이란 향료를 바꾼다든지 자신의 양말을 다른 사람에게 드러내기란 힘든 일이죠. 사람은 습관을 바꾸기보다는 오히려 나쁜 하인을 그대로 두게 마련이죠. 나도 훌륭한 하인이긴 하지만, 좋은 하인은 주인을 완전히 손아귀에 넣고 생각할 것을 말해 주기도 하고 어떻게 행동할 것인가를, 누구와 결혼할 것인가를, 언제 이혼할 것인가를 말해 주기도 하고, 훈련을 시켜 공포심을 갖게도 하고 행복을 나누어 주기도 하고 드디어는 유서에 자기 이름을 언급하도록 만들기도 하죠. 내가 원하기만 했었다면 주인에게서 물건을 훔칠 수도 있었고, 주인의 껍데기를 벗길 수도 있었고, 구타를 하고도 고맙다는 인사를 받고 나올 수도 있었죠. 마지막으로 나의 경우 나는 보호를 받고 있지 않습니다. 그러나 나의 주인은 나를 옹호하고 보호할 것입니다. 선생님은 일을 하고도 걱정을 해야 하죠. 나는 일을 덜하고도 걱정을 덜합니다. 그러고도 나는 훌륭한 하인입니다. 나쁜 하인은 일도 하지 않고 걱정도 하지 않습니다. 그러면서도 의식주를 해결받고 보호를 받습니다. 무능력자가 우글거리고 뛰어난 사람이 희귀한 다른 어떤 직업이 있는지 나는 모릅니다."

새뮤얼은 그에게 몸을 굽히고 그의 말을 귀담아 들었다.

리는 말을 이었다. "이렇게 말한 다음, 다시 중국식 영어로 되돌아가면 다음이 편안하죠."

"산체스까지는 얼마 남지 않았는데 왜 여기서 멈췄소?" 새뮤얼이 물었다. "늘 할 말이 있는 거죠. 나는 제일 가는 중국 사람입니다. 선생님은 이제 갈 준비가 되셨나요?"

"뭐라고? 아, 그러나 외로운 생활이 될 것이 틀림없소."

"그것이 큰일이지요." 리가 말했다. "샌프란시스코로 가서 조그마한 사업이나 시작해 볼까 해요."

"음식점이나 세탁소 같은 것 말이오?"

"아니오. 중국 세탁소나 음식점은 너무 많아요. 서점을 하나 차려볼까 하고 생각했지요. 그것이 좋을 것 같고 경쟁도 심하지 않을 거예요. 그러나 그것도 하지 않을지 몰라요. 하인이란 자기의 이니셔티브를 잃게 마련이니까요.

3 그날 오후 새뮤얼과 아담은 말을 타고 땅을 돌아보았다. 오후면 늘 그렇듯이 바람이 일고 노란 먼지가 하늘로 치솟았다.

"아, 좋은 땅이오." 새뮤얼이 소리쳤다. "정말로 드물게 보는 땅이오."

"땅이 조금씩 바람에 날려가는 것 같아요."

"아닙니다. 조금씩 이동하고 있는 거지요. 땅이 제임스 목장 쪽으로 날려간다고 하더라도 사우디스에서 또 날려들어 오죠."

"어쨌든 나는 바람이 싫습니다. 신경질나게 만드는군요."

"오랫동안 누구나 바람을 싫어하죠. 동물들의 신경을 곤두세우게 할 뿐만 아니라 불안하게 만들죠. 보셨는지 모르겠지만 계곡을 조금 더 올라가면 고무나무의 방풍림이 있지요. 오스트레일리아 산 유카리 나무죠. 그 나무는 1년에 10피트나 자란다고 하더군요. 그 나무를 몇 줄 심어서 어떻게 자라나 보지 않으시겠습니까? 얼마 지나면 바람막이도 되고 좋은 땔감도 되죠."

"좋은 생각입니다." 아담이 말했다. "그러나 내가 정말 바라는 것은 물입니다. 바람이 여기 있는 물을 모두 날려보낼 것 같아요. 내 생각에 우물 몇 개를 파서 관개를 해 놓으면 표토가 바람에 날아가지 않을 것 같아요. 그리고 콩을 좀 심을까 해요."

새뮤얼은 곁눈으로 바람을 쳐다보았다. "원하시면 물이 나오게 해 드리죠. 그리고 내가 만든 작은 펌프도 있으니 물을 빨리 빨아올리게 해드리죠. 그건 내가 발명한 것입니다. 풍차는 비용이 많이 들어요. 돈을 절약하기 위해서 내가 직접 만들어 드릴 수도 있죠."

"좋습니다." 아담이 말했다. "만일 나에게 소용이 된다면 바람 좀 분다고 해도 상관없죠. 그리고 물이 나오면 알팔파를 심을까 해요."

"그것은 값이 별로 나가지 않을 겁니다."

"그런 것은 생각지 않았습니다. 몇 주일 전에 그린필드와 곤잘레스엘 갔었어요. 몇몇 스위스 사람들이 그곳에 이주했더군요. 얼마 안 되지만 근사한 젖소를 키우고 있었고, 알팔파를 1년에 네 번 수확하더군요."

"나도 들었어요. 스위스 젖소를 사들여 왔죠."

아담의 얼굴은 계획으로 벅차 환하게 빛났다. "나도 그렇게 하려고 해요. 버터와 치즈는 팔고 우유는 돼지에게 먹이고."

"당신이야말로 이 계곡을 영광되게 할 것이오." 새뮤얼이 말했다. "당신이야말로 미래에의 기쁨이 될 것입니다."

"물만 나온다면야."

"물만 있다면 나오게 해드리죠. 찾아낼 수 있을 겁니다. 요술지팡이를 가지고 왔거든요." 그는 안장에 매단 끝이 갈라진 막대를 툭툭 쳤다.

아담은 넓은 평지에 들쑥이 덮여 있는 왼쪽을 가리켰다. "36에이커의 땅이 마루처럼 거의 평평하죠. 나사 철사로 파보았더니 표토가 평균 35피트이고 맨위 표토에는 모래가 있고 쟁기가 닿는 곳은 양토로 되어 있더군요. 거기서 물이 나올까요?"

"모르겠지만 해봅시다." 새뮤얼이 대답했다.

그는 말에서 내려 고삐를 아담에게 넘겨 주고는 그의 쌍갈래 요술지팡이를 풀었다. 지팡이를 두 손으로 잡고 천천히 걸어나갔다. 팔을 뻗어 앞으로 벌리고 지팡이 끝은 위를 향하게 했다. 지그재그로 걸어 나갔다. 그는 얼굴을 찡그리더니 뒤로 몇 발자국 물러섰다가 고개를 저으면서 다시 걸어나갔다. 아담은 자기 말은 타고 그의 말은 끌면서 뒤따랐다.

아담은 지팡이를 응시했다. 마치 보이지 않는 고기가 낚싯줄을 끌어당기듯이 지팡이가 떨더니 조금 움직이는 것이 보였다. 새뮤얼의 얼굴은 주의를 기울이느라고 긴장되어 있었다. 그는 계속 걸었다. 그러다가 잡고 있던 지팡이 끝이 세게 아래로 숙이는 것같이 보였다. 그는 천천히 한 바퀴 돌고 나서 들쑥 하나를 꺾어 땅 위에 던졌다. 그는 원 밖으로 나갔다가 다시 지팡이를 치켜들고 들쑥으로 표시해 둔 곳을 향해 걸어들어 왔다. 가까이 오자 지팡이 끝이 다시 아래로 구부러졌다. 새뮤얼은 한숨을 쉬고 나서 몸을 풀며 지팡이를 땅에 놓았다.

"여기에 물이 있습니다. 그리 깊지 않은 곳에 있어요. 인력(引力)이 강한 것으로 보아 물이 많습니다."

"좋습니다." 아담이 말했다. "두서너 군데를 더 보여 드리고 싶습니다."

새뮤얼은 억센 들쑥 하나를 잘라 땅 속에 꽂았다. 그리고 끝을 잘라 '十'자 모양을 만들어 표적으로 삼았다. 그러고 나서 표적물을 쉽게 찾을 수 있도록 주위의 약한 들쑥을 발길로 차서 뭉개 놓았다.

300야드 떨어진 곳에서 두 번째 시험을 했을 때에는 지팡이 끝이 그의 손에서 떨어져 나갈 정도로 밑으로 굽었다. "여긴 물이 철철 넘칩니다."

세 번째 시험은 별 효과가 없었다. 30분간이나 해보았으나 미미한 반응뿐이었다.

두 사람은 말을 타고 트래스크의 집을 향해 천천히 돌아왔다. 금빛 오후였다. 하늘의 노란 먼지가 햇빛을 물들이고 있었기 때문이다. 항상 그러하듯이 해가 기울면서 바람이 자기 시작했다. 그러나 어떤 때는 야밤중이 되어야 먼지가 땅에 가라앉았다. "좋은 곳이라는 건 알고 있었습니다." 새뮤얼이 말했다. "누구나 그건 알고 있지요. 그러나 그렇게 좋은지는 몰랐습니다. 산에서 흘러내려오는 커다란 수맥이 당신의 땅 밑으로 흐르고 있음이 틀림없어요. 트래스크 씨, 땅과 법은 알고 계시겠죠?"

아담은 미소를 지었다. "코네티컷에 농장을 갖고 있었죠. 여섯 세대 동안 돌을 파냈죠. 제일 먼저 기억나는 것은 돌을 담으로 운반하는 것이죠. 어느 농장에서고 다 그렇게 하는 줄 알았죠. 내가 보기에 여기는 이상하고 죄스럽게 보여요. 돌 하나가 필요해도 먼 곳까지 가야만 하니까 말이에요."

"죄란 묘한 것이죠." 새뮤얼이 말했다. "사람은 자기가 갖고 있는 모든 것을 버려야만 할 경우라도 자신의 불쾌감을 위하여 몇 가지 작은 죄를 어디에다 감추어 놓을 것입니다. 죄란 우리가 결코 포기할 수 없는 것이죠."

"어쩌면 그것은 우리들을 겸손하게 만드는 데 좋은 것이죠. 마음 속으로 좋은 것임에 틀림없어요. 누구나 겸손한 마음을 조금이라도 갖고 있기 때문이죠. 그러나 겸손이란 기분 좋은 고통이며 대단히 귀중한 것이라는 것을 받아들이지 않는다면 그 가치가 어디에 있는지를 알기가 어렵죠. 고통이라는 것이 지금까지 온당하게 받아들여졌는지 의심스럽군요."

"지팡이에 대하여 이야기해 주세요." 아담이 말했다. "어찌 그리 신통합니까?"

새뮤얼은 이제 안장에 매어 놓은 지팡이를 쓰다듬었다. "지팡이가 신통수를 부릴 때를 제외하고는 나 자신이 지팡이를 믿지 않죠." 그는 아담을 향해 미소를 지었다. "이런지도 몰라요. 어쩌면 내가 물이 있는 곳을 알고 그 물을 피부로 느끼는지도 모르죠. 사람들은 어떤 방면에 천부의 재능을 갖고 있죠. 이렇게 생각해 보세요. 겸손이라고 할까, 아니면 자신에 대한 깊은 불신이라고 할까. 그런 것이 나로 하여금 강제로 마술을 부리게 하여 어떻게 되어 내가 알게 된 것을 표면에 나타나도록 만든 거죠. 이렇게 말하면 이해가 되십니까?"
"생각을 해봐야겠는데요." 아담이 대답했다.
고삐가 느슨해지자 말들이 고개를 숙이고 걸어나갔다.
"오늘밤, 여기서 쉬실 수 없으십니까?" 아담이 물었다.
"할 수야 있지만 돌아가는 것이 좋겠습니다. 안사람에게 자고 오겠다는 말을 하지 않았어요. 아내를 걱정하게 하고 싶지 않아요."
"하지만 당신이 어디에 계신지 알고 계시겠죠."
"물론 알고 있죠. 그렇지만 오늘밤은 집으로 돌아가겠습니다. 시간은 상관없어요. 저녁식사에 초대해 주시면 기꺼이 들겠습니다. 언제 우물 파는 일을 해 드리면 좋겠습니까?"
"지금이라도요── 가능한 한, 빨리 해 주시죠."
"물을 파올리는 것은 그리 싸게 먹히는 일이 아닙니다. 땅 속에 무엇이 있는지에 따라 달라지겠지만 1피트를 파는데 50센트 정도의 비용은 들여야 하니까요. 돈이 많이 들지도 모르죠."
"돈은 있습니다. 우물이 필요해요. 이것 보세요. 해밀튼 씨."
"새뮤얼이라고 부르는 것이 좋을 겁니다."
"여보세요, 새뮤얼 씨, 제 땅을 정원으로 만들 작정이에요. 아시다시피 제 이름이 아담이죠. 전 에덴에서 쫓겨나기는커녕 에덴에서 살아본 적도 없답니다."
"정원을 만드는 이유치고는 제일 좋은 이유구먼요." 새뮤얼은 설명을 붙여 놓고는 낄낄 웃었다. "과수원은 어디다 만들 계획이십니까?"
"사과나무는 심지 않으렵니다. 사고를 불러일으키게 될지도 모르니까요."
"그렇게 하면 이브는 무엇이라고 말할까요? 이브도 할 말이 있죠. 그런데 이브는 사과를 좋아하죠."

"여기 이브는 그렇지 않아요." 아담의 눈이 빛나고 있었다. "여기 이브를 당신은 모르죠. 아내는 내가 한 일에 만족할 것입니다. 그 여자가 얼마나 좋은 여자인지 짐작이 가지 않으실 겁니다."

"당신은 정말 드문 마음씨를 갖고 있소. 지금 그보다 더 위대한 천혜를 생각해낼 수 없군요."

그들은 산체스 집이 있는 작은 계곡 입구로 다가가고 있었다. 커다란 생 참나무의 둥글고 푸른 꼭대기가 보였다.

"천혜라고 하셨죠." 아담이 부드럽게 말했다. "당신은 알 수 없습니다. 알 수 있는 사람은 아무도 없지요. 나는 회색빛 생활을 보냈죠. 해밀튼 씨, 아니 새뮤얼 씨. 다른 사람들의 생활과 비교해서 나빴었다는 말이 아니라 허송 세월이었다는 겁니다. 내가 왜 이런 이야기를 하는지 모르겠군요."

"내가 이야기 듣기를 좋아하니까 그런지도 모르죠."

"나의 어머니는 돌아가셨죠. 기억에 남기도 전에. 계모는 좋은 분이었었으나 걱정이 많고 병을 앓고 있었죠. 아버지는 엄격하고 멋있는 분이셨죠…… 어쩌면 위인이었는지도 모르죠."

"부친을 좋아할 수 없었던가요?"

"아버지에 대해선 교회에서 느끼는 그런 감정을 갖고 있었죠. 그 감정 속에는 적지 않은 두려움도 있었죠."

새뮤얼은 고개를 끄덕였다. "알겠습니다. 그러길 바라는 사람들도 있지요." 그는 슬픈 듯이 미소를 지었다. "나는 그렇지 않은 다른 사랑을 늘 원했어요. 그것이 약점이라고 안 사람은 말하죠."

"아버지는 나를 군대에 입대시켰어요. 그래서 서부에서 인디언들과 싸우게 됐죠."

"전에도 그렇게 말씀하셨죠. 그런데 사고방식이 군인같지 않습니다."

"훌륭한 군인이 아니었죠. 별난 것을 다 말씀드리는 것 같군요."

"말을 하고 싶은 게 틀림없어요. 항상 이유가 있죠."
"군인이라면 해야 할 일을 하고 싶어야 합니다. 아니면 적어도 그 일에 만족은 해야죠. 그러나 나는 사람을 죽여야 하는 이유를 발견할 수 없었고, 설명을 들어도 그 뜻을 이해할 수 없었어요."
그들은 얼마 동안 묵묵히 말을 타고 갔다.
아담이 말을 이었다. "나는 늪에서 진흙투성이의 몸을 끌고 나오듯이 군대에서 제대를 했어요. 나는 오랫동안 방황하다가 좋아하지는 않았지만 기억 속의 고향으로 돌아갔지요."
"부친께서는?"
"돌아가셨습니다. 고향이란, 사람들이 무서운 소풍을 기다리듯이 앉아서 세월을 보내든지, 아니면 일을 하며 세월을 보내는 곳이었어요."
"혼자세요?"
"아니에요, 동생이 하나 있죠."
"어디 있지요? …… 소풍을 기다리고 있나요?"
"그래요. 바로 맞혔습니다. 그러다가 캐시가 들어왔죠. 내가 이야기할 수 있고 당신도 듣고 싶으실 때 말씀드리게 될지도 모르죠."
"듣고 싶게 될 겁니다. 나는 이야기를 포도처럼 먹습니다."
"일종의 빛이 그녀에게 퍼졌어요. 주위의 모든 색깔이 변했어요. 세계가 확 열렸어요. 아침에 잠에서 깨어나면 기분이 좋게 되었지요. 무엇에건 제한이 없어졌어요. 세상의 모든 사람들이 선량하고 아름답게 보였구요. 그리고 나는 이제 겁날 것이 없게 되었습니다."
"그 기분을 알겠어요." 새뮤얼이 말했다. "그 기분이야말로 나의 오랜 친구지요. 그 기분은 결코 사라져 버리지 않고 종종 멀어져가죠. 아니면 당신이 그러지요. 맞았어요. 그것은 내가 잘 아는 것입니다. 눈, 코, 입, 머리칼, 할 것 없이 잘 알지요."
"부상을 당한 그 작은 여자에게서 이 모든 것이 나오고 있습니다."

"당신에게서 나오는 것이 아니고?"

"아닙니다. 그렇다면 전에 이미 나왔게요. 캐시가 그것을 가지고 왔는데 그것은 그 여자 주위에 생동하고 있죠. 나에게 왜 우물이 필요한가를 이제 말한 셈이 되었군요. 나는 어떻게 해서든지 받은 것만큼 갚아야 합니다. 아주 훌륭하고 아름다운 정원을 만들어서 그 여자가 살기에 적합한 장소, 그 여자의 빛이 비칠 수 있는 적당한 장소가 되게 해야겠어요."

새뮤얼은 침을 몇 번 삼키더니 막힌 목구멍에서 나오는 마른 목소리로 말했다. "내가 할 일을 알겠습니다. 내가 사람이고 당신의 친구라면 그 의무가 내 앞에 놓여 있는 것을 명확하게 볼 수 있지요."

"무슨 말씀이십니까?"

새뮤얼이 풍자적으로 말했다. "당신의 그 기분을 잡아 얼굴에 발길질을 한 다음 다시 치켜들어 그 위험한 빛을 다시는 발하지 못하도록 진흙을 두껍게 발라 주는 것이 바로 나의 의무입니다." 그의 목소리는 열기를 띠면서 강해졌다. "진흙투성이가 된 그것을 당신 앞에 치켜들어 그놈의 더러움과 위험성을 보여 주어야겠어요. 당신에게 경고하지만 그것이 얼마나 추악한가를 볼 수 있을 때까지 자세히 들여다보세요. 마음은 변하기 쉽다는 것을 제발 생각해 보세요. 실례를 보여 드리지요. 오셀로의 손수건을 드리고 싶소. 아, 내가 그래야만 되죠. 그리고 나는 당신의 뒤엉킨 생각을 바로 잡아 주고, 그 충동이란 납처럼 회색이고 비를 맞고 있는 죽은 소처럼 썩은 것이라는 것을 당신에게 보여 주어야겠어요. 내가 나의 의무를 잘 해내면 나는 당신에게 옛 생활을 되돌려줄 수 있어 기분 좋게 될 것이며 곰팡내 나는 옛집의 일원이 되도록 기꺼이 돌려 보내게 될 것이오."

"농담을 하시는 겁니까? 어쩌면 이야기를 하지 말았어야 할 것을 그랬나 봅니다."

"그건 친구의 의무죠. 나에게는 한때 나를 위해 의무를 다한 친구가 있었어요. 그러나 나는 믿음성이 없는 사람이에요. 그래서 친구들 사이에서 면목을 세울 수 없었어요. 그런 기분을 간직하고서 그것을 영광되게 생각하는 것은 좋은 일이지요. 지구의 시꺼먼 중심부까지를 파내려가야만 하는 일이 있다고 하더라도 우물은 파드리지요. 오렌지에서 주스를 짜내듯이 물이 나오게 해드리지요."

그들은 커다란 참나무 밑을 지나 집을 향해 말을 타고 갔다. 아담이 말했다. "아내가 밖에 나와 앉아 있구먼요."

그는 소리쳤다. "캐시, 물이 있다고 말씀하셨소, 많이."

옆을 보고 그는 흥분하여 말했다. "아내가 어린아이를 갖고 있다는 것을 알고 계셨던가요?"

"멀리 떨어져서 보아도 부인은 참 아름답게 보입니다." 새뮤얼이 말했다.

4 날이 더웠기 때문에 리는 밖에 있는 떡갈나무 밑에다 식탁을 차렸다. 해가 서산에 뉘엿뉘엿 질 무렵, 그는 부엌을 들락날락하면서 냉고기, 피클, 감자 샐러드, 코코넛 과자와 복숭아 파이를 저녁식사로 날라왔다. 그는 식탁 가운데에 우유가 가득 든 커다란 돌주전자를 갖다 놓았다.

아담과 새뮤얼은 세면장에서 나왔다. 머리와 얼굴은 물로 반짝였다. 새뮤얼의 턱수염은 비누질을 하고 나니 솜털처럼 되어 있었다. 그들은 조립식 식탁에 서서 캐시가 나올 때까지 기다렸다.

그녀는 마침 넘어질까봐 걱정이나 하듯이 조심조심 천천히 걸어나왔다. 여유있는 스커트와 앞치마를 입고 있어서 뚱뚱한 배가 어느 정도 감춰져 있었다. 그녀의 얼굴은 아무 조심도 없고 어린애 같았다. 그녀는 두 손을 앞에 모으고 있었다. 그녀는 식탁에까지 와서야 얼굴을 치켜들고 시선을 새뮤얼에게서 아담에게로 돌렸다.

아담이 그녀에게 의자를 내밀어 주었다. "당신은 해밀튼 씨를 처음 뵙지?"

그녀는 손을 내밀어 악수를 청했다. "처음 뵙겠습니다."

새뮤얼은 그녀를 눈여겨보고 있었다. "미인이십니다. 만나뵈어 반갑습니다. 건강은 좋으시죠?"

"네, 좋습니다."

두 남자는 자리에 앉았다.

"이 사람이 바라든 안 바라든 정식(正式)으로 합시다. 모든 식사가 사실은 일종의 의식이죠." 아담이 말했다.

"그렇게 말씀하지 마세요." 그녀가 말했다. "그건 사실이 아니니까요."

"새뮤얼, 당신에겐 파티처럼 생각되지 않습니까?" 아담이 물었다.

"네, 파티 같습니다. 나같이 파티에 가기 좋아하는 사람도 없을 것입니다. 그런데 제 자식들을 더하죠. 아들 톰은 오늘도 오겠다고 했지요. 그 애는 목장을 떠나고 싶어 야단이죠."

새뮤얼은 자기가 식탁 위에 침묵이 흐르지 않도록 하기 위해 말하고 있다고 갑자기 생각했다. 그가 말을 멈추자 침묵이 흘렀다. 캐시는 구운 양고기를 먹으면서 접시를 내려다보고 있었다. 그녀는 작고 날카로운 이빨 사이에 고기를 넣으면서야 얼굴을 들었다. 미간이 넓은 두 눈은 아무 표정이 없었다. 새뮤얼은 몸서리를 쳤다.

"날이 그다지 춥진 않지요?" 아담이 말했다.

"춥다구요? 아니오, 소름이 끼칠 정도라고나 할까요?"

"그래요, 나도 그 기분 알겠습니다."

침묵이 다시 흘렀다. 새뮤얼은 그렇지 않으리라는 것을 알면서도 누군가 말을 시작하기를 기다렸다.

"여기 계곡이 마음에 드십니까, 부인?"

"뭐라고 하셨죠? 아, 그러믄요."

"실례인지 모르겠습니다만, 출산 예정은 언제이십니까?"

"약 1주 후죠." 아담이 대답했다. "집사람은 전형적인 여자죠. 말을 많이 하지 않는 여자지요."

"가끔씩 침묵은 가장 많은 것을 말하죠." 새뮤얼이 말했다. 그는 캐시의 눈이 다시 위아래로 껌벅이는 것을 보았다. 이마에 있는 그녀의 흉터가 더 까매지는 것같이 보였다. 마차 채찍으로 말을 갈기듯이, 무엇인가가 그녀를 갈겼음이 틀림없었다. 새뮤얼은 그녀를 마음 속으로 다소 놀라게 만든 자기의 말을 기억할 수 없었다. 그는 얼마 전에 물지팡이가 아래로 숙여질 때 느낀 것과 같은 긴장이 온몸에 퍼지는 것을 느꼈다. 이상하고 긴장될 그 무엇에 대한 인식이었다. 그는 아담을 쳐다보았다. 아담은 자기 부인을 황홀하게 쳐다보고 있었다. 이상한 것도 그에게는 이상하게 보이지 않았다. 얼굴에는 행복감이 감돌고 있었다.

캐시는 앞니로 고기를 씹고 있었다. 새뮤얼은 그렇게 씹는 사람을 본 일이 없었다. 그리고 고기를 삼켰을 때에도 그녀의 작은 혀가 입술 주위에 날름거렸다. 똑같은 생각이 다시 새뮤얼의 머리에 떠올랐다. (무엇인가가 있어. 무엇인지 모르겠지만 무언가 잘못된 것이 있어) 침묵이 식탁 위에 내려앉았다. 그의 뒤에서 발을 끄는 소리가 들렸다. 돌아보았더니 리가 차주전자를 식탁 위에 놓고 슬슬 뒤로 물러났다.

새뮤얼은 침묵을 몰아내기 위하여 이야기를 시작했다. 그는 처음 아일랜드에서 이 계곡으로 어떻게 오게 되었나를 말했다. 그러나 몇 마디도 하기 전에 캐시와 아담은 이야기를 듣고 있지 않았다.

그것을 알아보기 위해 그는 아이들이 책을 읽어 달라며 멈추지 못하게 할 때 아이들이 사실 귀담아 듣고 있는지 아닌지를 알아 보기 위해 고안해 낸 기교를 사용해 보았다. 우스갯소리를 두어 개 말 사이에 끼어 넣었다. 아담에게서도, 캐시에게서도 아무 반응이 없었다. 그는 말하기를 포기했다.

그는 저녁식사를 빨리 먹어치우고 나서 뜨거운 차를 마셨다. 그리고 냅킨을 접었다. "부인, 실례입니다만 집으로 돌아가겠습니다. 융숭한 대접에 감사합니다."

"안녕히 가십시오." 그녀가 말했다.

아담이 벌떡 일어났다. 그는 꿈에서 깨어난 듯했다. "가지 마십시오. 오늘밤 여기서 묵으시도록 말씀드렸지 않습니까."

"고맙습니다만 가봐야겠습니다. 먼 거리도 아니고, 그리고 달도 뜰 거구."

"언제 우물을 파기 시작하시렵니까?"

"삭구(索具)를 준비하고 새로 갈기도 해야겠고, 집안 정리도 해야겠어요. 며칠 후에 톰을 시켜 기구를 보내죠."

아담에게 제정신이 들었다. "빨리 해주세요. 캐시, 세상에서 제일 아름다운 고장을 만듭시다. 아무데서도 찾아볼 수 없는 곳을 만듭시다."

새뮤얼은 시선을 캐시의 얼굴로 돌렸다. 아무 변화도 없었다. 눈에는 생기가 없었고 양쪽이 약간 치켜올라간 작은 입은 조각해 놓은 것 같았다.

"좋겠지요." 그녀가 말했다.

새뮤얼은 그녀에게 충격을 주어 소원함을 없애게 하는 무엇인가를 말하거나 행동하고 싶은 충동을 잠시 느꼈다. 그는 다시 몸서리를 쳤다.

"또 다른 소름이 끼칩니까?" 아담이 물었다.

"네, 다른 소름이."

땅거미가 내리고 있었다. 하늘에 비치는 나무의 모습들이 이미 꺼멓게 되어 있었다.

"그러면 안녕히 계십시오."

"저 아래까지 배웅해 드리겠습니다."

"아닙니다. 부인과 함께 계시오. 식사도 마치지 않으셨는데."
"그렇지만……."
"앉으세요. 내 말은 내가 찾죠. 못 찾으면 당신의 말을 아무거나 훔쳐가죠." 새뮤얼은 아담을 부드럽게 의자에 앉혔다. "안녕히. 부인, 안녕히 계십시오."

그는 재빨리 마구간으로 걸어갔다.

쟁반 발을 한 그의 말 독소로지는 2개의 가자미 같은 입술로 여물통에서 건초를 골라 씹고 있었다. 쇠사슬 굴레가 나무에 부딪쳐 소리를 냈다. 새뮤얼은 나무 박차 옆에 그의 안장이 걸려 있던 큰 못에서 안장을 들어내려 널따란 말 잔등에 올려놓았다. 그가 뱃대끈 고리에 안장띠를 묶고 있을 때 등 뒤에서 작은 소리가 났다. 돌아보자 바깥 그림자에서 비치는 마지막 빛을 받고 있는 리의 반면(半面) 영상이 보였다.

"언제 또 오시렵니까?" 그 중국인이 조용히 물었다.
"모르겠소. 며칠 후나 아니면 1주일 후에 오지. 리, 무슨 일이오?"
"무엇이 어떻습니까?"
"아이구, 나는 소름이 끼쳤어! 여기에 무슨 잘못된 일이라도 있소?"
"무슨 말씀이십니까?"
"내 말을 잘 알면서."
"중국인 하인은 묵묵히 일할 뿐이죠. 듣지도 않고 말하지도 않고."
"맞았어. 당신이 옳소. 그럼, 당신이 옳지. 미안하오, 물어서. 묻는 것은 좋은 태도가 아니었는데."

그는 돌아서서 독소로지의 입에 재갈을 채우고 커다란 납작귀를 머리싸개 속에 넣었다. 그는 굴레를 슬그머니 놓아 여물통 속에 떨어뜨렸다.

"리 잘 있게." 그가 말했다.
"해밀튼 씨……."

"왜?"
"요리사가 필요하세요?"
"요리사를 둘 여유가 없소."
"싸게 일하죠."
"라이저가 당신을 죽이려고 할 거요. 왜 …… 그만두고 싶소?"
"그저 여쭤보고 싶었어요. 안녕히 가십시오."

5 아담과 캐시는 나무 밑에서 모여드는 어둠 속에 앉아 있었다. "좋은 분이야." 아담이 말했다. "난 그가 마음에 들어요. 와서 우리 땅을 관리해 주었으면 좋겠소. 일종의 관리인으로 말이오."
"하지만 그분에게는 그분의 땅과 가족이 있지 않아요."
캐시가 말했다.
"나도 알고 있어요. 그러나 그의 땅은 세상에서 제일 쓸모없는 땅이오. 나에게서 급료를 받는 것이 더 나을 것이오. 그에게 물어보겠소. 새 고장에 익숙하는 데는 시간이 걸려요. 그것은 마치 새로 태어나서 모든 것을 배우는 것과 흡사하지. 옛날에는 어디서 비가 몰아쳐 오는지도 알았지만, 여기서는 달라요. 옛날에는 바람이 불 것인지 추워질 것인지도 피부로 느낄 수 있었지만, 여기서는 모든 것을 새로 배워야 해요. 좀 시간이 걸릴 거요. 편안하오, 캐시?"
"네."
"머지 않아 온 계곡이 알팔파로 푸르게 된 것을 보게 될 거요. 집이 완성되면 거기 커다랗고 멋있는 창문에서 보일 거요. 고무나무도 심을 작정이오. 사람을 보내 여러 가지 씨앗과 묘목을 가져오게 하여 일종의 실험 농장을 만들 계획이오. 중국에서 나오는 리치 호도나무도 심겠소. 여기서 그것이 자랄지는 의문이지만 한번 해보겠소. 리가 방법을 가르쳐줄지도 모르지. 당신은 아이를 낳고 나면 나와 함께 말을 타고 사방을 돌아다닐 수도 있소. 당신은 보지 못했을 거요. 얘기를 했던가? 해밀튼 씨가 풍차를 세워 주기로 했어. 풍차가 돌아가는 것이 여기서도 보일 거요." 그는 식탁 밑으로 두 발을 편안하게 뻗었다. "촛불을 가져와야 할 텐데, 리는 무엇을 하지?"

캐시는 아주 조용하게 말했다. "아담, 나는 여기에 오고 싶지 않았어요. 여기 있고 싶지 않아요. 가능하면 빨리 여기서 떠나겠어요."

"바보 같은 소릴 하고 있네." 그가 웃었다. "처음 고향을 떠난 어린애 같구먼. 익숙해지고, 또 아기를 낳으면 여기가 좋아질 거요. 나도 처음 입대했을 땐 향수병에 걸려 죽을 뻔했소. 그러나 그것을 이겨냈어요. 우리도 이겨낼 수 있어요. 그러니 그런 바보 같은 소리는 아예 다시 하지 마시오."

"바보 같은 소리가 아니에요."

"그 얘긴 하지 마시오. 아기를 낳으면 모든 것이 변할 거요. 알게 될 거요, 알게 돼."

그는 머리 뒤로 두 손을 마주잡고는 나뭇가지 사이로 희미한 별빛을 바라보았다.

제 *16* 장

1 새뮤얼 해밀튼은 달빛이 내려 하얗고 뿌연 언덕을 지나 말을 타고 집으로 돌아왔다. 나무들과 대지는 달빛에 젖어 있고 소리 하나, 바람 한 점 없어 죽은 듯이 고요했다. 그림자들은 명암도 없이 새까맣고 공터는 색깔도 없이 하얗게 달빛이 내리고 있었다. 여기저기서 무엇인가가 보이지 않게 움직였다. 달밤에 먹이를 찾는 짐승

들이 움직이고 있었다. 낮에는 숲속에서 잠을 자다가 달빛이 휘황한 밤이면 풀을 뜯는 사슴들이었다. 그리고 몸을 감춰주는 달빛 속에서 더욱 안전감을 느끼는 토끼며, 들쥐며, 쫓기는 작은 짐승들이 기어나와 뛰고, 기어다니다가 귀나 코로 위험을 감지할 때면 돌이나 작은 숲처럼 되어버렸다. 약탈을 일삼는 동물들도 일을 하고 있었다. 갈색 파도처럼 몸이 길다란 족제비, 노란 눈이 빛을 받아 순간적으로 빛날 때를 제외하고는 거의 눈에 띄지 않고 땅바닥에 납작 쪼그리고 있는 들고양이, 뾰족한 코를 치켜올리고 따뜻한 피가 흐르는 저녁거리를 찾아 냄새를 맡고 있는 여우, 고여 있는 물가에서 울고 있는 개구리 곁을 철벅철벅 걷고 있은 너구리들이. 그런가 하면 경사지에 코를 비벼대고 있던 코요테는 희비(喜悲) 속에 갈피를 못 잡고 머리를 치켜들고 그들의 여신인 달을 향해 슬픔과 기쁨이 뒤섞인 소리를 지르고 있었다. 부엉이들이 땅 위에 무서운 그림자를 질질 끌면서 갖가지 그림자 위로 날아갔다. 오후의 거센 바람은 자고, 한숨 같은 미풍만이 따뜻하지만 메마른 언덕의 불안한 상승기류에 의하여 일고 있었다.

독소로지의 커다란 발굽소리는 그곳을 완전히 지나갈 때까지 밤 동물들을 숨죽이게 했다. 새뮤얼의 턱수염은 하얗게 빛났고 허연 머리카락은 곤두서 있었다. 그의 까만 모자는 안장머리에 매달려 있었다. 그는 위에 통증을 느꼈는데, 그것은 일종의 병든 사고(思考)에 대한 우려 같은 것이었다. 그것은 우리가 '웨일즈의 쥐'라고 부르던 일종의 세계고(世界苦)였다. 가스처럼 영혼 속으로 스며들어 절망을 퍼뜨리기 때문에 이에 대항할 길을 찾아보아도 헛수고가 되는 그런 비애(悲哀)였다.

새뮤얼은 훌륭한 목장과 물이 나올 징조를 마음 속으로 되새겨 보았다. 마음 속의 시기심을 감추지 않는 한, 웨일즈의 쥐가 한 마리도 안 나올 리가 없었다. 그러나 그는 자신의 마음 속에서 시기심을 찾아보았으나 찾을 수 없었다. 그는 에덴과 같은 동산을 건설해 보겠다는 아담의 꿈과 캐시에 대한 아담의 애정을 생각해 보았다. 아담의 속마음이 자신의 치유된 고통에만 집착되지 않는 한, 별 문제는 없었다. 그러나 그가 고통을 잊어버리고 있는지도 이미 오래 되었다. 이제는 모든 것이 과거지사가 되었기 때문에 그 기억은 달콤하고 따뜻하고 기분좋은 것이 되어 있었다. 그의 육신도 이제는 허기를 잊어버리고 있었다.

명암이 드리워져 있는 나무와 공터를 지나면서도 그는 계속 생각에 잠겼다. 웨일즈의 쥐는 언제부터 그의 마음 속에 기어들기 시작했을까? 사고의 실마리가 잡혔다. 그것은 캐시였다. 예쁘고 가냘프고 오밀조밀한 캐시였다. 그러나 그 여자가 어쨌다는 건가? 그녀는 말이 없었다. 그러나 말이 적은 여자는 얼마든지 있지 않은가. 그러면 어떻게 된 것일까? 그건 어디서 나타난 것일까? 그는 물을 찾는 지팡이를 잡고 있을 때, 느낀 것과 비슷한 절박감을 느꼈던 기억이 났다. 그리고 소름이 끼치며 몸서리치던 생각이 났다. 그는 핀으로 고정시키듯이 문제를 시간과 장소와 사람에 고정시켰다. 그것은 저녁식사 때 나타났고 캐시에게서 비롯된 것이었다.

그는 눈앞에 그녀의 얼굴을 그려 보았다. 미간이 넓은 눈, 섬세한 콧구멍, 그가 좋아했던 것보다는 작지만 그래도 귀여운 입, 작지만 단단한 턱, 이런 것들을 자세히 검토하다가 그녀의 눈에 생각이 미쳤다. 그 눈은 차가웠던가? 문제는 그 눈이었던가? 그는 핵심 주위를 빙빙 돌았다. 캐시의 눈에는 어떤 의미도, 어떤 전언도 없었다. 눈 속에는 알아차릴 만한 것이라곤 아무것도 없었다. 그녀의 눈은 평범한 사람의 눈이 아니었다. 무엇인가를 연상시켰다. 무엇일까? 어떤 기억, 어떤 영상, 그것을 찾아 내려고 애쓰자, 그것은 저절로 나타났.

그것은 모든 색깔과 모든 비명과 복잡한 모든 감정을 선명히 드러내면서 옛날 속에서 솟아올랐다. 자신이 아주 작은 소년이 되어 눈앞에 나타났다. 소년은 아주 키가 작아서 손을 위로 뻗어야 아버지의 손을 잡을 수 있었다. 그는 북아일랜드의 수도 런던데리의 잔돌을 밟으면서 대도시의 혼잡함과 화려함을 느끼고 있었다. 마침 장날이었다. 인형 진열대와 야채 가게와 경매나 매매를 하기 위해 길 가운데 묶어 논 말과 양, 그리고 밝은 빛깔의 장난감 가게가 있었다. 장난감은 정말 갖고 싶은 것들뿐이었다. 아버지가 기분이 좋으셨기 때문에 사주실 듯도 했었다.

그때에 사람들이 세찬 강물처럼 몰리기 시작했다. 사람들은 마치 홍수에 뜬 조각처럼 가슴과 등을 밀고 걸음을 재촉하면서 좁은 길을 따라 밀려갔다. 좁은 길은 어느 광장으로 뚫려 있었다. 광장의 어느 회색 건물을 배경으로 높다란 목조 건물이 있었고, 거기에는 교수형 밧줄이 걸려 있었다.

새뮤얼과 그의 부친은 사람들에 차이고 밀리면서 그곳으로 점점 가까이 가게 되었다. 기억 속에서도 아버지의 말씀이 생생했다. "어린애가 볼 것이 못 된다. 누구든 볼 것이 못 되지만, 특히 어린애는 안 된다." 아버지는 몸을 돌려 사람들의 물결을 거슬러 올라가려고 무진 애를 썼다. "나갑시다. 제발 좀 나갑시다. 어린애가 여기 있어요."

그러나 무표정한 사람들의 물결은 꾸역꾸역 밀려나갔다. 새뮤얼은 고개를 쳐들고 목조 건물을 보았다. 검은 옷에 검은 모자를 쓴 몇몇 사람들이 높이 세운 단상 위에 올라가 있었다. 그 사람들 속에 금발의 한 남자가 있었다. 검은 바지와 목이 트인 옅은 하늘색 셔츠를 입고 있었다. 새뮤얼과 그의 부친은 너무 가까이 있게 되었기 때문에 아이는 고개를 높이 쳐들어야 그곳이 보였다.

금발의 남자는 두 팔이 없는 듯 보였다. 그는 군중을 넘겨보다가 아래를 내려다보았다. 밑에 있는 새뮤얼을 똑바로 내려다보았다. 그 장면은 명확했다. 그 사람의 눈에는 깊이가 없었다. 다른 사람의 눈같지 않았다. 사람의 눈같지 않았다.

갑자기 단상 위에서 재빠른 동작이 일어났다. 새뮤얼의 부친은 두 손으로 아들의 머리를 찍어눌러 손바닥으로 얼굴을 가렸다. 그는 두 손으로 새뮤얼의 머리를 계속 찍어눌러 얼굴이 부친의 검은 옷에 꼭 붙도록 했다. 아무리 애를 써봤자 소년은 머리를 움직일 수 없었다. 오직 눈가에 한 줄기 빛이 보이고, 부친의 손 사이로 고함 소리가 들렸다. 그리고 나서 아버지의 손과 팔이 딱딱하게 굳어지는 것을 느꼈다. 그리고 아버지의 거친 숨결과 숨을 깊이 들이쉬고는 그대로 멎는 것을 느낄 수 있었다. 아버지의 손이 떨렸다.

그 밖에도 다소의 기억이 남아 있다. 그는 그 기억을 파헤쳐 눈앞에 그려보았다.

말머리 앞에 있는 대기 속에, 낡고 찌그러진 선술집 술상이 아버지 앞에 놓여 있었다. 그곳에선 커다란 대화와 웃음소리가 뒤섞였다. 그리고 아버지 앞에는 백랍 컵이 놓여 있었고 자신 앞에는 설탕과 육계가 놓였었으며 달콤하고 따뜻한 우유잔이 있었다. 아버지의 입술은 이상하게도 파랬었고 눈에는 눈물이 고여 있었다.

"그럴 줄 알았다면 너를 데리고 오지 말았어야 했는걸. 누구도 볼 것이 못 되지만 특히 어린아이는 절대로 볼 것이 못 돼."

"아무것도 못 봤어요." 새뮤얼이 노래하듯 말했다. "아버지가 머리를 눌렀지 않아요."

"그렇게 한 것이 다행이다."

"무언데요?"

"얘기를 해줘야 할까보다. 나쁜 사람을 죽이고 있었어."

"금발을 한 남자 말이에요?"

"그래, 가엾게 생각할 것 없어요. 교수형을 받아야 했어. 그 자는 한 번도 아니고 여러 번 무서운 일을 저질렀거든. 악마나 생각할 수 있는 일을. 그 자가 교수형을 받았대서 내가 슬픈 게 아니라 어두울 때 몰래 처리할 일을 놓고 축제를 벌였기 때문에 슬픈 거야."

"금발을 한 남자를 봤어요. 나를 똑바로 쳐다보던데요."

"그자 없어진 것을 하느님께 감사해야 해."
"무슨 짓을 했길래요?"
"악몽과 같은 일을. 네게 얘기해 줄 순 없다."
"그 금발의 남자는 정말 이상한 눈을 하고 있던데요. 염소 눈이 생각나데요."
"달콤한 우유나 마셔라. 그러면 리본이 달린 스틱과 은색깔의 기다란 호각을 사주마."
"그림이 속에 든 번쩍번쩍하는 상자두요?"
"그렇게 하마. 그러니 우유나 마시고 다시는 이야기해 달라고 조르지 말아."

이것이 먼지투성이의 과거에서 꺼낸 기억이었다.

독소로지는 그의 움푹 파인 농장에 이르는 마지막 고개를 기어올라 가면서 돌에 걸려 커다란 발이 미끄러졌다.

바로 '눈'이라고 새뮤얼은 생각했다. 일생 동안 꼭 두 번 그런 눈을 보았다. 사람의 눈 같지 않은 눈. 그러나 어둠과 달빛 때문이라고 생각도 해보았다. 도대체 오래 전에 교수형을 당한 금발의 남자와 자그마하고 예쁜 임부(妊婦)와 무슨 상관이 있단 말인가? 라이저가 옳다. 나의 상상력은 언젠가 지옥으로 들어가는 패스포트가 될 것이다. 이 어처구니없는 생각일랑 뽑아 버리자. 그렇지 않으면 그 불쌍한 여자에게서 악을 찾아내게 될 것이다. 그렇게 되면 우리는 덫에 걸리게 된다. 깊이 생각하고 잊어버리자. 그 눈의 모양과 눈빛은 우연히 그랬을 뿐이다. 그러나 그렇지 않다. 문제는 눈초리다. 눈 모양과 눈빛과는 아무 관계도 없어. 그러면 눈초리가 왜 그리 사악할까? 그런 눈초리가 성인의 얼굴에도 언젠가 있었는지도 몰라. 이제는 그런 공상일랑 집어치우자. 다시는 그런 공상 때문에 괴로워하지 말자. 그는 몸서리를 쳤다. 소름이 돋지 않도록 망을 쳐야겠다고 그는 생각했다.

새뮤얼은 샐리너스 계곡에 에덴 동산을 만드는 일을 크게 도와, 자기의 추악한 생각에 대한 보상을 하기로 결심했다.

2 새뮤얼이 아침에 부엌에 들어가 보니, 라이저 해밀튼은 사과 같은 뺨을 빨갛게 달구고 우리 속에 잠긴 표범처럼 스토브 앞에서 일을 하고 있었다. 참나무 불이 열어 놓은 제동기 위까지 치솟으며 빵이 놓인 오븐을 태웠다. 빵이 하얗게 부풀고 있었다. 라이저는 동이 트기 전에 일어났다. 늘 그랬다. 그녀는 밤에 외출하는 것과 마찬가지로 날이 밝은 후에도 침대에 누워 있는 것을 죄스러운 일로 생각했다. 그 어느 것도 미덕이 될 수는 없었다. 그러나 이 집에는 벌도 받지 않고 죄의식도 느끼지 않은 채, 날이 밝고 해가 중천에 걸릴 때까지도 그녀가 다린 빳빳한 이불 속에 누워 있을 수 있는 사람이 있었는데 그는 막내아들 조였다. 지금은 톰과 조만이 이 목장에 살고 있었다. 몸집이 크고 불그레한 얼굴에 이미 멋있는 콧수염을 기르고 있는 톰은 하라는 대로 걷어올렸던 소매를 내리고 부엌 식탁에 앉아 있었다. 라이저가 주전자에서 짙은 반죽을 활석 번철에 부었다. 핫케이크가 작은 방석처럼 부풀어오르더니 조그마한 화산이 되다가 터지자 그녀가 뒤집어 놓았다. 그것은 검은 갈색이 되어 맛있게 되었다. 부엌은 맛있는 케이크 냄새로 가득 찼다. 새뮤얼은 마당에서 세수를 하고 들어왔다. 물기가 얼굴과 턱수염에서 빛났다. 그는 부엌으로 들어오자 옷소매를 내렸다. 해밀튼 부인은 소매를 걷어올리고는 식탁에 앉지 못하게 했던 것이다. 그렇게 하면 예의 범절에 무식하거나 모욕을 나타내는 것이라고 했다.

"늦었소, 여보." 새뮤얼이 말했다.

그녀는 돌아다보지 않았다. 그녀의 주걱은 덤벼드는 뱀처럼 움직였고 핫케이크는 활석 위에서 칙칙 소리를 내면서 하얀 가장자리가 가라앉았다.

"어젯밤엔 몇 시에 돌아오셨어요?"

"아, 아주 늦었어. 11시 가까이 되었을 거야. 당신이 깰까봐 부르지 않았지."

"깨지 않았어요." 라이저가 화가 나서 말했다. "당신은 밤새도록 쏘다니는 것이 좋은 일이라고 생각할지 모르지만, 하느님은 그런 일에 대하여 적당한 제재를 가하실 거예요."

라이저 해밀튼과 하느님이 거의 모든 일에 대하여 비슷한 생각을 하고 있다는 것은 잘 알려져 있었다. 그녀가 돌아서서 손을 뻗었다. 바삭바삭한 핫케이크 접시가 톰 앞에 놓여졌다.

"산체스는 어떱디까?"

새뮤얼은 부인에게로 다가가 허리를 굽혀 그녀의 둥글고 빨간 뺨에 키스했다. "잘 잤소. 여보? 축복을 좀 내려 주오."

"축복 있으시기를." 라이저는 기계적으로 말했다.

새뮤얼이 식탁에 앉아 말했다. "톰, 잘 잤니? 그런데 트래스크 씨는 큰일을 하고 있더라. 거기서 살려고 옛집을 수리하고 있어."

라이저가 스토브에서 갑자기 몸을 돌렸다. "소·돼지가 여러 해 살던 그 집 말이우?"

"그 사람은 마루고, 창틀이고 다 뜯어내어 모두 새로 만들고 새로 칠도 했어."

"돼지 냄새를 완전히 없앨 수는 없을걸." 라이저가 단호히 말했다. "돼지라는 놈은 씻어낼 수도 없고 덮어 씌울 수도 없는 지독한 냄새를 남기죠."

"안으로 들어가 보았는데 페인트 냄새밖에 안 나던데."

"페인트가 마르면 돼지 냄새가 날 거요."

"그는 샘물이 속으로 흐르는 정원을 만들도록 일을 시켰어. 그리고 장미와 꽃들을 심을 장소를 따로 마련해 놓았는데 그 중의 얼마는 보스턴에서 들여올 계획이래."

"하느님이 왜 그런 낭비를 내버려 두는지 알 수 없단 말야." 그녀가 단호하게 말했다. "내가 장미를 싫어한다는 건 아니에요."

"그리고 나에게 줄 묘목을 얼마간 심겠다고 말했어."

톰은 핫케이크를 다 먹고 커피를 젓고 있었다.

"그분은 어떤 분이에요, 아버지?"

"내 생각엔 좋은 사람이더라. 말씨도 점잖고 마음도 곱고. 그런데 몽상에 빠져 있더군."

"단지가 주전자 욕을 하는 격이군요." 라이저가 끼어들었다.

"알고 있어요. 그런데 나의 꿈이 그대로 실현되고 있다고 생각해 본 적이 있소? 그러나 트래스크 씨는 실현 가능성이 있는 꿈을 꾸고 있어요. 실현시킬 돈도 든든하지. 그는 자기 땅을 하나의 동산으로 만들 계획이야. 아마 실현될 거야."

"부인은 어떤 여자에요?"

"대단히 젊은 미인이더군. 말을 거의 하지 않는 조용한 사람이야. 곧 첫 아기를 낳게 되나봐."

"알고 있어요." 라이저가 말했다. "부인의 전 이름은 무엇이었대요?"

"모르겠는데."

"어디서 왔대요?"

"그것도 모르겠는데."

그녀는 핫케이크 접시를 그의 앞에 놓고 나서 그의 커피잔을 채우고 또 톰의 컵도 다시 채웠다.

"그럼 당신은 대체 무엇을 알고 있어요? 부인이 입은 옷은 어때요."

"멋있고 예쁘게 입었던데. 하늘색 드레스와 작은 코트를 입고 있었는데 색은 핑크색이고 허리가 꼭 끼던데."

"잘도 보셨구먼. 손수 만든 옷이던가요, 아니면 산 것이던가요?"

"산 것 같애."

"당신은 잘 모를 거예요." 라이저가 단호하게 말했다. "당신은 데시가 샌 조우스로 갈 때 입으려고 만든 여행복을 가게에서 샀다고 생각했으니 말이에요."

"데시는 손재주 있는 아이야. 바늘이 그에 손에 들어가면 흥이 나는 모양이야."

"데시는 샐리너스에다 양장점을 낼 생각인가 봐." 톰이 말했다.

"나한테도 말하더구먼." 새뮤얼이 말했다. "그 애는 그걸로 크게 성공할 거야."

"샐리너스에?" 라이저는 두 손을 허리에 대었다. "데시는 나한텐 말하지 않았어요."

"우리가 그 애한테 잘못한 것 같구나." 새뮤얼이 말했다. "어머니를 정말로 깜짝 놀라게 할 생각으로 말을 하지 않은 모양인데 쥐구멍이 난 보리 자루에서 보리가 새어나오듯 줄줄이 늘어놓았으니."

"그 애가 나한테 이야기를 했으면 좋았을 것을." 라이저가 말했다.

"나는 깜짝 놀랄 선물을 좋아하지 않아요. 그래, 말해 봐요. 그 사람은 무엇을 하고 있었나요?"

"그 사람이라니?"

"트래스크 부인 말이에요."

"일을 한다고? 참나무 밑 의자에 앉아 있었어. 해산이 멀지 않았으니까."

"손은요? 손으로 무엇을 하고 있었어요?"

새뮤얼은 기억을 더듬었다. "아무것도 안 하고 있었어. 기억이 나는구먼. 손이 아주 작던데. 두 손을 무릎 위에서 꼭 잡고 있었어."

라이저가 코웃음을 쳤다. "바느질도 안 하고 무엇을 꿰매지도 않고 뜨개질도 않고요?"

"아무것도 안 하고 있었어."

"나는 당신이 그곳에 가는 것이 좋으리라고 생각지 않아요. 악마의 도구인 돈과 나태뿐이죠. 그리고 당신은 억센 저항력을 안 갖고 있잖아요."

새뮤얼은 고개를 쳐들고 기쁜 듯이 웃었다. 그의 부인은 가끔씩 그를 기쁘게 했지만, 그는 그 방법을 알 수가 없었다. "돈 때문에 거길 가는 거요. 당신이 들어주면 식사 후에 이야기를 하려고 했소. 나더러 너댓 개의 우물을 파달라는 거야. 어쩌면 풍차 몇 개와 저수 탱크도 만들어야 될지 몰라."

"말뿐인 거 아니에요? 물로 돌아가는 풍찬가요? 그가 돈을 지불한데요? 아니면 늘 그러하듯이 변명을 하면서 그냥 돌아올 거예요? 곡식을 거둬들이고 나서야 돈을 줄 거예요." 그녀는 흉내내듯 말했다.

"'돈 많은 숙부가 죽으면 돈을 갚을 것'이란 말이 있지 않아요. 그 당장 돈을 주지 않으면 결코 돈을 내놓지 않는다는 것이 내 경험이자 당신의 경험도 될 거예요. 외상으로 해준 것만으로도 계곡의 농장을 살 수 있었을 거예요."

"아담 트래스크는 돈을 낼 거요, 그는 부자요. 그는 부친에게서 큰 재산을 물려받았어요. 그것은 겨울 내내 해야 할 일이오. 지금도 좀 할 수 있게 될 것이고, 그러면 근사한 크리스마스도 지내게 될 거요. 1피트 당 50센트는 줄 거야. 게다가 풍차도 만들 거고, 칠판을 제외하고는 모든 것을 여기서 만들 수 있소. 아이들이 도와주어야 할 거요. 톰과 조를 데리고 갈 작정이오."

"조는 못 가요. 그 애가 약한 것은 당신도 알지 않아요."

"약골을 좀 튼튼하게 해주려는 거요. 약하면 굶어죽기 꼭 알맞거든."

"어쨌든 조는 안 돼요." 그녀는 단호하게 말했다. "당신하고 톰이 나가 있는 동안 여기 농장은 누가 해나가죠?" "조지를 돌아오게 할까 하고 생각 중이오. 그 애는 킹 시티에서라도 점원 노릇은 하기 싫어하니까."

"좋아하건, 싫어하건, 주당 8달러의 봉급을 놓치면 마음이 꽤 불편하겠던데요."

"여보!" 새뮤얼이 소리쳤다. "이제야 제일 국민은행에 통장을 만들 기회가 온 모양이오. 제발 입으로 다가오는 행운을 막지 말아요!"

그녀는 아침 내내 자기 일에 대해 혼자 투덜댔다. 그 동안 톰과 새뮤얼은 천공기를 조사하기도 하고 기구들을 갈기도 하고 풍차를 새로 설계하기도 하고 목재와 삼나무, 물 탱크의 크기를 재기도 했다. 한나절이나 지나서 조가 와서 그들을 도왔다. 그는 일에 마음이 끌려 자기도 가겠다고 새뮤얼에게 졸랐다.

"오지 말거라. 네 어머니가 너는 여기서 일하라고 하더라."

"하지만 가고 싶은데요, 아버지. 내년에는 내가 팔로알토의 대학에 간다는 것을 생각해 보세요. 그러면 집을 떠나 있어야 되지 않겠어요? 제발 가게 해주세요. 열심히 일하겠어요."

"그야 열심히 하겠지. 그러나 난 반대다. 네가 어머니에게 그 말을 할 때, 내가 반대하더라고 슬쩍 비쳐주었으면 좋겠다. 못 간다고 내가 잘라 말했다고 해도 좋고."

조는 싱긋 웃고 톰은 크게 웃었다.

"어머니한테 설득당하고 말 겁니까?" 톰이 물었다.

새뮤얼이 두 아들에게 얼굴을 찡긋했다. "나는 고집이 센 사람이다. 일단 마음을 결정하면 황소 고집이 되지. 내가 여러모로 생각해 보았는데 조는 갈 수 없다. 너는 내 말을 거짓말로 만들고 싶진 않겠지?"

"지금, 어머니한테 가서 말씀드리겠어요."

"애야, 서두르지 말아라." 새뮤얼이 아들의 뒤에 대고 소리쳤다. "머리를 써라. 어머니보고 결정하도록 해. 그동안 나는 내 고집을 세워놓을 테니."

그로부터 이틀 후 커다란 마차에 목재와 도구를 싣고 출발했다. 톰이 네 마리의 말을 몰고 있었고 그 옆에는 새뮤얼과 조가 다리를 흔들며 앉아 있었다.

제 17 장

1 내가 캐시를 괴물이라고 말한 것은 정말로 그렇게 보였기 때문이다. 이제사 돋보기를 들고 허리를 굽혀 그녀의 작은 모습을 읽고 더구나 주석(註釋)까지를 다시 읽어 보았지만 그것이 사실이었는지 나는 잘 모르겠다. 문제는 그녀가 바라는 것이 무엇이었는지 알지 못하기 때문에 그녀가 그 바라는 것을 손에 넣었는지 또는 못 넣었는지 결코 알 수 없게 되리라는 것이다. 만일 그녀가 무엇을 추구했다기보다는 무엇에서 도망치려 했다면 그녀가 도망을 쳤을는지 우리는 알 수 없다. 그녀가 누구라는 것을 어떤 사람에게 또는 모든 사람에게 알리려고 노력은 했으나 공통 언어가 없기 때문에 하지 못했는지 누가 아는가. 그녀의 생활 자체가 형태를 갖추고 발전되고 해독하기 힘든 언어였는지도 모른다. 그녀가 나빴었다고 말하기는 쉬울지 모르지만 그 이유를 모른다면 별 의미가 없는 것이다. 좋아하지 않는 농장에서 사랑하지 않는 남자와 함께 살면서 분만을 조용히 앉아서 기다리는 캐시의 모습을 나는 마음 속에 그리고 있었다.

그녀는 사랑과 보호 속에서 두 손을 마주잡고 참나무 밑 의자에 앉아 있었다. 여인들이 큰 아기를 자랑스럽게 생각하고 과중한 무게를 자랑하던 때라고는 하지만 그녀는 비정상적으로 배가 불러 있었다. 그녀는 모양이 잘못되어 있었다. 팽팽하고 무겁고 부풀어오른 배는 자기 손으로 몸을 지탱하지 않고는 서기조차 힘들게 되어 있었다. 그러나 배만 그렇게 부풀어 있었다. 어깨, 목, 팔, 손, 얼굴은 이상없이 날씬하고 소녀다웠다. 가슴도 부풀어오르지 않았고 젖꼭지도 까맣게 되어 있지 않았다. 유선(乳腺)도 자극되지 않았고 신생아를 키울 육체적 준비도 되어 있지 않았다. 그녀가 테이블 뒤에 앉아 있을 때는 임신하고 있다는 것이 전혀 눈에 띄지 않았다.

그 당시만 해도 골반의 측정이라든지 혈액 검사라든지 칼슘에 의한 체질 개선 같은 것은 없었다. 산부가 어린아이에게 이〔齒〕를 준다는 것이 상식처럼 되어 있었다. 산부는 이상한 기호, 어떤 사람들의 말에 따르면 오물을 좋아하는 수가 있었다. 이것은 원죄를 짓고 있는 이브적인 성격 때문이라고들 했다.

캐시의 식욕은 다른 사람과 비교해서 기묘하고 단순했다. 고옥을 수리하고 있던 목수들은 초크 라인을 칠하는 백분(白粉) 덩어리가 없어진다고 불평했다. 여러 번 그 백분 덩어리가 없어졌던 것이다. 캐시는 그것을 훔쳐 잘게 빻았다. 그녀는 그 가루를 앞치마 주머니에 넣고 다니면서 아무도 보지 않을 때면 그 부드러운 백분을 입에 넣고 씹었다. 그녀는 거의 말이 없었다. 눈은 멍했다. 마치 자기의 부재(不在)를 감추기 위해 숨쉬는 인형만을 남겨 놓고 멀리 가버린 사람 같았다.

그녀의 주위에서는 쉬지 않고 작업이 진행되고 있었다. 아담은 행복감에 넘쳐 에덴을 세울 계획에 여념이 없었다. 새뮤얼과 두 아들들은 40피트의 우물을 파고 값도 비싸지만 멋있는 금속판을 묻었다. 아담이 제일 좋은 우물을 바랐기 때문이다.

해밀튼 부자들은 삭구를 옮겨 또 다른 우물을 파기 시작했다. 그들은 작업장 옆에 텐트를 치고 자며 모닥불을 피워 음식도 끓여 먹었다. 그들 중에 한둘은 연일 말을 타고 집으로 가서 기구도 가져오고 소식도 전했다.

아담은 너무 많은 꽃들로 어리둥절하게 된 들벌처럼 부산히 돌아다녔다. 그는 캐시 곁에 앉아서 막 도착한 파이나무 뿌리에 대하여 이야기를 나누기도 했다. 새뮤얼이 새로 발명한 풍차용 새바람개비를 그림으로 그려 보여 주기도 했다. 그것은 조절이 가능한 바퀴가 있는 것으로, 전혀 들어보지도 못한 새로운 것이었다. 그가 말을 타고 우물 파는 곳으로 가서 여러 가지를 묻는 통에 일이 지연되기도 했다. 캐시와 함께 있을 때에는 우물 이야기를 했던 것처럼 우물가에서의 그 화제는 자연히 출산과 육아에 관한 것이었다. 아담에게는 가장 즐거운 시간이었다. 그는 넓고 넓은 그의 생활의 왕이었다. 여름은 가고 덥고 향기로운 가을이 다가왔다.

2 해밀튼 부자들은 우물 파는 기계 앞에서 라이저가 만들어준 빵과 값싼 치즈로 점심을 끝내고 깡통을 모닥불 위에 얹어 끓인 커피를 마셨다. 조는 졸려서 어떻게 하면 숲속으로 빠져 들어가 잠시 낮잠을 잘 수 있을까 생각을 하고 있었다.

새뮤얼은 모래 땅에 무릎을 꿇고 앉아서 뭉개진 삭구 끝을 들여다보고 있었다. 점심을 먹기 위해 일을 멈추기 바로 직전에 천공기가 지하 30피트에서 무언가에 부딪쳐 마치 납처럼 반죽이 되었던 것이다. 새뮤얼은 주머니칼로 천공기 끝을 긁어내어 부스러기를 손바닥에 얹고 살폈다. 그의 눈은 어린아이처럼 흥분되어 빛나고 있었다. 그는 손을 내밀어 부스러기를 톰의 손에 넘겨 주었다.

"이것 좀 봐라. 이게 무엇 같으냐?"

조가 천막 앞에 있다가 이쪽으로 왔다. 톰은 손에 있는 부스러기를 살펴보았다. "무엇인지 단단하군요. 다이아몬드인가? 그렇게 클 수는 없고, 쇠붙이 같군요. 매장된 기관차에다 대고 구멍을 뚫은 것은 아닐까요?"

"30피트 지하에서?" 새뮤얼이 감탄하듯 웃으면서 말했다.

"도구에 쓰이는 강철 같아요. 이에 비길 만한 것이 우리에겐 없지요." 톰이 이렇게 말하자 부친의 얼굴에는 알 수 없는 환희의 표정이 나타났고 똑같은 기쁨이 그에게 전해와 톰은 기쁨으로 전율했다. 아버지의 마음이 자유분망하게 될 때를 그들은 좋아했다. 그럴 때면 세상이 경이로 가득 차기 때문이다.

"너는 금속이라고 했지? 강철이라고 생각했지? 내가 추측을 해보고 나서 분석해 보겠다. 자, 내 추측을 들어봐. 여기엔 니켈이 있을 것이고, 어쩌면 은(銀)도 있을 것이고, 카본과 망간이 있을 것이다. 정말 파내고 싶구나. 그것은 바다 모래 속에 있어. 그런 것들은 그 속에서 캐내는 것이거든."

"니켈과 은이 있다니요? 어떻게 그렇게 생각하세요?"

"수십만 년 전이 틀림없어." 새뮤얼이 말했다. 아이들은 새뮤얼이 마음 속으로 그것을 보고 있다고 생각했다. "여기는 아마도 바다였겠지. 해조가 날면서 울어대는 내해였겠지. 밤에 일이 벌어졌더라면 더욱 장관이었을 텐데. 하늘에서 한 줄기 빛이 생기고 연필로 그린 듯한 하얀 빛줄로 변하다가 길다란 포물선을 그리면서 나무 같은 찬란한 빛이 내려왔을 거야. 그러다가 바다에 커다란 물기둥이 생기고 수증기가 버섯처럼 솟아올랐을 거야. 그것이 떨어져 내리는 소리와 동시에 물이 폭발했기 때문에 천둥 같은 소리에 사람들의 귀가 먹어 버렸을 거야. 그리고 나서 다시 칠흑 같은 밤이 내렸을 테지. 죽은 고기들은 달빛을 받아 은빛을 발하며 물 위로 솟아올랐을 거고. 새들이 우짖으며 날아와 쪼아 먹었을 거야. 생각만 해도 아름답지?"

그는 항상 그러했듯이 그 광경이 그들의 눈앞에 선하도록 이야기를 했다.

톰이 부드럽게 말했다. "운석이라는 것인가요?"

"맞았어. 분석하면 그것을 증명할 수 있어."

조가 열띠게 말했다. "파 보죠."

"조, 네가 그것을 파거라, 그동안 우리는 우물을 파마." 톰이 진지하게 말했다. "분석 결과 니켈과 은의 함량이 많다면, 파내면 수지가 맞겠네요?"

"너는 과연 내 아들이다. 그러나 그것이 집채만할지 모자만할지 그건 아무도 몰라."

"파내려가면서 보면 되죠."

"비밀리에 한다면 할 수 있지."

"무슨 뜻이에요?"

"이것 봐라. 너는 어머니 생각은 하지 않니? 어머니가 괴로워할 거야. 내가 특허를 얻는데 돈을 쓴다면 우리를 가만 두지 않겠다고 말할 거다. 어머니를 좀 생각해라! 어머니는 진실한 여자야. 우리들이 무슨 별이나 캐내고 있다고 어머니는 말할 수밖에 없을걸." 그는 행복한 듯이 웃었다. "어머니는 우리에게 골탕을 먹일 거다. 석 달 동안 파이 하나 주지 않을걸."

톰이 말했다. "우리는 여기서 구멍을 뚫을 수 없어요. 다른 장소로 옮겨야 할 것 같군요."

"폭약을 넣을까 하는데. 그래도 뚫을 수 없으면 다른 구멍을 뚫기로 하자." 그는 일어섰다. "폭약을 가지러 집에 다녀와야겠다. 천공기도 버리고. 같이 가서 어머니를 놀라게 해주자. 그러면 어머니는 불평을 하면서 밤새도록 요리를 할 거야. 그렇게 함으로써 기쁨을 감출 테니 말이야."

조가 말했다. "누군가 달려오고 있군요."

사실 누군가가 말을 타고 그들을 향해 전속력으로 달려오고 있었다. 괴상한 사람이 마치 붙들어 맨 닭처럼 말 위에서 퍼덕이고 있었다. 가까이 오자 그가 리라는 것을 알게 됐다. 그는 팔꿈치를 날개처럼 흔들고 변발을 뱀처럼 젓고 있었다. 그가 말 위에 꼿꼿이 앉아 말을 전속력으로 달리게 만드는 것은 놀라운 일이었다. 그는 숨을 헐떡이면서 말을 세웠다. "주인께서 빨리 오시랍니다. 안주인이 아파요.

빨리 오시래요. 주인께서 막 소리치고 있어요."
 새뮤얼이 말했다. "침착해, 리. 언제부터야?"
 "아침 식사 때쯤부터예요."
 "알았어. 마음을 가라앉혀. 아담은?"
 "주인이 미쳤어요. 울다, 웃다, 토했다 하고 있어요."
 "알았소. 처음으로 아버지가 되는 사람은 그렇지, 나도 그럴 때가 있었지. 톰, 안장을 얹어라."
 조가 물었다. "어떻게 된 겁니까?"
 "트래스크 부인이 해산을 하려는 거야. 내가 옆에 있겠노라고 아담에게 말했어."
 "아버지가요?" 조가 물었다.
 새뮤얼이 막내아들을 빤히 쳐다보았다. "내가 너희들도 받았다. 내가 너희들을 받아서 세상에 태어나게 했는데 너희들이 잘못했다는 내색은 안 하더라. 톰이 기구들을 한데 모아라. 농장으로 돌아가서 천공기를 갈아라. 도구실 선반 위에 있는 화약통을 가져와 몸을 아끼듯 잘 다루어라. 조, 너는 여기 남아서 뒷일을 봐라."
 조가 불평하듯 말했다. "여기 혼자 남아서 무엇을 해요?"
 새뮤얼은 잠시 동안 아무 말이 없었다.
 "너는 아버지를 사랑하니? 만일 내가 어떤 큰 죄를 저질렀다고 한다면 나를 경찰에 고발하겠니?"
 "무슨 말씀이세요?"
 "그렇게 하겠느냐구?"
 "아니에요."
 "그러면 됐다. 내 옷 밑의 바구니 속에 책이 두 권 있다. 새것이니 잘 다루어라. 그 책은 어떤 사람이 쓴 것인데 세상 사람들이 배워야 할 것이 많아. 읽고 싶으면 읽도록 해라. 좀 놀라게 될 거다. 《심리학 원리》라는 책인데 윌리엄 제임스라는 동부 사람이 쓴 거야. 그러나 만일 그 책을 주위 사람들에게 알리면 목장에서 너를 쫓아내 버리겠다. 내가 그 책을 사는데 돈을 썼다는 것을 어머니가 알면 나를 목장에서 쫓아낼 테니 말이다."

톰이 말에 안장을 채우고 그에게 끌고 왔다.

"다음에 나도 읽어도 돼요?"

"그래라."

새뮤얼은 가볍게 안장 위에 올라탔다.

"리, 따라와요."

중국인 하인이 말을 내닫게 하려 했으나 새뮤얼이 말렸다. "조심하게, 대개의 경우 해산이란 우리가 생각하는 것보다 시간이 더 걸리니까."

얼마 동안 그들은 묵묵히 말을 몰았다. 리가 먼저 말을 꺼냈다. "책을 사셨다니 안됐습니다. 한 권으로 요약한 교과서용 책이 있습니다. 빌려드려도 괜찮을 텐데요."

"지금 갖고 있나? 책을 많이 갖고 있나?"

"여기에 많이 있지는 않습니다. 3, 40권은 되죠. 읽지 않으신 것이 있으면 언제고 빌려드리지요."

"고맙소, 리. 빨리 한번 봐야겠소. 내 아들과 이야기 상대가 될 수도 있겠소. 조는 다소 들떠 있지만, 톰은 괜찮아요. 그에게도 도움이 될 거야."

"첫 대면을 하기란 힘들죠. 초면인 사람과 이야기를 하면 수줍게 되어서. 그러나 그렇게 말씀하시니 해보겠습니다."

그들은 트래스크 농장의 작은 골짜기 쪽으로 재빨리 말을 몰고 갔다.

"그래, 산모는 어떻던가?"

"직접 보시고 생각하셨으면 합니다. 남자가 나처럼 오랫동안 혼자 살면 교제 범위가 원활하지 못하기 때문에 비합리적인 탈선에 흐르기

쉬우니까 말씀입니다."

"알겠어. 그러나 나는 혼자 살지 않는데도 탈선하고 있단 말야."

"내가 상상 속에 빠져 있다고 생각하지 않습니까?"

"그것이 무엇인지 모르겠지만, 안심시키기 위해 내 생각을 말하지. 나는 이상한 생각이 들어요."

"나도 그렇다고 생각해요." 그는 웃음을 지었다. "제 경우 얼마나 깊이까지 그런 상상이 갔는지 말씀드리지요. 내가 이곳에 온 후 나의 부친께서 이야기해 주신 중국 요정을 생각해 봤어요. 우리 중국 사람들은 꽤 발달된 악마론을 갖고 있지요."

"그 여자가 악마라고 생각하오?"

"그건 아니죠." 리가 대답했다. "그럴 정도로 바보는 아니에요. 그것이 무엇인지 모르지만. 해밀튼 선생님, 하인이란 집안 공기를 맛보고 자기가 일하는 집의 분위기를 판단하는 능력을 키우게 되지요. 여기는 어떤 이상한 분위기가 있어요. 어쩌면 그렇기 때문에 아버지가 말씀하신 악마를 기억해냈는지 모르죠."

"부친께서는 악마를 믿으셨던가?"

"아니죠. 그 배경을 알아야 한다고 생각하셨죠. 당신과 같은 서양 사람들도 많은 신화를 남기고 있지 않습니까."

"어떻게 해서 그런 느낌을 갖게 됐는지 말해 주시오. 오늘 아침에 말이오."

"오시지 않으셨다면 말씀드리겠지만 이야기하지 않는 편이 낫겠죠. 보실 수 있을 겁니다. 나는 제정신이 아닌지도 모르겠어요. 물론 주인은 너무 긴장하여 밴조 현처럼 딱 부러질지도 모르죠."

"힌트를 좀 줘요. 시간이 절약될지도 모르니까. 그 여자가 무슨 짓을 했소?"

"아무것도 안 했습니다. 다만 나도 해산할 때 여러 번 있어 봤지만, 이번 같은 때는 처음입니다."

"어떻게?"

"그것은…… 글쎄요, 생각나는 것 하나만 말씀드리지요. 이번은 보통 출산보다 더 심한 사투 같아요."

그들이 계곡으로 들어가 참나무 밑을 지날 때 새뮤얼이 말했다.

"당신이 나를 특수한 심적 상태로 만들지 않았으면 하오. 이상한 날이야. 이유는 나도 모르겠어."

"바람이 없군요." 리가 말했다. "오후에 바람이 없기로는 이번 달 들어 처음이군요."

"그렇구면. 여러 일에 너무 열중한 나머지 날씨에 대해선 관심을 갖지 못했구먼. 아깐 파묻힌 운석을 발견했는데, 이번엔 새사람을 받으러 가는군."

그는 참나무가지 틈으로 노랗게 물든 언덕을 바라보았다.

"사람이 태어나기엔 참으로 아름다운 날이오. 만일 징후라는 것이 한 생명의 표지가 된다면 아름다운 생명이 태어날 거요. 그런데 아담이 자기 멋대로 행동한다면 방해가 될 거요. 리, 당신이 내 곁에 있어 주겠소? 도움이 필요할 경우가 있을 테니. 저것 봐, 목수들이 나무 밑에 앉아 있군."

"주인이 일을 중지시켰어요. 망치 소리가 부인을 혼란시킬지도 모른다고 생각했거든요."

"곁에 있어주시오. 그 소리를 들으니 아담이 자기 멋대로 행동하는 모양이군. 그는 하느님이 하늘에서 북을 치더라도 부인이 그 소리를 들을 수 없다는 것을 모르는구먼."

나무 밑에 앉아 있던 일꾼들이 그에게 인사했다.

"해밀튼 씨, 안녕하십니까? 집안은 무고하신지요?"

"별일 없소이다. 아니, 래비트 홀먼 아닌가? 어디 갔었소?"

"노다지를 찾아 갔었죠."

"무엇 좀 찾아냈소?"

"말씀 마십쇼. 내가 타고 간 나귀마저도 찾지 못했는 걸요."
그들은 계속 아담의 집을 향해 달렸다. 리가 재빨리 말했다.
"잠깐 시간을 내주시면 보여드릴 것이 있습니다."
"리, 무엇인데?"
"고대 중국의 시(詩)를 영어로 번역해 본 것입니다. 제대로 되었는지 모르겠군요. 한번 봐주시겠어요?"
"보고 싶소, 그건 내게 대접이 될 거요."

3 보르도니의 하얀 목조집은 아주 조용했다. 거의 명상에 잠긴 듯 조용했다. 차일대가 쳐 있었다. 새뮤얼은 말에서 내려 불룩한 안장 주머니를 풀고 나서 말을 리에게 넘겨 주었다. 노크를 했으나 아무 대답이 없었다. 그는 그냥 안으로 들어갔다. 햇빛이 비치던 밖에서 들어왔기 때문에 거실 안은 어둠침침했다. 리가 나무결이 보이도록 문질러논 부엌을 들여다보았다. 회색 석기 커피포트가 스토브 뒤쪽에서 끓고 있었다. 새뮤얼은 침실문을 가볍게 두드리고는 안으로 들어갔다.

방 안은 거의 칠흑처럼 어두웠다. 차일대가 내려져 있었을 뿐만 아니라 창문을 여러 장의 담요로 가려 놓았기 때문이었다. 캐시는 네 발이 달린 커다란 침대에 누워 있었고, 아담은 침대보로 얼굴을 가리고 그녀 곁에 앉아 있었다. 그는 머리를 쳐들고 멍하니 쳐다보았다.

새뮤얼이 유쾌하게 말했다. "왜 이렇게 깜깜하게 해 놓고 앉아 있어요?"

아담이 쉰 목소리로 대답했다. "캐시가 빛을 싫어해요. 눈이 아프대요."

새뮤얼은 방 안쪽으로 걸어갔다. 권위 있는 발걸음이었다. "햇빛이 들어와야 해요. 부인은 눈을 감으면 되죠. 부인이 원하시면 까만 천을 덮어 드리죠."
 그는 창가로 가서 끌어내리려고 담요를 잡았다. 그러나 담요를 끌어내리기 전에 아담이 앞을 막았다.
 "그냥 두세요. 햇빛이 들어오면 눈이 아프다니까요." 그는 강경하게 말했다.
 새뮤얼은 그를 보고 말했다. "아담, 당신 기분을 알겠소. 내가 모든 일을 돌봐 주겠다고 약속하지 않았습니까? 그렇게 해드리지요. 그러나 당신까지 돌볼 수는 없습니다."
 그가 담요를 걷어내리고 차일대를 말아 올리자 황금빛 오후의 햇빛이 들어왔다.
 캐시가 침대에서 조그맣게 고양이 우는 소리를 냈다. 아담이 그녀에게 다가갔다. "눈을 감아요. 여보, 눈에 천을 덮어 주리다."
 새뮤얼은 안장 주머니를 의자에 놓고는 침대 곁으로 다가섰다. "아담." 그는 단호하게 말했다. "방 밖으로 나가서 기다리시지요."
 "안 돼요. 그럴 수 없어요. 왜 그러십니까?"
 "당신이 방해가 되지 않게 하기 위해서입니다. 술을 좀 마시는 것이 좋을 것 같군요."
 "그럴 수 없어요."
 "나에게는 좀체 드문 일이지만 난 지금 화가 나고 불쾌감이 일어나려 합니다. 밖으로 나가 방해가 되지 않도록 해주시오. 그렇지 않으면 내가 나가겠소. 그러면 당신은 곤경에 처하게 될 거요."
 할 수 없이 아담이 나갔다. 새뮤얼이 문입구에서 소리쳤다. "무슨 소리가 들려도 뛰어들어오지 말아요. 내가 나갈 때까지 기다리세요." 그는 방문을 닫고 열쇠구멍에 키가 있는 것을 보고 잠가 버렸다. "저 사람은 지금 정신을 잃고 어쩔 줄 모르고 있습니다. 당신을 사랑하고 있습니다."
 그는 지금처럼 그녀를 자세히 볼 기회가 없었다. 그는 그녀의 눈 속에서 어쩔 수 없는 증오, 용서할 수 없는 살인적인 증오를 보았다.
"곧 끝날 겁니다. 양수는 터졌는가요?"
그녀는 적의에 찬 눈으로 그를 쳐다보았다. 그녀의 입술은 작은 이 사이로 으르렁대는 소리를 내며 치켜올라갔다. 그녀는 대답하지 않았다.
그는 그녀를 주시했다. "내가 일부러 온 것이 아니라 친구로서 왔습니다. 젊은 부인, 이런 일이 즐거운 일은 아닙니다. 나는 당신의 고통이 어느 정도인지 알 수 없고, 또 당신의 진통도 나와는 상관이 없습니다. 그러나 당신의 고통을 조금이라도 덜어 줄지 누가 압니까? 한 가지 더 묻겠는데, 대답도 하지 않고 나를 그렇게 쏘아본다면 당신이 데굴데굴 구르든지 어쩌든지 상관 않고 가버리겠습니다."
이 말은 마치 물 속에 떨어진 납덩이처럼 그녀의 마음 속에 꽉 박혔다. 그녀는 크게 애를 썼다. 그녀의 얼굴빛이 변하는 것을 보고 그는 몸서리를 쳤다. 강철 같던 눈빛이 사라지고 일자로 굳게 다물려 있던 입이 활처럼 굽어지며 양 입귀가 올라갔다. 그는 두 손이 움직이고 주먹이 풀리고 핑크색 손가락이 위로 치켜지는 것을 보았다. 얼굴은 젊고 순진하게 되었고 대단히 상한 것처럼 보였다. 이것은 마치 요술 슬라이드가 한 장면에서 다른 장면으로 바뀐 것 같았다.
그녀가 부드럽게 말했다. "양수는 새벽녘에 터졌어요."
"잘됐습니다. 심한 진통이 있었던가요?"
"네."
"얼마나 간격을 두고?"
"모르겠어요."
"내가 이 방에 들어온 지 15분 됐습니다."
"가벼운 진통이 두 번 있었어요. 들어오시고 나서는 심한 건 없었어요."
"됐습니다. 천은 어디 있나요?"

"저기 광주리에 있어요."

"괜찮을 겁니다." 그는 점잖게 말했다.

그는 안장 주머니를 열고 하늘색 벨벳으로 쌌던 굵은 줄을 꺼냈다. 그 줄은 양끝에 고리가 매어져 있었다. 벨벳에는 수백 개의 작은 핑크색 꽃들이 수놓아져 있었다.

"제 집사람이 자기가 쓰던 끌어당기는 줄을 사용하라고 보냈습니다. 첫아기를 받기 위해 집사람이 만든 거죠. 이 줄을 잡고 우리집 아이들뿐만 아니라 친지들의 아이들도 세상에 나오게 했죠." 그는 고리 하나를 침대 고리에 걸었다.

갑자기 그녀의 눈은 빛나고 등은 스프링처럼 구부러지고 뺨에 피가 오르기 시작했다. 그는 그녀가 비명을 지르길 기다리면서 걱정스럽게 닫힌 문을 쳐다보았다. 그러나 그녀는 비명을 지르지 않았다. 단지 투덜대는 소리가 여러 번 들렸다. 몇 초 후에 그녀는 몸이 축 늘어지면서 얼굴에 증오의 빛이 되살아났다.

진통이 다시 왔다. "여보세요." 그는 달래듯 말했다. "한 번이오, 두 번이오? 잘 생각해보면 두 번의 진통이 같지 않다는 것을 알게 될 거요. 나는 손을 씻는 것이 좋겠군."

그녀는 고개를 마구 좌우로 휘저었다. "좋습니다. 좋아요. 곧 아기가 나올 겁니다." 그는 까맣게 성난 듯한 흉터가 있는 그녀의 이마에 손을 얹었다. "머리엔 어떻게 이런 상처가 났나요?" 물었다. 그녀는 갑자기 고개를 쳐들더니 새끼손가락 주위의 손바닥을 날카로운 이빨로 꽉 물었다. 그는 아파서 소리치며 손을 빼려고 했다. 그녀는 턱을 악물고서 마치 테리어 종의 개가 자루를 물고 흔드는 것처럼 손을 물어뜯었다. 악물은 이빨 사이로 날카롭게 으르렁거리는 소리가 들렸다. 뺨을 갈겼으나 아무 소용이 없었다. 그는 얼결에 개싸움을 말릴 때 하는 짓을 했다. 왼손으로 목을 쥐고 숨이 막히게 했다. 그녀가 몸부림 치며 물어뜯다가 이내 물었던 턱을 풀자, 그는 손을 빼내었다.

살이 찢어지고 피가 흘렀다. 그는 침대에서 떨어져 나와 그녀의 이빨 자국이 난 상처를 바라보았다. 그는 두려움에 몸을 떨며 그녀를 바라보았다. 그녀의 얼굴은 다시 잔잔하고 청순하게 되었다.

"미안해요." 그녀가 재빨리 말했다. "정말 미안해요."

새뮤얼은 몸서리를 쳤다.

"진통 때문에 그랬어요."

새뮤얼은 쌀쌀하게 웃었다. "입마개를 해야겠소. 마치 콜리종 개처럼 물지 않느냐 말이오."

잠깐 동안 그녀의 눈에서 증오가 나타나더니 이내 사라지는 것을 그는 보았다.

"여기 뭐 바를 것 좀 없소? 사람 독은 뱀 독보다도 더 무서우니까."

"모르겠어요? 여기에 위스키를 부어야겠소."

"둘째 서랍에."

그는 피가 흐르는 손에 위스키를 붓고 알콜에 쑤시는 살을 문질렀다. 심한 복통이 일고 메스꺼움이 치밀어올랐다. 그는 마음을 안정시키기 위해 위스키를 한 모금 마셨다. 침대를 돌아보기가 무서웠다. "내 손은 당분간 못 쓸 것 같군."

후에 새뮤얼이 아담에게 말했다. "부인은 고래뼈로 되어 있음이 틀림없어요. 준비도 하기 전에 아기가 태어났으니까요. 씨가 나오듯 튀어나왔어요. 아이를 씻길 물도 준비하기 전에. 아기를 낳을 때 잡아당기는 줄엔 손도 안 댔어요. 정말 순 고래뼈로 되어 있나 보군요." 그는 급히 문을 열고 리를 불러 따뜻한 물을 가져오도록 했다.

아담이 방으로 뛰어들어왔다. "아들이오!" 새뮤얼이 소리쳤다. "아들을 보았소! 순산이고." 그가 말했다. 아담이 침대 위가 지저분하게 되어 있는 것을 보고 얼굴이 파래지고 있었기 때문이다.

"리를 이리 보내줘요. 그리고 아담, 당신은 손발을 쓸 수 있거든, 부엌에 가서 나한테 좀 끓여줘요. 램프에 기름을 채우고 등피도 닦아

주고."

　아담은 되살아난 사람처럼 돌아서서 방을 나갔다. 잠시 후에 리가 들여다보았다. 새뮤얼은 빨래 광주리의 빨래를 가리켰다.
　"리 따뜻한 물로 어린아이를 씻겨줘요. 찬바람을 맞지 않게 조심해요. 집사람이 있었으면 좋을 텐데. 한꺼번에 일을 하자니 손이 모자라는군."
　그는 다시 침대로 갔다. "자, 산후 처리를 해야겠소."
　캐시는 다시 몸을 굽히더니 진통으로 신음했다. "곧 끝날 겁니다. 후산하는 데 시간이 좀 걸리죠. 속산이었으니까 줄을 잡고 힘을 줄 필요도 없었어요."
　그는 무엇인가가 보여 자세히 들여다보고는 재빨리 일을 시작했다. "아이구, 또 아기가 나오는군."
　그는 재빨리 손을 썼다. 첫번째 아기처럼 이번에도 믿을 수 없을 만큼 빨리 낳았다. 새뮤얼은 다시 탯줄을 맸다. 리가 둘째 아이를 받아 씻겨서 천으로 싸서 바구니에 넣었다.
　새뮤얼은 산모를 닦고 나서 가만히 옮겨 놓으면서 침대의 시트를 갈았다. 그는 다시는 그녀를 보고 싶지 않다는 생각을 했다. 그는 가능한 한, 일을 재빨리 끝냈다. 물린 손이 아팠기 때문이다. 그는 하얀 새 시트를 턱까지 끌어 덮어 주고 고개를 들어올려 새 베개를 베어 주었다. 결국 그녀를 쳐다볼 수밖에 없었다.
　그녀의 금빛 머리카락은 땀으로 흠뻑 젖어 있었고 얼굴은 이미 변해 있었다. 얼굴은 돌같이 무표정했다. 목덜미에서는 힘줄이 눈에 띄게 뛰었다.
　"아들 둘을 보셨습니다. 잘 생긴 아들입니다. 서로 닮지 않았군요. 각기 다른 모습을 하고 태어났어요."
　그녀는 흥미도 없다는 듯이 쌀쌀하게 그를 물끄러미 쳐다보았다.
　"아들을 보여 드리지요."

"아니에요." 그녀는 힘없이 말했다.

"아들이 보고 싶지도 않아요?"

"보고 싶지 않아요."

"아, 마음이 달라질 겁니다. 지금은 지쳐서 그렇지 마음이 달라질 겁니다. 이번 출산이야말로 내 평생 처음 보는 순산에다 속산이었어요."

그녀는 그의 얼굴에서 눈길을 돌렸다. "아이들은 필요 없어요. 창문이나 가려서 햇빛이 들어오지 않게 해주세요."

"지쳤기 때문이죠. 며칠 지나면 아주 달라져서 기억도 못할 거예요."

"기억할 겁니다. 나가 주세요. 애들도 방 밖으로 데리고 나가 주세요. 아담을 불러 줘요."

새뮤얼은 그녀의 어조가 마음에 걸렸다. 그녀의 어조에는 병약함이나 피로감이나 부드러움도 없었다. 그는 자기도 모르게 말이 튀어나왔다. "나는 당신이 싫군요." 그는 그렇게 말은 해놓았으나 목구멍 속으로, 마음 속으로 도로 거둬들이고 싶었다. 그래도 캐시에겐 아무 소용이 없었다.

"아담을 들어오게 해주세요."

아담은 작은 거실에서 두 아들을 멍하니 보고 있다가 침실로 뛰어 들어와 문을 닫았다. 곧 못질하는 소리가 들렸다. 아담이 다시 창문에 모포를 치고 있었다. 리가 새뮤얼에게 커피를 가져왔다. "손이 형편없이 되었군요."

"알고 있소. 고생거리가 될까봐 걱정이오."

"안주인이 왜 그랬나요?"

"나도 모르겠어. 이상한 여자야."

리가 말했다. "해밀튼 씨, 내가 치료해 드리지요. 팔을 잃게 될지도 모르니까요."

새뮤얼에게서 생기가 사라졌다. "마음대로 하시오, 리. 너무도 놀란 서글픔이 내 가슴을 짓누르고 있소. 내가 어린애라면 실컷 울 수나 있으련만, 두려워하기에는 내 나이가 너무 많고, 오래전 일인데 개울가에 새 한 마리가 내 손바닥 위에서 죽고 난 후론 이런 절망감을 느끼기는 처음이오."

리는 방을 나가더니 곧 용들이 엇비슷이 뒤꼬고 있는 무늬의 작은 흑단 상자를 들고 돌아왔다. 그는 새뮤얼 옆에 앉아 상자에서 쐐기 모양을 한 중국 면도를 꺼냈다.

"아플 겁니다." 그는 부드럽게 말했다.

"참아 보지."

중국인이 자기 아픔처럼 느끼며 입술을 깨물면서 손을 깊이 잘라 이빨 자국이 있는 앞뒤를 열어젖히고 주위의 살을 도려내자, 빨간 새 피가 흘러 나왔다. 그는 '홀스 크림 연고'라는 딱지가 붙은 노란 유탁액 병을 흔들더니 깊이 자른 살 속으로 부었다. 그러고는 손수건에 연고를 흠뻑 바르고 손을 싸매었다. 새뮤얼은 몸을 움츠리면서 다른 손으로 의자를 꽉 잡고 있었다.

"대부분이 석탄산이죠. 냄새가 나죠."

"고맙소, 이렇게 엄살을 부리다니 어린애 같구먼."

"그렇게 참으실 수 있으리라고는 생각지 못했습니다. 커피 한 잔 더 타드리지요."

그는 커피 두 잔을 들고 들어와 새뮤얼 옆에 앉았다. "떠나야 할까 봅니다. 도살장에 마음이 내켜 간 적은 한 번도 없으니까요."

새뮤얼의 몸이 굳어졌다. "무슨 말이오?"

"모르겠습니다. 불쑥 말이 튀어나왔어요."

새뮤얼이 몸서리를 쳤다. "리, 인간이란 어리석소. 전에 그렇게 생각해 본 적은 없지만 중국 사람이라고 예외는 아니지."

"어떻게 그런 생각을 하시게 됐죠?"

"어쩌면 우리들은 낯선 사람을 자기보다 더 강하고 낫다고 생각하기 때문인지도 모르지."

"무슨 말씀을 하시고 싶어서 그러세요?"

"어리석음이란 필요한 것인지도 모르지. 용과 싸운다든가, 자랑을 하고, 가련한 용기를 짜내어 신에게 대항한다든지, 캄캄한 길가의 썩은 나무를 귀신이라고 생각하는 유치한 겁을 먹는다든지 하는 것 말이오. 어쩌면 그렇게 하는 게 낫고, 또 필요하기도 하겠지만. 그러나……."

"무슨 말씀을 하시려는 것인지요?"

리가 참을성 있게 되물었다.

"난 어떤 바람이 내 어리석은 마음 속의 타다 남은 잔재에 바람을 일으켰다고 생각했었소. 그런데 지금 당신 말을 듣고 보니 당신도 그런 생각을 하는 것 같군. 나는 이 집을 어떤 커다란 날개가 뒤덮고 있는 것을 느끼오. 무서운 일이 일어날 것 같은 육감이 든단 말이오."

"나 역시 그렇게 느끼고 있습니다."

"그건 나도 알고 있소. 그래, 난 내 어리석음 속에 들어 있던 여느 때의 안정감을 잃었소. 이번 해산은 너무 빠르고도 수월했소. 마치 고양이가 새끼를 낳듯이. 난 갓난아기들이 무서워져요. 무서운 생각이 머리 속을 파고 든단 말이오."

"대체 무슨 말씀을 하시려고 그러시죠?" 리가 세 번째로 되물었다.

"집사람이 있었으면 좋을 텐데." 새뮤얼이 큰소리로 말했다. "내 집사람에게는 꿈도 유령도 어리석음도 없지요. 집사람이 여기 있었으면 좋을 텐데. 광부들은 갱 속의 공기를 시험해보기 위해 카나리아를 데리고 들어간다오. 우리 집사람은 전혀 어리석지 않은 여자지. 리, 만일 우리 집사람이 귀신을 본다면 그것은 몽상 속에서 본 것이 아니라 바로 귀신이야. 만일 집사람이 문제를 피부로 느낀다면 우린 이 집 문마다 빗장을 질러야 할 거요."

리는 일어서서 빨래 바구니 쪽으로 가더니 두 갓난아기를 내려다보았다. 그는 바짝 들이대고 들여다보아야만 했다. 햇빛이 사라지고 있었기 때문이다. "자고 있군요."

"곧 울어댈 거야. 마차를 몰고 우리 집으로 가서 집사람을 불러다 주겠소? 내가 여기서 보잔다고 전해 주시오. 톰이 아직 거기 있으면 집을 보라고 하고, 없으면 아침에 보내겠소. 집사람이 오고 싶어하지 않거든 여기선 여자의 손과 밝은 눈이 필요하다고 하시오. 그러면 말귀를 알아들을 테니."

"그렇게 하죠. 우리는 어둠 속에 있는 아이들처럼 서로 겁나게 하고 있는지도 모르죠."

"나도 그렇게 생각했소. 내가 우물가에서 손을 다쳤다고 하시오. 제발 사실대로 말하면 안 돼요."

"램프에 불을 켜놓고 떠나겠습니다. 부인께서 여기 계시면 크게 안심이 되겠군요."

"그럴 거요. 그 여자가 이 굴 속에 빛을 비춰줄 거요."

리가 어둠 속으로 떠나고 난 후, 새뮤얼은 왼손으로 램프 하나를 들어올렸다. 그는 램프를 마루에 다시 놓고 침실문 손잡이를 돌렸다. 방 안은 칠흑같이 어두웠다. 노란 램프빛이 위쪽으로만 비쳐서 침대까지 밝혀주지는 않았다.

캐시의 목소리가 침대 쪽에서 매섭게 들렸다. "문 닫아요. 불빛이 싫어요. 아담, 나가요! 캄캄한 데서 혼자 있고 싶으니까요."

아담이 목쉰 소리로 말했다. "같이 있고 싶소."

"필요 없어요."

"여기 있겠소."

"그러면 있으세요. 그러나 더 이상 말을 하지 말아요. 제발 문을 닫고 램프를 내가요."

새뮤얼은 거실로 되돌아왔다. 그는 램프를 빨래 바구니 곁에 있는 테이블 위에 올려 놓고 쌔근쌔근 잠자는 갓난아기의 얼굴을 들여다보았다. 아기들은 눈을 꼭 감고 불빛이 싫은 듯이 코를 찡긋거렸다. 새뮤얼은 집게 손가락으로 뜨거운 앞이마를 쓰다듬었다. 한 아이가 입을 열어 크게 하품을 하고는 다시 잠들었다. 새뮤얼은 램프를 옮겨 놓고 나서 앞문으로 가서 문을 열고 밖으로 나갔다. 샛별이 하도 밝게 빛나 서산으로 넘어가면서 빛났다가 꺼져버릴 것 같았다. 바람 한 점 없었다. 한낮의 열기를 받은 들쑥 냄새가 났다. 밤은 캄캄했다. 어둠 속에서 사람 소리가 들려 그는 깜짝 놀랐다.

"그분은 어때요?"

"누구요?" 새뮤얼이 다그쳤다.

"나요, 래비트요." 그 사람이 불쑥 나타나자 문에서 새어나오는 불빛을 받아 모습이 드러났다.

"래비트, 산모 말이오? 아, 좋지."

"리가 그러던데 쌍둥이라죠?"

"그래요. 아들 쌍둥이야. 그보다 더 좋은 일이 어디 있겠소. 트래스크 씨는 강물을 바닥까지 퍼내고라도 캔디 케인을 가져올 거요."

새뮤얼은 자기가 왜 화제를 바꾸었는지 몰랐다. "래비트, 우리가 오늘 무엇에 구멍을 뚫렸는지 아오? 운석이오."

"해밀튼 씨, 운석이란 뭐요?"

"백만 년 전에 떨어진 유성이지."

"그래요? 뜻밖의 일인데. 한데 손은 왜 다쳤지요?"

"유성에 다쳤다고 말하고 싶지만." 새뮤얼은 웃었다. "그렇게 재미 있는 일은 못 되고 삭구에 손을 끼웠어."

"심한가요?"

"아니, 뭐 그리 심하진 않소."

"두 아들이라, 집사람이 시기하겠는데." 래비트가 말했다.

"들어와서 쉬겠소. 래비트?"

"아니에요. 고맙습니다. 자러 가야겠어요. 나이를 먹어 가면서 아침이 더 일찍 오는 것 같군요."

"그래요 그럼 잘 가시오."

라이저 해밀튼은 아침 네 시쯤에 도착했다. 새뮤얼은 의자에서 졸면서, 새빨갛게 단 쇠막대기를 잡았다가 도저히 손을 뗄 수 없는 꿈을 꾸고 있었다. 라이저는 그의 잠을 깨우면서 갓난아이에게 눈길을 돌릴 새도 없이 그의 손을 보았다. 그녀는 그가 서투른 솜씨로 했던 일을 척척하면서 남편에게 몇 가지 지시를 하고 나서 밖으로 몰아냈다. 그는 그 즉시 일어나서 독소로지에 안장을 얹고 킹 시티로 가야만 했다. 시간에 상관없이 그는 별로 신통치도 않은 의사를 깨워 치료를 받아야 했다. 상처가 괜찮으면 집으로 가서 기다려도 좋았다. 아직 아이에 지나지 않는 막내둥이를 돌봐주는 사람 없이 구덩이 곁에 있게 하는 것은 일종의 죄악이었다. 하느님의 관심마저 끌게 할지도 모르는 중대사였다.

만일 새뮤얼이 현실적이고 활동적인 것을 갈망했다면, 드디어 그는 그것을 대하게 되었다. 그녀는 동틀녘에 남편을 떠나보냈다. 그는 열 한 시에 손에 붕대를 감았고, 오후 다섯 시에는 자기집의 자기 의자에 앉아서 열로 고통을 겪고 있었다. 톰이 그에게 치킨 수프를 만들어 주려고 암탉 한 마리를 삶고 있었다.

새뮤얼은 3일 동안 병상에 누워 열로 생긴 환상에 이름을 붙여 주면서 투병했다. 드디어 그의 강력한 힘은 병을 이기고 멀리 쫓아버렸다.

새뮤얼은 맑은 눈으로 톰을 바라보다가 말했다. "이젠 일어나야겠구나." 그러나 그는 일어나려다가는 낄낄 웃으며 도로 주저앉고 말았다. 그 웃음소리는 그가 패배당했을 때 웃는 웃음이었다. 패배당했을 때에도 패배를 비웃음으로써 약간의 승리감을 맛볼 수 있다고 그는 생각하고 있었다. 아버지가 죽어라고 먹기 싫어할 때까지. 톰은 치킨 수프를 가져왔다. 수프란 만병통치약이며 장례식 때 먹어도 나쁘지 않다는 전설이 아직도 있으며 그렇게 생각하는 사람도 많다.

4 라이저는 1주일 동안 머물면서 트래스크의 집을 천장부터 나무 마루결에 이르기까지 말끔히 청소했다. 통 속에 넣을 수 있는 것은 모조리 물로 씻고, 나머지는 스펀지로 닦았다. 아기들은 작업대 위에 올려 놓았다. 아기들은 대개의 시간을 울면서 지냈지만 체중이 늘기 시작하는 것을 보고 만족해 했다. 그녀는 리를 완전히 믿을 수 없었기 때문에 무시해 버렸다. 아담을 시켜 창문을 닦게 했으나 후에 자기가 다시 닦았다.

라이저는 캐시와 오래 앉아서 이야기를 나누지는 않았지만, 말수가 적고 할머니 정도가 되는 자기에게 달걀을 들라고도 하지 잖는 야무진 여자라는 결론을 내리게 되었다. 그리고 캐시를 눈여겨보고 그녀가 다친 데도 없고 건강하게 되었다는 것과, 또 자기 자식들을 절대로 돌보지 않을 것이라고 생각했다. "그러는 것이 나을 거요." 새뮤얼 부인이 말했다. "저 커다란 애들이 당신 같은 작은 사람이면 뼈까지 씹어먹으려 할 거요." 새뮤얼 부인은 자기가 캐시보다도 작으면서 자식들을 모두 키웠다는 것을 까맣게 잊고 있었다.

토요일 오후, 라이저는 자기가 한 일을 점검하여 복통에서부터 기름 개미가 들어오는 길에 이르기까지, 모든 가능성을 포함한 주의사항을 자기 팔 길이만큼이나 길게 써놓은 다음 여행가방을 챙겨 리가 모는 마차를 타고 집으로 돌아왔다.

그녀는 집에 돌아와 보니 집이 돼지우리같이 더러워져 있었다. 그녀는 그리스 신화의 헤라클레스처럼 욕지거리를 하면서 부리나케 집을 청소하기 시작했다. 새뮤얼은 날아다니듯 일을 하는 아내에게 몇 가지를 질문했다.

"아이들은 어땠수?"
"잘 자라고 있었어요."
"아담은 어떻구?"
"글쎄, 그는 살아 있는 사람처럼 돌아다니긴 했지만 흔적을 하나도 남기지 않데요. 지혜로운 하느님께선 정말 이상한 사람들에게 돈복도 내리셨어. 돈이 없으면 굶어 죽겠으니 그랬을지도 모르지만."
"트래스크 부인은 어땠소?"
"대부분의 돈 많은 동부 여자들처럼 조용하고 감상적이더군요. (라이저는 돈 많은 동부 여자를 한 번도 본 일이 없었다) 그러나 일면 고분고분하고 정중했어요. 이건 이상한 일이에요. 어쩌면 나태한 면을 제외하고는 이렇다 할 단점을 발견할 수 없었어요. 그러나 나는 그 여자가 별로 좋지 않아요. 흉터 때문인지도 모르죠. 어떻게 해서 그런 흉터가 생겼대요?"
"모르겠는데."
라이저는 두 눈 사이에 집게 손가락을 겨누고 피스톨 모양을 하였다. "내가 말하죠. 그 여자는 자기도 모르게 남편에게 마술을 걸고 있어요. 그는 병든 오리처럼 부인 주위를 서성거리고 있더군요. 그 남자도 쌍둥이를 자세히 쳐다보지도 않는 것 같았어요."
새뮤얼은 그녀가 다시 자기 곁을 지날 때까지 기다리다가 말했다. "산모는 게으르고 남편은 제정신이 아니라면 도대체 예쁜 아기들은 누가 돌본단 말이오? 쌍둥이는 손이 더 가는데."
라이저는 뛰어가다가 중간에서 멈추고 의자를 끌어당겨 두 손을 무릎 위에 얹고 앉았다. "당신이 내 말을 믿지 않을 때, 나는 한 번도 사실을 경박하게 주장했던 일이 없었다는 것을 아시죠?"
"당신이 거짓말을 할 수 있다고는 생각지 않지." 그가 말하자, 그녀는 그것을 칭찬의 말이라고 생각하고 미소를 지었다.
"지금부터 내가 하는 말은, 당신이 사실을 모르고 있다면, 좀 믿기

어려울지도 몰라요."

"말해 봐요."

"여보, 당신은 이상하게 말하면서 곁눈길을 하는 변발의 중국 사람을 알죠?"

"리 말이지? 알고말고."

"그가 이교도라고 말할 순 없겠지요?"

"모르겠는데."

"이것 봐요. 새뮤얼. 아무도 그렇게 말하진 않겠지만 그는 이교도가 아니에요." 그녀는 몸을 똑바로 세웠다.

"그럼 무엇이란 말이오?"

그녀는 강철 같은 손가락으로 그의 팔을 두드렸다. "장로교인이에요. 그것도 아주 독실한. 그의 이상한 말투를 잘 캐보면 당신도 알겠지만……. 당신은 어떻게 생각해요?"

새뮤얼의 목소리는 터지는 웃음을 억제하느라고 불안정했다.

"그렇지 않아요!"

"그렇다니까요. 이것 봐요. 누가 그 쌍둥이를 돌보고 있을 것 같아요? 나는 하나에서 열까지 이교도는 믿고 싶지 않아요. 그러나 장로교인이라면 또 모르죠. 그는 내가 가르쳐준 것을 다 배웠다니까요."

"그렇다면 아이들의 몸무게가 느는 것도 이상할 것이 없죠." 새뮤얼이 말했다.

"칭찬할 일, 감사할 일이지요."

"우리도 그런 일을 하게 될 거요, 둘이서." 새뮤얼이 말했다.

5 캐시는 1주일 동안 쉬더니 원기를 회복했다. 10월 둘째주 토요일, 그녀는 아침 내내 침실에 있었다. 아담이 문을 열어 보았으나 잠겨 있었다.

"난 바빠요." 그녀가 소리지르자 그는 물러났다.

그녀는 옷장을 정리하고 있는 것 같았다. 서랍을 열었다 닫았다 하는 소리가 들렸기 때문이다.

오후 늦게 리가 현관에 앉아 있는 아담에게 왔다. "부인께서는 저더러 킹 시티에 가서 육아 병을 사오라고 하는데요." 그가 불안한 듯이 말했다.

"그러면 그렇게 하지. 아내는 당신의 안주인이오."

"그리고 부인께선 월요일까지 돌아오지 말라고 하시는데요. 그리고 ……."

캐시가 문 입구에서 차분하게 말했다. "그 사람은 오랫동안 하루도 쉬지 못했어요. 쉬면 그에게 좋을 거예요."

"그렇군. 나는 미처 거기까진 생각을 못했군. 잘 갔다 와요. 사람이 필요하면 목수 한 사람을 부를 테니까."

"인부들은 일요일엔 돌아가는데요."

"그럼 그 인디언을 데려오지. 로페즈가 도와줄 거요."

리는 캐시가 자기를 쳐다보는 눈길을 느꼈다.

"로페즈는 취해 있습니다. 위스키 병을 찾고 있어요."

아담이 성급하게 말했다. "나는 뭐 도움이 필요하지 않아, 리. 이제 그만 떠들게."

리는 문 입구에 서 있는 캐시를 쳐다보았다. 그는 눈꺼풀을 아래로 깔았다. "어쩌면 늦게야 돌아올 겁니다." 그는 두 개의 검은 선이 그녀의 양미간에 나타났다가 사라지는 것을 보았다.

그들은 돌아서서 "안녕히 계십시오" 하고 인사했다.

캐시는 저녁 무렵에 자기 방으로 돌아갔다. 일곱 시 반에 아담이 노크했다. "저녁 식사를 준비했소. 많지 않아요."

마치 기다리고 있었기나 한 듯이 문이 열렸다. 그녀는 멋있는 여행용 드레스와 까만 끈으로 가장자리를 붙이고 까만 벨벳 깃이 있고 커다란 흑옥 단추가 달린 재킷을 입고 있었다. 머리에는 위쪽이 작고 챙이 넓은 밀짚모자를 쓰고 있었다. 흑옥이 달린 기다란 모자 핀이 모자를 붙잡아매고 있었다. 아담의 입이 딱 벌어졌다.
 그녀는 그가 말할 기회를 주지 않았다.
 "나는 지금 떠납니다."
 "캐시, 무슨 소리야?"
 "전에 말했지 않아요."
 "하지 않았어."
 "당신이 듣지 못한 거죠. 그런 건 아무것도 아녜요."
 "당신 말을 믿을 수 없소."
 힘은 없지만 금속성 목소리로 그녀가 말했다. "당신이 믿든 안 믿든 그런 건 상관 없어요. 나는 가겠어요."
 "아이들은……"
 "우물 속에나 던져버려요."
 그는 제정신을 잃고 소리쳤다. "캐시, 당신은 몸이 성치 않소. 가면 안 돼. 내게서…… 내게서 떠나면 안 돼."
 "나는 당신에게 무슨 짓이든 할 수 있어요. 아무 여자라도 당신에겐 무슨 짓이든 할 수 있어요. 당신은 바보야."
 그 말이 그의 귀에 몽롱하게 들려왔다. 그는 느닷없이 그녀의 어깨를 잡고 뒤로 밀어붙였다. 그녀가 비틀거리는 사이에 그는 안쪽 문 열쇠를 뽑아 문을 쾅 하고 닫고 자물쇠를 채웠다.
 그는 판벽에 한쪽 귀를 대고 숨을 헐떡이며 서 있었다. 히스테리에서 나올 욕지거리가 두렵기도 했다. 그녀가 아무 말 없이 주위를 왔다 갔다하는 소리가 들렸다. 서랍이 열렸다. 그냥 주저앉으려는가보다 하는 생각이 그의 머리를 스쳤다. 어디선지는 모르지만 찰칵 하는 소리가 들렸다 그의 귀는 거의 문에 닿아 있었다.
 그녀의 목소리가 하도 가까이에서 들려와서 그는 머리를 뒤로 젖혔다. 그녀의 목소리에는 윤기가 있었다. "여보." 그녀가 부드럽게 말했다. "그 정도로 나오실 줄은 몰랐어요. 미안해요, 아담."

그는 거칠게 숨을 몰아쉬었다. 열쇠를 돌리는 그의 손이 떨리고 있었다. 열쇠가 바닥에 떨어졌다. 그는 문을 밀어 열었다. 그녀는 3피트 앞에 서 있었다. 그녀는 오른손에 그의 44콜트총을 들고 있었고, 까만 총구가 그를 겨냥하고 있었다. 그가 한발짝 다가서자 공이가 뒤로 젖혀져 있는 것이 보였다

그녀는 그를 향해 총을 발사했다. 묵직한 납 탄알이 그의 어깨를 명중하여 견갑골을 박살냈다. 총성과 섬광에 그는 숨이 막혀 뒤로 비틀거리다가 마루에 쓰러졌다. 그녀는 마치 다친 동물에게 다가가듯 천천히, 그리고 조심스럽게 그에게로 다가갔다. 그는 자기를 냉정하게 살피고 있는 그녀의 눈을 응시했다. 그녀는 피스톨을 그의 옆 마루에 던지더니 집 밖으로 걸어나갔다. 현관을 걷는 발소리, 그리고 길에 깔린 바싹 마른 참나무 잎사귀를 밟는 발소리가 들리더니 이내 그 소리도 사라져갔다. 그러고는 배 고파서 울어대는 쌍둥이의 울음소리가 계속해서 단조롭게 들려왔다. 그는 아기들에게 우유 먹이는 것을 잊고 있었던 것이다.

제 *18* 장

1 호레이스 퀸은 킹 시티 지역의 보안을 맡은 새 부보안관이었 그는 새 직책 때문에 그의 목장을 너무 자주 떠나 있게 되었다고 불평했다. 그의 아내는 더 불평이 많았다. 그러나 그가 부보안관으로 부임하고 난 후엔 이렇다 할 범죄 사건이 일어나지 않았다. 그는

일을 잘해서 명성을 얻게 되면 보안관이 되리라고 생각했다. 보안관이란 중요한 관리였다. 보안관이란 지방검사보다 그 지위가 안정되어 있고, 상급 법원의 판사만큼이나 거의 영구적이고 권위 있는 직책이었다. 호레이스는 평생 목장에 주저앉아 썩기를 바라지 않았으며 그의 아내도 친척들이 살고 있는 샐리너스에서 살고 싶어했다.

아담 트래스크가 피격당했다는 소식이 인디언과 목수들에 의해 호레이스에게 전해지자, 그는 그 날 아침에 잡은 돼지의 요리를 아내에게 맡기고 즉시 말을 타고 떠났다.

헤스터 로(路)가 왼쪽으로 꺾이는 커다란 단풍나무 바로 북쪽에서, 호레이스는 줄리어스 유스카디를 만났다. 줄리어스는 메추라기 사냥을 갈까, 아니면 재미를 보러 킹 시티로 가서 샐리너스 행 기차를 탈까 하고 망설이고 있던 참이었다. 유스카디 가족은 스페인의 바스크 혈통을 이어받은 부유하고 멋있는 사람들이었다.

줄리어스가 말했다. "같이 가신다면 나는 샐리너스로 갈까 합니다. 제니의 집 바로 옆에, 그러니까 롱 그린에서 두 번째 집에 페이라는 새 술집이 생겼다는군요. 샌프란시스코의 술집에 못지 않게 근사하다고 들었어요. 피아노 연주자까지 있다니까."

호레이스는 팔꿈치를 말안장 머리에 얹고 승마용 채찍으로 말 어깨에 앉아 있는 파리를 쫓았다. "다음에 갑시다. 조사할 것이 있어요."

"트래스크 집으로 가는 것 아닙니까?"

"맞아요. 뭐 이야기 들은 것 좀 있어요?"

"이치에 맞지 않는단 말야. 트래스크 씨가 44구경 권총으로 어깨를 쏘아 자살하려고 했다는 거요. 그리고 목장에서 일하는 일꾼들을 모두 해고했고. 어떻게 44구경 권총으로 어깨를 쏘아 자살을 시도해요, 호레이스?"

"모르겠는데. 동부 사람들은 하도 영리하니까. 가서 조사를 해야겠어요. 부인은 어린애를 막 낳았다죠?"

"쌍둥이라고 들었어요. 쌍둥이가 그를 쐈는지도 모르죠."
"한 애는 총을 들고 한 애는 방아쇠를 당기고? 그 밖에 뭐 다른 이야기를 들은 것 좀 없소?"
"모든 게 뒤죽박죽입니다, 호레이스. 함께 가줄까요?"
"나는 당신을 대리인으로 삼고 싶지는 않소, 줄리어스. 보안관이 그러는데 군 감독관들은 월급봉투 때문에 야단이라더군. 알리설에 있는 혼비는 대고모를 대리인으로 삼아 바로 부활절 3주 전에 민병대에 편입했다고 합니다."
"농담이겠지!"
"아니오, 사실이오. 그리고 당신은 훈장도 받지 못할 것이오."
"제기랄, 당신의 대리가 되고 싶어 그런 게 아니오. 그저 당신을 동행할까 했을 뿐이오. 호기심이 동하거든요."
"나도 그렇소. 어쨌든 함께 가게 되어 기쁘오, 줄리어스. 무슨 문제라도 생기면, 나는 언제고 당신에게 선서를 지킬 수 있어요. 새 술집 이름이 무어라고 그랬지?"
"페이 술집이랍니다. 새크라멘토에서 온 여자래요."
"새크라멘토의 술집들은 근사하죠."
두 사람은 말을 타고 가면서, 호레이스가 새크라멘토의 이야기를 했다.
말 타기에 좋은 날이었다. 그들은 좁은 산체스 계곡으로 접어 들면서 근래의 사냥이 신통치 않다는 이야기를 했다. 예년에 비해 세 가지 일이 신통치 않았다 —— 농사와 고기잡이와 사냥, 줄리어스가 말을 이었다. "제길, 사냥꾼들이 회색 곰을 전부 잡지 않고 좀 남겨 놓았었으면 좋았을 텐데. 1880년에 나의 조부는 플레이트 근처에서 1,800파운드나 나가는 곰 한 마리를 잡았었지요."
참나무 밑을 지날 때 그들은 입을 다물고 있었다. 주위가 조용하여 서였는지 모른다. 쥐새끼 하나 움직이는 소리도 들리지 않았다.

"그 고옥은 다 고쳤는지 모르겠군." 호레이스가 말했다.

"아직 안 끝났어요. 거기서 일하던 래비트 홀먼이 그러던데, 트래스크가 모두 불러 놓고선 해고를 시켰다는군요. 나오지 말라고 그러더랍니다."

"트래스크는 돈이 많다던데."

"그래, 넉넉한 모양이더군." 줄리어스가 말했다. "지금 새뮤얼 해밀튼이 우물을 네 개나 파고 있지요. 그 사람도 해고를 당하지 않았다면."

"해밀튼 씨는 어떻게 지내지요? 그를 만나봐야겠어요."

"잘 지내죠. 여전하죠."

"그분을 찾아가 봐야겠어요." 호레이스가 말했다.

리가 현관에 나와 그들을 맞아들였다.

호레이스가 말했다. "잘 있었나, 칭 총? 주인 계셔?"

"아프세요." 리가 대답했다.

"만나보고 싶은데."

"만나뵐 수 없습니다. 아프세요."

"괜찮아요. 부보안관 퀸이 뵙자고 한다고 전하게."

리가 안으로 들어갔다가 곧 다시 나왔다. "들어오세요. 말은 내가 매지요."

아담은 쌍둥이가 태어났던 네 발 침대에 누워 있었다. 베개를 여러 개 포개 받치고 있었다. 집에서 만든 붕대로 가슴과 어깨를 여러 겹 감고 있었다. 홀스 크림 연고 냄새가 방 안에 가득했다.

호레이스는 후에 자기 부인에게 이렇게 말했다. "죽음이 숨쉬고 있는 바로 그런 장면이었어."

피골이 상접한 아담의 뺨은 코 주위의 근육을 팽팽하고 끈끈하게 잡아당기고 있었다. 얼굴에서 툭 튀어나온 듯한 두 눈은 얼굴의 윗부분 전체를 차지하고 있는 성싶었다. 그리고 아픔으로 인해 근시안처럼 빛나고 있었다. 뼈가 앙상한 오른손으로는 붕대를 감은 주먹을 문지르고 있었다.

호레이스가 먼저 말을 꺼냈다. "어떠세요, 트래스크 씨. 다쳤다는 소식을 들었습니다." 그는 말은 멈추고 대답을 기다렸다. 그는 다시 말을 이었다. "어떤가 하고 잠깐 들렀습니다. 어떻게 된 것입니까?"

투명한 열의의 빛이 아담의 얼굴에 나타났다. 그는 침대에서 가볍게 몸을 움직였다.

"말할 때 통증을 느끼면 가만가만 말하세요." 호레이스가 부축하듯 말을 덧붙였다.

"숨을 깊이 쉴 때만 아플 뿐입니다." 아담이 부드럽게 말했다. "총을 손질하다가 오발했지요."

호레이스는 줄리어스를 힐끗 쳐다보고 나서 다시 눈길을 돌렸다. 그 눈길을 보자 아담의 얼굴에는 다소 당황하는 기색이 떠올랐다.

"사고는 언제나 일어나게 마련이죠." 호레이스가 말했다. "총은 어디 있습니까?"

"리가 치운 것 같습니다."

호레이스는 문 쪽으로 걸어갔다. "여보게 칭 총, 그 총을 가져오게."

잠시 후, 리가 총을 개머리판을 앞으로 하고 문 사이로 들이밀었다. 호레이스는 총을 살피더니 탄창을 흔들고 탄약을 밀어내고 빈 탄창의 냄새를 맡았다. "총은 겨눌 때보다는 손질할 때 발사되기 쉽지요. 트래스크 씨, 나는 군(郡)에 보고해야 합니다. 당신의 시간을 많이 뺏지는 않을 겁니다. 총신을 손질할 때, 가령 막대기 같은 것에 의해 총알이 발사되면서 당신의 어깨를 맞혔다, 이거죠?"

"바로 그렇습니다." 아담이 재빨리 대꾸했다.

"손질할 때 탄창을 빼놓지 않았구먼요?"

"그렇습니다."

"격침을 세우고 총신이 당신에게 향하게 한 채 막대를 넣었다 뺐다 했구먼요?" 가쁘게 몰아쉬는 아담의 숨소리가 들렸다.

호레이스가 말을 이었다. "그러면 그 막대기는 당신을 관통하고 왼손도 날아가게 했음이 틀림없는데요." 햇빛에 바래어 파리하게 된 호레이스의 눈이 아담의 얼굴을 뚫어지게 바라보았다. 그는 친절하게 말했다. "어떻게 된 것입니까, 트래스크 씨 사실을 말해 주시오."

"정말이지 사고였어요."

"내가 지금 말한 대로 보고서를 작성하도록 하시지는 않겠죠. 보안관은 나더러 미쳤다고 할 겁니다. 사실대로 말해 주시오."

"나는 총에 그리 익숙하지 못합니다. 말씀하신 그대로는 아닌지 모르지만 내가 총을 닦다가 오발된 것은 틀림없어요."

호레이스의 코에서 바람 소리가 났다. 그는 이 소리를 막기 위하여 입으로 숨을 쉬어야만 했다. 그는 친대 아래쪽에 서서 아담이 머리 쪽으로 가서 눈을 들여다보았다. "얼마 전에 동부에서 오셨죠?"

"그렇습니다. 코네티컷에서 왔습니다."

"그곳 사람들은 총을 별로 사용하지 않죠."

"많이 사용하진 않죠."

"사냥도 거의 안 하나요?"

"약간 하죠."

"그러면 당신도 엽총에는 꽤 익숙하겠군요?"

"그렇죠. 하지만 사냥을 많이 하지는 않았습니다."

"당신은 피스톨을 거의 사용해 본 적이 없기 때문에 다루는 법을 모르시는 모양이군요."

"그렇습니다." 아담은 열심히 대답했다. "그곳 사람들은 거의 피스톨을 갖고 있지 않죠."

"이곳 사람들은 누구나 피스톨을 갖고 있기 때문에 그 사용법을 배울 양으로 여기 올 때 사셨죠?"

"글쎄요. 사용법을 배우면 좋을 것이라고 생각했지요."

줄리어스 유스카디는 얼굴과 몸을 굽히고 귀담아 들으면서 긴장해서 있었으나 아무 말도 하지 않았다. 호레이스는 한숨을 쉬고 나서 아담에게서 눈길을 돌렸다. 그는 줄리어스를 흘긋 쳐다보고는 손을 쳐다보았다. 그는 총을 책상 위에 올려놓고 그 옆에 쇠와 납으로 된 탄약을 조심스럽게 늘어놓았다.

"나는 부보안관이 된 지 얼마 안 됩니다만 이 일을 잘 처리하여 어쩌면 몇 해 후에 정식 보안관 신청을 할까 합니다. 그러나 그럴 용기를 잃고 말았군요. 일이 별로 재미가 없으니 말이오."

아담은 신경질적으로 그를 바라보았다.

"전엔 누구도 나를 무서워한 사람은 없습니다. 나에게 화를 낸 사람은 있었어도 무서워한 사람은 없었습니다. 이번 일은 치사하군요. 나를 참 치사하도록 만드는군요."

줄리어스가 초조한 듯이 말했다. "끝까지 조사를 해야지. 지금 당장 포기해서는 안 됩니다."

"나는 도저히 안 되겠어. 하고 싶어도 말이오. 좋아요! 트래스크 씨, 당신은 합중국 기병대에서 복무한 일이 있지요. 그런데 당신은……" 그는 말을 멈추고 침을 꿀꺽 삼켰다. "어떻게 된 것입니까, 트래스크 씨?"

아담의 눈은 점점 커지는 듯했다. 그러더니 눈에 눈물이 어리고 눈자위가 빨개졌다.

"오발이었습니다." 그는 속삭이듯 말했다.

"본 사람이 있나요? 사고가 일어났을 때 부인도 있었나요?"

아담은 대답하지 않았다. 호레이스는 그가 두 눈을 감는 것을 보았다. "트래스크 씨, 당신의 몸이 불편하다는 것은 나도 알고 있습니다. 가능하면 편하게 해드리고 싶습니다. 부인과 이야기를 나누는 동안 좀 쉬시지요." 그는 잠시 머뭇거리다가 문 입구로 몸을 돌렸다. 거기에는 아직도 리가 서 있었다. "칭 총, 부인께 잠깐만 말씀드릴 것이 있다고 전해드리게."

리는 대답하지 않았다. 아담이 눈을 감은 채 말했다. "집사람은 어딜 좀 나갔습니다."

"사고가 일어났을 때 부인께서는 여기 안 계셨던가요?" 호레이스가 줄리어스를 흘긋 쳐다보자 줄리어스의 입가에는 기묘한 표정이 일어났다. 그의 입가는 조소하는 웃음으로 약간 위로 올라갔다.

'이 친구 나보다 앞서 있구먼. 훌륭한 보안관이 되겠는데' 하는 생각이 번뜩 호레이스의 머리를 스쳤다. "이것 참 재미있군요. 부인께서는 2주일 전에 어린애를 …… 그렇지, 쌍둥이를 낳으셨다는데 벌써 방문차 외출을 하셨다니 말씀입니다. 부인께선 어린애들을 데리고 가셨나요? 조금 전에 어린애 우는 소리를 들은 것 같은데." 호레이스는 심내 위로 몸을 굽혀 아담의 꽉 쥔 오른손을 잡았다.

"이런 일을 하고 싶진 않지만 이젠 할 수 없소!" 그는 큰 소리로 말했다. "사실대로 이야기하시오. 사생활에 참견하는 게 아니라 이것은 법의 명령이오. 이봐요, 눈을 뜨고 말하시오. 그렇지 않으면 부상을 당한 몸이긴 하지만 당신을 보안관에게 연행하겠소."

아담은 눈을 떴다. 그러나 몽유병자의 눈처럼 공허했다. 그의 목소리는 억양도, 강약도, 그리고 감정도 없이 흘러나왔다. 마치 이해하지 못하는 언어로 단어만을 정확하게 말하는 듯했다.

"아내는 나가버렸습니다."

"어디를 갔습니까?"

"모릅니다."

"그게 무슨 소리요?"

"그 사람이 어딜 갔는지, 그건 나도 모릅니다."

줄리어스가 처음으로 끼어들었다.

"나간 이유가 무엇입니까?"

"모릅니다."

호레이스는 화를 내면서 말했다. "조심하시오. 아슬아슬하게 장난을 하고 있구먼. 나는 내 생각이 틀렸으면 싶소. 그 여자가 간 이유를 당신은 틀림없이 알고 있소."

"그 이유는 나도 모릅니다."

"그 여자가 몸이 아팠소? 이상한 행동을 했소?"

"아닙니다."

호레이스는 몸을 돌렸다. "칭 총. 자네, 이 일에 대해 뭐 좀 아는 것 없나?"

"저는 토요일에 킹 시티에 갔었습니다. 밤 12시쯤에 돌아와 보니 주인께서 마루에 누워 계시더군요."

"그래서 사건이 일어날 때 여기 없었단 말이지?"

"그렇습니다."

"됐어. 그러면 트래스크에게로 되돌아가야 하겠군. 칭 총, 저 차일대를 좀 열게. 좀 보이도록. 그 정도면 됐어. 자, 안 되는 한이 있더라도 우선 당신 말대로 일을 진행합시다. 당신 부인은 나가버렸다, 그럼 부인이 쏘았소?"

"오발입니다."

"좋아요. 오발이라고 합시다. 그러나 총은 그 여자가 들고 있었소?"

"오발이었습니다."

"어렵게 만드는구먼. 부인이 나갔다고 합시다. 그러면 우리는 부인을 찾아야 합니다. 알겠소? 마치 어린애들 장난 같구먼. 그렇게 만드는구먼. 결혼한 지 얼마나 되오?"

"1년 가까이 됩니다."

"결혼 전의 아내 이름은?"

오랫동안 대답을 하지 않고 있다가 아담은 조그마한 소리로 말했다. "말하지 않겠습니다. 약속을 했었거든요."

"당신, 조심하시오. 부인은 어디 출신이오?"
"모릅니다."
"트래스크 씨, 그렇게 말하면 감옥엘 가야 해요. 이제 인상 조사를 합시다. 키는?"
아담의 눈이 빛났다. "크지 않죠…… 작고 가냘프죠."
"좋습니다. 머리 색깔은? 눈은?"
"예쁜 사람이었죠."
"예뻤다구요?"
"지금도 예쁘죠."
"흉터 같은 것은?"
"아, 그런 건 없습니다. 아니, 있군요. 앞이마에 흉터가 있지요."
"당신은 아내의 이름도 모르고, 어디서 왔는지 어디로 갔는지도 모르고, 인상 묘사도 하지 못하는군. 나를 바보로 아는 모양이구먼."
아담이 말했다. "그 여자는 비밀을 갖고 있었어요. 그런데 묻지 않기로 약속을 했었지요. 아내는 누군가를 무서워하고 있었습니다." 이렇게 말하고 나서 느닷없이 통곡하기 시작했다. 온몸이 떨리고 작지만 높은 울음소리가 나왔다. 어찌할 수 없는 울음이었다.
호레이스는 마음의 고통을 느꼈다.
"줄리어스, 다른 방으로 갑시다." 그는 줄리어스를 데리고 거실로 나왔다. "줄리어스, 당신은 어떻게 생각하시오? 저 사람 미친 것 아니오?"
"모르겠는데요."
"저 사람이 아내를 죽였나?"
"그런 생각도 번뜩 들더군요."
"내 생각도 그래." 호레이스가 말했다. "큰일 났는데!" 그는 서둘러 침실로 가서 피스톨과 탄알을 들고 돌아왔다. "이것을 잊었어." 그는 사과하듯 말했다. 이 직책 오래 하고 싶지가 않소."

줄리어스가 물었다. "그럼 무엇을 하시려구요?"

"글쎄, 이 직책에 나의 능력이 미치지 못한단 말이야. 봉급 명부에 자네 이름을 기장하진 않겠다고 말했지만, 오른손을 들어요."

"호레이스, 선서하고 싶지 않아요. 샐리너스에나 가고 싶어요."

"줄리어스, 마음대로 할 수 없어요. 손 들고 선서하지 않으면 당신을 체포해야 될 거야." 줄리어스는 내키지는 않았지만 손을 들고 마지못해 선서를 했다. "동행해준 보답이 이겁니까?" 그가 말했다. "아버지는 산 채로 내 껍질을 벗기려 할 거요. 좋아, 이젠 무얼 하죠?"

호레이스가 말했다. "나는 보안관한테 달려갔다 와야겠소. 보안관이 필요해. 트레스크를 연행할까 하고도 생각해보았지만 그를 움직이게 하고 싶지 않아요. 미안하지만 당신이 여기 있어줘야겠소. 총을 가지고 있소?"

"아니오."

"그러면 이걸 가지고 있어요. 또 이 휘장도." 그는 자기 셔츠에서 그것을 뽑아 내밀었다.

"얼마나 걸릴 것 같아요?"

"될 수 있는 대로 빨리 오지. 줄리어스, 트래스크 부인을 본 일이 있어요?"

"보지 못했는데요."

"나도 못 봤단 말야. 트래스크가 부인 이름도 모르고 기타 사항도 모른다고 보안관에게 보고할 수밖에 없어. 그리고 그 여자는 그리 크지 않고 예쁘다는 이야기도 해야겠어. 참 더러운 인상서야! 보안관에게 보고하기 전에 사임을 할까 생각중이오. 나를 면직시킬 것이 확실하니까 말이오. 그 자가 부인을 죽였다고 생각지 않소?"

"도대체 내가 어떻게 알겠소?"

"화내지 말아요."

줄리어스는 총을 들고 탄창에 탄알을 넣은 후 손에 올려놓았다.

"호레이스, 아이디어가 필요하지 않아요?"

"그렇게 보이지 않소."

"그래요. 샘 해밀튼이 그 여자를 알아요. 그가 아이를 받았다고 래비트가 그러더군요. 그리고 해밀튼 부인이 그 여자의 산후 관리를 했대요. 가는 길에 거기 들러서 그 여자의 인상을 자세히 알아 가지고 가지 그래요."

"그 휘장은 당신이 차는 것이 낫겠소. 좋아요. 거기 들렀다 가겠어요."

"나더러 감시를 하란 말입니까?"

"저 사람이 도망하는가, 또는 자해(自害)를 하는가만 보면 돼요. 알겠소? 조심해요."

2 한밤중이 다 되어서야 호레이스는 킹 시티에서 화물 기차를 탔다. 그는 기관실에서 기관사와 앉아 밤을 새우고 다음날 아침 샐리너스에 제일 먼저 내렸다. 샐리너스는 군청 소재지로 급속도로 발전하는 도시였다. 인구는 2,000명에 육박하고 있었다. 이곳은 샌조우스와 샌루이스 오비스포 사이의 제일 큰 도시로 앞으로도 크게 발전하리라고 누구나 생각했다.

호레이스는 남태평양 정거장에서 걸어나와 아침 식사를 하려고 한 간이 식당으로 들어갔다. 필요없이 보안관을 일찍 깨워 나쁜 인상을 주고 싶지 않았다. 식당에서 그는 우연히 젊은 윌 해밀튼을 만났다. 그는 근사한 양복을 입고 있었는데 아주 경기가 좋아 보였.

호레이스는 그와 동석했다.

"윌, 재미가 어때?"

"아주 좋습니다."

"여긴 무슨 일로 왔나?"

"네, 거래가 좀 있어서요."

"좋은 일이 있으면 나도 좀 끼워 주게." 젊은 사람에게 이런 말을 하다니 좀 이상한 생각이 들었다. 그러나 윌 해밀튼에게는 성공할 가망이 있었다. 그가 이 군에서 아주 영향력 있는 사람이 될 것이라고 누구나 생각하고 있었다. 어떤 사람들은 좋건 나쁘건 자기 미래를 밖으로 드러나게 하는 것이다.

"그렇게 하죠. 그런데 목장 일에 전력하고 계신 줄 알았지요."

"좋은 일이 나타나면 언제든 목장을 누구에게 빌려 줄 생각이오."

"호레이스 씨, 우리 지방은 너무나 소홀하게 취급을 받아 왔어요. 관직에 들어갈 생각을 해보신 적 없으세요?"

"무슨 말인가?"

"지금 부보안관이시지요? 보안관 신청을 해 보실 생각은 없으세요?"

"응, 그런 생각은 안 해 봤어."

"생각해 보세요. 속으로만 생각하세요. 2,3주 후에 만나 뵙고 이야기 드리지요. 하지만 그건 속으로만 알고 계셔야 합니다."

"꼭 그렇게 하겠네. 하지만 아주 훌륭한 보안관이 계시지 않은가?"

"알고 있어요. 그것과는 아무 상관 없어요. 킹 시티에는 단 한 명의 군 관리도 없지 않아요? 아시겠어요?"

"알겠네, 생각해 보지. 그리고 참, 어제 여기 오는 길에 잠깐 들러 자네 부모들을 만나 뵈었네."

윌의 얼굴이 환하게 밝아졌다. "그러셨어요? 어떠세요?"

"잘 계시더군. 잘 알겠지만 부친께서는 정말 희극적 천재이셔."

윌이 낄낄 웃었다. "우리가 자랄 때는 꽤나 웃기셨죠."

"뿐만 아니라 재주도 좋은 분야. 부친이 직접 발명한 새 풍차를 보여 주시더군. 정말 대단한 것이었어."

"아, 또 특허 변호사가 끼여들게 되었군요!"

"하지만 이것은 훌륭해." 호레이스가 말했다.
"그야 모두 훌륭하죠. 그러나 돈을 버는 사람은 특히 변호사뿐이지요. 그래서 어머니를 안달나게 만들죠."
"그거 일리 있는 말일세."
"돈을 버는 방법이란 만든 물건을 적당한 사람에게 파는 것뿐이지요."
"그 말도 일리가 있네. 그렇지만 이건 정말 굉장한 풍차란 말이야."
"아버지가 호레이스 씨를 홀리셨구먼요?"
"그러신 모양이야. 하지만 아버지가 지금도 달라지시기를 바라는 것은 아니지?"
"아, 천만에요. 내가 말씀드린 것을 생각해 보세요."
"좋아."
"마음 속으로만 생각해야 해요."
보안관의 직무란 쉬운 것이 아니었다. 제비 뽑는 것과 같은 보통선거에서 좋은 보안관을 뽑은 군(郡)은 운이 좋은 군이었다. 보안관의 직책은 복잡했다. 법률을 적용시키고 평화를 유지한다는 명백한 보안관의 의무는 사실 가장 중요한 의무와는 거리가 멀었다. 보안관이 군(郡)의 군대를 대표하는 것은 사실이었지만 각양 각색의 사람들이 들끓는 사회 속에서 거칠고 우둔한 보안관은 그 명맥을 오래 유지하지 못했다. 물 싸움, 경계선 싸움, 가축침입 논쟁, 가족관계, 부권문제 ──이러한 문제들은 무력을 사용하지 않고 해결되어야 하는 것들이었다. 훌륭한 보안관은 모든 수단에 실패했을 때만 사람을 체포한다. 가장 훌륭한 보안관은 가장 훌륭한 투사가 아니라 가장 훌륭한 외교관이었다. 사실이지 몬터레이 군에는 훌륭한 보안관이 일하고 있었다. 그는 자신의 일에만 열중하는 훌륭한 재능을 갖고 있었다.
호레이스는 9시 10분쯤 해서 옛 군 교도소 자리에 있는 보안관 사무실에 들렀다. 보안관과 악수를 하고 날씨와 추수에 관한 이야기를 하다가, 호레이스는 용건을 꺼냈다.

"보안관님." 마침내 호레이스가 말했다. "실은 보안관님의 지시를 받으려고 왔습니다." 그는 주위 사람들이 이야기한 것에서부터 그들이 본 것, 사건발생 시간에 이르기까지 모든 것을 자세히 말했다.

잠시 후 보안관은 눈을 감고 손가락을 한데 모았다. 눈을 뜨곤 간간이 이야기를 중단시키기는 했으나 논평은 하지 않았다.

"저는 거기부터 어찌할 바를 모르게 되었습니다. 사건의 내용을 알아낼 수 없었습니다. 그 여자의 외모마저도 알아낼 수 없었습니다. 샘 해밀튼을 만나게 된 것도 줄리어스 유스카디가 생각해 낸 것입니다."

보안관은 몸을 움직여 다리를 꼬고 앉아 사건을 조사하기 시작했다.

"자네는 그가 부인을 죽였다고 생각하는구먼?"

"네. 그렇게 생각했습니다만 해밀튼 씨는 트래스크가 사람을 죽였을 리가 없다는 것입니다."

"누구나 사람을 죽일 수 있지." 보안관이 말했다. "방아쇠만 찾으면 누구나 총을 쏠 수 있지."

"해밀튼 씨가 그 여자에 대하여 재미있는 이야기를 해주더군요. 그가 어린애를 받을 때, 그 여자가 그의 손을 물어뜯었다는 겁니다. 마치 늑대처럼 손을 물었다더군요."

"샘이 그 여자의 인상을 말해 주던가?"

"해밀튼 부부가 함께 말해주더군요." 호레이스는 호주머니에서 종이를 꺼내 자세하게 적은 캐시의 인상을 읽었다. 해밀튼 부부는 캐시의 외모에 대해서 많이 알고 있었다.

호레이스가 말을 끝내자 보안관은 한숨을 내쉬었다. "흉터에 대한 두 사람의 이야기가 일치하던가?"

"일치했어요. 그 흉터가 때에 따라서는 더 까맣게 된다고 두 사람이 말했어요."

보안관은 눈을 다시 감고 의자 뒤로 몸을 기댔다. 그는 갑자기 몸을 세우더니 책상 서랍을 열고 위스키 병을 꺼냈다.
"한잔 하게."
"제가 술을 마신다고 걱정 마십쇼. 보안관님을 똑바로 쳐다보고 있으니까요." 호레이스는 입을 닦고 술병을 건네주었다. "생각이 떠오르십니까?"
보안관은 위스키를 세 번 마시고는 술병 마개를 닫아 서랍 속에 다시 넣고 대답했다. "우리 군(郡)은 잘되고 있지. 나는 순경들과 잘 지내고 있소. 그들이 필요할 땐 내가 도와주거든. 샐리너스같이 발전하는 도시에는 낯선 사람들이 항상 들락날락하지. 주의 깊게 살피지 않으면 문제가 일어나요. 우리들은 지방 사람들과 잘 지내고 있지." 그는 호레이스의 눈을 살폈다. "불안해 하지 말아요. 연설을 하고 있는 것은 아니니까. 어떻게 돌아가고 있는가를 이야기하고 있을 뿐이오. 우린 사람들을 몰아내지 않고 함께 살아야 하오."
"제가 무엇을 잘못했습니까?"
"아니오. 일을 잘했소. 만일 자네가 여기에 오지 않았다든가, 트래스크 씨를 연행해 왔다면 대혼란이 일어났을 거야. 자, 이야기를 들어요. 이야기를 할 테니 ……."
"듣고 있습니다." 호레이스가 말했다.
"철로 너머 차이나 타운에는 창녀촌이 있어요."
"알고 있습니다."
"누구나 다 알지. 만일 우리가 그 촌을 폐쇄한다면 그들은 다른 곳으로 옮겨갈 뿐이야. 사람들은 그런 곳을 원하고 있소. 우리는 사고가 일어나지 않도록 그곳을 주시하고 있소. 홍등가를 운영하는 사람들은 우리와 접촉을 하고 있어요. 내가 그곳에 들은 정보로 수배인을 몇 명 잡아낸 일도 있어."
호레이스가 말했다. "줄리어스가 나에게 말하기를 ……."

"잠깐 기다려요. 그 이야기로 되돌아오지 않게 이야기를 끝냅시다. 3개월 쯤 전에 멋있게 생긴 여자 하나가 나를 만나러 왔었지. 여기서 술집을 하나 차리고 잘 운영해 보겠다는 거야. 새크라멘토에서 왔어. 거기서도 술집을 했대. 꽤 요직에 있는 사람의 소개장을 들고 왔었는데 실적이 좋았어요. 문제도 일으킨 일이 없고, 훌륭한 시민이었지."
"줄리어스가 말해 주던군요. 이름이 페이죠."
"맞았어. 결국 개업을 했는데 조용하게 잘하고 있지. 나이 든 제니와 니거가 얼마간의 경쟁을 벌이던 때였지. 그들은 그 일에 화를 냈지만 내가 지금 하는 이야기를 그들에게도 해주었지. 그들이 경쟁을 하던 때였어."
"피아노 연주자도 있죠."
"있지, 장님인데 잘 치지. 그 이야기를 시킬 작정인가?"
"미안합니다."
"괜찮소. 나는 느리지만 그 대신 철저하지. 어쨌든 페이는 외모대로 좋은 사람으로 판명되었소. 그런데 조용하고 좋은 창녀집이 아주 두려워하는 것이 하나 있지. 집을 뛰쳐나와 창녀집에 들어오는 바람난 음녀를 받아들이는 것 말이오. 옛 남편이 찾아와서 마구 들추어내니까. 그러면 교회들이 개입하고, 부인네들이 참견하게 되고, 결국에는 그 집에 악명이 붙어 우린 그 집을 폐쇄할 수밖에 없게 되지. 알겠나?"
"알겠습니다." 호레이스가 조용히 말했다.
"나를 앞지르지 말게. 이미 자네가 알고 있는 것을 말하고 싶진 않네. 일요일 저녁에 페이가 나에게 쪽지를 보냈더군. 새 여자를 고용했는데 그 여자를 알 수 없다는 거야. 페이가 당황하는 것은 그 여자가 재주 있는 창녀임에도 불구하고 꼭 집을 뛰쳐나온 여자같이 보인다는 거지. 그 여자는 대답도 제대로 하고 모든 책략도 알고 있어. 내가 직접 가서 보았지. 보통 있는 허튼 말을 했는데 잘못된 것은 발견할 수 없었어. 나이도 나이지만 누구 하나 불평하는 사람이 없었어." 그는 자기 손을 폈다. "그 여자가 거기 있으니 어떻게 하지?"

"틀림없이 트래스크 부인입니까?"

보안관이 말했다. "미간이 넓고, 머리색은 노랗고, 이마에 흉터가 있는데 일요일 오후에 들어왔어."

울고 있는 아담의 모습이 호레이스의 마음에 떠올랐다.

"괘씸하구먼! 보안관님, 누구를 보내서 이것을 그에게 전하도록 해야겠습니다. 전하기 전에 저는 사임하겠습니다."

보안관은 허공을 뚫어지게 바라보았다.

"그는 부인의 이름도, 어디서 왔는지도 모르고 있다고 했지? 그를 철저하게 속인 것 아닌가?"

"불쌍한 친구군요. 불쌍한 그 자는 그 여자에 반해 있었어요. 다른 사람이 그에게 말해야겠어요. 저는 안 하겠습니다."

보안관은 벌떡 일어서더니 말했다. "간이 식당에 가서 커피나 드세."

그들은 잠시 동안 아무 말도 없이 거리를 걸었다.

"호레이스, 만일 내가 알고 있는 일부라도 털어놓는다면, 이 군 전체는 연기가 되어 사라져버릴 걸세."

"그럴 겁니다."

"쌍둥이를 낳았다고 했지?"

"네, 남자 쌍둥이에요."

"내 말을 잘 듣게. 이 세상에 이것을 아는 사람이라고는 세 사람밖에 없네. 자네와 나와 그 여자뿐이네. 그리고 그 여자에게 경고를 하겠는데, 만일 누설하면 궁둥이에 불이 날 정도로 이 군에서 쫓아내겠다고 할 걸세. 그리고 호레이스, 자네도 혀가 근질근질하거든 다른 사람에게, 심지어 자네 부인에게라도 이 사실을 말하기 전에 어린애들이 자기 어머니가 창녀라는 사실을 알게 되리라는 것을 생각하게."

3 아담은 커다란 참나무 밑 의자에 앉아 있었다. 왼쪽 팔은 어깨를 움직일 수 없도록 옆구리에 교묘히 매여 있었다. 리는 빨래 광주리를 들고 나와 아담 곁에 놓고 다시 안으로 들어갔다.

잠이 깬 쌍둥이는 바람에 나부끼는 참나무 이파리를 눈이 부신 듯, 그러나 열심히 쳐다보고 있었다. 참나무 낙엽 하나가 빙빙 돌며 내려와 광주리 안에 떨어졌다. 아담은 몸을 굽혀 그것을 주웠다.

그는 새뮤얼이 탄 말이 그의 곁에 바짝 다가설 때까지 아무 소리도 듣지 못하고 있었다. 그러나 리는 그가 오는 것을 아까부터 보고 있었다. 그는 의자 하나를 내다놓고 독소로지를 마구간으로 끌고 갔다.

새뮤얼은 아무 말 없이 앉았다. 지나치게 쳐다본다든가 또는 전혀 보지를 않아 아담을 괴롭히고 싶지 않았다. 나무 끝에서 바람이 일더니 밑까지 불어와 새뮤얼의 머리카락을 헝클어 놓았다. "우물 파는 일을 다시 하는 것이 좋을 듯해서." 새뮤얼은 부드럽게 말했다.

아담의 목소리는 소리를 내지 않아 녹이 슬고 있는 듯했다. "아닙니다." 그가 대답했다. "우물이 필요없게 됐어요. 하신 일에 대해서는 돈을 드리죠."

새뮤얼은 몸을 광주리로 굽혀 한 아기의 손에 손가락을 쥐어 주었다. 아기는 손가락을 꽉 잡고 놓질 않았다. "사람이 버리지 못하는 나쁜 버릇을 충고하는 것이죠."

"충고는 필요 없습니다."

"충고를 달갑게 생각하는 사람은 아무도 없지요. 그건 주는 사람의 선물입니다. 계획한 일을 끝내세요, 아담."

"무슨 계획을요?"

"마치 연극처럼 생생하게 연출하세요. 얼마 지나면, 아니 오랜 시간이 지나면, 그것은 진실이 될 겁니다."

"내가 왜 그래야 합니까?" 아담이 물었다.

새뮤얼은 쌍둥이를 보고 있었다. "당신이 무슨 일을 하든, 또는 아무 일도 하지 않든 당신은 무엇인가를 통과하게 되죠. 비록 당신 자신이 땅을 묵히더라도 잡초와 가시덩굴은 자랍니다."

아담은 대답하지 않았다. 새뮤얼이 일어섰다. "다시 오죠, 몇 번이고 오죠. 아담, 일의 마무리를 지으시오."

헛간 뒤에서 샘이 말을 타고 있는 동안, 리가 독소로지를 잡고 있었다. "자네 책방도 틀렸군."

"뭐, 그렇게까지 바라고 있진 않았습니다." 중국인이 대답했다.

제 19 장

1 새 고장은 어떤 패턴을 따라가는가 보다. 강하고 용감하지만 어린애 같은 개척자가 먼저 온다. 그들은 광야에서 자기들의 앞가림은 할 수 있으나 다른 사람들에게는 천진하고 무력하다. 어쩌면 먼저 세상에 나왔기 때문인지도 모른다. 새로운 땅의 거친 모서리가 닳아 없어지면 사업가와 법조인들이 들어와서 발전시킨다. 일반적으로 자기들에게 유혹을 제거하여 소유권 문제들을 해결한다. 마지막으로 문화가 찾아든다. 문화란 오락과 위안과 생활고로부터의 탈출을 의미한다. 그리고 문화는 어떤 수준까지 도달하여 존속한다.

교회와 홍등가는 동시에 서부에 도착했다. 이것이 동체이면(同體異面)이라고 생각한다면 누구나 몸서리를 치게 될 것이다. 그러나 확실히 이 두 가지는 같은 것을 이루려는 의도를 갖고 있었다. 교회의 성가나, 기도나, 시가 인간을 잠시 동안 쓸쓸함에서 벗어나게 만들었다면 홍등가도 같은 일을 했다. 갖가지 종파의 교회들이 오만스럽게 큰 소리를 치면서 자신만만하게 들어왔다. 그들은 빚과 지불법을 무시하고 백 년이 지나도 갚을 수 없는 교회를 지었다. 종파들이 악과 잘 싸운 것도 사실이지만 서로 자기 욕심을 부리며 싸우기도 했다. 그들은 교리의 해석을 놓고 싸웠다. 모든 종파는 다른 종파들이야말로 지옥행을 할 수밖에 없다고 기쁘게 믿고 있었다. 모든 종파들은 거만했었지만 똑같은 것을 가지고 왔다. 우리의 윤리니, 예술이니, 시니, 인간관계가 적혀 있는 성서를 가지고 왔다. 머리가 좋은 사람이라야 종파간의 차이점을 알 수 있었지만 종파간의 공통점은 누구나 알 수 있었다. 아마도 최상의 것은 아니었겠지만, 그들은 음악의 형식과 내용을 가지고 왔다. 그리고 그들은 양심을 가지고 왔다. 가지고 왔다기보다는 졸고 있는 양심을 일깨웠다는 편이 나을 것이다. 더러워진 하얀 셔츠처럼 그들은 깨끗하지는 않았지만 순수한 잠재력을 갖고 있었다. 누구나 자기 마음 속에 그 가능성을 가지고 아주 훌륭한 무엇을 만들 수 있었다. 사실, 사람들이 빌링 목사와 뜻을 같이하고 추종하게 되자, 그는 도둑이요, 간부요, 방탕자요, 수간자(獸姦者)임이 드러났으나, 그렇다고 수용력이 있는 수많은 사람들에게 좋은 일을 전달했었다는 사실을 뒤바꾸어 놓지 못했다.

 빌링은 투옥되었으나 누구도 그가 베푼 선행을 체포할 수는 없었다. 그의 동기가 불순했었다는 것이 크게 문제되는 것은 아니다. 그는 좋은 자료를 사용해서 얼마간은 고착시켰다. 나는 빌링을 단지 난포한 예로 삼고 있는 것이다. 정직한 목사들은 정력을 갖고 있었다. 그들은 멱살을 잡혀도, 발길로 차이고 눈알을 뽑아내도, 상관하지 않고 악마와 결투를 벌였다. 마치 물개가 서커스의 나팔로 국가(國歌)를 불어대는 식으로 그들이 진리와 미를 울부짖어댔다 생각할지도 모른다. 그러나 얼마간의 진리와 미는 남게 되었고 국가는 인식이 가능하게 되었다. 하지만 각 종파들은 그것 이상의 일을 했다. 그들은 샐리너스 계곡에 사회생활의 구조를 세웠다. 교회 제복실에서의 목요일 시 낭송이 소극장을 낳게 한 것처럼, 교회의 만찬은 컨트리 클럽의 모체가 되었다.
 교회들이 영혼을 위한 신앙의 향미를 갖고 흑맥주 시대의 양조장 말처럼 발걸음도 가볍게 들어오는 동안 복음 수도녀가 인간 육체의 해방과 기쁨을 갖고 머리를 숙이고 얼굴을 가리고 조용히 들어왔다.
 사람들은 거짓 서부 영화에서 죄와 환상의 궁전들이 번쩍번쩍 난무하는 것을 보았을지도 모른다. 그런 것들이 다소는 존재했을지도 모르지만 샐리너스 계곡에는 그런 것들이 없었다. 매춘부 집들은 조용하고 질서정연하고 이웃에 조심성이 있었다. 사실, 뽕뽕대는 오르간 소리를 배경으로 고음의 설교를 들은 후 매춘부 창 밑에 서서 나지막하고 예의바른 목소리를 들었다면 두 개의 교회의 정체를 혼동하기 쉬웠을 것이다.
 이것은 샐리너스에 있는 엄숙한 사랑의 궁전 이야기이다. 다른 마을에 있어서도 거의 마찬가지이지만 샐리너스 뒷골목은 이야깃거리에 안성맞춤이다.
 큰길을 따라 서쪽으로 걸어가자면 꼬부라지는 곳이 있는데 여기가 캐스트로빌 가(街)가 큰길과 교차하는 곳이다. 어쩐 일인지 캐스트로빌 가를 이제는 마케트 가라고 한다. 거리 이름은 목적지로 삼는 장소에 맞게 명명되곤 했다. 따라서 이 캐스트로빌 가를 따라 90마일을 가면 캐스토르빌에 도착하게 되고, 알리설 가를 따라가면 알리설에 도착하게 되는데, 모든 거리는 이런 식이었다.
 어쨌든 캐스트로빌 가에 와서 오른쪽으로 돌아 두 블럭 내려가면 남태평양 철로가 남쪽으로 내려가면서 이 길을 비스듬히 가로지른다. 그리고 캐스트로빌 가를 동에서 서로 가로지르는 길이 하나 있다. 나는 그 길의 이름을 기억할 수 없다. 그 길에서 왼쪽으로 돌아 철로를 지나면 차이나 타운에 이른다. 거기서 오른쪽으로 돌면 그 뒷골목이 나온다.
 그 골목은 겨울이면 깊이 빠지는 윤토로, 여름이면 바퀴자국이 난

쇠처럼 단단하고도 시커먼 벽돌로 되어 있었다. 봄이면 길 양쪽에는 풀이 무성하게 자랐다. 그 속에는 야생 보리니, 아욱이니, 노란 겨자니 하는 것들이 섞여 있었다. 이른 아침이면 참새들이 길에 널린 말똥 위에서 재잘거리고 있었다.

노인들은 그 소리를 들은 기억이 있는지? 그리고 동쪽에서 불어오는 미풍에 차이나 타운에서부터 돼지고기 굽는 냄새와 썩은 냄새와 검은 엽초 냄새, 그리고 아편 냄새 같은 것들이 나던 것을 기억하는지? 그리고 조스 관(館)에서 깊숙이 울리는 커다란 징소리와 그 여운이 오랫동안 대기에 울려 퍼지던 것을 기억하는지?

페인트 칠도 보수도 하지 작은 집들을 기억하는지? 이 집들은 아주 작게 보였을 뿐만 아니라, 집단장을 소홀히 하여 보잘것 없는 것으로 보이게 만들었다. 그리고 앞뜰에는 야생 식물이 우거져 거리에서 눈에 띄지 않게 만들었다. 차일대는 늘 드리워져 있고 그 주위에 누런 불빛이 희미하게 새어나오던 것을 기억하는지? 안에서 중얼대는 소리만 들렸다. 그러다가 어느 시골 청년을 맞아들이기 위해 앞문이 열리면, 웃음소리와 뚜껑이 열린 피아노의 부드러운 감상적 노래가 들리고는 문은 다시 닫히곤 한다.

먼지투성이 길 위로 말발굽 소리가 들려오면 페트 불렌이 마차를 몰고 앞으로 온다. 그러면 너덧 명의 당당한 사람들이 내린다. 돈이 많거나 공직에 있는 거물들일 수도 있고, 은행가들일 수도 있고, 법원 사람들일 수도 있다. 페트는 마차를 몰고 모퉁이를 돌아 마차 안에서 편안히 그들을 기다린다. 커다란 고양이 몇 마리가 길을 건너 커다란 숲속으로 사라진다.

그리고 기적소리가 울리고 꿰뚫는 듯한 불빛이 비치면 킹 시티에서 온 화물열차가 캐스트로빌 가를 가로질러 샐리너스로 돌아와서는 칙칙 소리를 낸다. 기억하는지?

어떤 마을에나 유명한 마담들이 있게 마련이다. 그들은 세월이 흘러도 감상적으로 기억되는 영원한 여성들이다. 마담에게는 남자들을 매혹시키는 무엇이 있다. 그녀는 사업가의 두뇌와, 권투 선수의 강인함과, 친구의 따스함과, 비극 배우의 유머를 고루 갖추고 있다. 그녀의 주위에는 신화가 쌓이게 되는데 그것은 육감적인 것이 아니라 아주 야릇한 것이다. 마담에 대해서 기억되고 되풀이되는 화제는 침실을 제외한 모든 분야에 걸쳐 다양하다. 그녀의 옛 고객들은 그녀를 박애주의자, 의학의 권위자, 허풍선이, 그리고 자기는 끼지 아니한 육체적 정감의 여류 시인으로 마음 속에 그린다.

샐리너스는 여러 해 동안 보물과 같은 두 여자를 감싸고 있었다. 종종 파틴제니라고 불리는 제니와 롱 그린 집을 직접 소유하고 경영하는 니거였다. 제니는 좋은 친구였으며 비밀을 지켜 주고 남몰래 돈을 꾸어 주는 그런 여자였다. 샐리너스에는 제니에 대해서 전해지는 무수한 이야기가 있다.

니거는 눈같이 흰 머리칼에 어두운 위엄이 무섭게 흐르는 말쑥하고 근엄한 여자였다. 깊숙이 명상에 잠겨 있는 그녀의 갈색눈은 사색적인 슬픔에 싸여 추악한 세상을 내다보고 있었다. 그녀는 자기 가게를 마치 슬프지만 발기한 음경신(陰莖神)에 바친 성당처럼 운영했다. 기분좋게 웃고 옆구리나 쿡쿡 찌르고 싶으면 제니의 집에 가서 돈의 값어치만큼 즐겼다. 그러나 만일 눈물이 날 정도의 감미로운 세상 슬픔이 불변의 고독에서 기어나온다면 롱 그린이야말로 갈 만한 곳이었다. 그곳엘 갔다 나오면 꽤 엄숙하고 중요한 무엇이 일어났던 것같이 느끼게 된다. 건초에서의 점프 같은 것은 아니었다. 니거의 검고 아름다운 두 눈이 며칠 동안 머리 속에 아른거렸다.

페이가 새크라멘토에서 이리로 와 사업을 시작하자, 두 동업자들은 질풍 같은 적개심이 일어났다. 두 사람은 모임을 갖고 페이를 몰아내려고 했으나 그녀가 경쟁을 벌이고 있지 않다는 것을 알게 되었다.

젖가슴이 크고 엉덩이가 큰 데다가 마음이 온후한 페이는 어머니

형이었다. 그녀는 얼굴을 가슴에 파묻고 울 수 있는 여자였다. 괴로운 사람을 달래주고 쓰다듬어 주는 여자였다. 니거 집의 강철 같은 섹스나 제니 집의 신명나는 분위기를 찾는 사람들도 페이를 찾지 않는 것은 아니었다. 페이의 가게는 사춘기에 홀짝홀짝 우는 청년, 동정을 잃고 슬퍼하는 청년, 동정을 거듭 잃고 괴로워하는 젊은이들의 피난처가 되었다. 페이는 아내에게 불만을 품고 있는 남편들의 위안자였다. 그녀의 가게는 냉정한 아내들을 대신하는 은신처의 일을 떠맡았다. 육계 향기가 스민 할머니의 부엌이 되었다. 만일 페이의 집에서 성적인 일이 일어났다 하더라도 그것은 우연한 일이며 용서받을 수 있는 것이었다. 그녀의 집은 샐리너스의 젊은이들을 가장 짙은 핑크색의 부드러운 방법으로 성적인 가시돋친 길로 이끌었다. 페이는 그렇게 총명하지는 않지만 아주 도덕적이고 쉽게 감동을 주는 좋은 여자였다. 사람들은 그녀를 믿고 그녀는 모든 사람을 믿었다. 누구나 일단 그녀를 알고 나면 헤치고 싶어질 수가 없었다. 그녀는 다른 사람들의 경쟁자가 아니었다. 제3자적인 여자였다.

가게나 목장에서 피고용인들이 주인과 비슷하게 되듯이, 창녀집에서도 창녀들은 마담과 아주 비슷하게 된다. 마담이 비슷한 여자를 고용하기 때문이기도 하지만 훌륭한 마담은 자기 개성을 사업에 부각시키기 때문이다. 페이의 가게에 오랫동안 머무른다 하더라도 더럽고 엉큼한 말을 들을 수 없었다. 침실로 찾아와 돈을 받는 것도 아주 부드럽고 우연한 듯, 그저 부수적인 일처럼 보였다. 순경이나 보안관도 알고 있다시피 그녀는 대체로 잘 해나가고 있었다. 페이는 자선 단체들에도 많은 헌금을 냈다. 병에 대해서는 일종의 혐오를 갖고 있었기 때문에 그녀는 돈을 들여 창녀들을 정기적으로 검진시켰다. 주일 학교 선생을 상대하는 것보다도 페이의 집에서 병에 걸릴 확률이 적었다. 얼마 안 가서 페이는 커가는 샐리너스 마을의 건실한 시민이 되었다.

2 창녀 케이트는 페이를 당혹시켰다. 젊고 예쁜 데다가 숙녀답고 교양이 있었기 때문이다. 페이는 그녀를 자기의 깨끗한 침실로 데리고 들어가 다른 여자라면 하지도 않았을 여러 가지 질문을 했다. 항상 창녀집 문을 두드리는 여자들이 있었다. 페이는 대부분의 경우 정체를 곧 알아차렸다. 게으르거나, 복수감이 있거나, 음탕하거나, 불만에 차 있거나, 탐욕스럽거나 야심에 차 있는 여자들은 쫓아버릴 수 있었다. 케이트는 이 어느 항목에도 해당되지 않았다.

"내가 여러 가지 묻는 말에 개의치 말아라." 그녀는 이렇게 말을 꺼냈다. "네가 여기 온 건 아주 이상해 보이는구나. 너 같으면 남편을 얻어서 마차도 타고 다니고 마을 한 모퉁이에서 살림을 차려도 아무 문제가 없겠다." 페이는 통통하고 작은 손가락에 끼인 결혼반지를 빙빙 돌리고 있었다.

케이트는 수줍은 듯이 미소를 지었다. "설명하기가 참 힘들어요. 아시려고 애쓰시지 않았으면 해요. 나한테는 아주 소중한 분인데 가까이에 계신 어떤 사람의 행복에 관계가 있어요. 제발 묻지 말아주세요."

페이는 엄숙하게 고개를 끄덕였다. "그런 경우를 몇 가지 알고 있지. 자기 아기를 뒷바라지하는 애가 하나 있었어. 오랫동안 비밀로 하고 있었지. 그 애는 훌륭한 집도 있고 남편은……. 하마터면 내가 장소까지 이야기할 뻔했네. 혀를 잘라도 말하지 않을 거야. 너도 아기가 있니?"

"케이트는 반짝이는 눈물을 가리기 위해 고개를 숙였다. 목소리를 가다듬을 수 있게 되자 조그맣게 말했다. "미안해요. 대답할 수가 없어요."

"좋아요, 좋아. 서두르지 말아요."

페이는 명석하지는 못하지만 우둔하지도 않았다. 그녀는 보안관에게 가서 사실을 털어놓았다. 되건 안 되건 기회를 잡아보려는 데에는 이의가 없었다. 케이트에게 무엇인가 석연치 않은 점이 있다는 것을 페이도 알고 있었으나 자기 일에 해가 되지 않는다면 구태여 개의할 일은 못 되었다.

케이트가 사기꾼일 수도 있었지만 그렇진 않았다. 그녀는 바로 일을 시작했다. 고객들이 와서 자꾸 이름을 대면서 어떤 여자를 요구할 때에는 그녀에게 무엇인가가 있는 것이다. 얼굴만 예뻐가지고는 그렇게 될 수 없을 것이다. 케이트가 새로 일을 배우고 있지 않다는 것은 페이도 아는 것이다.

새 창녀에 대해서는 두 가지를 알아 놓는 것이 좋다. 첫째, 그 여자가 일을 할까? 둘째, 다른 여자들과 어울릴까? 성질이 고약한 여자만큼 집안을 어지럽히는 것은 없다.

페이는 두 번째 의문에 대하여 오랫동안 걱정할 필요가 없었다. 케이트는 유쾌한 여자라는 것이 곧 드러났다. 그녀는 다른 여자들의 방 청소도 도와주고, 아플 때는 간호도 해주고, 어려운 일이 있으면 귀담아 이야기도 들어주고, 사랑의 문제에 대해서 응답도 해주었다. 돈이 생기자 꾸어주기도 했다. 그렇게 좋을 수가 없었다. 그녀는 그 집의 모든 사람의 친구가 되었다.

케이트는 문제가 있으면 도맡아 처리했고, 힘든 일이 있어도 두려워서 피하지 아니했고, 더구나 사업마저 번창하게 했다. 곧 그녀 자신의 고객도 생겼다. 또한 사려도 깊었다. 다른 사람들의 생일을 잊지 않고 선물과 케이크를 초와 함께 사왔다. 그녀야말로 보물 단지라고 페이는 생각했다.

잘 모르는 사람들은 마담 노릇이란 쉬운 것이라고 생각한다. 커다란 의자에 앉아서 맥주나 마시고 창녀들이 벌어들인 돈을 나누어 갖는 것이라고 생각한다. 그러나 전혀 그렇지 않다. 마담은 창녀들을 먹여 살려야 한다. 그것은 식료품과 요리를 뜻한다. 세탁 문제는 호텔에서보다도 더 복잡하다. 창녀들을 건강하게 해줘야 하고 가능한 한 행복하게 해줘야 한다. 그 중 몇몇 창녀들은 꽤 저속하게 된다. 자살은 최소로 줄여야 한다. 창녀들은, 특히 나이 먹어가는 여자들은 면도칼을 휘두르기도 한다. 그러면 악명을 얻게 된다.

이처럼 마담 노릇은 쉽지 않다. 낭비를 하면 돈을 못 번다. 케이트가 장 보는 일과 메뉴 짜는 일을 돕겠다고 나왔을 때 그럴 시간이 있을지 걱정이 되었지만 페이는 그래도 기뻤다. 케이트가 맡아서 일을 하게 된 첫달에 음식의 질이 좋아졌을 뿐만 아니라, 식료품 비용이 3분의 1이나 줄었다. 케이트가 세탁인에게 무엇이라고 말했는지 페이는 모르지만 세탁비가 갑자기 25센트나 줄었다. 케이트가 없을 땐 어떻게 지냈는지 페이는 알 수 없을 정도였다.

일을 시작하기 전, 늦은 오후엔 둘이 페이 방에 앉아서 차를 마셨다. 케이트가 목조에 페인트 칠을 하고 레이스가 달린 커튼을 쳐 놓아 방은 훨씬 좋아졌다. 여자들은 주인이 둘이라는 것을 깨닫게 되었다. 그들은 그것을 좋아했다. 케이트는 함께 지내기가 아주 수월했기 때문이다. 그녀는 그들을 더 부려먹었지만 비열하게 하지는 않았다. 모르면 그들은 그것을 환영했다.

1년쯤 지나자 페이와 케이트는 모녀처럼 되었다. 그리고 여자들은 말했다. "잘 봐요. 언젠가는 저 여자가 이 집 주인이 될 거야."

케이트의 손은 늘 분주했다. 대개의 경우 그녀는 아주 얇은 천을 가지고 올을 뽑는 일을 했다. 그것으로 이름의 첫자를 아름답게 만들 수 있었다. 대부분의 여자들은 그녀가 만들어준 손수건을 갖고 다니기도 하고 소중히 간직하기도 했다.

점차적으로 아주 자연스러운 일이 일어났다. 모성의 본체라고 할 수 있는 페이는 케이트를 자기 딸로 생각하기 시작했다. 이런 생각으로 마음 속 깊이 느끼고 있었기 때문에 그녀의 천성적인 도덕감이 자리를 잡기 시작했다. 그녀는 자기 딸이 창녀이기를 바라지 않았다. 이것은 완벽한 이성적 사고의 결실이었다.

페이는 이 문제를 어떻게 거론할까 고심했다. 그건 문제거리였다. 어떤 문제든 우회적으로 접근하는 것이 페이의 천성이었다. "네가 창녀 노릇을 그만두었으면 좋겠다." 이렇게 말할 수는 없었다.

"비밀이라면 대답하지 않아도 좋다. 그러나 네게 항상 묻고 싶은 게 있었지. 보안관이 너에게 무어라고 하더냐? 아이구, 벌써 1년 전 일이네? 세월도 빠르기도 해라! 네가 나이를 먹어가면서 더 빠른 것 같구나. 보안관은 너하고 근 한 시간이나 있었는데. 그 사람은 너하고 하지 않았지. 물론 아니지. 가족이 있으니까. 그는 제니의 집엘 다녀. 네 일에 꼬치꼬치 캐묻고 싶진 않다."

"그 일이라면 비밀이 없어요. 말씀을 드렸어야 했을 걸. 그분은 저더러 집으로 돌아가야 한다고 하더군요. 아주 호의적이었어요. 내가 집에 돌아갈 수 없다고 말하자 그는 내 말을 충분히 이해해 주었어요."

"그에게 이유를 말했니?" 페이는 질투하듯 말했다.

"물론 안 했어요. 어머니한테 말 않는 것을 그에게 말할 것 같아요? 어리석은 생각 마세요. 어린애 같으셔."

페이는 미소를 지으면서 만족한 듯이 의자에 깊숙이 앉았다. 케이트의 얼굴은 평온했으나 보안관과의 대담에서 있었던 말을 한마디 한마디 되새기고 있었다. 사실 그녀는 보안관이 꽤 좋았다. 그는 솔직했다.

3 그는 그녀의 방문을 닫고 나서 유능한 경관에게서나 볼 수 있는 재빠르게 기록하는 듯한 눈초리로 주위를 살폈다. 그는 신원을 증명하는 사진이나 소지품 하나도 없이 입은 대로 왔다.

그는 그녀의 작은 흔들의자에 앉았기 때문에 엉덩이가 양쪽으로 삐져 나왔다. 그의 손가락은 개미처럼 서로 이야기를 나누듯 한데 모아져 있었다. 그는 자기가 하는 말에 별 흥미가 없는 듯 감정이 섞이지 않은 어조로 말했다. 그것이 그녀가 받은 인상이었다.

그녀는 처음엔 다소 어리석은 듯한 표정을 지었으나 그의 말을 몇 마디 듣고 나서부터는 그것을 포기하고 그의 생각을 읽기 위해 눈 속을 뚫어지게 응시했다. 그러나 그녀는 자기가 그를 탐색하듯 그도 자기를 탐색하고 있다는 것을 알았다. 그녀는 그의 눈초리가 마치 손으로 만지듯 이마의 상처 위를 스치는 것을 느꼈다.

"기록을 하고 싶지는 않아." 그는 조용히 말했다. "나는 오랫동안 관직 생활을 해왔어. 한 기간만 더 하면 충분할 거야. 이것 봐요, 젊은 아가씨, 이것이 15년 전 일만 됐어도 나는 조사를 하여 정말 지저분한 일들을 속속들이 캐냈을 거야." 그녀의 반응을 기다렸으나 아무 저항이 없었다. 그는 고개를 천천히 끄덕였다. "알고 싶지 않아. 나는 이 군이 평화롭기를 바래. 여러 면에서 평화롭기를. 그리고 밤이면 사람들이 잠을 잘 수 있기를. 난 당신 남편을 만나진 않았어." 그가 이렇게 말하자, 그녀의 긴장한 근육이 꿈틀한 것을 그가 눈치챘다는 것을 그녀는 알았다. "당신 남편은 훌륭한 사람이라는 말을 들었지. 그가 심하게 얻어맞았다는 말도 들었고." 그는 그녀의 눈 속을 잠시 들여다보았다.

"당신이 얼마나 심하게 상처를 입혔는가 알고 싶지 않은가?"

"알고 싶어요."

"그는 회복될 거야. 어깨를 되게 얻어맞았지만 회복될 거야. 그 중국 사람이 간호를 잘 하고 있어. 물론 왼손으로 물건을 들어올리는 데에는 오랜 시간이 걸릴 거야. 44구경 권총은 사람을 형편없이 찢어 놓으니까. 그 중국 사람이 돌아오지 않았었다면 그는 피를 흘려 죽었을 거야. 그러면 당신은 나와 함께 감옥에 있게 될 거고."

케이트는 숨을 죽이고 다음에 나올 어떤 암시를 들으려고 귀를 기울였으나 아무 힌트도 듣지 못했다.

"죄송합니다." 그녀가 조용히 말했다.

보안관의 눈이 예리하게 되었다. "이것은 당신이 저지른 첫 과오야. 미안할 것 없어. 당신 같은 사람을 알고 있지. 20년 전에 감옥 앞에서 교수형을 받았지. 여기서도 교수형을 하곤 했지."

검은 마호가니 침대와 세숫대야와 물주전자가 놓여 있고 서랍문이 달린 대리석 세면대와 작은 장미 무늬의 벽지가 발려져 있는 작은 방은 고요했다. 소리가 방 밖으로 새어나갔다.

보안관은 어린 천사 3명이 그려져 있는 그림을 쳐다보고 있었다. 맑은 눈과 곱슬머리의 얼굴만을 그린 그림인데 비둘기 날개만한 날개가 목덜미 근처에서 자라고 있었다.

"저건 사창가에 어울리지 않는 그림인데." 그가 말했다.

"저건 전부터 있었어요."

이제 예비 심문은 분명히 끝났다.

보안관은 허리를 펴고, 손가락을 펴고 나서 의자 팔걸이를 잡았다. 엉덩이마저 조금 들어올리고 있었다. "쌍둥이를 두고 왔다지, 아들을. 이젠 마음을 가라앉혀. 집으로 돌아가게 하고 싶지 않아. 오히려 집에 돌아가지 않도록 하고 싶은 심정이야. 나는 당신을 알고 있어. 나는 당신을 군 경계선 너머로 쫓아내어 그곳 보안관이 다시 당신을 쫓아내게 만들고, 결국엔 태평양에 빠져 죽도록 만들 수도 있어. 그러나 그렇게 하고 싶지 않아. 당신이 나에게 골칫거리 일만 만들어 주지 않으면 당신이 어떻게 살든지 상관 안 하겠어. 창녀는 창녀니까."

케이트가 침착하게 물었다. "바라시는 게 뭐예요?"

"그것이 더 좋구먼." 보안관이 말했다. "내가 바라는 것은 이거야. 당신은 이름을 바꾸었는데 그 이름을 계속 쓰길 바래. 출신지도 꾸며냈다고 생각되는데 —— 글쎄, 그곳이 바로 당신이 온 곳이야. 그 꾸며낸 생각을 —— 술에 취해 있을 때에도 —— 그 생각을 킹 시티에서 2,000마일 이내에서는 계속 지키란 말이야."

그녀는 조금 미소를 지었다. 억지로 꾸민 미소가 아니었다. 그녀는 그를 믿기 시작했으며, 또 좋아하게 되었다.

"한 가지 알고 싶은 게 있는데, 킹 시티 주변에서 사는 사람들을 많이 알고 있나?"

"아니에요."

"뜨개질 바늘 이야기를 들었는데." 그는 무심코 말했다. "당신이 아는 사람이 우연히 여기 올 수도 있는 거야. 머리카락 색은 진짠가?"

"네."

"당분간 까맣게 물들이지. 닮은 사람도 많으니까."

"이건 어떻게 하죠?" 그녀는 가느다란 손가락으로 흉터를 만졌다.

"글쎄, 그것은 …… 그 말이 무엇이더라? 그 빌어먹을 놈의 말이 무엇이더라. 아침엔 생각이 났었는데."

"우연의 일치?"

"맞았어 …… 우연의 일치야."

그는 모든 것을 끝낸 듯싶었다.

그는 엽초와 종이를 꺼내 어색하게도 덩어리지게 담배를 말았다. 그는 유황 성냥개비를 곽에 그어대 파란불이 노랗게 될 때까지 들고 있었다. 담배는 꾸부러져서 한 쪽으로 타들어갔다. 케이트가 물었다.

"무슨 협박은 없을까요? 어떻게 하시겠어요. 만일 내가……."

"협박 같은 것은 없어. 만일 협박이 생기면 지독한 것을 생각할 수 있지. 당신이 어떤 사람이든, 어떤 일을 하든, 무슨 짓을 하든 …… 그러니까 트래스크 씨와 그 아들을 해치는 일을 해서는 안 돼. 당신은 죽었어. 그리고 지금은 다른 사람이 되었다고 생각해. 그러면 우리는 잘 지낼 수 있지."

그는 일어서서 문 쪽으로 가다가는 돌아섰다. "나한텐 아들이 하나 있는데 금년에 스무 살이 되지. 코가 깨지기는 했지만 몸집이 크고 멋있는 놈이야. 누구나 그 애를 좋아하지. 난 그 애가 여기 오는 것이 싫구먼. 페이에게도 말하겠지만 제니의 집으로 가게 해. 혹시 그 애가 오면 제니의 집으로 가게 해."

그는 문을 닫고 나갔다.

케이트는 손가락을 내려다보면서 미소를 지었다.

4 페이는 의자에 앉은 채 몸을 돌려 호두가 든 갈색 흑사탕 하나를 집어들었다. 말을 할 때면 캔디가 가득 든 입 주위에서 목소리가 맴돌았다. 케이트는 그녀가 자기의 마음을 읽을 수 있지나 않을까 불안하게 생각하고 있었다. "나는 아직도 그것이 마음에 안 들어. 그때도 말했지만 역시 마음에 안 들어. 금발머리가 훨씬 좋았어. 무슨 생각이 들어 머리색깔을 바꾸었는지 모르겠어. 얼굴 색이 그렇게 멀쑥한데 말야." 페이가 이렇게 말했기 때문이다.

케이트는 엄지손가락과 집게손가락으로 머리카락 하나를 잡아 부드럽게 뽑았다. 참으로 현명한 여자였다. 그녀는 최상의 거짓말인 사실을 그대로 말했다. "말씀드리고 싶지 않았어요. 그건 사람들 눈에 띄어 누군가에게 해가 되지 않게 하기 위해서였어요."

페이는 의자에서 일어나 케이트에게로 가서 키스를 했다.

"참으로 착한 애로구나. 그리고 사려도 깊고."

케이트가 말했다. "차 좀 마시죠. 제가 가져올게요." 그녀는 방에서 나와 부엌으로 가다가 복도에서 손가락 끝으로 자기 뺨의 키스 자국을 문질렀다.

페이는 의자에 기댄 채 호두가 통째로 드러나 보이는 흑사탕 하나를 집어들었다. 그녀는 입에 넣고 호두 껍데기를 깨물었다. 날카로운 호두 껍데기 끝이 이빨 속에 박혀 신경을 건드렸다. 견디기 어려운 통증이 전신에 번갯불처럼 퍼졌다. 이마엔 땀이 촉촉했다. 케이트가 티포트와 컵을 쟁반에 받쳐들고 들어왔을 때 페이는 손가락을 꼬부려 입 속을 긁어내면서 아픔의 소리를 지르고 있었다.
"무슨 일이에요?" 케이트가 소리쳤다.
"이〔齒〕…… 호두 껍데기."
"어디 봐요. 입을 벌리고 가리켜 보세요."
케이트가 입 속을 들여다보고 나서 테이블 위의 호두 항아리로 달려가 호두 쑤시개를 가지고 왔다. 그녀는 눈 깜짝할 사이에 껍데기를 빼내 손바닥 위에 놓았다. "여기 있어요."
짜릿하던 신경통이 멈추고 이제 고통도 사라졌다. "그렇게 조그만 것이? 집채같이 느껴지더라. 이것 봐, 둘째 서랍을 열면 약이 있어. 진통제와 솜 좀 가져다가 이에 틀어막아다오."
케이트는 병을 들고 와서 작은 소독 솜을 호두 쑤시개 끝으로 밀어 넣었다. "이를 뽑아야겠어요."
"알고 있어. 그러려고 해."
"나는 이쪽 이가 세 개나 빠졌어요."
"그래도 너는 그 아픔을 몰라. 온몸이 뒤틀리는 것같이 아팠어. 핀 캄을 갖다 주겠니?" 그녀는 직접 식물 합성액을 따르고야 안도의 한숨을 내쉬었다. "특효약이야. 이것을 발명한 여자야말로 성자야."

제 20 장

1 상쾌한 오후였다. 프라몬트 산봉우리는 저녁놀로 붉게 물들어 있었다. 창문을 통해서 페이에게도 보였다. 캐스트로빌 가 저쪽에서는 산마루에서 내려오는 여덟 마리 소가 끄는 마차의 짤랑짤랑하는 소리가 기분좋게 들려오고 있었다. 부엌에서는 요리사가 그릇과

씨름을 하고 있었다. 벽을 더듬는 소리가 들리더니 노크 소리가 낮게 들려왔다.
"코튼 아이, 들어와요." 페이가 소리쳤다.
문이 열리더니 몸집이 작고 허리가 굽은 소경 피아노 연주자가 문 입구에 들어서서 그녀의 위치를 알리는 소리를 기다리고 있었다.
"무슨 일이오?" 페이가 물었다.
그는 그녀에게 몸을 돌리고 말했다. "몸이 불편해요, 페이 마담. 오늘 밤엔 피아노를 치지 않고 드러누웠으면 좋겠어요."
"지난 주에도 아파서 이틀 밤이나 쉬지 않았소. 왜, 일하기가 싫은가?"
"몸이 불편해요."
"그렇게 해요. 그러나 몸조심을 해야지."
케이트가 조용히 말했다. "한 2주 동안 아편은 피우지 말아요."
"아, 미스 케이트. 여기 계신 줄 몰랐습니다. 저는 아편을 피우지 않습니다."
"피웠어요." 케이트가 말했다.
"네, 미스 케이트. 앞으론 피우지 않겠습니다. 기분이 좋지 않아요."
그는 문을 닫고 나갔다. 벽을 더듬으면서 가는 소리가 들렸다.
"내게는 피우지 않겠다고 했는데." 페이가 말했다.
"끊지 않았어요."
"불쌍한 사람이야. 세상을 사는 재미가 없는 사람이야."
케이트는 그녀 앞에 서서 말했다. "참 좋기도 하셔. 누구나 다 믿으시니, 조심하지 않으시면, 또 내가 대신 살피지 않으면 누군가가 언젠가는 이 집의 모든 것을 훔쳐갈 거예요."
"누가 나한테서 훔쳐가려 하니?" 페이가 물었다.
케이트는 페이의 토실토실한 어깨 위에 손을 얹었다. "모든 사람이 마담처럼 그렇게 착한가요?"
 페이의 눈에서는 눈물이 반짝였다. 그녀는 의자에서 손수건을 들어 눈물을 닦고 콧구멍을 가볍게 눌렀다. "너는 꼭 내 친딸 같구나."
 "나도 그렇게 믿고 있어요. 저는 친어머니를 몰라요. 내가 조그만 했을 때 돌아가셨어요."
 페이는 깊게 숨을 들이쉬더니 바로 그 문제로 들어갔다.
 "케이트, 나는 네가 여기서 일하는 것이 싫구나."
 "왜요?"
 페이는 적절한 말을 찾으려는 듯이 고개를 저었다. "나는 부끄럽게 생각진 않는다. 나는 이 일을 잘 운영하고 있어. 내가 잘 운영하지 않는다면 누군가가 이 일을 기쁘게 해나갈지도 몰라. 나는 누구에게도 해를 끼치지 않아. 부끄러울 것이 없어."
 "왜 부끄럽게 생각해야 하나요?"
 "어쨌든 나는 네가 여기서 일하는 것이 싫다. 그저 싫을 뿐이야. 너는 내 딸과 같은 사람이야. 내 딸이 이런 일 하는 것이 싫어."
 "그런 생각 하지 마세요. 일을 해야 해요. 여기 아니면 다른 곳에서라도, 말씀드렸지 않아요. 돈을 벌어야 해요."
 "아니다, 하지 말아라."
 "꼭 해야 돼요. 내가 어디 가서 돈을 벌 수 있겠어요?"
 "너는 내 딸이 될 수도 있다. 이 집을 꾸려갈 수도 있다. 나 대신 일을 돌보고 이층엔 올라가지 않을 수도 있어. 나라고 항상 건강한 건 아니니까."
 "하기야 그렇죠. 그러나 저는 돈을 벌어야 해요."
 "우리 둘이 쓸 정도의 돈은 있다. 네가 버는 정도의 돈을 줄 수도 있다. 그 이상이라도 주지. 그만한 일은 하니까."
 케이트는 슬픈 듯이 고개를 저었다. "나는 마담을 정말 좋아해요. 말씀대로 제가 할 수 있으면 얼마나 좋겠어요. 그러나 마담은 저축이 필요해요. 그러나 저는……. 마담한테 무슨 일이 생겼다고 생각해 보세요. 아니에요. 저는 일을 계속해야 해요. 저에게는 오늘 밤에도 단골 손님이 다섯이나 있다는 것을 아시죠?"
 격렬한 충격이 페이에게 몰려왔다. "네가 일하는 것이 나는 싫어."
 "해야 돼요."
 그 말은 효과가 있었다. 페이는 울음을 터뜨렸다. 케이트는 의자 팔걸이에 걸터앉아 그녀의 뺨을 쓰다듬어 주면서 줄줄 흘러내리는 눈물을 닦아 주었다. 통곡이 훌쩍거리는 울음으로 변하다가 멎었다. 어두움이 계곡에 깊이 감돌기 시작했다. 케이트의 얼굴은 까만 머리카락 밑에서 밝게 빛나고 있었다. "이제 괜찮으시죠? 나는 부엌을 잠깐 들여다보고 옷을 갈아입겠어요."
 "케이트. 손님들에게 아프다고 말할 수 없니?"
 "절대로 안 돼요."
 "케이트, 오늘이 수요일이니 아마 한 시가 넘으면 아무도 안 올 거다."
 "세계의 사냥꾼 클럽 사람들이 연회를 벌이고 있어요."
 "아, 그렇구나. 그렇지만 수요일인데……. 그들도 두 시 넘어서는 오지 않을 거다."
 "무슨 말씀을 하시려고 그러세요?"
 "케이트, 끝나면 나한테 좀 오너라. 놀랄 만한 선물을 주겠다."
 "무엇인데요?"
 "비밀이다. 가다가 부엌에 들러서 요리사 좀 불러 줄래?"
 "케이크 선물 같군요."
 "지금은 묻지 말아라. 놀랄 만한 선물이다.
 케이트는 그녀에게 키스를 해주었다.
 "마담은 참 좋으신 분이야."
 케이트는 문을 닫은 후 잠깐 동안 복도에 서 있었다. 그녀는 손가락으로 작은 뾰족한 턱을 어루만졌다. 눈빛은 차분했다. 팔을 머리 위로 뻗어 몸을 쭉 펴면서 호사스러운 하품을 했다. 그녀는 손으로 바로 젖가슴 밑에서부터 시작하여 옆구리를 지나 엉덩이까지 서서히 훑어 내려갔다. 두 입가가 약간 위로 치켜 올라갔다.

그녀는 부엌 쪽으로 갔다.

2 몇 명의 단골 손님들이 몰려왔다가는 나가고 두 명의 행상인이 넘겨다보면서 골목길을 걸어 내려갔으나, '세계의 사냥꾼'들은 하나도 얼굴을 내밀지 않았다. 여자들은 두 시가 넘도록 거실에서 하품을 하며 앉아서 기다리고 있었다.

슬픈 사고 때문에 사냥꾼들이 오지 못했다. 클래런스 몬티스가 식사 전 폐회식 중에 심장병이 일어났던 것이다. 그들은 그를 카펫 위에 눕히고 의사가 올 때까지 이마에 찬물을 적셔 주고 있었다. 아무도 도넛 식사를 하고 싶은 사람은 없었다. 와일드 의사가 도착하여 진찰을 한 다음에, 사냥꾼들은 두 개의 오버 소매에 깃대를 집어넣어 들것을 만들었다. 집으로 돌아가던 중에 클래런스는 세상을 떠났다. 그들은 다시 와일드 의사에게 가야만 했다. 그들이 장례 준비를 하고 《샐리너스 저널》에 보낼 부고를 다썼을 때는 누구 하나 창녀 집에 가고 싶은 사람은 없었다.

다음날, 여자들은 사고가 일어났던 것을 알고는 2시 10분 전에 에델이 했던 말이 생각났다.

"이런 일이 있나!" 에델이 말했었다. "이렇게 조용한 것은 처음 보았네. 음악도 없고 고양이가 케이트의 혀를 뺏아간 것 같군 그래. 시체 옆에 앉아 있는 것 같아."

후에 에델은 마치 알고나 있었던 것처럼 자기가 한 말에 깊은 인상을 받았다.

그레이스가 말했었다. "어떤 고양이가 케이트의 혀를 뺏어갔는지 모르겠네. 케이트, 기분이 좋지 않아? 이것 봐요, 기분이 좋지 않느냐고 묻지 않아?"

케이트는 깜짝 놀랐다. "아, 무엇을 생각하고 있었나봐!"

"그래, 나는 생각 안 해." 그레이스가 말했다. "난 졸려. 문을 닫읍시다. 페이 마담에게 문을 닫아도 괜찮은지 물어 보지. 오늘밤엔 중국놈 하나도 오지 않겠어. 페이 마담에게 물어 볼래."

케이트가 끼여들었다. "마담은 혼자 있게 내버려 둬. 몸이 불편해. 두 시에 우리가 닫지 뭐."

"저 시계는 틀려." 에델이 말했다. "마담에게 무슨 일이 있어?"

케이트가 말했다. "내가 생각하던 것도 그것이었나봐. 마담은 몸이 좋지 않아. 마담 때문에 큰 걱정이야. 참을 수 있으면 표시를 안 하는 사람인데."

"마담은 건강하다고 생각했는데." 그레이스가 말했다.

에델이 다시 적중시켰다. "내가 보기에는 마담의 안색이 좋지 않아. 열이 있는 것 같아. 내가 봤어요." 케이트가 아주 천천히 말했다. "내가 이야기했다는 것을 절대로 말하지 마. 마담은 너희들에게 걱정을 끼치고 싶지 않은 거야. 얼마나 좋은 분이야!"

"내가 돌아다니던 집 중에서 최고야." 그레이스가 말했다.

엘리스가 끼여들었다. "그런 얘기는 마담 귀에 들어가지 않도록 하는 것이 좋을걸."

"어리석기는!" 그레이스가 말했다. "이런 얘기, 다 알고 있어요."

"마담은 그런 얘기 듣고 싶지 않아 해. 우리들한테서 그런 얘기 듣는 걸 싫어한단 말이야."

케이트가 참을성 있게 말했다. "어떤 일이 있었는지 말해 주지. 오늘 오후 늦게 마담과 차를 마시고 있을 때 마담이 아주 기절해서 넘어졌었어. 진찰을 받았으면 좋겠어."

"얼굴이 붉어져 있는 것을 내가 보았다니까." 에델이 재차 말했다.
"저 시계는 틀려요. 늦은지 빠른지 잊었지만."

케이트가 말했다. "너희들은 가 자거라. 내가 문을 잠글 테니." 여자들이 물러나자, 케이트는 자기 방으로 가서 소녀처럼 젊게 보이게 하는 예쁜 새 드레스를 입었다. 머리칼을 빗어서 두툼한 변발 모양으로 한데 묶어 뒤로 늘어뜨리고 작고 하얀 리본을 맸다. 뺨에는 플로리다 화장수를 발랐다. 그녀는 잠시 머뭇거리다 맨 꼭대기 서랍에서 분꽃 모양의 핀에 매달린 금시계를 꺼내 예쁜 손수건에 싸가지고 방 밖으로 나왔다.

복도는 아주 캄캄했다. 그러나 엷은 불이 페이의 문 아래를 비치고 있었다. 가볍게 문을 두드렸다.

페이가 대답했다. "누구요?"

"케이트예요."

"아직 들어오지 말아, 밖에서 기다려. 들어오라고 할때 들어와." 방안에서는 바스락거리는 소리와 무엇을 긁는 소리가 들렸다. 그러고나서 페이가 불렀다. "됐어. 들어와."

방 안은 온통 장식되어 있었다. 촛불이 여러 개 안에 들어 있는 일본식 초롱이 방 구석마다 대나무 대에 걸려 있고 크레페 종이가 부채꼴로 방 가운데에서 구석으로 뒤틀려 있어서 천막을 친 기분이었다. 촛대가 돌려진 테이블 위에는 크고 하얀 케이크와 초콜릿 상자가 있고 그 옆에는 얼음에 채워진 샴페인 병이 고개를 내밀고 있었다. 페이는 제일 좋은 레이스 드레스를 입고 있었으며 두 눈은 정겹게 반짝이고 있었다.

"아니, 이거 어떻게 된 거예요?" 케이트가 소리쳤다. 그녀는 문을 닫았다. "파티를 차린 것 같군요!"

"파티다. 사랑하는 내 딸을 위한 파티야."

"생일도 아닌데요."

"어떤 의미에서는 생일일지도 모르지."

"무슨 말씀인지 모르겠어요. 어쨌든 나는 어머니에게 드릴 선물을 가져왔어요." 그녀는 차곡차곡 싼 손수건을 페이 무릎 위에 놓았다. "조심해서 펼쳐 보세요."

페이가 시계를 집어들었다. "어머나! 너 미쳤구나! 아니다, 나는 받을 수가 없다." 그녀는 시계 앞딱지를 열어 보고 나서 손톱으로 뒤딱지를 열었다. 거기에는 '온 정성을 다하여 A가 C에게'라고 새겨져 있었다.

"우리 어머니의 시계였어요." 케이트가 부드럽게 말했다. "새어머니에게 이것을 드리고 싶어요."

"귀엽기도 해라! 착하기도 해라!"

"어머니가 기뻐하실 거예요."

"그러나 이건 내가 준비한 파티다. 나도 사랑하는 딸에게 줄 선물이 있다. 그러나 그것은 내 식으로 주어야겠어. 케이크를 자르는 동안 너는 포도주 병을 따라. 파티를 멋있게 하고 싶다."

모든 준비가 되자 페이는 테이블 뒤에 자리를 잡았다. 그녀는 술잔을 높이 쳐들었다. "나의 새 딸을 위하여 ······. 오래 살고 행복하여라." 두 사람이 마시고 나서 케이트가 축배를 들었다.

"내 어머니를 위해서."

페이가 말했다. "네가 나를 울릴 작정이냐. 울리지 말아라. 저기 옷장 위의 작은 마호가니 상자를 가져오너라. 저기 그것. 자, 그것을 책상 위에 놓고 열어 보아라."

반들반들한 상자 속에는 돌돌 말아서 빨간 리본으로 맨 종이 뭉치가 있었다. "도대체 이건 무엇이에요?" 케이트가 물었다.

"너에게 주는 나의 선물이다. 열어 보아라."

케이트는 아주 조심스럽게 빨간 리본을 풀고 말린 종이를 펼쳤다. 그것은 은은한 글씨로 우아하게 씌어져 있었다. 그리고 조심스럽게 작성되어 있고 요리사가 보증인이 되어 있었다.

'나의 전 재산을 케이트 올비에게 양도함. 케이트를 나의 딸로 삼기 때문임.'

그것은 간결하고 직접적이며 법적으로 결함이 없는 것이었다. 케이트는 세 번 읽고 날짜를 확인하고 요리사의 사인을 살폈다. 페이는 그녀를 바라다보고 있었다. 케이트의 입술이 글을 따라 움직일 때 페이의 입술도 움직였다.

케이트는 문서를 다시 말아 리본을 매고 상자에 넣고 뚜껑을 닫았다. 그녀가 의자에 앉았다.

페이가 드디어 말을 꺼냈다. "기쁘냐?"

케이트의 눈은 페이의 눈 속을, 그 너머로 꿰뚫어보는 듯했다. 눈빛 너머의 두뇌 속을 꿰뚫는 듯했다. 케이트는 말했다. "저는 감정을 억누르고 있어요, 어머니. 이렇게도 착한 분이 있는지 몰랐어요. 너무 빨리 말하거나 어머니에게 너무 가까이 가면 나는 산산조각이 날 것 같아요."

페이가 예상했던 것보다도 더 극적이고, 조용하고, 전격적이었다. 페이가 말했다. "우스운 선물이지, 그렇지 않니?"

"우습다니요? 아니에요. 우습지 않아요."

"내 얘기는 유서가 별난 선물이라는 거야, 그러나 그것은 그 이상의 의미를 갖고 있어. 이제 너는 나의 친딸이라고 말할 수 있어. 나는 아니, 우리는 6만 달러 이상의 현금과 유가증권을 갖고 있단다. 내 책상 속에 통장과 안전 저금통장이 있다. 새크라멘토에 있는 집을 비싸게 팔았지. 왜 그렇게 잠자코 있니? 마음에 걸리는 것이라도 있니?"

"유서라니요? 죽음이라는 소리같이 들리네요. 그래서 우울한 거예요."

"하지만 누구나 유서를 만들어봐야 해."

"알겠어요. 어머니." 케이트가 슬픈 듯이 미소를 지었다. "이런 생각이 머리를 스쳤어요. 어머니 친척들이 몰려와서 이런 유서 같은 것은 필요없다고 노발대발 찢어버릴 것 같아요. 어머니는 이렇게 할 수는 없지요."

"귀여운 애야! 그것이 걱정이었니? 나에게는 친척이 없단다. 내가 아는 한, 친척이 없어, 만일 누가 있다고 하더라도——아는 사람이 있니? 너에게만 비밀이 있는 줄 아니? 내가 아명(兒名)을 그대로 쓰고 있는 줄 아니?"

케이트는 오랫동안 페이를 똑바로 바라보았다.

"케이트, 파티다. 슬퍼하지 말아라! 얼어붙지 말아라!"

케이트는 일어서서 테이블을 옆으로 가만히 밀어젖히고 마룻바닥에 앉았다. 그녀는 뺨을 페이 무릎에 얹었다. 그녀의 가느다란 손가락은 스커트의 금실을 따라 미묘한 나뭇잎 무늬를 만지작거리고 있었다. 페이도 케이트의 뺨과 머리카락을 쓰다듬기도 하고 이상한 귀도 만져보았다. 페이의 손가락은 수줍은 듯이 흉터주위까지 어루만지고 있었다.

"이렇게 행복한 적은 없었어요." 케이트가 말했다.

"귀여운 애야! 네가 나를 행복하게 만드는구나. 난 어느 때보다도 행복하다. 이제 나는 외롭지 않다. 이제 안전하게 생각되는구나."

케이트는 손톱으로 금실 하나를 가만히 뽑았다. 그들은 오랫동안 안온한 분위기 속에 앉아 있었다. 그러다가 페이가 몸을 움직였다.

"케이트, 잊고 있었구나. 파티다. 포도주도 잊고 있었구나. 술을 따라라. 축하를 하자."

케이트가 불안한 듯이 말했다. "들 필요가 있어요. 어머니?"

"좋지. 왜? 나는 좀 취하고 싶다. 독을 씻어내니까. 샴페인이 싫으냐?"

"글쎄요. 취해 본 적이 없어요. 맞질 않아요."

"바보 같은 소리 하고 있구나. 따라라, 케이트야."

케이트는 바닥에서 일어나 두 잔을 가득 채웠다.

페이가 말했다. "쭉 마셔라. 내가 보고 있을 테니. 너는 이 늙은이가 혼자 싱숭생숭하도록 내버려 두지는 않겠지."

"어머니는 늙은이가 아니에요."

"말하지 말고 마셔. 네가 마실 때까지 나는 술잔에 손도 안 대겠다." 케이트가 술잔을 비울 때까지 그녀는 술잔을 잡고 있다가 꿀꺽 마셨다. "좋다, 됐어. 술잔을 채워라. 자, 꿀꺽 마셔. 두서너 잔 들면 나쁜 것이 다 없어진다."

케이트의 체질은 술만 보면 질색이 되었다. 옛날 생각이 났다. 두려웠다.

페이가 말했다. "술잔을 비우는 것 좀 보자. 얼마나 좋은지 알게 될 거다. 다시 채워라."

두 잔을 마시고 나자 바로 케이트에게 변화가 일어났다. 두려움이 사라지고 불안도 사라졌다. 이것이 바로 그녀가 두려워했던 것이다. 이제 시간은 너무 늦었다. 술이 조심스럽게 쌓아 올린 방벽과 방어와 기만 속으로 뚫고 들어왔기 때문에 이제 그녀는 두려운 것이 없었다. 그녀가 감추고 제어하던 것이 사라졌다. 목소리는 싸늘해지고 입은 얇어졌다. 미간이 넓은 두 눈은 가느다랗게 되어 조심스럽고 냉소적이 되었다.

"자, 이제는 내가 보는 가운데 어머니가 드세요, 여기 있어요. 두 잔을 연거푸 드실 수 없지요. 내기하겠어요."

"내기는 무슨 내기냐, 네가 질 텐데. 나는 여섯 잔을 연거푸 들 수 있다."

"어디 봐요."

"내가 마시면 너도 마시지?"

"물론이죠."

시합이 시작되었다. 테이블 위는 술로 엉망이 되고 술병의 술은 점점 줄었다.
 페이가 낄낄 웃었다. "내가 소녀였을 때──네가 믿지 못할 이야기를 해주지."
 케이트가 받았다. "아무도 믿지 못할 이야기를 나도 하죠."
 "네가? 바보 소리 하지 말아라. 너는 어린애다."
 케이트가 웃었다. "이런 어린애는 못 보셨을 겁니다. 어린애죠…… 맞아요, 어린애예요!" 그녀는 가늘고 날카로운 소리를 지르며 웃었다.
 그 소리는 몽롱하게 만드는 술기운 속에서도 페이를 꿰뚫었다. 그녀는 케이트를 응시했다. "너, 이상해 보이는구나. 불빛 때문인지 다르게 보이는구나."
 "저는 다른 사람이에요."
 "어머니라고 불러 봐라."
 "어머니."
 "케이트야, 우리는 멋진 일생을 보내게 될 거야."
 "틀림없지. 어머니는 알지 못해요, 몰라요."
 "나는 늘 유럽으로 가고 싶었다. 우리는 배를 타고 좋은 옷을 입고…… 파리에서 산 옷."
 "어쩌면 그렇게 하게 되겠지요. 그러나 지금은 안 돼요."
 "왜 안 되니? 돈은 많다."
 "돈을 더 많이 가져야 해요."
 페이는 애원하듯 말했다. "왜 지금 갈 수 없니? 이 집을 팔 수도 있다. 사업까지 함께 넘겨 주면 아마 만 달러는 받을 수 있을 게다."
 "안 돼요."
 "무슨 소리냐, 안 되다니? 이건 내 집이야. 내가 팔 수 있어."
 "내가 어머니의 딸이라는 것을 잊으셨어요?"
 "나는 그런 네 말투가 싫다. 너 무슨 일이냐? 술이 더 남았니?"
 "그럼요, 조금 남았어요. 병을 보세요. 병째 들이켜세요. 됐어요

― 어머니 ― 나팔을 부세요, 코르셋 밑까지 흘리세요, 뚱뚱한 뱃속으로 말이에요."

 페이가 울부짖었다. "케이트, 천하게 굴지 마! 우리는 기분이 좋았지 않니. 무엇 때문에 기분을 망치려 하니?"

 케이트는 술병을 비틀어 뺏었다. "이리 줘요." 그녀는 술병을 기울여 다 마시고는 바닥에 내동댕이쳤다. 얼굴은 날카롭고 눈은 번쩍거렸다. 작은 입술을 벌리자 작고 날카로운 이빨이 드러났.

 송곳니가 다른 이보다도 더 길고 뾰족했다. 그녀는 부드럽게 웃었다. "어머니 ― 사랑스러운 어머니 ― 갈보집을 운영하는 방법을 가르쳐 드리겠어요. 우리들은 여기에 오는 백수 건달들을 끌어안고 얼마 안 되지만 더러운 짐을 터는 거예요…… 1달러에. 우리는 그들에게 즐거움을 주는 거예요, 어머니."

 페이가 날카롭게 말했다. "케이트, 너 취했구나. 나는 무슨 얘긴지 모르겠다."

 "모르시겠어요, 어머니? 내가 얘기해 드려요?"

 "난 네가 좀 상냥해졌으면 좋겠구나. 예전의 너처럼 되기를 바란다."

 "그래요? 그러나 너무 늦었어요. 나는 술을 마시고 싶지 않았어요. 그러나 굼벵이같이 더럽고 뚱뚱한 어머니가 나에게 술을 먹였어요. 나는 사랑스럽고 고운 딸이에요, 기억하시죠? 내게 단골 손님이 있다는 소리를 듣고 어머니가 질겁을 하던 것을 나는 기억해요. 내가 그들을 포기할 것 같아요? 그들이 나에게 25센트 잔돈을 모아 1달러를 만들어 주는지 아세요? 아니에요. 10달러씩 주고 있어요. 그리고 값이 점점 오르고 있지요. 그들은 다른 여자한텐 갈 수 없어요. 그들은 아무에게도 만족할 수 없으니까요."

 페이는 어린아이처럼 울었다. "케이트, 그렇게 이야기하지 마. 너는 그렇지 않았어, 그렇지 않았어."

"사랑하는 어머니, 착하고 뚱뚱한 어머니. 내 단골 하나를 잡고 팬티를 벗겨 보세요. 사타구니에 붙어 있는 뒤꿈치 자국을 봐요——아주 예쁘죠. 오랫동안 피가 흐르는 작은 칼자국. 오, 사랑하는 어머니. 나는 좋은 면도칼 세트를 상자 속에 가지고 있어요. 아주 날카로운 걸, 날카로운 걸 말이에요."

페이는 의자에서 빠져 나오려고 몸부림을 쳤다. 케이트가 그녀를 밀어 넣었다. "사랑하는 어머니, 이 집 전체가 그렇게 되어가는 것을 아세요? 값은 20달러가 될 거예요. 우리는 그들에게 목욕을 시킬 거예요. 그리고 우리는 하얀 명주 손수건에 피를 묻힐 거예요. 사랑하는 어머니…… 마디 있는 작은 회초리에 맞아 나오는 피를."

페이는 의자에 앉아 목쉰 소리로 비명을 지르기 시작했다. 케이트는 즉각 그녀에게 덤벼들어 단단한 손으로 그녀의 입을 컵모양으로 막았다. "소리 내지 마세요. 좋은 분이셔. 딸 손에 콧물은 묻혀도 좋지만 소리는 절대로 안 돼요." 그녀는 조심스럽게 손을 떼어 페이의 스커트에 손을 닦았다.

페이가 속삭였다. "너 이 집에서 나가거라, 나가. 나는 깨끗하게 이 집을 운영하겠다. 나가."

"어머니, 못 나가요. 불쌍한 어머니를 두고 제가 어떻게 나가요." 그녀의 목소리는 싸늘해졌다. "나는 어머니가 싫증이 났어요. 싫증이." 그녀는 테이블에서 술잔을 들고 옷장으로 가더니 컵에 반이 차도록 진통제를 부었다. "어머니, 이걸 마시세요. 좋을 거예요."

"먹고 싶지 않다."

"착한 분이셔. 마시세요." 그녀는 페이를 달래어 액체로 된 진통제를 마시게 했다. "한 모금만 더…… 한 모금만 더."

페이는 잠시 중얼중얼하더니 사지를 쭉 펴고 의자에 앉은 채 잠에 빠져 코를 크게 골았다.

3 케이트의 마음 한구석에는 두려움이 일기 시작했다. 두려움은 공포감으로 변했다. 지난 일이 생각나자 욕지기가 치솟았다. 두 손을 움켜쥐었으나 공포감은 점점 커갔다. 그녀는 램프에 촛불을 댕기고 어두운 홀을 비틀비틀 지나 부엌으로 갔다. 유리컵에 마른 겨자가루를 붓고 반 액체가 될 때까지 물을 부어 저어서 마셨다. 가루가 따끔따끔 목을 넘어가는 동안, 그녀는 싱크대를 붙들고 있었다. 구역질이 나는 것을 몇 번이고 참았다. 결국 심장이 뛰기 시작하고 힘이 없어졌다. 그러나 술기운을 이겨내자 머리가 깨끗해졌다.

그녀는 후각 동물처럼 장면을 이어가면서 저녁 때 일을 마음 속으로 되새겼다. 그녀는 세수를 하고, 싱크대를 닦고, 겨자를 선반에 다시 올려 놓았다. 그러고 나서 페이의 방으로 되돌아갔다.

프라몽드 봉우리 뒤를 밝히면서 동이 텄으므로 봉우리는 하늘을 배경으로 까맣게 서 있었다. 페이는 아직도 코를 골고 있었다. 케이트는 잠시 동안 그녀를 바라보다가 페이의 침대를 정리했다. 케이트는 잠에 빠진 무거운 여자를 끌고 당기고 쳐들어 침대 위에 올려 놓았다. 침대 위에서 케이트는 페이의 옷을 벗기고 얼굴을 씻겨 주고 옷을 치웠다.

날은 빨리 밝아왔다. 케이트는 침대 옆에 앉아 풀어진 페이의 얼굴을 바라보았다. 입은 열리고 입술은 숨결을 따라 들어갔다 나왔다 했다.

페이는 불안하게 몸을 한번 움직였다. 바싹 마른 입술에서는 몇 마디 알 수 없는 말을 내뱉더니 한숨을 몰아쉬고는 다시 코를 골았다.

케이트의 눈이 민첩하게 움직였다. 윗 옷장 서랍을 열고는 약상자에 든 병을 조사했다. 진통제, 진정제, 리디아 핑컴, 철제 포도주, 강장제, 홀스 크림 연고, 엡슨 염, 피마자 유, 암모니아. 그녀는 암모니아 병을 침대로 들고 와 손수건에 묻힌 후 적당히 떨어진 거리에서 페이의 코와 입 위에 들고 있었다. 질식할 것 같고 충격적인 냄새가 스며들자 페이는 콧바람을 내면서 위협적인 올가미에서 빠져나오려고 애를 썼다. 그녀는 눈을 크게 뜨고 겁에 질려 있었다.

케이트가 말했다. "괜찮아요, 어머니 괜찮아요. 악몽을 꾸었어요. 나쁜 꿈을."

"그래 꿈이야." 그녀는 다시 잠에 취해 곯아떨어지면서 다시 코를 골았다. 그러나 암모니아의 충격 때문에 그녀는 거의 의식이 들 정도여서 더욱 불안했다. 케이트는 병을 다시 서럽 속에 넣었다. 그녀는 테이블을 치우고 엎지른 술을 닦아낸 술잔을 들고 부엌으로 갔다.

차일대 주위로 기어드는 빛으로 집은 어슴푸레했다. 요리사는 부엌 뒤의 이어진 방에서 몸을 일으켜 옷을 찾아 입고 촌티 나는 신을 신고 있었다.

케이트는 조용히 움직였다. 그녀는 물 두 잔을 마시고 다시 물을 채워 페이의 방으로 갖고 들어가 문을 닫았다. 페이의 오른쪽 눈꺼풀을 까보았다. 눈은 몽롱하게 그녀를 쳐다보고 있었으나 속으로 돌아가 있지는 않았다. 케이트는 천천히 그리고 정확하게 행동했다. 손수건을 집어들어 냄새를 맡아 보았다. 암모니아 냄새는 거의 날아가 버렸으나 아직도 코를 찌르고 있었다. 그녀는 손수건을 페이 얼굴에 가볍게 덮었다. 페이가 몸을 비틀며 거의 깨어나는 듯하자 케이트는 손수건을 다시 벗기고 그녀를 가라앉게 했다. 이렇게 세 번 했다. 그녀는 손수건을 집어치우고 나서 옷장 위에서 상아로 만든 크로셰 뜨개질 바늘을 집어들었다. 이불을 걷어올리고 상아의 무딘 끝을 페이의 늘어진 젖가슴에 계속해서 누르자 자고 있던 여인이 울음 소리를 내면서 몸부림을 쳤다. 케이트는 몸의 민감한 부분을 찾아 바늘로 눌렀다. 팔 밑이며 사타구니며 귀며 음핵을 찾아 눌렀다. 그러나 페이가 완전히 깨어나기 직전에 누르기를 멈췄다.

페이는 이제 거의 의식을 회복하게 되었다. 그녀는 울고 코를 훌쩍대고 몸을 뒤척였다. 케이트는 그녀의 앞이마를 쓰다듬고 부드러운 손가락으로 안쪽 팔을 문지르면서 부드럽게 말했다.
 "어머니, 어머니는 나쁜 꿈을 꾸고 있어요. 악몽에서 깨어나세요, 어머니."
 페이의 숨결이 한결 고르게 됐다. 커다랗게 한숨을 쉬더니 옆으로 돌아눕고 편안하게 잔기침을 몇 번 하고는 잠들었다.
 케이트가 침대에서 일어서자 현기증이 밀어닥쳤다. 그녀는 몸을 고정하고 나서 문 쪽으로 가 동정을 살피고는 살짝 빠져나가 조심스럽게 자기 방으로 갔다. 그녀는 옷을 재빨리 벗고 잠옷을 갈아입었다. 그리고 겉옷을 걸치고 슬리퍼를 신었다. 머리를 빗어 잡아 올리고는 잠모자를 썼다. 플로리다 향수를 발랐다. 재빨리 페이의 방으로 되돌아왔다.
 페이는 아직도 옆으로 누워 평화롭게 자고 있었다. 케이트가 홀로 통하는 문을 열었다. 그녀는 물을 담은 유리컵을 침대로 들고 가서 페이의 귀에 찬물을 부었다.
 페이는 소리치고 또 소리쳤다. 마침 에델이 놀란 얼굴을 자기 방에서 내밀자 케이트가 겉옷을 걸치고 슬리러를 신고 페이 방 앞문에 서 있는 것이 보였다. 요리사가 케이트 바로 뒤에 있다가 손으로 그녀를 제지했다.
 "지금 들어가지 마세요. 미스 케이트. 안에 무엇이 있는지 모르십니까."
 "무슨 소리예요. 페이 마담이 아픈데."
 케이트가 뛰어들어 침대로 갔다.
 페이는 눈을 크게 뜨고 울며불며 신음하고 있었다.
 "무슨 일이에요? 무슨 일이에요?"
 요리사는 방 가운데 있었다. 잠이 덜 깬 여자들이 문 입구에 서 있었다.
 "말해 보세요. 무슨 일이에요?" 케이트가 소리쳤다.

"아, 애야…… 꿈이다 꿈! 참을 수 없다."

케이트는 문 쪽으로 돌아섰다. "악몽을 꾸셨어. 괜찮으실 거야. 너희들은 잠자리로 돌아가. 나는 잠깐 여기에 있겠어. 알렉스, 차 좀 가져와요."

케이트는 피로할 줄 몰랐다. 다른 여자들도 그것을 인정했다. 그녀는 페이의 아픈 머리 위에 찬 수건을 얹고 어깨를 붙잡고 차를 들게 했다. 그녀는 페이를 어린애처럼 다루었다. 그러나 두려워하는 표정은 좀처럼 페이의 눈에서 가시지 않았다. 열 시에 알렉스가 깡통 맥주를 가져와 말 한마디 없이 옷장 위에 올려놓았다. 케이트는 이것을 한 잔 따라 페이의 입술에 대었다.

"괜찮을 거예요. 쭉 마시세요."

"술은 절대로 안 마시겠다."

"바보 같은 소릴 하시네요! 약으로 생각하고 쭉 마시세요. 착한 분이셔. 그리고 누워서 잠을 자세요."

"나는 잠자는 것이 두렵다."

"나쁜 꿈이었던가요?"

"무시무시해, 무시무시한 꿈이야!"

"꿈 이야길 해주세요, 어머니. 마음이 편안해질지도 모르니까요."

페이는 몸을 움츠렸다. "누구한테도 이야기하고 싶지 않아. 어떻게 해서 그런 꿈을 꾸었지! 내 꿈 같지 않았어."

"불쌍한 어머니. 저는 어머니를 사랑해요. 주무세요. 내가 꿈이 접근도 못 하게 할 테니."

페이는 천천히 잠 속으로 빠져들었다. 케이트는 침대 곁에 앉아 그녀를 이모저모로 따져보았다.

제 *21* 장

1 위험하고 미묘한 인간사에서 있어서 서두르면 결말을 성공적으로 이끄는 데 크게 제한을 받는다. 인간이란 성급하게 서두름으로써 실수하는 경우가 아주 흔하다. 어렵고도 애매한 행위를 적절하게 수행하기 위해서는, 목적하는 바를 먼저 면밀히 검토하고 그 목적이 바람직한 것이라고 일단 받아들이면 그것을 완전히 잊어버리고 오식 수단과 방법에만 열중하여야 한다. 이렇게 하면 걱정이나 성급함이나 두려움으로 인해 잘못된 행위를 유발하는 일이 없을 것이다. 이것을 아는 사람은 거의 없다.

케이트를 그렇게 효과적으로 만든 것은 그녀가 그것을 배웠거나, 아니면 태어날 때부터 그녀가 그 지식을 갖고 있었다는 것이다. 장애물이 나타나면 그녀는 그것이 사라질 때까지 기다렸다가 다시 계속했다. 그녀는 행위를 위한 시간 차 사이에 완전히 마음을 푸는 능력을 갖고 있었다. 그리고 훌륭한 레슬러의 기준이 되는 어떤 기술을 아는 여자였다. 그녀는 상대방이 힘에 겨운 일을 하게 하여 스스로 패하도록 만들던가, 그의 힘을 유도하여 약점이 나타나게 만드는 기교를 갖고 있었다.

케이트는 서두르지 않았다. 그녀는 목적을 아주 재빠르게 숙고하고 나서는 그것을 마음 속에서 몰아냈다. 그러고는 방법에 대한 일을 착수했다. 그녀는 어떤 계획을 세우고 그것을 위해 도전했다. 다소라도 흔들리면 그것을 헐어버리고 다시 시작했다. 그녀는 이런 일을 야밤중이나 완전히 혼자 있을 때에만 했기 때문에 그녀의 태도에는 아무런 변화도, 편집(偏執)도 나타나지 않았다. 그녀의 계획은 사람, 자료, 지식, 그리고 시간으로 이루어져 있었다. 그녀는 사람과 시간에 먼저 접근하여 지식과 자료 수집에 착수했다. 그러나 이렇게 하는 동안 그녀는 일련의 보이지 않는 스프링과 진자(振子)를 움직이게 만들고 그 자체의 반동력을 갖게 만들었다.

먼저 요리사가 유서 이야기를 했다. 요리사였음에 틀림없었다. 어쨌든 그는 자기가 했다고 생각했다. 케이트는 에델에게서 그 이야기를 들었고, 털이 난 커다란 손의 팔꿈치까지 밀가루를 묻히고 손에 이스트를 하얗게 묻히고서 빵 반죽을 하고 있는 요리사와 부엌에서 마주쳤다.

"보증인이 되었다는 것을 남에게 이야기하는 것이 좋은 일이라고 생각해요?" 그녀는 부드럽게 말했다. "페이 마담이 어떻게 생각하겠어요?"

그는 당황하는 눈치였다. "나는 하지 않았······."

"무엇을 하지 않았다는 말이에요. 말해 보세요. 아니면 그것이 해롭다곤 생각 않으세요?"

"나는 그렇게 생각지 않······."

"말했다고 생각지 않는다는 거죠? 그걸 아는 사람이라곤 세 사람밖에 없어요. 내가 누설했다고 생각해요? 아니면 페이 마담이 했다고 생각해요?"

당혹한 눈초리가 확연했다. 이제 그가 말하지 않았다고 말할 수 없게 되었다는 것을 그녀는 알았다. 자기가 했다고 말할 것이 확실했다.

세 여자가 힘을 모아 케이트에게 몰려와서 유서에 관하여 물었다.

케이트가 말했다. "내가 그 이야기를 꺼내는 것을 마담이 좋아하지 않을 거야. 알렉스가 입을 다물었어야 했는데." 여자들의 결심이 흔들렸다. 케이트가 말했다. "왜 마담에게 물어 보지 그래?"

"오, 그러고 싶지 않아!"

"그러면서도 감히 뒷공론을 해! 지금 가자. 같이 가서 물어 봐요."
"아니야, 케이트. 아니야."
"그래, 그러면 너희들이 물어보더라고 마담에게 말할 수밖에 없어. 같이 가는 것이 낫지 않겠니? 뒤에서 쑥덕공론을 했다는 것을 알게 되는 것보다 마담이 기분이 더 좋지 않겠니?"
"글쎄……."
"나 같으면 그렇게 하겠다. 나는 직접 얘기하는 사람을 좋아해." 그녀는 조용히 그들을 떠밀다시피 해서 페이의 방에까지 데리고 왔다.
케이트가 말했다. "알고 계신 그것에 대하여 애들이 물어 왔어요. 알렉스는 자기가 발설했다는 것을 인정하구요."
페이는 약간 당황했다. "애야, 난 그것이 뭐 큰 비밀이 된다고는 생각지 않아."
케이트가 대답했다. "아, 그렇게 생각하시니 기뻐요. 그러나 내가 먼저 말할 수가 없지 않아요."
"케이트야, 말하는 것이 나쁘다고 생각하니?"
"절대로 안 그렇죠. 저는 기뻐요. 그러나 제가 먼저 발설하고 싶지 않다는 것이 제 충정이에요."
"넌 참 마음이 비단결 같구나. 난 해롭지 않다고 생각한다. 너희들도 알다시피 나는 혈혈 단신이 아니냐. 그래서 케이트를 딸로 삼았다. 애는 나를 이렇게 돌봐주지 않니? 케이트, 그 상자 좀 가져온."
여자들이 유서를 손에 들고 살폈다. 문구가 간단하기 때문에 그들은 다른 사람들이 들을 수 있도록 단어 하나하나를 읽어갈 수 있었다.
그들은 케이트가 어떻게 변할까. 혹시 폭군이나 되지 않을까 살폈으나 오히려 그들에게 더 잘 대했다.
1주일 후 케이트가 병에 걸렸을 때에도 그녀는 집안 감독을 잘 해 냈기 때문에, 얼굴에 고통스러운 빛을 띠고 홀에 꼿꼿하게 서 있는 것이 발견되지 않았더라면 그녀가 병에 걸렸다는 것을 아무도 알지 못했을 것이다. 그녀는 여자들에게 이 사실을 페이에게 말하지 말라고 애원을 했지만 그들은 화를 냈다. 그녀를 강제로 침대에 눕히고 의사 와일드를 불러댄 것도 페이였다.

그는 점잖은 데다가 아주 훌륭한 의사였다. 그는 혀를 살피고 맥을 짚어보고는 몇 가지 내밀한 질문을 했다. 그러고는 자기 아랫입술을 가볍게 쳤다.

"여긴가요?" 그는 이렇게 묻고서 등을 조금 눌렀다. "아니? 여기? 여기가 아파요? 그러면 신장을 씻어내도 될 것 같소." 그는 노랗고 파랗고 빨간 알약을 주면서 차례로 먹으라고 했다. 약은 효험이 있었다.

그녀는 열이 좀 올랐다. 그래서 페이에게 말했다. "병원에 좀 가겠어요."

"왕진을 시키지."

"알약 몇 개를 더 가져오게 하는데요? 안 될 말이에요. 제가 아침에 가죠."

2

와일드 의사는 선량하고 정직한 사람이었다. 그는 유황이 옴에 특효라고 늘 말했다. 그는 자기 개업에 대해서는 주의성이 깊었다. 대다수의 다른 시골 의사와 마찬가지로 그는 이 마을의 의사이자, 목사와 정신과 의사를 겸하고 있었다. 그는 샐리너스의 비밀과 약점과 장점을 거의 알고 있었다. 그는 죽음을 가볍게 취급하지 않았다. 사실이지 환자가 죽게 되면 그는 실패감과 무지감에 늘 휩싸였다. 그는 배짱 좋은 사람은 못 되었다. 그는 두렵지만 어쩔 수 없는 마지막 수단으로써 외과 수술을 했을 뿐이다. 그곳 의사들을 돕기 위해 약방이 들어섰다. 그러나 그는 자기의 조제실을 갖고 자기의 처방에 따라 조제를 하는 몇 명 안 되는 의사 중의 한 사람이었다. 여러 해 동안 과로하고 잠을 제대로 자지 못해 그는 다소 몽롱하고 정신 나간 사람처럼 되었다.
 수요일 아침 8시 30분에 케이트는 번화가를 지나 몬터리 국립은행 건물을 올라가 복도를 따라 걸어서 '와일드 의사——진찰 시간 11-2'라고 씌어 있는 문에 다다랐다.
 9시 30분에 와일드 의사는 그의 경마차를 마차 보관소에 넣고 지친 듯 까만 가방을 추켜들었다. 그는 아주 늙은 독일계 부인의 임종에 입회하고 알리설에서 돌아오는 길이었다. 그녀는 생애를 깨끗하게 마무리 지을 수가 없었다. 유언 보충서가 여러 개 있었다. 지금도 와일드는 그녀의 거칠고 메마르고 질긴 생명이 완전히 끝났는가를 의심하고 있었다. 그녀는 아흔일곱 살이었다. 사망진단서도 그녀에겐 아무 의미가 없었다. 사실, 그녀는 사망 진단서를 준비했던 한 목사로 하여금 정정서를 내도록 한 일도 있었다. 그는 죽음의 신비 속에 휩싸여 있었다. 그런 일이 자주 있었다. 어제만 해도 6피트 1인치의 키에 소같이 힘이 세고 400에이커의 땅을 갖고 대가족의 귀중한 존재였던 서른일곱 살의 알렌 데이가 비를 조금 맞고 3일 동안 열이 오르다가 폐렴에 걸려 맥없이 생명을 잃고 말았던 것이다. 이것야말로 하나의 신비라고 와일드 의사는 생각했다. 그는 눈꺼풀이 꺼끌꺼끌한 것을 느꼈다. 그는 복통 환자들을 받기 전에 목욕을 하고 한잔 할 생각을 하고 있었다.
 그는 계단을 올라가 낡은 키를 병원 자물쇠에 꽂았다. 키가 돌아가지 않았다. 그는 가방을 바닥에 놓고 키를 힘껏 돌렸으나 역시 돌아가지 않았다. 손잡이를 잡아당기고 열쇠를 덜커덕거려 보았다. 그러자 안에서 문이 열렸다. 케이트가 그의 앞에 서 있었다.
 "아, 안녕하십니까. 자물쇠가 말을 안 듣는군. 어떻게 들어왔소?"
 "잠기지 않았던데요. 일찍 와서 기다리고 있던 중이에요."
 "잠기지 않았었다구?" 그는 열쇠를 반대편으로 돌렸다. 작은 고리가 쉽게 빠져나가는 것을 그는 똑똑히 보았다.

"늙어가는구먼, 잘 잊어버리니." 그는 한숨을 쉬었다. "어쨌든 내가 왜 열쇠를 채우는지 모르겠소. 철사 오라기만 가져도 누구나 들어올 수 있는데 말이오. 그러나 들어오려는 사람이 누가 있겠소?" 그는 그녀를 초면인 사람으로 알고 있는 듯했다. "나는 열한 시까지는 진찰을 하지 않습니다."

케이트가 말했다. "이 알약이 더 필요해서 왔습니다. 늦게 올 수가 없었어요."

"약이라니? 아, 그렇구먼. 페이의 집에서 왔죠?"

"그래요."

"기분이 낫습니까?"

"네, 약효가 있어요."

"해롭지 않으니까. 내가 조제실도 열어 놓았습디까?"

"조제실이라뇨?"

"저기…… 저 문 말이야."

"틀림없이 열어 놓으셨겠죠."

"나이가 들어가니까. 페이는 어떻소?"

"마담이 걱정이에요. 조금 전만 해도 심하게 아팠어요. 경련을 일으키고 머리가 약간 돌았었어요."

"그 여자는 전에도 위병을 앓은 적이 있지. 늘 먹기만 하고 건강해질 수 있나. 나는 어떻게 할 수 없어. 우리는 그것을 위병이라고 하지. 과식을 하고 밤을 꼬박 새우는 데서 오는 병이지. 그런데 정제라니, 색깔이 생각나요?"

"세 가지 색깔이었어요. 노랗고 빨갛고 파랗고."

"아, 그렇지. 기억나는구먼."

그가 알약을 둥근 마분지 갑에 넣고 있는 동안 그녀는 문 입구에 서 있었다.

"약이 참 많네요."

"많지. 나이를 먹어가면서 종류를 적게 쓰지. 개업을 시작할 때 갖다 놓은 것도 꽤 있지. 한 번도 사용하지 않고. 시작할 때 갖다놓은 재고야. 실험을 하려고 했었지…… 연금술을."
"무어라고요?"
"아무것도 아니야. 여기 있어. 마담에게 잠을 자고 야채를 먹도록 일러줘. 나는 밤을 새웠어. 이제 가보지?" 그는 비틀거리면서 진찰실로 들어갔다. 케이트는 그의 뒷모습과 쭉 늘어선 약병과 약단지를 힐끗 쳐다보았다. 그녀는 조제실 문을 닫고 바깥 사무실을 둘러 보았다. 책장의 한 책이 삐죽 나와 있었다. 그녀는 다른 책과 나란히 되도록 그 책을 밀어 넣었다.
그녀는 가죽 의자에서 그녀의 커다란 핸드백을 집어들고 나왔다.
케이트는 자기 방으로 돌아오자 핸드백에서 다섯 개의 작은 병과 메모 종이 한 장을 꺼냈다. 그녀는 그것들을 스타킹 속에 똘똘 말아넣고는 그것을 다시 고무 덧신 속에 깊숙이 밀어넣고 구두창 뒤쪽에 짝을 맞추어 세워 놓았다.

3 다음 몇 달 동안 페이의 집에는 차차 변화가 일어났다. 여자들은 단정치 못하게 되고 성을 잘 냈다. 몸과 방을 깨끗이 하라고 지시를 받았다면 여자들은 심하게 화를 내어 집안이 뒤숭숭해졌을 것이다. 그러나 일은 그런 식으로 되어 가지 않았다.
어느 날 저녁식사 중에 케이트는 우연히 에델의 방을 들여다보았더니 아주 단정하게 정돈이 되어 있어서 선물을 줄 수밖에 없었노라고 말했다. 에델이 그 자리에서 선물을 끌러 보니 그것은 오랫동안 향내를 풍겨 주는 커다란 호이트의 독일제 향수였다. 에델은 기뻐했다. 그녀는 침대 밑에 쑤셔 넣은 더러운 옷가지를 케이트가 못 보았었으면 했다. 식사 후에 그녀는 옷가지를 침대 밑에서 끄집어냈을 뿐만 아니라 마루에 비질을 하고 구석에 얽혀 있던 거미줄도 걷어냈다.
 어느 날 오후에는 그레이스가 아주 예쁘게 보여 케이트는 자기가 꽂고 있던 나비 모양의 수정핀을 선물로 줄 수밖에 없었다. 그러자 그레이스는 그것이 돋보이게 하기 위하여 깨끗한 웃옷을 입을 수밖에 없었다.
 사람들이 하는 이야기를 그가 믿었다면 자신을 살인자라고 생각했을 요리사 알렉스는 자기가 비스킷을 만드는데 마술사와 같은 재주를 갖고 있다고 생각하게 되었다. 그는 요리란 아무나 배울 수 없는 것이라는 것을 발견했다. 직감으로 느껴야 하는 것이라고 생각하게 되었다.
 코튼 아이는 자기를 미워하는 사람이 아무도 없다는 것을 알게 되었다. 그의 열광적인 피아노 연주는 알아볼 수 없을 정도로 변했다.
 그는 케이트에게 말했다. "회상이란 재미있는 것이죠."
 "어떤 것인데?" 그녀가 물었다.
 "글쎄요, 이런 것이죠." 그는 그녀를 위하여 음악을 연주했다.
 "감미로운데. 무슨 곡이야?"
 "나도 모르겠어요. 쇼팽곡이라고 생각되는군요. 악보를 볼 수 있었으면 좋을 텐데!"
 그는 자기가 실명(失明)하게 된 경위를 그녀에게 말했다. 이 이야기는 누구에게도 한 적이 없었다. 정말로 끔찍한 이야기였다.
 그 토요일 밤에 그는 피아노 줄의 체인을 풀고 그날 아침에 생각이 나서 연습했던 곡을 연주했다. 베토벤 곡인 〈월광곡〉이라고 코튼 아이는 생각했다.
 에델은 그 곡이 마치 달빛 같다고 말하고 가사를 아느냐고 물었다.
 "이 곡엔 가사가 없어요." 코튼 아이가 대답했다.
 곤잘레스에게 토요일 밤에 온 오스카 트립이 말했다. "그래, 가사가 있어야 하겠어. 아름다운데."

어느 날 밤엔 모든 사람에게 선물이 왔다. 페이의 집이야말로 군 전체에서 가장 훌륭하고, 가장 청결하고, 가장 멋있는 집이었기 때문이다. 그러면 그건 누구의 덕이었을까? 여자들이었지 누구였겠는가? 그리고 그들은 그 스튜처럼 맛있는 것을 어디서 맛보았겠는가?

알렉스는 부엌으로 물러나와 수줍은 듯이 손등으로 눈을 닦았다. 그는 눈알이 튀어나올 정도로 맛있는 오얏 푸딩을 만들 수 있다고 장담했다.

조지아는 매일 아침 열 시에 일어나서 코튼 아이에게서 피아노 레슨을 받았다. 그녀의 손톱은 청결했다.

그레이스는 어느 일요일 아침 열한 시 미사에서 돌아오더니 트릭시에게 말했다. "나는 창녀 노릇을 집어치우고 결혼할까 해, 상상할 수 있겠니?"

"정말 좋은 일이지." 트릭시가 말했다. "제니 집 아가씨들이 페이 마담의 생일 케이크를 얻으러 와서 보고는 눈이 휘둥그래지겠지. 그들은 페이의 집이야말로 참으로 훌륭하다는 말만 늘어 놓았어. 제니는 화가 나 있었고."

"오늘 아침 흑판에 적혀 있는 득점표를 봤니?"

"물론 봤지. 1주일에 87이야. 휴일이 없을 때 제니나 니거 보고 경쟁을 해보라지."

"휴일이 없을 때라니, 무슨 소리야. 사순절이라는 것을 잊었니? 제니의 집은 1점도 못 올려."

병을 앓고 악몽을 꾸고 나서 페이는 말이 적고 침울해 있었다. 케이트는 자신이 주목을 받고 있다는 것을 알고 있었지만 어쩔 도리가 없었다. 유서가 아직도 상자 속에 있으며, 여자들이 모두 그것을 눈으로 확인하고 소문으로 들었다는 것을 그녀는 확인했었다.

어느 날 오후 케이트가 노크를 하고 방에 들어섰을 때 페이는 혼자 카드 놀이를 하다가 쳐다보았다.

"어머니 어떠세요?"

"좋다. 아주 기분이 좋아." 눈초리로 보아 그녀는 무엇인가 감추고 있는 듯했다. 페이는 그렇게 영리하지 못했다. "케이트, 너도 알고 있겠지만 유럽엘 가고 싶다."

"그래요, 얼마나 멋있을까! 가실 자격도 있고 돈도 있고."

"혼자 가고 싶지는 않다. 너와 함께 가고 싶구나."

케이트는 놀라서 그녀를 바라다보았다. "나두요? 나두 데리고 가실래요?"

"물론이지. 왜 안 되니?"

"참 훌륭한 분이야! 언제 가실래요?"

"너도 가고 싶으냐?"

"나도 항상 거기 가보려는 꿈을 갖고 있었어요. 언제 가실래요? 빨리 가요."

페이의 눈에서는 의심쩍어하는 빛이 사라지고 얼굴이 풀어졌다.

"아마 다음 여름에, 다음 여름 계획을 짜자!"

"그러죠, 어머니."

"너는…… 너는 더 이상 어떤 꾀를 부리는 것은 아니겠지?"

"내가 왜 그러겠어요? 나를 이렇게 잘 봐주시는……."

페이는 천천히 카드를 모아 가지런히 추려서 테이블 서랍에 넣었다.

케이트는 의자를 끌어당겼다.

"조언을 받고 싶어요."

"무언데?"

"아시다시피 저는 어머니를 도우려고 노력하고 있지 않아요?"

"모든 일을 하고 있지."

"아시다시피 돈이 제일 많이 나가는 데가 음식이에요. 겨울이 되면 더 많이 나갈 거예요."

"그렇지."

"지금은 과일과 모든 야채류를 30파운드 한 상자에 25센트를 주면 살 수 있어요. 그런데 겨울이 되면 깡통 복숭아와 완두콩을 얼마를 줘야 살 수 있는지 알고 계시죠?"

"저장하려고 하는 것은 아니냐?"

"저장하면 왜 안 되나요?"

"알렉스가 무엇이라고 할까?"

"어머니는 믿을 수도, 안 믿을 수도 있고, 그 사람에게 물어볼 수도 있어요. 이건 알렉스가 제안한 거예요."

"그러지 않았겠지!"

"그랬어요. 하느님께 맹세하죠."

"그래, 빌어먹을…… 아, 미안해 말이 잘못 나왔구나."

부엌은 통조림 공장으로 변했고 여자들이 모두 도왔다. 알렉스도 그것이 자기의 생각이라고 믿고 있었다. 그 계절이 끝났을 때 그는 그것을 기념하기 위해 뒤에 이름을 새긴 은시계를 받았다.

보통때에는 페이와 케이트는 식당에 있는 긴 테이블에서 식사를 했지만, 알렉스가 외출하고 여자들이 두툼한 샌드위치로 식사를 때우는 일요일 저녁에는 케이트는 페이 방으로 식사를 가지고 들어가 함께 식사했다. 즐겁고 귀부인다운 시간이었다. 그럴 때면 언제나 맛있는 특식이 준비되었다. 거위의 간요리나, 토스트 샐러드나, 번화가 바로 건너편에 있는 랑 빵집에서 사온 과자 등이 있었다. 식당에는 하얀 기름 천과 종이 냅킨이 있었으나 페이의 테이블은 하얀 단자로 덮여 있었으며 냅킨도 리넨으로 되어 있었다. 그리고 파티 기분을 낼 수 있었다. 촛불과—샐리너스에선 귀한 것이었지만—화병이 있었다. 케이트는 들에서 꺾어 온 꽃으로 예쁘게 꽃꽂이도 할 줄 알았다.

"그 애는 참 재주 있는 사람이야." 페이는 입버릇처럼 말했다. "무엇이든 할 수 있고 무엇이고 이용할 줄 아니 말이야. 우리는 유럽에 갈 작정이다. 케이트가 프랑스 말을 할 줄 안다는 것을 알았니? 프랑스말도 해요. 혼자 있을 때 프랑스 말을 해보라고 해봐. 나를 가르치고 있어. 빵을 프랑스 말로 무엇이라고 하는지 아니?"
 페이는 재미있게 시간을 보내고 있었다. 케이트는 그녀를 흥분 속에 싸이게 했고 영원한 계획을 짜도록 만들었다.

4 10월 14일 일요일, 첫 들오리가 샐리너스로 날아들었다. 오리들이 커다란 쐐기 모양을 이루며 남쪽으로 날아가는 것을 창문을 통해 내다보고 있었다. 늘 그러했듯이 식사에 앞서 케이트가 들어오자 페이가 그것에 대하여 말했다. "겨울이 다가오는 모양이다. 알렉스더러 난로를 놓으라고 일러야겠어."
 "강장제를 드시겠어요. 어머니?"
 "그렇지. 네가 잘 살펴주니, 나는 게으름뱅이가 되나보다."
 "나는 어머니 시중을 들고 싶어요." 그녀는 리디아 핑컴의 식물 합성제를 서랍에서 꺼내 불빛에 비추어 보았다. "많이 남지 않았네요. 더 구해 와야겠어요."
 "아, 찬장 속에 열두 개가 있었으니까, 지금은 세 병이 남아 있을 거야."
 케이트는 유리잔을 들어올렸다. "파리가 들어 있네요. 닦아와야 겠어요."
 그녀는 부엌에서 잔을 씻어냈다. 그러고는 주머니에서 안약 병을 꺼냈다. 석유통 주둥이를 막듯이 조그마한 감자조각이 안약 병 주둥이를 막고 있었다. 그녀는 조심스럽게 맑은 액체를 두서너 방울 잔 속으로 떨어뜨렸다. 유독한 마전자(馬錢子)의 정기제(丁幾劑)였다.
 그녀는 페이의 방으로 돌아와서 식물 합성제를 세 숟갈 떠서 잔에 붓고 휘저었다.

페이는 강장제를 마시고는 입맛을 다셨다. "맛이 쓰구나."
"그래요? 내가 맛 좀 보지요." 케이트는 한 숟갈 떠 마시고는 얼굴을 찡그렸다. "그렇군요. 내 생각엔 너무 오래 된 것 같아요. 내버리겠어요. 너무 쓰네요. 물을 떠다 드리지요."
식사 때 페이의 얼굴은 홍조가 되어 있었다. 그녀는 식사를 집어치우고 무엇인가 귀담아 듣는 듯했다.
"왜 그러세요? 어머니, 무슨 일이에요?"
페이는 집중력을 털어 버리려는 듯이 보였다. "모르겠는데, 심장이 뛰는 것 같아. 갑자기 두려워지고 심장이 막 뛰네."
"드러누우시겠어요?"
"아니야, 지금은 괜찮아."
그레이스는 포크를 놓았다. "얼굴이 정말 빨갛네요."
케이트가 말했다. "걱정되는군요. 와일드 의사를 불러올까요?"
"아니야, 지금은 괜찮아."
"겁이 나요." 케이트가 말했다. "전에도 그러신 적이 있으세요?"
"가끔씩 숨이 가빠지긴 하지. 너무 비대해져서 그럴 거야."
페이는 그 토요일 저녁 내내 기분이 언짢았다. 케이트는 열 시쯤해서 페이를 눕도록 했다. 페이가 잠든 것을 확인할 때까지 케이트는 여러 번 드나들었다.
다음날 페이는 기분이 좋았다. "숨이 좀 가쁠 뿐이야." 페이가 말했다.
"어머니를 위하여 환자용 식사를 하기로 했어요." 케이트가 말했다. "어머니를 위해서 치킨 수프를 준비했어요. 우리들은 완두 샐러드를 들기로 하고. 어머니가 좋아하는 대로 기름과 식초를 쳤어요. 그리고 차 한 잔하고."
"착하기도 해라. 기분이 좋다니까."
"식사를 가볍게 하면 누구에게나 좋아요. 어젯밤엔 놀랐어요. 제게 아주머니가 한 분 계셨는데 심장병으로 돌아가셨거든요. 그 생각이 떠올라서."

"나는 심장병을 앓은 적이 없다. 계단을 올라갈 때면 약간 숨이 찰 정도야."

케이트는 부엌에서 저녁을 두 접시에 차렸다. 그녀는 컵으로 프렌지 드레싱을 재어 완두콩 샐러드에 부었다. 페이의 접시에는 그녀가 제일 좋아하는 컵을 올려 놓고 수프를 스토브에 얹어 데웠다. 그러고는 마지막으로 호주머니에서 안약 병을 꺼내 크로톤 유(油)를 완두콩에 두어 방울 떨어뜨리고 휘저었다. 그리고 그녀는 자기 방으로 가서 조그마한 병에 든 카스카라 싸그라다를 삼키고 서둘러 부엌으로 돌아왔다. 그녀는 뜨거운 수프를 컵에 붓고 끓는 물을 티포트에 채워 들고 페이의 방으로 갔다.

"배가 고프지 않은데. 그렇지만 수프 냄새가 좋구나."

"어머니를 위하여 특별 샐러드 드레싱을 만들었어요. 로즈마리와 라임으로 만드는 옛 요리법인데. 구미에 당기실지 들어 보세요."

"아, 맛있구나. 네가 할 줄 모르는 것이 무엇이냐?"

케이트가 먼저 당했다. 이마에서는 땀이 솟았고 그녀는 고통을 못 참아 울면서 주저앉았다. 눈이 몽롱해지면서 침이 흘러내렸다. 페이는 복도로 뛰어나가 사람 살리라고 소리쳤다. 여자들과 몇몇 일요일 손님이 방으로 몰려들었다. 케이트는 바닥에서 뒹굴고 있었다. 손님 두 사람이 그녀를 들어 페이의 침대에 눕히고 몸을 펴려 했으나 그녀는 소리소리 지르고 다시 몸을 굽혔다. 온몸에서 땀이 비오듯 나와 옷을 적셨다.

페이가 수건으로 케이트의 이마를 닦아 주고 있을 때 그녀에게도 고통이 덮쳤다.

한 시간이나 헤매다가 친구와 카드 놀이를 하는 와일드 의사를 찾아냈다. 그는 히스테리컬한 두 창녀에 의해 골목 안으로 끌려왔다. 페이와 케이트는 구토와 설사로 맥이 빠져 있었고 이따금씩 경련이 계속되었다.
 와일드 의사가 말했다. "무엇을 먹었소?" 그러고는 접시를 보고 물었다. "이 완두콩 조림은 집에서 만든 거요?"
 "그럼요." 그레이스가 대답했다. "바로 이 집에서 만들었어요."
 "먹어본 사람 있소?"
 "없어요. 보시다시피……."
 "나가서 단지를 전부 부숴 버려요. 빌어먹을 놈의 완두콩 같으니!" 그는 위 세척기를 꺼냈다.
 목요일, 그는 파랗게 질린 나약한 두 여자와 함께 앉아 있었다. 케이트의 침대는 페이의 방으로 옮겨져 있었다. "지금이니까 말하지 살아남을 가망이 없다고 나는 생각했있소. 운이 좋았던 거요. 집에서 만든 완두콩 조림을 버려요. 통조림된 것을 사요."
 "무슨 병이에요?" 케이트가 물었다.
 "중독이야. 거기에 대해서 많이 알고 있지는 못하지만, 이겨낸 사람은 극히 적어요. 자네는 젊고 저 마담은 강인하니까 이겨낸 거야." 그는 페이에게 물었다. "아직도 장에서 피가 나와요?"
 "네, 조금."
 "여기 모르핀 정제가 있소. 먹으면 나을 거요. 어딘가 터져 있을 거요. 창녀는 죽지 않는다던데, 둘이 다 조심해요."
 그것이 10월 17일이었다.
 페이는 완전히 회복되지 못했다. 낫는 듯하다가는 도졌다. 12월 3일에는 아주 좋지 못하여 기운을 차리는 데 오래 걸렸다. 다음해 2월 12일에는 출혈이 심해졌고, 긴장이 페이의 심장을 약화시킨 듯했다. 와일드 의사는 청진기를 오랫동안 대고 있었다.
 케이트도 여위어서 날씬했던 몸매는 뼈만 앙상하게 되었다. 여자들은 그녀와 교대하여 페이를 간호하려 했으나 케이트는 떠나려 하지 않았다.
 그레이스는 말했다. "저 애는 언제부터 자지 않았는지 몰라. 페이 마담이 죽으면 저 애도 죽을 거야."
 "머리가 터지는 것 같을 거야." 에델이 말했다.
 와일드 의사는 낮이지만 어두운 객실로 케이트를 데리고 가서 까만 가방을 의자에 놓았다. "당신한텐 이야기해 두는 것이 좋겠어. 마담의 심장이 긴장을 감당하지 못하고 있어. 내장이 엉망이야. 빌어먹을 놈의 중독 때문이야. 방울뱀의 독보다도 더 지독하다니까." 그는 여윈 케이트에게서 눈길을 돌렸다. "마음의 준비를 하도록 당신에게 말하는 거야." 그는 뼈만 앙상한 그녀의 어깨 위에 손을 얹으면서 띄엄띄엄 말했다. "그런 충성심을 갖고 있는 사람이 많지 않지. 먹을 수 있으면 따뜻한 우유나 주지."
 케이트는 따뜻한 물 대야를 침대 옆 테이블로 들고 갔다. 트릭시가 들여다보았을 때 케이트는 보드라운 리넨 냅킨으로 페이에게 목욕을 시켜주고 있었다. 그런 다음 보드라운 금발머리를 빗겨서 땋아 주었다.
 페이는 피부는 오그라들어 턱과 두개골에 붙어 있었으며 눈은 커다랗고 휑하였다.
 그녀가 말을 하려고 애쓰자 케이트가 말했다. "가만히! 힘을 아끼세요. 힘을."
 그녀는 부엌으로 가서 따뜻한 우유잔을 가지고 와 옆 테이블 위에 올려놓았다. 그녀는 병 두 개를 주머니에서 꺼내 각 병에서 조금씩 안약 병 속으로 떨어뜨렸다.
 "어머니, 입을 벌리세요. 자, 용기를 내세요. 맛이 좋지 않을 거예요." 그녀는 액체를 페이의 혀 깊숙이 짜 넣고는 맛을 없애기 위해 그녀의 머리를 받쳐들고는 우유를 먹였다. "이제 쉬세요, 곧 돌아올게요."

케이트는 방에서 조용히 빠져나왔다. 부엌은 어두웠다. 그녀는 바깥문을 열고 기어나와 잡초 사이로 돌아갔다. 땅은 봄비로 축축했다. 그 뒤쪽 땅에다 뾰족한 막대기로 작은 구멍을 파고 그 속에 몇 개의 작은 병과 안약 병을 떨어뜨렸다. 그러고는 막대기로 유리병을 산산이 부숴 버리고는 흙을 덮었다. 케이트가 집으로 돌아올 때는 비가 내리고 있었다.

처음엔 사람들이 케이트를 붙들어 매어 자상(自傷)하지 않도록 해야만 했다. 그녀는 난폭한 행동에서 침울한 방심상태로 변했다. 그녀가 건강을 회복하는 데는 오랜 시간이 걸렸다. 그녀는 유서에 대해서 완전히 잊고 있었다. 나중에 그것을 기억해 낸 사람은 트릭시였다.

제 22 장

1 트래스크 농장에서는 아담이 폐쇄적인 생활을 하고 있었다. 고치다 만 산체스 집은 비바람에 시달려 새 마룻바닥은 습기로 휘어지고 뒤틀려 있었다. 내버려진 채소밭은 잡초가 무성했다.

아담은 점액 속에 휩싸인 듯 행동이 완만해지고 생각이 억제되고 있었다. 그는 잿빛 물을 통해 보듯이 세상을 보았다. 이따금 그의 마음은 위로 상승하려는 투지를 벌인 때도 있었다. 그러나 햇빛이 스며들어도 그것은 오직 마음에 고통을 안겨다 줄 뿐이었다. 그러면 그는 다시 잿빛 속으로 움츠러들고 말았다. 어린 자식들이 웃고 울기 때문에 그는 쌍둥이를 인식하고는 있었으나 그들에게는 엷은 혐오감을 느낄 뿐이었다. 아담에게는 그들이 손실의 상징이었다. 이웃사람들이 그의 작은 계곡으로 찾아왔다. 이제는 누구나 다 그의 분노와 슬픔을 잊었는지도 모르지만, 어쨌든 모든 사람들이 그를 도와주려고 했다. 그러나 그들도 그를 감싸고 있는 먹구름을 제거할 수는 없었다. 아담은 그들을 거절하지는 않았지만, 또한 만나지도 않았다. 얼마 안 가서 이웃사람들도 참나무 밑 길을 찾아오지 않게 되었다.

얼마 동안 리는 아담을 정신차리게 하려고 애를 썼다. 그러나 리는 바쁜 사람이었다. 요리도 하고, 세탁도 하고, 쌍둥이를 목욕도 시키고, 먹을 것도 주어야 했다. 꾸준하게 열심히 일을 하는 동안에 그는 두 꼬마 아이들을 좋아하게 되었다. 그는 아이들에게 관동말로 말했다. 아이들은 중국말을 알아듣고 그 말을 반복하려 애썼다.

새뮤얼 해밀튼은 두 번씩이나 찾아와서 아담을 그 충격에서 벗어나게 하려고 애썼다. 그러다가 라이저가 끼여들었다.

"나는 당신이 거길 가지 않았으면 해요." 그녀가 말했다. "당신은 그를 변화시키기는커녕 오히려 당신이 변해 가지고 오니 말이에요. 그가 당신을 변하게 만들고 있어요. 당신 얼굴에 그의 모습이 보이네요."

"여보, 두 어린애를 생각해 봤소?" 그가 물었다.

"나는 당신 가족 생각만 했어요." 그녀는 무뚝뚝하게 말했다.

"당신이 돌아오면 며칠 동안 우리를 우울하게 만들었어요."

"알았소." 그는 이렇게 말은 했으나 슬펐다. 새뮤얼은 어떤 사람이든 고통을 겪고 있는 사람이 있는 한, 자기 일에 마음을 쏟을 수 없었기 때문이다. 새뮤얼이 아담을 비참한 상태로 내버려 둔다는 것은 쉬운 일이 아니었다.

아담은 그에게 일삯뿐만 아니라 풍차의 부분품에 대한 비용까지도 지불했지만 풍차를 원하지는 않았다. 새뮤얼은 부분품을 다른 사람에게 팔아 그 돈을 아담에게 전했지만 회답이 없었다.

그는 아담 트래스크에 대하여 불쾌감을 느끼게 되었다. 아담은 슬픔을 가지고 자기 만족에 빠져 있는 것처럼 새뮤얼에게 보였다. 그러나 깊이 생각할 시간적 여유가 없었다. 조는 대학으로 가버렸다. 그 대학은 팔로 알토 근처에 있는 자기 농장에다 리란드 스탠포드가 세운 대학이었다. 톰은 아버지를 걱정스럽게 만들었다. 톰은 점점 책에 탐닉해 가고 있었기 때문이다. 그는 자기 일을 꽤 잘하고 있었지만 일에 즐거움을 느끼고 있지 않다고 새뮤얼은 생각했다.

윌과 조지는 사업을 잘하고 있었다. 조는 운문(韻文)으로 집에 편지를 보냈고 기존의 모든 진실에 대하여 건전하고 재치있는 공격을 가하기도 했다.

새뮤얼은 조지에게 편지를 썼다. '네가 무신론자가 되지 않았다면 나는 실망을 금치 못했을 것이다. 그리고 배부를 때 과자 하나 더 먹는 식으로 네 나이와 지혜에 불가지론을 받아들였다니 기쁘다. 그러나 내가 진심으로 이야기하는데 어머니의 마음을 비꾸려는 노력은 하지 말기를 바란다. 지난번의 네 편지를 보고 네 어머니는 네가 몹시 몸이 편치 않다고 생각했을 뿐이다. 네 어머니는 좋은 수프로 고칠 수 없는 병이란 별로 없다고 생각한단다. 네 어머니는 현대 문명 구조에 대한 너의 강력한 공격을 복통의 탓으로 돌리고 있다. 그래서 네 어머니는 걱정을 하고 있다. 네 어머니의 신념은 요지부동이야. 내 아들인 너는 그것을 무너뜨릴 삽 한 자루 갖고 있지 않다.'

라이저는 늙어가고 있었다. 새뮤얼은 그것을 그녀의 얼굴에서 읽을 수 있었다. 수염이 하얗게 되든 안 되든 새뮤얼은 자신이 늙었다고 생각할 수 없었다. 그러나 라이저는 과거 속에서 살고 있었다. 그것이 그녀가 늙어가는 증거였다. 그녀는 그의 계획이나 예언을 어린아이의 미친 소리라고 생각하던 때가 있었다. 이제 그녀는 그것들을 어른에겐 어울리지 않는 것이라고 생각했다. 이제 목장에는 라이저와 톰과 새뮤얼 세 사람만 남아 있었다. 우나는 타지방 사람과 결혼하여 떠나버렸고, 데시는 샐리너스에서 양장점을 경영하고 있었다. 올리브는 젊은 사람과 결혼했고, 몰리도 결혼하여 샌프란시스코의 한 아파트에 살고 있었다. 그녀는 향수를 뿌렸고 침실 난로 앞에는 백곰 가죽이 깔려 있었다. 그리고 몰리는 저녁 식사 후 커피를 마시면서 고급 담배 바이레트 밀로를 피우고 있었다.

어느 날 새뮤얼은 건초 가마니를 들어올리다가 허리를 다쳤다. 허리를 다친 것도 다친 것이지만 기분이 상했다. 샘 해밀튼이 건초 가마니 하나 들어올리지 못하는 생활이란 상상도 할 수 없었기 때문이다. 그는 허리 때문에 자식 중의 누구 하나가 정직하지 못했을 때에나 느꼈을 모욕감을 느꼈다.

킹 시티에서 그는 틸슨 의사의 진찰을 받았다. 의사는 여러 해 동안 과로하여 꽤 성미가 급하게 되었다.

"허리를 삐셨습니다."

"그런 것 같아요." 새뮤얼이 말했다.

"단지 허리를 삐었다는 이야기를 듣고 진찰료로 2달러를 내시러 먼 길을 오셨습니까?"

"진찰비 여기 있습니다."

"몸조리 방법을 알고 계신가요?"

"알고 있습니다."

"다시는 삐지 않도록 하세요. 돈은 도로 넣으시오. 어린애처럼 되어 가는 것이 아니라면. 새뮤얼, 당신은 바보가 아니시죠."

"그러나 아픕니다."

"물론 아프죠. 아프지 않다면 삐었다는 것을 어떻게 아셨겠어요?"

새뮤얼은 웃었다. "저를 잘 대해 주시는군요. 나에게 2달러 이상으로 잘해 주셨습니다. 돈은 넣으시죠."

의사는 그를 자세히 들여다보았다. "진심이신 것 같군요. 그러면 돈은 받겠습니다."

새뮤얼은 훌륭한 새 가게로 윌을 만나러 갔다. 아들은 거의 알아볼 수 없을 정도였다. 윌은 돈을 벌면서 뚱뚱해졌고, 코트와 조끼를 입고 새끼손가락에는 금반지를 끼고 있었기 때문이다.
 "어머니에게 드리려고 조그마한 보따리 하나를 준비했어요. 프랑스에서 온 작은 통조림을 조금 준비했어요. 송이버섯과 간조림과 정어리인데 얼마 안 돼서 보이지도 않는군요."
 "네 어머니는 그걸 곧 조에게 보낼 거다."
 "어머니가 잡수시도록 할 순 없나요?"
 "안 되지." 그의 부친이 말했다. "네 어머니는 그것을 조에게 보내는 것을 기뻐할 거야."
 리가 가게로 들어왔다. 그의 눈이 휘둥그래졌다. "안녕하십니까."
 "아, 잘 있었나, 리. 애들은 어떤가?"
 "잘 있습니다."
 새뮤얼이 말했다. "옆집에서 맥주 한잔 허려는데, 같이 가세."
 리와 새뮤얼은 술집의 작고 둥근 테이블에 앉았다. 새뮤얼은 맥주잔에 묻은 물기로 테이블 위에 그림을 그렸다. "자네와 아담을 만나보고 싶었으나 별 도움이 될 것 같지 않아서."
 "그렇지만 어떤 해가 되지는 않죠. 주인께서는 그 일을 이겨낼 수 있으리라고 생각했어요. 그러나 지금도 유령처럼 걸어다니시죠."
 "1년이 넘었지?" 새뮤얼이 물었다.
 "1년하고도 3개월이 지났어요."
 "내가 무슨 일을 할 수 있다고 생각하나?"
 "저도 모르겠어요." 리가 대답했다. "그에게 충격을 주어 그것을 잊게 할 수 있을지도 모르죠. 아무것도 효과가 없었어요."
 "나는 충격을 주는 일은 못해. 충격을 주려다가 내가 충격을 받고 끝장을 낼지도 모르지. 그런데 아기들 이름은 뭐야?"
 "아직 이름이 없습니다."
 "농담을 하는 것은 아니겠지."
 "농담을 하는 것은 아닙니다."

"그러면 그는 애들을 어떻게 부르나?"
"주인은 그냥 '애들'이라고 부르죠."
"애들에게 직접 말할 때 말이야."
"하나일 때도, 둘일 때에도 '너'라고 부르죠."
"말도 안 되는 소리네." 새뮤얼은 화가 나서 말했다. "그 사람은 바보구먼?"
"선생님을 찾아뵙고 말씀드리려고 했었습니다. 선생님이 일깨워 줄 수 없다면 그분은 죽은 사람과 다름없지요."
새뮤얼이 말했다. "내가 감세. 말채찍을 갖고 가지. 이름도 지어 주지 않았다니! 내 꼭 감세, 리."
"언제요?"
"내일."
"닭을 한 마리 잡겠어요. 쌍둥이가 마음에 드실 겁니다. 예쁜 쌍둥이에요. 트래스크 씨에게는 선생님이 오신다는 말씀은 안 드리겠습니다."

2 새뮤얼은 겁을 먹은 채 트래스크 농장을 방문하겠노라고 아내에게 말했다. 그는 아내가 극구 반대하리라고 생각했다. 아내가 아무리 강력하게 반대하더라도——이런 일은 별로 없는 일이긴 하지만——그는 이번만은 자기 의사를 관철시키겠다고 생각했다. 아내의 의견에 거역하겠다는 생각을 하자, 그는 기분이 썩 좋지 않았다. 그는 마치 고백이나 하듯이 방문의 목적을 설명했다. 설명을 하는 동안 아내가 손을 그녀의 허리에 대고 있어서 가슴이 철렁했다. 그가 말을 끝냈을 때에도 그녀는 냉정하게 그를 계속 쳐다보고 있었다.

드디어 그녀가 입을 열었다. "당신은 바위 같은 그 사람을 움직일 수 있다고 생각하세요?"

"글쎄, 나도 모르겠어." 그녀가 이렇게 물으리라고는 생각하지 못했었다. "나도 모르겠어."

"어린아이들이 지금 당장 이름을 갖는 것이 그렇게 중요하다고 생각하세요?"

"글쎄, 내가 보긴 그런데." 그는 주저하며 말했다.

"새뮤얼, 당신이 가려는 이유를 생각해 봤어요? 어떻게도 고칠 수 없는 타고난 참견벽인가요? 자기 일은 처리 못하는 그 무능력인가요?"

"라이저, 나는 나의 결점을 잘 알고 있소. 그러나 이번 일은 그 이상의 것이라고 생각했소."

"그 이상의 일이라니, 더 낫군요. 그 사람은 자식들이 살아 있다는 것조차도 받아들이지 않고 있어요. 그 사람 눈엔 자식들이 보이지 않는 거예요."

"나한테도 그렇게 보이더군."

"만일 그가 당신 일이나 걱정하라고 하면, 그땐 어쩌겠수?"

"글쎄, 나도 모르겠군."

그녀는 입을 딱 다물고 이를 갈았다. "만일 당신이 그 애들에게 이름을 지어 주지 못한다면, 이 집에는 당신을 받아들일 따뜻한 곳이 없다는 것을 명심하세요. 그 사람은 막무가내니까 도대체 당신 말을 들으려고도 하지 않는다고 투덜대면서 돌아오진 마세요. 그렇게 되면 내가 직접 가봐야 할 테니까."

"역타(逆打)를 먹이겠소." 새뮤얼이 말했다.

"당신은 못할 거예요. 야만스러운 일은 못하니까요. 나는 당신을 알아요. 당신은 듣기 좋은 말만 하다가 다리를 질질 끌고 돌아와서는 나로 하여금 당신이 갔던 일을 잊게 만들 거예요."

"머리통을 부숴 버리겠어." 새뮤얼이 소리쳤다.

그는 문을 꽝 닫고 침실로 들어갔다. 라이저는 판벽을 보고 미소를 지었다.

그는 곧 검은 옷에 빳빳하고 번쩍이는 컬러 셔츠를 입고 나왔다. 그는 아내가 그의 검은 타이를 매고 있는 동안 몸을 그녀 쪽으로 굽히고 있었다. 그의 하얀 턱수염은 빗질을 하여 빛나고 있었다.

"구두에 솔질을 하는 것이 좋겠어요."

떨어진 구두에 검은 약칠을 하다가 그는 그녀를 곁눈질로 쳐다보았다. "성경을 가지고 갈까? 성경에서만큼 좋은 이름을 찾을 곳은 없으니 말이오."

"집의 것을 가져가는 것은 싫어요." 그녀는 불안한 듯이 말했다.

"집에 늦게 돌아오시면 나는 어떻게 성경을 읽어요? 그러나 아이들의 이름은 그 안에 전부 있지요." 그녀는 남편이 실망하는 것을 보자 침실로 들어가 조그마한 성경책 하나를 들고 나왔다. 그것은 낡고 닳아 있었으며, 갈색 종이와 아교로 표지가 붙어 있었다. "이걸 가지고 가세요."

"그렇지만 그건 장모님 것인데."

"괜찮을 거예요. 여기에 있는 이름은 하나를 제외하고는 모두 날짜가 두 개씩이에요."

"상하지 않도록 싸가지고 가겠소."

라이저가 날카롭게 말했다. "어머니 마음에 걸리는 것이 바로 내 마음에 걸리는 거예요. 내 마음에 걸리는 것을 말하죠. 당신은 성경책을 늘 못살게 굴어요. 당신은 성경 구절을 꼬집어서 의심을 품지요. 당신은 너구리가 젖은 바위를 굴리듯이 책장을 넘겨요. 그래서 내가 화내는 거예요."

"나는 성경을 이해하려고 하는 것 아니오?"

"이해할 것이 뭐가 있어요? 읽으면 되지. 흑백으로 되어 있는데 누가 당신더러 그것을 이해하라고 했어요? 당신이 그것을 이해하기를 하느님이 바라셨다면 하느님은 당신이 이해할 수 있는 것을 주셨거나, 아니면 다르게 적어 놓으셨을 거예요."

"그러나 여보……."

"새뮤얼, 당신은 이 세상에서 논쟁 벌이기를 제일 좋아하는 사람이에요."

"그렇지."

"늘 내 말에 그렇다고 하지 말아요. 불성실한 것같이 보여요. 자기 의사를 이야기해요."

그녀는 마차를 타고 가는 남편의 검은 뒷모습을 보고 있다가 소리내어 말했다. "좋은 남편이야, 그런데 논쟁을 좋아한단 말이야."

한편 새뮤얼은 이상하다는 생각을 하며 갔다. "아내의 뜻을 내가 안다고 생각할 때에는 아내는 그렇게 한단 말이야."

3 마지막 반 마일을 남겨 놓고 샐리너스 계곡을 돌아 커다란 참나무 밑의 평평한 길을 따라 마차를 몰면서 새뮤얼은 당혹한 마음을 가라앉히기 위해 화를 내보았다. 마음 속으로 영웅적인 말을 중얼거렸다.

아담은 새뮤얼이 알고 있는 것보다도 더 수척해 있었다. 그의 눈은 사물을 보는 데 오랫동안 사용하지 않았던 것처럼 멍해 있었다. 새뮤얼이 자기 앞에 와 서 있다는 것을 아담이 알아차리는데도 약간의 시간이 걸렸다. 불쾌한 듯 찌푸린 모습이 역력했다.

새뮤얼이 말했다. "초대를 받지도 않고 와서 미안합니다."

아담이 말했다. "어떻게 오셨나요? 돈을 안 드렸던가요?"

"돈요?" 새뮤얼이 물었다. "지불하셨죠. 틀림없이 지불하셨습니다. 말씀드리지만 내가 받을 돈보다도 더 많이 받았습니다."

"무엇이라구요? 무슨 말을 하시려는 것입니까?"

새뮤얼은 화가 치밀었다. "인간이란 일생 동안 보상과 투쟁하는 것입니다. 만일 나의 가치를 찾는 것이 내 일생의 작업이라면 슬픔에 싸여 있는 당신이 어떻게 나의 가치를 당장 원장(元帳)에 적어 넣을 수 있단 말이오?"

아담이 소리쳤다. "지불하죠. 지불하겠어요. 얼맙니까? 지불하겠어요!"

"당신은 지불했어요. 그러나 나에게 지불하진 않았어요."

"그러면 당신은 왜 왔어요? 가시오!"

"나를 초대한 적이 있지 않소?"

"지금 초대하지는 않았어요."

새뮤얼은 두 손을 허리에 얹고 몸을 앞으로 굽혔다. "지금이니 말씀드리지요. 조용해요. 괴로운 밤이었소. 겨자같이 매운 어젯밤에 좋은 생각이 떠올랐소. 해가 지자 달콤한 어두움이 찾아들었소. 그리고 이 생각은 저녁 별이 떠오를 때부터 첫 햇살이 비쳤지만 북두칠성이 늦도록 그대로 남아 있을 때까지 계속되었소. 그것은 선인들이 말해준 생각이었소. 그래서 나는 내 발로 걸어온 것이오."

"반갑지 않습니다."

새뮤얼이 말했다. "당신은 기묘한 영광을 받아 쌍둥이를 낳게 되었다는 말을 들었소."

"그것이 당신하고 무슨 상관이 있습니까?"

무례함을 대하자 일종의 즐거움이 새뮤얼의 눈에서 빛났다. 리가 집 안에서 서성거리다가 그를 들여다보는 것이 보였다. "제발 나에게 폭언은 하지 말아요. 나는 상중문표〔喪中紋標 : 마름모꼴의 검은 틀 속에 죽은 사람의 문장(紋章)을 넣은 것으로, 문 앞이나 묘 앞에 거는 것〕에도 평화로운 모습이 깃들기를 바라는 사람입니다."

"당신 말을 이해할 수 없습니다."

"당신이 어떻게 이해할 수 있겠소? 두 마리의 새끼를 갖고 있는 늑대 같은 아담 트래스크가. 수정란(受精卵)을 그리워하는 초라한 수탉, 더러운 얼간이가!"

어두운 빛이 아담의 양 뺨에 어렸다. 처음으로 그의 눈은 사물을 보는 듯했다. 새뮤얼은 뱃속에서부터 쾌감어린 분노가 치밀어 오르는 것을 느꼈다. 그는 소리쳤다. "여보시오, 나한테서 물러나 주시오! 제발 부탁이오!" 그는 입가에 침을 적셨다. "정말이오! 제발 나에게서 물러나요. 살의가 내 목구멍에서 솟아나고 있소."

아담이 말했다. "여기서 꺼지시오. 나가시오, 나가. 당신은 미친 짓을 하고 있소. 나가요, 여기는 내 집이오. 내가 산 집이오."

"당신은 눈과 코를 샀을 뿐이오." 새뮤얼이 조롱했다. "당신은 도덕심을 산 것이오. 엄지손가락도 사서 옆에 붙인 것이오. 내 말을 잘 들으시오. 나는 나중에 당신을 죽일 것 같으니까. 당신은 모든 것을 돈으로 샀소. 그것도 근사한 유산으로 샀소! 지금 생각해 보시오. 당신이 어린아이를 가질 자격이 있소?"

"아기를 가질 자격이 있느냐고? 애들은 여기 있소. 무슨 말인지 모르겠소."

새뮤얼은 울부짖었다. "맙소사, 라이저! 당신 생각하곤 틀려. 아담! 내 엄지손가락으로 목구멍을 누르기 전에 내 말을 들어. 귀중한 쌍둥이는 거들떠보지도 않고——내 조용히 말하겠는데——어디 있는지도 모르면서."

"나가!" 아담이 쉰 목소리로 말했다. "리, 총을 가져와! 이 사람 미쳤어."

새뮤얼이 두 손으로 아담의 목구멍과 관자놀이를 누르자 그는 눈이 부어오르고 충혈되었다. 새뮤얼이 그에게 으르렁대며 덤벼들었다. "그 젤리 같은 손가락을 잘라 버려. 당신은 어린애를 산 것도 아니고, 훔쳐 온 것도 아니고, 무엇 하나 준 것도 없어. 당신은 신묘한 섭리에 의해 그 애들을 갖게 된 거야." 그는 갑자기 목구멍에서 손을 떼었다.

아담은 헐떡이며 일어섰다. 대장장이의 손이 닿았던 목구멍이 아팠다. "당신은 나더러 어떻게 하라는 거요?"

"당신에겐 애정이 없어."
"있었소. 자살을 할 만큼이나."
"애정을 충분히 가진 사람은 없소. 돌뿐인 이 과수원엔 애정이 너무 적어. 많지 않단 말이야."
"나가, 나도 싸울 수 있어. 나를 방어할 수 없다고 생각지 마시오."
"당신은 두 개의 무기를 갖고 있어. 이름도 없는."
"당신을 때려눕히겠어. 이 늙은이. 당신은 늙은이야."
"저녁이 되어도 피터라든가 그런 이름 하나 붙여 주지 않는 멍청한 친구가 돌을 집어들 수 있다고는 생각지 않아. 당신은 1년 동안 가슴을 죄고 살면서 아들들에겐 번호 하나 붙여 주지 않았어."
아담이 말했다. "내 문제 가지고 내가 어떻게 하든!"
새뮤얼은 두툼한 주먹으로 그를 갈겼다. 아담이 바닥에 나자빠졌다. 새뮤얼은 일어나라고 말했다. 일어나자 다시 갈겼다. 이번에는 아담이 일어나지 못했다. 그는 길길이 뛰는 노인을 돌처럼 굳어져서 바라보았다.
새뮤얼의 눈에서 불길이 사라지고 그는 조용히 말했다. "당신 아들은 이름이 없지 않소."
아담이 대답했다. "제 어미가 어미 없는 자식으로 만들어 놓고 떠나지 않았소."
"그런데 당신은 그 애들을 아비 없는 자식으로 만들었소. 밤이면 외로운 어린애가 추워하는 것을 느끼지 못하오? 따스함이 있소? 새소리가 들리면 무얼 하고, 밝은 아침이 오면 무얼 하오? 아담, 당신은 자기가 어렸을 때 어떠했었는가를 조금도 기억하지 못하오?"
"뭐 그렇게까지 하진 않았소." 아담이 대답했다.
"안 그랬다고? 당신 아들은 이름이 없소." 그는 몸을 구부려 그의 어깨 위에 손을 얹고 부축하여 일으켰다. "애들에게 이름을 지어 줍시다. 깊이 생각하여 좋은 이름을 지어 줍시다." 그는 손수 아담의 셔츠에서 먼지를 털어 주었다.
 아담은 마치 바람에 실려오는 음악을 듣고 있는 것처럼 먼 산을 바라보고 있었지만 강렬한 눈초리를 하고 있었다. 그의 눈은 전같이 멍하지는 않았다.
 그가 말했다. "모욕을 받고 마치 융단을 털 듯이 먼지를 털어 준 데에 대하여 내가 감사를 하다니 상상하기 힘든 일입니다. 그러나 어쨌든 감사합니다. 상처받은 감사지만 감사는 감사입니다."
 새뮤얼은 눈가에 주름살을 지으며 미소지었다. "자연스럽게 보였소? 잘 해냈어요."
 "무슨 말씀입니까?"
 "내가 그렇게 하겠다고 아내에게 약속을 했지요. 내가 그렇게 할 수 있다고 아내는 믿지 않았소. 나는 싸움꾼이 아니오, 아시다시피. 데리 군에서 빨간 코를 한 소녀와 교과서 때문에 싸웠던 것이 싸움으로 마지막이었소."
 아담은 새뮤얼을 뚫어지게 바라보았다. 그는 마음 속에서 음침하고 살기에 차 있던 동생 찰스의 모습을 보고 느꼈으며, 그것은 다시 변하여 캐시로 연결되고, 그리고 총신 너머로 보이던 그녀의 눈빛이 되었다.
 "두려워한 것은 아니었습니다." 아담이 말했다. "그건 권태 같은 것이었습니다."
 "내 화가 부족했던가 보오."
 "새뮤얼, 딱 한 번만 물어보겠습니다. 뭐 들은 것이 있습니까? 그 여자에 대해. 그 여자의 소식은 전혀 없나요?"
 "아무것도 못 들었소."
 "안심이 되는 것 같군요."
 "증오하고 있소?"
 "아닙니다, 아니에요. 다만 마음이 철렁하는 것 같은 느낌이죠. 어쩌면 나중엔 증오로 바뀔지도 모르지만. 애정과 증오 사이에는 간격이 없지요. 나는 마음이 혼란합니다."

새뮤얼이 말했다. "언젠가는 우리가 마치 카드 놀이처럼 테이블 위에 앉아서 모두 터 놓을 날이 있겠죠. 그러나 지금은……카드를 전부 뒤집을 수는 없지요."

집 뒤에서 비명을 지르는 닭소리가 들리고 둔하게 내리치는 소리가 들렸다.

"암탉에 무슨 일이 있는 모양이죠." 아담이 말했다.

닭의 비명 소리가 다시 들렸다.

"리가 닭을 잡고 있는 모양입니다." 새뮤얼이 말했다. "만일 닭이 정부와 교회와 역사를 갖고 있다면 그것들은 인간의 기쁨을 멀리서 혐오감을 갖고 바라볼 것입니다. 인간에게 즐겁고 희망에 찬 일이 생기면 닭은 비명을 지르며 단두대로 가게 마련이지요." 이제 두 사람은 입을 다물고 있었다. 내용 없는 말들이 간헐적으로 침묵을 깨뜨렸다. 그저 건강과 날씨에 대하여 묻고, 듣지도 않는 대답을 하고, 만일 리가 끼여들지 않았었다면 이런 침묵이 계속되다가 두 사람은 서로 다시 화를 내게 되었을지도 몰랐다.

리는 테이블과 의자 두 개를 들고 와서 의자를 마주 놓았다. 그리고 위스키와 유리컵을 가지고 와서 테이블 위에 놓았다. 그러고 나서 쌍둥이를 한 팔에 하나씩 안고 와서 테이블 옆 땅 위에 놓고는 손을 흔들거나 그림자를 만들도록 막대기 하나씩을 쥐어 주었다.

두 아이들은 엄숙하게 앉아 두리번거리며 새뮤얼의 턱수염을 보다가 리를 찾았다. 그들이 입은 옷이 낯설었다. 아이들은 중국 사람이 입는 일자 바지와 프로그가 달린 재킷을 입고 있었기 때문이다. 한 아이는 청록색 옷을 입고 다른 아이는 빛 바랜 핑크색 옷을 입고 있었다. 프로그 단추는 까만색이었다. 머리에는 까만색 명주 모자를 쓰고 있었는데 평평한 모자 끝에는 밝은 빨간색 단추가 달려 있었다.

새뮤얼이 물었다. "도대체 이런 옷을 어디서 구했소. 리?"

"구한 것이 아닙니다." 리가 재빨리 대답했다. "내가 갖고 있었습니다. 또 다른 옷은 돛천으로 제가 만든 것이구요. 남자란 이름을 받는 날엔 성장을 해야지요."

"자네는 중국식 영어를 집어치웠구먼."

"영원히 그럴까 합니다. 물론 킹 시티에서는 사용하죠." 그는 땅에 있는 어린애들에게 몇 마디 짧은 말을 노래하듯 말하자 애들은 미소를 짓고 막대기를 휘저었다. 리가 말했다. "한 잔 부어드리죠. 집에 있던 겁니다."

"자네가 어제 킹 시티에서 사온 거겠지." 새뮤얼이 말했다.

새뮤얼과 아담이 동석을 하고 두 사람 사이의 장벽이 무너졌기 때문에, 새뮤얼은 부끄러운 마음이 들었나. 그는 주먹으로 아담을 내리친 일을 쉽게 보완할 수 없었다. 그는 용기와 인내의 미덕을 생각했다. 그러나 그것들은 쓸모가 없어질 때 초라하게 되었다. 그는 마음 속으로 자조(自嘲)했다.

두 사람은 밝은 색의 이상한 옷을 입은 쌍둥이를 쳐다보고 있었다. 새뮤얼은 속으로 생각했다. '때로는 친구보다도 적이 더 도움이 되는 수도 있다.' 그는 눈을 들어 아담을 쳐다보았다.

"시작하기가 힘드오. 미루어 놓은 편지가 시간이 가면서 쓰기가 점점 더 어려워지는 것처럼 말이오. 도와주시겠소?"

아담이 잠시 그를 쳐다보다가 땅에 있는 어린 아이에게 눈길을 떨어뜨렸다. "머리가 터질 것 같군요. 물 속에서 듣는 소리 같아요. 지나간 1년을 되찾아 보려는 겁니다."

"그때 어땠는지 말해 보시오. 그러면 다시 시작하게 될 겁니다."

아담은 술을 들이켜고는 다시 따라서 술잔을 손에 들고 한쪽으로 빙빙 돌렸다. 호박색 위스키가 한쪽으로 크게 흔들리더니 쏘는 듯한 과일 향기가 주위에 가득 찼다. "생각해 내기가 힘들군요. 고통이라기보다는 멍한 상태였어요. 그러나 아니지…… 그 속에는 바늘 같은 따가움이 있었어요. 당신은 내가 카드를 전부 갖고 있지 않다고 말씀하셨죠. 나는 그것을 생각하고 있습니다. 어쩌면 영영 카드를 전부 가질 수 없을지도 모르죠."

"집에서 나가려고 한 사람은 그 여자였던가요? 사람이 말하고 싶지 않다고 하는 건 생각하고 싶지 않다는 뜻이죠."

"그런지도 모르죠. 그 여자는 지루함으로 범벅이 되어 있었어요. 불꽃 속에서 본 마지막 모습을 제외하고는 그 여자에 대해서는 기억할 수가 없군요."

"그 여자가 쏘았지요? 그렇지요, 아담?"

그의 입술이 창백해지고 눈빛은 어두워졌다.

새뮤얼이 말했다. "대답하지 않아도 됩니다."

"대답하지 못할 이유도 없지요. 그 여자가 쏘았어요."

"당신을 죽이려고 했던가요?"

"무엇보다도 그것을 줄곧 생각해 봤지요. 나를 죽이려고 했던 것은 아닌 것 같아요. 그 여자에게서 그런 기색을 보지 못했어요. 그 여자에겐 증오도 정열도 없었어요. 나는 군대에서 그것을 알았지요. 사람을 죽이고 싶으면 머리나 가슴이나 배를 쏘지요. 그 여자는 쏘고 싶은 곳을 쏘았어요. 나는 총신이 위쪽으로 옮겨오는 것을 지금도 선하게 볼 수 있어요. 그 여자가 나를 사살하려 했더라도 그렇게 걱정하지 않았을 거라고 생각돼요. 그것이 일종의 사랑이었는지도 모르죠. 그러나 그 여자에게 있어서 나는 적이 아니라 귀찮은 존재였어요."

"많이 생각했구먼요."

"많이 생각했죠. 당신한테 묻고 싶은 것이 있어요. 그 추한 마지막 사건 때문에 나는 생각을 할 수 없는데, 그 여자는 대단한 미녀였습니까, 새뮤얼?"

"당신에겐 그랬지요. 왜냐하면 당신이 그 여자를 만들었기 때문이오. 난 당신이 그 여자를 바로 보았다고는 생각지 않소. 당신이 본 건 당신이 만들어 낸 그 여자였을 뿐이지."

아담이 큰 소리로 중얼거렸다. "그 여자의 이름은 무엇이며 어떤 부류의 여자였을까? 난 알지도 못하고 만족해 했지."

"이제는 알고 싶소?"

아담은 눈길을 떨어뜨렸다. "꼭 알고 싶지는 않습니다. 그러나 어떤 피가 내 아들 속에 흐르고 있는가는 알고 싶어요. 내 아이들이 성장했을 때 내가 그들에게서 무언가 찾아내려고 하지 않겠어요?"

"그렇죠, 그렇겠죠. 그런데 내가 미리 이야기해 두는데 그들의 피가 아니라 당신의 의심이 그들 속에 악을 심게 될지도 모른다는 것이오. 당신의 기대대로 그들은 자랄 것입니다."

"그러나 핏줄이 있는데."

"나는 핏줄을 그리 믿지 않아요. 아이들 속에 선이나 또는 악이 있다고 하더라도 세상에 태어난 후에 그들 속에 심어 놓은 것을 후에 보게 된다고 나는 생각해요."

"돼지를 경마(競馬)로 만들 수는 없죠."

"그야 안 되죠. 그러나 대단히 빨리 뛰는 돼지는 만들 수도 있죠." 새뮤얼이 말했다.

"당신 말을 믿을 사람은 여기 아무도 없을 겁니다. 해밀튼 부인께서도 믿지 않으실 겁니다."

"바로 맞았어요. 그 여자는 십중 팔구 내 의견에 동의하지 않을 겁니다. 그래서 이 이야기를 아내에게 하지 않을 겁니다. 해가 지고 천둥 같은 반대를 받고 싶진 않으니까요. 집사람은 열의를 가지고 논쟁에 임하거나 의견의 차이는 개인적인 모욕이라고 내세워 모든 논쟁을 이기지요. 아내는 좋은 여자이긴 합니다만 함께 있을 땐 자기 나름대로의 의견을 유지하여야 합니다. 어린애 얘기를 합시다."

"한 잔 더 하시겠습니까?"

"하지요. 고맙습니다. 이름이란 아주 신비한 것이지요. 이름이란 아이들에 의하여 만들어지는 것인지, 아이가 이름에 맞게 변하는 것인지 나는 모릅니다만 이것만은 확실해요. 별명이 붙는다는 것은 이름이 잘못 지어졌다는 것을 증명하는 것이오. 보통 있는 이름은 어떻습니까……. 존이라든가, 제임스라든가, 찰스라든가?"

아담은 쌍둥이를 쳐다보다가 새뮤얼이 부른 마지막 이름을 듣고 갑자기 한 아이의 눈에서 자기 동생의 모습이 비치는 것을 보았다. 그는 몸을 앞으로 굽혔다. "왜 그러시오?" 새뮤얼이 물었다.

아담이 큰 소리로 말했다. "애들이 서로 닮지 않았군요! 조금도 닮질 않았어요!"

"물론 닮지 않았소. 그 애들은 일란성 쌍생아가 아니오."

"저 아이는 내 동생같이 보이는군요. 동생의 모습을 보았지요. 다른 애는 나를 닮았을까 모르겠네요."

"둘 다 닮았어요. 얼굴은 처음부터 모든 모습을 지니고 있으니까요."

"지금은 그렇지 않은데요." 아담이 말했다. "나는 잠시 유령을 본 것만 같아요."

"유령이란 그런 것인지도 모르죠."

리가 접시를 들고 와서 테이블 위에 놓았다.

"중국에도 유령이 있소?" 새뮤얼이 물었다.

"수백만 개 있죠. 어디보다도 더 유령이 많지요. 중국에는 죽는 것이 없어요. 우글대죠. 어쨌든 내가 거기 갔을 땐 그렇게 느꼈죠."

새뮤얼이 말했다. "리, 앉아. 함께 이름을 생각해 봅시다."

"닭찜을 하고 있어요. 곧 준비될 겁니다."

아담은 쌍둥이에게서 눈길을 들었다. 눈빛은 온후했다. "한 잔 들겠어, 리?"

"저는 부엌에서 오가피주를 가져오며 마시고 있습니다."

리는 집안으로 들어갔다.
　새뮤얼은 몸을 아래로 굽혀 한 아이를 들어 무릎 위에 앉혔다.
　"다른 한 애를 안아요." 그는 아담에게 말했다. "애들에게 어울리는 이름을 찾아줘야지요."
　아담은 거북스럽게 아이를 들어 무릎에 앉혔다. "두 아이가 닮은 것 같더니 자세히 보니까 그렇지 않군요. 이 아이는 저 아이보다 눈이 둥그렇군요."
　"그래요. 머리도 더 둥굴고 귀도 더 크고." 새뮤얼이 말을 이었다. "이 아이는 탄환 같군요. 높이 가기보다는 멀리 갈 수 있을지 모르죠. 머리칼과 피부가 더 검어지겠고. 이 녀석은 머리가 영리하겠고요. 영리함은 마음을 속박하지요. 영리하면 하지 말았어야 할 말을 하죠. 그렇게 하지 않으면 영리하지 않으니까요. 이 애가 혼자 버티는 것을 보세요! 이 애는 저 애보다 발육이 좋군요. 자세히 보니 얼굴이 판이한 게 이상하지 않소?"
　아담의 얼굴은 마치 마음을 활짝 열고 그 마음이 겉으로 나타나기나 한 것처럼 변하고 있었다. 그가 손가락을 들자 아이가 그것을 잡으려고 덤볐다. 그러나 손가락을 놓치고 무릎에서 하마터면 떨어질 뻔했다.
　"이놈 봐!" 아담이 소리쳤다. "조심해. 떨어지고 싶은가?"
　"우리 나름대로 애들이 갖고 있다고 생각하는 자질에 따라 이름을 짓는다면 잘못인지도 모르겠소." 새뮤얼이 말했다. "우리가 틀릴지도 모르니까 말이오. 이 애들이 추구할 높은 목표에 따라 이름을 지어 주는 것이 좋은지도 모르겠어요. 내가 이름을 딴 그 사람은 하느님이 그 이름을 불렀던 사람이지요. 그리고 나는 평생 그 이름을 들었지요. 그리고 한두 번인가는 바로 내 이름을 부르는 소리를 들었지만 그것도 분명친 않아요."
　아담은 팔로 어린애를 안고 몸을 굽혀 두 잔의 위스키를 따랐다.

"와주셔서 고맙습니다. 때려 주셔서도 고맙구요. 말이 좀 이상하지만."

"내가 그렇게 했다니 좀 이상합니다. 집사람도 절대로 믿으려 하지 않을 테니 절대로 말하진 않겠어요. 거짓말보다도 믿어지지 않는 진실은 사람을 더욱 해치죠. 세상에 용납되지 않는 진실을 뒷받침하는 데에는 커다란 용기가 필요하죠. 거기에는 벌이 따르고 그 벌은 대개 시련을 겪어야 하죠. 나는 그런 용기를 갖고 있지 않습니다."

아담이 말했다. "당신 같은 지식인이 왜 불모의 땅에 살아야 하는가 이상히 여겨왔습니다."

"용기가 없기 때문이죠. 나는 책임을 전혀 질 수가 없었어요. 하느님이 내 이름을 부르시지 않으면 내가 부를 수도 있었을 텐데, 나는 못했어요. 거기에 위대함과 평범함의 차이가 있어요. 그러나 위대함이란 세상에서 제일 외로운 것이라는 걸 평범한 사람은 아는 것이 좋지요."

"위대함에도 정도의 차이가 있다고 생각합니다." 아담이 말했다.

"나는 그렇게 생각지 않아요. 그렇다면 작은 대(大)자가 있다는 것과 마찬가지죠. 당신은 그 책임에 부딪치게 될 때 거대한 것만을 선택할 수밖에 없게 되죠. 한편에는 온정과 우정과 이해가 있고 다른 한편에는 차고 외로운 위대함이 있어요. 여기에서 당신은 선택을 하게 되죠. 나는 평범함을 택한 데 대하여 만족하고 있어요. 그러나 나는 만일 다른 쪽을 택한 경우 어떤 보상이 있었으리라고 말할 수 없어요. 내 자식들은 톰을 빼놓고 누구 하나 위대하게 되지 않을 거요. 그 애는 지금 옳은 선택을 하기 위해 고심하고 있지요. 옆에서 보기도 괴로운 일이지요. 그런데 내 마음 속 어디에선가 그 애가 '네' 하고 대답하기를 바라고 있지요. 이상하지 않습니까? 아버지가 되어 가지고 아들이 저주스럽게도 위대하게 되기를 바라고 있으니 말이오. 얼마나 지독한 이기주의자입니까?"

아담이 낄낄 웃었다. "이름 짓기가 쉬운 일이 아니구먼요."
"쉬우리라고 생각했소?"
"이렇게 즐거운 것인지는 몰랐지요."
리가 닭찜 접시와 김이 무럭무럭 나는 삶은 고구마 접시와 소금에 절인 근대 접시를 모두 밀가루 반죽판에 얹어 가지고 왔다.
"맛이 어떨지 모르겠습니다. 닭이 좀 늙었군요. 중닭이 없어요. 올해엔 족제비들이 병아리를 잡아먹어서 그래요."
"이리 오지." 새뮤얼이 말했다.
"오가피주를 가져올 때까지 기다리세요." 리가 말했다.
그가 자리를 뜬 사이에 아담이 말했다. "이상하게 보여요. 그가 전엔 다르게 말을 했었거든요."
"이제 당신을 믿고 있는 겁니다." 새뮤얼이 말했다. "그는 모두를 기대하지도 않고 헌신적인 충성을 다하는 재능을 갖고 있어요. 우리가 생각하고 있는 것보다도 그는 훨씬 좋은 사람일지도 모릅니다."
리가 돌아와서 테이블 끝에 앉았다. "아이를 땅에 내려 놓으세요."
쌍둥이는 내려앉기를 싫어했다. 리가 그들에게 중국말로 날카롭게 말하자 떼쓰기를 그만두고 조용해졌다.
모든 시골 사람들이 그러하듯이 그들은 잠자코 식사했다. 갑자기 리가 일어서서 서둘러 집 안으로 들어가더니 빨간 포도주 병을 들고 돌아왔다. "잊고 있었군요. 집에 있었어요."
아담이 웃었다. "내가 이 집을 사기 전에 여기서 술을 마시던 생각이 나요. 포도주 때문에 여기를 샀는지도 모르죠. 닭찜 맛이 좋군. 그래, 리. 오랫동안 음식 맛을 잊어버렸던가 봐."
"건강이 좋아지실 겁니다." 새뮤얼이 말했다. "나아진다는 것을 영광된 병에 대한 모독으로 생각하는 사람도 있지요. 그러나 시간이라는 습포(濕布)는 영광을 좋아하지 않죠. 누구나 기다리면 건강이 좋아지는 법이지요."

*4*리는 테이블을 치우고 깨끗한 닭다리 하나씩을 아이들에게 쥐어 주었다. 그들은 기름투성이 닭다리를 쥐고 번갈아 보기도 하고 빨기도 하면서 엄숙하게 앉아 있었다. 포도주와 술잔이 테이블 위에 그대로 놓여 있었다.

"이름짓기를 계속하는 것이 좋겠어요." 새뮤얼이 말했다. "집사람이 매놓은 굴레가 죄이는 것 같습니다."

"무슨 이름을 지어 주어야 할지 생각이 안 나는군요." 아담이 말했다.

"바라시는 건 없나요? 돈 많은 친척의 성이라든가, 만들더라도 자랑스러운 이름 같은 것?"

"없어요. 가능하다면 성을 새로 지어 주고 싶어요."

새뮤얼은 손가락으로 이마를 두드렸다. "너무 하는군, 그들이 가져야 할 이름을 가질 수 없다니 너무 하는군."

"무슨 말씀이십니까?" 아담이 물었다.

"새 이름이라고 하셨죠? 나는 어젯밤에 생각해 봤지요." 그는 말을 멈췄다. "자기의 이름을 생각해 본 적 있으시오?"

"내 이름요?"

"물론이죠. 당신의 첫아들들은 아담과 이브의 아들인 카인과 아벨이죠."

아담이 말했다. "안 돼요. 그렇겐 할 수 없어요."

"나도 그렇겐 할 수 없다는 것을 알고 있어요. 그렇게 하면 어떤 운명이든, 존재하는 운명을 유혹할 테니까요. 그러나 카인은 이 세상에서 제일 잘 알려진 이름이고 내가 아는 한 그 이름을 가진 사람은 단 한 사람뿐이었다는 건 이상하지 않아요?"

리가 말했다. "그렇기 때문에 그 이름을 갖는 중요성이 변하지 않았는지도 모르죠."

아담은 잉크처럼 빨간 포도주를 들여다보았다. "그 말을 하실 때

몸서리가 쳐졌어요."
 "태초부터 우리를 따라다니는 두 가지 이야기가 있지요." 새뮤얼이 말했다. "우리는 그 이야기를 보이지 않는 꼬리처럼 달고 다니죠. 하나는 원죄의 이야기이고 다른 하나는 카인과 아벨의 이야기이죠. 나는 어느 것 하나 이해를 못해요. 그 이야기를 전혀 이해하지는 못 하지만 피부로 느끼죠. 집사람은 나에게 화를 내죠. 그 이야기를 이해하려고 할 필요가 없다고 아내는 말하죠. 사실을 왜 설명하려고 하느냐는 것이에요. 아내가 옳은지도 모르죠. 여보게 리, 집사람이 그러는데 자네는 장로교인이라지? 자네는 에덴의 동산과 카인과 아벨의 이야기를 이해하는가?"
 "부인께서는 내가 이러이러한 사람이 되어야 한다고 생각하신 거죠. 오래 전 일이지만 샌프란시스코에서 주일 학교에 다녔었지요. 사람들은 다른 사람이 이러이러한 사람이 되기를 자기 나름대로 생각하죠. 가능하면 자기들처럼."
 아담이 말했다. "자네가 이해를 하느냐고 물었지 않나?"
 "제 생각에 원죄는 이해할 수 있을 것 같아요. 그러나 형제 살상이란 이해가 안 되는군요. 자세한 이야기를 기억하지 못하기 때문인지도 모르죠."
 새뮤얼이 말했다. "대부분의 사람들은 세목을 읽지 않지. 나를 놀라게 하는 것은 세목이요. 아벨에겐 어린애가 없었지." 그는 하늘을 올려다보았다. "참 하루가 빨리 지나는구먼! 인생과 같아. 자세히 보지 않을 때에는 참으로 빨리 지나가고, 보면 천천히 가고. 즐거운 시간입니다. 나는 즐거움을 하나의 죄로 생각하지 않기로 마음먹었어요. 나는 사물을 면밀히 조사하는 데 즐거움을 느끼지요. 나는 돌 하나라도 그 밑을 보지 않고 지나치면 마음이 개운치 않아요. 달의 한쪽을 볼 수 없는 일은 나에게 커다란 실망이지요."
 "내겐 성경이 없습니다." 아담이 말했다. "가족 성경을 코네티컷에 놓고 왔지요."

"나한테 있어요. 가져오죠." 리가 말했다.

"필요 없어." 새뮤얼이 말했다. "집사람이 자기 어머니 것을 가져가라고 하더군. 내 호주머니에 있어." 그는 구겨진 책 보따리를 끌렀다. "이것은 긁히고 찢기고 했지만 어떤 고뇌가 여기에 깃들어 있는지 모르겠군요. 나는 쓰던 성경을 보면, 어느 부분에 손때가 많이 묻었는가를 보고 그 주인이 어떤 사람이라는 것을 말할 수 있지요. 집사람은 성경을 골고루 뒤지지요. 여기 있군요. 가장 오래 된 이야기가. 만일 이 이야기가 우리를 괴롭힌다면, 우리들 자신 속에 괴로움이 있는 것이 틀림없어요."

"어렸을 때 듣고 못 들어 봤습니다." 아담이 말했다.

"그렇다면 긴 이야기인 줄 아시겠지만, 실은 짧습니다." 새뮤얼이 말했다. "내가 쭉 읽고 다시 되돌아 갑시다. 포도주 좀 주시오. 목이 말라요. 여깁니다. 아주 짧은 이야기이지만 깊은 상처를 남겨 놓았죠." 그는 땅바닥을 내려다보았다. "저것 보세요! 어린애들이 먼지 속에서 잠들어 버렸군요."

리가 일어났다. "내가 덮어 주지요."

"먼지는 따뜻해." 새뮤얼이 말했다. "자, 이렇게 시작됩니다. 아담이 그의 아내 이브와 동침하여 잉태하고 카인을 낳고 이르되, 내가 여호와로 말미암아 득남하였다 하니라."

아담이 말을 하려고 하자 새뮤얼이 그를 쳐다보았다. 그는 말을 하지 않고 손으로 눈을 가렸다. 새뮤얼이 계속 읽었다. "그가 또 카인의 아우 아벨을 낳았는데 아벨은 양치는 자였고, 카인은 농사하는 자였더라. 세월이 지난 후에 카인은 땅의 소산으로 제물을 삼아 여호와께 드렸고 아벨은 자기도 양의 첫 새끼와 기름을 드렸더니 여호와께서 아벨과 그 재산을 열납하셨으나 카인과 그 제물은 열납하지 아니하신지라."

리가 말했다. "거기 말씀이죠…… 아니. 계속하세요. 나중에 말씀 드리지요."

새뮤얼이 읽어 나갔다. "카인이 심히 분하여 안색이 변하니 여호와께서 카인에게 이르시되 네가 분하여 함은 어째서며, 안색이 변함은 어째서이뇨, 네가 선을 행하면 어찌 낯을 들지 못하겠느냐. 선을 행치 아니하면 죄가 문에 엎드리느니라. 죄의 소원은 네게 있으나 너는 죄를 다스릴지니라. 카인이 그 아우 아벨에게 고하니라. 그후 그들이 들에 있을 때에 카인이 그 아우 아벨을 쳐죽이니라. 여호와께서 카인에게 이르시되 네 아우 아벨이 어디 있느냐? 그가 가로되 내가 알지 못하나이다. 내가 내 아우를 지키는 자이니까? 가라사대 네가 무엇을 하였느냐? 네 아우의 핏소리가 땅에서부터 내게 호소하느니라. 땅이 그 입을 빌려 네 손에서부터 내 아우의 피를 받았은즉 네기 땅에서 저주를 받으리니, 네가 밭을 갈아도 땅이 다시는 그 효력을 네게 주지 아니할 것이오, 너는 땅에서 피하여 유리하는 자가 되리라. 카인이 여호와께 고하되 내 죄벌이 너무 중하여 견딜 수 없나이다. 주께서 오늘 이 지면에서 나를 쫓아내시온즉 내가 주의 낯을 뵈옵지 못하리니 내가 땅에서 피하며 유리하는 자가 될지라, 무릇 나를 만나는 자가 나를 죽이겠나이다. 여호와께서 그에게 이르시되 그렇지 않다. 카인을 죽이는 자는 벌을 일곱 배나 받으리라 하시고 카인에게 표를 주사 만나는 누구에게든지 죽음을 면케하시니라. 카인이 여호와의 앞을 떠나가 에덴 동편 놋 땅에 거하였더니라."

새뮤얼은 지쳐서 느슨한 성경 표지를 덮었다. "이렇습니다. 16절밖에 안 돼요. 정말이지 이것이 얼마나 두려운 이야기인가를 잊고 있었어요. 용기를 복돋아주는 말은 하나도 없군요. 집사람이 옳은지도 모르겠어요. 이해할 것은 아무것도 없으니까요."

아담은 깊은 한숨을 쉬었다. "위안을 주는 이야기는 아니군요."

리는 둥근 돌 병에서 까만 술을 잔에 가득 채우고 찔끔 마시고는 입을 벌려 혀 뒤에서 다시 맛을 보았다. "어떤 이야기는 그것이 진실하고 또 우리에게 진실하다는 것을 우리가 우리 마음 속에서 느끼지 않으면 그 이야기는 무력하게 되고 오래 지속되지도 못하죠. 우리 죄인들은 얼마나 무거운 짐을 지고 있습니까!"

새뮤얼이 아담에게 말했다. "당신은 그 짐을 온통 짊어지려고 했지요."

리가 말했다. "나도 그렇고, 모든 사람이 그렇죠. 마치 귀중한 물건이나 되는 것처럼 우리는 두 팔 가득히 죄를 안고 있지요. 우리가 그런 식으로 죄를 안으려 하는 것이 틀림없어요."

아담이 끼여들었다. "성경 말씀을 들으니 기분이 훨씬 좋군요. 더 나빠지는 않아요."

"무슨 말씀이십니까?" 새뮤얼이 물었다.

"모든 아이들이 죄는 자기가 만들어낸 것이라고 생각하죠. 그리고 우리는 덕을 배우고 있다고 생각하죠. 우리는 덕에 대한 이야기를 들으니까요. 그러나 죄는 우리 자신들이 갖고 있는 속성입니다."

"네, 알겠습니다. 그런데 어떻게 그 생각이 기분좋게 만듭니까?"

"왜냐하면." 아담은 흥분하여 말했다. "우리들은 여기에서 내려온 후손들입니다. 여기라는 것은 우리들의 조상을 뜻합니다. 우리가 갖고 있는 죄는 조상들 속에 흡수되어 있었습니다. 우리가 죄를 지은 첫 사람이 아니라는 것입니다. 하나의 변명이죠. 세상에는 변명이 아무리 많다고 해도 지나치다고는 할 수 없죠."

"어쨌든 확실한 변명들은 아니죠." 리가 말했다. "확실한 근거가 있었다면 오래 전에 죄를 씻어 버렸겠죠. 그러면 이 세상이 벌을 받아 슬픔에 싸여 있는 사람들로 꽉 차 있지는 않았겠죠."

새뮤얼이 말했다. "그러나 이러한 생각에 이어 또 다른 생각을 해보는가? 변명이 되든 안 되든, 우리는 조상에 얽매여 있으니 죄를 지고 있는 거야."

아담이 말했다. "나는 하느님에 대하여 불만을 갖고 있어요. 카인 과 아벨은 그들이 갖고 있는 것을 하느님에게 바쳤어요. 그런데 하느 님은 아벨의 것은 받아들이고 카인의 것은 거절했어요. 공평한 일이 라고는 생각지 않았어요. 나는 이해할 수 없었어요. 이해하세요?"

"우리는 다른 배경에 대하여 생각할 수도 있지요." 리가 말했다.

"이 이야기는 유목민에 의하여, 그리고 유목민을 위하여 씌어진 것 이라고 생각해요. 농경인들이 아니었죠. 유목민의 신이라면 보릿단보 다는 살찐 양을 더 가치 있는 것으로 생각하지 않았겠어요?"

"그렇지. 뜻을 알겠네." 새뮤얼이 말했다. "리, 동양적인 사고를 집 사람의 관심사가 되도록 만들지는 말게."

아담은 흥분해 있었다. "맞아, 하느님은 왜 카인을 저주했는가? 불 공평한 일이야."

새뮤얼이 말했다. "글을 잘 읽는 것이 이로워요. 하느님은 카인을 전혀 저주하지 않았네. 하느님이라고 하더라도 기호를 가질 수 있지 않겠나? 가령 하느님이 채소보다는 양을 더 좋아했다고 생각해 보세. 하기야 나도 그렇지만. 카인이 무 다발을 들고 왔을 수도 있어요. 그 러면 하느님이 말씀하셨어. '나는 그걸 좋아하지 않는다. 내가 좋아하 는 것을 가지고 오너라. 그러면 네 동생하고 나란히 세워 주지.' 그러 나 카인은 화를 냈어. 감정이 상했던 거야. 사람이 화가 나면 무엇이 든 때려부수고 싶은 거야. 그러나 아벨은 그분이 화를 내게 하지 않았 어."

리가 말했다. "성 바울은 아벨이 신앙심을 갖고 있다고 히브리인들 에게 말하고 있어요."

"창세기에는 그런 언급이 없어요." 새뮤얼이 말했다. "신앙심이 있 다든가 없다든가 하는 말이 없어요. 단지 카인의 성질에 대한 암시가 있을 뿐이야."

리가 물었다. "해밀튼 부인께서는 이 성경의 역설에 대하여 어떻게 생각하시나요?"

"역설이 있다는 것을 인정치 않기 때문에 아무것도 느끼지 않아요."

"그러나……."

"가만 있게, 이 사람아. 아내에게 물어봐. 더 늙어는 지겠지만 혼란됨은 마찬가질 테니까."

아담이 말했다. "두 분이 여기에 대하여 연구를 많이 하셨구먼요. 나는 단지 피부로만 느꼈지 깊이 빠져보지 못했어요. 살인죄로 카인은 쫓겨났던가요?"

"그렇죠. 살인 때문에."

"하느님은 그에게 낙인을 찍었나요?"

"귀담아 들으셨어요? 그를 멸망시키기 위해서가 아니라 그를 구원하기 위하여 카인에게 표지를 해준 것이지요. 그를 죽이는 사람은 누구를 막론하고 저주를 받게 되었죠. 보호표지였어요."

아담이 말했다. "카인이 선택을 잘못했다는 생각을 금할 수 없군요."

"그랬는지도 모르죠." 새뮤얼이 말했다. "그러나 카인은 살아서 자식을 갖게 되었고, 아벨은 이야기 속에서만 살아 있죠. 우리들은 카인의 후예입니다. 그런데 수천 년이 지난 지금 세 남자 어른들이 이 죄를 마치 어제 킹 시티에서 일어났으나 소송이 되고 있지 않은 것처럼 논의하고 있으니 이상하지 않습니까?"

쌍둥이 중의 하나가 잠을 깨어 하품을 하고 리를 바라보다가 다시 잠들었다.

리가 말했다. "언젠가 고대 중국 시를 영어로 번역하고 있다는 말씀을 드렸는데 기억하고 계신지 모르겠습니다. 아니오, 걱정하지 마십쇼. 나는 읽으려고 하지 아니 하니까요. 번역하면서 옛것이 오늘 아침처럼 신선하고 명료한 것을 발견했어요. 이유가 무엇인가를 생각해 봤어요. 물론 사람은 오직 자기에게 관심을 갖고 있어요. 듣는 사람에 관한 이야기가 아니면 그는 들으려고 하지 않죠. 위대하고 영원한 이야기가 되려면 만인에 관한 이야기여야 하며, 그렇지 않으면 지속되지 않는다는 것을 저는 깨달았어요. 이상하거나 낯선 것이 아니라 오직 철저하게 개인적이거나 친숙한 것만이 흥미로운 것이 되는 거죠."

새뮤얼이 말했다. "카인과 아벨의 이야기에 그 법칙을 적용해 보지."

그러자 아담이 말했다. "나는 동생을 죽이지 않았습니다……."
그는 문득 말을 멈추고 그의 마음은 멀리 과거로 돌아갔다.

리가 새뮤얼의 말에 대답했다. "그것은 만인의 이야기이기 때문에 세상에 제일 잘 알려진 이야기지요. 인간 영혼의 상징적인 이야기지요. 나의 느낌이 그렇다는 겁니다. 뜻이 명확하지 않더라도 꾸짖지 마십쇼. 어린애가 제일 두려워하는 것은 다른 사람에게서 사랑을 받지 못하는 것입니다. 사랑의 거절은 어린애가 무서워하는 지옥이죠. 정도의 차이는 있을지 모르지만 모든 사람이 사랑의 거역을 느껴 왔죠. 사랑의 거부는 분노를 낳고, 분노는 거역을 복수하기 위해 범죄를 낳고, 범죄는 죄를 낳지요. 이것이 인류의 역사입니다. 만일 거절이라는 것을 완전히 없앨 수만 있다면 인간은 지금처럼 되지 않았을 겁니다. 미친 사람도 더군다나 없었을 겁니다. 감옥도 그렇게 많지 않았을 겁니다. 여기에 모든 의미가 있습니다. 시초가 그거죠. 갈망하는 사랑이 거절되면 어린아이는 고양이를 발길로 차서 자기의 비밀스러운 죄를 감추지요. 어떤 아이는 돈의 힘으로 사랑을 받기 위해 돈을 훔치죠. 어떤 아이는 세계를 정복하죠. 그러면 늘 죄와 복수와 더한 죄가 따르지요. 인간이란 유일하게 죄진 동물입니다. 좀 기다리세요! 내 생각에 이 무서운 옛이야기는 그것이 영혼의 도표이기 때문에 중요한 것입니다. 비밀스럽고 거부당하고 죄 많은 영혼, 트래스크 씨, 주인께서는 자기가 동생을 죽이지는 않았다고 말을 해놓고는 무엇인가 생각을 하고 계십니다. 그것이 무엇이었는지 저는 알고 싶지 않습니다. 그러나 카인과 아벨의 이야기와 전혀 동떨어진 것일까요? 나의 동양적인 입빠른 말을 어떻게 생각하십니까. 해밀튼 씨? 당신이 그렇지 않은 것처럼 나도 동양적이 아니라는 것을 아시죠."

새뮤얼은 팔꿈치를 테이블에 기대고 손으로 눈과 이마를 감쌌다. "생각해 보고 싶네. 생각해 보고 싶어. 자네의 말을 뗄 수 있는 데서 떼어 내어 들여다 보고 싶네. 자네가 나의 세계를 뒤엉클어 놓았어. 나는 지금까지의 내 세계 대신에 어떤 세계를 세울 수 있을지 모르겠어."

리가 조용히 말했다. "기존 진리에 새 세계를 세울 수는 없을까요? 원인이 규명되면 어느 정도의 괴로움과 광기가 근절되지는 않을까요?"

"모르겠네. 자네는 나의 아름다운 우주를 혼란시켜 놓았어. 자네는 논쟁에서 승리를 거두고 그 논쟁에 해답을 해놓았어. 나 혼자 내버려 둬, 생각 좀 하게 내버려 둬! 네 놈의 새끼가 이미 내 머리 속에 새끼를 까고 있어. 톰이 이것에 대하여 어떻게 생각할지 모르겠군! 그 애는 손바닥 같은 마음 속에서 그것을 요람처럼 흔들 거야. 불에 굽는 돼지고기처럼 머리 속에서 그것을 천천히 돌릴 걸세. 아담, 이제 그만 깨어나시오. 무슨 기억인지 모르겠지만 오랫동안 빠져 있구려."

아담은 깜짝 놀랐다. 그는 깊은 한숨을 쉬었다. "너무 간단하지 않을까요? 나는 늘 간단한 일을 두려워하니까요."

"전혀 간단하지 않아요." 리가 대답했다. "아주 복잡해요. 그러나 결국에는 빛이 비치게 마련이죠."

"빛도 오래 갈 것 같지 않소." 새뮤얼이 말했다. "우리는 저녁이 찾아드는 줄도 모르고 앉아 있었어요. 쌍둥이에게 이름을 지어 주려고 왔다가 이름도 못 지어 주었어요. 우리는 교수대에 걸려 있었어요. 리, 자네는 그 복잡한 생각을 기계 같은 기성 교회 조직 밖에 남겨 놓는 것이 상책일 걸세. 그렇지 않으면 사지에 못이 박힌 중국인이 될 테니 말이야. 교회는 복잡한 것을 좋아하지만 자신의 복잡성을 좋아 하지. 이제 집으로 가야겠네."

아담은 절망에 싸인 듯이 말했다. "이름을 지어 주세요."

"성경에서?"

"어디에서든지요?"

"그러면 봅시다."

"애급을 나온 사람 중에서 두 사람만이 '약속된 땅'으로 돌아왔지요. 상징적으로 그들을 좋아합니까?"

"그게 누군데요?"

"케이레브와 여호수아."

"여호수아는 군인이었죠. 장군, 나는 군인은 싫습니다."

"케이레브는 대위였어요."

"장군은 아니었고? 케이레브 같으면 좋겠군. 케이레브 트래스크."

쌍둥이 하나가 잠을 깨어 계속 울기 시작했다.

"당신은 지금 그 애의 이름을 불렀어요." 새뮤얼이 말했다. "여호수아는 당신이 싫어하고, 케이레브는 이름이 됐어요. 저애는 영리하구먼──검은 애 말이오. 또 한 녀석도 깨었군. 나는 아론이라는 이름이 늘 좋았어요. 그러나 그는 '약속된 땅'으로 가지 않았지요."

둘째번 아이도 즐거운 듯이 울기 시작했다.

"그거 아주 좋구먼요." 아담이 말했다.

갑자기 새뮤얼이 웃었다. 2분 만에, 그것도 폭포같이 말을 많이 한 후에 케이레브와 아론이라. 자, 이제 너희들은 사람이 되었고, 동포 속에 끼여들었고, 지옥에라도 떨어질 권리를 갖게 되었다."

리가 아이들을 팔로 안아올렸다. "살 봐 두셨습니까?"

"물론이지." 아담이 대답했다. "저 녀석은 케이레브, 이 녀석은 아론."

리는 울어대는 쌍둥이를 안고 어둠을 뚫고 집으로 향했다.

"난 어제만 해도 두 아이를 구별할 수 없었지요." 아담이 말했다. "아론과 케이레브."

"끈기 있게 생각한 끝에 이름을 얻게 되었으니 하느님께 감사할 일이오." 새뮤얼이 말했다.

"집사람은 여호수아를 더 좋아했을 것입니다. 여호수아가 붕괴한 제리코의 붕괴벽을 좋아하니까요. 그러나 아론도 좋아하니까 됐어요. 말을 마차에 매고 가겠습니다."

아담은 헛간까지 그와 함께 걸어갔다. "와 주셔서 반갑습니다. 어깨가 가벼워졌습니다."

새뮤얼은 싫어하는 독소로지의 입에 재갈을 물리고 띠를 두르고 항쇄(項鎖)를 걸었다. "이제 평지에 정원을 생각하시게 됐군요. 당신이 계획한 대로 되어가는 걸 볼 수 있게 되겠습니다."

아담은 한참 있다가 대답했다. "이젠 진이 다 빠졌나 봅니다. 마음이 당기질 않아요. 살아갈 돈은 넉넉해요. 나를 위해서 그것을 하려고 했던 것은 절대로 아닙니다. 정원을 보여줄 사람이 아무도 없는 걸요."

새뮤얼은 마차를 굴려 아담에게로 다가갔다. 새뮤얼의 눈에는 눈물이 가득 괴어 있었다. "정원이 사멸되리라고는 생각지 마세요." 새뮤얼이 소리쳤다. "그런 생각일랑 하지 마세요. 당신은 누구보다도 훌륭한 분이시죠? 말씀드리겠는데 당신이 죽을 때까지는 정원은 없어지지 않을 겁니다." 그는 잠시 동안 헐떡거리며 서 있다가 마차에 올라 독소로지를 채찍질했다. 그는 어깨를 구부리고 인사말도 하지 않은 채 마차를 몰았다.

(하권에 이어집니다.)

■ 옮긴이 소개

서울대학교 사범대 영문과 · 서울대학교 대학원 · 미국 피츠버그 대학원 졸업.

현재 한양대학교 영문학과 교수.

현대문학지 평론 추천 완료.

역서:《진주·선물》《소설의 이해》《D.H. 로렌스 수필선》《모스비의 회상》《페이터의 산문》 등.

논문:〈D.H. 로렌스 ; 암흑의 신에 관한 연구〉〈문학에 대한 심리학적 반응 연구〉 등이 있음.

에덴의 동쪽 (상)

1983년 1월 25일 초판 1쇄 발행
1994년 5월 30일 2판 1쇄 발행
1998년 1월 30일 3판 1쇄 발행
1999년 12월 20일 3판 2쇄 발행

지은이   존 스 타 인 벡
옮긴이   이 　 성 　 호
펴낸이   윤 　 형 　 두
펴낸데   **범 　 우 　 사**

등 록 1966. 8. 3. 제 10-39호
121-130 서울시 마포구 구수동 21-1
대표 717-2121 · 2122 / FAX 717-0429

* 파본은 교환해 드립니다.
ISBN 89-08-07145-8 04840   (인터넷)http://www.bumwoosa.co.kr
ISBN 89-08-07000-1 (세트)   (천리안·하이텔 ID) BUMWOOSA

범우비평판 세계문학선

범우 비평판 세계문학선이
체계화·고급화를 지향하며
새롭게 다시 태어나고
있습니다.
작가별로 고유번호를
부여하고 완벽하게 보완해
권위와 전문성을 높이고,
미려한 장정으로
정상의 자존심을
지켜나갈 것입니다.

(전책 새로운 편집·장정,
크라운 변형판)

❶ 토마스 불핀치 1-1 그리스·로마 신화 최혁순 값 9,000원
　　　　　　　　1-2 원탁의 기사 한영환 값 10,000원
　　　　　　　　1-3 샤를마뉴 황제의 전설 이성규 값 8,000원
❷ F. 도스토예프스키 2-1.2 죄와 벌 (상)(하) 이철(외대 노어과 교수) 각권 8,000원
　　　　　　　　2-3.4.5 카라마조프의 형제 (상)(중)(하)
　　　　　　　　　　　　김학수(전 고려대 교수) 각권 9,000원
　　　　　　　　2-6.7.8 백치 (상)(중)(하) 박형규(고려대 교수) 각권 7,000원
　　　　　　　　2-9.10 악령 (상)(중)(하) 이철(외대 노어과 교수) 각권 9,000원
❸ W. 셰익스피어 3-1 셰익스피어 4대 비극 이태주 (단국대 교수) 값 10,000원
　　　　　　　　3-2 셰익스피어 4대 희극 이태주 (단국대 교수) 값 9,000원
　　　　　　　　3-3 셰익스피어 4대 사극 이태주 (단국대 교수) 값 10,000원
　　　　　　　　3-4 셰익스피어 명언집 이태주 (단국대 교수) 값 10,000원
❹ T. 하디 4-1 테스 김회진(서울시립대 영문과 교수) 값 10,000원
❺ 호메로스 5-1 일리아스 유영(연세대 명예교수) 값 9,000원
　　　　　　　5-2 오디세이아 유영(연세대 명예교수) 값 8,000원
❻ 밀턴 6-1 실낙원 이창배(동국대 교수·영문학 박사) 값 9,000원
❼ L. 톨스토이 7-1.2 부활(상)(하) 이철(외대 노어과 교수) 각권 7,000원
　　　　　　　7-3.4 안나 카레니나(상)(하) 이철(외대 노어과 교수) 각권 12,000원
　　　　　　　7-5.6.7.8 전쟁과 평화 1.2.3.4
　　　　　　　　　　　박형규(전 고려대 노어과 교수) 각권 10,000원
❽ T. 만 8-1 마의 산(상) 홍경호(한양대 독문과 교수) 값 9,000원
　　　　　　　8-2 마의 산(하) 홍경호(한양대 독문과 교수) 값 10,000원
❾ 제임스 조이스 9-1 더블린 사람들·비평문 김종건(고려대 교수) 값 10,000원
　　　　　　　9-2.3.4.5 율리시즈 1.2.3.4 김종건(고려대 교수) 각권 10,000원
　　　　　　　9-6 젊은 예술가의 초상 김종건(고려대 교수) 값 10,000원
　　　　　　　9-7 피네간의 경야·시·에피파니 김종건(고려대 교수) 값 10,000원
❿ 생 텍쥐페리 10-1 전시조종사·어린왕자(외) 염기용·조규철·이정림 값 8,000원
　　　　　　　10-2 젊은이의 편지(외) 조규철·이정림 값 7,000원
　　　　　　　10-3 인생의 의미(외) 조규철 값 7,000원
　　　　　　　10-4.5 성채(상)(하) 염기용 값 8,000원
　　　　　　　10-6 야간비행(외) 전채린·신경자 값 8,000원
⓫ 단테 11-1.2 신곡(상)(하) 최현 값 9,000원
⓬ J. W. 괴테 12-1.2 파우스트(상)(하) 박환덕(서울대 독문과 교수) 각권 7,000원
⓭ J. 오스틴 13-1 오만과 편견 오화섭(전 연세대 영문과 교수) 값 9,000원
⓮ V. 위고 14-1.2.3.4.5 레미제라블 1~5 방곤(경희대 교수) 각권 8,000원
⓯ 임어당 15-1 생활의 발견 김병철(중앙대 명예교수·문학박사) 값 12,000원
⓰ 루이제 린저 16-1 생의 한가운데 강두식(서울대 교수) 값 7,000원
⓱ 게르만 서사시 17 니벨룽겐의 노래 허창운(서울대 교수) 값 13,000원
⓲ E. 헤밍웨이 18-1 누구를 위하여 종은 울리나 김병철(중앙대 명예교수) 값 10,000원
　　　　　　　18-2 무기여 잘 있거라(외) 김병철 값 12,000원
⓳ F. 카프카 19-1 城 박환덕(서울대 독문과 교수) 값 9,000원
　　　　　　　19-2 변신·유형지에서(외) 박환덕(서울대 독문과 교수) 값 9,000원
　　　　　　　19-3 심판 박환덕(서울대 독문과 교수) 값 8,000원
　　　　　　　19-4 실종자 박환덕(서울대 독문과 교수) 값 9,000원
⓴ 에밀리 브론테 20-1 폭풍의 언덕 안동민 값 8,000원

범우비평판 세계문학선

범우 비평판 세계문학선은 수많은 국외작가의 역량이 총 결집된 양식의 보고입니다.
대학입시생에게는 논리적 사고를 길러주고 대학생에게는 사회진출의 길을 열어주며, 일반 독자에게는 생활의 지혜를 듬뿍 심어주는 문학시리즈로서 이제 범우비평판은 독자 여러분의 서가에서 오랜 친구로 늘 함께 할 것입니다.

㉑ 마가렛 미첼 21-1,2,3 **바람과 함께 사라지다(상)(중)(하)**
  송관식·이병규 각권 10,000원
㉒ 스탕달 22-1 **적과 흑** 김붕구 값 10,000원
㉓ B. 파스테르나크 23-1 **닥터 지바고** 오재국(전 육사 교수) 값 10,000원
㉔ 마크 트웨인 24-1 **톰 소여의 모험** 김병철(중앙대 명예교수·문학박사) 값 7,000원
  24-2 **허클베리 핀의 모험** 김병철(중앙대 명예교수) 값 9,000원
  24-3,4 **마크 트웨인 여행기(상)(하)** 박미선 각권 10,000원
㉕ 조지 오웰 25-1 **동물농장·1984년** 김회진(서울시립대 영문과 교수) 값 10,000원
㉖ 존 스타인벡 26-1,2 **분노의 포도(상)(하)** 전형기(한양대 영문학과 교수) 각권 7,000원
  26-3,4 **에덴의 동쪽(상)(하)** 이성호(한양대 교수) 각권 10,000원
㉗ 우나무노 27-1 **안개** 김현창(서울대 서어 서문학과 교수) 값 6,000원
㉘ C. 브론테 28-1·2 **제인에어(상)(하)** 배영원 각권 8,000원
㉙ 헤르만 헤세 29-1 **知와 사랑·싯다르타** 홍경호 값 9,000원
  29-2 **데미안·크눌프·로스할데**
    홍경호(한양대 교수·문학박사) 값 9,000원
  29-3 **페터 카멘친트·게르트루트** 박환덕(서울대 교수) 값 9,000원
  29-4 **유리알 유희** 박환덕(서울대 교수) 값 12,000원
㉚ 알베르 카뮈 30-1 **페스트·이방인** 방 곤(전 경희대 불문과 교수) 값 9,000원
㉛ 올더스 헉슬리 31-1 **멋진 신세계(외)** 이성규·허정애 값 10,000원
㉜ 기 드 모파상 32-1 **여자의 일생·단편선** 이정림(번역문학가) 값 9,000원
㉝ 투르게네프 33-1 **아버지와 아들** 이철(외대 노어과 교수) 값 9,000원
  33-2 **처녀지·루딘** 김학수(전 고려대 노어노문학 교수) 값 10,000원
㉞ 이미륵 34-1 **압록강은 흐른다(외)** 정규화(독문학 박사·성신여대 교수) 값 10,000원
㉟ 디어도어 드라이저 35-1 **시스터 캐리** 전형기(한양대 영문학과 교수) 값 12,000원
  35-2,3 **미국의 비극(상)(하)**
    김병철(중앙대 명예교수·영문학) 각권 9,000원
㊱ 세르반떼스 36-1 **돈 끼호떼** 김현창(서울대 서어 서문학과 교수) 값 12,000원
  36-2 **(속)돈 끼호떼** 김현창(서울대 서어 서문학과 교수) 값 13,000원
㊲ 나쓰메 소세키 37-1 **마음·그 후** 서석연(경성대 명예교수) 값 12,000원
㊳ 플루타르코스 38-1~8 **플루타르크 영웅전 1~8**
    김병철(중앙대 명예교수·영문학) 각권 8,000원
㊴ 안네 프랑크 39-1 **안네의 일기(외)** 김남석·서석연 값 9,000원
㊵ 강용흘 40-1 **초 당** 장문평 값 9,000원
  40-2 **동양선비 서양에 가시다** 유 영 값 10,000원
㊶ 나관중 41-1~5 **원본 삼국지 1~5** 황병국(중국문학가) 값 9,000원
㊷ 귄터 그라스 42-1 **양철북** 박환덕(서울대 독문학 교수) 값 10,000원
㊸ 아쿠타가와 류노스케 43-1 **아쿠타가와 작품선** 진웅기·김진욱 값 8,000원
㊹ F. 모리악 44-1 **떼레즈 데께루·밤의 종말(외)** 전채린 값 8,000원
㊺ E. 레마르크 45-1 **개선문** 홍경호 값 12,000원
  45-2 **그늘진 낙원** 홍경호·박상배 값 8,000원
  45-3 **서부전선 이상없다** 박환덕 값 12,000원
㊻ 앙드레 말로 46-1 **희 망** 이가형 값 9,000원
㊼ A. J. 크로닌 47-1 **성 채** 공문혜 값 9,000원
㊽ H. 뵐 48-1 **아담, 너는 어디에 있었느냐(외)** 홍경호 값 8,000원
㊾ 시몬느 드 보봐르 49-1 **타인의 피** 전채린 값 8,000원
㊿ 보카치오 50-1,2 **데카메론(상)(하)** 한형곤(외대 교수·문학박사) 각권 11,000원

시대를 초월하여
인간성 구현의 모범으로
삼을 만한 책을 엄선

온고지신(溫故知新)으로 21세기를!

범우고전선

1 유토피아 T. 모어/황문수
2 오이디푸스王(외) 소포클레스/황문수
3 명상록·행복론 M. 아우렐리우스·L. 세네카/황문수·최현
4 깡디드 볼떼르/염기용
5 군주론·전술론(외) N. B. 마키아벨리/이상두(외)
6 사회계약론(외) J. J. 루소/이태일(외)
7 죽음에 이르는 병 S. A. 키에르케고르/박환덕
8 천로역정 J. 버니언/이현주
9 소크라테스 회상 크세노폰/최혁순
10 길가메시 서사시 N. K. 샌다즈/이현주
11 독일 국민에게 고함 J. G. 피히테/황문수
12 히페리온 F. 횔덜린/홍경호
13 수타니파타 김운학 옮김
14 쇼펜하우어 인생론 A. 쇼펜하우어/최현
15 톨스토이 참회록 L. N. 톨스토이/박형규
16 존 스튜어트 밀 자서전 J. S. 밀/배영원
17 비극의 탄생 F. W. 니체/곽복록
18-1 에 밀 (상) J. J. 루소/정봉구
18-2 에 밀 (하) J. J. 루소/정봉구
19 팡세 B. 파스칼/최현·이정림
20-1 헤로도토스 歷史 (상) 헤로도토스/박광순
20-2 헤로도토스 歷史 (하) 헤로도토스/박광순
21 성 아우구스티누스 고백록 A. 아우구스티누스/김평옥
22 예술이란 무엇인가 L. N. 톨스토이/이철
23-1 나의 투쟁 (상) A. 히틀러/서석연
23-2 나의 투쟁 (하) A. 히틀러/서석연
24 論語 황병국 옮김
25 그리스·로마 희곡선 아리스토파네스(외)/최현
26 갈리아 戰記 G. J. 카이사르/박광순
27 善의 연구 니시다 기타로/서석연
28 육도·삼략 하재철 옮김
29 국부론(상) A. 스미스/최호진·정해동
30 국부론(하) A. 스미스/최호진·정해동
31 펠로폰네소스 전쟁사 (상) 투키디데스/박광순
32 펠로폰네소스 전쟁사 (하) 투키디데스/박광순
33 孟子 차주환 옮김
34 아방강역고 정약용/이민수
35 서구의 몰락 ① 슈펭글러/박광순
36 서구의 몰락 ② 슈펭글러/박광순
37 서구의 몰락 ③ 슈펭글러/박광순
38 명심보감 장기근 옮김
39 월든 H. D. 소로/양병석
40 한서열전 반고/홍대표
41 참다운 사랑의 기술과 허튼 사랑의 질책 안드레아스/김영락
42 종합탈무드 마빈 토케이어(외)/전풍자
43 백운화상어록 석찬선사/박문열
44 조선복식고 이여성
45 불조직지심체요절 백운선사/박문열
46 마가렛미드 자서전 마가렛 미드/최혁순·최인옥
47 조선사회경제사 백남운/박광순
48 고전을 보고 세상을 읽는다 모리야 히로시/김승일
49 한국통사 박은식/김승일
50 콜럼버스 항해록 라스 카사스/박광순
▶ 계속 펴냅니다

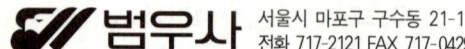

범우사 서울시 마포구 구수동 21-1
전화 717-2121 FAX 717-0429